当代外国文学研究文集
文学批评话语中的思想

陈永国　主编

清華大學出版社
北　京

内 容 简 介

本书聚焦21世纪初15年内我国外国文学批评研究，尤其是文学批评话语中的新思想、新方法和新动态，从不同侧面展示了我国外国文学研究领域的成果及其特征。全书辑录文章36篇，分“上”“中”“下”三编。“上编”为“作家与作品研究”，“中编”为“批评与理论研究”，“下编”为“翻译、汉学与比较研究”。全书立足于文学文本研究，突出文学自身的自足性和文学的文学性探讨，能够启发读者总结出20世纪初外国文学研究的主流、发展现状及未来走向，尤其对从理论向文本的回归，从单纯的技巧探索到思想深度的挖掘，从国别文学的探讨到总体文学的批评，以及从文学自身到对现实世界的关注，具有一定的启发和创新意义。

图书在版编目（CIP）数据

当代外国文学研究文集：文学批评话语中的思想 / 陈永国主编. —北京：清华大学出版社，2021.1

ISBN 978-7-302-56695-3

Ⅰ. ①当… Ⅱ. ①陈… Ⅲ. ①外国文学—现代文学—文学研究—文集 Ⅳ. ①I106-53

中国版本图书馆 CIP 数据核字（2020）第 203274 号

责任编辑：黄智佳
封面设计：张伯阳
责任校对：王凤芝
责任印制：丛怀宇

出版发行：清华大学出版社
网　　址：http://www.tup.com.cn，http://www.wqbook.com
地　　址：北京清华大学学研大厦 A 座　**邮　　编：**100084
社 总 机：010-62770175　**邮　　购：**010-62786544
投稿与读者服务：010-62776969，c-service@tup.tsinghua.edu.cn
质量反馈：010-62772015，zhiliang@tup.tsinghua.edu.cn
印 装 者：三河市龙大印装有限公司
经　　销：全国新华书店
开　　本：155mm×230mm　**印　张：**23.75　**字　数：**488 千字
版　　次：2021 年 1 月第 1 版　**印　次：**2021 年 1 月第 1 次印刷
定　　价：118.00 元

产品编号：082765-01

谨以此书献给恩师刘象愚先生。

关于本书

本书分“上”“中”“下”三编。“上编”为“作家与作品研究”，“中编”为“批评与理论研究”，“下编”为“翻译、汉学与比较研究”。当然，如此提纲挈领也只是粗线条的，因写作之边界往往并非清晰。以作家作品研究而论，有时可以按论者对作家和作品之倚重而分为“作家论”和“作品论”，但在论述过程中，作家与作品难以区别，毕竟，就文学整体生产而言，生产者与其产品无法分离，在讨论作家时不能脱离作为产品之作品，而讨论作品时也不能脱离作为其生产者之作家，任何一种脱离都必然坠入天马行空的枉论，因为二者永远互为补充。

广义上说，所谓作家作品研究就是文学批评，是文学理论赖以建构的基础，后者主要根据文学自身的发展总结文学的本质、特征、功能、接受、原理等。在学科分类上，“文学批评”与“文学理论”的结合构成中国文学研究中之“文艺学”，而在西方，则可归入“文学研究”这一广义界定之内，包括作家作品研究、理论研究、方法论研究，甚至文学史研究等，因此，可用时下流行用语“批评理论”（区别于霍克海默、阿多诺的“批判理论”）一词以蔽之，尽管后结构主义之后之“批评理论”已经扩而包含哲学、伦理学、认识论、精神分析学（心理学）、社会学、人类学以及各种“后”学的批评方法。

而本书之“上”“中”“下”编中，单篇话题之选择并非出自本书编者之立意，而成就每一论者个人之所好与所善，代表其迄今研究之成果，以呈现当下国内外国文学研究之多元概貌。虽难能代表最高，却也能于中窥见领域内诸种研究活动之一斑。

无论“作家论”还是“作品论”，理论上，本书所辑录的文章都是关于文学自身的研究，也即文学本体批评。这种本体批评，按保罗·德·曼的说法，与文学教育息息相关，因此也与文学教学相长：著名的文学研究者也是称职的文学教师。自英美新批评兴起以来，英美乃至整个西方世界的文学批评和理论研究纷纷走进大学讲堂，培育了一批又一批学者—批评家、学者—理论家，甚至学者—批评家—作家，批评乃成为大学教授之专项，告别了王尔德所赞赏的“在报纸上把这事儿干得非常漂亮”的时代（语出《认真的重要》）。而在改革开放后的中国大学，尤其是进入 21 世纪以后，文学研究与人文教育、经典阅读和写作实践亦越来越密切地结合起来，使得文学教学成为培养年轻人语言能力和思维能力的最重要途径。由于本书作者无一不是多年在大学里从事外国文学教学和研究的优秀学者，因此，实事求是地说，本书就是这样一种教育实践的结晶。

在 1982 年发表的《对理论的抵制》一文中，德·曼试图把文学理论的任务规定为：

1. 它应该讨论文学的定义，回答“文学是什么”这个问题。

2. 它应该讨论文学语言与非文学语言之间的区别，以及文学与非语言艺术之间的区别。

3. 它应该对文学之不同维度进行描述性分类。

4. 它应该做出源自这种分类的规范性规则。

5. 它应该说明写作与阅读是作为一种文学活动而存在的现象学研究，包括作为产品的文学作品以及与文学活动相关的一切。

6. 成功的文学研究取决于这样一个系统（哲学的、宗教的或意识形态的），它从这个系统（而非文学自身）出发先验地决定文学是什么。

7. 文学理论或研究文学的理论必须从经验出发。

乍一看，这似乎是在规定所谓“文学理论”之边界；细观之，这似乎又是广义的“文学批评”所应做到的一切。考虑到德·曼规定这些边界的时代背景（1966 年美国霍普金斯大学那次划时代的“批评语言与人文学研讨会”之后新批评开始式微、欧陆理论开始大行其道的 20 来年里），这些任务实际上已经模糊了“理论”与“批评”的界限，抛弃了自柏拉图以来始终占据西方哲学乃至文艺理论和批评领域的“模仿论”“再现论”和“反映论”，综合了韦勒克所区分的有关文学的“内部研究”与“外部研究”，吸收了包括“新批评”在内的英美现代主义批评的长处，而融入了缘起于欧陆、在美国传播、最后在全球开花的“批评理论”（Critical Theory）。20 世纪 80 年代初，尤其是 1985 年詹姆逊北大演讲之后，这种“批评理论”趁“后现代”之势开始在中国学界广为流传、接受并被付诸“跨越式”的实践，到世纪末，已经完全进入了大学相关学科之讲堂，促成了浩荡的后结构主义思潮，激发了文学批评的多元异质发展。在某种意义上，本书亦是这一多元异质发展的结果。

谓之“多元”，是说本书涉及内容涵盖之广；谓之“异质”，是说本书所述思考视角之异。本书所辑文章从大里说，可分为文学理论研究、文化批评、国别文学研究、比较文学研究、汉学研究、翻译研究等领域的杂糅；细察之，又可见个体作家研究、个体理论家研究、作品分析、文类叙事探索、深度思想挖掘、主题式分析、新作评介等不同维度的融合。看似博广，逻辑关联确也密切；话题不同，所向目标则殊途同归。这是本书之特征。

清华大学出版社外语分社社长郝建华和本书责任编辑黄智佳为本书的出版予以了极大帮助，付出了心血，在此致以衷心的感谢。

陈永国

2020 年 5 月于清华大学荷清苑

序

本书是一本外国文学研究论文集，全书各文的基本面貌将在导言中有很好的提点和阐发，毋庸再饶舌，这里或可就外国文学研究在中国的大略谈一点小想法。

外国文学的研究在我国的文学研究中应该说是相对年轻、弱小的一隅。中国社会科学院建立文学研究所的早期，外国文学研究只是它的一小部分，后来独立建所后，下设的研究室中也只是区分了几个主要语种的文学，在规模与力量上相当有限。尽管随着时间推移，它的研究规模和力量有所增强，但各方面的不足依然是相当明显的。更多的外国文学研究分散在大学的中文与外文两系，但也同样只是其中的一小部分，存在着历史短、规模小、建制不够稳定、概念不甚清晰诸问题，而且还要承担教学的主要任务，研究往往只能兼及。由此观之，我国的外国文学研究要进一步发展和完善尚有较大空间。自然，这样说绝非无视我国外国文学研究已然取得实绩的意思。事实上，近百余年来，这一领域进步之大、之快，取得的成绩之巨大、之显著是有目共睹的。数年前，北大、南大引领高校一批学者完成了两个类似的项目，主题是调研我国外国文学研究的历史与现状，其中就有对外国文学研究成绩的讨论和充分肯定。这里就恕不一一阐述了。

依我浅见，20 世纪 80 年代之后二三十年间的外国文学研究应该是一个十分重要的阶段，值得特别摘出。这一阶段的研究提升到了一个较高层次，呈现出两个显著特色。一是随着大量文学、哲学与社会科学理论的译入，可资借鉴的理论观点不断增多，研究的理论意识逐渐鲜明，于是，研究不再仅仅满足于故事情节介绍、主题人物分析、思想内容政治化、标签化之类，而由此上升到问题研究和价值判断的层面；二是随着比较文学方法论的引入，研究的视野逐渐开阔，切入角度不断变化，不再如以往般单薄生硬，缺乏生机，而变得丰满鲜活，更富有朝气。同时，随着理论与方法上的多元化，研究开始跳脱出过去单一的作家作品研究，向流派的、文类的、甚至跨界的更阔大领域探索。整体看来，这一时期的外国文学或可方之于盛唐诗歌、文艺复兴鼎盛期之学术。这一比拟也许未必十分得当，但就其繁华烂漫的程度看，这个时期的研究应是前所未有的，也是后启来者的。近几年，尽管气势已不如前，早年间僵硬的、教条的倾向似又有所抬头，但整体上依然承续了此前的大方向。

这本文集从其开阔的视野、多元的视角、鲜明的理论色彩和较强的个性诸端似可见出过去二三十年间外国文学研究的一个侧影。

我国外国文学研究的历史虽不长，但前途正远大。倘若我们能进一步提升把握外国语言及其文学文化的能力，进一步张扬个性，培植学术自由和独立思考的精神，进一步提高把握自己母语及其文学文化的能力，我们的外国文学研究就一定会有一个绚烂多姿的未来。

本书的数十位作者和我有长久的师生之谊，我对他们是熟悉的，了解的。首先，他们都有做人的良好品行和道德修为，更有刻苦攻读、真诚向学的精神。其次，他们有扎实的专业功底、思辨的头脑和较强的语言文字能力，一些人还具有多方面的才艺。我以为，正是这些基本的素质造就了他们在教学和科研中的不断进步和不俗业绩。还应该说明的一点是，他们长期以来一直保持了兄弟姊妹般相扶相将的同学情谊，坚守着当年求学时独立思考、平等探讨、自由论争的学术精神，也许这也是他们取得成绩的一个重要原因吧。这本文集正是他们骄人成绩的一个展示。

在本书即将面世之际，他们要我写几句。我怀念和他们在一起那些友爱相处、相学相长的美好时光，更为他们今天的成就欢欣鼓舞。匆促之际，谨以上述一得之见的短序，向他们表示衷心祝贺。

刘象愚

己亥夏日于加拿大布莱普顿

目　录

导 言

当代外国文学研究中的多元视角

陈永国　清华大学

一、传统、“偏离”与“另类”创新

凡成大器者，必以“偏离”为“正道”，以“另类”为“创新”，而意欲循成规而蹈矩者，必“无所为”。乔伊斯的《尤利西斯》一经问世，便掀起“一场抵抗出版的伟大运动”，以“笑谑”之“另类”手法，通过“戏要荷马史诗”来叙述自己民族的历史，把文学引入了一个新时代，使其作者成为“无人能逃避其影响的大作家”（郭军，见本书第 20 页）。究其因，这种“偏离”和“另类”并非妄自为之，而有其成因。乔伊斯戏仿之对象是“绝对原始的书”，是“民族的圣经”，所表征的是古希腊的精神自由，最重要的，它是那个时代人之内在追求与世界之内在意义的一体表现。也即，荷马史诗是表现那个“英勇的”“绝对的”荷马时代的必然形式，也是直接体现意义在场的最佳再现方式；而在乔伊斯所生活的“后史诗时代”，那种直言其物的再现方式已不足以表现这个支离破碎的世界，不能再用史诗的敬重和语言的崇高来讴歌过去的英烈，他们都已经荡然无存了；而必须用偏离史诗的“小说精神”和“另类史诗”的笑谑风格，打破史诗的格局，显露批判的精神，以怪诞、变形、陌生、狂欢的语言，否定和颠覆需要彻底净化的传统史诗的崇高话语。换言之，乔伊斯若要表现荒诞不经的现代爱尔兰，其形式必然是与其相应的寓崇高于滑稽、寄讴歌于怒骂的戏仿，否则便难以宣泄作家之胸臆。

作家如此，论者亦如此。以国内外乔伊斯研究为例，自现代主义文学兴盛至今，撰文立著译介者甚众，批评之潮汹涌，区区几十年便筑成“乔学”，大有“赶超”莎学、红学之势，大厦参天，后来者若要觅前辈之未见，须于仰视之余专辟另路，即，只有“偏离”前辈论者之“正轨”，方可为之添砖加瓦。在后结构主义话语的词汇中，“偏离”和“另类”并非贬义，而意在求新，求新以见“差异”，见差异者，意义见矣！乔伊斯本人“偏离”史诗之正轨，走上“另类”戏谑之路，圆其现代史诗之梦，在现代主义小说领域内占据了无人能及的地位。然其唯一剧作，虽为乔氏独本，却也不失为一种“偏离”“另类”之作，而其内容，恰与作家之“流亡”经历相合。论者由此切入，讨论乔伊斯流亡归来、故乡已是异乡之感受，这又是对尤利西斯式之“英雄返乡主题”的一次“偏离”（李元，见本书第 33 页）。在某种意义上，流亡意味着逃离，而逃离不仅是要摆脱现实环境，还意味着走向“更高”，追求卓越，正如非道德主义并非抛弃道德，而是追求“更高的道德”一样。一旦这种非道德主义具有了揭露传统道德之虚伪、批判精神世界之瘫痪的功能，那它就走上了“偏离”之路，成为乔伊斯之后一切“另类”作品的源头。不妨说，此种“偏离”“另类”，无论在作家还是在论者，都意在另辟蹊径。就作家而言，是放弃绝对的过去，求民族未来之新。就论者而言，是“偏离”史诗研究之“正”路，择戏剧之“另类”（就乔伊斯研究而言）。而综合二者，则无非是以史诗世界和先驱精英之魂，营造当今世界之势，赋予其新意和状貌，以求心灵之自由，把内在追求与外在世界统一起来，摆脱现实之混沌和奴役，求得个体和集体精神之解放。

作家如此，理论家亦如此。马克思主义批评家伊格尔顿对以考德威尔为代表的老一辈批评家的“偏离”是有目共睹的，其关系颇为微妙，或有影响之焦虑和弑父情结之嫌（马海良，见本书第 178 页）。论辈分，考德威尔是长辈，在后者眼里乃与其师威廉斯为一路，都是在欧陆理论来临之前、没有“上层建筑理论”可资援用的时候，单枪匹马进行批评理论建构的先锋，但却不是马克思主义者，而是“政治改良主义者”“民粹主义者”“人本主义者”“唯心主义者”和“左倾利维斯主义者”。伊格尔顿何以得出如此结论？这要从他对英国“文化马克思主义”之全盘讨论中得知，其中不乏对“庸俗马克思主义”及其经济决定论的抨击。这个“全盘”当然不止考德威尔一人，甚或可以说考氏并不是这个盘中的主要棋子，重要的是威廉斯、利维斯派以及与二者密切相关的一整个经验主义传统。在《批评与意识形态》中，经验主义批判是其立论的反证支点，也是其理论成就的必要条件。具体而言，该书把“文学生产方式”从“一般生产方式”中抽离出来，将其与社会历史的物质条件紧密结合，进而把文学文本的生产界定为特定社会历史条件下的一种意识形态生产。对于伊格尔顿来说，意识形态批判是人类解放工程的组成部分，因此他花尽气力，几乎终生打造他的“意识形态主义”（一般意识形态、作者意识形态、审美意识形态、文本意识形态、意识形态生产，等等）。但他始终“把现实生活、个体经验、身体感觉、社会实践放在唯物主义认识论整体中调度使用”，因此在政治身份和思想立场上都是“真正的马克思主义者”。然而，如考德威尔、威廉斯、汤普森、霍加特等英国“文化马克思主义者”一样，伊格尔顿仍然携带着经验主义的印记（且不管他怎样抨击经验主义），毕竟，经验和经验主义已在英国文化传统中根深蒂固，成为英国人的“文化胎记”。

那么，考德威尔又系何人，何以引出伊格尔顿如此批评之狂言？作为《幻象与现实》的作者，考德威尔乃 20 世纪 30 年代英国马克思主义经济决定论之典型代表（赵国新，见本书第 189 页）。虽说在他著书立论之时，“西马”之风尚未吹到英伦海峡，但其论述中却已经与布洛赫、马尔库塞、戈德曼甚至阿多诺等“西马”理论家有诸多交集。他认为，诗歌是严酷现实和生产劳动催生的幻象，具有乌托邦性质，既是逃避现实的途径，又是对美好未来的憧憬，这正是布洛赫之文学乌托邦思想的精神实质。而这一文学之乌托邦功能论又直接促成了马尔库塞的艺术解放之说，即艺术通过幻想创造了生活的幸福形象，并以此颠覆了现实生活中的压抑，确立了爱欲与文明的关系。可见三者的文艺思想是一脉相承的。在认识论方面，考德威尔认为环境决定思维，思维反过来又通过制定社会规范影响着环境，这是资产阶级思想得以运作的方式。这实际上与戈德曼从社会发生学角度提出的文学和意识形态起源于社会的观点相一致，后者认为必须从文学作品内容入手去探讨创作与社会的关系。

究其实，伊格尔顿与其批判对象考德威尔并无本质上的分歧。考德威尔过度强调社会环境和经济因素对文学的决定作用，这与伊格尔顿把“意识形态”作为其“文本学”之决定因素并无二致。考德威尔万变不离幻想或乌托邦之宗，这与伊格尔顿对经验主义的批判和对基础 / 上层建筑理论模式的固守不相上下，无论怎样“更弦易辙”，都无法摆脱以意识形态为内核的反映论，甚至他的经验主义批判也是对社会政治和文化状况的反应。此外，考德威尔的马克思主义批评中已经具备了结构主义的雏形，而伊格尔顿的多次“变身”中有一次是对结构主义马克思主义者阿尔都塞的大力改造。诸此种种，英国马克思主义阵营中这一老一少之间虽然“弑父”嫌疑甚重，“另类”“偏离”明显，但仍存在着许多交集之处，正是这些交集，以及他们与其他西方马克思主义者的交集，筑成了后来风起云涌的大众文化批判。

二、“非一人”、生存与语言再现

文学是人学。高尔基提出这一明断，是要说明文学以人为中心。然而，在更深层次上，“文学是人学”这句话还可以从文学的人文教育功能方面来理解，即，文学不但描写人何以为人，还可以“使人成为人”（make man human）。何以如此呢？答案就在本书诸文所述的文学思想中，由理论而作家而文本，由卡夫卡的一场梦而鲁迅的墓碣文，由圣经中的女性身份而荒岛上的殖民叙事，最终是我们自己对自己人生的深度思考。

对人生的这种深度思考，在女性主义思想家和性别政治理论家巴特勒那里，体现为由女性批评和性别批判向生命政治和战争伦理的一次华丽变身。人本是脆弱的，生命本是脆弱的，战场上人的生命无异于一粒土，而和平年代的恐怖行为更无异于战争的暴行。巴特勒于“9 · 11”事件后对暴力进行了深度思考，进而从生命政治角度提出了一系列反战伦理（郭乙瑶，见本书第 197 页）。在巴特勒看来，人，尤其是承受外力压迫的社会中人，总是脆弱的，不安的，无时不有岌岌可危之感（这与原始时代宇宙人所处之丛林环境其实没有什么不同）。恰恰是这种脆弱性和岌岌可危之感使得人永远需要他者的支持和援助，因此建构了自我与他者的关系，陷入了与他者的永恒交往之中，从此再也没有从这种关系中解脱出来，也由此而产生了对生命的权力诉求，生命的政治伦理意义便由此滋生。

换言之，人一旦占据了原本由神所占据的主体地位，就进入了由人类自身编织的权力网络，落入了层层羁绊的权力陷阱，也因此落入了无法逃避的生存困境。人自觉地为自己套上了枷锁，出现了人治理人（自身）的权力术。福柯据此提出了生命政治说；阿甘本据此看到了处于权力政治规范之外的“赤裸的”生命形式；而巴特勒则基于此前两种研究在卡夫卡的故事中看到了既在权力网络之中却又被排除在主权之外的“非一人”（王楠，见本书第 205 页）。非一人，非一兽，非一物，而又不是非一存在（并非不是存在）。它只能是一个不断变化的、生成他者之居间存在，于是就有了种属间越界的可能性，也恰恰是这种越界的可能性使它永远身处途中，身处一种非我—非他的境况，没有确定的过去，也没有可抵达的未来，只有偶然的当下；没有公共空间，也没有私人领地，只能游移在两个世界的夹缝之中。由此看来，巴特勒描述的非—人虽然在形态上依然是一个生命实体，但实际上已经是一种生命存在的境况，是伦理学（列维纳斯）、认识论（德里达）和道德哲学（阿多诺）讨论的对象，而最重要的，它是文学通过展示而介入现实的一个场域，它所展示的恰恰是语言所无法言说的内容。

或许，生命的秘密就在于此。它在我们周围，却是隐蔽着的；它存在，却在看不见的深处或远方；它可感，但却难以用语言加以正确地命名。只有艺术家能够摆脱这个困境，因为只有艺术家能够从内心深处呼喊出生命的秘密，在语言失败的地方用形象加以展示，在命题不起作用的地方用描述代替论证，使不可见的世界可见，使不可言的事物可言。于是，我们看到，卡夫卡笔下的“非—人”把现实化为梦境，鲁迅笔下的“我”（作为生命主体的人）把当下“死火”般的心境变成了荒诞悖谬的坟茔之梦（曾艳兵，见本书第 41 页）。据分析，K. 和“我”都是游魂，都要在死后品尝生命的本味，却又由于“其心已陈旧”，而“永远无所由知！”本味即是真我，真我即是生命的意义，是人一生之追求，而它之所以“无所由知”，恰恰因为它并非真实存在，即使在虚幻之梦中，人依然处于“创痛酷烈”的“欲知”之中，或近在咫尺，却仍可望而不可即。只待成尘时，方才见微笑。生命的意义就在于“向死而生”。而伟大作家诸如卡夫卡、鲁迅者，正是要用梦语之残阙和墓碑之碎文来揭示生命的意义（如果有的话），并展示他们对生命存在的哲理思考。

在某种意义上，卡夫卡和鲁迅的梦境素描已经预示并在某种程度上展示了两次世界大战后出现的新的叙事模式。世界变了，而且仍在变化着；用以呈现这个变化着的世界的传统现实主义已经过时了。信念的动摇和目光的怀疑使得人们不再确信以巴尔扎克为代表的那种道德秩序。上帝死了；康德、黑格尔也随之老去；巴尔扎克笔下真实、稳定、完整的生活现实已经变成难以捉摸、纷纭变幻的荒诞世界；于是，用以描写这样一个世界的“新小说”应运而生（马小朝，见本书第 49 页）。这种小说用准几何学的方式描写物，以便摆脱人为的含义；采用漠然的平铺直叙，以便摆脱传统文学里情意绵绵的拟人化；使用闪烁跳跃的印象，以便摆脱人与世界之间的确定关系。“新小说”呈献给读者的是烦琐、零碎、拼凑的静物；是幻觉、梦境、“叙述者的实验室”；是变换游移的视觉、代替专有名词的字母、蹈袭迭合的时空。所有这些拼凑而成的毕加索式的图画“正来自于现代西方人无所适从的生存感知”。其不确定性、含混性、符号的漂浮性恰好预示了紧随其后的后结构主义批评理论。然而，这种新的小说叙述方式也并非是排斥意义的；除了以超现实的方式展示荒漠上赤裸的生命形式之外，他们还试图归还给这个世界它所应有的意义，给予人何以要生存其上的理由。但这个意义和理由并不仅仅在于写作本身，还在于阅读：文学是为阅读的写作，意义在阅读中浮现。

流派如此，个体作家亦然。现代性引发的价值冲突、身份焦虑和对生命意义的怀疑早在“新小说”出现之前很久就比比皆是了。海明威于 1926 年首版的《太阳照常升起》就是对传统现实主义虚伪价值观的一次反叛，涉及社会转型期出现的劳动与消费、个体价值与社会认同、传统道德与感性自由等矛盾，尤其是个体在努力挣脱清教束缚、追求生命自由和感性解放过程中感到的困惑、虚无和幻灭（于冬云，见本书第 61 页）。20 世纪 20 年代的美国社会已然是上帝缺场的一个世界，取代上帝的是“唯金是图”的物质主义。在现代社会中，生活的价值就是尽情享乐：名牌白兰地、香槟酒、葡萄酒；上等饭店里的美食，满屋子的古董，如云的美女。于是，传统道德的关怀、永恒意义的追寻便轻易地被资本的商业利润和享乐的物质追求取代了。然而，人（以及人生）的悖论就在于，人在对现实享乐的贪图中，在以金钱购买消费享乐的认同中，同时又为消费时代人性的物化而失意感伤，对商业社会的金钱操控和权力网络极度不适，进而怀念早已失去的个体自由，寻求似乎不会再来的主体意义。人们称此为现代性悖论，而究其实，它无时无处不在；它是人生境况的常态。

鲍曼指出：“只要存在是通过设计、操纵、管理、建造而成并因此而持续，它便具有了现代性。只要存在是由资源充裕的（即占有知识、技能和技术）主权和机构所监管，它便具有了现代性。”（张德明，见本书第 72 页）按此理解，这种现代性，这种物质追求和消费享乐，就并非现时代之独有，而自有群体组织或社会形式以来就存在，而且是流动的、未完成的，故而伴随着人类存在的始终。它也因此是一个事件，一个过程，一个由语言搭建起来的历史进程。它是随时随地都可以打开和折合的褶子，是可以进入但却难能再度走出的一个深度空间。于是可以说，现代性虽然具有时间性，但却超越特定的历史时段而具有时空的流动性。它的主体是由语言建构的，“诞生于”荒岛叙事或航海叙事或旅行叙事，而实际上在主体对自身的叙述（或能够叙述自身）之前就存在着，就如同人们发现新大陆之前新大陆并非不存在一样。也就是说，人的冒险性探索在人作为人的生存开始时就在进行着，但只有在人具有用语言描述和展示这种探险经历的能力时，荒岛或新大陆才能成为叙事的初始场景，此后就成为不断被打开和折合的褶子，人的故事就从这种不断的重复中溢出。

如果说“设计、操纵、管理、建造”缔造了现代性，而“知识、技能、技术”和权力治理着现代性，那么，在后结构主义的话语中，这无疑是说，对被操纵者和被治理者而言，荒岛的发现意味着自由状态的丧失，荒岛意识的发生意味着主体意识的阙如，于是，作为乌托邦之荒岛就必然成为反乌托邦之场所，其中蕴含的对现代性（乌托邦）的“肯定和否定、批判和赞美、追求和怀疑”必然会导致另一个乌托邦—褶子的展开。或许，我们就是在这种不间断的展开和折合的缝隙中生存的。当我们以为走进了天堂时，其实它仍然是我们正在摆脱的地狱。也许恰恰是由于这样一种洞见，以克鲁索故事为代表的荒岛叙事才被“颠覆、拆解和解构”（姜小卫，见本书第 80 页），而进行这种颠覆、拆解和解构所用的工具就是语言。

语言以特殊的话语形式建构世界的经验，在政治、伦理、审美等方面表征和再现主体的观念，并在激烈的斗争中为自身以及自身所代表的权力利益来命名他者。在上述的荒岛叙事中，语言的再现把荒岛变成了殖民场所，这里，从海上漂来的遇难者与在岛上流浪的哑言者相遇了，这就是殖民者与被殖民者之间划时代的相遇，它总是以苦难开始，以语言为最佳武器，最终，殖民者通过武力征服的并不完全是这块土地及其物质产品，而是土著人的心和精神归属。逐渐地，掌握语言的遇难者变成了言说者，成为话语秩序的命名者、知识和权力的掌控者，因而也成为荒岛的统治者和立法者。在这期间，土著人则始终处于“死一般的沉默”之中。于是，权力关系便在“主人话语”与“死一般的沉默”之间建立起来了。谁拥有语言，谁就拥有一切。

三、梦境、乡愁与精神家园

生命本身是叙事；生活就是人所讲的自己的故事。如果这叙事、这故事建构了一个民族的历史，那么它也同样铸造了一个民族的灵魂，形成了民族性，编织了民族梦。梦可以是虚幻的，但也可以是现实在无意识中的沉积。它虚幻，是因为我们总是拿现实的物质性来做梦境的参照；它沉积，是因为它与现实生活的繁杂一样包含着美丑、善恶、好坏，总会有一些因素消失，而另一些则残留在文明的废墟里。又因为它总是破碎的、不完整的，给人留有阐释的余地，所以它也就是别样的故事。梦是个体的，社会中每个人都有自己的梦，“唱着自己的歌”，实现自己的理想。梦也是集体的，显示的是民族的灵魂，发出的是民族的声音，追寻的是生命本体的意义。这就是“美国梦”的含义。它犹如科幻小说中提供的“时空飞地”，骤然令你倾心，瞬间让你心碎；它时而泛起黎明的光，时而染上苍穹的靛青色；它展现白色的海洋和意识，显露黑色的天空和能量，但也不时地泛起绚烂的色彩，表现自然的纯美与和谐，给人以阿卡迪亚式的希望。然而，对于老一代美国经典作家库柏、惠特曼、霍桑、爱默生、吐温、詹姆斯，对于新一代现实主义和现代主义经典作家杰克·伦敦、德莱塞、海明威、福克纳、菲茨杰拉德，就如同对于当代现实主义小说家欧茨（高颖娜，见本书第 92 页）和科幻作家金·斯坦利·罗宾逊（王珊，见本书第 100 页），梦之于现实就如同理想之于生活，它总是真实世界中一块想象的飞地，一种非历史的乌托邦空间。人们寄梦于这块离现实很远的空地，以遇难者、被驱逐者和客居者的身份来到这里，营造新的氛围，建造新的世界，共缅新的远方。然而，无论对于鲁滨孙、罗宾逊、马尔库塞还是弗洛伊德，无论是荒岛叙事、乌托邦叙事、科幻叙事还是梦境叙事，究其实，都是要用语言揭示悖谬，用幻想代替现实，最终，通过讲故事振奋已经岌岌可危的生活，抒发到处弥漫的、无处置放的“乡愁”。

“乡愁是一枚小小的邮票”；“乡愁是一张窄窄的船票”；“乡愁是一方矮矮的坟墓”；“乡愁是一湾浅浅的海峡”。可以说，余光中和贝娄所怀的都是客居者的乡愁。由客而居，由客居而乡愁。这乡愁，由于“无处置放”，所以才寄望于一张船票，一湾海峡；由于已经近乎被忘却，所以才呈现为一段历史、一件古董。余光中如此，贝娄如此，我们每一个人又何尝不是如此呢？余光中的他乡之念，贝娄的耶路撒冷之行，都意欲把那“无处置放”的“愁”放回那“人死而融合”之“乡”（武跃速，见本书第 108 页）。客居他乡的犹太人身陷物质世界中错乱的精神秩序，寻求可获得灵魂救赎的文化资源，因此“来”“去”耶路撒冷。他的目的是要“吸收某种品质”，找回已经丢失的信仰，或许再度重建已成废墟的家园。如此“荒原”“漂泊”主题的文学艺术作品并不少见，而贝娄却以“婉转纠结的灵魂叩问”，“最终把宗教感情、民族文化和艺术美感融为了一体”。重访耶路撒冷对于他乃是一个静谧的瞬间，远离现代社会的愤怒和喧嚣，摆脱战争和动乱，以敞开的身心与宇宙自然融合为一。然而，淤积在心底而无法驱散的，是犹太人流离失所的宿命和永无着落的乡愁，历历在目的惨痛现实浸染着历史书写的细枝末节，源源不绝的人类伤害构成了深嵌于“族裔叙事”骨子里的切肤悲伤，而作为犹太知识分子，他更为敏锐地认识到政治、宗教、文化、人性的僵化和扭曲，这就是他在耶路撒冷之“去”“来”中深感纠结的乡愁，或者可以说，他所代表的仍然是一种“寻找精神家园的文学”。

到哪里去寻找自己的“精神家园”呢？除了海洋、岛屿、虚构的乌有乡和神往已久的圣地之外，还可在文明之早期或历史之源头中去寻找，如被西方学者誉为人类文明巅峰之一的古希腊，将其作为承载着精神内涵的意象洒遍世界文学文本的字里行间，在这方面，雪莱堪称典范（高伟光，见本书第 118 页）。雪莱一生创作诗歌，题材大都源自古希腊和古希腊经典，其创作的基本精神也“都深深扎根在古希腊文化这块营养丰厚的精神土壤中”。作为诗人，雪莱更为敏锐地看到了希腊古风和民主政治的局限性，也正是这些局限性导致了古希腊文明的衰败。但是，作为诗人，他仍然不会抛弃这块众多文明的基石，“几乎不会拒绝伸向这光荣的存在”。在他的想象中，意大利被转换成希腊，而希腊就是罗马，这三者是他诗歌中的文明“三体”。如果说耶路撒冷是贝娄信仰中的圣地，那么，这文明“三体”就是雪莱艺术想象中的圣地。其更加迷人之处就在于这种地理上的融合给思维旅行行了方便，使其审美想象更绚丽多姿，令读者深感陶醉而心驰神往。而这又源自于断壁残垣的遗址，残缺不全的遗物，而其身体仪态却是充满活力，蕴藏着“快乐的宗教”“美的宗教”，而这快乐和美是普遍持久的、永恒的，是“人生的光明”，是自然人性中生发出来的永恒真实，因此才是“最高意义上的快乐”。它借助悲愁、爱情、友谊、自然、人性而被留在诗中，以无限生机和活力使身心达到一种境界，完美无瑕，为其所源出之断壁残垣所莫及，且“使人类崇高，使人类欢乐，直到世界的末日”，成为后世追求自由和真理之永不枯竭的精神源泉。

然而，不幸的是，雪莱在古希腊罗马找到的“精神家园”，在米兰·昆德拉眼里已经在年轻人的心目中消失殆尽了。虽说生于捷克，但他自己的“精神家园”却是法国，尤其是法国小说，以及作为一整个传统的欧洲小说（刘英梅，见本书第 125 页）。如果说雪莱醉迷于古希腊罗马文化，在神往的想象中追逐逝去的光辉，那么，昆德拉则是清醒的，甚至清醒到对欧洲小说家挑挑拣拣，对小说叙述手法拣拣挑挑，总体上追求散文式的自由结构和游戏精神，聚焦于小说的非真实性描写，而摒弃了现实主义的艺术真实。小说审视的是存在，不是现实；是人类的可能性，不是已经发生了的事实；是普世的历史环境，不是已经落实在文本中的史实。如是，小说就成为一种实验性的游戏，一种梦境般的审美的想象的游戏，以梦境般的描写蕴藏对世界和存在的哲理性思辨，其目的在于引发读者在阅读中进行深度思考。

然而，无论是客居者的乡愁，还是去古希腊罗马寻找"精神家园"，其背后都蕴含着人类对自身生存于其中的世界的深切关怀。自工业革命大踏步发展以来，人类对自身改造地球生态所取得的辉煌成果既产生一种无比自豪的力量感，但当我们面对"山体运动、火山喷发、星体撞击""水资源缺乏、土壤侵蚀、气候变化"等人为造成的自然灾害时，似乎又感到一种无能为力，一种不是为了占有、而是为宇宙整体壮美之缓慢消失而担忧的"星球意识"。而当我们反思现代社会的所谓丰功伟绩时，我们发现使得曾经美丽、和谐、自给自足的自然逐渐退化的罪魁祸首，恰恰是现代社会。于是，一种以怀旧、哀叹的方式批判现状的"衰退叙事"（decline narrative）便脱颖而出（南宫梅芳，见本书第 131 页）。这种叙事依托于二十年前出现的"人类世"概念，关注人类与其他生命的当前处境，将气候变化和地球变化与人类社会和政治关联起来，从时间和空间两个维度思考人类与非人类世界的未来，使得文学的生态叙事和生态批评具有了"世界性"深度。

四、命名、身份与女性叙事

在不同于自己生活空间的"别一世界"里寻找精神家园，可以视作一种想象性的空间移位。这种移位一旦发生在作家创作生活的现实中，那便是一种以不同的身份在不同语境中的书写经验，也必然导致叙事方式之创新和主题视觉之转移。

叙事不仅仅意味着讲述一个事件的发生、进程和结束，从功能上说，也是修辞、命名和述行。就殖民叙事中的身份书写而言，至尊者莫过于英国殖民者对其世界各地被殖民者的身份塑造，而据亲身经历来描述殖民经验、揭示殖民者丑陋行径及其矛盾心理的，则莫过于来自宗主国内部的乔治·奥威尔（李娟，见本书第 138 页）。如果说《创世记》中的撒拉叙事代表着一种古老的权力关系及其转化，那么奥威尔以殖民经验为主题的作品（《绞刑》《射象》和《缅甸岁月》）就展现了以缅甸为代表的殖民地不平等的政治文化权力关系，以及殖民者遭遇的文化认同上的两难境地。这种文化政治权力的结构是由"位置、地位、立场、地域、领域、边界、门槛、边缘、核心和流动"等空间场域来设定的，在这些场域中进行的一系列文化活动无不体现出殖民者的强权政治，但同时也使奥威尔这样的英国文人开始对帝国自身的残酷行径进行反思和批判。炎热的天气、茂密的丛林、泥泞的稻田、拥挤的街道；在这些场域中活动的黄脸的土著、吃草的大象、以警察身份感受东西文化差异的"我"；以及作为这些活动之结果的犯人的死、大象的死、白人老爷的死。奥威尔笔下的空间、人物及其活动无不透过被殖民者的苦难与无助，同时体现出沦落为"边缘人"的殖民者在夹缝中生存的"彷徨与犹豫"，以及由此带来的心理和身份危机。奥威尔把政治表达融入关于殖民地的文学书写之中，以"一种不乏矛盾却犀利的方式审视着他亲身经历的社会事件与文化冲突，以一种更为激进的态度表明了对于帝国主义的批判立场”，堪称以文学书写的方式介入并反思了深刻的社会问题。

奥威尔笔下的缅甸无疑是“神秘、怪异、落后、堕落”的东方他者，高傲的英帝国殖民者就是在这个东方他者遭遇了“被边缘化”的心理危机乃至心理创伤的。在另一个同样“神秘、怪异、落后、堕落”的东方他者——印度，殖民者统治时间更长，遭遇也因此更为惨烈，其表现形式不是“怯懦与惶惑”、悲悯和神伤，而是“疯狂”：“从想象性疯狂到实质性疯狂，从实质性疯狂到破坏性疯狂”，一个“渐次可怕、激烈的疯狂世界”和这个疯狂世界上的疯人（杨茜，见本书第 146 页）。这是玛格丽特·杜拉斯的世界，一个法国作家描写的长满了棕榈树、炎热的季风和充斥着麻风病人和乞丐的印度。在这样一个世界里生活着三个（种）疯人：劳儿、乞儿和副领事。他们的身份地位不同，肤色性别不同，但却由于“疯狂”而走到了一起，“被麻风照亮”“被饥饿、痛苦照亮”。他们发疯，为殖民地的痛苦发疯。他们愤怒，由于心理崩溃而愤怒。最终，愤怒化为疯狂，疯狂化为暴力。副领事于疯狂之际开枪，射向“拉合尔的不幸”，射向“存在的现实”，射向“荒谬和一切不可能”。然而，在这一切的背后是价值的移位、上帝的缺场和基督教世界的种种幻象。欲望、爱情、暴力终将通过疯狂表现出来，或许，在疯狂的世界里，只有疯狂才能给人带来希望。

综上，我们看到，在人类历史发展中，女性始终扮演着不可或缺的角色，其所承受的苦难不仅是精神的，自然还是身体的。女性身体在几千年的时间跨度中经历了质的变化，由“父权制社会中对女性身体的过度装饰”演变为资本主义消费文化中“男性对女性身体的剥削与消费”，最终演变成一种象征性的“食人”现象（郝琳，见本书第 154 页）。“食人”指男性对女性身体的消费。“食”必以“可食”为前提，“可食”则必须有“食者”，而一旦食无度，饮无方，“食者”便会“厌食”，此乃常理。而所发生的恰恰是有悖常理的，即，“被食者”患了厌食症。何以如此呢？原因就在于所“食”者是女性身体。女性身体之所以“可食”，是因为它不断被“食者”猎杀、肢解、吞噬，通过“物化”和“肉欲化”而失去了远古时期的纯真母性和权威，转而“进化”为“可食的”“异类”，成为男权社会“猎杀”“捕食”的猎物。在现代，女性身体“被食”的社会现象导致了一种双重焦虑，不仅惧怕“被食”，而且惧怕自“食”，进而导致了女性的“厌食症”：一种多维度的身心综合征，由家庭、感觉、认知以及各种生理因素的交互作用而产生的女性“最终的共同出路”。本质而言，“厌食症”既是由于“食”与“被食”的恐惧造成的身心疾病，同时又是反向防御和抵抗策略，“是以肉体的牺牲换取精神的生存”，而在文学中，“厌食症”则与健忘症、失语症、贪食症、空旷恐惧症、幽闭恐惧症、歇斯底里和精神失常一起构成了表征女性气质的“身体话语”或“疾病话语”。如果说这些“疾病”具有焦虑与防御、恐惧与抵抗的双重性，表示死亡与再生、毁灭与创造的共生关系的话，那么，“可食”“被食”“厌食”便是女性身体在现代消费社会中成为商品的明证。然而，“厌食”作为一种策略毕竟是悲观的、消极的，无论是“置之死地而后生”，还是“置之死地而终死”，都不能使女性彻底摆脱现实困境，尽管“勇气、毅力、耐心、思考、团结……”或可为女性之未来指出一条明路。

如果我们把“厌食”现象从女性扩展到“别一”范畴，将“可食”“被食”“厌食”作为隐喻而涵盖女性生存的普遍境遇的话，那么，它或许更需要一种有别于阿特伍德之“厌食症”的一种“另类”声音，因此也可以将所有受压迫的女性统统归入阿特伍德笔下之“可食女性”的行列。这种女性可以是现实主义文学中的下层白人女性，如阁楼里的“疯女人”，可以是黑人文学中深受双重压迫的黑人女性，如背负鞭痕的赛斯，也可以是因难以适应新文化环境而备受心理煎熬的移民女性，如谭恩美笔下面对身份认同问题的母女。她们或多或少都有过这种“可食”“被食”“厌食”的经历。然而，与这种已成定式的消极呈现相“偏离”的，乃是一种完全相反的权力关系格局，即碧眼金发的白人女性在华裔家庭中力求身份认同的“反移民叙事”（胡春梅，见本书第 163 页）。任璧莲在其《爱妻》中透过婆媳关系展现了不同种族成员之间的冲突与融合，提出并回答了“是血统还是允诺”这个两难问题。作家认为，在当今美国社会，“我是谁?”这个问题不应该再由种族、民族或血统来决定，随着种族的多样化，族裔人口的增长，以及文化的多元化，“允诺”已经成为构建个人身份的核心，环境、种族、生理等因素已经不足以构成限制，且在变化之中。族裔之间的结合在美国社会早已成为主流，处于中心的白人文化逐渐向移民文化妥协，族裔之间的“异”也逐渐消弭。毕竟，身份变化是美国文化建基的根本，文化杂糅势必导致文化的一统。就身份而言，无论根源何处，只要身在美国文化的熔炉里，便是“纯正的美国佬”。基于此，族裔文学研究中一味追求的“差异政治”或可换个视角，即便不是回归文化“趋同论”，却也能“偏离”常轨而求“另类”之叙事。

五、翻译、改编与重复叙事

在西方古典及罗曼语语文学研究领域，奥尔巴赫的《摹仿论》影响深远，其多语种的比较和综合研究方法使其在文学批评、比较文学和世界文学领域更具意义，成为战后时代定义比较文学的几部巨著之一，对于英美比较文学界尤其如此。然而，战后首在欧美掀起文学比较研究之风，不久就影响全球的也并非奥尔巴赫一人，或《摹仿论》一书。当时“在比较文学学者中得到最热烈响应”的著作其实并非是《摹仿论》，而是库尔提乌斯的《欧洲文学与拉丁中世纪》（郝岚，见本书第 213 页）。而库尔提乌斯之所以被埋没，这全赖韦勒克的误读和刻意低评。他认为库尔提乌斯出于“狭隘的民族主义”，“钻进故纸堆”从事中世纪文学研究，意欲实现欧洲的文化统一。究其实，库尔提乌斯所致力的恰恰是“努力用文学克服当时弥漫于欧洲的文化民族主义”。他坚信，“文学从不爱国”；一个时代的思想就蕴藏于那个时代的文学之中；而文学研究就是要以史学的方法，达到比较完整的历史真实，那就是文化，而非哪个具体的国家。这意味着，文学研究必须超越文化上的民族主义，而依赖于一种普世的新人文主义，它就存在于中世纪的拉丁文学之中。由于文学的本质是“永恒的当下”，所以过去的文学往往也是活跃于当下的文学。文学的历史研究必须依赖语文学，借助语言学手段，透视文本，通过细化文本而为新的整体奠定基础。这种“细化”其实就是细读，就是基于细读的翻译，并在历史文献学研究的协助下，探究以往文学的经典性和文学性，也即文学之永恒性。

按此理解，任何文本的阅读、翻译和传播都不是出于一国之狭隘的民族性，而必以“超时空性”和“永恒性”为前提，也即文学之“超越国界风俗文化”的“永恒经典性”。中国四大名著在泰国的翻译和传播就是一例（谢玉冰，见本书第 266 页）。从 19 世纪初至今，中国四大名著在不同时期以不同的泰译本吸引着泰国读众，影响着泰国社会和文化。以《三国演义》为例，其成功不仅促进了中泰两国的汉学和泰学研究，而且对泰国的文化政策、出版和民俗文化都产生了很大影响。然其翻译的成功却不在于译者的字斟句酌或对源语言的高度忠实，而在于其“阐释性”，其过程类似于林纾之译事：“首先由精通中文粗懂泰文的中国人口述成泰文，再由泰国作家编写润色成泰文。”这意味着译文不能囿于所谓翻译原则的局限，应对文本进行“再加工”。而真正的成功则在于迎合读者的喜好，让译作恰当地融入目标语的社会环境，不但对其无害且能带来多方面的积极影响。此外，译文在译入语境的广泛传播还取决于其他因素，如满足国家文化政策的需要（王室授意），满足人们生活方式和娱乐活动的需要，满足出版业的需要，以及满足读者获取知识、提升文化修养的需要等。翻译作为文化传播的重要手段，一旦“有了开始，（就）没有尽头，永不消逝”。

《三国演义》在泰国之“林纾式”翻译取得的成功，以及林纾本人 30 年译事的成功，说明方方面面都与原作无误的“完美翻译”并不存在。译事之重，重在自身。而文学翻译，则重在文学性，正所谓桥梁并非架于曼哈顿与布鲁克林之间，而架于曼哈顿与波士顿之间（王广州，见本书第 274 页）。译作如同写作，抑或，译作就是写作。一方面，译作一旦完成，它就脱离原作而独立存在，译者也便携手作者，在读者的阅读空间中双双消失，原作和译作也随之而变成了读者的文本。另一方面，可译性并不在于语言和风格的对等，而在于思想内容、作者意图的传达，这是促成林纾译事和中国经典泰译之成功的根本。思想和意图可传达、可表达，意即，用并非忠实于原作的语言结构尽可能忠实地表达和传达原作的意图和思想，最终“得鱼忘筌”“意足神完”。语言和风格之“硬译”不但不可取，且有句法结构抄袭之嫌。真正的翻译着重“意态”之描画。翻译（尤其是文学翻译）是再创造、再阐释和再现，但这必以尊重原文、吃透原文精神、准确把握原文“光晕”和精髓为前提。只有对原文有了“化境”的阅读，才能有传达原文意蕴的“化境”的译文。然而，“化境”不等于屈从，不等于愚忠，也不等于刻意于语言的精准而忽视人文的思想。翻译是背叛，译者是叛逆者，只不过这里的“背叛”意味着创造，只有通过创造，“原作的精华、文学的快感”才能得以再现。

这意味着，翻译中的创造是有限度的，无论怎样创造，无论表达多么相异，译文在思想意态上必须与原文越近越好。因此说，翻译不是改写，更不是改编。莎剧《麦克白》在昆剧（《血手记》）和京剧（《欲望城国》）两个不同戏曲剧种中的改编导致了原剧中麦克白的“内质变形”，但在戏曲剧种、文本结构和表演风格等方面都迥异的两剧中竟出现主人公心理特质的一致性（李小林，见本书第281页），而在形式结构上，原剧和两部改编戏曲之间却无重大差别，这的确是一个值得深思的现象。与翻译一样，改编所涉及的不仅是语言表达的置换和文化场所的挪移，而且涉及所移入戏曲传统的历史、文化、民俗、信仰等因素，由于这些因素在两种移入戏曲中起到的作用相同，因此导致了二者内在的一致性，又由于其与原剧中这些因素的相异，因此也导致中国版麦克白的“内质变形”，即对原著的“偏离”。这或可是翻译中对不可译性之“归化”的具体表现。在这种“归化”中，作为译者的改编者自觉或不自觉地融入主体意识，把原初“意义”读解成中国“意味”，结果，麦克白的野心演变成东方的天意；悲剧的灵魂拷问变成中国神怪故事中的鬼魂索命；西方宗教的善恶有报转而成为佛教的因果报应；作为悲剧之必然效果的灵魂净化则演绎成宿命理念驱使下的天意规避。如果说“偏离”导致了原剧悲剧意义的丧失，却也在改编（转译）的中国戏曲中达到了内容与形式的统一，进而取得了中国本土戏曲的效果，又由于其情节的“陌生化”，其戏剧性（文学性）或许更为厚重，达到了林纾译事的效果。

不同语言和文化之间的翻译和改编导致原作的“内质变形”，但由于思想意态的“归化”而仍然能在译入语和译入文化中获得成功，这与译者/改编者的意向和决定直接相关。而就不同文类的移植而言，如从小说向电影的改编，改编者/导演的意向也同样起着决定性作用。张爱玲的小说《色，戒》2007年被搬上银幕，导演李安经过精心改造，对张爱玲小说中的革命话语重新修正，上演了一幕集民族主义、政治危机、爱国救国运动和浪漫爱情于一炉的一出“别样”戏剧，同时开辟出“偏离”小说原作的多维电影故事空间（罗靓，见本书第292页）。就电影改编来看，导演对当时青年学生的革命政治进行了人性化处理，对小说中的愤世嫉俗和动摇的革命倾向进行了解构，对青年学生的波希米亚式生活方式和青春冲动赋予了极富同情心的描写，通过对三十年代左翼歌曲（尤其是田汉作词的歌曲）进行戏剧性处理，凸显了歌曲渲染的爱国情怀和饱满的政治热情，使其成为电影整体空间的有机部分。于是，戏剧和电影、小说和银幕就在戏剧性和表演性、忠诚与背叛、爱与欲的三重视角张力中展现，巧妙地表现了爱国主义、暴力与爱欲的多层次含义，迫使观众在接二连三的生活场景中思考电影中表演的真实性以及社会现实在电影中的演绎性，进而在以性别和伦理为主体的政治语境中，反思当时以及当下（观看影片时）的个体身份和集体身份建构。所有这些在小说原著中并不明显存在（尤其是李安植入影片中的三个戏剧性场景），但却在电影中充分体现了导演/改编者/译者的叛逆性，并以这种叛逆强化和凸显小说中隐含的但却从未予以清晰言表的隐蔽性信息。

随着经典阅读的大力提倡，文化传播渐趋于泛化，经典的翻（重）译、改编或改（重）写也日益成为中外文学领域的常见话题。但由于经典重译并非易事，加之出版业追求商业利润，重译者未必有能超越原译者的。以《红楼梦》英译为例，至今英文全译本两种，尚未出现其英译重译者，究其缘由，不外乎无人敢超杨霍。霍为操英文母语者，英文道地；杨为操中文母语者，原文精到，且有操英文母语者参与。按理，后者似应超越前者。然其译作在英美之接受却未必，原因在于霍译原本校勘之精准（范圣宇，见本书第 305 页）。霍译“百纳”，功夫尽在译前校勘，即将众多底本优点集于一本，虽只一家之言，却也对小说作者之身份、小说之演变、论者之身份、编辑之可信度、编辑之性质等，依“校法四例”，一一考察，先得底本之异同，后考察其是非，各取所长，方才动笔。此一番传统治学的功夫，今人重译者非但不能比，反而大有鄙夷不屑一顾之嫌，实在不应该。而无论翻译还是重译，究其实，底本正，则译本正；译本正，则重译本正，此为至理。

对于《红楼梦》等中国古典小说，国人素有“评点”之做法。时有点评家金圣叹，用“选家”评文眼光，把一部《水浒传》“凌迟碎砍”，按今人说法，当为“解构”，并具有“文法”理论之文学价值和美学意义（陈庆祝，见本书第 314 页）。所谓“文法”，即“文章之法”，指文章的写作技巧、写作手法及结构的研究，属于文章学，其由来可溯至先秦。所谓“评点”，源头可溯至汉代经学，而成于宋代，即于读书时以点、抹、划三种标记，作于空白间，在切要处旁注小批，记下心得，而对于“八股”读物，则有圈、点、眉批、夹批、总批等方式。金圣叹“文法”评点之合理性见于章回小说的作者经历和《水浒传》的文本结构。中国古代“四大奇书”标志着这种章回小说的成熟和繁荣（又见谢玉冰），对“四大奇书”的评点也代表了中国小说批评的最高水准，而其方法不外乎以“文本细读”为基础，对章回小说进行细致的结构分析，是为中国古代小说理论由外部社会批评向内部文本批评的转向，这在西方文学批评领域乃是 20 世纪 40 年代以后的事了（参见英美“新批评”）。美国汉学家浦安迪就曾得益于金圣叹的点评，认为中国“奇书文体”的内在逻辑结构是“二元补衬”和“多项周旋”，以“绵延交替”“反复循环”的情节描摹世间百态、人世沧桑，迥异于西方传统长篇小说统一连贯的“首、身、尾”紧密相接的整体结构。然而，恰恰是西方论者横加批判的这种“联缀式”结构成了美国华裔小说家汤亭亭戏仿的对象（杨春，见本书第 322 页）。

所谓戏仿，指的是对已经存在的语言与文化材料（前文本、现文本）的一种有差异的模仿，可以是恶意的攻击、轻蔑的嘲笑、玩笑的游戏、善意的嘲弄或虔诚的崇敬。由于含有前文本和现文本的双重编码结构，戏仿者与被戏仿者合为一体，使戏仿常常呈现出爱恨交织、充满矛盾的状态。按哈琴的说法，这恰恰是后现代主义小说的特点。对于在两种文化夹缝中成长起来的华裔美国作家汤亭亭来说，要把中美两种文化传统融入一部小说之中，对其素材、资源和符号进行戏仿、改写、重写，这就不失为最有效的手段，而所戏仿的对象大到某个文类或某部作品的整体结构，小到一个典故、一则寓言、几行诗句，乃至作为文化符号的一个人名，剔除其偏见、刻板印象、陈旧的固定模式，凸显其积极意义和正面价值，进而将其转化为华裔美国文化传统的有机部分。通过对中国章回小说的“联缀式”结构和“头回”故事模式之创造性模仿，汤亭亭使其成为华裔父辈在美国苦难经历和英雄业绩的载体。

实际上，“绵延交替”“反复循环”的情节描摹不仅仅是中国古代章回小说的典型特征，作为文学创作手法，这种“重复叙事”在西方现代和后现代小说中并不鲜见（褚蓓娟，见本书第 218 页）。简单一点说，重复就是多次讲述只发生过一次的事件；复杂一点说，可以有文字的重复、句子的重复、事件场景的重复，以及情节、主题或人物的重复；而从理论上，则可分为“柏拉图式的”重复和“尼采式的”重复。海勒的小说就包含这种事件重复、语句重复、主题重复、人物重复等，甚至含有“柏拉图式”和“尼采式”的双重重复，因此被视为一种独特的后现代重复性叙事。其主要表现形式为回忆、循环、互文和模仿。而究其实，作家在小说中所要表现的并不是文字游戏或语言的巧用，而是人生百态、宇宙奥妙、世事玄机，因此，任何一种关于重复叙事的理论都难以解释小说中纷呈的生活世界，作品中纵横交错的重复未必是作家故意为之，而是生活现实的必然写照，无以用条分缕析的理论一一观照，最终，它只是作家用自己的文本展示的艺术之多元交叉的姿态。

六、作家、场所与新文学史

这种多元交叉的姿态不但构成了文学文本的内容和形式，却也是作家自身的缩影，也即作家在或伟大或平凡但却坎坷的创作生涯中塑造的自身的多维形象。福斯特就是一例（姚建彬，见本书第 229 页）。对非常熟悉福斯特的中国读者来说，他首先是小说理论家，其次才是小说家。一部篇幅不是很大的《小说面面观》以七个译本在中国流传半个多世纪，深深地影响了中国的文学批评、文学理论乃至文学创作。作为小说家，其六部长篇小说已有五部被译成中文，虽非家喻户晓，却也赢得了知识阶层读者的青睐。福斯特小说的重要价值在于挑战了英国风俗小说的道德传统，检视了维多利亚时代关于行为习惯、理性之重要性以及社会阶级之间的关系。当然，生活中的福斯特还兼有记者、同性恋者、“中国人的朋友”等多重身份，这或许决定了他在中国被广泛传播和书写的多侧面性和丰富而又具有活力的形象建构。这个形象“不是在单一文本层级上建构起来的，而是在多个层级的文本序列以及这些不同层级的文本序列的相互关系之间建构起来的”，而这种互文关系则“受到社会条件及特定历史语境下的意识形态的影响”。

然而，诸如福斯特之作家多层级的身份或形象建构在美国当代小说家保罗·奥斯特的作品中却不尽然（游南醇，见本书第 170 页）。现实中的作家与作品中的作家之不同，似应反映作家对自身、对写作、乃至对世界的认识。奥斯特所关心和书写的人物群体是作家，因此也把自己置于小说描写的映像之中。这些作家都“活在不确定性当中”，出于寻找自我的需要而不断创造人物角色，但虚无缥缈的人物无法为作者自我提供一种实实在在的角色证明。他们继续在“密室的旅行”中苦苦追寻，但每一次旅行都意味着“舍身成文、舍身成言”，作品中的“我”依然“茫然”不知所措。于是，他们反过来主动充当作品中的角色，却又发现这个角色仍然不是作者费尽气力所要发现的“我”。原来，作者既不能从作品中发现自我，也无法在自己的作品中表达“自我”。“我”消失了。作家只是一个记录者，即巴特所说的抄写员。作家与其塑造的人物如同两面相互映射的镜子，每一面镜子中的映像都似乎映射着自我，但又都不是自我，二者之间只是一种映射和被映射的关系，抑或是书写和被书写的关系。透过这两面镜子，我们看到的只是一个封闭的牢笼，或许，那就是作家进行写作的场所，一个纯粹私人的场所，在这里，“我”无足轻重，“谁在说话”无足轻重，因为这里已经不是现代性精心构筑的那个“资产阶级公共领域”了。

毋宁说，在现时代，文学赖以产生的“公共领域”已经由城市的“咖啡馆、沙龙、宴会”再度回归到现代性之前的那个私人领地了，那种“充满人文色彩”的贵族间的“愉快交谈”（董洪川，见本书第246页）也变成了作家于中进行苦苦思索的“密室”，一个不属于任何主体也不属于任何集体的封闭空间。那么，作为现代性之标志的“公共领域”是如何从“一个由私人集合而成的公众领域”，转而成为反映城市现代性的“文学公共领域”，进而又在“后现代”多元文化语境中再次演变成私人之封闭“密室”的呢？按哈贝马斯所说，“公共领域”本来就是一种兼具私人和“公众”性质的空间，从一开始就具有私人特征。经过了“历史现代性与审美现代性相互依赖又互为对抗”的发展，以及在伦敦、巴黎、纽约等城市发生的诸场现代主义文学艺术运动，“公共领域”中那种平等交流、自由辩论、相互影响的氛围培育出了一种理性争论和批判的精神，形成了与资产阶级现代性相对抗的审美现代性，使得资产阶级现代性在19世纪就开始分裂了，取而代之的是资产阶级“文化工业”的发展。这种“文化工业”以其机械复制和批量生产导致了艺术品的商品化，使得“作为自由之精神生产”的艺术品变成了消费品，成为只具有使用价值的器物，而在深层意义上，则以虚假的文化快感和幸福承诺掩盖了情感的标准化和风格的格式化，并以与意识形态等值的价值交换抹杀了艺术家的个性，或许这就是保罗·奥斯特等后现代个体艺术家再度苦苦追寻失去之自我的原因。

在英美现代主义文学发展史上，这种追寻具体体现为对资产阶级“文化工业”进行反击的各种文化运动，包括由出版社、报刊、各种传播媒体构成的“交往网络”，它们从一开始就兼具“公共领域”和“私人空间”所共有的一种与意识形态相对抗的反思与批判特征，其内涵便是对西方现代和后现代世界的揭露与批判。在这个前提下，我们该如何理解文学，如何进行文学批评和理论建设，又该如何撰写新形势下的文学史？

在全球化语境下，文学研究已不再囿于国别文学或单个学科的限制，而跨越国别和学科界限进行跨国别、跨文化、跨学科的多元研究，注重的是个别作品中的世界主义因素，探寻的是多元语境下的差异性或异质性，以比较为方法，以翻译为侧重，深层理解文学中语言的本质问题和普世的人文关怀，最终建构一种基于过去、寄寓未来、重在当下的世界文学。诚然，无论何时，比较作为文学研究的一种方法始终是一件有力的利器，但在当前语境下，作为一门学科的比较文学则“陷入危机”（周小莉，见本书第 332 页）。韦勒克所反对的法国学派的“外部研究”和他自己定义的“内部研究”，都已经在符号语言学的冲击下，转向基于语言本质的研究，文学已经不再是传达真理或主体感受的手段，而有其自身存在的价值，文学研究也必然聚焦于诸如“隐喻”“转喻”“叙事语法”“叙事结构”等内在规律和形式结构。然而，语言的功能却不在其内部形式和结构，而在其交际和表达，“意义只存在于特定的语境中，并随语境的变化而变化”。因此，只注重相对稳定的内部结构而忽视外部无时不在变化的意义生产，就未免有些本末倒置。于是，在对形式主义和结构主义的质疑中，解构主义应运而生。由于解构主义所力主破解的是西方形上思维的二元对立模式，因此作为比较方法之基础的二分法也就成为众矢之的，作为学科的比较文学也随之陷入飘摇之中。

但是，比较文学作为一门学科却不能因此“死亡”，而其“重生”就在于对“旧有”学科的改造：在不抛弃文本内部结构研究的同时，注重外部语境中文本意义的生成；从文学研究学科内部跨越到社会学、历史学、媒介学、人类学、科学史等跨学科的研究；从对西方或欧洲中心主义的批判，转向对不同民族文学经典的差异性解读和公平对待，从对原文的基于细读的形式分析，转向对语言能力，尤其是翻译能力的重视，使得“比较文学成为最具包容力和最能迎合当今跨学科研究潮流的领域”。换言之，在全球化语境下，比较文学与其他各种文学研究的界限不再清晰了，甚至可以说融为一体了。这种融合凸显的是这样一个事实，即，文学，无论国别的还是比较的，都内嵌文学性、世界性和普适性，其共享的理论平台就是语言性。于是，除了以往的外国文学研究显得分量不足外，外国文学史的编撰也显得不合时宜了。

顾名思义，外国文学史乃国外某一个国家或地区的文学史；它实际上是依据国别文学史进行的文学研究，因此不属于大历史研究的范畴，而可列入文学研究这个专门范畴之内（肖四新，见本书第 342 页）。当然，外国文学史立足于民族—国别文学，但在具体实施中，却离不开对世界文学总体发展规律的把握，因此，国别文学之间的比较仍是不可或缺的，这决定了“外国文学史”之“总体文学”研究的范式，即一种基于国际视野、在互为参照的民族—国别文学发展史中总体地把握世界文学发展规律的“总体性叙事”。由于这种“总体性叙事”易于依同一性意识形态与诗学形态对研究对象进行简单化处理，将某一国别文学“异化为其意识形态和民族政治的承担者”，所以，在后现代语境中常常遭到诟病。毕竟，文学是个人情感与民族精神的表达，与其产生的时代、文化语境、个体生存状况息息相关，其构成因素是纷繁复杂的，不能被完全统一在某一“总体性叙事”之内。此外，总体性叙事不仅规定认识对象，也规定认识主体，致使认识主体对自身缺乏限定，易于用部分代替整体，从而“将过分沉重的历史任务强加给总体性”。如是，以总体性叙事为主导的文学史就将有失公允，造成偏颇，甚至具有极强的主观色彩。但是，按哈贝马斯的说法，现代性是一项“未竟的事业”，不同时代必然以适合自己时代特征的方法撰写自己时代的文学史。后现代语境虽然以异质性、差异性和破碎性打破了现代性的整体格局，但与现代性的界限依然是模糊的，后现代性中依然包含着浓重的现代性因素。如此，其“文学史”的撰写乃至文学研究就仍然离不开总体性，即便新的文学史形态的出现也必然会或多或少地依靠总体性。其区别在于，这种总体性已不再是原来抛弃文本客观性的抽象存在，而是内在于历史的以具体文本为主要对象的总体性，即在实践中把握主客体的辩证关系，平等地把握整个社会历史性的存在。就整体与部分的关系而言，整体既对各个部分起着统辖的作用，同时又要协调各个部分，使之和谐地相互共存，通过强调整体与部分、同一性与差异性、历时性与共时性的共融关系，在文学史中实现从碎片性“事实”向整体性“现实”的转型。

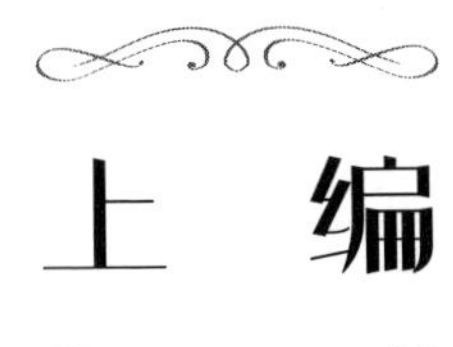

上　编

作家与作品研究

《尤利西斯》：笑谑风格与宣泄—净化的艺术

郭　军　中国人民大学

爱尔兰作家詹姆斯·乔伊斯的大作《尤利西斯》一经问世（1922），就震撼了整个欧美世界，这不仅指它对性与身体的大胆描写所引起的"一个抵抗出版的伟大运动"，[1] 更指它前所未有的创新形式给文学带来的巨大冲击。小说一出版，T. S. 艾略特就用"惊讶、惊喜、惊恐"概括自己的第一反应，[2] 并预言，这部作品形式与内容之间的巨大张力，即它用戏仿、甚至戏耍荷马史诗的形式来叙述自己民族的历史与现实的风格，不仅意味着史诗的终结，也意味着小说的解体，必将把文学引入一个新时代，而乔伊斯则将成为一个无人能逃避其影响的大作家。自《尤利西斯》正式出版 90 多年以来的现代文学发展史验证了艾略特的预言，同时也验证了、并继续验证着乔伊斯本人的狂言，即这部作品"要让教授们忙上几百年"来解析。[3]

那么，这究竟是怎样一部作品？如此震撼又如此费解？对此，乔伊斯在书即将出版前曾向朋友有过说明，他称这是一部"该死的魔鬼般的小说"，但又强调，这是"两个民族的史诗（以色列、爱尔兰），同时是人体的循环，还是关于一天（生活）的小故事。……也算一部百科全书了"。[4]

这可看作对这部作品形式之怪异与主题之复杂的高度概括。在此，乔伊斯所说的小说，不再是维多利亚时代的现实主义小说，而是体现了巴赫金意义上的"小说精神"的作品，以笑谑风格为主要特征，这是与正规史诗完全对立的艺术风格，但乔伊斯却正是用这种风格为一个由于殖民统治而在象征层面如犹太民族一样流亡的爱尔兰民族写史诗，那么这是怎样的史诗？将取得怎样的效果？达到什么目的？这是本文以下要展开论述的话题。

一、史诗与历史语境

史诗是一个古老的体裁，其经典之作是荷马的《伊里亚特》和《奥德赛》，黑格尔在其《美学》中称之为"正规史诗"（normative epic），[5] 因为这是"一个民族的

1 对此乔伊斯曾经调侃道："它代表的是清教徒、英帝国主义、爱尔兰共和党人和天主教徒——瞧这大联盟！老天，我该得诺贝尔和平奖了。" James Joyce, *Selected Letters of James Joyce*, Richard Ellmann, (ed.) London: Faber & Faber, 1992, p. 271.

2 T. S. 艾略特 1923 年 11 月在《日晷》（*The Dial*）杂志上的文章 "Ulysses, Order and Myth" 如是说，这文章可谓第一篇对《尤利西斯》的公开正面评价。T. S. Eliot, *Selected Prose of T. S. Eliot*, Frank Kermode, (ed. & introd.) London: Faber & Faber, 1975, p. 175.

3 Richard Ellmann, *James Joyce*, London: Oxford University Press, 1983, p. 521.

4 James Joyce, *Selected Letters of James Joyce*, Richard Ellmann, (ed.) London: Faber & Faber, 1992, p. 271.

5 黑格尔，《美学》第三卷（下），朱光潜译，北京：商务印书馆，1984 年，第 107 页。

传奇故事，是其绝对原始的书，它凝缩了民族的意识，堪称民族精神的展览馆，从这个意义上，它就是民族纪念坊，甚至是民族的圣经”。[1]而乔伊斯的《尤利西斯》则是对所有这些主题的颠覆与批判，它虽借用了《奥德赛》的框架，写的却是历史噩梦、社会积弊和民族痼疾，因此这是一部另类史诗，甚或就是阿多诺意义上的“否定的史诗”（negative epic）。[2]

那么，作为一部民族叙事，乔伊斯为何不选择正规史诗，而走另类之路？其根源就在于，乔伊斯所对应的历史语境已经再也不是正规史诗的语境，后者所对应并表征的是古希腊，正如黑格尔所说，那是一个民族精神自由的时代，它既摆脱了初始人类的混沌状态，也摆脱了外族侵略的奴役状态，而后来成为教条、戒律、体制的宗教、政治、道德、法律等，在那个时代都还是些灵活和流动的思想信仰，而不是权力话语的把控，因此那个时代的人类精神是自由的，世界是自由的。而最重要的是，在那个时代，人的内在追求和世界的内在意义是一体的，个人的信仰和民族的信仰也是统一的。在这个意义上，那又是卢卡奇后来在其《小说理论》中所说的具有总体性的时代，即外部总体和内在总体统一的时代。这便意味着，在这个时代，主体不需要去寻找意义，意义生动地体现在大自然和生活本身，所以这样的时代没有哲学，哲学是主体与世界异化的产物，而哲学对意义的追索是“思乡病”的症候，[3]即对失去的意义家园的思恋。由此，卢卡奇把史诗的时代和现代界定为两个不同质的时空体，前者以“内在性”（immanence）为特征，即意义内在于世界；后者以“超验性”（transcendence）为特征，即意义是主体营造出来而赋予世界的形式。[4]自人类进入现代，史诗的世界就已经一去不复返了。正因为如此，巴赫金借用歌德和席勒的术语称之为“绝对的过去”，那是“民族英勇的过去，是民族历史的根基和高峰构成的边界，是父辈和祖先的世界，是先驱和精英的世界”。[5]

叙述那样的世界或时代，必然产生黑格尔意义上的正规史诗。从人与世界的关系层面来说，它们是直接体现意义之在场的表征或再现，而不是追索不在场的意义的寓言，因为意义是显在的，具体体现在它们所描述的每个细节上，包括人物及其所使用的物件。从个体与总体的关系来说，它们所叙述的任何片断都是一个伟大业绩的一部分，而不是孤立的个别事件，且这业绩中的任何一个英雄都不是孤胆英雄，不是游离总体的单子，而是其中的一分子，他们的行动在一个宏大的时空展开，代表着民族的精神价值，决定着民族的生死存亡。

这种意义上的史诗也决定了诗人与他的叙事对象的关系，表现为，两者之间

1 黑格尔，《美学》第三卷（下），朱光潜译，北京：商务印书馆，1984 年，第 108 页。

2 Theodor W. Adorno, *Notes to Literature*, Vol. 1, New York: Columbia University Press, 1991, p. 35.

3 György Lukács, *The Theory of the Novel*, Cambridge: The MIT Press, 1982, p. 29.

4 György Lukács, *The Theory of the Novel*, Cambridge: The MIT Press, 1982, pp. 35, 40, 121.

5 巴赫金，《巴赫金全集》第三卷《小说理论》，白春仁、晓河译，石家庄：河北教育出版社，1998 年，第 515 页。

保持着“史诗距离”。[1]这首先是时代距离，诗人叙述的是一个过去的、已经完成的、后人无法企及的伟大时代，而不是正在进行时的当下，因此这同时也是一种态度距离，在诗人眼中，史诗的世界神圣而崇高，不可改变、不可撼动，用卢卡奇的话说，便是，史诗是摹本，摹写一个诗人深信不疑、无条件接受和敬畏的范本，他绝不用自己的视角和态度进行任何的变形和虚构，从这种意义上，巴赫金把史诗风格叫作“直接语言”或“直接体裁”。[2]描述这样的世界的诗人，正如本雅明在其语言论中所描述的天堂中的亚当，他只需用语言去命名或确认即可，因为上帝已经创造好了一切，并赋予意义。他的语言与对象的关系，一如镜像关系，直接对应，两者之间没有张力，因为没有质疑、评价或任何作家本人的主观色彩参与其中。[3]

但是，当这样的世界已经发生变化后，如果还用同样的语言风格言说世界，则要么是为统治集团唱赞歌，要么纯属欺骗、造假、愚民，所以巴赫金也借用亚当形象来描述这种“直接语言”或“单语性”在后史诗时代的不可能性：“只有神话中的亚当，那个来到不曾有人说过的原始世界发表第一番言辞的孤独的亚当，才真正做到了始终避免在对象身上同他人话语发生对话的呼应。”[4]换言之，在后史诗时代，如果还用上述那个天堂里的亚当的态度使用语言来指物展意，那其实是一个伪亚当的骗局或迷宫，要么是欺骗别人，要么是自己迷失在里面走不出来。

《尤利西斯》所对应的1904年的爱尔兰，就正是一个后史诗时代，这不仅泛指一个与古希腊那总体的世界不同的破碎的现代世界，更具体指一个双重殖民状态下的历史时空，其物质空间受英帝国统治长达近八个世纪，精神空间受天主教把控则时间更长。乔伊斯称前者为恺撒，后者为基督，前者始而以暴力来征服，继而以严惩来管制；后者则以信仰体制来辖控，用道德戒令来约束。如此状态下的爱尔兰人，借用美国批评家萨义德的话说，就是“自己国土上的囚徒”。[5]而其整个历史记忆，则一如英国批评家伊格尔顿所说，如同廉价的恐怖故事，充满各种血腥残杀，包括殖民统治者（新教徒）对天主教徒的迫害、爱尔兰教派之间的互相残害、由爱尔兰农民组成的抗英组织在混乱无序的抵抗中的无谓牺牲、他们的宗教固执所招致的英国人的残酷惩治，等等，不胜枚举。直至乔伊斯写《尤利西斯》的时代，爱尔兰也还并未从这“历史的噩梦”中醒来，[6]还是乔伊斯所说的“两个主人的奴仆”，[7]即英帝国和罗马天主教。在如此双重把控下，爱尔兰不仅正常经济发展受阻、滞后，

1 巴赫金，《巴赫金全集》第三卷《小说理论》，白春仁、晓河译，石家庄：河北教育出版社，1998年，第526页。

2 巴赫金，《巴赫金全集》第三卷《小说理论》，白春仁、晓河译，石家庄：河北教育出版社，1998年，第508页。

3 详见Walter Benjamin, “On Language as Such and on the Language of Man”, in *Selected Writings*, Vol. 1, Cambridge & London: Belknap Press of Harvard University Press, 2004, pp. 63–74.

4 巴赫金，《巴赫金全集》第三卷《小说理论》，白春仁、晓河译，石家庄：河北教育出版社，1998年，第58页。

5 Edward W.Said, *Culture and Imperialism*, New York: Alfred A. Knopf, Inc., 1993, p. 214.

6 James Joyce, *Ulysses*, New York: Vantage Books, 1961, p. 34.

7 James Joyce, *Ulysses*, New York: Vantage Books, 1961, p. 20.

民不聊生，且精神状态也萎靡不振，民族个性则既狭隘又迷信。

如何叙述这样的民族？这在当时那个由民族领袖帕内尔所领导的解殖民化的民族主义政治失败后、由文化与文学运动取而代之的时代，是以诗人和作家为主体的爱尔兰知识精英们所面对的任务。当时的两个文化主流，一个是爱尔兰文学复兴运动，由诗人叶芝所领导，另一个是盖尔语语言协会，由天主教民族主义分子所创建，他们都在搜集构建民族史诗的材料，以便找回自己的本原、认同价值和凝聚力，重建几个世纪的殖民统治所毁掉的民族统一性、尊严和身份，借此来激发民族意识，把松散的“人群”缔造成团结的“人民”,[1] 为解殖民化和民族复兴奠定文化和意识形态的基础。

于是，他们回到古老的凯尔特神话与传奇中去寻找灵感、原型和象征意象，当时著名的爱尔兰历史学家和诗人帕特里克·帕斯就从悠久的爱尔兰历史中挖掘出了一整系列先知与殉道者的事迹，叶芝则整理出了整个凯尔特神话与英雄传奇，并将这些在他与格里高利夫人所创建的民族剧院上演，通过最能体现这一切的爱尔兰西部农民形象来昭显民族历程、身份和追求。与此相呼应，盖尔语语言协会则从已经流失的爱尔兰语言和体育运动中寻找文化元素，强化民族意识，其中更为激进的民族主义分子则在对殖民历史的叙事中，一方面通过揭露帝国的残暴来激发仇恨与暴力对抗，另一方面，则对历次抗英斗争中的流血、牺牲、惨败不加反思地进行赞美讴歌，由此而激发悲情、感伤但又浪漫的缅怀。上述两个文化运动互相补充，共同打造，几乎营造出一种文化政治版本的准宗教，填充了后帕内尔时代民众的精神和象征空间。

但是，在乔伊斯看来，上述种种努力，尽管愿望美好，却事与愿违，因为回归族性、历史，以农民形象为原型来凝聚爱尔兰人，这实际上更把爱尔兰人推进到与欧洲人相比而原始落后的“他者”和“边缘”地位，这种复兴的努力不啻与帝国的合作。此外，从极端民族主义立场而激发的仇恨，不仅指向英帝国，也导致了对任何外来文化的排斥与敌视；而对暴力斗争、流血牺牲的煽情与浪漫渲染，则带来狂热与盲动。所以在乔伊斯看来，复兴运动并没有能够打造叶芝所期待的“人民”，反而造就了一群大喊大叫的“乌合之众”。[2] 乔伊斯认为为这样的民族写史诗，更需要的是反思历史与清理积弊，而不是赞美传统与讴歌英烈，他正是在这种对峙的立场上，选择了他独特的风格，即他也写史诗，却不再用史诗的敬重态度和崇高语言，而是用巴赫金的“小说精神”和笑谑风格，由此所写的史诗必然是极端偏离正规史诗的另类史诗。

二、另类史诗与“小说精神”

这部史诗的另类性就在于小说精神与经典史诗框架之间的极端张力，即作为

1 叶芝认为当时爱尔兰没有人民，只有人群。详见 Emer Nolan, *James Joyce and Nationalism*, London & New York: Routledge, 1995, pp. 26–27.

2 James Joyce, *The Critical Writings of James Joyce*, Ellsworth Mason & Richard Ellmann, (eds.) New York: Viking Press, 1959, p. 68.

民族史诗，《尤利西斯》却没有了与民族一体的英雄，而代之以两个与主流对峙的反英雄，因此也是两个不同于盲众的清醒个体，他们作为一种差异力量，不再对“绝对的过去”[1]肃然起敬、不敢撼动，反而揶揄与挖苦，颠覆与捣毁，既针对殖民历史话语，更不放过民族叙事中的陈词滥调。正是借这两个反英雄的立场和视角所进行的这些大不敬的文学行动，乔伊斯使巴赫金意义上的“小说精神”成了这部史诗的主旋律。

实际上，巴赫金的“小说精神”，正是其在与史诗风格的比较研究中提出来的概念，在巴赫金看来，与史诗以记忆与传奇为基础、因此必以敬重风格直接再现对象的态度相比，小说是建立在清醒的认识论基础上的，以知性、反思、批判、反讽来评述它的对象，这就意味着，这种意义上的小说极其符合乔伊斯所追求的与蒙昧相对立的“现代精神”，或代表这种精神的“解剖学”，[2]它消除了对叙述对象的敬畏，敢于近距离地审视、诊断、翻转、切割、拆卸，并最终显现其表层下面的东西。在巴赫金的研究中，对叙事对象最大胆的解剖，也是最能体现“小说精神”的文学手法就是起源于希腊—罗马时代、并在中世纪拉伯雷的小说中达到顶峰的笑谑风格。它最早来自民间的智慧、幽默和无畏，也来自大众节日庆典上的合法化的自由与狂欢，如农神节、愚人节、驴节、狂欢节等，在这些场合，禁令被打破，规范被推翻，等级被颠覆，权威被嘲笑，宗教被世俗化。在此基础上产生了各种形式的笑谑艺术，如对崇高文本、神圣经典的讽刺模拟，对宗教仪式的滑稽演绎，对崇高形象的揶揄、挖苦、直至颠覆、捣毁，等等。

所有这一切，尽管形式杂多不一，但却有一个共同的精神，即“无情的批判精神，清醒和揶揄”。[3]这是因为笑谑风格“消灭了史诗距离，以及任何表现等级的距离，……从各个方面亲昵地打量对象，让它翻身，把它里外翻个，上下看遍，打碎它的外壳，窥探它的内心，怀疑它，拆散它，分解它，使它裸露，进行揭穿，自由地加以研究，拿它做实验。”由此，“就为绝对自由地研究它的对象做好了准备。没有无所畏惧的前提，就不可能有现实主义的认识世界，而笑谑便是创造这一前提的一个极其重要的因素。”[4]

可以说，乔伊斯在《尤利西斯》中，把这种精神用到了极致，使得批评家戴

---

1 巴赫金，《巴赫金全集》第三卷《小说理论》，白春仁、晓河译，石家庄：河北教育出版社，1998 年，第 519 页。

2 James Joyce, *Stephen Hero*, New York: New Directions Books, 1944, p. 186. 巴赫金在其对拉伯雷和中世纪与文艺复兴时期民间文化的研究中，就把拉伯雷小说中出现的对狂欢节或婚礼上的笑谑痛打游戏中身体肢离破碎的夸张描写界定为解剖学式的，并认为，拉伯雷用大众对国王或讼棍或任何小丑扮演的大人物身体的摧毁来象征对崇高、严肃、权威和单一、绝对真理的瓦解。（巴赫金，《弗朗索瓦·拉伯雷的创作与中世纪和文艺复兴时代的民间文化》第 3 章“拉伯雷小说中的民间节日形式和形象”，见《巴赫金文论选》，北京：中国社会科学出版社，1996 年，第 163–251 页。）

3 巴赫金，《巴赫金文论选》，北京：中国社会科学出版社，1996 年，第 480 页。

4 巴赫金，《巴赫金全集》第三卷《小说理论》，白春仁、晓河译，石家庄：河北教育出版社，1998 年，第 526 页。

维·洛奇称，《尤利西斯》就是这种意义上的“巴赫金话语形态的宝库”。[1] 这种对应绝非巧合，而可以说是巴赫金、乔伊斯对各自所处的时代、现实、世界在某种程度上的相似理解分别以理论和实践的形式产生了呼应与印证。巴赫金本人所处的是斯大林主义的集权时代，其社会、政治文化空间是由“宏大叙事”的“独白”所占据，作为对这种氛围的反应，他用诗学来表达政治立场，所以他选择了不同于形式主义的研究对象和视角，他的研究对象不是孤立的文类，而是在几个转型的时代所产生的与史诗等崇高文本的世界观、体裁、语言相对抗的小说，如希腊—罗马讽刺文学和拉伯雷的小说，他把这样的作品作为与“单语”“独白”“诗意”“崇高化”对峙或反叛而发展起来的艺术形式来研究，因此反复强调，文学语言不是语言学意义上的，而是修辞学意义上的范畴，即文学语言带有作者的音调或语气，而不同的音调或语气是不同的意识形态和世界观的反映。

而这也正是以这个理论为视角研究《尤利西斯》这部另类史诗之特征的合适之处。如前所述，乔伊斯的写作语境也是个转型时代的社会，充斥着崇高话语，既有天主教的经典叙事和殖民主义的历史叙事，也有复兴运动的文化史诗和民族主义与爱国主义的赞歌与悲歌，所有这些从某种程度上也将这个环境变成了一个巴赫金所说的“封闭的托勒密式的世界”。[2]《尤利西斯》正是针对这些崇高话语而进行的反潮流写作，它的笑谑手法所产生的怪诞、变形、陌生、狂欢等特征通过把上述所有的崇高话语低俗化、滑稽化而颠覆瓦解了这个世界，打开了新天地。所以《尤利西斯》与其说是广义的“现代主义”或“后现代主义”艺术的代表，莫如说是乔伊斯针对上述崇高话语而表达自己的判断、批判、否定和颠覆意图的具体历史语境下的产物。

三、宣泄—净化的艺术

正如巴赫金所说，笑谑手法在不同的语境中成就了不同的艺术效果，如颠覆、摧毁、自由、解放、欢庆等，而乔伊斯对笑谑手法的应用针对其特定语境，则带来了“宣泄—净化”（Katharsis-Purgative）的艺术效果。[3] 他所宣泄的是对殖民历史的愤慨，他所净化的是民族叙事中的陈词滥调，而颠覆殖民历史话语和狭隘的民族传统叙事正是乔伊斯所认为的民族解放的双重步骤，因此《尤利西斯》中最辛辣、最笑谑的艺术就被用来实施这双管齐下的颠覆。

先看前者。众所周知，爱尔兰的殖民历史始于 12 世纪，当时爱尔兰国内天主教会内讧，双方都向罗马教廷状告对方弊端，所以当阿德里安四世任教皇时

---

1 Keith Booker, *Joyce, Bakhtin, and the Literary Tradition: Toward a Comparative Cultural Poetics*, Ann Arbor: University of Michigan Press, 1995, p. 8.

2 巴赫金，《巴赫金全集》第三卷《小说理论》，白春仁、晓河译，石家庄：河北教育出版社，1998 年，第 486 页。

3 乔伊斯自费出版的《圣职》（*The Holy Office*）（1904）可以说是他的艺术的独立宣言，在这首诗的第一句他就明确宣告：“Myself unto myself will give / This name, Katharsis-Purgative.”（James Joyce, *The Critical Writings of James Joyce*, Ellsworth Mason & Richard Ellmann, (eds.) New York: Viking Press, p. 149.）表达自己与复兴运动作家诗人们对峙的文学追求，即用诚实、直率、无畏来揭露与清除任何僵化、虚伪、酸腐的东西。

（1154—1159），这个历史上唯一的英国籍教皇就把爱尔兰赐给了英王亨利二世，派他前往进行教会改革，教化愚昧落后的爱尔兰人。在给亨利二世的“教皇训喻”（Bull）中，教皇称亨利二世是“一位致力于开拓教会疆域、给粗野而无文化的人民灌输基督教真谛的天主教国王”，并强调：“毫无疑问，信奉基督教的爱尔兰以及其他诸岛都应该归圣彼得和神圣的罗马帝国所有。”[1] 作为授职聘礼，教皇托使者给亨利二世带去了一只镶有绿玉的金戒指，代表把爱尔兰这个“银色海洋中的绿宝石”（爱尔兰别称）赐予亨利二世，照此说法，亨利二世进入并占领爱尔兰不是侵略，而是执行天赋使命，他当然欣然受命，从此开始了爱尔兰长达近 8 个世纪充满血腥与暴力的殖民历史。

《尤利西斯》第 14 章通过一群离经叛道的医科学生之口，再借 Bull 一词的多义（即“牛”，“英国牛”和“教皇手谕”），对英王亨利二世以及他与教皇合谋而开启了殖民历史这一事实进行了极其戏谑、丑化、变态、夸张的描述，可谓笑谑艺术的绝妙案例。在此，曾经高高在上的国王被从崇高遥远的历史中拉进了低级的现实语境中，他与给他颁发诏书而将其入侵爱尔兰合法化的教皇的合谋被与当下正在发生的牛瘟和治理牛瘟、管理牛群杂混在一起，于是他被变形为一头公牛，而教皇则成了他的牧主，他出发前教皇对他的嘱托被变形为牧主给公牛打理，为它去势如仪，然而，牧主本人就是阉人（对天主教神职人员的嘲讽），软弱无力，只好请他人帮忙。一切完毕后，牧主对陪同人员说，“一切按我亲表弟哈利老爷所说的办”，又对亨利二世说：“你获得了牧主的祝福”，[2] 说完用力在他屁股上一拍，表明密谋已达成。亨利二世临行前的准备和到达后的骄奢淫逸、强权霸道、颐指气使则被给予了更加滑稽与低俗的描写：

> 他们给他打扮，穿一件花边衬衫和裙子，配上披肩、腰带和褶裥袖口，剪短他额前的毛发，浑身抹上鲸脑油，每逢道路转角处，都为他修一牛舍，其中各置金食槽一具，满盛市上最佳干草，以便他睡觉拉屎随心所欲。这时，信徒之父（这是他们对他的称呼）已庞大臃肿，走往牧场很不方便，我岛善于哄人的夫人少女设法弥补，用围裙为他兜来饲料，他已吃饱肚皮，便屁股着地立起身来，将密处展示在各位女士眼前，并用公牛语言大吼大叫，女士们也都随后仿效。[3]

这样的描写完全可与拉伯雷《巨人传》中所表现的国王小丑形象相媲美，充满了拉伯雷式的咒骂、挖苦、丑化、恶搞，巴赫金把这看作在象征层面对国王脱冕与罢黜，也是对权威和对压迫的推翻。借用乔伊斯的笑谑语言，可以说，这就是

---

1 艾德蒙·柯蒂斯，《爱尔兰历史》（上册），江苏师范学院翻译组译，南京：江苏人民出版社，1974 年，第 109 页。

2 James Joyce, *Ulysses*, New York: Vantage Books, 1961, p. 400. 中译文见《尤利西斯》，金隄译，北京：人民文学出版社，1997 年，第 593 页。

3 James Joyce, *Ulysses*, New York: Vantage Books, 1961, p. 400. 中译文见《尤利西斯》，金隄译，北京：人民文学出版社，1997 年，第 594 页。

第 15 章中斯蒂芬在醉酒后的魔幻现实中看到的“绿布逗牛”（Green rag to a bull.）,[1] 即用象征爱尔兰国色的“绿布”戏弄英国牛（John Bull）和教皇手谕（Papal Bull）。如果说在中世纪作品中，这本身就是目的，表达了大众在不自由的状态下借狂欢节来释放压抑和对自由与解放的向往，在乔伊斯的作品中这种手法蕴含的寓意则更为复杂，不仅表达了与上述同样的愿望，更带有叙述一个特定的殖民历史时所特有的情绪和语调，表达了对帝国开启殖民历史的缘由的揭露，对教会的背叛、出卖以及与帝国的合谋的不齿，对蒙昧同胞们归顺与盲从的怨愤与鞭笞，借此而言说了创伤的历史记忆，达到了一种宣泄。

这种宣泄总会伴有相应的语言风格，表现为语言节奏加快、紊乱，意象杂混、堆砌、变异，充满含沙射影，语义极度膨胀，几乎撑破了正常用词和句法结构的界限，用拉康的话说，其语义冲破并溢出了象征体系，用霍米·巴巴的话说，这是在句子之外的写作。语言在此如同染上了病毒，破坏了系统。[2] 这是由于每到这时，几乎每个字符都充满了历史的噩梦、幽灵，也同时充满了作家与之周旋，要从心灵中、记忆里将之祛除的被殖民的主体感受，两者在语言中角力，用克里斯蒂娃的概念来说，即，用于表达正常语言逻辑的“象征层面”不断被承载情绪、情感的“符号层面”、即意象、声调、节奏、叹息、大笑等物质性因素所扰乱。德里达称这是“乔伊斯软件”（Joyceware），是他的特殊“编程”。[3] 这也正是乔伊斯的晦涩之处，而这在《守灵》中达到了极致，正如拉康所说，在那里，他的风格化语言几乎使英语不存在了。但是，这却不是后结构主义研究视角所认为的“抹去主体”，正相反，是刻写主体，即刻写被殖民者的主体性，因为借此风格，乔伊斯达到了上下颠倒，把自己提升为主体，把帝国降低为客体，将其恣意丑化、变形、扭曲、怒骂，既刻写了创伤，更宣泄了愤怒。而这不是用条分缕析的逻辑或规范叙事的语言可做到的。

如前所述，这种叙事所针对的第二个主要目标就是传统民族叙事的陈词滥调，最突出的体现是在对爱尔兰民族主义话语所建构的崇高的英烈传奇，尤其是关于民族英雄埃米特英勇就义（1803）的传奇故事的最辛辣、笑谑与讽拟的处理上，这可推 12 章那用戏仿英雄传奇风格的语言对英雄就义前在刑场与恋人诀别的场面所进行的变形、夸张、杂混、戏谑的描写为例。在此，恐怖阴森的行刑场面被描绘成一个大娱乐节目，在正式开幕之前，鼓声炮声震天动地，歌声喊声此起彼落，既有奥斯卡·王尔德的母亲这样的民族女诗人为纪念先烈而作的哀婉感伤歌曲，又有都柏林浪子莱纳汉和穆利根的滑稽小曲《拉里上架前夜》，而这首 18 世纪的民谣所描写的拉里上绞架前和在绞架上被绞死的情形，让人想起乔伊斯《法庭上的爱尔兰》中

1 James Joyce, *Ulysses*, New York: Vantage Books, 1961, p. 592. 中译文见《尤利西斯》，金隄译，北京：人民文学出版社，1997 年，第 809 页。

2 如第 12 章中几大段编造出来的人名的罗列，可谓最典型的例子，篇幅所限，故未引用。

3 Jacques Derrida, “Two Words for Joyce”, Derek Attridge & Daniel Ferrer, (eds.) *Post Structuralist Joyce: Essays from the French*, Cambridge: Cambridge University Press, 1984, pp. 147–148.

的屈死鬼老乔伊斯，[1] 但这首曲子却受到“偏爱喜剧艺术的观众”，[2] 即爱尔兰群氓的欢迎。乔伊斯借此要揭露的是，如果说抗英英烈的流血、牺牲、失败在爱尔兰民族主义斗争的 18、19 世纪被当作基督受难的命运和民族身份而接受，因而导致许多蠢行与盲动，在后帕内尔时代的都柏林市民文化中，这些则已经变成介于酸情和娱乐之间的材料了，因此镇压爱尔兰反殖民英雄的处决场面也变成了殖民者和乌合之众共享的大庙会了。

对此，乔伊斯通过观看行刑场面观众的构成成分而进行了影射，在这个观看行刑场面的观礼台最佳座位落座的是总督和夫人以及来自他们招待会上的客人，在他们正对面的看台上，则是作为“翡翠之岛”（爱尔兰）友人的外交使团。乔伊斯通过惯用的杂混、戏仿、拟声等手法，编造了一大串人的名字，既歪曲他们的形象，又影射他们的国籍，也借此倾泻爱尔兰人对“外乡人”（入侵者的别称）的排斥与愤慨，其中所介绍的第一位是使团的首席，意大利将军“吻吻，不错挺好”先生，但他已经半身不遂，须用起重机送上座位，在乔伊斯的联想中，来自意大利的权威人士无疑与罗马天主教叠化，这位瘫痪者让人想起《都柏林人》“两姐妹”中的福林神父，但他却是在爱尔兰被给予仅次于英国统治者权势地位的人物。除此之外，还包括奥地利的“浴中阴茎睾丸谷居民”先生，丹麦的“笑吧，铜涡儿子”先生，等等。这些人就圣帕特里克——把爱尔兰带进基督教世界的圣徒——的生日的确切日期争论不休，竟当场刀枪相见，混乱中，某位骑士将打斗者的囊中物收为己有，放在自己的 32 个口袋里，打斗一停止，便将这些东西各归原主，让他们恢复理性，维持太平。而这 32 个口袋影射的正是爱尔兰未分裂前的 32 个县区。借此乔伊斯所暗喻的是，爱尔兰曾为这些“外来人”提供了竞技场，自己却赔了血本，最终落得个国土分裂的结局。

这场“庙会”由行刑者出场正式拉开帷幕，巨大的广场欢声雷动，最兴奋不已的是总督府的女宾客们和外国贵宾。随后，乔伊斯一一介绍杀人刑具和盛装被肢解身体部分的器皿，而在旁边等待这些人体器官的却是动物收养所的总管。乔伊斯以这另类的方式影射当年英帝国用各种残忍的刑法处决起义者的情景。他以近乎不动声色的近距离细节描写，达到了克里斯蒂娃所说的“厌弃”效果（abjection），即让人在令人发指的事物面前产生极端的身体反应：呕吐，正应了伊格尔顿的话，爱尔兰历史就是一部廉价恐怖小说。

“庙会”的高潮始于英雄与恋人的最后吻别，在此乔伊斯用的是对英雄传奇文体的戏仿，表征的却是滑稽场面，于是借崇高与滑稽的杂混，把爱尔兰抗英运动轻率、盲动、肤浅、背叛的特色渲染到了极致。首先，这位英雄就是典型的爱尔兰英雄，“上刑场时嘴里还唱着歌，仿佛是到克朗透克公园去参加一场爱尔兰棒球

1 爱尔兰西部农民，屈死在帝国绞刑架下。详见 James Joyce, *The Critical Writings of James Joyce*, Ellsworth Mason & Richard Ellmann, (eds.) New York: Viking Press, pp. 197–200。

2 James Joyce, *Ulysses*, New York: Vantage Books, 1961, p. 307. 中译文见《尤利西斯》，金隄译，北京：人民文学出版社，1997 年，第 468 页。

赛的神情”，[1] 正如 18 世纪以来那些盲动、浪漫、以无数无谓的牺牲书写了爱尔兰英雄传奇的英烈们一样，让人既痛心又切齿。而群氓的肤浅则被表现为观众情绪极其轻易地大起大落，如当两个恋人回忆他们在爱尔兰母亲河利菲河畔的幸福童年而欢畅时，观众则“哈哈大笑，巨兽似的前仰后合”，[2] 当两人因永别而悲伤时，观众则抽泣不已，连年迈的牧师、治安法庭的彪形大汉、皇家爱尔兰警察部队的巨人们都毫不掩饰地拿出手帕擦眼泪。而最反讽、最辛辣的莫过于那与英雄爱得死去活来的女郎竟戏剧性地当场接受了一位牛津毕业生的求婚，全身心扑到他的怀抱。

在此，正如在第 14 章中嘲讽亨利二世与教皇合谋来控制爱尔兰时所用的手法，乔伊斯继续用他惯用的影射、暗讽、象征、恶搞，把爱尔兰式的背叛渲染到荒诞不经的地步，但却借此隐含了对帝国、对民族、对祖国与其精英的关系的最激进的批判。这应首先从女郎的名字说起，她被英雄深情地唤作“喜拉，我的人儿”（*Sheila, my own*），[3] 而这正是爱尔兰民族文学或史诗中用来呼唤自己祖国的系列女性名称之一，属于被复兴时代民族主义作家所神圣化、感伤化和浪漫化的“女性圣像系谱”。[4] 这个系谱还包括：Hibernia, Eire, Erin, Mother Ireland, The Poor Old Lady, The Shan Van Vocht, Cathleen ni Houlihan, The Dark Rosaleen, Sheila。在这个系谱里，除了三个对爱尔兰的诗意称呼（Hibernia, Eire, Erin），其实就是两个形象的幻化或重叠而来，一个是爱尔兰刻板形象“贫穷老妪”（Mother Ireland, The Poor Old Lady, The Shan Van Vocht, Cathleen ni Houlihan），另一个是妙龄美女（The Dark Rosaleen, Sheila），前者是在帝国蹂躏下苦难深重、沧桑褴褛的祖国母亲形象，但这个形象激发她的英雄儿女们为她牺牲奉献，一旦如此，他们将能够恢复祖国母亲往昔的辉煌和原本的姣颜，后者是赤子心中珍藏并要为之浴血奋斗而拯救的形象，两者的转换在叶芝和格里高利夫人的诗剧《胡里痕的凯瑟琳》中被给予了高度象征和感人的表征，即在赤子心中，无论怎样贫穷、衰老、褴褛的母亲，都是美貌少女。[5] 而赤子愿为母亲奋斗的情怀在乔伊斯既崇拜又批评的爱国主义诗人曼根的诗作“My Dark

1 James Joyce, *Ulysses*, New York: Vantage Books, 1961, p. 309. 中译文见《尤利西斯》，金隄译，北京：人民文学出版社，1997 年，第 472 页。

2 James Joyce, *Ulysses*, New York: Vantage Books, 1961, p. 310. 中译文见《尤利西斯》，金隄译，北京：人民文学出版社，1997 年，第 473 页。

3 James Joyce, *Ulysses*, New York: Vantage Books, 1961, p. 309.

4 庄坤良，《乔伊斯的都柏林》，台北：书林出版有限公司，2008 年，第 137 页。

5 叶芝 1902 年所写的《胡里痕的凯瑟琳》（*Cathleen ni Houlihan*）一剧中的故事，发生在 1798 年那个爱尔兰农民起义的年代，剧中的主题象征就是贫穷老妪，她衣衫褴褛，流落他乡，来到一户人家乞讨，主人的儿子问她为何如此凄惨，她说强盗抢走了她的四方绿色田园，小伙子下定决心为她夺回家园。当他目送老妪远去时，他父亲问他是否见一位老妇人来过，他意味深长地回答：“没有。但我看见一位年轻姑娘，她走路就像一位庄严的皇后。”这里的象征意义十分明确，老妪象征爱尔兰，而四方绿色田园则象征被占领的爱尔兰的四个省份，强盗无疑指的是英帝国主义。此剧的寓意是要表明，只要爱尔兰那些强有力的儿女为她努力，就能恢复她往昔的辉煌。

Rosaleen” 中更有诗意的表达。[1]

这个场景中的英雄埃米特正是爱尔兰那些愿为国捐躯的无畏而浪漫的英烈的典型代表，他心中所呼唤、并在眼前出现的正是圣母、女神一般的祖国的化身，但正如教皇把对他“最孝敬的女儿”[2] 那般轻易地给了英王，这里则是英雄为之捐躯的祖国如此轻易放弃了他，而被帝国再收编，这应了爱尔兰人耳熟能详的感伤叹息：“他们（英雄）走上前线，却总是失败。”乔伊斯在此对英国收编爱尔兰的影射，正如在第 14 章中对教皇出卖爱尔兰的影射一样，利用的是象征意义及其显在的人物身份和物件。对“这位牛津大学的风流青年”的身份，乔伊斯特意说明，他“出身于英国历史上最受尊敬的名门望族之一”，[3] 这无疑对应第 1 章出现的海因斯，后者同样是牛津出身，非常富有，“钞票多得撑破口袋，吃的多得撑破肚皮”，[4] 这样一个身份，乔伊斯在第 1 章就为之打上标签：“篡夺者！”[5] 而象征物件则是“一枚镶成四个瓣儿的三叶草形状的贵重翡翠戒指”。[6] 如前所述，12 世纪阿德里安教皇把爱尔兰赐给了亨利二世时，作为授职聘礼，曾托使者给亨利二世带去了那只象征爱尔兰这个“银色海洋中的绿宝石”的镶有绿玉的金戒指，表明将爱尔兰给了英国。在乔伊斯的民族叙事中，这已经变成了“帝国权杖”的象征，在第 1 章它是海因斯那“光溜溜的银烟盒，镶着一颗亮晶晶的绿宝石”，[7] 在第 14 章则被描述为“牧主尼可拉（阿德里安教皇）——那位最出色的饲牛家——送到我们岛上来的那匹公牛（亨利二世），鼻子上还挂着一只翡翠环呢（镶有绿玉的金戒指）”。[8] 而在这里，这层意思更明确，因为“三叶草”，正是爱尔兰国花。如果说 12 世纪亨利二世初来乍到时管

1 从 James Clarence Mangan（1803–1849）的 “My Dark Rosaleen” 第六节可见这种挚爱：
I could scale the blue air,
I could plough the high hills,
O, I could kneel all night in prayer,
To heal your many ills!
And one beamy smile from you
Would float like light between
My toils and me, my own, my true,
My Dark Rosaleen!
My fond Rosaleen!
Would give me life and soul anew,
A second life, a soul anew,
My Dark Rosaleen!

2 James Joyce, *The Critical Writings of James Joyce*, Ellsworth Mason & Richard Ellmann, (eds.) New York: Viking Press, 1959, p. 169.

3 James Joyce, *Ulysses*, New York: Vantage Books, 1961, p. 310. 中译文见《尤利西斯》，金隄译，北京：人民文学出版社，1997 年，第 473 页。

4 James Joyce, *Ulysses*, New York: Vantage Books, 1961, p. 4. 中译文见《尤利西斯》，金隄译，北京：人民文学出版社，1997 年，第 4 页。

5 James Joyce, *Ulysses*, New York: Vantage Books, 1961, p. 23.

6 James Joyce, *Ulysses*, New York: Vantage Books, 1961, p. 310. 中译文见《尤利西斯》，金隄译，北京：人民文学出版社，1997 年，第 473 页。

7 James Joyce, *Ulysses*, New York: Vantage Books, 1961, pp. 19–20. 中译文见《尤利西斯》，金隄译，北京：人民文学出版社，1997 年，第 29 页。

8 James Joyce, *Ulysses*, New York: Vantage Books, 1961, p. 399. 中译文见《尤利西斯》，金隄译，北京：人民文学出版社，1997 年，第 593 页。

束爱尔兰还需铁腕，如第 14 章所嘲讽的哈利老爷的蛮霸；而 20 世纪初由于爱尔兰自治运动的兴起和帝国本身走向没落，帝国则表现为收敛，如海因斯拿出烟盒请斯蒂芬抽烟的细节所象征的那样；那么在 18、19 世纪之交，即帝国的顶峰，也是爱尔兰贫困交加（失去土地 / 宗教迫害）、无依无靠（法国没能救援）而凄苦无助时，帝国让爱尔兰归顺几乎就如这牛津青年对这弱女子，将这被女性化的民族直接揽入怀中。而观众，即爱尔兰众生，所表达的却只是感伤和无奈。

乔伊斯对自己生于斯长于斯的这个民族是哀其不幸，更怒其不争，所以正如中国作家鲁迅，他不奉承与安抚，而是鞭策与激将，于是也就不难理解为什么针对“女性圣像系谱”，他对之以“丑妇系列”，从《都柏林人》到《芬尼根守灵夜》，乔伊斯借用了一系列类似的女性形象来象征爱尔兰，从《都柏林人》中的系列女仆形象，如“伊婉林”中作为“精神瘫痪”直接写照的伊婉林，“两个风流男子”中被恶棍考利既骗钱又劫色的小女仆，“泥土”中那个内忧外患、垂死却虔诚的老洗衣妇，到《一个青年艺术家的画像》中幽灵般徘徊于乡间农舍前、作为“他自己民族的典型”的邋遢妇女，[1] 其灵魂如同黑暗中穿梭的蝙蝠，神秘而孤独，招呼陌生人进屋共寝，茫然不知因此而丢了自己的家园。在《尤利西斯》中，这个系列更加变形丑陋，第 1 章斯蒂芬所面对的爱尔兰外部现实体现为送奶老妇，一个四处流浪的贫穷老妪，侍候着“占有她又随意背弃她”的征服者（海因斯）和快乐的叛徒（穆利根），[2] 他面对的内在现实则是母亲的幽灵，即天主教的化身，如一食尸鬼，要吞噬他的精神，而两者正是合谋者，因为老妪在斯蒂芬眼中，是来自神秘清晨的使者，来指责他对母亲的不顺从，从这个意义上，这些形象被还原为《画像》中“吃掉自己猪崽的母猪”。[3] 而在第 14 章，归顺帝国管辖的爱尔兰人被表征为那些荒诞、怪异、不忠、不贞、不洁的女性形象，他告诉我们：公牛一上岛“我岛妇女都撇下生面团和擀面杖，跟在牛屁股后面转起来，还给牛身上挂雏菊花环”，即与之淫乱，甚至“……姑娘、老婆、女修道院长、寡妇等人至尽宣称，不论月内何日，她们情愿在黝黑牛房内对他的耳朵说悄悄话，或是受他的长长圣舌在颈背上一舔，胜似和最出色的年轻勾魂壮汉在全爱尔兰的四方地上一起睡觉”。[4] 最后到《芬尼根守灵夜》中，这个系列汇入象征着承载和容纳所有污秽物的母亲河（利菲河）的安娜·利菲娅·普鲁拉贝尔（Anna Livia Plurabelle）形象上。

所以，在此，当乔伊斯用象征、暗讽、含沙射影而剖析其民族时，无疑暗中又把圣像系谱还原为丑妇系列，借此，他既表达悲哀，揭批作为功劳簿的殖民历史，更瓦解了作为爱尔兰浪漫情感资本的抗英历史，但这并不表明乔伊斯不爱祖国，而是不认同那煽动儿女盲动、做无谓牺牲的意识形态，并要摆脱被纠缠在两个刻板模式形象的幻化转换上而无法自拔的精神瘫痪状态，他要跳出这样的文化和政治束

1 James Joyce, *A Portrait of the Artist as a Young Man*, Wordsworth Classics, 1992, p. 141.

2 James Joyce, *Ulysses*, New York: Vantage Books, 1961, p. 13. 中译文见《尤利西斯》，金隄译，北京：人民文学出版社，1997 年，第 19 页。

3 James Joyce, *A Portrait of the Artist as a Young Man*, Wordsworth Classics, 1992, p. 157.

4 James Joyce, *Ulysses*, New York: Vantage Books, 1961, pp. 399–340. 中译文见《尤利西斯》，金隄译，北京：人民文学出版社，1997 年，第 593–594 页。

缚，以便打造新的民族身份，想象新的未来家园。

正是从上述意义上，斯蒂芬（乔伊斯自传中的自我）在第 16 章中告知布卢姆，“爱尔兰之所以重要，那是因为它属于我”，[1] 而不是正相反，即他要用自己的艺术重新打造自己的民族。[2] 这也是他作为知识分子—作家的责任，这就使得他的笑谑手法同时实现了他的知性美学理念。这是更高层次的宣泄—净化，即通过反思与批判，来酝酿新的前景。借此乔伊斯也实现了他从进入文学生涯便给自己定下的艺术追求：为自己争取艺术的自由和心灵的解放，更为民众进行祛魅解幻和知性打造。

1 James Joyce, *Ulysses*, New York: Vantage Books, 1961, p. 645. 中译文见《尤利西斯》，金隄译，北京：人民文学出版社，1997 年，第 874 页。

2 乔伊斯的自传小说《一个青年艺术家的画像》结尾，亦即高潮，便是斯蒂芬在日记中所表达的要“在我灵魂的锻造间铸造我民族那尚未被创造出来的良心 / 意识”的雄心壮志。（“... forge in the smithy of my soul the uncreated conscience of my race.” James Joyce, *A Portrait of the Artist as a Young Man*, Wordsworth Classics, 1992, p. 196. ）

归家后的流亡——析詹姆斯·乔伊斯的《流亡者》中流亡的不同层次

李 元 广东外语外贸大学

詹姆斯·乔伊斯在20世纪小说创作界的地位无人能及，对其小说的研究不胜枚举，然而他与戏剧的关系却少有人提及。尽管乔伊斯一生仅发表过一部剧作《流亡者》，但他对戏剧是很有兴趣的，如《尤利西斯》第十五章“瑟茜”就是以戏剧形式写成，极富象征意义，更被认为是荒诞派戏剧的原型。[1]

乔伊斯于1913—1914年之间创作了剧本《流亡者》，时值叶芝等人领导的爱尔兰戏剧运动风起云涌之际，但这部作品却很难被安放于其中。主题、人物、场景和所蕴含的观念与之相差甚远，而乔伊斯无论就艺术观点还是地域来说，也都流离在外。他对阿贝剧院的潮流嗤之以鼻，尽管屡次观看剧院的重要演出，但对舞台上美化爱尔兰乡村和农民的“地域主义”（parochialism）很不以为然。他在《一个青年艺术家的画像》中借男主角之口将叶芝所要复兴的凯尔特神话贬低为“爱尔兰神话的残光”。[2] 理查德·艾尔曼将此语与乔伊斯在1901年观看叶芝与乔治·穆尔合作创作的《迪尔莫伊德和格拉尼亚》（*Diarmuid and Grania*）联系起来，认为乔伊斯因为不满这种对“地域主义”的展览而写下讨伐戏剧运动的文章《暴动日》（“The Day of the Rabblement”）。[3] 然而大概是求助无门，乔伊斯在1918年还是将《流亡者》呈交给时任阿贝剧院董事的叶芝，当即遭到拒绝。叶芝写信圆滑地解释该作品离阿贝剧院所提倡的大众戏剧太远。[4]

事实上，《流亡者》一直被放逐于乔氏经典作品之外，也被放逐于舞台之外。[5] 剧本于1915年写成后（1918年正式出版），乔伊斯即四处寻求搬上舞台的机会，但四处碰壁，最终该剧于1919年在慕尼黑首演。乔伊斯亲自将作品译为德语，但演出惨遭失败，首场演出后便被撤下舞台。该剧英语版于1926年在伦敦摄政王剧院演出，但也只演出了两晚。[6]《流亡者》在都柏林的首演是1973年，时隔当年阿贝剧院的拒演已经有半个世纪。除此之外，伦敦和纽约的剧院曾在50、60年代重演过此剧。值得一提的是哈罗德·品特在70年代两次执导该剧，受到观众和评论界

---

1 Kirsten Stepherd-Barr, “Reconsidering Joyce’s *Exiles* in Its Theatrical Context”, in *Theatre Research International*, No. 28, 2003, pp. 163–80.

2 James Joyce, *A Portrait of the Artist as a Young Man*, Harmondsworth: Penguin, 1960, p. 180.

3 Richard Ellmann, *James Joyce*, Oxford: Oxford University Press, 1982, p. 88.

4 Lauren Arrington, *W. B. Yeats, the Abbey Theatre, Censorship, and the Irish State: Adding the Half-Pence to the Pence*, Oxford: Oxford University Press, 2010, p. 20.

5 关于《流亡者》一剧的上演历史，见 John MacNicholas, “The Stage History of *Exiles*”, in *James Joyce Quarterly*, Fall 1981, pp. 9–26。文章追溯了该剧首演后大半个世纪的历史。

6 Richard Ellmann, *James Joyce*, Oxford: Oxford University Press, 1982, p. 587.

追捧，被认为是唯一成功的版本。比较晚近的演出是 90 年代在纽约的两次（分别为 1995、1997 年，由理查德·纳什执导），以及 2006 年伦敦国家剧院的版本（由詹姆斯·麦克当纳德执导），均反响平平。

1915 年，埃兹拉·庞德在读过剧本后给乔伊斯写信，直言不讳地说道，该剧很“有趣”和“令人激动”，但却“是一出危险的戏，并不适合搬上舞台”，“即便是读起来也要集中注意力。我认为观众没法理解和跟进”。[1] 庞德一生轻视戏剧，他的评价可能有失公允，但对该剧的判断不假。《流亡者》从主题到剧情安排都让观众迷惑甚至不安。主角理查德·罗恩是自我流亡的知识分子、作家，八年前与伯莎私奔，去往意大利。在回到都柏林后，旧时好友罗伯特为他谋求大学教职，似乎热情地帮他重返主流社会。但伯莎却告诉理查德，罗伯特正热烈追求她，邀请她当晚去乡间木屋相聚。理查德尾随伯莎到木屋，但决定不干涉她的选择，因为他追求自由独立，也希望别人如此。次日早晨，理查德与伯莎交谈，并不想让伯莎告诉她是否与罗伯特有染，指出自己将处于“永不停息的强烈的痛苦的怀疑中”。[2]

如果仅仅用两性关系、通奸这类情节剧的框架来解读《流亡者》，将体会不了这部作品的深意。正如乔伊斯的朋友帕尔德里亚克·科拉姆所言：“《流亡者》不是关于通奸的一部戏，无论是怀疑或是实际上的通奸；《一个青年艺术家的画像》的作者不会给我们展示如此庸俗的东西。”[3] 那么，这究竟是一部怎样的作品？是否可以将其置于乔氏经典作品体系中？如果可行，那么它占有什么位置，与其他作品的关系如何？

乔伊斯在创作《流亡者》时已 30 出头，也初显文名。在《流亡者》完稿的 1914 年，《都柏林人》出版，他同年开始创作《一个青年艺术家的画像》，并且开始构思《尤利西斯》。很显然，《流亡者》绝不是像某些评论家所说的幼稚之作。有学者将《流亡者》置于 19 世纪末 20 世纪初爱德华时期问题剧的传统之中。[4] 问题剧由亨利·阿瑟·琼斯、萧伯纳、易卜生等剧作家发展而来，在其中，人物角色的塑造并不是简单的模仿（mimesis），而是观念的载体或“人格化的思想”。[5] 观众必须摆脱对戏剧模仿行为的追随，而聚焦于戏剧矛盾、人物角色冲突所呈现的观念。[6] 此外，因为 70 年代品特执导的版本，有评论者还看出此部作品与后现代戏剧的相似之处。凯瑟琳·沃什认为该剧是品特作品如《家庭聚会》《归家》等的先驱，她在《通

1 Nicholas Fargnoli & Michael Patrick Gillespie, “Introduction”, in James Joyce, Nicholas Fargnoli & Michael Patrick Gillespie, (eds.) *Exiles: A Critical Edition,* Gainesville: University Press of Florida, 2016, p. 6.

2 乔伊斯，《乔伊斯文集：乔伊斯诗歌、剧作、随笔集》，王逢振、刘象愚主编，傅浩、柯彦玢译，上海：上海译文出版社，2013 年，第 302 页。

3 Pardraic Colum, “Introduction”, in James Joyce, *Exiles*, New York: The Viking Press, 1951, p. 7.

4 Elliott M. Simon, “James Joyce’s *Exiles* and the Tradition of the Edwardian Problem-Play”, in *Modern Drama,* No. 20, 1977, p. 23.

5 William Archer, *Play-Making: A Manual of Craftsmanship,* Ann Arbor: University of Michigan Library, 2009, p. 250.

6 Elliott M. Simon, “James Joyce’s *Exiles* and the Tradition of the Edwardian Problem-Play”, in *Modern Drama,* No. 20, 1977, p. 24.

过品特看乔伊斯》一文中观察到《流亡者》与品特作品的相似之处，有停顿、有意的沉默和不可知这些典型的荒诞剧特征。[1] 著有《荒诞派戏剧》一书的马丁·艾思林也认为，比起与易卜生的渊源,《流亡者》更接近品特的风格，尽管语言形式不同。[2] 对后现代荒诞剧而言，戏剧现实早已沦陷，通过象征与拟人呈现的智性观念才是最重要的。因此，尽管乔伊斯这部剧作看似非常注重现实细节的描写，有易卜生式情节剧的结构，但通过理查德这一人物所承载的思想观念才是真正重要的，其中关于流亡体验、艺术家身份、婚姻、两性关系等命题的探讨，关于道德准则的重置，都是乔氏作品的核心内容。

一、《流亡者》中的流亡体验

流亡是乔伊斯在成年后生活的主要状态，也是其作品重要的主题，对此的探索反复出现并不断变化，从《都柏林人》到《芬尼根守灵夜》，呈现出不同层次和心理体验。[3] 毫无疑问，在乔氏所有作品中，对流亡这个主题的讨论，最为丰富与集中的当属这部剧作。流亡与放逐的主题在整部戏中既是现实又是隐喻，要把握这个主题需要了解文本的不同层次和结构，包括背井离乡的流亡、人物之间的疏离以及对传统道德的放逐。

乔伊斯在多部作品中有意将自己的生活经历植入,《流亡者》也不例外。从现实层面上看，理查德在 8 年前为追求自由，背弃天主教，带恋人私奔，这与乔伊斯自身的经历十分吻合。对乔伊斯来说，这部作品极具个人色彩，包含他最关注的问题和最纠结的情绪，例如对爱尔兰、宗教、精神自由和道德的看法，等等。离开爱尔兰意味着可以逃脱一整套文化、社会、宗教和政治制度对爱尔兰人生活细致入微的影响与钳制，成为真正自由、独立的艺术家。[4]

有关创作力与流亡经验的关系，身为著名流亡知识分子的爱德华·萨义德是给予肯定的。他甚至将流亡理想化，将家园与流亡的对立关系倒置，家园是禁锢，流亡则是解放。为此他解释道：“在一个世俗和凡事不确定的世界，家园总是不稳定的。边界和堡垒将我们围合在熟悉、安全的领土里，但也可以成为监狱，并经常被非理性或不必要地捍卫。流亡则能跨越边界、打破思想和经验的堡垒。”[5] 萨义德认为流亡的积极意义在于可以从“双重”的而非“孤立”的角度看待事物。流亡的知识分子不必迎合传统的逻辑，可以大胆前行，他们代表变化和进步。他因而进一步断言：“现代西方文化大部分是流亡者、移民、难民的成就。”[6]

---

1 Katharine Worth, *Revolutions in Modern English Drama,* London: G. Bell & Sons, 1973, p. 48.

2 Elliott M. Simon, “James Joyce’s *Exiles* and the Tradition of the Edwardian Problem-Play”, in *Modern Drama,* No. 20, 1977, p. 22.

3 Nicholas Fargnoli & Michael Patrick Gillespie, “Introduction”, in James Joyce, Nicholas Fargnoli & Michael Patrick Gillespie, (eds.) *Exiles: A Critical Edition,* Gainesville: University Press of Florida, 2016, p. 11.

4 Michael Patrick Gillespie, *James Joyce and the Exilic Imagination,* Gainesville: University Press of Florida, 2015, p. 21.

5 Edward W. Said. “The Mind of Winter”, in *Harper’s Magazine,* September 1984, pp. 49–55.

6 Edward W. Said, “Reflections on Exile”, in Marc Robinson, (ed.) *Altogether Elsewhere: Writers on Exile,* New York: Faber & Faber, 1994, p. 137.

的确，在《流亡者》中，选择离开的理查德和伯莎有创造力和生命力，是更为完满和独立的主体，而留下来的罗伯特和贝阿特丽丝则是乔伊斯笔下的都柏林人，罹患不同种类的精神瘫痪。[1] 拥有但丁《神曲》中女性角色名字的贝阿特丽丝是理查德的知己和缪斯，但却不是完整的人，身体羸弱，一直在病中，并且自我束缚，毫无行动力，这让人联想到《都柏林人》中的伊芙琳。罗伯特是理查德青少年时期的朋友，在剧中是颇有身份的大报记者，但其生活和思想停滞、堕落。他充满陈词滥调，没有自觉的思想，还被塑造为浪漫陈腐的求爱者。在 90 年代纽约版本的《流亡者》中，罗伯特的脸颊被涂上胭脂，看上去就像个红脸小丑，更显其荒谬滑稽。[2] 通过对罗伯特和贝阿特丽丝的塑造，乔伊斯暗示，如果理查德和伯莎留下来，也会成为这样可憎可怜的都柏林人。

然而流亡之后何为归家？乔伊斯显然是通过该剧来反思和猜测归家之后的情形。流亡之后再也无法真正归家，流亡的体验和感受是永久的。[3] 萨义德认为流亡可以超越现实，成为一种形而上的状态：

> 作为局外人的知识分子最佳模式就是流亡的状态，永远无法真正融入，永远感到身处国人居住的喧闹、熟悉的世界之外，也就是说，倾向于去逃避，甚至厌恶国内处境的局限。对于知识分子而言，流亡的形而上的意义在于不固守陈规，在于流动、永不安定，也不让其他人安定。[4]

对于流亡者而言，两地或多地的生活，使得他产生差异和断裂，感觉不属于其中任何一个地方，这即是斯图亚特·霍尔所说的“相似和连续以及差异和断裂的同时作用”。[5] 现实的流亡状态会转化为心理体验，《流亡者》所展示的正是理查德在归家后所体验到的心理、情感上的孤独和放逐。因此，这部戏远远超出易卜生式的自然主义传统，更关乎心理层面，是对流亡体验多层次的探讨。如果说流亡的本质是永不安定，不固守陈规，该剧更反映了作为隐喻层次的流亡，尤其是理查德归家后对传统道德的放逐。

二、归家之后的流亡：作为非道德主义的放逐

乔伊斯一生都在抗争由天主教和主流社群价值强加给爱尔兰社会的规则。逃离爱尔兰，就是逃离控制爱尔兰生活的社会、文化和家庭制度。[6] 不仅如此，乔伊斯也寻求和建立自己的道德 / 非道德原则。他曾说过，作为作家，他的责任是打造民

---

1 Willard Potts, *Joyce and the Two Irelands*, Austin: University of Texas Press, 2000, p. 132.

2 Nicholas Fargnoli, “Directing and Acting in *Exiles*: An Interview with Richard Nash”, in James Joyce, Nicholas Fargnoli & Michael Patrick Gillespie, (eds.) *Exiles: A Critical Edition*, Gainesville: University Press of Florida, 2016, p. 335.

3 Michael Patrick Gillespie, “Re-Viewing Richard: A Look at the Impact of Nostalgia and Rancor on Characterization in *Exiles*”, in *James Joyce Quarterly*, No. 50, 2013, p. 719.

4 Edward W. Said, *Representations of the Intellectual*, New York: Vintage Books, 1996, p. 53.

5 Stuart Hall, “Cultural Identity and Diaspora”, in Pamini Mongia, (ed.) *Contemporary Postcolonial Theory: A Reader*, London: Arnold, 1996, p. 113.

6 Michael Patrick Gillespie, *James Joyce and the Exilic Imagination*, Gainesville: University Press of Florida, 2015, p. 21.

族的良心。[1]

作为流亡知识分子，乔伊斯对道德的理解与尼采是相似的，他早年便接触到尼采的哲学，尽管传记作家艾尔曼认为他并没有受到深刻影响，但《流亡者》中所体现的非道德主义与尼采的主张一致，都是对传统道德和伦理的反驳。[2]在论述其非道德主义观念时，尼采充满洞见地指出，不论道德观念如何产生，一旦被社会接受，渗入文化建制中，人们就很容易将其视为理所当然，很少有人能对道德本身进行反省和批判。尼采自称为第一个非道德主义者，不仅否定传统意义上的美德，尤其是基督教提倡的美德，更是反对将基督教道德视为道德本身。[3]在《超越善与恶》中，尼采特别强调，所谓超越善与恶，并非意味放弃所有的道德原则或道德判断，而是要超越基督教的道德观，因为这种道德观并不是道德本身。尼采在否定基督教道德的路上走得十分决绝，认为基督教道德只是群体道德（herd morality），那些引导人们在信仰的基础上向善、利他、同情等规范对人的生长有害。这并不是唯一的道德，应该还有一种“较高的道德”。[4]因此，尼采的非道德主义并非要人放弃一切道德规范，为所欲为，而是要通过批判来重建一种能提升生命价值的道德。[5]这与乔伊斯在作品中所传达的理念一致。如果说尼采的非道德主义是在反对基督教道德基础上追求道德其他选择，那么乔伊斯的非道德主义则重点关注婚姻与两性关系如何超越传统道德框架下的不平等，形成更好的结构。在乔伊斯看来，20 世纪初的婚姻制度是极其不道德的，充满对自我的否定，尤其是对女性的压制。父权的婚姻制度与市场经济合谋，将女人变成商品和男人的所有物。[6]乔伊斯以自身行动抵制这一压迫性的制度，与诺拉私奔，直到 1931 年才因为遗产税的问题登记结婚。贾宁·尤特尔在其著作《詹姆斯·乔伊斯与爱的反抗：婚姻、通奸、欲望》中，借助伊曼努尔·列维纳斯的伦理哲学和玛丽安·艾德的《伦理学的乔伊斯》，分析乔伊斯在作品中对婚姻、性以及婚外关系的处理，指出这是乔伊斯中后期作品中的重要主题。尤特尔认为，乔伊斯对婚外关系着墨甚多，是因为他将其看作对压迫性的婚姻制度的挑战。不合法、非道德的欲望成为探讨自主和自我价值的空间。[7]统观乔氏作品，即可发现，对婚姻、欲望与道德 / 非道德这一主题的探索始于《流亡者》。理查德得知罗伯特对伯莎的追求后，告诉伯莎，她是自由的。“你有完全的自由做你想做的事——你和他。”[8]他以这种方式来放弃法律或宗教意义上婚姻制度赋予男

---

1 Pardraic Colum, “Introduction”, in James Joyce, *Exiles*, New York: The Viking Press, 1951, p. 7.

2 艾尔曼认为尼采是乔伊斯青年时代的偶像，但在其后期作品中，“比起卓越不凡，他对平凡更感兴趣。”（Richard Ellmann, *James Joyce*, Oxford: Oxford University Press, 1982, p. 147.）

3 刘昌元，《尼采》，台北：联经出版社，2004 年，第 41 页。

4 Friedrich Nietzsche, *Beyond Good and Evil*, Walter Kaufmann, (trans.) New York: Vintage Books, 1966, p. 202.

5 Karl Jaspers, *Nietzsche*, Tucson: University Press of Arizona, 1965, p. 340.

6 Marian Eide, *Ethical Joyce*, Cambridge: Cambridge University Press, 2009, p. 41.

7 Janine Utel, *James Joyce and the Revolt of Love: Marriage, Adultery, Desire*, New York: Palgrave Macmillan, 2012, p. 3.

8 乔伊斯，《乔伊斯文集：乔伊斯诗歌、剧作、随笔集》，王逢振、刘象愚主编，傅浩、柯彦玢译，上海：上海译文出版社，2013 年，第 211 页。

人对女人的所有权。[1]

非道德主义与传统虚伪的道德观分别由理查德和罗伯特来体现。两者的对比与尼采曾描述的超人与末人相符。理查德力图反抗传统道德，奉行自己的道德原则，具有极大的勇气和见识，因此具有尼采式超人的气质。他的流亡不仅是逃离社会，而是在回归社会后又开始新的流亡，力图克服凡人的局限，成为超人。[2] 与之对应的，则是精神瘫痪的末人罗伯特。[3] 末人把一切变得渺小，是没有个性的群体人，麻木、自得，并没有为了创造、提升精神生命而忍受孤独和痛苦。在剧中，罗伯特道貌岸然，表面奉行天主教道德的一套，谴责理查德非婚私奔和流亡，而实际却完全屈从欲望，还“不感到有任何良心上的不安”。[4] 理查德有更高的道德诉求，这表现在他对爱的看法上。

> 罗伯特：【快速地】当我们对一个女人有了强烈的爱时，我们处于绝对疯狂的时刻。我们什么也看不见，什么也想不到。一门心思要占有她。说它野蛮、下流，随你的便。
>
> 理查德：【有些胆怯地】依我看那种占有女人的渴望不是爱。
>
> ……
>
> 罗伯特：但是如果你爱……别的还有什么呢？
>
> 理查德：【犹豫不决地】希望她好。

理查德反对罗伯特这种动物本能泛滥的欲望，希望男女之爱有更高的形式，不以占有为目的，爱她就是让她自由。在剧尾，理查德选择不去知道伯莎与罗伯特的亲密关系是否存在，愿意处在永远的怀疑中：

> 我永远不会知道，这辈子都不会知道。我不想知道或相信。我不在乎。我不是在信任的黑暗中渴望你的，而是在永不停息的强烈的痛苦的怀疑中。不束缚你，甚至不用爱束缚你，与你赤裸裸地灵魂和肉体结合。这是我所渴望的。[5]

不知道或不想知道也即是否定婚姻制度下通奸的能指与所指关系，怀疑将由此而起的嫉妒、怨恨等不良情感转变为不确定，从而阻止能指（即用得最滥的“背叛”）达成意义，抗拒任何想要稳定的尝试。[6] 理查德以这种方式来颠覆两性关系中的权力不平衡，承认对方的欲望，不妨碍对方发展的可能性。[7] 这种“永不停息”的

1 Marian Eide, *Ethical Joyce*, Cambridge: Cambridge University Press, 2009, p. 42.

2 Linda Ben-zvi, “*Exiles*, The Great God Brown, and the Specter of Nietzsche”, in *Modern Drama*, No. 24, 1981, p. 255. “超人”这个词在尼采后来的著作中，几乎已不再使用，他后期作品中出现更多的是“较高级的人”（higher men）。

3 《查拉图斯特拉如是说》中，“末人”（Der letzte Mensch / the last man）与“超人”相对立。

4 乔伊斯，《乔伊斯文集：乔伊斯诗歌、剧作、随笔集》，王逢振、刘象愚主编，傅浩、柯彦玢译，上海：上海译文出版社，2013 年，第 192 页。

5 此处翻译有误，使用的原文版本是 1951 年维京版。

6 Kristin N. Sanner, “Exchanging Letters and Silence: Moments of Empowerment in *Exiles*”, in *James Joyce Quarterly*, No. 29, 2001, p. 278.

7 Sheldon Brivic, “Structure and Meaning in Joyce's *Exiles*”, in *James Joyce Quarterly*, No. 6, 1968, p. 33.

状态也是流亡知识分子的精神选择。

三、流亡者 / 非道德主义者的伤痛

然而，这一精神选择并不容易，要维护自己建立的道德原则，理查德必须克服自身的妒忌和占有欲。剧烈的内心交战使他疲惫不堪，正如他对伯莎所说："我的伤痛让我疲倦。"而更加孤独和危险的是，理查德不仅为自己，也试图为别人寻求心灵的自由和解放。然而问题在于，这样的自由是否每个人都能负担得起？

尼采在阐述其非道德主义时，特别指出，道德也是不平等的，不能用一个道德原则去规范所有人，因为人在各方面是不平等的。依照尼采，精神力量的大小应成为区分人类精神等级的标准。此区分是自然形成的，生命本身固有的，所以他反对平等，像柏拉图一样把人分成最有精神力量的统治者、执法者与俗众三个等级。[1]在此三等人中，最有精神力量的强者只能是少数，平凡的人最多。面对人的不同等级，尼采提出的解决方案是主张各等级都有各自适合的道德，因为"对高等类型的人是营养与欢悦的东西，对非常不同的低等类型的人一定接近是毒药。一般人的德行对哲学家而言也许意味着恶习与弱点。"[2] 尼采解释道："我的哲学旨在维护一个等级的秩序，而不在维护一个个人主义的道德。群体的观念应该在群体中统治，但不应该超出其范围。"[3] 这种非道德主义其实是道德的多元主义。因此，尼采并不反对俗众信仰基督教，他反对的是用俗众或群体的标准作为评价一切人的标准。[4] 那么换而言之，是否也应该反对以所谓"较高级的人"的标准来衡量俗众？

在《流亡者》中，理查德显然在智力和精神力量上优于其他角色。他试图将自己关于自由的思考付诸实践，为家人和朋友带来精神解放。然而没有人能理解他，也没有人领情。对于剧中其他角色而言，他们还生活在传统道德中。自由对于大多数人，依旧还只是一场思想实验。伯莎无法企及理查德智性的层次，无法理解他的意图，因而心生迷惑甚至怨恨。当理查德拒绝告诉她该怎么做，伯莎责备他抛弃了她：

> 理查德：伯莎！【她没有回答。】伯莎，你是自由的。
>
> 伯莎：【推开他的手，站起来。】别碰我！对我来说你是个陌生人。你不理解我内心的任何想法。我心中或灵魂中的任何东西。一个陌生人！我在和一个陌生人一起生活！

从该剧结尾时双方的对话可以看出理查德与伯莎无法在同等层面交流，他们之间也是疏离的、互相放逐的。

> 伯莎：我是你的。【低语。】如果我此刻死去，我也是你的。
>
> 理查德：【仍然凝视她，就像对一个不在场的人说话。】……

1 尼采，《尼采著作全集》第六卷，孙周兴等译，北京：商务印书馆，2010 年，第 297–298 页。

2 Friedrich Nietzsche, *Beyond Good and Evil*, Walter Kaufmann, (trans.) New York: Vintage Books, 1966, p. 30.

3 刘昌元，《尼采》，台北：联经出版社，2004 年，第 224 页。

4 Fredrick Appel, *Nietzche Contra Democracy*, Ithaca: Cornell University Press, 1999, p. 133.

伯莎所说的感伤情话无疑是传统道德规训的结果，一种内化的所属感，与理查德那套关于自由的叙述完全相悖。在她所处的道德框架下，她认为所有权就是爱。[1]在这种情况下，理查德所给予的自由对她来说不仅毫无意义，甚至比传统道德的压制更为专横独断。[2]不可否认，理查德对伯莎的态度是居高临下的，更有强加的意志。尽管他愿意放弃自己在传统婚姻中的决定权和所有权，但这在多大程度上是基于为伯莎的考虑？还是为了维护自己的原则？理查德这套非道德主义的理念和居高临下、强加于人的态度使他与社会、家人和朋友疏离。正如当初选择流亡异国一样，这些理念和原则也是理查德自己的选择，在传统道德占主导地位的社会中，他必然感到错位、孤独，甚至痛苦，这也是他必须付出的代价。因此，在回国之后，他仍是流亡者，精神上的流亡者，他的流亡状态超越地理概念，进入心理和精神层面。[3]

四、结语

萨义德在肯定流亡经验的同时，也提到其痛苦的一面："想象流亡是非常有诱惑力的，然而体验起来是很可怕的，这很奇怪。这是一个人与其本土、自我与真正的家园之间强迫的分裂，这种创伤无法愈合。这种最本质的悲伤是无以复加的。"[4]不仅如此，《流亡者》这部作品更进一步探讨了伴随流亡的心理、情感和道德的放逐。《流亡者》是乔伊斯作品的一个新起点，至此，流亡作为重要主题和中心叙事结构出现在其之后的作品中。

1 Marian Eide, *Ethical Joyce*, Cambridge: Combridge University Press, 2009, p. 44.

2 Nicholas Fargnoli & Michael Patrick Gillespie, "Introduction", in James Joyce, Nicholas Fargnoli & Michael Patrick Gillespie, (eds.) *Exiles: A Critical Edition*, Gainesville: University Press of Florida, 2016, p. 12.

3 Nicholas Fargnoli & Michael Patrick Gillespie, "Introduction", in James Joyce, Nicholas Fargnoli & Michael Patrick Gillespie, (eds.) *Exiles: A Critical Edition*, Gainesville: University Press of Florida, 2016, p. 11.

4 Edward W. Said, "Reflections on Exile", in Marc Robinson, (ed.) *Altogether Elsewhere*: *Writers on Exile*, New York: Faber & Faber, 1994, p. 137.

铭刻在墓碑上的文字——鲁迅《墓碣文》与卡夫卡《一场梦》的比较分析

曾艳兵　中国人民大学

大约从20世纪90年代中期以来，有关鲁迅与卡夫卡比较研究的文章就层出不穷，甚至还有比较研究的专著问世。然而，属于同一个时代的两位伟大的作家，却似乎没有以任何方式交叉、交流，或相互了解过。鲁迅关注外国文学，尤其关注域外弱小民族的文学创作，但迄今为止，没有任何材料证明鲁迅知道卡夫卡，阅读过卡夫卡的作品；卡夫卡钟情于中国文化，但他更多关注的是中国古代文化，对于当时的中国文学，他没有留下有关的片言只语。从各方面看，鲁迅与卡夫卡之间的差异远远多于他们之间的相同或相近，但总觉得他们的精神，乃至灵魂深处是相近和相通的，或者说是可以相互印证的，因而同时崇敬和喜爱鲁迅和卡夫卡的读者和研究者，总想找到他们之间的某种关联并进而展开探讨和分析。

不过，两位同时代作家的灵魂相通与相近，已经被许多读者和专家学者注意到了，人们在许多不同场合谈到这一点。我以为，全面综合的比较研究这两位伟大作家，即便不是不可能的，也是非常困难的，因为即使我们穷毕生之精力，试想研究透彻其中任何一位作家都将是难以想象的，而试想对这两位作家同时进行通透地理解、分析和阐释，便可能完全只是一种想象了。当然，我们或许可以比较两位作家的某个侧面、某个主题、某个形象，或者某部作品，于是，我立刻想到了卡夫卡的《一场梦》与鲁迅的《墓碣文》。

大约在1914至1915年间，卡夫卡写了篇小小说，名为《一场梦》。该小说1917年初次发表于由布拉格《自卫》杂志编辑部编的作品集《犹太人布拉格》中。小说写一场梦，主人公约瑟夫·K.梦见墓地，墓地上的墓碑，墓碑上的铭文，铭文上自己的名字……所有这些使我们很容易想到鲁迅的一篇作品《墓碣文》。鲁迅的《墓碣文》写于1925年，大约晚于卡夫卡的《一场梦》10年。《墓碣文》后收入鲁迅的散文诗集《野草》中，1927年由北京北新书局初版。墓碑与墓碣，均为立于坟前或坟后的石碑，圆顶的墓碑叫墓碣。卡夫卡小说里的墓碑不知是否是圆顶，德语原文为grabstein，英译本为tombstone，“墓石”而已。后来卡夫卡自己的墓碑实为尖顶，应该还算碑吧。两篇作品中虽然梦的内容有所不同，但其晦涩难解大概是一致的，然而，正由于其难解，于是便有了无数解析的文章。“如果解读难懂的诗是一种读者特有的审美享受，那么解读这篇《墓碣文》所得到的这种审美的享受……会更多一些，或体会的味道会更不同一些。”[1] 如果同时解读世界上两篇难懂

1　孙玉石，《现实的与哲学的——鲁迅〈野草〉重释》，上海：上海书店出版社，2001年，第185–186页。

的作品，其收获是不是又更多一些呢？

卡夫卡的作品虽然不长，但引出全文似乎还是略显冗长，这里稍稍做了缩写：

> “约瑟夫 · K. 做了一个梦：那是一个美好的日子，K. 想去散步。可是他刚刚跨出两步，就来到了一座公墓。”[1] 他在一条迂回曲折的道路上摇摇晃晃地滑行着，注意到了前面有一座新堆积起来的坟丘，他恨不得一下子就滑到那里去。他突然发现那座坟丘就在自己身旁。他一跃而起，往那里跳去，一个趔趄，他跪倒在坟头前。两个男人站在坟的后面，把一块墓碑举在他们中间。K. 一出现，他们就将墓碑砸进地里。这时从灌木丛中走出来一个艺术家，他开始在墓碑上方写字。他用铅笔写下几个金色的大字：“这里安息着——”写完这几个字，艺术家停下来与 K. 对视了一会儿。K. 对艺术家的这种窘态非常伤心，抱头哭了起来。艺术家决定继续写下去，但完全失去了优美和自信，他画笔一拖，写成一个 J（Josef 的首字母）字，然后愤怒地一脚踩入坟丘，泥土四溅。然后，艺术家用十个手指刨土，立刻将坟丘刨开了，露出一个巨大的洞穴，这时 K. 身后涌动着一股轻微的气流，K. 随即坠入洞中，而在上面，他的名字正以巨大的花体字被疾书在那块墓碑上。K. 被这种景象所陶醉，醒了过来。

鲁迅的《墓碣文》不长，全文 355 字，可全文引出，便于对比分析：

> 我梦见自己正和墓碣对立，读着上面的刻辞。那墓碣似是沙石所制，剥落很多，又有苔藓丛生，仅存有限的文句——
>
> “……于浩歌狂热之际中寒；于天上看见深渊。于一切眼中看见无所有；于无希望中得救……
>
> “……有一游魂，化为长蛇，口有毒牙。不以啮人，自啮其身，终以殒颠。……
>
> “……离开！……”
>
> 我绕道碣后，才见孤坟，上无草木，且已颓坏。即从大阙口中，窥见死尸，胸腹俱破，中无心肝。而脸上却绝不显哀乐之状，但蒙蒙如烟然。
>
> 我在疑惧中不及回身，然而已看见墓碣阴面的残存的文句——
>
> “……抉心自食，欲知本味。创痛酷烈，本味何能知？……
>
> “……痛定之后，徐徐食之。然其心已陈旧，本味又何由知？……
>
> “……答我。否则，离开！……”
>
> 我就要离开。而死尸已在坟中坐起，口唇不动，然而说——
>
> “待我成尘时，你将见我的微笑！”
>
> 我疾走，不敢反顾，生怕看见他的追随。[2]

鲁迅的《墓碣文》为散文诗，从其虚构和想象性特征而言，也可以看作小说，

1 卡夫卡，《卡夫卡全集》（第 1 卷），叶廷芳等译，石家庄：河北教育出版社，1996 年，第 196 页。
2 鲁迅，《墓碣文》，《鲁迅全集》（第 2 卷），北京：人民文学出版社，2005 年，第 207–208 页。

譬如结尾的安排，“未尝不是作者随意为之的小说笔法”[1]；卡夫卡《一场梦》为小小说，当然也可以看作散文。两篇作品都写梦，写梦到墓地，梦到墓碑上的铭文，也均写坟墓中突然露出一个巨大的缺口……。一则三百余字的短篇（卡夫卡的小说略长），在不可能发生任何相互影响的情况下，竟然有如此多的相同和相似之处，可见鲁迅与卡夫卡在精神特质上的确存在诸多相近或相通之处。

如果没有心灵的相通，如何能写出如此题材相似、意象接近、主旨相同、风格相似的作品呢？当然，毕竟鲁迅与卡夫卡都是伟大作家，而伟大作家最突出的特征就在于他们各自的独创性，因此，鲁迅与卡夫卡又是如此的不同，即使在面对同样的题材、同样的主题时亦是如此。自然，也正是这些“同中之异”与“异中之同”使我们对这两位伟大作家的一篇小小的作品的比较研究具有了某种特殊的价值和意义。

鲁迅与卡夫卡如此不同：鲁迅即便在生前早已名扬四海；而卡夫卡生前几近默默无闻，他的声名是他去世多年以后，尤其是在第二次世界大战之后逐渐获得的。这种情形即便就这两篇小小的作品而言也是如此。鲁迅的《墓碣文》收入《野草》出版，自《野草》问世以来，有关的研究著述已经数不胜数。“《野草》虽是鲁迅于寂寞中写成，问世后却并不是一个寂寞的文本，九十年来一直受到关注，形成了颇为厚重的《野草》研究史。”[2] 比较而言，卡夫卡的《一场梦》却是在寂寞中写成，至今亦处于寂寞之中的文本，人们几乎没有太多的关注和专门研究。该小说其实是长篇小说《诉讼》的大致轮廓，而《诉讼》则是在作者去世一年后方才由卡夫卡朋友马克斯·布罗德整理出版。

两篇作品的不同命运算是拉开了我们对其进行比较分析的序幕，下面将集中几个问题进行较为具体的分析和探讨。

首先是梦：“我之梦”与“他人之梦”。两篇作品首要的共同特征是都写了一场梦：“我梦见自己正和墓碣对立，读着上面的刻辞”；“约瑟夫·K. 做了一个梦”，需要补充的是，根据英译本，这一句应译为“约瑟夫·K. 正在做梦”，小说结束时 K. 的梦已醒。对于梦的关注和描写，一方面应当基于作者对于精神及灵魂的思考和探究，另一方面亦可能两位作者均受到过当时颇为流行的弗洛伊德精神分析理论的影响。

鲁迅在论及俄国作家陀思妥耶夫斯基时写道：“对于这位先生，我是尊敬，佩服的，但我又恨他残酷到了冷静的文章。他布置了精神上的苦刑，一个个拉了不幸的人来拷问给我们看。”[3] “他竟作为罪孽深重的罪人同时也是残酷的拷问官而出现了。他把小说中的男男女女，放在万难忍受的境遇里，来试炼它们，不但剥去了表面的洁白，拷问出藏在底下的罪恶，而且还要拷问出藏在那罪恶之下的真正洁白来。”[4] 许多伟大的作家都做到了“剥去了表面的洁白，拷问出藏在底下的罪恶”，譬

1　汪卫东，《探寻“诗心”：〈野草〉整体研究》，北京：北京大学出版社，2014 年，第 97 页。
2　汪卫东，《探寻“诗心”：〈野草〉整体研究》，北京：北京大学出版社，2014 年，第 1 页。
3　鲁迅，《忆韦素园君》，《鲁迅全集》（第 6 卷），北京：人民文学出版社，2005 年，第 69 页。
4　鲁迅，《陀思妥耶夫斯基的事》，《鲁迅全集》（第 6 卷），北京：人民文学出版社，2005 年，第 425 页。

如雨果、狄更斯、果戈里、巴尔扎克，等等，但是，在此基础上再“拷问出藏在那罪恶之下的真正洁白来”却只属于陀思妥耶夫斯基这类极个别的作家。就中国作家而言，鲁迅属于此类“拷问灵魂”的作家，应该是毋庸置疑的。

卡夫卡亦属于痴迷于探索与思考人类内心秘密的作家。卡夫卡说：“生活大不可测，深不可测，就像我们头上的星空。人只能从他自己的生活这个小孔向里窥视。”[1]“生命的壮丽是围绕着每个人并总是在它完全的充实中准备着，但却是遮蔽着的，在深处，看不见，在很远的地方……。如果人们用正确的话语、正确的名字呼唤它，那它就来到你的面前。这是魔术的实质，这魔术不是创造，而是呼喊。”[2]卡夫卡在窥视生活的秘密，探索真理的秘密，呼唤生命的秘密，“对卡夫卡来说，艺术表现是他内心世界的投影和客观化，使这个看不见的世界变得可以看见”。[3]

关于弗洛伊德，布罗德曾经说过，“不可否认，卡夫卡的情况可以作为弗洛伊德的潜意识理论的一个案例。这种解释太容易了。事实上，卡夫卡本人对这些理论是非常熟悉的，但并不很重视，只是把它当作事物非常粗略的和近似的图像。他认为这些理论在细节上并不是很恰当的，特别是关于冲突的本质。”[4]卡夫卡在日记中也的确证实了这一点，1912 年 9 月 23 日，卡夫卡写道：“在 22、23 日夜间，从晚上 10 点到清晨 6 点，我一气呵成写完了《审判》……这才是写作的唯一方式，只有在这种状态下，只有像这样完全身心开放……写作期间我的情绪是：高兴，比如说，可以给布罗德的《阿卡狄亚》提供某些优秀的作品，当然也想到了弗洛伊德。”[5]

卡夫卡在创作中自然而然地想到了弗洛伊德，鲁迅对弗洛伊德也非常熟悉，对弗氏理论的引用更是得心应手、游刃有余。翻开鲁迅全集的注释索引就能找到八条有关弗氏的记录。鲁迅在创作《补天》时说：“不过取了茀罗特（弗洛伊德）说，来解释创造——人和文学的——的缘起。”[6]此话虽不可完全当真，但至少表明了鲁迅对弗洛伊德的熟悉和受影响的程度。当然，与卡夫卡一样，鲁迅对弗洛伊德理论也是有所保留、有所批评和分析的。

其次是对比、反差与悖论。《墓碣文》中墓碣上的刻辞，鲁迅用四个排比句揭示了作者阴暗绝望的心理趋向：“它借助于一种语义上的强烈对比和反差——‘浩歌狂热’与‘中寒’（阴冷），‘天上’与‘深渊’（黑暗），‘一切’与‘无所有’（虚无），‘无所希望’与‘得救’（绝望），昭示出诗人思想情感的发展过程和人生经历，以及此时此地所处的状貌和‘当下’的心境。”[7]“‘于浩歌狂热之际中寒’。这里面的

1 卡夫卡，《卡夫卡全集》（第 5 卷），黎奇等译，石家庄：河北教育出版社，1996 年，第 492 页。
2 卡夫卡，《卡夫卡全集》（第 6 卷），孙龙生译，石家庄：河北教育出版社，1996 年，第 431 页。
3 罗杰·加洛蒂，《论无边的现实主义》，吴岳添译，天津：百花文艺出版社，1998 年，第 155 页。
4 霍夫曼，《弗洛伊德主义与文学思想》，王宁等译，北京：生活·读书·新知三联书店，1987 年，第 226 页。
5 卡夫卡，《卡夫卡全集》（第 6 卷），孙龙生译，石家庄：河北教育出版社，1996 年，第 238 页。
6 鲁迅，《鲁迅全集》（第 2 卷），北京：人民文学出版社，2005 年，第 353 页。
7 李玉明，《“人之子”的绝叫：〈野草〉与鲁迅意识特征研究》，北京：北京大学出版社，2012 年，第 121 页。

一对矛盾是‘热’与‘寒’，这让人直接联想到的是‘死火’……是一种随时存在的冷和热并存的矛盾状态，后者说，就是‘死火’那样一种极端化的悖谬状态。”[1]这种对比和反差，或者矛盾和悖谬的表达方式当然是卡夫卡最为熟悉的表达方式，不过，在卡夫卡那里，我们更多的是用“荒诞”和“悖谬”来概括其思考方式和表达方式。卡夫卡说：“真正的道路在一根绳索上，它不是绷紧在高处，而是贴近地面的。与其说它是供人行走，毋宁说是用来绊人的。”“那些把以往的一切视为乌有的革命的精神运动是合情合理的，因为什么都还没有发生过。”[2]在卡夫卡的作品中类似的表达数不胜数。

在鲁迅的《墓碣文》中，作为叙述者“我”，面对的并非“我”自己的墓碣。墓穴中的死者为谁？是一“游魂”。游魂者，死于非命，断绝祭祀，没有归属，四处彷徨的鬼魂是也。鬼魂何以成为鬼魂？因为“口有毒牙。不以啮人，自啮其身，终以陨颠”。原来墓主人死于自我折磨，最终自杀。这正如卡夫卡，他手持长矛对着外部世界，在漫无目的地上下求索一番之后，最后矛头却对准了自己。“在写下东西的时候，感到越来越恐惧。这是可以理解的。每一个字，在精灵的手里翻转——这种手的翻转是它独特的运动——，变成了茅，反过来又刺向说话的人。”[3]《墓碣文》中的墓主人为何自我折磨呢？待“我”转到墓碣背后便发现了其中的缘由。一座孤坟，坟中露出一大阙口，墓主尸骸清晰可见，心肝全无。原来墓主之心肝，已被自己吃尽：“抉心自食，欲知本味。创痛酷烈，本味何能知？……痛定之后，徐徐食之。然其心已陈旧，本味又何由知？”“抉心自食，欲知本味”：“这一行为具有宿命的自我悖论性，使食者从此陷入难以自拔的矛盾困境中……这大概是《野草》诸多终极悖论中最极端的终极悖论。欲尝本味，但你注定不能获得时机——本味，永远无所由知！”[4]李欧梵说：“这个想象的墓志铭所凿刻的，奉献给以自残向自己复仇的烈士精灵的怪异体现的，是一个最终无法解决的悖论：既然他死了，他怎能发现他的生命及牺牲的意义呢？”[5]其实，这又何尝不是鲁迅关于写作本身的一种悖论式表达呢？换句话说，“那就是鲁迅对于写作本身的一种哲学性的思考，尤其是关于写作中的‘真实性’问题”[6]。鲁迅的悖论终于在这里与卡夫卡的悖论汇合了。

在卡夫卡的作品中，悖谬与怪诞随处可见：城堡近在咫尺，但永远可望而不可即；莫名其妙的被捕与审判，法官对被告也一无所知；法门专门是为你开的，但

1 张洁宇，《独醒者与他的灯——鲁迅〈野草〉细读与研究》，北京：北京大学出版社，2013 年，第 221 页。

2 卡夫卡，《卡夫卡全集》（第 5 卷），黎奇等译，石家庄：河北教育出版社，1996 年，第 3–4 页。

3 卡夫卡，《卡夫卡全集》（第 6 卷），孙龙生译，石家庄：河北教育出版社，1996 年，第 468 页。

4 汪卫东，《探寻“诗心”：〈野草〉整体研究》，北京：北京大学出版社，2014 年，第 95 页。

5 转引自李天明，《难以直说的苦衷——鲁迅〈野草〉探秘》，北京：人民文学出版社，2000 年，第 168 页。

6 张洁宇，《独醒者与他的灯——鲁迅〈野草〉细读与研究》，北京：北京大学出版社，2013 年，第 224 页。

你一辈子也进不去；推销员一晚上就变成了甲虫，被全家人唾弃；在流放地，行刑者突然自愿成为受刑者，让自己与行刑机器同归于尽；饥饿表演者的表演成了绝食，老光棍怎么也摆脱不了跟在屁股后面的两只赛璐璐球；人猿将自己的经历感想打报告给科学院；获得奥运会冠军的游泳健将其实根本就不会游泳……人在本质上便是荒诞悖谬的：唯一能够说明 K. 走在正道上的迹象是他的四处碰壁，如果他成功地到达目的地，那就证明他失败了。在卡夫卡那里，“自相矛盾的佯谬是避免不了的；因为无论个人还是机构，欲要达到一个目标，必须和自己与目标间的领域达成某种妥协，他（它）这样做的时候，必须承认和接受一些社会准则，这些准则就它们本身说来完全可以独立存在，不必接受它们所起中间作用的限制。于是要通过唯一可行的手段去达到一个目的，也就是被支离开这个目的。结果目的本身成了双重存在。作为可以达到的目的，它永远不是最终的。作为最终的目的，它永远也达不到。”[1] 卡夫卡发现了阿基米德点，但他撬起的不是外部世界，而是自我。

再次是自我解剖与永不满足。鲁迅的《墓碣文》所描写的就是这样一位勇于“自我解剖”而最终死去的墓主，“碣前所记和碣后所记都是他在解剖自己时的心情”。[2] 然而，这位墓主至死仍不知“心之本味”。心之本味或许就是人之本质，或者真正自我。“抉心自食，欲知本味”，这是人对自身永不满足的追求和探寻，这是人类试图超越自我的永恒努力。这种永不满足的精神特质使我们很容易联想到德国著名诗人歌德的浮士德形象。浮士德性格的重要特征之一就是永不满足。“任何喜悦、任何幸运都不能使他满足，他把变幻无常的形象一味追求；这最后的、糟糕的、空虚的瞬间，可怜人也想把它抓到手。”[3] 永不满足就是对无限的追求，这也是哲学的最高追求，但这必定会导致最大的悲剧发生。浮士德所迷恋的狂放生活不可避免地要成为他的精神地狱。最后，浮士德经历了地狱的考验，他超越了自我，并从中得到了满足，但与此同时也宣告了他有限的肉体的死亡。冯至说，《浮士德》的主题就是《易经》里所说的，“天行健，君子以自强不息。”[4] 鲁迅熟悉歌德，亦熟悉他的《浮士德》。早在 1907 年，鲁迅在《人之历史》一文中便论及歌德：“瞿提（歌德）者，德之大诗人也，又邃于哲理。”[5] 以后鲁迅又许多次论及过歌德与《浮士德》。不过，鲁迅在他的《墓碣文》中所表现出来的那种惨烈的追求，较之浮士德更有过之而无不及。鲁迅解剖自我、探索自我，最后发现心之本味不能知、无由知，原来“本味”并不存在，恰如人的真正自我并不存在。

尽管这段墓碣文意思并不十分清楚，有些让人猜谜的意思，但是，“熟悉鲁迅的人当不难马上意会到，第一段碣文，恰恰是对他自己的——不是生平，而是精神

1 叶廷芳,《论卡夫卡》，孙坤荣等译，北京：中国社会科学出版社，1988 年，第 322 页。
2 李何林,《鲁迅〈野草〉注解》，西安：陕西人民出版社，1975 年，第 154 页。
3 歌德,《浮士德》，绿原译,《歌德文集》（第 1 卷），北京：人民文学出版社，1999 年，第 434 页。
4 冯至,《歌德》，上海：上海文艺出版社，1986 年，第 4 页。
5 鲁迅,《鲁迅全集》（第 1 卷），北京：人民文学出版社，2005 年，第 11 页。

履历——的精确概括"[1]。这即是说，墓碣文即是鲁迅精神履历的自况。鲁迅的自我解剖世人皆知，恐无人能及。鲁迅的这种自我解剖"至死方休"，甚至"至死亦不休"，这一点在《墓碣文》中似乎还有话可说。墓中人虽死，但并未真死，虽死犹存；"胸腹俱破，中无心肝"者尚能思考，并能坐起说话。而一旦尸骸成尘时，那才是真正的死，那时尸骸无踪无影，思想也随之化为乌有，这才是彻底的死。因此，"待我成尘时，你将见我的微笑"，表明的是"作者期待着彻底摆脱这次死亡所有痕迹的再一次死亡，这种'再死'，姑且称为'死之死'"。[2] 卡夫卡笔下的约瑟夫·K. 虽然见到了自己的死，见到自己的墓碑以及碑上的铭文，但他毕竟只是从生到死，并未从死到"再死"，这大概是鲁迅更加残酷与高妙的地方了。

自我解剖当然也是卡夫卡最重要的精神特质之一，而歌德又是卡夫卡非常崇拜和敬重的作家。卡夫卡在日记中曾写道，"我在阅读有关歌德的著作，浑身都在激动，任何写作都被止住了。""歌德，由于他的作品的力量，可能在阻止着德意志语言的发展。"[3] 这一回歌德又成了鲁迅与卡夫卡共同的思想和创作源头。有一次，卡夫卡的女友密伦娜问他是不是犹太人，卡夫卡对自我进行了解剖。卡夫卡还说："有时我真想把正是作为犹太人的这些人（包括我在内）全部塞进衣柜的抽屉里去，等一会儿，然后把抽屉拉开一点，看看他们是不是都窒息了，假如没有，就把抽屉再关上，如此往复，直至终了。"[4] 看来，卡夫卡的自我解剖最后一定涉及他的犹太人身份，而鲁迅则会涉及他的中国人身份。卡夫卡是国籍身份不明确的漂泊于欧洲的犹太人；鲁迅则是一个失去了故乡家园观念在日本与中国漂泊的中国人。

最后，在文体和语言上，甚至在遣词造句上，鲁迅与卡夫卡也非常相似或者相近，他们甚至使用相同的句式。在这两篇作品中，墓碑以及碑上的铭文都是重要的。主人公面对碑文的思想、感受和行动，构成小说的主体。当然，鲁迅描写的是已经脱落斑驳的铭文，斩头去尾，骤然而来，戛然而止。卡夫卡描写的是正在撰写的铭文，断断续续，最终完成。这种碑文的书写以及书写方式的背后隐含着深意：在鲁迅那里，"从这些残缺不全的文句中，我们可以看出，关于死者的历史性的材料部分（诸如生卒年月、形状履历等）均已剥脱，付诸阙如，成为被'省略'的部分。叙述性话语的表意链，被那些不断出现的'省略号'所打断……在《墓碣文》中，历史话语的总体性结构瓦解了，只剩下一连串支离破碎的话语片段。历史话语的虚幻性暴露无遗。"[5] 也就是说，鲁迅的墓碣文关乎历史话语、历史性文本的"读/写"关系，以及中国的历史书写传统。而卡夫卡小说中墓碑上的文字，不过是卡夫

1 汪卫东，《探寻"诗心"：〈野草〉整体研究》，北京：北京大学出版社，2014 年，第 93 页。

2 丸尾常喜，《耻辱与恢复——〈呐喊〉与〈野草〉》，秦弓、孙丽华编译，北京：北京大学出版社，2009 年，第 282 页。

3 卡夫卡，《卡夫卡书信日记选》，叶廷芳、黎奇译，天津：百花文艺出版社，1991 年，第 23、29 页。

4 卡夫卡，《卡夫卡全集》（第 10 卷），石家庄：河北教育出版社，1996 年，第 258 页。

5 张闳，《黑暗中的声音——鲁迅〈野草〉的诗学与精神密码》，上海：上海文艺出版社，2007 年，第 100 页。

卡关于写作的书写。“对于卡夫卡来说，写作，首先是一个个人性的行为，并且，可以说，是他本人的几乎唯一的生存方式，亦即其自我的全部存在本质的实现。其书写的历史性，即可视为个体的自我意识生成的历史性。因而，一个真正的、纯粹的写作活动对于卡夫卡来说，即是关于自我的书写。另一方面，卡夫卡又将写作活动看成是自我的归宿。写作，即意味着写作者用笔为自己挖掘坟墓，并最终在墓碣上署上自己的名字。”[1] 这里的约瑟夫·K. 似乎就相当于弗朗兹·卡夫卡了。

关于《野草》的语言，评论家与文学史家常常感到震惊和疑惑，“那一个接一个的‘然而’，形成了一个个三百六十度的否定，一个漩涡套着一个漩涡；那由不断否定的意象、实词和转折词组成的长句，扭曲、缠绕、挣扎、转换，构成了纠缠如毒蛇、遒劲如老松的语言力量，在不断地否定中把意义推向更高的虚空，又在虚空中捕捉新的可能……”[2]。《墓碣文》中墓碣上的文句残缺不全，作者以省略号省去了所有的连词，然而即便如此，仍有“而”“然”“然而”等在文中出现五次。卡夫卡更是喜欢运用这种转折的句式。“卡夫卡这位最富有逻辑性的作家不仅以单调的规则性在他的双重标题的孪生主体间转换，而且也在赞成和反对之间转换，在其交替中同样可以预见的肯定和否定之间转换，他的不变的节奏——‘但是’‘然而’‘不过’——构成他风格中命定的中立性。”[3] 在《一场梦》中“但是（but）”一词竟出现了十二次。

日本学者丸尾常喜教授认为，《墓碣文》“寄托于孤坟与里面横陈的死骸，映照出鲁迅自身内部根深蒂固的‘鬼气’与‘毒气’”。[4]《墓碣文》写的就是“愤死”，即“为无法解脱的愤激和绝望折磨而死”，是“最绝望、最愤激的篇章之一”。[5]《墓碣文》是鲁迅“最为恐怖”“最为晦涩”的文字，“恐怖与晦奥，与它的深度成正比，它是这一汪幽水的最深点”。[6] 卡夫卡《一场梦》里似乎并没有什么鬼气与毒气，倒是有些怪气和晦气。这篇小说在卡夫卡的小说中恐怕什么“最”也算不上，但它的确是一篇体现了卡夫卡创作特色的作品。卡夫卡写“自己的死”，鲁迅写“死之死”。死亡显然是他们同时面对和思考的问题，这个问题又是学者们喜欢思考和探讨的另一个问题。不过，对于这个问题我们应该有另文探讨了。

---

1 张闳，《黑暗中的声音——鲁迅〈野草〉的诗学与精神密码》，上海：上海文艺出版社，2007 年，第 94–95 页。

2 汪卫东，《探寻“诗心”：〈野草〉整体研究》，北京：北京大学出版社，2014 年，第 36 页。

3 弗雷德里克·詹姆逊，《时间的种子》，王逢振译，南京：江苏教育出版社，2006 年，第 110 页。

4 丸尾常喜，《耻辱与恢复——〈呐喊〉与〈野草〉》，秦弓、孙丽华编译，北京：北京大学出版社，2009 年，第 278 页。

5 陈安湖，《〈野草〉释义》，北京：人民出版社，2013 年，第 133 页。

6 汪卫东，《探寻“诗心”：〈野草〉整体研究》，北京：北京大学出版社，2014 年，第 97 页。

“新小说”派的文学艺术观

马小朝　烟台大学

尽管“新小说”派的作家并没有形成以严格方式追随一个明确目的的目标一致的文学运动，他们的艺术创作各有特色，彼此甚至很不相同，但在其复杂多变的现象后面，我们仍然不难发现其共同的思维背景和审美追求，以这个思维背景和审美追求为依据，“新小说”派的文学艺术创作才得以派生出了万花筒般令人眼花缭乱的灿烂景观。洞悉这个深层次思维背景和审美追求，从而有效地解读其艺术奥秘的切入口之一，便是直接剖析“新小说”派的文学艺术观。

一、本体论：无目的的目的

“新小说”派作家是以其反传统的举措而拉开小说创作之幕布的，而他们反传统的第一声号角，就是声讨西方文学一两千年以来以道德论为目的、以认识论为手段的传统文艺本体论。这种文艺本体论由古希腊时期的苏格拉底提出，经过柏拉图和亚里士多德理论化、系统化后，一直牢牢地统治着 19 世纪以前西方文艺理论的基本方向，因而也深深地影响并制约着西方文学长河的基本流向。尽管在 19 世纪以后，标榜“为艺术而艺术”的文艺思想登上了文学历史舞台，它们也曾将矛头指向了传统的以道德为目的、以认识为手段的文艺本体论思想，但我们仔细一看，便不难发现，它们不过是从逆反心理的角度，颠覆了传统道德论、认识论的理性主义尺度，从而偷换了传统道德论和认识论的内容：自然欲望代替了社会意志、情感体验代替了理智认知、人性的肉体代替了神性的灵魂、生命的直觉代替了思维的悟性。从根本上说，它们是以新的形而上学本质论代替传统的形而上学本质论，所以，它们也就不可能彻底摒弃传统的文艺本体论。“新小说”派的艺术反叛，则是试图从传统形而上学本质论基础的根须处，挖掘并摒弃这种传统的文艺本体论。罗伯 – 格里耶在《未来小说的道路》中宣称：“我们必须制造出一个更实体、更直观的世界，以代替现有的这种充满心理的、社会的和功能意义的世界。”[1]

“新小说”派对传统文学艺术本体观的冲击是从两个方面发动的：首先，它将攻击点直接指向了传统文艺本体论的道德目的。我们知道，从古希腊苏格拉底以来所建立的文学艺术的道德目的的核心并不在于它的具体道德内容，而在于它密切关注的社会人生目的。“新小说”派的创作也就以釜底抽薪的方式无情地抽去了小说中人的生存和人的行为，中止了传统文学围绕社会人生目的所编织的悲喜剧的继续上演，代之而起的只是纯粹“物”的堆砌。如罗伯 – 格里耶就毫不动情地描写事物的“既无虚伪光彩也不透明”的表层，单纯关注物件的物理属性，关注它的度量、

1　罗伯 – 格里耶，《未来小说的道路》，见柳鸣九主编《新小说派研究》，北京：中国社会科学出版社，1986 年，第 63 页。

空间位置，等等。由此，他小说中的人物逐渐消失了，剩下不多的人物也往往成了毫无生命特征的字母符号。小说中从头至尾呈现出的是冷漠、细密而又烦琐的景物外观。娜塔丽·萨洛特的笔下虽然似乎有人，但却没有动人心魄的生生死死，代之而起的只是转瞬即逝、漂泊无定的人之意识的地下活动。正如萨特在为萨洛特所作的《〈陌生人肖像〉序》中所说："娜塔丽·萨洛特在观察我们内心世界时具有一种原生物的视觉，你翻掉常理的石块，就可以看见吻口、流涎、黏液，阿米巴虫似地蠕动。"[1] 在此基础上，"新小说"派的创作进而抛弃了传统文学里充满绵绵情意的拟人化描写，代之以漠然的平铺直叙，如罗伯－格里耶名为《嫉妒》的小说，却失去了传统小说中那种使人死去活来的亢奋、激烈、疯狂情感，代之而来的似乎只是一架摆放在一个封闭角度的无生命的自动摄像机的摄像。罗兰·巴特在《不存在罗伯－格里耶流派》中说："罗伯－格里耶之所以用准几何学的方式描写物，那是为了摆脱人赋予它们的含义，使它们改掉隐喻和拟人法。因此，罗伯－格里耶作品中细致的目光（与其说细致，还不如说是越轨）纯粹是否定的，它什么也不立，或者更确切地说，它立的是物中那种非人性，就像遮盖着虚空并指明虚空的存在的那层凝固不动的云一样。"[2] 其次，"新小说"派所攻击的是传统文艺本体论的认识手段。我们也知道，认识是文艺道德目的的前提和逻辑起点。在古希腊苏格拉底那里，知识与美德是合二而一的。柏拉图判定文艺优劣的尺度是正确认识自己。亚里士多德则直接称求知为实现文艺目的的必由之路。"新小说"派的创作则以故意的闪烁跳跃的印象流动，淹没了人与世界关系的确定性。以烦琐、零碎的拼凑，以幻觉、梦境的交错遮蔽了人的生存状态的清晰度。由此，"新小说"派的创作也就斩断了连接文艺行为与道德目的的认识桥梁。我们所看到的只是一个个互不相干、四分五裂的破碎的镜头切割。我们无从洞见人类世界的真相，也就无法窥测人类生存的善恶方向。小说失去了认识世界和人生的功能，也就失去了寄寓情感和净化灵魂的道德目的。"新小说"派对传统文艺本体论的两个方面的攻击，既从目的又从手段，从而既从情感又从逻辑上疏离了作品里人与世界的关系、作品外读者世界与作品世界的关系，因而也就中止了文艺与社会现实认识的、道德的联系，将传统小说源远流长的文艺本体论轰毁了。

"新小说"派果真跳出了传统文艺本体论的魔圈，从而果真超越了传统文艺的道德目的规定和认识功能使命吗？我们不妨以巴尔扎克的文艺思想作为传统文艺观的参照标准与"新小说"派文艺观作一比较。巴尔扎克曾在《人间喜剧·前言》里谈及他的《人间喜剧》时这样说："法国社会将要作历史家，我只能当它的书记，编制恶习和德行的清单，收集情欲的主要事实，刻画性格，选择社会上主要事件，结合几个性质相同的性格的特点揉成典型人物，这样，也许可以写出许多历史家忘

1　萨特，《〈陌生人肖像〉序》，见柳鸣九主编《新小说派研究》，北京：中国社会科学出版社，1986 年，第 484 页。

2　载《外国文艺》，1990 年第 4 期。

记了写的那段历史，就是说风俗史。”[1] 不言而喻，巴尔扎克现实主义的核心就是西方传统的以道德为目的、以认识为手段的文艺本体论思想。他以对历史现实的清醒认识，勾勒出了动人心弦的虚构故事，创造出了灵活生动的典型性格，揭示了资本主义社会血肉模糊的生存与死亡、灵魂与肉体、善良与邪恶，从而使人体会到人类社会中历史与人伦永恒撞击的痛苦时，不断眺望和向往理想世界的灿烂光辉和真善美的庄严伟大。从这个意义上说，巴尔扎克不愧为时代最诚恳、深刻的文学艺术家。但我们在评价“新小说”派的时候，却不能将巴尔扎克的小说当作文艺创作的“达玛斯忒斯的床”，我们不能退到巴尔扎克所站定的历史起跑线上来判定现代世界的文学艺术创作。巴尔扎克所处的时代，资本主义世界正以无可抗拒的魔力逐渐代替并消灭旧有的封建贵族秩序，其历史的必然趋势令人欣慰，但其对人类情感、伦理的赤裸裸的践踏又令人心悸。于是，巴尔扎克式的小说家，自觉地响应时代的召唤，秉承着传统文艺目的论、认识论的本体观，着力暴露社会黑暗，批判现实罪恶，从而为人们认识资本主义社会提供形象解说的同时，打碎人们对资本主义现有秩序的永恒幻想。所以，巴尔扎克高傲地以上帝使命的肩负者自居，他自豪而又充满信心地宣称：“看看社会在什么地方离开了永恒的法则，离开了真，离开了美。”[2] 然而，半个世纪以来的历史性悲剧，使遍体鳞伤的西方世界进入了娜塔丽·萨洛特所称的“怀疑的时代”。西方人对其以往的精神旗帜的信念发生了全面怀疑与动摇。上帝死了，伟大的康德、黑格尔远远地离去了，人道主义理想在漂浮不定的世界面前彻底破灭了。一方面是难以捉摸、纷纭变幻的荒诞世界，另一方面是同样不合逻辑、难以理喻的人自身。这是文学不得不面对的人类真实境遇。为此，小说家还能以过去人的眼睛来观注这个多变的世界吗？还能在这荒诞、破裂、千奇百怪的世界面前，看出一个头绪，清理出一条清晰的序列吗？此时，小说所秉承的传统的文艺本体论又如何面对其历史的挑战而调整自己的应对姿态呢？罗伯－格里耶这样说：“从巴尔扎克到‘新小说’派，小说艺术发生了很深刻的变化。巴尔扎克笔下有真实，‘新小说’派笔下也有真实，两种真实是有差异的。巴尔扎克的时代是稳定的，刚建立的新秩序是受欢迎的，当时的社会现实是一个完整体，因此，巴尔扎克表现了它的整体性。但二十世纪则不同了，它是不稳定的，是浮动的，令人捉摸不定，它有很多含义都难以捉摸，因此，要描写这样一个现实就不能再用巴尔扎克时代的那种方法，而要从各个角度去写，要用辩证的方法去写，把现实的漂浮性，不可捉摸性表现出来。”[3] 显然，这时对世界的任何巴尔扎克式的真实再现都是不可能的。换句话说，传统文艺本体论的认识能力首先遇见了强有力的挑战。因为世界在我们面前已变得陌生，我们无从亲近这个世界并与之沟通，我们只能发现跳

1 巴尔扎克，《人间喜剧·前言》，见伍蠡甫主编《西方文论选》下卷，上海：上海译文出版社，1979 年，第 168 页。

2 巴尔扎克，《人间喜剧·前言》，见伍蠡甫主编《西方文论选》下卷，上海：上海译文出版社，1979 年，第 168 页。

3 柳鸣九，《“于格洛采地”上的“加尔文”》，见柳鸣九主编《新小说派研究》，北京：中国社会科学出版社，1986 年，第 567 页。

动不居、闪烁不驻的模糊表象。由此，“新小说”派不得不转移传统文艺观直接认识现实的企图，而将关注的焦点转移向对世界人生朦胧印象和多重感受的猜测。如同克洛德·西蒙所说：“如果说在艺术史上产生了断裂或根本变化的话，那就是作家们继画家之后，不再声称表现了可视世界，而仅仅表现了自己从可视世界接受的印象。”[1] 于是，现代西方人千头万绪的错综情感也就物化为“新小说”派的艺术世界了。通过这个世界，终于使不可言说的关于世界的理解得以诉说，使难以捕捉的漂浮流动的感受有了一个具体的形象外观。通过这一形象的外观，我们才得以窥见其背后的世界真相。换句话说，“新小说”派所创建的这个直观、冷漠、蔑视人类情感的艺术世界，一旦成了文学艺术符号，便不管愿意不愿意，它们都成了人与世界关系的中介，都会以颇具创生力的艺术符号功能，悄悄地向我们透露出关于现实世界的奥秘。如罗伯–格里耶的小说《橡皮》所展示的令人迷惑不解的阴错阳差，《窥视者》所展示的虚实迷离，克洛德·西蒙的《农事诗》《弗兰德公路》中时空交错重叠的历史与人，以及娜塔丽·萨洛特小说中那骤然而至、转瞬即逝的意识流动，原来都是以一种特殊的艺术方式传达现代西方人对外在现实难以捉摸、无以把握的心理感受。在此基础上，“新小说”派的创作也就自然向前延伸至对现实世界的批判，从而也就延伸至对道德目的的实现。再观《橡皮》《窥视者》，我们于是体验出它们包含着对理性规律、社会法则多么深重的失望和无可奈何的痛苦。偶然与巧合使这个世界上唯一的、曾经大放异彩的人的生命也失去了面对生死抉择的庄严意味。从这个角度看，我们也就不难理解：“也可以说‘新小说’与存在主义文学异枝同根。因为从本质上说，新小说是从侧面反映了一部分知识分子对于人不能驾驭世界，不能掌握自己的命运的一种惶惶不安的心理，他们所看到的是矛盾的、混乱的社会，他们力图通过文字来表达他们对这个世界的感受，从这一点看，他们与存在主义是植根于相同土壤之中的，不过，他们不像存在主义那样向这样的世界公开挑战，而是用技巧、表现手法为外壳把自己包裹起来，到形式中间去寻找出路。”[2] 不过，值得注意的是，以萨特为首的存在主义文学，是从价值论的角度向现存世界置疑、挑战。也就是说，他们所提倡的是一种直面人生而又超越人生的精神性选择；而“新小说”派则基本上是从认识论的角度向世界宣布断绝往来，他们所奉行的还是面对人生而诉说不幸与绝望的历史性举措。从这个意义上说，“新小说”派并不比存在主义文学走得更远、躲得更深。

“新小说”派从否定传统的文艺本体论开始，转了一个大圈后，又从新的层次上回到了传统的文艺本体论。所不同的是，它是将小说作为一个整体性的符号，一方面让人从认识论的角度从中领悟到世界的本原以及人类生存的本象，从而完成了艺术符号所具有的、不可替代的认识功能，另一方面，又从文艺最终诉诸人之情感的目的，使人在获得对世界认识后得到心灵绝大自由的同时得到道德的寄托，从而

1 克洛德·西蒙，《在斯德哥尔摩的演说》，载《世界文学》，1986 年第 4 期。

2 王泰来，《从阿兰·罗伯–格里耶的三篇短文看新小说》，载《世界文学》，1982 年第 3 期。

也就在本体论的层面上实现了文艺之无目的的目的。

二、创作论：无内容的内容

按照西方传统文学艺术的创作观念，作为文学本体的目的性往往在文学创作中体现为文学作品的内容，作为文学特征的形象性常常在文学创作中体现为文学作品的形式，也就是黑格尔所概括的所谓“理念的感性显现”。理念作为至高的目的，表现为文学创作的内容；感性显现作为其基本特征，表现为文学创作的形式。如此，文学家在写作之前，早已成竹在胸地怀有一般凡夫俗子所未能聆听的神秘诏令或未能洞见的深邃思想。文学家的责任与才能就是选择、创造生动的形象将这种先有的东西予以传达和阐说。这时候，如同西蒙所言：“小说自然而然地变成了一种宗教说教的形象化形式，变成了道德教谕性的寓言和传奇。”[1]

“新小说”派吹响反传统文艺本体论号角的同时，自然也就擂起了反传统文艺创作论的战鼓。他们一反传统小说对所谓社会内容的钟爱，他们着力关心的是小说的表现技巧和手法。在此方面，他们煞费苦心。米歇尔·布托就毫不讳言地把自己的小说看作“叙述者的实验室”。[2]他因此主要在小说中致力于从事各种各样的形式技巧的实验。从其他“新小说”派作家的创作实践看，他们对文学艺术的社会内容似乎确实没有兴趣，读者似乎很难从他们的作品中找到对重大历史内涵或社会现实信息的陈述，以及对历史和现实的道德评说。他们把传统文学创作论称为形式的东西置于首要的、也是唯一显要的位置上。于是，在罗伯–格里耶的《嫉妒》中着力描写的是毫无社会性内容的静物排列组合，人物只成了一个影子般的叙述者或一个“A……”；《在迷宫中》反复展示的是毫无变化的街道和走廊。克洛德·西蒙的《农事诗》《弗兰德公路》展示的是一组组镜头的切分、组合、复现、交叉以及游移不定的视角变换，时空上的蹈袭迭合、周而复始；在叙述中，不少段落故意无标点，干脆拒绝回答对内容的追问。那么，“新小说”派的文学创作论果真仅仅是“形式”的刻意求新，其创作活动果真仅仅是一种无内容的文字“游戏”吗？现代人类文化学、心理学及其艺术哲学的深入研究，使我们不再怀疑那以直接感性外观呈现于我们眼前的完整的艺术品本身其实就是内容与形式的统一体。因为艺术的形式中就蕴含着一种情感和生命的“力”的模式，它以“完形”的方式与我们的心和灵魂相撞击，使之迸发出灿烂的火花，从而使我们突然领悟到某种生的苦恼、死的奥秘。我们可以从中一方面获得对深厚情感内容的感知，另一方面也获得对审美创造的接受。正如娜塔丽·萨洛特在《从陀思妥耶夫斯基到卡夫卡》中所说：“小说所打透的并不是读者表面的、荒芜的智力领域，而是无比丰富的境界，即感觉心灵的不在意、无防备的领域。这种力量在感觉心灵中引起神秘的有益的撞击，情感上的震荡，使人如闪电一般霎时间就能抓住整个事物及其各种细微差异，抓住这些事

1 克洛德·西蒙，《在斯德哥尔摩的演说》，载《世界文学》，1986 年第 4 期。

2 米歇尔·布托，《作为探索的小说》，见柳鸣九主编《新小说派研究》，北京：中国社会科学出版社，1986 年，第 89 页。

物可能具有的复杂性，甚至抓住这些事物深不可测的奥妙——如果出于偶然，这些事物确实有什么奥妙的话。”[1] 也就是说，“新小说”派显然不是以传统小说的习惯方式传达所谓的内容，而是以形式符号本身的魔力，建构起与人类心灵同构的审美心理形式，创造出与人生情感吻合的艺术符号结构，从而引起人们灵魂的剧烈震颤，并使人们在瞬间如神灵附体般顿悟到世界的奥秘，同时也就获得了被传统文学称为内容的东西，从而实现了文艺的道德目的。由此，对于“新小说”派文学创作的千变万化的形式，我们应当像观看毕加索的绘画一样，不必也不可能将绘画中的细节与现实中的真实一对一地作所谓内容的对照，而是应该从整体上用自己的心灵主体去体味其中的生命激情。我们需要拉开一定的距离，将日常的观看转化为审美的注视，将细致地寻觅内容转化为整一性的情感体验，将逻辑的分析转化为心灵的回应，将正向的审美观照转化为反向的审美创造。于是，我们也就会发现在千姿百态的形式召唤后面，正涌动着无比丰厚和深广的历史现实内容。

同时，我们还应看到，“新小说”派创作的形式革新，也不是随心所欲地自由发挥，而是应时代召唤而出生的时代之子。也就是说，它们的形式变换在根本上仍来源于历史现实的人之情感呼唤。生存在世界上的人，一方面没有不变的情感体验，另一方面也没有任意变幻的艺术形式，一定的艺术形式总是与一定的情感方式密不可分的。正如苏珊·朗格所说：“艺术乃是象征着人类情感的形式之创造。”[2] 艺术形式的产生和发展，常与我们的感觉、理智及情感生活的变化发展所具有的动态形式有十分密切的关系。布托在其《漫谈长篇小说的技巧》中说：“现代生活使时间的间断性不可比拟地显著起来了，所以，许多作家为了表现这种显著的间断性，便开始用一个个的组合结构来组织叙事。”[3] 由此观之，“新小说”派小说中那交错重迭的时空序列、一鳞半爪的事件碎片，本是现代西方人对传统理性逻辑再不能把握纷纭复杂之现实的情感体验。“新小说”派创造出的毕加索式的图画，正来自于现代西方人无所适从的生存感知。比如，罗伯－格里耶作品中的不确定性、含混性、漂浮性，克洛德·西蒙作品中的时空交叉，娜塔丽·萨洛特作品中的似是而非、模棱两可，皆来自于现代西方人失去了对自我认识能力的基本信任。罗伯－格里耶《嫉妒》中的“嫉妒”，作为人类情感的激烈形式之一，之所以褪去了传统小说所具有的亢奋、激烈以及疯狂感情的支出，在于今天的“嫉妒”已经失去了丰厚的情感、心理、道德的真诚投入，它变得平淡、单薄，它只是一种人们司空见惯、习以为常的生活节奏的一个表面环节而已。因为，“新小说”派作家觉得他们是完全面对着一个荒漠而又无情的异己世界。人们要从这个世界里汲取爱与恨的激情、生与死的

1 娜塔丽·萨洛特，《从陀思妥耶夫斯基到卡夫卡》，见柳鸣九主编《新小说派研究》，北京：中国社会科学出版社，1986 年，第 5 页。

2 苏珊·朗格，《情感的象征符号》，见《美学译文》第 3 辑，北京：中国社会科学出版社，1984 年，第 124 页。

3 米歇尔·布托，《漫谈长篇小说的技巧》，见《法国作家论文学》，王忠琪等译，北京：生活·读书·新知三联书店，1984 年，第 427 页。

亢奋，他们所能得到的只会是“人看着世界，而世界并不回敬他一眼”。[1]可以看出，这种人生感受里面包含着深沉的“哀莫大于心死”的苦涩滋味。还应特别看到的是，“新小说”派作家都否认有一个等待着被传达、诉说的现成的被称为内容的东西。也就是说，他们都否认在形式的外套下面有一个清楚的赤裸的内容身躯。他们确信他们的艺术形式本身才真正创造出了所谓内容。他们以文艺的“怎么写”代替了传统的“写什么”的命题，以“叙述的历险”代替了“历险的叙述”。这种创作重心的转移，实际上是标志着 20 世纪语言科学的新成就给文学艺术家的启迪。现代语言学对语言“能指”功能的研究表明：语言始终处于人类精神活动的重心地位，它本身就是一个通向人类所有领域的精神实体。对于将语言作为艺术媒介的文学艺术来说，尤其如此。文学艺术作品，一方面作为情感内容的载体，另一方面更帮助人们构建起情感体验的对象，从而最终创造出新的情感内容。莫瑞斯·琼斯就特别强调艺术作为情感语言的这种功能，他说：“通过这种语言，艺术家对变幻不定的情感进行了探索和发现，并赋予他们名称和栖身之所。”[2]所以，“新小说”派的创作并不在于传达先知先觉的现成内容或情感，而是以特定的构成力量去组织乃至形成人类社会的现实内容和情感经验。如同克洛德·西蒙所说：“当我面对白纸而坐时，我遇到两件东西：一方面是我内心各种感情、回忆和印象的模糊混杂体。另一方面是语言，我所寻觅的借以表达的词和单词赖以排列成序的句式，它们将凝聚在那句式中。于是，马上就得到第一个证明：人们从来不是记述（或描写）一件在写作之前已经发生的事情，相反，对象是在写作过程中产生（这里‘产生’一词应取其一切意义）并与写作本身同时出现的。它并非来自最初的非常模糊的写作计划与语言间的冲突，而是形成于以上两者的紧密结合，至少在我身上这种结合所产生的结果比起最初的意图来不知要丰富多少。”[3]米歇尔·布托也认为：“叙述这一现象大大超过文学的范畴，是我们认识现实的基本依据之一。从我们听懂说话直到老死，我们始终处于叙述的包围之中。先是在家里，然后在学校里，再是在人与人的交往中和在阅读中。对我们来说，他人不仅仅是我们亲眼看到的那个样子，而且是他亲口向我们讲的那个样子，或者是其他人向我们讲的那个样子。这不仅仅指那些我们见到过的人，而且也包括所有那些我们听说过的人。”[4]“我们对世界的了解大部分是通过别人对我们叙述的：谈话、课程、报纸、书籍，等等。因此，我们亲眼所见的东西，我们亲耳所闻的东西仅在这片叙述的大合唱中才具有意义。”[5]“新小说”派对叙述的这些见解与他们的整个文学艺术观念体系是一致的。他们撕裂了人类自我中心

1 罗伯－格里耶，《自然、人道主义、悲剧》，见柳鸣九主编《新小说派研究》，北京：中国社会科学出版社，1986 年，第 74 页。

2 莫瑞斯·琼斯，《情感语言》，载《英国美学杂志》，1960 年 1 月号。

3 克洛德·西蒙，《在斯德哥尔摩的演说》，载《世界文学》，1986 年第 4 期。

4 米歇尔·布托，《作为探索的小说》，见柳鸣九主编《新小说派研究》，北京：中国社会科学出版社，1986 年，第 88 页。

5 米歇尔·布托，《对小说技巧的探讨》，见柳鸣九主编《新小说派研究》，北京：中国社会科学出版社，1986 年，第 136 页。

主义的幻梦。认为人类作为类存在而言，无可奈何地受制于物，受制于客观冷漠的外部世界。每个人作为个体存在而言，又毫无例外地受制于所处的文化，受制于语言的叙述。所以，与之相应，他们在本体论层面上强调对物的世界的关注，在创作论的层面上也就自然强调对语言叙述的关注。娜塔丽·萨洛特在其作品《金果》中曾借其中的一位人物之口说："把看不见的东西融合在含混不清的词义中，从而取消了这种看不见的东西。"[1] 此处所谓"看不见的东西"是人对世界的揣测及难以言状的体验。它与含混不清的语词叙述正相吻合，融会为二而一的具象，终于能让人看见了。含混不清的语词来源于那"看不见的东西"，最后又涵盖了那"看不见的东西"。由此可见，"新小说"派作家认为，艺术形式并不是外在地装饰已经可见的现成内容，而是让人第一次找到并看见内容。罗伯－格里耶也说："我的哲理不像萨特那样，他是先有哲理，然后把哲理写进小说，而我的哲理存在于小说形式的本身，是体现在小说的形式上，因此，我们'新小说'并不是无思想、无意义的。"[2] 罗伯－格里耶在谈及他的《在迷宫里》时也这样说："我那部小说就是要表现这个哲理，那个士兵想在外部世界找寻和发现一点什么，也想发现和识别自己的内心世界，然而，这两者对他来说，都像是迷宫。"[3] 困扰着现代人的"迷宫情结"也就以一个士兵在巨大的城市之中、在几乎一模一样的神秘街道上走来走去这个小说叙述形式而得到了恰当的表达和显现。米歇尔·布托也宣称自己是通过新的形式揭示他与外部世界的关系，他在他的《作为探索的小说》中说："不同的叙述形式是与不同的现实相适应的。""探索容纳能力较大的新的小说形式，对我们认识现实来说，具有揭示、探索和适应的三重作用。"[4] 由此，"新小说"派的小说对事件因果联系和常见时空形式的大破坏，也就是为了揭示和探索复杂多变、不可测知的现实世界。它对人物形象中心地位的故意否定，也是为适应、揭示和探索个性被抹杀、人失去自身的历史时代本质。可见，"新小说"派的形式革新是要从全新的层次上孕育极其丰厚的历史时代内涵，孕育深沉而又冷静的对现实关系的明智洞见。从这个意义上说，"新小说"派的文学艺术创作与存在主义的文学艺术创作相比，也就不过是对世界挑战的方式不同罢了。存在主义文学试图颠覆的是现存社会制度对人的精神羁缚、心灵控驭，"新小说"派则是试图颠覆现存社会制度赖以禁锢人类精神生成的文化形式之一的语言叙述方式。

"新小说"派以迂回曲折的方式，通过对文学艺术形式的精心选择、构筑、创造，最后终于让我们获得了容量不能算小的社会情感内容。由此，"新小说"派也

1 娜塔丽·萨洛特，《金果》，见柳鸣九主编《新小说派研究》，北京：中国社会科学出版社，1986 年，第 678 页。

2 柳鸣九，《"于格洛采地"上的"加尔文"》，见柳鸣九主编《新小说派研究》，北京：中国社会科学出版社，1986 年，第 569 页。

3 柳鸣九，《"于格洛采地"上的"加尔文"》，见柳鸣九主编《新小说派研究》，北京：中国社会科学出版社，1986 年，第 569 页。

4 米歇尔·布托，《作为探索的小说》，见柳鸣九主编《新小说派研究》，北京：中国社会科学出版社，1986 年，第 90 页。

就实现了在创作论层面上的无内容的内容。

三、价值论：无意义的意义

“新小说”派在擂起反传统的战鼓，开始了文艺创作重心转移的同时，其革命性行为也就必然延伸至对传统文学意义的重新阐释。他们以反对人的自我中心主义为逻辑起点，拒绝承认人类世界有现成的意义。克洛德·西蒙在诺贝尔文学奖的授奖仪式上这样说：“(我)活到今天七十有三，凡此种种，我还没发现出什么意义来，除非像莎士比亚之后我想大概是巴特说的，‘要是世界有什么意义，除了世界本身的存在，其意义也就在于无意义可言’——仅此而已。”[1] 罗伯－格里耶更是直截了当地宣称：“然而世界既不是有意义的，也不是荒诞的。它存在着，如此而已。无论如何，这点是最值得注意的。突然这个事实以不可抗拒的力量袭击我们。一瞬间整个的美丽建筑垮台了，我们睁大眼睛等待着意味，而我们只是又一次地体会到我们自以为掌握了的那个顽固的现实的冲击。在我们周围，物件悍然不顾那些我们赋予它以灵性或摆布它的形容词，它仍然只是在那里。它们表层明朗、平滑而完整，既无虚伪的光彩也不透明。”[2]

“新小说”派对意义的否定，既源于它对西方传统理性主义的反叛，也源于它对19世纪以来的“非理性主义”的背离。传统理性主义坚信有一个终极的最高目的支配着人类社会历史，同时也支配着人类社会文化行为之一的文艺创作。这个最高目的可以是柏拉图的“理式”，也可以是基督教的上帝，还可以是黑格尔哲学体系中的“理念”，等等。“非理性主义”不相信世界之上有一个可以理解的因果或可以说明的目的支配着世界。他们以为世界的终极说明与根本原因就在不可理解和说明的人性结构或潜在意识之中。它们可以是叔本华、尼采的“意志”，也可以是柏格森的“生命直觉”，还可以是弗洛伊德所谓的“利比多”，等等。但是，不管是传统理性主义还是非理性主义，它们的核心都是人本主义，并且都预先假定了一个形而上学的超验存在，两者的区分不过是一枚金币的两面而已。理性主义将人的社会共性、道德意志异化为至高的神灵，非理性主义则将人的自然个性、情感欲望异化为难以捕捉的制约力量。文学艺术的意义无非是从不同的侧面将必然与自由沟通，从而取得现象与本体的平衡和谐。“新小说”派则不认为世界本身在本体意义上有任何以人为参照系的终极目的。所谓至高无上的上帝，难以洞见的“理式”“理念”，高深莫测的“意志”“生命直觉”“利比多”，等等，都不过是人的自我中心主义的先验假定。世界其实本不过是由外在于人的物质所构成，物质的千奇百怪的偶然状态决定着世界的存在，人面对世界的存在只有束手无策。由此，“新小说”派捣碎了人类自我中心主义的梦幻，同时也就拆除了由此产生的关于文学之人学意义的传统假定。人类世界既然并无实在的意义，那么，作为人类文化行为之一的小说

1　克洛德·西蒙，《在斯德哥尔摩的演说》，载《世界文学》，1986年第4期。

2　罗伯－格里耶，《未来小说的道路》，见柳鸣九主编《新小说派研究》，北京：中国社会科学出版社，1986年，第62页。

创作也就没有了连接世界与人生的所谓意义功能。如同罗伯－格里耶所说：“在我们的周围，世界的意义只是部分的、暂时的、甚至是矛盾的，而且总是有争议的。艺术作品又怎么能先知先觉预先提出某种意义，而不管是什么意义呢?”“作品成立之前，什么也没有，没有肯定、没有主题、没有信息，认为小说家‘有些事要讲’，然后又寻求如何讲，这是一种最严重的误解。”[1]

世界是无意义的，但人在这本无意义的世界上总还得凭自己创造文化的能力有意义地活下去。文学作为人类与世界相交的重要文化形式之一，也就不可能不为人类的生存提供或制造活下去的充足意义，并同时赋予人类有滋有味地活下去的勇气。终于，“新小说”派吃惊地发现，他们从认识论前门所扔掉的文艺的人类自我中心主义外套，还得从价值论的后门重新拾回来，以遮蔽在荒漠的世界上索索颤抖的赤裸人生。由此，他们也就自然而然地同存在主义的文学追求殊途同归，把本属价值理性的文学艺术重新还归于价值和意义的永恒生成。既然认识论告诉我们，人类面对的是一个荒漠而陌生的世界，这个世界不赋予生存于其中的人类以相应的意义，那么反过来，我们便可以，甚至必须从价值理性出发，用文学艺术的有意义的行为给世界、也给人自己创造一个生存的理由和意义。由此，我们不得不像存在主义文学大师萨特那样，以“我写作故我存在”赋予世界、人生以意义。正如西蒙所说：“在启蒙世纪末和‘现实主义’神话诞生以前，诺瓦利斯就以惊人的明达指出了下列矛盾表象：‘语言像许多数学公式一样，自己就构成了一个自身的世界，而且只在相互之间发生作用，除了表现它们本身的奇妙特性外，什么都不表达。正是这一点使它们变得那么富有表现力。以致事物间各种关系的奇特作用就体现在它们身上’。或许正是在研究这一奇特作用的过程中，人们才构想出写作行为。每当写作行动稍微改变了一下以语言维系的人与世界的关系时，它也同时潜移默化地改变着世界。”[2] 罗伯－格里耶也称：“我们不再信服僵化凝固、一成不变的意义，在先它是陈旧的神喻，尔后是 19 世纪理性主义将这种意义强加给人类的，而我们对于人却寄予希望，只有人创造的形式才可能赋予世界以意义。”[3] 人淹没于物的毫无意义可言的世界里，人却同时可能以文学艺术行为创造出值得为之激动和狂想的意义世界。据此，我们再读罗伯－格里耶的《去年在马里安巴》，也就有了新的体悟。X 与 A 游移于呆板的墙、走廊的宫殿中，既非荒诞，也无意义，存在着，如此而已。人们重复着单调划一的火柴游戏、多米诺骨牌的赌博，以之区别于僵立不动的人形。X 极力想弄清他之所以来此，之所以如现在所思、所为的理由。他要确定他的现实存在的依据和意义。于是，他极力以动人的、诗一般的“叙述”来激动 A，同时也激动自己。由此，他们似乎发现并确证了他们确如“叙述”中那样存在。同时，

1 罗伯－格里耶，《新小说》，见《法国作家论文学》，王忠琪等译，北京：生活·读书·新知三联书店，1984 年，第 400 页。

2 克洛德·西蒙，《在斯德哥尔摩的演说》，载《世界文学》，1986 年第 4 期。

3 罗伯－格里耶，《新小说》，见《法国作家论文学》，王忠琪等译，北京：生活·读书·新知三联书店，1984 年，第 401 页。

他们也只有果真如此存在才有价值与意义。我们再读娜塔丽·萨洛特的《生死之间》，似乎也能发现一些新的意蕴。作品中的写作者是把写作看作孤独者寻求价值与意义的自由“游戏”，它围绕死寂而又空洞的中心展开，却给人以生的明证、死的否定。文学是人学，文学的人学意义并不仅仅在于是否直接描写人的感情，而在于从价值理性的角度寄寓人在历史中失落的情感和受伤的心灵。如克洛德·西蒙的《农事诗》，它令人清醒地认识到历史并非完全是传统理性主义所坚信的文明不断征服野蛮的进步。战争的硝烟与血腥并非总有所谓正义与献身的悲壮意蕴。历史只是像无情的自然一样，周而复始，循环相继。但是，人的行为也就像顺其自然流动不已的农事一样，本身也就是超越自然的诗，它能赋予虚无的世界人生以诗的审美意趣。由之，“新小说”派也就从认识论层面上的“哀莫大于心死”的苦涩而走向了价值论层面上的“却道天凉好个秋”的通脱超迈。

“新小说”派否定世界有先定的意义，它把文学艺术理解为无意义中的个体借以表明自己自由存在的有意义行为。反过来，“新小说”派也就同样毫不居高临下地对待它们的读者，因为读者在阅读一本小说之前，也不可能从本无意义的作品中接过来一个现成的意义，相反，读者的阅读行为本身才是意义生发的契机。所以，罗伯–格里耶说：“我劝读者们阅读时要有完全自由的思想，彻底忘却固有的观念。”[1] 在审美活动中，读者是自由的，它可以凭自己的能动参与、对话而获得自我存在的明证和意义。这犹如在球赛中一样，被争抢的那个球本身并无意义，有意义的是围绕球而展开的争夺本身，这就是审美游戏的根本特性。可以这样说，萨特是以“我写作故我存在”替换了笛卡尔“我思故我在”的传统命题，而“新小说”派则进一步以“我阅读故我存在”的命题拓宽了萨特追求主体自由精神的文艺学范围。理解了这种赋予读者以自由的思想，我们也就不难理解，为什么“新小说”派在创作中常用第一、二人称叙事，或者叙述者常常在小说中又兼以角色。这种改变第三人称全知全能叙述角度的做法正是旨在改变读者与作品的传统关系，改变读者的被动单向接受为主动的对话参与。如米歇尔·布托的《变》，它所采用的第二人称叙述方式，也就将每个读者推入对自身生活现状的反思：现代社会的生活方式使家庭关系表现为凝滞、沉闷，婚姻关系表现为习惯、义务。于是作为其婚外恋的情人开始扮演激情与生命的替身，但谁又能保证这种替代不会同样沦为第二个沉闷、凝滞的家庭，从而失去陌生的动人心魄的魅力呢？这种深刻的反思迫使每个读者不管“情愿与否，总要在自己的内心深处进行一番比较、排斥、认同，甚至不自觉或被迫戴上代尔蒙这个人物面具进入小说”。[2] 这也就是“新小说”派的小说所描述的事件往往飘忽不定、逻辑混乱的又一个原因。如《橡皮》《窥视者》都给读者提供了参与作品，从事审美“游戏”的多种可能性，读者完全可以自由地从自我生命的感悟出发，通过“阅读”而发掘或创造出不同的象征意蕴，从而获得一种绝对自主

1　罗伯–格里耶，《彻底忘却固有的观念》，载《世界文学》，1988 年第 5 期。
2　林青，《〈变〉的第二人称的叙述视角》，载《外国文学评论》，1989 年第 2 期，第 81–87 页。

的精神自由的实现。

到此为止，“新小说”派从认识论的否定意义开始，又以价值论的肯定意义而结束。“新小说”派终于从新的层次上回归于文学之为人学的传统范畴，从而耐人寻味地实现了价值论层面上的无意义的意义。

“新小说”派以反传统作为其文艺创作的起点，它沿着无目的、无内容、无意义的轨道走了一个半圆以后，又回到了目的、内容、意义的另一半圆，从而也就回到了与其起点相迭合的终点。作为人类文化行为之一的文学艺术，“新小说”派的文学艺术创作不可能脱离文学之为人学的范畴，就像人不可能揪着自己的头发飞离脚下的大地一样。

从《太阳照常升起》看美国商业消费文化与现代性的悖论

于冬云　山东师范大学

消费文化的理论研究是在20世纪60年代发展完善起来的，但作为一种社会生活现象，消费享乐的价值取向在20世纪20年代的美国就已经蔚然成风。康马杰在《美国精神》一书中是这样说的："20世纪20年代那十年是经济繁荣、讲究物质享受和玩世不恭之风盛行的十年。"[1] 海明威的成名作《太阳照常升起》(*The Sun Also Rises*, 1926）就是在这个时期问世的。很多评论者认为该小说反映了一战给年轻人造成的精神创伤，以及他们在战后迷惘幻灭的生活，是"迷惘的一代"的代表作。但是，如果我们对文本做一番仔细地阅读，就会发现，《太阳照常升起》与产生和接受它的20年代美国文化之间的关系，远非战后幻灭情绪这一简单的逻辑关联所能涵盖。事实上，在商业繁华如梦的20年代，消费享乐的价值取向与传统的清教文化积淀，共同构成了美国文化现代化过程中的现代性悖论。生活在上述文化结构中的年轻一代，一方面在日常生活实践中尽享消费文化带来的感性解放快乐，另一方面又面对着在转型空间中确认自我时的失意和伤感。在此意义上，笔者试图从以下三个方面挖掘《太阳照常升起》显在和隐含的复杂意蕴：其一，该小说反映了20年代美国社会日常生活实践中的消费文化；其二，小说揭示了美国社会向工业化、城市化的现代消费社会转型过程中消费享乐的价值取向与传统的清教文化观念之间的现代性价值悖论，以及这种价值悖论所导致的年轻一代在寻求社会认同时的身份焦虑；其三，该小说透视出海明威的现代艺术话语建构的双重性。

一

很多美国文学研究者把海明威及其"迷惘的一代"作家在第一次世界大战中的经历与他们战后的文学创作实践挂起钩来。他们认为，"迷惘的一代"青年是战争的受害者，他们对战后的现实感到失望，陷入迷惘幻灭的生存状态中。毋庸置疑，一战给所有的参战青年带来了不同程度的心理阴影，但他们在欧洲战场上的收获并非仅仅限于创伤。很多像海明威一样在战后成为作家的美国青年只是被编在救护车队中。海明威本人就经常抱怨离战场太远，等到有机会在看得到敌军阵地的战壕中分发巧克力时，他就光荣地负伤了。接下来，海明威在米兰的医院里开始学习爱情。马尔科姆·考利在《流放者的归来》一书中说，战争"为一代作家提供了大学补习课程。""这些课程把我们带到一个外国，对我们中的大多数人来说，这是第一次见到的外国；这些课程教我们谈恋爱……这些课程教给我们的是勇敢、浪费、

1　H. S. 康马杰，《美国精神》，南木等译，上海：光明日报出版社，1988年，第634页。

宿命论，这些都是军人的美德；这些课程教我们把节约、谨慎、冷静等老百姓的美德看成是恶习；这些课程使我们害怕烦闷胜过害怕死亡。"[1]

从考利的叙述来看，未来的年轻作家们在欧洲学会了一种追求现时的刺激、满足、快乐的新"美德"。这种新的生活美德正是战后美国的工商业发展所需要的消费道德。一战结束后，从欧洲归来的年轻知识分子回首观望自己的祖国时，发现她不但没有直接遭受战争之害，反倒获利于战争工业，一跃成为世界经济格局中的第一强国。工商业经济的飞速发展，使得商品的大众化成为可能。广告商在尊重吃苦耐劳的传统美德的同时，也在尽其所能地将大众培养成消费者。总之，各种行业的企业法人想方设法地把讲究消费享乐的风气扩散到人们的日常生活实践中去。在此意义上，断言一战后美国大众中普遍存在着一种悲观迷惘情绪，似乎与 20 年代的消费享乐气氛不尽相符。

20 年代的商业消费风尚导致包括文学艺术在内的美国文化也染上了商业化色彩。尽管参战作家在欧洲培养起了与消费时尚相合的消费道德，但他们却鄙视庸俗的、没有灵魂的商业文化，再加上他们快乐的消费自由总是受到清教徒父母的束缚，于是，他们在失意和伤感中做出离开美国远赴欧洲的个性化反叛和艺术拯救选择。考利对 20 年代美国年轻一代的巴黎流放之旅做出了解释："艺术家只要离开本国，去住在巴黎、卡普里岛和法国南部，就能打碎清教主义的枷锁，就能畅饮，就能自由地生活，就能充满创造力。"[2] 事实上，对于 20 年代去巴黎寻求新生活和艺术拯救的知识分子来说，他们在巴黎首先找到的却是由祖国的经济地位决定的美元坚挺的兑换值。在写作《太阳照常升起》的日子里，海明威声称，每年只需 2500 美元，一个人就可以在巴黎住舒适的旅馆，每周在很好的地方喝两三次咖啡，到佛罗伦萨或四季如春的海滨过冬，到瑞士避暑。海明威在回忆录中称这段日子为"不固定的圣节"。这样一种远离清教伦理约束的休闲、消费、娱乐的生活体验，是海明威创作《太阳照常升起》的生活源泉。反映在小说中，即休闲、消费、娱乐成为小说人物日常生活实践的基本内容。

消费文化渗透在《太阳照常升起》的不同结构层次中。首先，从小说中的叙事场景来看，除了杰克工作的写字间以外，皆是咖啡馆、餐馆、酒吧、舞厅、挤满游人的火车、汽车、海滨度假休闲胜地、山间垂钓的河流、狂欢节的街道、广场和斗牛场等休闲、娱乐空间。著名的海明威研究专家迈克尔·雷诺兹指出，从地理和历史文化的角度来看，读者可以把海明威的《太阳照常升起》当作参观巴黎、观看西班牙斗牛的旅游指南来读，因为该小说提供了与旅游公司的旅游手册相似的信息。[3] 细读文本，上述说法不无道理。读者可以追随着小说人物杰克的脚步，按图索骥地游

1　马尔科姆·考利，《流放者的归来——二十年代的文学流浪生涯》，张承谟译，上海：上海外语教育出版社，1996 年，第 33 页。

2　马尔科姆·考利，《流放者的归来——二十年代的文学流浪生涯》，张承谟译，上海：上海外语教育出版社，1996 年，第 54 页。

3　Michael S. Reynolds, The Sun Also Rises: *A Novel of the Twenties*, Boston: Twayne Publishers, 1988, p. 46.

览巴黎。同样，海明威对杰克一行人的西班牙之旅，描写也十分详尽。伴随着《太阳照常升起》的畅销，西班牙斗牛成为美国年轻人争相购买消费的旅游文化产品。

其次，从小说人物的日常生活实践来看，他们过的是一种典型的现代都市青年的消费生活。小说中来自英美的这一群青年人中，除了杰克是在巴黎工作的新闻记者外，勃莱特、科恩、迈克都生活在娱乐闲散的状态中，比尔也来到欧洲休闲度假。叙述人杰克对各方面的消费知识都十分在行。他通晓各种牌子的美酒，掌握海外旅游度假的相关知识，是垂钓高手，还是欣赏斗牛艺术的内行，俨然一个海外旅游生活的专家。小说共 19 章，每一个章节都有青年男女喝酒的生活场景描写。此时美国本土却在推行禁酒令，大众不得不伴随着违法的罪感、抵制的风险去体验饮酒的快感，杰克和科恩却坐在巴黎著名的那波利咖啡馆里，悠闲地喝着开胃酒。如此自由闲散的消费生活与老一辈新教徒的节俭克制形成了鲜明对比。

小说中的女主人公勃莱特更是现代女性消费生活的榜样。她竭力追求舒适、优雅的生活：品评美酒，像男子一样手夹香烟，吞云吐雾。海明威借助勃莱特的装扮风格和行为方式，成功地打造出一个身体自由、生活舒适、优雅的现代女性形象。在《太阳照常升起》问世后，勃莱特的发型、服装、行为方式成为年轻女性效仿的个性化模型。法国社会学家让·波德里亚认为，追求差异的个性化表达方式实则是一种消费变体。依照波德里亚的消费变体逻辑，女性解放的诱惑和打造个性的自恋式行为已经预先被某些范例替代了，而这些范例，就是由包括广告在内的大众传媒工业生产出来的，并由那些可以定向的符号组成。比如，美国的年轻女性之所以喜欢勃莱特，是因为她那与众不同的发型、装扮、行为方式，正是她们所需要的自我的个性化表达方式。因此，在现代消费社会中，每个人都可以借助自己选择的某些范例兑现自己的个性。但是，正是通过这种符号化的个性表达，个人在生产—消费的资本主义经济体制中发挥着消费者的功能。在此意义上，在欧洲的消费、休闲空间中打造自我的杰克、勃莱特们，在美国本土模仿杰克、勃莱特们的年轻人，还有后来的嬉皮士、雅皮士，不过是美国商业消费社会生产出来的、追逐时尚前卫消费个性的象征性或形式化叛逆者而已。在现实的生产—消费的社会机制中，这些象征性的叛逆者却在为资本主义经济发展推波助澜。因此，将《太阳照常升起》放回到它得以生产出来的消费文化语境中，我们也可以说，海明威自我流放到远离美国商业文化的巴黎寻求艺术拯救，他的成名作却成了牵动 20 年代美国年轻人个性化消费行为的文化符码。

二

显而易见，海明威写作《太阳照常升起》的目的毕竟不是为美国的工商业发展促销消费伦理。他更关心的是，在美国由传统的清教文化向现代消费文化转型的历史进程中，年轻一代在建构自我时所遭遇的价值冲突、身份焦虑，以及由一系列矛盾冲突而导致的现代性价值悖论。仔细倾听小说中流露出来的多重声音就会发现，海明威在处理美国现代化进程中的劳动与消费、个体价值与社会认同、传统道德与感性自由等问题时，其价值取舍态度并非是简单地弃传统取现代，而是呈现出一种由传统向现代转型时期的矛盾复杂性。

在劳动与消费问题上，海明威在展示美国年轻人在欧洲的休闲、消费生活的同时，并没有完全抛弃老一辈新教徒所信奉的劳动美德。从小说的叙述者杰克认真敬业的工作态度中，我们可以看到传统的劳动美德在像杰克一样的年轻人身上得以保留下来。作为一名新闻记者，杰克总是在尽职尽责地完成自己的工作任务后才去休闲、娱乐，他并不把自己归入无所事事的流放者之列。虽然海明威将叙述人杰克与无所事事的塞纳河左岸流放者区别开来，但是他所坚守的劳动伦理与老一辈新教徒的观念已明显不同。老一辈资产者的劳动观念与清教信仰密不可分，“一方面，他必须为了上帝的荣耀而竭力劳作，谦卑地接受从中获得的财富，然而在另一方面他又继续将这个世界仅仅看作一个痛苦和眼泪的峡谷，是每个走向天堂的获罪者的唯一必经之路。”[1] 但是，20 世纪初，工业化的高速发展已经把受苦流泪的现世峡谷变成了生活用品丰富多样的俗世温床。康马杰称，在这个时期，美国人“从曾经耗尽他们祖先精力的繁重体力劳动中解放了出来。工作时间从每周 60 小时减为 40 小时，年休假从一周延长为一个月和一个多月。”“自有史以来，如何安排空闲时间第一次成了大问题。”[2] 在这样的历史语境中，一方面，在新教徒的劳动伦理中注入休闲、消费的现代性内容是美国的现代化生产发展所需要的，另一方面，个人的休闲消费生活又处处打上了商业化的烙印。杰克在欧洲的生活就是这种历史性变化的反映。小说中提到了杰克的银行结账单。杰克的银行账户上余额为 2432.60 美元，扣除已经支出的费用，尚有存款 1832.60 美元。以海明威本人所提供的数据为参照，一个人每年花 2500 美金就可以在巴黎过很舒适的生活，杰克在巴黎过的是舒适的中产阶级小康生活。生活舒适的中产阶级，是美国经济现代化的产物。作为中产阶级的一员，杰克在勤奋工作的同时，对个人的生活经济运营十分在行。他已经悟出了一套现代商品交换社会中的生活哲学：“享受生活的乐趣就是学会把钱花得合算，而且明白什么时候正花得合算。你能够把钱花得很合算。世界是个很好的市场，可供你购买。这似乎是一种很出色的哲学理论。”[3] 在此意义上，海明威虽然鄙视商业主义，但我们从他的小说中还是看到了 20 年代美国人生活的商业化表征。

在面对个体价值与社会认同、传统道德与感性自由等问题时，《太阳照常升起》同样显示出一种社会转型时期的价值悖论。海明威在以保守的中产阶级为主的橡树园小镇上长大。清教徒严格的宗教意识和种种清规戒律在小镇上拥有绝对的权威地位。海明威虽然成年后离开了家乡，但橡树园的宗教道德传统却在他内心深处留下了深刻的烙印。在《太阳照常升起》中，他将美国青年杰克等人安排在欧洲，在与橡树园拉开距离的现代生活场景中重新审视其宗教道德传统的价值，在传统观念与现代价值的冲突和整合中建构自我的主体生命意义。具体说来，传统与现代的价值

1 罗德·霍顿、赫伯特·爱德华兹，《美国文学思想背景》，房炜、孟昭庆译，北京：人民文学出版社，1991 年，第 49 页。

2 康马杰，《美国精神》，南木等译，上海：光明日报出版社，1988 年，第 621 页。

3 海明威，《太阳照常升起》，赵静男译，上海：上海译文出版社，2000 年，第 163 页。

冲突集中在小说人物对待饮酒、两性关系、主体价值的取舍态度上。一方面，海明威内心深处的传统观念积淀决定了他的小说人物与传统之间有割舍不断的内在牵连，另一方面，他们又试图挣脱清教传统的束缚，追求个体的生命自由和感性解放。这两方面的价值冲突构成了小说人物的内心困惑，有时候，这种困惑表现为一种无奈的伤感，甚至是意义漂浮的虚无感。

首先，在饮酒问题上，美国的中产阶级白人绝大多数把禁酒看作一场伟大的道德运动。1919 年，36 个州通过了《第十八条宪法修正案》。作为一场拯救道德的试验，禁酒法案一开始实施，那些曾出于道德原因而拥护禁酒的人便后悔地意识到，他们为了拯救美国人的道德，却丧失了喝酒的权利。事实上，美国的饮酒人数并没有因为禁酒令的实施而有所减少。相反，由于饮酒行为由中央政府来进行裁决，各个州政府对私下里的饮酒行为视而不见，结果是，酒走私商以杂货商、药商、各种帮会专职代理人的身份倒卖私酒，年轻人则视随身携带小酒壶、饮酒酗酒为时髦之举。到 20 年代末，即使是最坚定的理想主义者也开始承认，这一场伟大的禁酒运动已经失败。1933 年，美国国会废除了禁酒令。把《太阳照常升起》与这场旨在拯救道德的禁酒运动联系起来，我们就不难理解为什么美国国内的道德理想主义者喜欢以小说人物的饮酒行为为把柄来质疑海明威的道德立场，也可以理解为什么社会上的放浪青年将模仿海明威的人物饮酒视作时髦的叛逆自由举动。

其次，就两性关系问题来说，在小说的整个叙事进程中，杰克和勃莱特始终摆脱不了自己的生理性别和社会性别角色困惑，他们的困惑折射出 20 年代美国中产阶级白人男性和女性在经历性别角色转换时的身份焦虑。从小说中所呈现出来的杰克和勃莱特的性别角色表征来看，两个人的性别角色内涵皆趋向于复杂多样性。黛布拉指出，“海明威的小说将人物的生理性别和社会性别置于不断变换的状态中。尽管现代社会试图将男性的或女性的外表和表达方式，以及同性恋、异性恋或双性恋的欲望等范畴固定下来，但是，到目前为止，将人的欲望和行为划类定型仍是难以做到的。在《太阳照常升起》中，人物的行为、外表和欲望已经超出了‘正常的’身份和身份认同的边界，原有的男性和女性的生理性别和社会性别范畴被动摇，并且互相交织在一起。”[1] 黛布拉的著作是在 1999 年出版的，从中不难看出 20 世纪 90 年代兴起于美国的“酷儿”理论对她的影响。

所谓“酷儿”（queer）[2] 指的是那些在性倾向方面与主流文化和占统治地位的社会性别规范或性规范不符的人。“酷儿”理论原本起源于对男女同性恋、双性恋等边缘性性别身份群体的研究，表达的是一种外在于主流文化的身份政治立场，至今已发展成为一种包容了马克思主义、女性主义、解构主义、精神分析等理论在内的身份政治理论。酷儿理论为我们跳出传统的两性道德评价标准制囿，深入剖析《太

1 Debra A. Moddelmog, *Reading Desire: In Pursuit of Ernest Hemingway*, Ithaca: Cornell University Press, 1999, p. 99.

2 “酷儿”是 queer 一词的音译，其原本的词义是“古怪”“怪异”，是西方主流文化对同性恋者的贬称，后来被性的激进派借用来概括他们的理论，其中含有反讽意味。国内社会学学者李银河采用了港台的音译词“酷儿”来翻译它，以表达其中的反讽意味。参见李银河，《酷儿理论·译者前言》，北京：文化艺术出版社，2003 年。

阳照常升起》中杰克和勃莱特的内心困惑提供了有益的启示。在此意义上，将杰克的性机能创伤与勃莱特的爱情创伤置于20年代美国社会正在经历着的现代化进程中来考察，就不会将他们的角色困惑和焦虑仅仅归咎于战争，他们的自我性别角色转变也并非是战后两性关系领域里出现的突然裂变，而是在战前美国社会中的性别角色结构基础上逐渐演变而来的。

第一次世界大战以前，美国社会的主流文化传统在很多方面都是在英国主流文化传统的基础上形成的，在男性和女性的角色认同问题上也不例外。依照传统的性别角色规定，男性和女性分别属于社会公众空间和婚姻家庭空间这两个不同的活动领域。但是，在一战以后，男性和女性之间的空间界限不再是绝对不可逾越的。一方面，一战的灾难导致"神圣""光荣""牺牲"等主流社会评价标准的权威性丧失，男性对由少数政治家和大财团操纵的社会价值体系生出一种幻灭感，对自己在社会公众空间里的角色自信大打折扣。这种社会共同意识的幻灭感和男性主体自信的退缩在《太阳照常升起》中表现在杰克身心两方面的伤痛中。另一方面，男性权威地位和主体自信丧失的同时，女性却向传统的社会角色规定发起了挑战，具体表现为她们的社会角色开始向公众空间渗透。1920年，美国的妇女获得了选举权。这标志着妇女开始以合法的身份参与到社会公众活动中来。妇女社会角色的这种变化不仅发生在美国，在欧洲，女性的角色也发生了相应的变化。像西尔维亚·比奇在巴黎经营的莎士比亚书屋在图书出版界和文学界都享有盛名。经典的意识流名著，乔伊斯的《尤利西斯》就是由西尔维亚最先出版发行的。一战结束后，介入到公众空间活动中来的女性不仅限于像西尔维亚和沃尔夫这样的杰出女性，而是一种普遍的社会发展趋势。这种女性争取民主权力的女权意识在20年代早期的巴黎尤其突出。但是，由于社会公共空间在传统上是属于男人的活动领域，妇女常常被视为闯入者而不配受到尊重和保护。因此，在20年代，走出家门的妇女被看作时髦的、放荡的、对既有社会秩序构成威胁的女性。她们在告别家庭的同时，也失去了既有的、稳定的生活庇护，显得脆弱、敏感，甚至会伴有因自我焦虑而导致的歇斯底里症状。《太阳照常升起》中的勃莱特就是这些走出家门的女性之一。

从上述20年代女性的角色变化可知，像勃莱特一样留短发、抽烟、喝酒、谈恋爱的"放浪女子"并非是个别现象。温迪·马丁在《勃莱特·阿施利：〈太阳照常升起〉中的新女性》中援引了这样一则消息来说明当时美国女性的着装开放程度。在1925年的春天，《纽约时报》报道了一则有趣的消息，一位妇女穿了一件袖子是透明的衣服，竟在伦敦引起了很大的骚动。当这个妇女因过分暴露和扰乱社会秩序的罪名而被捕时，她抗议说这种衣服是纽约流行的样式。[1] 同样的，当勃莱特在潘普洛纳裸露着双肩走进蒙托亚的酒吧时，也大大地触怒了蒙托亚，因为她暴露的皮肤让人觉得她是一个堕落的女人。温迪从女权主义的批评立场出发，将勃莱特看作20年代新女性的代表。她在文章中指出，"从勃莱特·阿施利身上可以看到新

1 Linda Wagner-Martin, *Ernest Hemingway's* The Sun Also Rises, New York: Oxford University Press, 2002, p. 50.

女性对传统社会秩序的激烈挑战。她已经走出房门并开始漫游世界。她毫无愧色地进出公共领域，敢于经常出入从前限制她出入的地方，如酒吧和斗牛场，再也不穿长裙和那些带着裙撑并得将腰身束紧的服装了，而穿可可·香奈儿和埃尔特为便于女性活动而专门设计的新式服装：短裙子，轻柔的质地，这种女式服装的新款式简直令传统主义者震惊不已。”[1] 但是，不应忽视的历史事实是，20 年代的新女性都是从像娜拉（易卜生的《玩偶之家》）一样没有自我的历史中离家出走的。在勃莱特的婚姻生活经验中，她的丈夫阿施利总是叫她睡在地板上，睡觉时身边总是放一把装有实弹的左轮手枪，总是说要杀死她。这样一种男性的暴力压制，给勃莱特留下了痛苦的记忆，长发、端庄、顺从的女性化气质是与被压制、丧失自我的痛苦与恐惧联系在一起的。因此，我们看到，走出阿施利的家门，以新女性姿态出现在现代生活中的勃莱特在外表装束和行为方式上都偏离了传统的女性气质，并在某种程度上已经跨越了传统的男性、女性的两分界限。她留着短发，戴着一顶男式毡帽，不穿长筒袜，一手夹着香烟，一手端着酒杯，与不同类型的男子约会，出入各种公众休闲娱乐场所。通过这一系列偏离传统的女性性别角色的表达方式，勃莱特独立的自我形象得以建构起来。评论者则分别以传统或现代的评价标准为参照，给勃莱特贴上“放浪女子”或解放了的“新女性”标签。但是，笔者认为，在勃莱特的“放浪”或“解放”行为背后，深藏着一种越界后的自我性别身份确认的焦虑。她总是徘徊于自我克制与自我放纵之间，显得摇摆不定。她同她前任丈夫以及迈克尔、科恩、甚至和杰克的关系都充满了矛盾的情感，既渴望他们却又常常疏远他们。这种变幻不定的情感状态皆缘自她在社会性别角色转型过程中重建自我时的身份焦虑。

如果说我们透过勃莱特的快乐、困惑、痛苦可以洞察 20 年代新女性的性别身份焦虑，那么，我们同样不能忽视杰克的性机能创伤所具有的时代文化符码隐喻意义。杰克的性机能创伤不仅是第一次世界大战灾难性后果的实证，更是工业化时代中产阶级白人男性权威衰落的危机感的表现：其一，从工业化时代的两性关系来看，新女性的解放自由与新男性阳具霸权的受挫是相伴而行的。杰克在小说的叙事进程中，自始至终都要直面自己阳具受挫的现实。他的性无能意味着男性力量、男性权威以及男性进行社会控制权利的丧失。他一方面为自己的男性权威丧失而感到痛苦；另一方面，正是由于白人男性霸权意识的缺席，杰克对勃莱特的欲望、科恩的犹太身份才都能够同情并包容。

其二，从中产阶级白人男性在美国文化现代化进程中的角色变化来看，杰克的创伤传达出他们在社会转型时期追求自我认同时的失意伤感情绪。在工业化、都市化的现代社会中，与经济生活中的组织化管理和整体性操控相一致的标准美国公民形象是刘易斯塑造的只有商业头脑而没有个性的巴比特。从永远憧憬着未来的商业利益，但又永远木然平庸的巴比特们身上，我们可以看到美国现代社会生活的同一性、同质化发展趋向与个体自由、自我理想之间的矛盾。在此意义上，杰克无法

1 Linda Wagner-Martin, *Ernest Hemingway's* The Sun Also Rises, New York: Oxford University Press, 2002, p. 50.

恢复的性机能创伤即来自主流社会的同一性操控对个体生命自由的压制和异化。

第三，在主体价值和自我生命意义的终极归属问题上，《太阳照常升起》透视出一种与美国“爵士时代”的价值追寻相一致的世俗化道德取向和终极归属的虚无感。这种世俗化道德与指向来世拯救的清教道德不同，是以现世的、现时的、个体的感觉为价值判断标准的。以个体在特定情境下的感受作为评判道德与否的依据，这是一种相对主义的情境伦理。这种个人主义、相对主义的价值观和道德观与美国社会由农业社会向消费社会转型过程中的道德需求是一致的。美国的这种社会价值变化突出体现在学校的道德教育理念中。学校的道德教育经历了一个从服务宗教到服务世俗生活的转变。这种道德教育思想与战后消费生活实践中出现的反清教压抑的自主性、现时性、相对性道德取向是一致的。在《太阳照常升起》中，上述反清教传统的自主性道德态度既体现在伯爵和迈克尔沉浸于其中的享乐主义生活方式中，也渗透在杰克和勃莱特的自我感性解放行动中。

在小说中，伯爵和迈克尔分别出现在书的第一部、第二部和第三部。他们完全适应、并投身于消费社会享乐生活中，传统道德的困扰已经不复存在。实际上，在现代商业消费社会中，伯爵是一个与现代资本主义的物化文化完全对接合拍的资产者、消费者。除了他的头衔以外，伯爵与旧时的等级秩序已经毫无瓜葛。作为一个有贵族头衔的资产者，伯爵在经商的各个行当都有朋友，在美国开了多家糖果联号店。以商业生产、消费社会的逻辑来推断，伯爵才是一个与资本主义社会发展节奏合拍的人物。在这类人物的价值准则中，传统的道德关怀、永恒意义都被现时的个体享乐、资本的商业利润所取代了。与伯爵相比，迈克尔则是一个地道的现代都市生活中的消费者。他的生活内容完全是在现时快乐牵引下的一系列消费行为。在小说中，迈克尔给在潘普洛那过狂欢节日的一行年轻人讲了一个勋章的故事，这个故事与波德里亚概括的消费神话有异曲同工之处。有一次，他应邀参加一个有王子出席的盛大宴会，请柬上写明赴宴者要佩戴勋章。但是，迈克没有勋章。于是，他与裁缝做了一笔交易，他出钱，裁缝给他弄来了一盒子勋章。结果，宴会那天，由于临时变故，王室的人没有到场，所以与会的人就没有佩戴勋章，戴上的也都摘了下来。迈克尔花钱租来的勋章装在衣服口袋里，始终没有拿出来。后来，他感到宴会极端无聊，就提前离开到夜总会去找姑娘寻开心，将一盒子勋章都散发给了姑娘们，感到自己十分威风。更令他感到滑稽的是，此后，裁缝连续几个月写信向他讨要勋章，因为这些勋章的主人是一个身经百战的军人，勋章就是他的命根子。迈克讲述的故事将一群年轻人逗得哈哈大笑。在他们的笑声中，传统的价值体系被他们的现时快乐消解掉了。以此来看，迈克已经成为一个抛弃了一切传统价值观念、道德责任，只关注个体的现时享受的消费者。

在伯爵和迈克的现时个人享乐主义道德观念中，透露出一种上帝、永恒、终极关怀不在场的虚无感。与伯爵和迈克相比，勃莱特和杰克虽然也追求个人自由和感性解放，但是，传统和永恒的价值观在他们的心灵中却依然魂魄不散。正因为如此，勃莱特才会说完全舍弃传统和永恒的伯爵已经死去，才会一边追求自主的性欲望表达，一边在放纵的罪感中向往着一种灵与肉和谐交融的理想化爱情。同样地，橡树园的道德责任和宗教拯救意义也始终纠缠在杰克的内心深处：其一，杰克在认同金钱购买消费快乐的同时，又为商业化消费时代通行的交易关系所带来的人性的物化表达而失意伤感；其二，杰克在追求个体的感性自由的同时，又不时地陷入个体享乐价值观与社会共同的责任担当之间的内心冲突中；其三，杰克不是一个继承了橡树园的新教传统的虔诚教徒，但他却自称是一个天主教徒，超越世俗价值的永恒和拯救问题还在困扰着他。杰克的内心困惑透视出海明威本人对终极信仰问题的矛盾态度：一方面追求与现世的、现时的、个体的世俗化享乐主义道德同在的主体自由和个体生命的感性解放，另一方面，传统宗教信仰的积淀又使他趋向一种超越世俗层面的永恒意义。与许多现代艺术家一样，在上帝不在场的现代商业消费社会中，他试图创造一种不会衰败的艺术话语，来承载超越和拯救的永恒意义。正如迈克尔·贝尔所指出的，“美学在那个时代承担着某种伟大的重负。”[1]

三

对永恒意义的召唤，是 19 世纪末、20 世纪初西方现代主义作家共同的艺术追求。但是，与传统文学不同的是，现代艺术家不再乞灵于上帝，或者是某种社会政治的乌托邦，而是转向了自律的艺术世界。在这一点上，海明威与现代主义作家是一致的。他于 20 年代前往巴黎，就是要摆脱清教伦理的束缚，创造一种指向超越和拯救的现代艺术话语。正是这样一种指向超越和拯救的意义召唤，奠定了海明威文学写作活动的现代英雄主义姿态与文学精英立场。

首先，海明威的艺术话语表现为一种最大限度地留住个人主体尊严的生存方式。具体地说，针对商业消费生活实践的同质化所造成的男性权威衰退，海明威试图寻求一种将男性身体的能量、个人意志与一门现实技艺结合起来的硬汉子生存方式。在《太阳照常升起》中，他的叙述人杰克在斗牛士罗梅罗身上找到了这种理想的人生形态。海明威在小说中不厌其详地描绘了罗梅罗斗牛的每一个细节，让他的阳刚魅力在直面公牛的危险中，在从容优雅的一招一式中放电闪光。海明威还写到了罗梅罗拒绝美国大使的宴请，不在公众空间中说英语等细节。如此一来，罗梅罗就成了拒绝一切现代权利诱惑、操控，坚守永不衰败的主体生命原则的化身。但是，海明威在张扬罗梅罗不被现代社会败坏的生命力的同时，却将斗牛士与现代化消费社会的冲突悬搁了起来。在小说中，我们已经看到，罗梅罗要求勃莱特为自己留长发，变得更女性化一些，做一个与他的斗牛士身份相般配的妻子，而不是一个让他在斗牛士同行面前丢脸的时髦女郎，结果，遭到了勃莱特的拒绝。如果说，罗梅罗与勃莱特的分裂表明，以罗梅罗的男性气概为表征的男性权威在现代女性的主体意识面前遭到了挫败，那么，在现代旅游经济的冲击下，斗牛士的斗牛技艺能否永远留住西班牙古老民俗的文化本真意义？当斗牛士的斗牛技艺成为牵动旅游工业的文化奇观时，他是捍卫民族文化本真意义的文化英雄，还是以被看的他者身份换

1 迈克尔·莱文森，《现代主义》，田智译，沈阳：辽宁教育出版社，2002 年，第 36 页。

取经济利益的商业化民俗表演者？抑或两者兼而有之？

自从《太阳照常升起》使海明威成为欧美文坛上的著名作家之后，他越来越专注于在自己的文学世界中打造罗梅罗式的硬汉英雄：一个带着这样或那样现代伤痛的男人，在远离美国主流社会的权力操控和都市商业文明污染的边缘异域空间中，在打猎、斗牛、钓鱼、拳击、战争等行动中，勇敢地直面一切重压，以自己强有力的生命能量书写出一个又一个硬汉传奇故事，兑现个体生命的主体意义。然而，由于海明威总是刻意打磨硬汉的男性光晕，在他后来以硬汉为主人公的叙事文本中，硬汉身后原本复杂厚重的现实在硬汉光晕的照耀下却越来越稀薄了。詹姆逊在评价海明威时指出，海明威的男性主人公所从事的打猎、斗牛、钓鱼、战争等技艺“投射出关于人类主动地和无所不包地在技术上参与外部世界的总体意象。关于技术的这种意识形态，清楚地反映出更为普遍的美国劳动状况，在这种状况中，处于疆界开放和阶级结构模糊的语境下的美国男性，从传统上说是按照他所从事不同职业和他拥有技艺的多寡来进行评价的。海明威对男性气概（machismo）的崇拜，正是同美国在第一次世界大战后巨大工业变革相妥协的那种企图：它满足了新教的劳动伦理，同时又颂扬了闲暇；他使趋向于整体性的最深刻、最能赋予生命力的冲动，同只有运动才能使你感到生气勃勃、没有受到伤害的现状调和起来。”[1] 也就是说，海明威在自己的文学文本中，通过塑造在压力下以现代技艺赋予自己的生命以主体意义的硬汉英雄，弥合了传统的男性权威与现代工业化社会对个体生命的异化之间的裂痕。但是，在美国社会的现代化历史进程中，经由海明威的文学文本弥合起来的裂隙却始终存在。具体表现为：其一，个体生命的主体自由与工业化社会中劳动的异化之间的冲突是现代社会内部固有的张力，处身于这一张力中的海明威式主体英雄总是要面对现代世界中“胜者无所得”[2] 的苍凉与无奈。也许，正是因为无力改写这种现代化与人的主体性之间的悖论，海明威才始终与美国主流社会的操控保持疏离姿态，安排他的硬汉英雄在边缘或异域的空间中凭借个人技艺和意志，建构主体生命的尊严和意义。其二，海明威式英雄的个人技艺与新教徒的劳动技艺的意义指向是不同的。在前工业化时代，新教徒在新大陆上创造财富的劳动与他们对上帝的信仰是和谐的。他们相信，现实的勤俭劳动与永恒意义的获得是一致的。因此，传统的劳动伦理指向的是一种趋向上帝的永恒意义。然而，在现代商业消费社会中，除了战争以外，海明威的硬汉英雄赖以建构主体生命意义的传统技艺，诸如钓鱼、打猎、拳击、斗牛等活动，已经转换为日常消费实践中的休闲运动。当现代人释放被压抑的感性生命冲动的自由解放必须借助钓鱼、打猎、拳击、斗牛、旅游等休闲运动来表达时，个体的感性自由和解放就又被收编到资本主义的市场、消费运转机制中去了。因此，在海明威的文学文本中，海明威式英雄总是在重压下凭借自己的传统技艺和不屈不挠的斗争来建构自我的主体意义；在文本之外的现实生活实践中，海明威本人则是一个凭

---

1 弗雷德里克·詹姆逊，《马克思主义与形式》，李自修译，南昌：百花洲文艺出版社，1997 年，第 349–350 页。

2 1933 年，海明威出版了一部短篇小说集，题名为《胜者无所得》。

借个人声誉和财富（海明威与第二任妻子波琳结婚后即成为富有的文化名人），游走在不同的个人运动冒险空间中打造自我形象的美国消费文化英雄。而在现代消费社会中，大众对文学文本的接受不同于学院和研究机构的精英评论家，他们不是以拉开距离的审美判断来欣赏文学文本的，而是在文本中发现与自己的日常生活体验的相关性，并加以应用。[1] 在此意义上，大众对海明威文本中的硬汉英雄的接受与现实生活中海明威本人的休闲运动和冒险体验是联系在一起的。阳刚气质、冒险运动，这一切都是摆脱资本主义同一性操控的感性解放文化符码。如此一来，在大众的接受活动中，海明威的硬汉英雄在重压下通过不妥协的抗争建构起来的主体生命意义，转换成了美国大众体验感性快乐的休闲消费运动；硬汉英雄与主流商业社会保持的疏离姿态，转换成了被资本主义的生产—消费逻辑收编的文化工业。

其次，海明威的现代叙事艺术既是一种独树一帜的散文风格，同时又是一种不能适应现代社会的复杂性、变化性的艺术限制。

学界对海明威散文风格的独创性已经形成定评。英国作家赫·欧·贝茨称海明威引发了一场文学革命。毋庸置疑，海明威的艺术话语是一种伟大的艺术创造。实际上，对于一战后集聚在巴黎的现代艺术家来说，赋予艺术以某种神圣的拯救意义，以对抗资本主义的物化现实和人性异化，此乃他们的共同追求。海明威的艺术话语与现代主义艺术有很多相通之处。比如，与工业化社会疏离的写作立场，宗教般虔诚的艺术态度等。但是，海明威的艺术话语既没有艾略特、乔伊斯的渊博学识，普鲁斯特、弗吉尼亚的细腻、微妙的诗性传达，也没有卡夫卡式的荒诞想象，正如伯吉斯所指出的，“他把叙事散文打造成剃去知性和空想的具体媒介，适合承载所谓的海明威英雄——强悍、坚毅、受苦，展现出海明威式的勇气，那种‘压力下的风范’。”[2] 伯吉斯的评价道出了海明威艺术话语的双重性。一方面，海明威的叙事风格是一种伟大的艺术创造；另一方面这种伟大的艺术独创又是一种反知性、反空想的艺术媒介，长于表现硬汉子的行动技艺和外部生活体验，拙于装载现代生活的复杂构成和人性的丰富多样性。因此，海明威越是以宗教般的虔诚来坚守他自己的艺术话语，他的艺术话语与越来越趋向于变幻复杂的现实世界之间的裂隙也越来越大。最后，在写作了一部寓言式的《老人与海》后，他就只有靠撰写回忆录《不固定的圣节》来修补完善自己的伟大艺术家形象了。当他再也无力从事他的艺术拯救事业时，一声响亮的告别，也许是海明威所能找到的最后的、唯一的艺术修辞。正如英国人保罗·约翰逊指出的，“海明威是一个被自己的艺术杀死的人，而他的一生所留下的教训，所有的知识分子都值得借鉴：仅有艺术是不够的。”[3] 或许，还可以说，对于错综复杂的现代性、甚至后现代性而言，仅有一种艺术的话语、权力的话语、知识的话语、伦理的话语，等等，都是不够的。

1 约翰·费斯克，《理解大众文化》，王晓珏、宋伟杰译，北京：中央编译出版社，2001 年，第 155 页。

2 安东尼·伯吉斯，《海明威》，余光照译，上海：百家出版社，2001 年，第 1 页。

3 保罗·约翰逊，《知识分子》，杨正润等译，南京：江苏人民出版社，2000 年，第 219 页。

荒岛叙事：现代性展开的初始场景

张德明　浙江大学

一、现代性、“初始场景”与“褶子”

现代性的展开既是一个历史事件，一种现实进程，也是一个文本事件，一种话语建构。在现代性展开过程中，文学叙事既发挥了建构新的现实的功能，又在其参与建构的现实的挤压、制约和影响下，改变了自己的存在形态和整体格局。换言之，现代性进程和文学叙事之间有着一种平行展开，互为因果，互相纠结，互相影响的共生关系。从逻辑和历史兼顾的原则来看，现代性展开的一个初始场景是荒岛叙事。

什么是“初始场景”（inaugural scene, or initial scene）？就目前所能接触到的材料来看，法国的米歇尔·德·塞特（Michel de Certeau）最早使用了这个术语。在《历史的书写》（1975）一书中，他分析了一幅17世纪广为流传的有关欧洲人发现美洲的版画。画面上“一个头戴羽饰皇冠的裸体女子，正从吊床上欠起身来，迎接着一个刚从海船上下来，全副武装，身穿长袍的男子凝视的目光。她伸出右臂，显然非常惊讶。而那位男子则坚定地站立在大地上，打量着面前的这个日后将以他的名字命名的人格化和女性化的空间。”[1]这个男子身上带着三件东西，十字架、罗盘仪和剑，表明他对美洲的发现和征服是建立在西方宗教（话语）、技术和武力的霸权基础上的。图像的题字是：“阿美利库斯发现阿美利加；他一旦唤醒了她，从此她就永远处在清醒状态。”塞特将上述图像视为殖民主义的“初始场景”，印在他的《历史的书写》的封面上，并指出，这个图像“割裂了整个行为（operation）中主体与客体、书写的意志与被书写的身体之间的连续性。征服者将写作他者的身体，并从中引出他自己的历史。……这是一种征服式写作。它将新世界当作一个空白的、野蛮的书页，将西方的欲望书写其上。”[2]

从塞特的图像分析出发，追踪“初始场景”一词的含义可以看出，“初始场景”具有两层基本的意思，首先，它指的是某种积聚了丰富的文化潜能和象征意义的时空综合点，这个“节点”上的能量一旦爆发便能引发一系列后续的场景和行为的展开。其次，“初始场景”中的行为不仅限于现实—物质层面，而且必然要进入文本—话语层面，引发相应的文化—文学能量的释放，从而在主体与客体、欲望与书写、现实与文本间建立起复杂的交互关系。从这个意义上说，塞特的“初始场景”与德勒兹的“褶子”（fold）概念有诸多相通之处。

---

1 Stephen Greenblatt, *New World Encounters*, Berkeley, Los Angeles & Oxford: University of California Press, 1993, p. 180.

2 Stephen Greenblatt, *New World Encounters*, Berkeley, Los Angeles & Oxford: University of California Press, 1993, p. 182.

在《福柯 褶子》一书的后半部分，德勒兹从巴罗克风格中得到灵感和材料，展开了对褶子问题的考察。他将巴罗克雕塑中繁复多变的衣褶和建筑中无限上升的螺旋式构架，上升到哲学认识论的高度来看待。综观德勒兹的繁复论述，大致可以梳理出褶子的几个特点。首先，褶子具有巨大的包容力和潜能，它是时间的产物，具有累积性特征，“褶子的物质即是一种时间的物质。”[1] 其次，褶子具有无限展开的可能性、自我衍生性和向外播散性。比如一个蝶蛹就是一个褶子，打开后就成为蝶，折叠后就成为蛹。在有机世界中这个过程是反复进行、永不停止的。第三，褶子的展开绝不是褶子的反义词，而是从一些褶子到另一些褶子的运动。[2] “打褶—展开褶子已经不单单意味着拉紧—放松、挛缩—膨胀，还意味着包裹—展开、退化—进化。有机体就是凭借着自身的这种能力而被规定的：它能将自己和部分无穷尽地打褶，也能将它们一直延展至某个给定物质种类的程度，而不是无穷地展开。”[3]

笔者认为，初始场景—褶子的概念具有很强的理论包容性和阐释力，可用之于现代性叙事研究。荒岛叙事就是现代性展开的初始场景—褶子，而它的适时展开又造成另一些褶子的展开。这整个过程，用德勒兹的比喻来说，“……就像俄罗斯的玩具娃娃（笔者按，即套娃）：第一只苍蝇包含了未来的所有苍蝇，而每一只苍蝇在适当的时刻都将展开它自己的部分。……简单地说，展开褶子即是增加、扩大、打褶、缩小、减退，‘进入一个世界的深处’。”[4]

我们知道，现代性从西方中心向全球的展开是从海上起步的。按照英国地缘政治家麦金德爵士（Sir Halford Mackinder）的说法，1492 年现代世界开始进入“哥伦布时代”。[5] “当海洋这一根本能量在 16 世纪突然爆发后，其成果是如此深巨，以至于在很短的时间里它就席卷了世界政治历史的舞台。与此同时，它也势必波及这一时代的精神语言。”[6] 欧洲人向大西洋的航行打开了海洋这个巨大的、无穷的褶子，也打开了一系列由海滩、岛屿构成的褶子，而后者本身又是蕴含了无数可能性的褶子。美国学者葛里格·德宁（Greg Dening）说，岛屿与其说是物理的，更不如说是文化的：它是一个文化的世界，一个精神的建构，只能通过一片海滩，一种划分了此与彼、我们与他们、好与坏、熟悉与陌生的世界的文化界线，才能接近。在越过海滩的时候，每个航海者都带来了某种新的东西，并制造了某种新的东西。因此，海滩，“既是开端也是终结”。德宁甚至认为，整个欧洲的扩张就是以岛屿和海滩为条件的。他说：“欧洲人发现，世界只是一片大洋，其所有的大陆全是岛屿。所有

---

1 吉尔·德勒兹,《福柯 褶子》，于奇智、杨洁译，长沙：湖南文艺出版社，2001 年，第 155 页。
2 吉尔·德勒兹,《福柯 褶子》，于奇智、杨洁译，长沙：湖南文艺出版社，2001 年，第 289 页。
3 吉尔·德勒兹,《福柯 褶子》，于奇智、杨洁译，长沙：湖南文艺出版社，2001 年，第 158 页。
4 吉尔·德勒兹,《福柯 褶子》，于奇智、杨洁译，长沙：湖南文艺出版社，2001 年，第 159 页。
5 C. 施密特,《陆地与海洋——古今之“法”变》，林国基、周敏译，上海：华东师范大学出版社，2006 年，第 1 页。
6 C. 施密特,《陆地与海洋——古今之“法”变》，林国基、周敏译，上海：华东师范大学出版社，2006 年，第 49 页。

的部分通过海峡和航道相连。它们包围了这个世界。”[1]

二、“群岛意识”与荒岛叙事

在《陆地与海洋——古今之“法”变》一文中，德国学者 C. 施密特特别论述了英国的“孤岛意识”。按照他的说法，英国人的航海事业来得相当晚近和迟缓。在他们之前，葡萄牙人已经在世界上航行了 100 多年，虽然大多是沿着海岸行驶。1492 年后，伴随着对美洲的占领，西班牙人迎头赶上。法国航海家，胡格诺派分子以及英国人则紧随其后。然而，只是在 1553 年，随着穆斯科维公司（Muscovy Company）的建立，英国才开始其海外殖民的政策，并借此开始与其他殖民势力并驾齐驱。直至 1570 年以后，英国人才越过赤道以南。第一份切实的、可以证明英国开始建立其新的全球视野的文献是哈克鲁伊（Hakluyt）的书《主要的航海活动》，它于 1589 年出版。[2]

尽管如此，最终英国人还赶上了所有的国家，战胜了所有的对手，夺取了一个建立在海权基础之上的世界霸权。施密特指出，这里存在着一个独一无二的事件，其独特性和不可比拟性在于，英国在一个完全不同的历史时刻，且以完全不同的方式进行了一场根本的变革，即将自己的存在真正地从陆地转向了海洋这一元素。由此，它不仅赢得了许多海战和陆战的胜利，而且也赢得了其他完全不同的东西，甚至远不止这些，也就是说，还赢得了一场革命，一场宏大的革命，即一场行星的空间革命。[3] 正是这场革命，使得这个在 16 世纪时还是一个牧羊的民族摇身一变，成了海的女儿。它成了从陆地转向海洋这一根本变革的承担者和中枢，成为当时所有释放出来的海洋能量的继承人，把自己真正变成了人们所称的海岛。

施密特从空间革命的角度探讨现代性的发生谱系，无疑具有新意和价值，但他没有详细论证，从陆地的角度观察海洋和从海洋的角度观察陆地，这两种视角差异究竟在哪里？在笔者看来，两者的最大差异在于，前者只是将海岛看作一个个被大洋分隔的陆地，而后者则将一个个孤立的海岛视为一个被海洋联结起来的整体。而这个整体意识与全球意识是密切相关的。在 17 世纪玄学派诗人约翰 · 多恩的著名的布道辞中，这一整体意识得到了完美的表达[4]。

如此看来，施密特所说的英国人的“孤岛意识”，不如说成“群岛意识”来得更为确切。

从初始场景—褶子理论的角度考察，英吉利民族的“群岛意识”与近代英国文学中的荒岛叙事是互相补充、互为因果的。我们既可以说是前者打开了后者，也可以说是后者打开了前者，两者的关系就像蝶与蛹一样，互相包容，互相转化。

---

1 Martin Daunton & Rick Halper, *Empire and Others: British Encounters with Indigenous Peoples 1600–1850,* London: University College London Press Limited,1999, p. 55.

2 C. 施密特,《陆地与海洋——古今之“法”变》，林国基、周敏译，上海：华东师范大学出版社，2006 年，第 49 页。

3 C. 施密特,《陆地与海洋——古今之“法”变》，林国基、周敏译，上海：华东师范大学出版社，2006 年，第 31 页。

4 王佐良,《英国文学史》，北京：商务印书馆，1996 年，第 67 页。

16世纪以来，随着新大陆的发现和殖民地的开发，旅行、航海、冒险与探索类文学在欧洲得到了长足的发展。据当代英国学者菲力普·爱德华的描述，18世纪的英国，航海叙事极为流行，涉及非常广泛的社会阶层。按他的“合理估算”，18世纪出版了大约2000本航海叙事作品。国王乔治三世手边经常放着这类著作的漂亮的复本。标尺的另一端，像普茨茅斯、白赫文或纽卡斯尔等海港城市的大众图书馆拥有纸质低劣、印制粗糙的航海叙事故事的版本，订购者是本地的商人，还有一些当地水手写的冒险生活，是作者挨家挨户兜售的。[1] 在整个18世纪，不列颠的舰船游弋在地球表面，创造着，发展着，并稳固着海外的帝国；获得并失去领地，探索着并作战着，携带着商品和人民——战士、官员、新娘、旅行家、契约劳工和囚犯。[2] 而作家们则借助自己的旅行或想象中的旅行，构思着有关远方异域的故事。当时几乎所有重要的作家都推出了不止一本旅行著作。作为现代性初始场景的荒岛叙事的褶子正是在这样一个大背景下展开的。

三、“被抛”的主体与“流散”的他者

综观17—18世纪英国的旅行、航海、冒险与探索类文学，我们发现，这些文本中的故事与荒岛息息相关，其涉及的叙事要素不外乎：风暴、沉船、海难余生、孤独生存、开发荒岛、自我救赎、邂逅“野人”等。在这一系列事件中，根本性的事件是主人公“被抛”（be abandoned）的命运。无论是现实中因触礁而沉没于百慕大群岛的“海上冒险号”，还是文本中因魔法兴波而覆没于地中海的那不勒斯国王的船队；无论是现实中被抛在胡安·菲尔南德斯岛上的赛尔柯克，还是文本中的鲁滨孙、格列佛或普洛士帕罗等海难余生者，都有着极为相似的“被抛”的命运，区别只在于是自愿的，还是被迫的；是被自己的同伴、船长，还是被自己的亲人遗弃或放逐的。

从历史和逻辑结合的角度来看，荒岛叙事中的海难事件，是第一个真正具有现代性意义的初始场景—褶子。一个孤立无助的个体被抛在一个荒无人烟的岛屿上，正是现代性主体本身的象征。风暴和海难摧毁了主体所曾拥有的一切、所曾知道的一切和所曾是的一切，迫使他进入一个“预示着冒险、权力、欣喜、发现和自我变化的环境”[3]，不得不独自承当起建构自我、遭遇他者、开发荒岛的任务。于是，他的生存能力、应变能力和创造活力就在被抛的瞬间被释放出来了。可以毫不夸张地说，荒岛叙事既是现代性自我塑造的起点，也是现代性主体建构的归宿。现实中或文本中流放的罪犯、失势的贵族、反叛的水手和残忍的海盗，都要借助荒岛这个初始场景，在艰难的生存考验和自虐式的劳作中获得宗教启示，完成自我救赎，之

1 Phillip Edwards, *The Story of the Voyage: Sea-Narratives in Eighteenth-Century England*, New York: Cambridge University Press,1994, p. 1.

2 Phillip Edwards, *The Story of the Voyage: Sea-Narratives in Eighteenth-Century England*, New York: Cambridge University Press,1994, p. 1.

3 马歇尔·伯曼，《一切坚固的东西都烟消云散了》，徐大建、张辑译，北京：商务印书馆，2003年，第22页。

后，或从蛮荒的边缘重返文明的中心，或将荒岛改造为永久的居留地—殖民地。

用基督教谱系的话语来表述，我们也可以把西方现代性主体视为一个因犯下原罪而被上帝逐出伊甸乐园，不得不独自承担起创造尘世乐园的任务的亚当。但这个被流放的欧洲亚当的前额上明显烙着该隐的标记，因为他的成长和发展乃是以征服、放逐、压迫乃至杀害他的同类兄弟——生活在西印度群岛、非洲腹地、澳洲大陆或塔西提岛上的原住民为前提的。

在《鲁滨孙漂流记》中，我们看到，一个被抛的现代性主体是如何在荒岛中完成他的自我塑造（self-fashion）的。鲁滨孙用自己的双手在荒岛上为自己打造了一个属于自己的“小王国”。他搭帐篷、树篱笆、开山洞、盖住所、捕鱼猎兽、驯养野生动物、种庄稼、做面包、制家具……但更为重要和关键的是，他用火枪和《圣经》征服了一个当地的“野人”星期五，使之成为自己的仆人。小说以鲁滨孙对食人部落的杀戮和对星期五的驯服完成了这个欧洲人在新大陆的冒险故事，然后让他带着自己生产的产品、自己驯服的奴隶和自我塑造成形的现代性主体，返回旧大陆，成家立业，结婚生子。

同样，在莎士比亚晚年的传奇剧《暴风雨》中，失去爵位的普洛士帕罗是通过征服荒岛上的原住民，将其转化为自身的“他者”，才得以完成其复仇事业的。没有“满身斑疤的怪胎”卡列班的引导和劳作，普洛士帕罗根本无法在荒岛上生存下来，并掌握岛上的自然资源。没有精灵爱丽尔的合作和帮助，他也根本无法使风唤雨，兴风作浪，成功地制造一个海难事件，使其邪恶的兄弟复归本性，进而重返米兰执掌政权。

荒岛叙事打开的另一个褶子是被欧洲冒险家和殖民者强行纳入现代性进程，被抛入美洲和加勒比群岛种植园的“他者”——来自非洲的奴隶。这是另一种海难余生者，另一类亚当和克鲁索的故事，一个类似犹太民族大流散（the Diaspora）的荒岛叙事。玛利亚·德尔利奇认为，“现代性开始于欧洲、非洲和美洲的相遇”[1]，这话只说对了一半，因为这绝不是一次和平的相遇，而是充满着血与火、掠夺与杀戮、种族清洗和流离失所的历史过程。正如詹姆斯·沃尔文在《黑色大西洋的形成》一书中指出的，在大西洋奴隶通道上，大约有一千二百万非洲人被强行送上前往美洲的奴隶船，这个巨大的强制移民的结果对三个大洲都产生了深远的影响。首先，非洲经历了大规模的民族出血（Hemorrhage）的痛苦；其次，美洲的大量土地被非洲人及其后裔所占据；第三，非洲劳工带来了新的经济，从这个经济中获得的好处大部分流回欧洲。[2] 而西方的现代性正是从新大陆获得了它所必需的资本原始积累。

20 世纪后现代、后殖民语境打开了荒岛叙事的新的褶子。曾经被欧洲殖民者征服的“他者”——美洲原住民、非洲奴隶和其他各大洲移民的后代，通过跨文

1 Maria Diedrich, et al., *Black Imagination and the Middle Passage*, New York and Oxford: Oxford University Press,1999, p. 5.

2 James Walvin, *Making the Black Atlantic: Britain and the African Diaspora*, London and New York: Cassell, 2000, p. ix.

化的书写表述自己，重构自我形象，成为现代性叙事的主体。圣·卢西亚诗人德里克·沃尔科特成功地将克鲁索和亚当这两个来自旧大陆的文学原型转移到新世界，服务于自己的艺术使命，这种挪用本身就是一种反殖民话语的语言行为。这两个分别来自东方和欧洲传统的文学形象之所以吸引他，并进入他的诗歌世界，是因为他们都有被放逐的经历，又都具备了一种从空无中创造世界的能力。如果说，亚当是被上帝放逐后才敬畏自己的劳作和“他的第一颗汗珠”，那么克鲁索则是被他的同胞抛弃，成为“海难余生者”（a castaway）之后，才创造了属于自己的世界。从某种意义上说，这两个人物都暗示了作为民族大流散幸存者后代的加勒比人的历史命运。通过这种转换，历史的悲剧转化为现实的正剧，消极的诅咒转化为积极的创造与赞美。海难余生者成为幸福的创造者，被抛弃者成为拥有者，一无所有者成为新世界的命名者和主人。通过不同文化间文学形象——隐喻的创造性转换，诗人确认了自己的使命和身份，也确认了他的正在形成中的混杂民族的身份。

四、荒岛场景与乌托邦空间

荒岛叙事打开的另一褶子是乌托邦空间。综观近代英国从莫尔的《乌托邦》（1575）、莎士比亚的《暴风雨》（1610）、培根的《新大西岛》（1627），到斯威夫特的《格列佛游记》（1726）等文本，其乌托邦空间基本上都是建立在与世隔绝的海岛上的。现代性蓝图的设计者们似乎已经隐约意识到，现存的人类社会无法为人性的充分实现提供合适的环境，未来的理想社会只能建立在一个超越人类经验的乌有之乡（utopia）。荒岛的蛮荒性、无主性和封闭性使它注定成为一块有待欧洲人的欲望书写其上的白板（tabula rasa），一片有待文明的种子播撒其上的处女地，一个有待近代思想家建构其理想空间的实验室。

施密特认为，托马斯·莫尔的《乌托邦》的出版乃是一个颇具意义的事件。在这本书里，“乌托邦”这个概念所表达的那种极其新异的、否定性的空间想象之所以成为可能，预示着一种深刻的空间革命的来临，这种空间革命16世纪时支配着这位伟大的欧洲思想家的心志和感情。[1]施密特所谓的空间革命主要是指从陆地意识向海洋意识的转变。在笔者看来，这场空间革命还意味着从自然到人为，从混沌到有序，从非理性到理性，从现实空间到理想空间的转变。齐格蒙特·鲍曼指出，“对秩序的追求”是现代性的主要特征。“我们可以说，只要存在分为秩序和混乱，它便具有了现代性。只要存在包含了秩序和混乱之抉择，它便具有了现代性。”[2]《乌托邦》体现的正是这种“对秩序的追求”，其所架构的空间秩序为英国文学中后出的各种各样的乌托邦叙事树立了样板。

虽然《鲁滨孙漂流记》并不是一部严格意义上的乌托邦小说，但其隐含的诸多乌托邦叙事要素，与现代性褶子的展开息息相关，其中最重要的便是主人公对其

1 C. 施密特，《陆地与海洋——古今之“法”变》，林国基、周敏译，上海：华东师范大学出版社，2006年，第81页。

2 齐格蒙特·鲍曼，《现代性与矛盾性》，邵迎生译，北京：商务印书馆，2003年，第12页。

生存空间的改造和构建。我们看到，鲁滨孙上岛后不久，便开始了空间选择和定位。在找到了合适的地点后，他开始了一个非常重要的活动——划界。[1]

划界是现代性谋划的一个标志性行为。通过划界，流变中的自然物被纳入人的规范，消除了它的不稳定性，混乱的世界有了秩序和理性，现代性就此产生。正如齐格蒙特·鲍曼指出的，“只要存在是通过设计、操纵、管理、建造而成并因此而持续，它便具有了现代性。只要存在是由资源充裕的（即占有知识、技能和技术）主权和机构所监管，它便具有了现代性。”[2]

在《暴风雨》中，流落荒岛的米兰公爵普洛士帕罗正是利用他占有充裕的“知识、技能和技术”资源的优势，才成功地建立起一个有着严格等级秩序的社会的。这个秩序社会的主人和绝对权威便是这位来自欧洲的现代魔法师。“对蜜兰达，他是严厉的父亲，给她教育和保护；对爱丽尔，他是拯救者和使唤者；对拒绝文明教化的卡列班，他是殖民者和惩罚者；对海难余生者，他是神意（providence）的代理者，纠正落难的贵族，惩罚反叛的平民。这里每个人都确认了普洛士帕罗作为主人的地位。”[3]整个剧本浓缩地再现了福柯所揭示的，建立在一系列排斥与净化、规训与惩罚原则上的现代社会的特征。

具有反讽意义的是，乌托邦自身也是一个褶子，它在“拉紧—放松、挛缩—膨胀、包裹—展开、退化—进化”的过程中展开了自己的反面——反乌托邦（anti-utopia）和歹托邦（dystopia）。在《格列佛游记》第四卷中，斯威夫特揭示了现代性对理想秩序的过分追求造成的悖论。格列佛在巴尔尼巴比的科学院里，见到了各式各样的“科学”研究：政治学家从粪便里寻找国民的叛国阴谋；科学家忙于从黄瓜中提取阳光，从冰块里制造出火药；岛上的房子一律从房顶朝屋基建造；他们犁地之前先在地里埋入果子和蔬菜，然后放一群猪去拱土。当代美国学者克娄·休斯顿认为，斯威夫特的《格列佛游记》为那些对乌托邦模式感兴趣的人们提供了一个值得注意的研究个案，因为它本身不是一个理想主义或乐观主义意义上的乌托邦，却是一个与乌托邦模式相关的乌托邦写作的范例；它是一个乌托邦的文本，同时也是一个反乌托邦或歹托邦文本。这种自反性的乌托邦主义（self-reflexive utopianism）是这个文本的讽刺性的一个特色；对乌托邦模式的讽刺是通过乌托邦的形式，并借助对一般乌托邦小说特点的攻击而达到的。[4]正是在其反讽性的乌托邦中，以及对乌托邦传统的讽刺的运用中，《格列佛游记》建立了自己同时作为乌托邦和歹托邦文本的地位。

乌托邦—反乌托邦这个褶子在20世纪几部著名的英国反乌托邦—预言小说中

1 丹尼尔·笛福，《鲁滨孙漂流记》，郭建中译，南京：译林出版社，1996年，第48页。

2 齐格蒙特·鲍曼，《现代性与矛盾性》，邵迎生译，北京：商务印书馆，1996年，第12页。

3 Paul Brown, “This Thing of Darkness I Acknowledge Mine, *The Tempest* and the Discourse of Colonialism”, in Donald Keesey, (ed.) *Contexts for Criticism*, California, London & Toronto: Mayfield Publishing Company, 1993, p. 490.

4 Chloe Houston, “Utopia, Dystopia or Anti-Utopia? *Gulliver's Travels* and the Utopian Mode of Discourse”, in *Utopian Studies, Summer* 2007, 18(3), p. 425.

得到了进一步展开。奥尔德斯·赫胥黎反讽性地借用了莎剧《暴风雨》中女主人公对新世界的无限向往而说出的台词“美丽新世界”（brave new world），写下了同名预言小说，为我们描绘了福特纪元632年，即公元2532年的非人性社会。这是一个从出生到死亡都接受着控制的技术集权制社会。在这个“新世界”里，人类为垄断基因工程技术的商业公司和政治人物所统治。在这个新世界里，人们拥有安定、无限的“自由”，却丧失了科学、艺术、婚姻、个性、甚至喜怒哀乐。偶有对现实现状产生怀疑或是叛逆心理者就被视为不安定因素而被放逐到边远地区。

无独有偶，乔治·奥威尔在预言小说《1984》（1949）中，把纳粹德国集权主义的政治恐怖与20世纪40年代的伦敦相结合，打开了一个国家控制思想、话语和日常生活的现代人的生存空间，给我们描绘了一幅可怕的“反乌托邦”画面。1984年4月4日清晨，“大洋国”的居民从宿醉中醒来，看到INGSO（英国式社会主义）的标语贴在墙上，思想警察的直升机在上空盘旋，家中的电视机正监视着他们的一举一动。每一个房间都装有无法关闭的电视机，不仅24小时播放，而且呈现每个影像和声音供思想警察记录。电视荧幕还能控制所有的活动，将私生活公诸天下，“它是永远张开的眼睛和嘴巴”。这是一部令人恐怖的书，也是一部勇敢的书。出版当年，《纽约时报》上一篇名为《新语犹新时》的书评就指出，“在今年及不知道多少年后，《1984》都将是最具当代感的小说。”[1]

威廉·杰拉尔德·戈尔丁的《蝇王》（1955）以荒岛为背景，展开对人类的历史处境和未来的预言。未来世界的核战争时代，一架满载撤离儿童的飞机中弹后被迫在荒岛上降落，一群英国孩子在没有大人照料的情况下，不得不自己组织起来谋求生存。文明的约束一旦放松，人类的原始本能就会暴露无遗。孩子们打死了一头野猪，用猪头做供品，载歌载舞，过起了野蛮的部落生活，再也不听从代表秩序的海螺的召唤。正如作家在序言中说，“野蛮的核战争把孩子们带到了孤岛上，但这群孩子却重现了使他们落到这种处境的历史全过程，归根结底不是什么外来的怪物，而是人本身把乐园变成了屠场。”[2]

由此可见，荒岛叙事打开的乌托邦—反乌托邦空间既体现了现代性对秩序的追求、对理性的信仰，也包含了对现代性的肯定和否定、批判和赞美、追求和怀疑。正如让－克里斯蒂安·珀蒂菲斯深刻地指出的：“乌托邦在试图摆脱邪恶奴役的同时，很快受到了人性缺陷的制约。当他们认为摆脱地狱时，正在让自己重新走进地狱。”[3]

1 查尔斯·麦格拉斯，《20世纪的书——百年来的作家、观念及文学》，朱孟勋等译，北京：生活·读书·新知三联书店，2001年，第189页。

2 威廉·戈尔丁，《蝇王》，龚志成译，上海：上海译文出版社，1997年，第1页。

3 让－克里斯蒂安·珀蒂菲斯，《十九世纪乌托邦共同体的生活》，梁志斐、周铁山译，上海：上海人民出版社，2007年，第5页。

他者的历史：被砍掉“舌头”的礼拜五

姜小卫　四川外国语大学

《福》讲述了一个完全不同于《鲁滨孙漂流记》的故事。库切巧妙地运用“戏仿式反讽”的艺术手法，通过女主人公苏珊·巴顿的讲述，给我们呈现出与笛福创造的“鲁滨孙历险记”判然有别的“真实纪述”。在《福》中，读者熟悉的鲁滨孙荒岛历险故事完全被颠覆、拆解和解构，《福》也因此与《鲁滨孙漂流记》《罗克珊娜》及其他经典文本构成了繁复的互文关系。约克大学英文教授阿特里奇认为，这种互文关系“拆解了历史陈述与小说创造之间的任何简单关系”[1]。希利斯·米勒并不认为是《福》叙事形式上明显的后现代主义艺术手法使其成为一部典型的后现代小说，但他几乎得出了与斯皮瓦克相同的观点：“文体混杂式对讲故事问题的公开思考使《福》成为一部文学理论之作，同时又是一部小说。并且，它对文学史与历史本身提出了质疑，对传记与自传提出了质疑。”[2]

苏珊其实是小说的主要叙述者，一位初次尝试书写、不甚自信却能独立思考的女性书写者。《福》可视为苏珊的自述传，但并不是传统意义上的自传，而是对自传体的戏仿，对笛福式传统现实主义叙事模式的戏仿。小说第一章“荒岛纪事”主要讲述她与克鲁叟（Cruso）[3]、礼拜五在荒岛上的生活经历：遭遇哗变、遇救、艰难谋生、再次获救并重返欧洲大陆。这部分既是对口述文学传统的戏仿，又采用了书信体的文学样式。第二章完全采用日记体和书信体来叙述，讲述她与礼拜五回到英国后寻找著名作家福[4]，力图提供自己的历险故事以改善生计。第三章采用第一人称叙述讲述苏珊与四处躲债的福相遇并讨论如何讲述属于她自己的故事。

从小说第二章开始，苏珊不断反思、审视第一章所讲述的故事。克鲁叟的荒岛变成了一个历史的迷宫，充满了难解之谜，正如《福》文本自身即是由多重互文本编缀的后现代历史叙事的迷宫。读者只有凭依互文性构织的场域（文本、言语），凭借互文本编织的“阿里阿德涅线团”，才能走出现代性和后现代性历史相互交织的“福”的迷宫。

法国作家图尼埃肯定注意到了《鲁滨孙漂流记》与克鲁索人物原型塞尔科克

---

1 Derek Attridge, *J. M. Coetzee and the Ethics of Reading: Literature in the Event*, Chicago & London: The University of Chicago Press, 2004, p. 73.

2 J. Hillis Miller, *On Literature*, London & New York: Routledge, 2002, p. 138.

3 《福》中的鲁滨孙人物原型，库切刻意改其姓为 Cruso，而不是《鲁滨孙漂流记》中的 Crusoe，故此处译为“克鲁叟”以示区别。读者要等到令人扑朔迷离的第四章才会发现，第一章的讲述其实是苏珊回国后写给作家福先生的信。

4 小说书名源自笛福（Defoe）的原名 Foe，即小说中作者 Foe 的形象，后者身上有许多笛福真实生活的影子，如书中描写的相关创作：伦敦乞丐人口调查、疫年纪事、关于幽灵人 Mrs. Veal 的真实故事以及 Foe 本人因负债而入狱等。鉴于小说的叙事框架是苏珊向名作家 Foe 提供女性海难者的故事，即事实的真相是如此这般发生的，那么 Foe 理解为“仇敌”亦无不可，如希利斯·米勒所言，作者变成了真相的敌人。

历险经历之间的距离，他这样谈到笛福所创造的礼拜五：“在我看来，至少创造礼拜五这样一个人物无论如何都是笛福对原有史实做出的最天才的贡献。”[1] 他甚至认为礼拜五的出现不仅提升了小说的主题，即孤独生活向现代时期的转折，而且标志着人种和殖民帝国瓦解而决定的现代社会特征又在以礼拜五为主人公的小说中将其塑造为两种文明对抗、融合过程中催生新世界和新人的助产士和向导。图尼埃似乎过于乐观了，笛福笔下的礼拜五的确是一个友善的他者形象，但却独独少了巴柔所说的“真正、双向的交流”，[2] 很难断定由憎厌到友善的态度转变必然会带来所谓历史的进步。如果憎厌常常或必然导致侵略、征服和压迫这一赤裸裸的殖民暴力逻辑，那么笛福文本中“朴素的种族主义”[3]、温情脉脉的人道主义、带有乌托邦色彩的迷人新世界的奇异图景则必然遮掩了其中隐含的白人中心主义文化——知识暴力逻辑。前者基于将“礼拜五们”视为与自身截然不同且难以驯化的另一种人的本质主义种族观念，后者则基于视“卡列班与礼拜五们”为完全可以同化且为自己所役使的他者的文化和种族优越感。两种态度使用的是同一种欧洲白人中心主义的语言，建构种族化的自我与他者观念，构筑支撑殖民帝国大厦的知识—权力话语体系。

语言建构着世界经验，是同化、限制、边缘化他者族群的首要工具，是令他者族群哑言和失语的必要手段。话语形成和实践则是建构、限制、表达和表征主体经验的母体，殖民者正是通过形形色色的话语实践把臣服的主体建构成政治的、伦理的和审美的主体。有关语言和话语在殖民历史语境中的巨大形塑力，都柏林大学盎格鲁－爱尔兰文学教授狄克兰·基伯德论述道：“争取命名自身和自己国家的权力的斗争，根本就是在词语中进行的，在殖民语境中尤其如此。因此，对语言的关注，根本不是一种退缩，更有可能是对政治无意识的深层研究。”[4]

《鲁滨孙漂流记》堪称是“语言殖民主义”[5] 的最佳范例，是殖民主义文化文本的典范，开启了贯穿西方殖民知识暴力话语始终的“权力的接替”。在笛福笔下，语言殖民化自然成为驯化他者的开端，《圣经》难道不是鲁滨孙荒岛上唯一的书吗？笛福在两人相遇后不久叙述道：“现在回来谈我的新伙伴吧。我对于他，真是十分满意，我认为该把各样事情都教给他，使他变得有用、灵巧、对我有帮助，特别是要教会他说话，让他明白我的意思。他可真是世间少有的最聪敏的学生。”[6] 在殖民

1 米·图尼埃，《礼拜五——太平洋上的灵薄狱》，王道乾译，上海：上海译文出版社，1997 年，第 272 页。

2 达尼埃尔－亨利·巴柔，《从文化形象到集体想象物》，见孟华主编《比较文学形象学》，北京：北京大学出版社，2001 年，第 142 页。

3 米·图尼埃，《礼拜五——太平洋上的灵薄狱》，王道乾译，上海：上海译文出版社，1997 年，第 278 页。

4 Declan Kiberd, *Inventing Ireland*, London: Jonathan Cape, 1995, p. 615.

5 Stephen Greenblatt, “Learning to Curse: Aspects of Linguistic Colonialism in the Sixteenth Century”, in M. Keith Booker, (ed.) *A Practical Introduction to Literary Theory and Criticism*, New York: Longman Publishers, 1996, pp. 319–338.

6 丹尼尔·笛福，《鲁滨孙漂流记》，徐霞村译，北京：人民文学出版社，1959 年，第 161 页。译文略有改动。后文出自该著引文将随文在括号内标出该著名称首字和引文出处页码，不再另注。

者与被殖民者的历史相遇中，语言始终是最基本、最重要的规训工具。语言不仅代表了言说者和命名者的权力，更是构建自我与他者关系的唯一路径。作为最根本的权力工具，语言在构建知识体系和权力关系、在给世界命名并制定“话语的秩序”的同时，无疑是支配他者最便宜、最急需、最恰当的工具。鲁滨孙是命名者，是主人，是支配者和宰制者，是安排、制定、构建荒岛社会秩序的人。他不仅是荒岛的国王（荒岛上的一切都隶属于他，包括随礼拜五到来的所有居民），而且拥有不容任何怀疑和反抗的统治权利。他就是荒岛的主人，是全权的统治者和立法者。

这一切正是由礼拜五开始的，正是在礼拜五的语言教化、宗教改宗和主体归化的过程中两人才建立起一种所谓真正的在鲁滨孙看来是天经地义的主仆关系：“不久，我就开始和他说话，并且教他和我说话。首先，我让他知道，他的名字应该叫‘礼拜五’，因为我在礼拜五救了他的命，而我这样叫他，是为了纪念这个日子。同样，我教给他说‘主人’，然后让他知道，那将是我的名。我又教他说‘是’和‘不是’，并且使他知道这两个词的意义。”（《鲁》：158）正如普洛斯彼罗教卡列班学说话一样，克鲁索教礼拜五学习英语，并不是为了教他怎样用言语表达自己的意思，而是首先要明确谁是主人、谁是仆人；给他命名为礼拜五，只是为了让他记住正是在这一天他被主人拯救，这是一个值得他永生铭记的日子，是他获得重生的日子；最重要的是要教会他说“是”与“不是”，让他明了其中隐含的深义：遵从还是抗拒，一切取决于主人的意愿，而不是其自身的意志、欲求和意图。

礼拜五俨然成为最忠顺、最可靠的仆人的典范和榜样：“其实我用不着采取这么多的预防措施，因为礼拜五对于我实在是一个最忠实、最可爱、最诚恳的仆人，他没有一点脾气，不闹别扭，不怀鬼胎，又听话，又肯干活。他对我一往情深，就像一个孩子对他父亲一样；我敢说，无论在什么场合，他都肯牺牲他的性命来救我的性命。”（《鲁》：160）礼拜五完全印证了鲁滨孙的断言，他后来一马当先从凶狠的狼爪下拯救带路的人，又不惜冒着生命危险与巨熊嬉耍、逗主人们一乐。笛福写道：“这对于我们实在是一场很好的消遣。”（《鲁》：232）这也是可怜的礼拜五最后一次出场。在后来的叙述中，即鲁滨孙衣锦还乡、又一次出海航行并重返荒岛，我们再也看不到礼拜五的踪迹。礼拜五的角色已安排妥当，其文化和社会身份已被固化：一个忠实可靠的仆人、一个勤快聪敏的随从、一个改宗信教的虔诚信徒、一个甘愿舍身救主的勇士，礼拜五命定的故事已经落幕，该轮到他退场了。

礼拜五已然退场，鲁滨孙的故事却依旧在一遍遍重演。在历史一次次重演的过程中，在殖民主义、帝国主义话语形成和实践中，礼拜五成为该话语结构不可或缺的他者形象，成为殖民主义他者化过程的最初范例和原型，最终成为殖民主义与帝国主义宏大历史叙事中社会集体想象物所表征的他者。萨义德用他者化（othering）表示被殖民者群体被表征的过程，他们被以否定性、贬抑性方式表征且常被概括为同一种类型。[1]他者化表征方式与殖民主义联手结成“他者”话语，这种

1 Sara Mills, *Discourse*, London & New York: Routledge, 2004, p. 146.

本质主义与东方主义的他者话语的实质是现代欧洲帝国殖民扩张的知识—权力装备。霍米·巴巴说：“迫切需要质疑的是他者化的表征方式。”[1]我们今天重新读解《鲁滨孙漂流记》，正是要在互文性以及文学、历史、经济、政治和伦理等交互学科编织而成的文化文本网络中追问他者化的表征方式，探究他者在话语结构、形成和实践中充当的文化符号功能。

法国比较文学专家巴柔指出，对于他者的表征是社会集体想象物的一种特殊表现形态。“集体想象物所涉及的是文化、权力的参考系：对于选择了它们的作家来说，这是解释性的价值，它使被记录的形象成为一种个人的、甚至是纠缠人的神话；而对于集团来说，历史在任何时刻都可被当时的文化、历史习俗而现实化，而激活。形象犹如一个具有双重可能的神话。……如同神话一样，形象也可具有这种讲述历史、并使之现实化的能力，这段历史是可成为典型的。”[2]鲁滨孙神话一次次被现实化、被激活，其形象业已成为西方集体意识的象征，刻录进一代又一代西方读者的意识中，成为西方殖民主义历史上所有开拓者、宗教传教士与“光明使者”的原型，而礼拜五始终是开拓殖民神话中的他者形象。历史叙事中必然存在对他者的表征与描述，但是他者只能从外部被注视、被研究而且必须缄默不语。历史表征与叙事中，这一自我与他者的悖论关系才是礼拜五“舌头”被砍掉、“礼拜五们”言说权力被剥夺的症结。

《鲁滨孙漂流记》既有乌托邦的色彩又有意识形态的不良功能，两者之间构成了利科所说的辩证张力，恰恰与社会集体想象物两个基本方向相合：“第一个方向趋向于整合，重复，反射；第二个则由于是远离中心的，故趋向于漂泊。但一个离开另一个就无法生存。”利科同时指出：“当意识形态描述被某一特定社会的权力体系所吸引时，掩饰的功能确实就超过了整合的功能。实际上，一切权力都竭力使自己合法化。”[3]笛福实在是一个聪明的作家，他一方面不断张扬自己外出航海的狂热以及对于宗教信仰自由的虔诚，另一方面又通过意识形态来调节他所钟爱的鲁滨孙与礼拜五之间的关系，以强化鲁滨孙作为支配者、宰制者一方的权力和利益。

诚如巴柔所论，所有意识形态选择的原则是一切对他者进行描述的前提。[4]鲁滨孙所体现的“朴素的种族主义”并非如图尼埃所言“还没有真正意识到自己的利益所在”[5]，而是支撑殖民者利益的根基。的确，礼拜五的形象和同化过程缺少后期殖民主义文化文本他者化过程的某些程式，如强烈的种族主义意识形态、他者身上体现出的与生俱来的难以根除的种种劣等性以及殖民过程本身的艰巨，等等。他者化

1 Homi K. Bhabha, *The Location of Culture*, London & New York: Routledge, 2004, p. 97.

2 达尼埃尔－亨利·巴柔，《从文化形象到集体想象物》，见孟华主编《比较文学形象学》，北京：北京大学出版社，2001年，第140页。

3 保尔·利科，《在话语和行动中的想象》，见孟华主编《比较文学形象学》，北京：北京大学出版社，2001年，第61、57页。

4 详见达尼埃尔－亨利·巴柔，《从文化形象到集体想象物》，见孟华主编《比较文学形象学》，北京：北京大学出版社，2001年，第144页。

5 米·图尼埃，《礼拜五——太平洋上的灵薄狱》，王道乾译，上海：上海译文出版社，1997年，第278页。

的刻板印象在这些文本中比比皆是，诸如体貌的低下、不正常，居所的恶劣、怪异以及智力低下、恶习难改，“殖民统治不是轻易可以获得的”，“开拓永远是艰辛的劳作”。基于所谓“朴素的种族主义”，更多出于宗主国的政治需求和文化想象，笛福把礼拜五建构成殖民主义文本中支持、赞同殖民与帝国主义的他者的原型。礼拜五由一个“善良的野蛮人”转化为一个可以为己所用、倍加信赖的役从。或许由于是简单的二人世界，在这样的乌托邦时空中，两种不同文化的“接触地带”里更多的是平常意义上的对话、交流（绝非平等自由之互动），而不是一味地拒斥、隔绝、根除，因而其诱惑力和迷惑性远远大于其他殖民文化文本。

但是，鲁滨孙与礼拜五之间仍然存在殖民主义文化中根深蒂固的文明与野蛮、进步与落后、支配与被支配、统治与屈从的不对等关系。礼拜五这名鲁滨孙自认为从来没有见过的最聪明的学生也的确不负众望，成为一个典型的被殖民者的文化符号和套话，成为一个没有自我意识、被注视、被表征且必然沉默不语的他者。礼拜五自身对被同化过程的内化，对“主人话语”绝对他者化的形成的全盘接受与无条件信奉，在他最后谢幕时的“表演”中表露无遗。他用火枪射杀巨熊时，虽念念不忘使用弓箭捕猎这一部落传统，但为了逗众人一乐，仍故意连续不断挑逗熊，与熊戏耍，延误开枪时间。一连串带有表演性的行动的目的虽仅只为博主人与旁观者一笑，却近乎完美地阐释了“主人话语”凌驾于他者身体上的施为性与无上权威。

话语强调语言的社会性、历史性和功能性，话语分析则旨在研究，当话语被运用于范围更为广泛的管理和控制性社会结构时，语言应用所遵循的各种规则。[1]福柯认为话语是一种语言实践——不同群体运用语言处置权力关系，是“可个体化的陈述群”，“隶属于同一形成系统的陈述群”。[2]通过分析话语的特殊结构，研究者得以区分不同的话语形成，即以何种方式分配权力关系并形成一种连贯性和力量，并由作为陈述的一组符号序列群确定其特殊的存在形态。在话语中，权力和知识联手构筑着事物的秩序、社会结构和世界体系。权力植根于社会关系中，作为权力的功能，话语及其相应的知识、学科、机构总是分配着权力的效力。[3]殖民历史“主人话语”和“霸权话语”在观照、言说世界的过程中必然与殖民主义霸权意识形态相关联，必然预设了欧洲中心主义和种族主义的假定。话语总是与意识形态勾连在一起，罗杰·弗勒论述道：

> “话语”是话语所体现的信仰、价值和范畴观点形诸于言语或书写。这些信仰构成了观照世界、整合和表征经验的一种方式，在中性的、非贬抑的意义上构成了意识形态。不同的话语形态将不同的经验表征予以编码，

---

1 Simon Malpas & Paul Wake, (eds.) *The Routledge Companion to Critical Theory*, London & New York: Routledge, 2006, p. 175.

2 Michel Foucault, *The Archaeology of Knowledge*, A. M. Sheridan Smith, (trans.) London: Routledge, 2002, p. 90, 121.

3 Paul A. Bove, “Discourse”, in Frank Lentricchia & Thomas McLaughlin, (eds.) *Critical Terms for Literary Study*, Chicago & London: University of Chicago Press, 1990, p. 58.

而这些表征的源泉就是话语在其中得以体现的交流语境。[1]

萨义德在分析殖民话语实践的历史时指出，“东方”作为地理和文化实体是人为建构出来，并非出自于“自然的惰性事实”，[2] 殖民历史是掌握殖民话语霸权的殖民者制造出来。研究殖民主义与帝国主义的历史、观念和文化，就必须对东西方两者间存在的权力关系、宰制关系与复杂多变的霸权关系所构成的知识权力关系与话语形成进行研究。在殖民话语实践的历史中，任何一个关于东方或被殖民者他者形象的新文本都会增强某种特定的刻板形象和思维模式。[3] 萨义德论述道，文本有意包含着关于某种历史事实的知识，被人们赋予了专业知识的属性。随后，学院、机构和政府的权威逐渐赋予其更多权力。“这些文本能够创造出的不只是知识，而且还有它们似乎要描述的真实性本身。”如是的知识和真实性制造出一个殖民历史与传统以及殖民主义话语，“从殖民主义传统 / 话语中产生的文本，其根源并不是某特定作家的创造性，而是话语的物质在场和权威。”[4] 基于此，萨义德再三重申了维柯的观点，即人制造着其自身的历史。历史和社会皆为人造产品，界定与命名社会结构、阶级和行动者的知识与真理生产方式，总是与生产控制工具的权力或隐或显地紧密维系在一起，为重新划定世界秩序张目。殖民主义和帝国主义的历史知识其实是知识权力话语的建构，东方“他者”的历史由欧洲殖民主义者的知识权力话语建构。就历史与社会而论，无论是“东方”还是“西方”，我们所知的或能够知道的仅仅是我们业已制造出来的东西。

在“逆写”殖民主义历史的文学、文化批评和书写实践中，后殖民理论与后现代理论尽管仍存在许多分歧，却具有极为重要的共通之处：重新书写殖民主义和帝国主义历史书写中被制造出的死一般沉寂且缄默的他者的历史，使那些话语霸权宰制下丧失自己声音的被沉默者能够发出自己的呐喊。后殖民批评理论家比尔·阿什克罗夫特等人在《逆写帝国》一书中谈道：“后殖民批评目前主要采取了两条路径：阅读具体的后殖民文本、解读其在 / 有关特定的社会和历史语境的生产效果；在后殖民话语实践的启示下‘重新审视’（revisioning）比喻——如讽喻、反讽的形式，以及隐喻，重新读解‘经典文本’。”三位论者认为第一种路径更多与后殖民批评的传统紧密相关，因而更赞赏第二种路径，认为其“产生了对于文本性强有力的颠覆性全面论述，产生了打开重要且值得关注的新领域的‘文学性’概念”。[5] 笛福在《鲁滨孙漂流记》中不仅确立了最早的殖民地乌托邦神话，而且确立了“侵略与殖民的最初比喻”。[6] 礼拜五异乎寻常、聪敏迅捷地掌握了鲁滨孙教给他的语言和生

1 Jeremy Hawthorn, *A Glossary of Contemporary Literary Theory*, London: Arnold, 2000, p. 90.

2 Edward W. Said, *Orientalism*, New York: Vintage Books, 1979, pp. 4–5.

3 Sara Mills, *Discourse*, London & New York: Routledge, 2004, p. 96.

4 Edward W. Said, *Orientalism*, New York: Vintage Books, 1979, p. 94.

5 Bill Ashcroft, Gareth Griffiths & Helen Tiffin, *The Empire Writes Back: Theory and Practice in Post-Colonial Literatures*, London & New York: Routledge, 2002, pp. 191–192.

6 Bill Ashcroft, Gareth Griffiths & Helen Tiffin, *The Empire Writes Back: Theory and Practice in Post-colonial Literatures*, London & New York: Routledge, 2002, p. 190.

活规范，可我们在文本中却丝毫看不出他自己的言语与意识：其生命与情感完全建立在对“主人”信奉不疑的依托上，其言语与行动完全笼罩在殖民主义者“主人话语”的阴影中，其主体性与个人身份认同完全由殖民主义者霸权话语同化并设定，其世界观、自我意识与信仰完全由主人话语归化并形塑。一部笛福自诩为“历史”的“自述传”与“奇异历险”纯粹演变成殖民权力话语的赤裸独白。

圣卢西亚诗人德瑞克·沃尔科特在《克鲁索的日记》中形象地描述了语言对被殖民者——那些“善良的礼拜五们”——思想意识的形塑力量。沃尔科特称《鲁滨孙漂流记》是“我们的第一本书”，肇始了殖民帝国话语霸权的权力交替，由此西方殖民主义文化的三百年历史依次上演。笛福 / 克鲁索的

> 话语中承载着的记忆，
> 恰如传教士给野蛮人带来上帝的言辞（the Word），
> 其形状恰似一只盛水的陶罐，
> 水滴喷洒，把我们变成
> 善良的礼拜五们，吟诵着赞美诗，
> 鹦鹉学舌般重复着主人的风格和腔调，
> 主人的语言变成我们自己的言语，
> 我们是一群皈依的食人生番，
> 向主人学习如何吃掉基督的血肉。
> 所有的形态、所有的物体都从他那里繁衍生息
> 我们的海洋之神普鲁透斯
> ……
> 他（鲁滨孙）的日记
> 承担着家喻户晓的用途；
> 我们从中定形，其中没有一个种族语言的
> 安身之所……[1]

语言的力量与以语言为基质的文学形式及历史叙述被整合成一整套的殖民化话语秩序，构建起知识话语的权力关系。被殖民者只能任由殖民者的语言所同化，成为殖民主义话语形成中沉默的他者，没有属于自己的语言、历史和叙述。与莎翁笔下的卡列班不同，在笛福创造的克鲁索“日记”中，能说会道的礼拜五只留下“死一般的沉默”和巨大的“黑色空白”。

与沃尔科特一样，库切尤为关注语言固有的力量与传统现实主义的叙事惯例在讲述故事中从根本上形塑主体的文化身份认同及其对世界经验的表征：叙述语言、程式和结构，即罗兰·巴特所说的历史话语或萨义德所说的他者化表征方式，如何再现或错误再现历史，如何“向我们表征或错误地表征我们自身”。[2]

库切塑造出一个迥然相异的礼拜五形象。首先，他就是一个地地道道的黑人，

---

1 Peter Widdowson, *Literature*, London & New York: Routledge, 1999, pp. 176–178.

2 Peter Widdowson, *Literature*, London & New York: Routledge, 1999, p. 175.

皮肤灰黑、满头卷发、神情呆滞、一脸的木然：

> 一个黑影向我飘来，不是一朵云，而是一个周围散发着刺目光晕的男子。那男子蹲在我身边。他是个黑人：一个满头卷发的黑人，上身赤裸，仅穿着一条粗糙的衬裤。我坐起身，仔细观察着他扁平的面孔，木然的小眼睛，宽鼻子，厚嘴唇，皮肤不是黑色，而是深灰色，干巴巴的，好像抹上了一层灰。[1]

两相对照，这一个礼拜五实在难以讨人喜欢，读者可能会联想到那些对于黑人相貌贬抑式的描写。其实从该段描述来看，我们只能说，礼拜五就是一个黑人。黑人即黑人，再无其他，他没有笛福凌驾于其外貌特征之上的情感色彩。你可能会喜欢他，也可能不会。他就是这样一个黑人。苏珊会做何感想呢？终于获救的欣喜、安慰与饥渴难耐的迫切恳求被礼拜五的默然完全冲走，她甚至怀疑自己来到了食人岛。

其次，与能说会道的礼拜五不同，这一个礼拜五是“沉默之子”，他的“舌头”被砍掉了，是一个在语言与精神、身体与生理两方面被双重阉割的失语者。身体器官的残缺不仅是殖民历史赤裸裸暴行的印迹，而且可视为一种讽喻：能言善道的礼拜五死寂一般的沉默喻指殖民历史书写被压抑、被褫夺的黑色空白。被殖民者在历史书写中被塑形、被定位，却不能发出自己的声音，没有自身民族语言的安身之地。他们甚至连卡列班愤激的咒骂也不能说出口。

苏珊看到的克鲁叟并不在意礼拜五能够掌握多少英语词汇，礼拜五甚至分不清木柴（wood）与柴火（firewood）的区别：

> ——“礼拜五知道多少英文词汇？”我问。
>
> ——克鲁叟回答：“如其所需。这里不是英国，我们不需要大量的词汇储备。”（*Foe*: 21）

“如其所需”“足够应付其所需”应该理解为“足够应付我们的需求”。不论是普洛斯彼罗还是米兰达，不论是克鲁索还是克鲁叟，甚至包括苏珊自己，教礼拜五们学习语言其实更多是为了满足自己需要而不是礼拜五们的需求。苏珊反思自己费尽心思教有些愚顽不灵的礼拜五学习英语是不是和荒岛的克鲁叟一样，仅仅是为了寻求一条捷径——用语言使礼拜五更易于顺从自己的意愿：

> 我心想：我对礼拜五说话是为了教育他、使其走出黑暗和沉默。但真是那样吗？很多时候，我毫无善意可言，使用词语这条最便捷的路径，好让他屈从于**我的**意志。（*Foe*: 60。着重号为笔者所加）

语言以及话语显示出其固有的悖论性和反讽的强大力量。一方面，所有的话语，无论是单个词语或运用词语的方法，都具有巴赫金所说的权威话语的向心力，意在整合、聚集、消除差异并且使其归并到规则的结构中，具有普通性、群体性和

---

1 J. M. Coetzee, *Foe*, Harmondsworth: Penguin, 1986, pp. 5–6. 曾参考王敬慧的中译本《福》（浙江文艺出版社，2007 年）。后文出自该著引文将随文在括号内标出作品名称和引文出处页码，不再另注。

同一性，“这是一种特许的语言，由外向我们渗透；远离我们，是一种禁忌，在其设定的语境中不允许任何嬉戏（如《圣经》）……对于我们拥有至高无上的权力。”另一方面，从所有的言说都是特定语境中个体的人的言语上来讲，话语又是一种内在信服的话语（internally-persuassive discourse），“近似于运用自己的语言重新讲述一个文本，有自己独特的重音、姿态和修正”。[1] 这种语言不会把自己视为一个“他者”来表征，或视为外在权力的表征。[2] 就整体语言而言，内在信服的话语是离心的，意在自由嬉戏、离散、凸显差异、打破规则、脱开结构的规约与话语权力的束缚，具有个体性、独异性、境遇性和差异性。按照巴赫金的解释，人类意识的形成是这两种类型话语之间的争斗，一方面要将个体整合、同化、归化进话语体系（语言、文化、历史和社会），将个体自我整合进群体社会结构，另一方面要将自己的言语和书写从权威话语向心力形成的权力场域中挣脱，以突显自己的个体性和独异性，这才是巴赫金所说的对话互动的条件，亦是他极力倡导的复调话语和对话主义的本意。

话语的这种矛盾和内在张力正是苏珊面对的难题，也是使用语言的人类固有的难以摆脱的两难困境。苏珊虽然坚称礼拜五并不是自己的仆人，他的“主人”已死，他只是如影随形不离其左右，但她清楚地意识到，在使礼拜五们缄默失语、消除其声音的殖民主义文化历史中，所有的白人形成了一种共谋，都将成为笛福笔下的鲁滨孙。鲁滨孙是所有“主人话语”的名字，是殖民化游戏规则的制定者，是殖民权力和利益的享有者。正如福这一“仇敌”所言：“苏珊，你必须扪心自问：砍掉礼拜五舌头是奴隶贩子的策略，而我们喋喋不休争论着词语的含义，明知这样的争论没完没了，难道不同样是奴隶贩子使其臣服的策略吗？”（*Foe*: 150）另一方面，苏珊深知要讲述礼拜五的故事就必须让他首先学会说话，用他自己的声音讲述她书写的故事。她“希望能建立一座词语之桥，等将来有一天这座桥变得足够稳固，他能够回到克鲁叟之前的时间中，回到他失去舌头以前的时间中，那时他沉浸在孩童咿呀的语汇中，宛若畅游在水中的鱼儿，不必去思考词语的意义；从那里他或许可以竭其所能、一步步返回到词语的世界中，一个你——福先生——我和其他人生活于其中的世界”（*Foe*: 60）。她希望礼拜五不仅能学会她自己的语言，而且能够自如地运用话语的内在信服力，找到真正属于他自己的声音。只有通过礼拜五自己的讲述，我们才能发现其舌头被砍掉的真相；只有通过他自己内在信服的话语，他才能回到人赖以寄居的、大家真正共享的词语世界，与那些视其为他者的他者们共在一个世界，成为一个人，一个与他者共在的独特个体。

从后现代伦理政治的维度来看，西方文化传统的认知体系因追求和谐、一致与清晰明确而付出了不可避免的代价。西方现代性在无限追求更加驯服、更加秩序化的世界的过程中，总是以被引发、被贬抑、被驯化、被沉默的“他者语言”为代

---

1 M. M. Bakhtin, *The Dialogic Imagination: Four Essays*, Michael Holquist, (ed.) Caryl Emerson & Michael Holquist, (trans.) Austin: University of Texas Press, 1981, p. 424.

2 Jeremy Hawthorn, *A Glossary of Contemporary Literary Theory*, London: Arnold, 2000, p. 89.

价。后现代伦理政治提倡对他者的关注，呼吁建立“‘对他者的责任’的道德美感”。美国弗吉尼亚理工大学政治学教授、哈贝马斯研究专家斯蒂芬·怀特将这种责任感称为“对行动的责任感”。[1] 这正是库切在小说文本中反复强调语言与叙事方式的根本缘由。在后现代、后殖民文化语境中，承担“对他者的责任”就是承担认可与接纳他者语言之自主性的行动责任。从语言出发就是再次从起点出发，重新回应对他者的责任，如斯皮瓦克反复申明的那样，批判性地反思、言说“主人话语”相对于他者语言的优越感、贬损、规训、宰制和支配。

人只能通过叙事展现人之为人的活动，再现历史，因为“生命是一种叙事”，正如阿伦特所说：“人特有的生活的主要特征是，不仅它的出现和消失、生和死构成了世界性事件，而且他一生当中也充满了各种事件，这些事件最终可以讲述为故事，或写成自传。正是这种生活，而非纯粹的生命，让亚里士多德说它‘似乎是某种实践’。”[2] 人类历史之所以能够形成即在于“在诞生和死亡之间的个人生活最终能够被讲述为一个有始有终的故事”，这一点成为“历史——这个无始无终的伟大故事的前政治和前历史条件”。[3] 后人也只能通过某个个体的人的生命故事了解他/她是谁、曾经是谁。从这个意义上讲，真实故事是人类生命活动的呈现，“讲述生命乃是赋予生命意义的基础行为”。[4] 阿伦特在故事固有的政治意义上对真实故事和虚构故事做出了区分。虚构故事背后必然隐含着一个作者，一个无所不知的权威，像柏拉图所说的舞台背后的一个行为者，站在行动的人们背后牵着绳子操纵着整个故事，这样的故事是被制造出来的。真实的故事正是人们的生活本身，根本不可能被制造，也无所谓可见或不可见的作者，“故事唯一揭示出的‘某人’是它的主人公，故事也是通过对言行的事后追溯，让一个与众不同的‘谁’从最初的不可见变为可见的唯一媒介”。[5] 阿伦特对叙事做出了政治意义上的强有力辩护。通过叙事展现“我”是谁，而不是“我”是什么，是自由个体参与政治表征空间、在他人面前展现自己、与他人一起大胆展现的首要政治条件。

苏珊在讲述自己的生命片断时，知道要展现真实的生活经历必须经由叙事的通道，经由“生命在语言中的通道”。[6] 如克里斯蒂娃所说，叙事是生命“本初的维度”，“人与生命的本初联系就是叙事”；[7] 失却了语言，生命叙事将仅仅余下巨大的空洞、死寂一般的沉默和解不开的谜团。苏珊区分了自己的沉默和礼拜五的沉

1 斯蒂芬·怀特，《政治理论与后现代主义》，孙曙光译，沈阳：辽宁教育出版社，2004年，第23页。

2 汉娜·阿伦特，《人的境况》，王寅丽译，上海：上海人民出版社，2009年，第71页。

3 汉娜·阿伦特，《人的境况》，王寅丽译，上海：上海人民出版社，2009年，第145页。

4 朱莉亚·克里斯蒂娃，《汉娜·阿伦特》，刘成富等译，南京：江苏教育出版社，2006年，第68页。

5 汉娜·阿伦特，《人的境况》，王寅丽译，上海：上海人民出版社，2009年，第146页。

6 Gilles Deleuze, *Essays Critical and Clinical*, Daniel W. Smith & Michael A. Greco, (trans.) Minneapolis: University of Minnesota Press, 1997, p. 5.

7 朱莉亚·克里斯蒂娃，《汉娜·阿伦特》，刘成富等译，南京：江苏教育出版社，2006年，第85页。

默，她的沉默是拥有语言能力者的沉默，是自主的、自我选择的沉默，而礼拜五的沉默却是失却语言能力、任凭他者言说自身的无语的沉默：

> 礼拜五一字不识，因而毫无还手之力，只能任凭别人随自己的心意、年复一年地肆意重塑。我说他是食人生番，他就变成食人生番；我说他是洗衣工，他就变成洗衣工。礼拜五的真相究竟是什么呢？你会说：他既不是食人生番也不是洗衣工，这些仅仅是名称而已，并未触及他的本质，他是一个真实存在的身体，他是他自己，礼拜五是礼拜五。但事情并非如此。不论对于他自己而言他是什么（他知道他自己是谁吗？他又怎么能告诉我们呢？），对于这个世界来说，他是什么取决于我对他的塑造。所以礼拜五的沉默是无助的沉默。他是沉默之子，一个未出世的孩子，等着诞生却无法出生的孩子。（*Foe*: 121–122）

爱丁堡大学英语文学教授西蒙·玛尔帕斯对此分析道："这里所谈及的问题，为他者言说——那些不能表征其自身、其欲望和自我—形象不可知的他者，是后现代历史思考的关键。库切的小说使我们清楚地认识到，政治问题是历史上对他者文化、民族和时代的表征所固有的一个问题。"[1]

假如真的有一个如库切所虚构的女性落难者苏珊，当她死后复醒看到已成为传世经典的《鲁滨孙漂流记》，发现自己的身影在其中消失得无影无踪，她一定会说自己的沉默其实与礼拜五的沉默没有任何区别，他们都被设置在类似的知识—权力话语体系中，为社会性别或种族主义话语形成所定位与形塑。笛福不仅是现实主义小说叙事形式的奠基者，亦是西方现代意义上作者观念的代表。作者的形象犹如上帝传达出的唯一"神意"，对作品中的人物具有生死予夺、不可违拗的权威。罗兰·巴特、福柯、德里达、克里斯蒂娃等理论家竭力要驱除的正是这样的作者形象和观念。作者孕育了作品，作者与作品及人物的关系犹如父子关系，作者的话语和权力宰制并支配着作品的一切，就像看不见的上帝之手一样推动并支配着自己构想的世界的运行。福柯说，"事实恰恰相反：作者并非是作品种种意义的无尽之源；作者并不先于作品存在，他只是某种功能原则，在我们的文化中人们凭此功能原则限制、祛除、选择；简而言之，人们借此功能原则阻止虚构（fiction）的自由流通、自由操控、自由创作、解体和重组……作者因而是一种意识形态形象，人们凭此标识出我们恐惧意义增殖的方式。"[2] 因此，福柯以作者—功能原则（author-function）替代传统的作者观念，提出"作者—功能体现着一个社会中某些特定话语的存在样式、流通方式及其功能显现等特征"。[3] 与之相反，传统的作者观所承载的恰恰是对意义增殖的封闭，是在话语知识体系中加以甄别、挑选、排列、组合的原则符号。

---

1 Simon Malpas, *The Postmodern*, London & New York: Routledge, 2005, p. 103.

2 Michel Foucault, "What Is an Author?", in David Lodge & Nigel Wood, (eds.) *Modern Criticism and Theory: A Reader*, London: Longman, 2000, p. 186.

3 Michel Foucault, "What Is an Author?", in David Lodge & Nigel Wood, (eds.) *Modern Criticism and Theory: A Reader*, London: Longman, 2000, p. 179.

巴赫金研究专家霍尔奎斯特同样指出，小说作者“不仅视小说人物是他者，而且视其只拥有纯属物的他者性、丧失了主体性”，这已沦为一种程式化的伪艺术，“这种程式化的艺术昭示出外在性的极度（transgredience）隶属于权力的联系。扼杀另一些主体的‘我’不仅是坏的美学，亦是坏的政治”。[1] 苦于找不到适当讲述方式的苏珊纠结于语言、叙事形式的悖论，为作者—自我与人物—他者相互建构的困境所惑。她一方面试图将礼拜五视为“一个真实存在的身体”（*Foe*: 122），一个与自己截然有别、在存在意义上根本不可能绝对同一化的他者，任何话语都难以触及他的本质，难以探明他深海一样沉默的真相，任何历史叙述只能是对他这个个体、对其悲惨人生的曲解；另一方面，又十分清楚语言与叙述的魔力，它们不仅形塑着礼拜五们这样的他者，也时时在形塑着她自身。

面对礼拜五无语的沉默，苏珊竭力尝试通过其他途径寻求自己梦寐以求的答案：究竟是谁砍掉了礼拜五的舌头？是谁阉割了他的身体？礼拜五独自一人驾着独木舟在海面抛撒花瓣，这究竟意味着什么，是族群崇拜仪式，抑或仅仅是凭吊亡灵？她试图通过绘画、音乐和舞蹈等艺术手段破解所有这些难解的哑谜，可只发现自己走进了一个又一个的死胡同，不得不面对更大的谜团。她终于明白，要讲述礼拜五的故事，只能让他用自己的声音和语言重新讲述她、后来的福和仇敌先生们创造的“鲁滨孙式的”荒岛奇遇记。小说前三章的讲述以礼拜五在白纸上写的整排整排的字母 O 结束，空洞的 O 象征着礼拜五被砍掉舌头后空空如也的口腔、被消除声音后的沉默和空白，但这种缺席和丧失只能通过语言建构的叙事来表征和言说：用新的语言与话语填塞历史与记忆的空洞及沉默在被砍掉“舌头”的礼拜五残损的身体上凿出的难以言说且不可表征的深渊。整排整排的 O 又似行走着的眼睛，让被哑言的礼拜五们注视身外的世界，注视那些与自我紧密相系且难分难解的他者，注视自我与他者的居间性。这些行走着的眼睛宛若鲜活的视镜——互文本交织而成的奇异镜像，让我们注视那不可见的他者视像，从语言的隙缝中抽取文本的丝线，采撷言语的胚芽，抵达“标志着语言外部、使其直面沉默的边界”，[2] 言说不可言说的沉默和空白，表征不可表征的声音与影像。

1 Michael Holquist, *Dialogism: Bakhtin and His World*, London & New York: Routledge, 2002, p. 34.

2 Gilles Deleuze, *Essays Critical and Clinical*, Daniel W. Smith & Michael A. Greco, (trans.) Minneapolis: University of Minnesota Press, 1997, p. 113.

乔伊斯·卡罗尔·欧茨与她的“美国性”建构

高颖娜　燕山大学

何塞·马蒂指出：“文学是民族存在的重要标志，只有当伟大的文学作品存在时，一个民族自身可以想象到的民族统一才会存在。”[1] 文学作为一个民族文化的重要表征，在民族特性的形成过程中具有重要意义。任何一种民族特性的形成，都离不开文学史上伟大作品的参与。美利坚民族特性的形成，同样也离不开美国文学关于“美国性”的独特建构。

美国是一个年轻开放且朝气蓬勃的国家，它发达的资本主义经济和先进的科学、技术、文化令世界瞩目，然而其民族特性绝非仅仅是年轻、开放与现代这些词汇所能概括的。站在历史与现实的交汇处我们可以看到，“美国性”是一个兼具传统意味和现代意味的组合，它既是封闭的，也是开放的，既是保守的，也是激进的。这种矛盾统一的复杂性决定了美国民族特性的形成经历了一个比较漫长的历史发展过程。1620 年，当“五月花号”轮船满载着受宗教迫害的英国清教徒在普利茅斯登陆时，拓荒者的信念就开始在这片美洲大陆上生根。1776 年《独立宣言》的发表，进一步宣告了“图生存、求自由、谋幸福”的启蒙理想。从此以后，这个崭新的民族建构其“美国性”的愿望日趋强烈。经过几百年的发展，美国性最终通过社会、经济、文化等各方面的塑造走向稳定和成熟。在文学史上，美国性则是通过无数作品中塑造的美国形象及其表现的民族特性来完成的。19 世纪末期，学术界关于美国民族特性（美国性）的研究就开始了。随着时间的推移，“美国性”问题越来越成为美国人面对的一个重大问题，更是知识界、文化界的一个热点问题。

“美国性”所涵盖的内容十分广泛，它包含了美国人的众多群体特征，例如：主张自由和人人平等，每个人都有追求幸福的权利；崇尚工作和劳动的基本生活态度，相信“天道酬勤”，尊重和追求白手起家的品质；基于个人主义精神所体现的“永远创造”的勇气和不满足于现状、敢于冒险和进取的精神；以及多元文化共存的理念，和致力于最终和谐的价值追求。这些“美国信念”（American Creed）是构成美国性的基础与核心，得到了美国大多数人的认同。“这个曾经写在《独立宣言》中的美国信念，是美国民族身份或特性不可或缺的部分。正是这种信念成了千百万人追求美国梦的动力，而以此信念为核心的美利坚民族主体特性在历代美国文学中都得到了不同形式的表现和建构。”[2] 回顾 19 世纪的美国文坛，可以看到许多美国经

1 Imre Szeman, *Zones of Instability: Literature, Postcolonialism, and the Nation*, Baltimore: Johns Hopkins University Press, 2003, p. 13.

2 江宁康，《美国民族特性的文学想象与重建》，载《外国文学研究》，2007 年第 2 期，第 72–79 页。

典作家都参与了美国性的建构，如库柏、惠特曼、霍桑、爱默生、马克·吐温以及亨利·詹姆斯，等等。特别是19世纪三四十年代，以爱默生为代表的美国知识分子更是把独立的“美国性”看作文学的民族性的重要标志。爱默生曾明确表示，伟大的诗人必须是民族的诗人，必须展示民族的独特经验和情感。1838年，他在哈佛大学做题为《美国的学者》的演讲时，大声发出了整个民族的声音：“我们依赖别人的日子，我们师从他国的长期学徒时代即将结束；在我们四周，有成千上万的青年正在走向生活，他们不能老是依赖外国的残余来获得营养；这里的所作所为应予以歌颂，他们要唱出自己的歌。”[1] 这也成为建构民族文学的一声号角，开拓了美国文学史上新的里程。在爱默生的积极倡导下，无论是同时代还是以后的作家，都在其作品中努力唱着“自己的歌”、民族的歌，都以各种方式建构着他们心中的“美国性”。

比较而言，美国女作家乔伊斯·卡罗尔·欧茨的“美国性”建构有着丰富而独特的内涵。作为白人女性作家，她生活在美国当代社会。不同于那些前辈作家，欧茨借助广阔的城市意象，勾勒了身处当代社会的美国人对美国梦的追寻，反衬出别具一格的“美国性”。

一、美国性与美国梦

如前文所述，美国性所涵盖的内容十分广泛，而其核心就是以个人主义精神为主体的、机会平等的自我实现，即“美国梦”（American dream）的追寻。1931年，詹姆斯·亚当斯的《美国史诗》一书让“美国梦”一词在美国家喻户晓。在文学作品中，作家也往往把“美国梦”当作核心内容来表现。作为一个永恒的主题，“美国梦”始终贯穿于不同时期的美国文学之中。这不仅与美国文学史上超验主义所强调的个人的重要性相一致，也是欧茨小说所着意表现的一种精神内涵。

从一般意义上说，“美国梦”是指在美国，无论地位、出身、种族和性别等方面的差异，只要具备聪明、勤劳、刻苦和坚忍不拔等必要条件，任何人都可能在相同的条件下，通过自己的诚实劳动与他人进行公平竞争，可以从一文不名到亿万富豪，从社会底层到上流阶层，获得最终的成功和幸福，使自己的梦想变成现实。更重要的是，美国梦指的不单是表面的成功，而是对精神自由的追求，也就是对生命意义的终极寻求，这也正是美国性的实质，即在多元文化的结构中，最大限度地实现个人的理想。

“美国梦”自然也记录在美国文学史上，成为美国文学的永恒主题。马克·吐温、杰克·伦敦、德莱塞、海明威、菲茨杰拉德……都描写过美国梦的各种寻求者。同时，这些作者自身就是美国梦的践行者，欧茨也不例外。

欧茨出生在纽约州的洛克波特市（Lockport）伊利镇的一个工人家庭，她的父母是穷苦人出身，父亲做过机械工具技师，家境贫寒。用欧茨自己的话说，她是在

1 George Perkins & Barbara Perkins, *The American Tradition in Literature*, 9th ed., Boston: The McGraw-Hill Companies, 1999, p. 371.

大萧条末期出生于美国乡下工人阶级的女儿，并且在纽约西部一个不景气的小农场长大，小时候这种粗野而混乱的乡村氛围让人"天天得为生存而拼命"。欧茨童年的生活十分艰辛，她生活的农场偏僻而落后。不仅生活条件低下，学校的教育也十分落后，她参加的所谓"一间房教室"就是校舍十分简陋的平民学校，所有的师生挤在一间房子里，她甚至和一些智障的孩子学习生活在一起。但低下的出身和落后的教育反而激发了欧茨对"美国梦"的追寻，她的"美国梦"又是和她的"文学梦"紧紧联系在一起的。欧茨从小学习勤奋刻苦，并极具文学天赋。幼时就经常绘声绘色地讲述故事并用生动形象的语言编写故事，这些为她日后步入文坛奠定了基础。同时，丰富的想象力和敏捷的思维也成为欧茨进行文学创作的锐利工具，她终于与文学结下了不解之缘，并以优异的成绩进入锡拉丘兹大学学习文学。在大学期间，欧茨笔耕不辍，进行了大量的小说和诗歌创作，内容主要是以自己的童年生活和学校生活为背景，童年艰辛的生活成为她取之不尽的创作源泉。1959 年，欧茨 21 岁时，她终于发表了自己的第一篇短篇小说《在旧世界中》，刊登在《小姐》杂志上，获得了"大学小说奖"。这是她一生所获得的各种奖项中的第一个。从此，她的作品在读者群和批评界中引起了越来越多的注意，终于走向美国乃至世界文学的顶端，成为当今世界颇具影响力的作家，完成了从一个丑小鸭到一只白天鹅的蜕变。欧茨的职业道路也是令人羡慕的：大学毕业后欧茨进入威斯康星大学，1961 年获文学硕士学位。之后在底特律大学当英语教师，担任英美文学的教学工作。1967 年，欧茨和丈夫移居加拿大的安大略，她在温莎大学任教，并与丈夫一起创办了杂志——《安大略周报》。1978 年，欧茨回到美国，受聘于著名的普林斯顿大学至今，教授文学创作课程，同年当选为美国文学艺术院院士。

欧茨极具戏剧性的职业轨迹，尤其是她从童年的贫困生活到今天成为世界上最杰出的作家之一，无一不体现了一个文学版的神话追求和美国梦的实现。然而，功成名就并没有对欧茨的日常教学和写作有所改变。丈夫去世后，欧茨一个人住在普林斯顿大学附近一幢宽敞明亮的乡间别墅里，"朝起早，夜眠迟"，生活节制而有规律。她仍然坚定不移地把文学作为一个探索人类精神领域的不可取代的活动，从不懈怠。欧茨极其勤奋多产，仅仅是小说就出版了五十多部，此外还有诗集、戏剧和文学评论以及电影电视剧本。数量往往会限制质量，但对欧茨来说并非如此。欧茨对自己的写作要求十分严格，她说："每一部小说的开头都像地狱一般，我害怕开头……已经写好的一百多页全都被我绝望地扔进字纸篓，可我心里明白，只有这样写下去才能诞生第一页差强人意的文字。当我把这些告诉我的学生，他们半是同情半是恐惧地看着我。当我告诉他们我出版的作品也许只是我全部创作的一半，学生们的脸色都变得刷白。他们不敢想象这意味着多少劳动，老实说，现在回过头去看，我也觉得不可思议。要是让我从头再来一遍，我不敢说我还能坚持到底。"[1] 欧茨在美国学术界和文学界享有相当高的地位，并获得过各种奖励，包括多次诺贝尔

1 Greg Johnson, *Understanding Joyce Carol Oates*. Columbia, S.C.: University of South Carolina Press, 1987, p. 104.

奖的最后提名。

欧茨自身的经历成为美国梦的一个例证，但这不能成为她仅仅对这个“梦”进行美化的理由。她把另一位多产的美国作家亨利·詹姆斯的这样一段话贴在她的办公桌前的布告栏里：“我们在黑暗中工作——我们竭尽所能——我们奉献所有。怀疑是我们的激情，激情是我们的任务，剩下的就是对艺术的疯狂。”[1] 这里所说的“怀疑精神”，也是美国性的一个特征，因为个人的自我实现，是要在自身找到意义的归属，并对这个世界保持批判的立场。而欧茨正是以其对社会暴力和邪恶的阐释来彰显其独特立场，并进而对“美国梦”加以全面验证。

二、美国性与个人主义

从 17 世纪初开始移民北美的欧洲人或者逃避宗教迫害，或者寻求经济解放，无论如何都是在追求个性自由。正是这种追求使个人主义成为美国文化的核心。欧茨五十年的创作生涯中，伴随着美国社会、文化的巨变，美国文学也经历了数次思潮和运动的更迭。但无论怎样变化，表现出个人主义英雄色彩的美国形象总是不断出现在作家们的笔下。欧茨在这个漫长的创作过程中学习和继承了这些美国文学传统，使众多文学经典成为自己文学创作的基础和源泉，特别是 19 世纪以爱默生为代表的超验主义思想曾对欧茨产生重要影响。欧茨说：我看出自己有很深的文学传统，其他作家对我的影响十分明显，没有他们我就不可能存在。她表示，自己更多地受到美国文学史上超验主义作家的影响，例如霍桑、爱默生、H. D. 梭罗、梅尔维尔、狄金森、爱伦·坡、惠特曼，等等。[2]

超验主义追求人的自由的精神是美国文化中一个不可或缺的内容，对个人主义的强调是爱默生、梭罗、霍桑、惠特曼等在作品中一直倡导的。在欧茨的小说中，这种个人主义主要表现在个人奋斗、勇敢和冒险精神。欧茨往往以极端形式，比如暴力，来表现她对个人奋斗的理解。

欧茨早期最负盛名的长篇小说《他们》中的男主人公朱尔斯就是追寻美国梦的一个典型人物。朱尔斯是温德尔家的长子，生于这个美国白人社会中经济上最贫穷、地位上最低下的家庭，朱尔斯从小的生活环境就异常艰辛。他十二岁的时候就开始到一家小商店打零工，小小的年纪已经有了两年抽烟的历史，并且开始偷东西再一个人悄悄地卖掉。贫困的生活让朱尔斯养成了越来越多的坏习惯，他经常打架斗殴，在学校中总是被老师责骂，直至被学校开除。朱尔斯是暴力事件的积极参与者，底特律暴乱发生时，他甚至在混乱的人群中杀死了一名警察。朱尔斯似乎堕落得不可救药。但是，朱尔斯同他的父辈们有很大的不同，他拥有父辈们所没有的强

1 欧茨，《我带你去那儿》，顾韶阳译，北京：人民文学出版社，2005 年，前言第 3 页。

2 转引自欧茨发给作者的邮件，这一部分的原文是：I am much more influenced by the Transcendentalist strain in American literature, descending from Hawthorne, Emerson, H. D. Thoreau, Melville, Dickinson, Edgar Allan Poe, Walt Whitman and such visual artists as Winslow Homer, Martin Johnson Heade, Frederick Church—in which the physical world is suffused with a mysterious energy or “spirit”. My conception of life is that it is fundamentally a mystery—we try through our lives to comprehend it, but perhaps can only, from time to time, magically, embody it.

大的精神力量。在学校，他尽管成绩不如两个妹妹好，但他喜欢学校，喜欢学习，喜欢思考，热切地攫取着一切能学习到的知识。朱尔斯有独立的思想，尽管贫穷，他对金钱却有清醒的认识：朋友伯纳德遇害后，他把伯纳德先前送给他的一万多美元巨款放进死者的口袋；尽管贫穷，朱尔斯却相信自己的力量，相信“火以燃烧而尽其责任”。他要过一种“同圣明生活并行不悖的世俗生活——现代化的生活，不惜任何代价——他要把自己扩展到他身体的最大的极限，把视野扩大到最大的范围。他定能做到这一点”。[1] 为了实现理想，朱尔斯去了南方。在他的眼中，美国的一切都在向上发展，他自己的心中也充满了希望，他要继续读书充实自己，告别过去，展望美好的未来：我以前所经历的每一件事都是毫无意义的——那是根本不存在的——我的生活现在才刚刚开始。尽管身处“他们”阶层，朱尔斯却抱着这样的信念：“我最终要改变我们生活的，他这样想着。他要到加利福尼亚去。”[2] 尽管一次次排斥着这个阶层又一次次回到这个阶层，朱尔斯从一开始就不甘心受命运的摆布。父辈们生活在社会底层，面对命运的捉弄，却逆来顺受、缺少行动力，没有改变生活的勇气，似乎永远生活在“等待”之中。然而朱尔斯却以自己的个人主义精神标新立异，他追求自由，从不放弃改变现状的信心；他挣扎在现世的泥淖里，却不甘心就此沉沦，挣扎着追求心中的理想。

这是典型的美国式个人主义英雄。20 世纪六七十年代，美国的经济重心逐步从大西洋沿岸向太平洋沿岸转移，加利福尼亚一带发展十分迅速，青年一代纷纷去那里淘金，继续做他们的美国梦。朱尔斯也加入了这一行列。然而，他的美国梦在那里就能实现吗？小说没有提供答案，但朱尔斯勇敢追求梦想、勇于冒险的精神却使他成为美国式个人主义的一个典型。

作为一个女性，欧茨往往通过女性身份意识的塑造来揭示个人主义与美国梦之间的辩证关系。

1993 年出版的长篇小说《狐火：一个少女帮的自白》是 20 世纪 50 年代生活在纽约州北部的一个蓝领小镇上贫穷的五位白人少女组成的帮派兴衰的历史记录，五位少女的头目长腿萨多夫斯基是现代小说中最生动、最重要的女主人公之一，她的身上也体现出鲜明的美国性。萨多夫斯基极富个性，她身材苗条，极具诱人的冷艳之美。她的胆量、体力、仇恨和所受到的伤害使她成为狐火帮最引人注目的人物。她拥有领导的品质、令人激动的心、颠覆性的力量和真实的勇气，处处闪耀着理想的光芒，尽管她们的理想盲目而冲动，尽管她们最后走向了失败。欧茨曾说，在她创作这部小说的那几个月里，她心里的书名是“我的哈克·费恩”。并且，这是欧茨小说中在叙述上最富有传奇性和冒险精神的作品。小说中的人物充满豪情，她们都带有“美国梦”式的理想：“‘狐火’帮的马迪和她的姐妹在她们的头领长腿萨多夫斯基的魔力的感召下，凭其少年的未经检验的乐观主义——她们的‘美

1　欧茨，《他们》，李长兰等译，南京：译林出版社，1998 年，第 109 页。
2　欧茨，《他们》，李长兰等译，南京：译林出版社，1998 年，第 107 页。

国性’——类似于哈克贝里·费恩。那天真烂漫的热情的品质，那过去不会给未来投上阴影的感觉，比我们拥有更悠久历史的欧洲人羡慕我们的一种品质，也是我在自己身上发现的一种品质，这种品质如今在我身上似乎并不比我在马迪的年龄时弱，在许多方面与她并无多大不同。做一个‘美国人’就要感到你的生活可以通过自己的行动来改变——你只需行动。”[1] 以长腿为核心的狐火帮正是通过行动来证明她们的勇敢、乐观和冒险精神的。个人主义特征在长腿萨多夫斯基身上表现得十分突出。为了对抗和报复她们憎恨的男人世界，萨多夫斯基策划了少女帮派——“狐火”。她们滴血为盟，共同抵御世俗社会及其压迫者。文身盟誓的那个夜晚，对每个狐火帮成员来说都是一场勇气的考验。“就像一位兴高采烈登场的魔术师巧妙地变戏法一样，长腿拿出一把碎冰的锥子，握着它，将锥尖放在火上灭菌。一把银色的冰锥，工艺精美，十分漂亮。马迪从没有见过这种冰锥，她双眼模糊，一副惊呆了、吓傻了的模样。”然而，狐火的姐妹们却争先恐后地表示——我愿意！我愿意！终于，她们的身体上被文上了用血做的红色“狐火”的标志，“渗出的血滴，痛苦的血滴，针刺的痛苦，留在了马迪左臂苍白的细肉里。于是她咬紧牙关，不哭，也不喊，更不像戈尔迪那样鬼哭狼嚎，装模作样，一脸的汗；也不像兰娜那样缩头缩脑，一个劲地傻笑；也不像丽塔那样拼命咬着下嘴唇，全身发抖。她知道毁伤她的身体，是痛楚的、愚蠢的行为，然而事实上，这却是甜蜜的感觉：我的心里充满了幸福，多么快乐，多么开心啊！”[2] 这个秘密的场面虽然流着鲜血，但少女们勇敢的精神却使它像宗教的仪式般神圣。为了展现长腿的坚毅的勇气，欧茨特意安排了一个攀登高塔的场景，这个场景的标题是“‘狐火’冒险，使命，胜利”。[3]“没有人有足够的敏捷、足够的强壮、足够的勇敢、足够的疯狂、足够的醉意爬上纪念公园内的水塔，何况不借助于附在水塔上的那根细细的、铁锈斑斑的梯子”，[4] 然而一个十四五岁的少女做到了——她就是长腿萨多夫斯基。为了给狐火帮赢得七十五美元的奖金，长腿勇敢地把一个个竞争对手抛在身后，爬上离地面六十英尺高的水塔顶端！并在上面做了一个姿势优美的冒险动作！勇敢、坚毅并富于冒险精神的狐火帮开始疯狂报复周围的男人世界：她们当众羞辱对自己的学生进行性虐待的一个数学老师，她们痛打一个要强奸其处于青春期的侄女的男人，她们以性为诱饵引诱好色成性的男人上钩以获得钱财。这帮少女由于先期的频频得手而飘飘然了，很快失去了控制。她们失去了独立思考的能力，跟随着她们的头领长腿急剧滑向与日俱增的暴力和不加选择的犯罪道路。她们不仅没有实现最初的理想，还使自己的生活陷入

1 欧茨，《狐火：一个少女帮的自白》，闻礼华、金林鹏译，武汉：长江文艺出版社，2006 年，前言第 21 页。

2 欧茨，《狐火：一个少女帮的自白》，闻礼华、金林鹏译，武汉：长江文艺出版社，2006 年，第 28 页。

3 欧茨，《狐火：一个少女帮的自白》，闻礼华、金林鹏译，武汉：长江文艺出版社，2006 年，第 61 页。

4 欧茨，《狐火：一个少女帮的自白》，闻礼华、金林鹏译，武汉：长江文艺出版社，2006 年，第 62 页。

灾难性的混乱。她们的美国梦失败了。但在这个过程中，欧茨却展示了女性身份意识的觉醒，而这，正是美国性的真正含义。

三、美国性与多元和谐

美国是一个移民国家，从 18 世纪到现在的二百多年时间里，不同的种族、民族、族群共同创造了美利坚文化，从而形成了文化的多元性。美国“历史学之父”班克罗夫特曾说：“我们的国家既是所有国家的人口的接受者，同样也是它们的思想接受者。若是消灭了世界上任何一个主要国家的历史，我们的命运就会发生改变。”[1] 这种文化的多元使得其民族特征呈现“海纳百川”的包容性。1915 年，霍勒斯·凯伦曾在《民主与熔炉的对抗》指出，美国正处于成为联邦国家的进程之中，它不仅是纯粹的地域或行政单位的联邦，而是作为文化多样性的一种合作，作为全国文化的联邦或共和国。文化的合作就是对“各不相同”的文化因素的接纳、包容与和解，因此凯伦进一步指出：“一个国家的生活和文化也一样，不同地区、民族、职业和其他社团的各不相同的活动形成了民族精神。民族精神就是由这些相异的活动联合而成的。”[2] 然而，美国文化又不仅仅停留于多元性，它不断吸收世界各国文化的优秀传统而并有所超越，从而上升为整体的和谐统一，即多元共生与包容和谐并存的精神追求。这也是欧茨在创作中体现出的精神特征。她在多部作品中表述了自己对宇宙和人类的思考以及建立一个道德完满、民主自由的社会的理想和目标。

当今的美国社会，多民族多种族的交融日益加强，多元文化的发展日趋繁盛，而文学中“美国性”的建构也日趋复杂和鲜明，即在多元价值体系下的和谐共生。

对于作家来说，如何通过对社会问题的观察与描写，深入揭示人性的危机，发现人性堕落的社会根源、伦理根源、心理根源，并对民族特性和民族形象进行创造性书写，是一个艰难的使命。许多评论都认为欧茨的作品是对暴力和血腥的展示，但实际上，欧茨始终致力于探寻解救之道，呼吁建立一种基于关怀伦理之上的和谐文化，使个体最终获得成功和幸福，可以说，这是欧茨小说中美国梦的一种延续。

欧茨向读者展示了许多个人主义奋斗史中的悲剧性事件，然而，在她的多部作品中，结尾都不同程度地透露出成功、向上、快乐与幸福的浪漫主义曙光。例如，《大瀑布》中阿莉亚把三个孩子抚养成人、德克最终洗清冤屈。追思会上，非常欢快、非常美国化的音乐和清新舒适的空气让人产生“想要永远活下去”的强烈愿望；《妈妈走了》的结尾是曾经叛逆和玩世不恭、曾经认为爱情是笑话的尼基找到了爱情，斯特拉巴恩对她说了此生最为重要的一句话：“你会记住这一切，并好好活下去的。尼基，我会帮你的。”[3]《中年》里中产阶级的代表奥古斯塔经过深刻的精

---

1 布尔斯廷，《美国人：建国的经历》，谢延光等译，上海：上海译文出版社，1989 年，第 580 页。

2 Milton M. Gorden, *Assimilation in American Life—The Role of Race, Religion and National Origins*, New York: Oxford University Press, 1964, p. 98.（转引自余志森、包秋，《浅论美国多元文化主义》，载《华东师范大学学报》，1995 年第 6 期，第 112–119 页）

3 欧茨，《妈妈走了》，石定乐译，武汉：长江文艺出版社，2006 年，第 321 页。

神危机最后回归了家庭，“他们亲吻时一定不无羞涩而又充满希望；做爱时，一定充满柔情，努力原谅对方在人生路上走过的坎坷。泪水溢满奥古斯塔的眼眶，但不是痛苦的泪水。‘我回到了你的身边，欧文。永远不再离开。’”[1] 即便是所谓“暴力”展示最多的《他们》，欧茨也没有忘记在结尾让朱尔斯到洛杉矶开始他新的人生。这种浪漫主义的曙光和欧茨小说所暴露的阴暗、暴力、死亡形成一种张力，使她的作品在呈现后现代危机的同时，还昭示了逃离悖谬、消弭纷争、和谐共生的价值追求。在她看来，混乱的张力并不是美国性的实质，其实质是多元化张力下的和谐，她所追求的是揭示悖谬，从而实现艺术解除现实悖谬的功能。奥地利维也纳实用艺术大学教授爱娃·琼·福克斯说：“艺术家的责任是振奋生活。”[2] 欧茨用自己对美国性的诠释做到了这一点，这也是其小说灵魂之所在。

1 欧茨，《中年——浪漫之旅》，李尧译，北京：人民文学出版社，2004 年，第 634 页。
2 爱娃·琼·福克斯，《艺术家的责任是振奋生活》，载《美术》，2003 年第 11 期，第 29–30 页。

想象的飞地：论金·斯坦利·罗宾逊的《南极洲》

王　珊　华北电力大学

美国科幻作家金·斯坦利·罗宾逊屡获雨果奖、星云奖和轨迹奖等世界科幻大奖，被冠以马克思主义者和环保英雄之名。他深厚的文学功底和多年从事科幻创作的实践，使其在科幻小说界和文学界都享有重要地位。他主张科幻小说不只是赞扬科技、预测未来，21 世纪“技术在各方面迅速发展，[与其他相关事物] 结合起来，使整个社会变成了一部庞大的科幻小说，我们所有的人都在以称作历史的大协作方式共同写作这部小说。”[1] 较之海因莱因、阿西莫夫等前辈们，他不仅具有独特的个人风格，而且他所表现的乌托邦思想具有明显的现实意义。

罗宾逊认为，“科幻小说汇集了预设未来场景的思想实验。所有的科幻小说自身都带有隐含的历史，将小说中描述的未来与我们的当下联系起来。”[2] 从《火星三部曲》开始，他就一直关注现时和未来的可能性，特别是生态伦理方面，他的气候科幻作品尤为突出地探讨了全球变暖等热点问题。他深知人类赖以生存的自然亟待一种新关系，并发展了一种环境文化，全面认识和评估非人类领域，从而做出有关人类生存和影响非人类世界的良好决定。[3]《南极洲》是比《火星三部曲》更贴近现实的近未来科幻小说，叙事的地点从火星移到南极，更切实地思考可持续发展问题，这始终是全球环保事业为之努力的目标。人们渴望在和谐纯净的自然环境中生活，不断想象以何种方式实践这类乌托邦愿望呢？如何克服阻碍乌托邦想象的因素呢？于是，人们寻求一个空间、一段时间来演绎这些乌托邦想象和实践的过程，《南极洲》中的飞地恰好为这一实践提供了创意场域。罗宾逊运用政治想象针砭时弊，将南极视为探讨未来可能性的实验空间。小说涵盖了不同的社会阶层，就南极资源的盗采与保护一事产生的矛盾冲突展开叙述。南极成为各阶级意识汇集的空间，其存在与分化体现出乌托邦意识形态的多样性。在多样的飞地里，集体愿望召唤着怎样的社会机制？实现可持续发展的阻碍是什么？小说讨论了生态危机和资本主义生产方式之间的关系，透过貌似与现实分离的洲际背景清晰地展现出对资本主义社会关系的批判。

面临生态危机，南极成为唯一的国际关系实验室和测量其他地区污染度的参考区域，为人们在现实世界探讨可持续发展的新型社会关系，实现减少社会异化的

1　Kim Stanley Robinson, *Nebula Awards Showcase 2000*, New York: Roc, 2002, pp. 1–2.

2　Kim Stanley Robinson, (ed.) *Future Primitive: The New Ecotopias*, New York: A Tom Doherty Associates Book, 1994, p. 9.

3　William J. Burling, (ed.) *Kim Stanley Robinson Maps the Unimaginable: Critical Essays*, North Carolina: Mcfarland & Company, Inc., Publishers, 2009, p. 258.

生存方式提供了想象的空间。

> 南极洲，先是令你倾心，之后让你心碎。……天空渐渐泛起黎明的光，隐约地从繁星满天的一池墨色转为发光的靛青色苍穹；在纯洁透明的靛青色中漂浮着能够想到的最薄的一弯新月，然而银色的月牙却非常清晰地照亮了从四面八方滚向天边的巨大冰海，月光在雪上闪烁，在冰上泛动，一切都染上了和天空一样生动的靛青色；一切都那样宁静安然；光的清澈不像你见过的任何东西，好像地球上不曾有过，你独处其中，是唯一的见证者，好似这个星球上唯一的居民。[1]

清透的风景和单纯的色调将南极浪漫化，类似的描述还有黑色天空、白色海洋、白色的意识和黑色的能量等。一些简洁诗化的短句，烘托出自然环境的纯美和谐，使纯色与风景变得陌生，成为充满隐喻与象征的事件：自然的纯美与和谐令人产生阿卡迪亚式的希望，而跨国财团的盗采造成的污染正危及其纯美。以无国界的洲际为背景，在这个不确定空间中形成了资本主义社会关系与自然世界之间的张力。他的乌托邦实验，产生于将负面环境影响降至最低的人类公社幻想。[2] 任何破坏环境的做法都和资本的生产模式有关，这意味着要实现阿卡迪亚式的愿景，就会伴有社会转变。与南极的纯美形成鲜明对比的是，华盛顿即使在九月仍持续着华氏115度的极热天气。就气候灾难的状况，维德提议禁止开采南极资源，但因影响到华尔街的利益而受阻。

科技是《南极洲》不可或缺的构成部分。网络、卫星、宇航飞船等广泛应用于生活，这意味着通过远距离通信系统和全球通信网，人们可以在远离本土的任何地方实现权力控制。高度信息化改变了传统的生产方式，出现了弹性生产，创造知识、信息、关系、交际和情感的非物质劳动取代了传统的工业劳动，以网络作为主导性组织形式。人们迷恋各类网络信息和社交网络中的各类情感流通，导致对客观世界的认知和精神层面的巨大改变，思维和存在经验被空间化，并非单纯的物质性与结构上的变化，而是一种文化变迁。这种变化折射出时代的断裂，令人陷入时间性滞留。正如詹姆逊指出的，“这样一种状态，我们整个当代社会系统开始渐渐丧失保留它本身的过去的能力，开始生存在一个永恒的当下和一个永恒的转变之中，而这把从前各种社会构成曾经需要去保存的传统抹掉。”[3] 这些因素集中体现在维德身上，也折射着罗宾逊的亲身经历与体验。维德是个生态乌托邦主义者，自小目睹过后现代的信息化和全球化给环境带来的破坏，时常痛心疾首，想用法律方式抵制资本对环境的侵蚀。而内在理想与外在生活方式之间却是极大的反差：一方面他有强烈的环保意识；另一方面又迷恋信息制品，受制于机器和资本。这种症候常见于消费社会中，主体意识受到物化现象的冲击。维德意识到基金会的环境改革措施带

---

1 Kim Stanley Robinson, *Antarctica*, London: Harper Collins Publishers, 1997, pp. 1–2.

2 William J. Burling, *Kim Stanley Robinson Maps the Unimaginable: Critical Essays*, North Carolina: Mcfarland & Company, Inc., Publishers, 2009, p. 258.

3 詹明信、张旭东，《晚期资本主义的文化逻辑》，陈清侨等译，北京：生活·读书·新知三联书店，2003 年，第 418 页。

有妥协性，而极端组织的环保实验又具破坏性，都无法根治生态恶化。

罗宾逊聚焦人与自然关系中的物质和经济因素："世界人口过百亿，道琼斯指数破万点。全球平均气温比 20 世纪高了十度，恶性天气事件每周都有，造成了巨大的破毁和痛苦。大约四十亿的人口无法用电。与此同时，整个生物区已经崩溃，然而对世界自然资源的残酷榨取仍在急速进行。"[1] 尽管这些描述未明显使用商品物化的语言，但这些信息碎片反映着全球化过程中人类生活的物化程度。正如卢卡奇谈及商品关系时指出的，它取消了所有自我认同和稳定性的可能。这里，商品关系不再是经济的核心问题，而是"资本主义社会各个方面的结构问题"；商品结构统治着社会生活的各个方面。[2] 资本主义的最终目标是把一切关系、一切文化和自然的形式、时间和空间，甚至意识本身都变成商品。资本主义在其全球化阶段企图控制自然和无意识或人的心理。[3] 商品结构关系使"商品关系变为一种具有'幽灵般的对象性'的物，这不会停止在满足需要的各种对象向商品的转化上。"[4] 资本运作是为了扩张和增值，势必将大量资源和原材料转化为商品和剩余价值，而人对利润的贪欲越大，越会加剧环境的恶化。

地球资源近乎枯竭，蕴藏潜在资源的南极便成为一个虚拟的乌托邦空间。"乌托邦空间是真实社会空间里的一种想象的飞地，换句话说，乌托邦空间的可能性本身就是一种空间和社会分化的结果。但这是个异常的副产品，它的可能性依赖于在整个分化过程和看似不可逆转的前进力量里暂时形成的某种漩涡或回流。"[5] 在这种资本逻辑中，飞地既是时间的滞留、漩涡，又是空间的实践。其他洲际和南极截然不同的景象，或许是乌托邦形成过程中的某种过渡，它们之间的环境差异象征着现实政治与乌托邦之间的距离。一方面，南极像是社会中的异物，社会分化的过程在这里暂时停止；另一方面，它又为新型社会形态的构想提供实验的空间。

各色人等和各类组织聚集在这个非历史的乌托邦空间里，必然会出现多样的意识形态。"自莫尔以降，在多数乌托邦里，叙事的开始都是以访客离开她或他的故土——通常与作者自己的社会非常相似——有意或无意地到达乌托邦的国度，由向导领着参观新的社会，回答他们的问题，颂扬乌托邦的优越。"[6] 罗宾逊沿用了乌托邦传统叙事中旅游探险的方式，访客体验着极地探险以及各种潜在的意识形态与

1 Kim Stanley Robinson, *Antarctica*, London: Harper Collins Publishers, 1997, p. 36.

2 Georg Lukács, *History and Class Consciousness*, Rodney Livingstone, (trans.) Cambridge: The MIT Press, 1972, p. 83.

3 Fredric Jameson, *The Syntax of History*, Minneapolis: University of Minnesota Press, 1988, p. 47; Wim Wenders, *The Logic of Images: Essays and Conversations*, Michael Hofmann, (trans.) London: Faber & Faber, 1992, p. 98.

4 卢卡奇，《历史与阶级意识》，杜章智、任立、燕宏远译，北京：商务印书馆，2004 年，第 167 页。

5 Fredric Jameson, *Archaeologies of the Future: The Desire Called Utopia and Other Science Fictions*, New York: Verso, 2005, p. 15.

6 Tom Moylan, *Demand the Impossible: Science Fiction and the Utopian Imagination*, New York: Methuen, 1986, p. 44.

差异的主体意识相互作用。他们多是知识分子，关注历史文化的再造，而非生存经验。纯色的自然景观，似乎与充斥消费意识的商业文化遗迹格格不入。跨国公司将所有文化和社会活动转化成商品。麦克默多的商业化、环境投资都说明了资本主义商品化的逻辑，使异质的飞地空间开始与其他洲际同化。南极成为正在包装的产品，过度商品化要求不断更新产品，也就意味着对空间的深度破坏。

虽然美国宣称没有阶级，但仍以制服颜色和称呼把科技精英同后勤技术员分开，说明知识分子内部劳动异化严重。“不同时代的阶级关系变化对这些群体里的某些人是有利的，而对其余人却是不利的。因而，不能断然判定他们就是同质的。”[1] 知识分子并非纯粹单一的阶层，深受权力的规训和生命政治的控制：衣着差异作为阶级意识的表征，体现不同程度的权力控制。“个人无疑是一种社会的‘意识形态’表象中的虚构原子。但是他也是我称之为‘规训’的特殊权力技术所制作的一种实体……实际上，权力能够生产。”[2] 个人既是知识的客体又是主体，受科学—规训机制的生产方式制约。在南极，“一个最早的基地被命名为‘小美国’；X明白这是全球阶级体系的缩影……尤其在这个晚期资本主义全球缩影的后革命的大规模防御阶段是没人反对的。”[3] 最初，基地被称为“小美国”，并非由于“在美国没有阶级这样的说法”，而是因为美国首先在南极设立科研机构，推广其标准，或者说资本主义开始对南极殖民。像X这样的后勤人员虽心怀乌托邦冲动和平等意愿，但却备受权力体制的规训。

在这个乌托邦空间里，麦克默多非但不存在理想的社会形态，甚至打破了人们对平等的乌托邦社会的憧憬，唯一存在的是某种单一阶层的抑或带有某种阶级意识色彩的乌托邦冲动。罗宾逊也许无意激化这类幻想和讽喻，但的确暗示着20世纪60年代的情形。“在很多方面都是个重要的过渡时期，是一个新的国际秩序（新殖民、绿色革命、电脑化和电子资讯）同时确定下来，并且遭到内在矛盾和外来反抗冲击和震荡的时期。”[4] 南极处于这样一个富于变化又充满可能性的历史阶段：资本、权力控制了人的思维和行为，主体意识逐渐被消解，个体主义也随之终结。罗宾逊借助中立化的历史矛盾回应历史的效果，使南极打破洲际疆界，并用否定的方式来观照现实。“所有真正的乌托邦，都会无意当中暴露出一种复杂的设置：之所以把它设计出来，是要在它生产主题性的隐喻并且对它加以强化的同时，使之‘中立化’。”[5] 罗宾逊未将历史纳入该小说的叙事话语，而是保持文本和历史之间存在的断裂和矛盾。历史或许无法像事物那样被认识，但他却通过叙事来表达各种事件的

1 Karl Mannheim, *Ideology and Utopia*, Louis Wirth & Edward Shils, (trans.) Beijing: China Social Sciences Publishing House, 1999, p. 138.

2 米歇尔·福柯，《规训与惩罚：监狱的诞生》，刘北成、杨远婴译，北京：生活·读书·新知三联书店，1999年，第218页。

3 Kim Stanley Robinson, *Antarctica*, London: Harper Collins Publishers, 1997, pp. 39–40.

4 詹明信、张旭东，《晚期资本主义的文化逻辑》，陈清侨等译，北京：生活·读书·新知三联书店，2003年，第399页。

5 弗雷德里克·詹姆逊，《詹姆逊文集第2卷：批评理论和叙事阐释》，王逢振主编，北京：中国人民大学出版社，2004年，第31页。

影响，使其处于一种对分离的叙事构成的判断状态。他将环保意识、消费意识、阶级意识等纳入南极飞地，使其呈现多样的态势，完成中立化的过程。如果把这种叙事作为一种实践的话，与其说是关于完美社会观念的构建，不如说是关于当代社会和再现集体性思想活动的探讨。

在莫尔笔下，那个与内陆隔海相望的岛屿是一个相对封闭而开放的系统，乌托邦空间也不是完全封闭的系统。整体与局部、集体与个体的关系，总是与现实社会发生各种象征性的联系。对乌托邦的思考必然涉及对未来的想象，尽管现实问题与乌托邦想象有差异，但是在多元文化、信息网络和全球化的语境下，人们依然能够从中得到启发，从而有可能避免陷入后现代多种意识形态的泥沼。小说里的角色常作为意识的载体，参与到事件之中，充当乌托邦想象和幻想叙事的客体。于是，个体意识体现着集体性，集体意识也包含着个人的历史。

詹姆逊认为乌托邦作为一种方法，可用于认识全球资本主义引发的社会问题。全球和地方、整体与局部的差异分散了全球市场的权力；自给自足的区域产业受到跨国公司资本的冲击和兼并；旅游业加强了区域间的联系，拓展了文化交往和生产的空间；后现代虚拟与仿真的文化特征渗入日常生活。罗宾逊把这些元素纳入小说的叙事，使人们依托他所描绘的乌托邦景观，反思当下的社会问题，同时，构想理想的新机制和生活模式。瓦莱丽带领着来自后工业城市的访客，沿早期探险者的路线跋涉，激发人们的怀旧感和对回归纯净的向往。传统乌托邦小说里，“张力出现在偶像式的社会描写和访客旅行的不连贯的叙事之间。乌托邦映现在社会结构之中，也映现在访客记录的那种形象的经验之中。”[1] 访客所见的麦克默多，到处充斥着消费社会的符码，劳资矛盾突出，阶级对立明显。罗宾逊既沿用了传统乌托邦的叙事，又具有批判意识。批判式乌托邦超越了传统乌托邦与现实之间的阻隔，访客作为英雄或反英雄，不再是孤立的个体，而是作为历史转变时空中人类集体的一部分，他们身处的地域，则是一种吸附了众多文化现象的介质，呈现出晚期资本主义的文化特征。

在批判式乌托邦里，社会转变中的英雄总是处于中心之外。极地旅行使访客亲身接触全球变暖导致的冰架断裂、海面上升等状况，反思盗采资源的潜在危机。基金会“从世界体系中雕镂出自己的小乌托邦。他们懂得知识可以成为权力，拥有科学在这世界上掌握的权力……甚至涉及政治领域……他们只要建议决策者什么是可能的、什么是可取的，之后就要钱、置身事外、做他们想做的事情。”[2] 基金会被默认为南极政府，科学家是麦克默多的特权阶级。科学极大地影响着资本的积累与扩张，一部分科技精英受到资本的侵蚀。通常，人们认为科学具备乌托邦的导向性，中立而客观的科学会引领世界向乌托邦政治方向发展。麦克默多的“小乌托邦”并非乌托邦的缩影，居于中心的科技精英也非中立的代表。

1 Tom Moylan, *Demand the Impossible: Science Fiction and the Utopian Imagination*, New York: Methnen, 1986, p. 38.

2 Kim Stanley Robinson, *Antarctica*, London: Harper Collins Publishers, 1997, p. 220.

罗宾逊勾勒社会幻想时，也构建着适合这个社会群体的个体成员。乌托邦系统排斥任何压迫和强制手段，具有自我维护和保护内部个体的功能。小说叙事聚焦于个体和社会整体性之间的关系问题，小团体、党派因社会一致性的观念而被淡化。他虚拟了“游牧人”这一地下组织——由各国科学家和技术人员构成，以维护南极的生态和谐为己任，为把南极改造成乌托邦的理想之地而参与新条约的拟定。他们并不属于任何政治组织，虽然有年长的女医生梅里当领袖，类似“女家长制，她是职位最高的女祭司”，[1] 但从根本上有别于资产阶级核心家庭的模式，成为参与南极整体规划的一个群体。他们是特殊而复杂的群体系统，没有国家意识，四处迁徙。

> 游牧人，游牧空间，被地方化但没有划界。既被限定又具限制性的是条纹空间，相对普遍的体系：它被限制在各个部分之中，各部分指派定向，倾向于相互关联，以疆界划分，也能够连接；具有限制性的（壁垒或者围墙，已不再论疆界）是关于“遏制”平滑空间的这个聚合物，它减慢或阻止平滑空间的扩展，并限制或置之于外部。即使游牧人继续努力，他也不属于这种相对普遍的体系，在这个体系里，人们经由一点到达另一点，从一个区域到另一个区域。除非他到达地方性不受限的程度，一种不受约束的特点在地方上显露出来，并且在一系列不同方向的地方性活动中产生：如沙漠、草原、冰原和海洋。[2]

麦克默多的知识分子生活在官方规定的条纹空间里，以此形成惯常的思维，纵使遭遇风暴，也会本能地砌墙作庇护，而不善于借助天然地势。而群居的游牧人不受地域、疆界的限制，与大地为伴：地理空间去领土化，游牧人在整个大地的平滑空间上推展，因势利导地在冰原上安营。他们往往是离散的、局部的，其乌托邦冲动就是维系不断扩展的平滑空间。麦克默多的知识分子和游牧人对乌托邦空间的认识存在分化与差异，构成了多样的乌托邦意识形态。这两种不同形式的科学观念相互作用，使二者的界限随之变化。

游牧人总数近千人，采用游牧式运动，即“用以描述强度在无组织躯体上的流通方式以及后现代主体的规范性目标，亦即‘保持运动——即使是目前正当其所也应保持运动——绝无止息’。”[3] 游牧人来自不同国家、洲际，融合了各地域的文化特征。他们穿着简朴，宜地而居，种植温室蔬果、饲养动物，过着自给自足的生活，且勇敢无畏，助人为乐。他们采用无线电通讯使其游弋于资本的网络之外。他们的衣、食、住、行处处体现着无中心、多元化的文化混合。游牧人内部也存在分化，极端分子会组织破坏性行动，而实用主义者则采取旧物利用来节省资源，例如

1 Kim Stanley Robinson, *Antarctica*, London: Harper Collins Publishers, 1997, p. 310.

2 Gilles Deleuze & Felix Guattari, *A Thousand Plateaus: Capitalism and Schizophrenia*, Brian Massumi, (trans.) London & Minneapolis: University of Minnesota Press, 1987, p. 382.

3 道格拉斯·凯尔纳、斯蒂文·贝斯特，《后现代理论——批判性的质疑》，张志斌译，北京：中央编译出版社，1999 年，第 133–134 页。

盗取基金会废置的发电机给温室农场加热。他们是反传统的典范，试图打破各种身份的束缚，对抗权力的规训，但这却是一个不确定、不完善、尚未实现的计划。他们自称是纯粹的民主主义者，这是罗宾逊对乌托邦社会成员的一种构成性想象。

游牧人没有行政机构、性别歧视与阶级差别，只有技术精良的女向导，虽有局部冲突，也是针对极端分子的制裁。他们的乌托邦冲动由一定的社会、历史构成因素所激发，但其自身又竭力摆脱社会、历史的束缚，这种内在的矛盾使其难以找到与自身乌托邦愿望相应的社会模式。由于受到既存的社会体制压制，他们只能以隐蔽的方式迁徙。罗宾逊旨在提出不同于传统游牧概念的新型社会构想：传统的游牧人会采用局部暴动和游击战的形式袭击城市或行政机构，而南极的游牧人则以局部冲突的方式对付极端分子和冰盗。这些看似反传统的行为却表明他们对南极的热爱，以游牧式实验来寻找可持续的生产方式。因此，他们拒绝只重视自我欲望的多样性和精神不确定性的现代生活，推崇极简主义和平等思想。

无论是条纹空间里生命权力的规训化，还是平滑空间里的游牧式运动，科学本身没有阶级、性别、身份和洲际的属性。罗宾逊的解决方案更具科技乐观主义的色彩：游牧人过着高科技的极地猎户与农耕结合的生活，有效地利用地热和可再生资源，用水培法种植，从事移动式农业生产，向海洋空间拓展。这种朴素的生态意识和平等观，有别于生命权力体系，使真正的民主体制得以实现，为其他洲际的可持续发展提供了良好的范本。可见，罗宾逊试图在后现代语境中构建一个新型的游牧式乌托邦。

南极条约的讨论以南北对话的形式展开，始终围绕着全球化中的民主与生态问题。要阻止环境恶化，遏制资本扩张和人们的物欲，需要一种新型文化干预——兼具普世性，超越边界，承认差异与多样性。罗宾逊以游牧人的生活作为具体的文化实践形式，以实施环境安全技术和绿色技术。如果南极是当今世界的缩影，那么，新南极条约就是他想象未来可能发生的实际问题，而这一解决办法正是要构建一个实现乌托邦愿望的机制。除了重申各国在南极开展科研合作的权益，避免政治争端和节约开支之外，条约还增添了“根据更普遍的联合国宣言，南极应该被宣布是一个具有特殊科学意义的世界公共区域。”[1] 它依托于联合国的法律体系，具有通约性。南极所有能源的开采，都需经签约国和联合国的许可。世界银行和大财团以购买南半球国家在南极的期货给予其经济支援，以延缓石油开采计划。南极没有土地所有权，由全人类共同管理。“它也是这个星球上剩余的最大的荒野。就这点而论，它存在于一个实验性的法治国中，不可能禁止访客。”[2] 美国海军进驻南极是严重违反条约的警察行动，遭到禁止。在这种意义上，条约带有反殖民和反霸权的色彩，表达了人类渴望和平的集体愿望。它承认游牧人在南极享有居住权，提出限制人口增长和捕猎数量的要求，针对人口过剩问题，重新测评地球的人口负载力，制

1 Kim Stanley Robinson, *Antarctica*, London: Harper Collins Publishers, 1997, p. 395.

2 Kim Stanley Robinson, *Antarctica*, London: Harper Collins Publishers, 1997, p. 396.

定可行政策。南极将成为全球清洁度的考量标准："一个进行清洁技术和实践的实验场所，包括最低自足量、回收利用、废物还原和处理等。目标应是对生活方式实现零度影响。"[1] 这无疑是全球生态治理的目标，同时具有批判现实的意义，而这种批判意识有助于杜绝进一步的污染。"科学是一种解决问题的尝试，一种不自知却强有力的乌托邦政治，和希望之源。"[2] 罗宾逊的科技乐观主义，不仅表现在借助科技来解决生态危机，而且还包含转变社会关系、提出理想的社会机制的作用。"所有的南极居民应当遵守联合国制定的各种人权文件，尤其要注重相互合作和非掠夺性地利用资源的经济模式，并在健康的生物环境中发展朴门学，抛弃那些既恶化南极人类生存状态又迅速影响南极脆弱的环境的增长模式和不公平的等级制度。"[3] 小说将联合国视为代表所有群体利益的立法机构，用社会正义构建生态伦理的新型情感，将生活方式和工作所有权纳入自然资本主义的话语。罗宾逊还考虑到非人类的视角和要求，揭示资源枯竭与剥削的关系，关注政治行为及其乌托邦的科学模式。南极条约是以人类为核心的环境改善计划，为探讨可持续的新型社会提供了可资借鉴的政治框架。

《南极洲》以社会幻想形式展现生态关怀，用科学飞地的实验来演绎资本全球化导致的生态危机，融合了阶级、权力、资本、游牧等多种意识形态。正如大卫·哈维所言，"如果说在资本主义历史上资本流通是环境运行的主要动力，那么以金钱来衡量环境资产的价值的后果和以牟利为目的的环境改变就不可避免。我们改造世界以改造自身，这本是一个复杂的辩证法。可在一个高度货币化的经济中，它被简单化成一种单向活动。"[4] 传统乌托邦社会中缺失的资本进入飞地，带来权力控制与社会关系的改变，环境问题最终转化为社会体制和经济模式的探讨。通过想象中立化的飞地，罗宾逊象征地解决了现实世界中的社会问题，揭示了资本全球化带来的经济—政治权力关系的作用。他构想的南极条约和新游牧人的绿色技术，更为可持续性生态的构建提出了合理的政治想象。

---

1 Kim Stanley Robinson, *Antarctica*, London: Harper Collins Publishers, 1997, p. 397.

2 Imre Szeman & Maria Whiteman, "Future Politics: An Interview with Kim Stanley Robinson", in *Science Fiction Studies*, July 2004, 31(2), p. 182.

3 Kim Stanley Robinson, *Antarctica*, London: Harper Collins Publishers, 1997, p. 397.

4 弗雷德里克·詹姆逊、三好将夫，《全球化的文化》，马丁译，南京：南京大学出版社，2001 年，第 288 页。

无处置放的乡愁：索尔·贝娄《耶路撒冷去来》中的问题纠结

武跃速　江南大学

1975年秋，索尔·贝娄随同应邀赴希伯来大学作系列讲座的妻子，在以色列作了为期三个多月的访问和考察，倾听了许多有关中东问题的见解，目睹了这块土地上的冲突给犹太人和阿拉伯人带来的灾难和痛苦，回美国后发表长篇散文《耶路撒冷去来》，在批评界产生很大反响。批评者认为其访谈对象有局限性，作家在政治问题上缺少统一视角，[1] 赞赏者指出贝娄显示了其丰富的历史知识，以魏玛德国、西班牙、英帝国、俄国等作为观察和评说现实的历史参照点，几乎成了精于中东问题的知识分子，贝娄传记作者詹姆斯在2000年出版的《贝娄》中，还说到贝娄通过该散文，在世界文坛上确立了他关怀中东政治局势的形象等。[2] 从诸多评价可以看出人们的关注点大都倾向于政治层面。而在我国批评界，该散文则一直没有受到重视。

本文认为，《耶路撒冷去来》本质上是一个文学文本，而且是作家散文随笔中的重要篇章，是唯一的长篇散文，其政治视点固然重要，但更重要的是在一个特殊语境中，在对人类历史政治风云的描绘和思考中既体现了一个大作家的情怀，也集中显露了其纠葛一生的问题和矛盾心绪，他说，"我尽力去总结，去'理顺'，但是这次的主题难以理顺。"[3] 这是不奇怪的，中东政治风云翻卷，阿以冲突，西方大国的介入，历史文化与现实境况，军事扩张与宗教习俗等交缠成各种矛盾甚至死结，岂是一介作家能够索解。而贝娄的问题实质上在于，他在审视上述事实的时候，"自我"身份和价值依据的纷乱——现代美国人、传统犹太人、审美的作家、具有使命意识的知识分子，等等，都是他至关重要的话语出发点，他不情愿地在这些元素间滑动着，被撕扯着，以致弥漫成无处置放的乡愁。而且，这些纠结在一起的各种元素或多或少地通向人类历史和文明进程中的难题，有一定的普泛性；而其乡愁表达又以各种方式散落于贝娄一生的写作中，成为其小说人物的重要精神特点，因之《耶路撒冷去来》也具备了理解作家整体写作的特殊资源性质。

一、文化身份：美国人和犹太人的纠结

也许，作为美籍犹太人，是贝娄心底深处难以"理顺"的一个基本状况。作为犹太人，关乎信仰和习俗；作为美国人，关乎现代文明理性，即西方近代以来的

1　Critical Overviews to Saul Bellow's Novels, The Official Saul Bellow Website.

2　James Atlas, *Bellow: A Biography,* New York: Random House, Inc., 2000, p. 450.

3　索尔·贝娄，《耶路撒冷去来》，王誉公译，《索尔·贝娄全集·第十三卷》，石家庄：河北教育出版社，2002年，第183页。

启蒙文化传统。贝娄作为完成同化的移民二代，曾多次表述自己在写作上倾向于人类的普遍性，不属于真正意义上的犹太作家云云，[1] 其小说绝大部分证明此说乃是事实。但这并不等于说他不关心犹太人的遭遇，更不等于说他不会遇到作为美国犹太人的内在价值纠结。尤其是在耶路撒冷这块特殊的土地上，祖先曾经的圣地，多少代流散族人的精神故乡，当他深入种种盘根错节的历史现实时，无疑会有更多更深刻的触动。《耶路撒冷去来》开端便描写了一种尴尬情景：在英国机场和飞往耶路撒冷的飞机上，贝娄和犹太教中严格遵守教规的哈西德教徒劈面相遇，两百多个教徒从各自居住地出发奔赴以色列，参加他们拉比儿子的割礼仪式。其中一个小伙子恰好和贝娄邻座，除了要求换座位以免和贝娄妻子挨着坐（经书禁止他和没有任何关系的女子坐在一起），还对会说意第绪语的贝娄吃鸡肉十分激动，以自己的犹太食物和以后给贝娄发周薪为条件，劝说贝娄下半辈子再也不准吃“不干净的食品”，以此“拯救”贝娄。贝娄从小生活在犹太人社区，对类似的种种禁忌和规则是了然和敬重的，还认为单纯的宗教生活对现代物欲有一定的免疫力。但他又是在美国现代文明中成长的知识人，看到教徒们在生活细节上如此遵守经书规定，衣服边上依然镶着穗子，[2] 还是有种古怪感。他自然没有答应关于以后吃什么的要求，理解归理解，在行为层面则难以从命。离开飞机时，面对着哈西德教徒的遗憾，“我们彼此看了最后一眼。他看到的是现代社会制造出的亚伯拉罕子孙后代中的畸形产物。我发现的则是一段历史，一件古董。”[3]

一个美国化的犹太人，在以色列的入口处，被迫上了极为刻板的犹太规训一课，算是自家人的见面礼。沃尔特·拉克在其《犹太复国主义史》中曾提到那些生活在欧洲而且认同居住国文化的犹太人，本身认为自己是欧洲人，但外界有时会把种族的形象投射到他们身上，打乱其内心平静。[4] 贝娄即此类型，我们看到其尴尬、难为情等形诸言表，以至于最后离开耶路撒冷时，在飞机上还庆幸般地说了一句“星期六的飞机上没有哈西德人”。[5] 散文还描写了一位以色列法官不顾教义之规与自己所爱的离婚女人结婚的艰难曲折，贝娄非常感慨并深表同情，觉得这位法官所遇到的族规阻挠实在让人唏嘘；而在提到犹太复国主义运动领袖古里安访问美国时，曾呼吁美国犹太人“放弃对非犹太民主的幻想，尽快移民到以色列去”，贝娄还讽刺他对美国的无知，“好像美国二百年的自由民主的历史毫无意义似的”，[6] 言语间无

1 Alan Berger, “The Logic of the Heart: Biblical Identity and American Culture in Saul Bellow’s *The Old System*”, in *Saul Bellow Journal*, 11: 2/12: 1, 1993/1994, pp. 133–145; 其中提到贝娄在给朋友的信或者一些访谈中，都提到这个问题。亦可参考 Chirantan Kulshrestha, “A Conversation with Saul Bellow”, in *Chicago Review*, 23.4–24.1, 1972, pp. 7–15.

2 上帝指示摩西对以色列的子孙们说，“要他们在衣边上饰以流苏。”详见《旧约·民数记》第十五章。

3 索尔·贝娄，《索尔·贝娄全集·第十三卷》，石家庄：河北教育出版社，2002 年，第 13 页。

4 沃尔特·拉克，《犹太复国主义史》，徐芳等译，上海：三联书店上海分店出版社，1992 年，第 42 页。

5 索尔·贝娄，《索尔·贝娄全集·第十三卷》，石家庄：河北教育出版社，2002 年，第 148 页。

6 索尔·贝娄，《索尔·贝娄全集·第十三卷》，石家庄：河北教育出版社，2002 年，第 22 页。

疑是对美国民主体制的肯定。正是类似的现代理念引发了一位希伯来学者的批评，认为在贝娄眼里，不仅哈西德人是“好笑的，滑稽的”，耶路撒冷也很糟糕，和麦尔维尔及马克·吐温在19世纪对耶路撒冷的丑恶描写一样，是美国文学中蔑视以色列的一贯作风。[1]

这就言重了。如果说贝娄对哈西德教徒有“好笑、滑稽”之感，对犹太人的某些刻板教规和封闭性也不怎么认同，但把贝娄提升到美国文学传统对耶路撒冷的“蔑视”，则纯属误读。这涉及贝娄在耶和沙法山谷的游历，作家引用了麦尔维尔1857年游记中的一段描写，主要内容是在锡安山一带跋涉之艰难，游记描述了当地的荒芜和霉气，说几乎是“在坟墓间穿行”，像“魔鬼缠身”。要命的是贝娄在引用该段描写后没有褒贬，几可视作默认。其前提语境是：贝娄在耶路撒冷之夜阅读有关历史上层出不穷的反犹事件的书籍，沉浸于自己种族的悲惨遭遇，又想到一位哈佛教授曾对他说过：“如果犹太人集聚在一个国家，只是为了便于迎接第二次大屠杀，岂不是最可怕的讽刺吗？”[2] 接着是游历耶和沙法布满坟墓的山谷，应该是一种晦暗心情的表达，并无“蔑视”之意。

相反，散文中处处流淌着贝娄对耶路撒冷的深厚情感。在被人误解的那段记述之前，当贝娄和朋友一起参观古城时，曾有过如此描写：

> “我知道这里的空气肯定有它的特殊意义。柔和的光线也令我心动。我的目光越过起伏不平的岩石和鳞次栉比的小房子，投向了死海。岩石和房顶都跟土地一个颜色……这些颜色传递着一种易懂而非懂的信息。宇宙在你眼前，在乱石巉岩的山谷及其尽头的死水的空廓中诠释自我。在其他地方，人死而瓦解；在这里，人死而融合。”[3]

这是贝娄进入耶路撒冷后的第一次灵魂悸动，几乎就是一种朝圣，应该是他作为犹太人对圣地的某种认同感和灵魂还乡。后来在和以色列总理拉宾见面时，还表露过“我不是来抢独家新闻的。我是来观察体验某种状态，或者吸收某种品质的。”[4] 早在1970年夏天，贝娄曾应希伯来大学英语系邀请到以色列讲学，他说到美国社会的变化和自己移民经验中美国梦的变化，他在同化过程中接受了“新世界”和自由理念，但六十年代的混乱使自己产生悲观，也间接地使他身上的犹太元素增加；[5] 而同年出版的《赛姆勒先生的行星》便是一个感性注解，主人公是大屠杀中的幸存者，面对年轻一代的反文化行为感到十分悲哀，觉得文明在瓦解。在此思想维度，贝娄的《雨王汉德森》《赫索格》《更多的人死于心碎》等小说都具有对现代物欲泛滥和精神虚无的批判性反思，《耶路撒冷去来》后半部分也描写了作家回到芝

---

1 Emily Miller Budick,“The Place of Israel in American Writing: Reflections on Saul Bellow's *To Jerusalem and Back*”, in *South Central Review,* Vol.8, No.1, Spring 1991, pp. 59–70.

2 索尔·贝娄，《索尔·贝娄全集·第十三卷》，石家庄：河北教育出版社，第24页。

3 索尔·贝娄，《索尔·贝娄全集·第十三卷》，石家庄：河北教育出版社，第18页。

4 索尔·贝娄，《索尔·贝娄全集·第十三卷》，石家庄：河北教育出版社，第121页。

5 James Atlas, *Bellow: A Biography,* New York: Random House, Inc., 2000, p. 401.

加哥后对现代物质文明的茫然和反感，这应该是作家一贯的思路。当贝娄再次来到耶路撒冷，说到要“吸收某种品质”，即能够应对现代物欲泛滥的精神食粮。因此，即使他作为现代美国人从行为方式上有些“蔑视”哈西德教徒，也不可能“蔑视”耶路撒冷，这是他的根系所在地，是他深陷现代精神混乱时刻的救赎资源。

这很重要，在一个去魅时代，现代人最大的痛苦即是信仰危机，因此文学艺术中产生了那么多的“荒原”“漂泊”主题，贝娄的小说亦然。他从小生活在犹太人文化圈，学希伯来语，读《旧约》，后来到了芝加哥，在公共图书馆开始读各种书，融入“美国化”大潮，犹太信仰无疑失落了。但其内心积淀了一定的宗教质素和感情，在特定的时刻和地方会被唤醒。散文记述了他一天早晨远望锡安山[1]的深情体验：他说，在辛格的作品中贯穿着犹太先验论的因素，其小说人物会在以色列的天空中看到安琪儿、六翼天使和上帝的天堂；他曾经认为自己情愿抵制这种想象力的扩张，但那天早晨“我也觉得，耶路撒冷的光具有净化功能，过滤血液和思想。我禁不住认为这光线可能是上帝的外衣。”[2] 正是在这种体悟中，他走进希腊人区一个石板铺成的院子，在枝繁叶茂的葡萄架下，光线透过叶子闪烁着，“那一天我再也不想往前走了。我不由自主地坐下来，在无与伦比的温馨中一动不动”，[3] 身心感觉到了家园与美在一个时刻归于一身。

这里需要提到他对“人智学”的修习，1973 年贝娄在纽约曾参加斯特纳“人智学”小组活动，参加者进行沉思练习，意欲在默思中达成生命与宇宙的互识共融。据贝娄解释，这也是一种信仰，是在以科学为首位的现代世界，为转化人类知识经验的有限性而架起通向精神生命的桥梁。在他到耶路撒冷之前不久刚出版的《洪堡的礼物》中，主人公西特林在一个物质世界经磨历劫后，“落难”西班牙一个偏僻小旅馆，最后也在沉思中到达类似的精神苏醒境界。贝娄作为一个现代美国人，一边感觉着锡安山的灵气，一边在理性领域评判“泛灵论”问题，一边又为自己与圣灵片刻之交流而欣慰。他最终把宗教感情、民族文化和艺术美感融为了一体，在一个静谧瞬间身心敞开，和宇宙自然相融合。

这些交缠在一起的精神质素，我们无法分清哪是主哪是次，但其犹太感情是明显的。散文中也引用了被希伯来学者所批评的马克·吐温《傻子国外旅行记》中对巴勒斯坦的描写，如“田野枯萎，活力消失”，“荒凉而丑陋”，但这次引用之后贝娄接着写道，“在这片丑陋的梦幻之地上犹太复国主义者种植果树、开垦土地，建立了欣欣向荣的社会。二战后新生的国家很少有这般成功的，以色列便是其中之一。”[4] 如果说面向死海和锡安山的感动属于纯粹的精神维度，是贝娄与生俱来的宗

1 锡安山，这座位于耶路撒冷城南的圣山，对世世代代辗转流散无国无家的犹太人来说，是一个渗透希望和信心的爱之地，是家园的象征符号，在犹太复国主义运动中，俄国曾经有过“热爱圣山运动”，维也纳犹太学生办有名为《锡安》的杂志，美国犹太人建立了“锡安山俱乐部”等，可以见出锡安山在民族传统文化中的重要性。

2 索尔·贝娄，《索尔·贝娄全集·第十三卷》，石家庄：河北教育出版社，2002 年，第 103 页。

3 索尔·贝娄，《索尔·贝娄全集·第十三卷》，石家庄：河北教育出版社，2002 年，第 104 页。

4 索尔·贝娄，《索尔·贝娄全集·第十三卷》，石家庄：河北教育出版社，2002 年，第 168 页。

教心魂，那么正视以色列的发展则是一种切实的事实性赞赏。这些都和他的美国人价值视角混为一体，是贝娄身上难以磨灭的文化交合之产儿。

二、社会身份：作家与知识分子的纠结

耶路撒冷之行，贝娄的明确身份是作家，在他遭遇到的各种问题中，无论是有关犹太人态度、美国政策、以色列现状，他大都以自己不是这方面的专家保持了观察和中立的立场，这也是他作为犹太人遭致批评的一个原因。但在此维度，贝娄也表现了他的矛盾纠结，亦可看做其族裔情感在政治社会问题上的延伸。

贝娄认为，作家、文人经常弄不清诡异复杂的政治现实，会在理论思维中导致简单化的错误判断，因此不适合担当知识分子介入现实的角色，更不能引领媒体和思想界。《耶路撒冷去来》用大量篇幅批评了萨特对苏联问题和阿以冲突的介入态度，成为其观点的典型例证。而散文提到的有关萨特的政治性“介入”，大都与犹太人和美国相关，这就不免牵涉到贝娄的感情态度和立足点问题。贝娄对萨特的不满由来已久，早在 1948—1950 年间，贝娄在法国《现代》杂志上了解到萨特对苏联义无反顾的支持，当时他就很惊异为什么萨特对苏联的清洗现实如此无知或装作“无知”，后来还在文章中把萨特称作“马基雅维利式”[1]。而在以色列问题上，贝娄认为萨特一如既往地信口开河，攻击以色列和美国，居然下结论说只有阿拉伯社会主义才能带来和平与正义云云。

贝娄对萨特的批评，一方面涉及萨特有关帝国主义的概念，贝娄认为，在萨特眼里，世界上有两个超级大国，只有美国是邪恶的，这种观念来自列宁 1916 年的小册子《帝国主义、资本主义的最后阶段》，当萨特把此概念当作法宝到处使用，很容易形成一种简单的思维模式，把复杂的阿以冲突简单化；另一方面是贝娄作为犹太人感到受伤害，族类的历史劫难使他心伤无处，最有力的证明就是 1967 年“六天战争”爆发的时候，他认为在四分之一世纪里犹太人再次受到灭绝威胁，毅然以记者身份奔赴以色列作战地报道。可以说，那是他作为犹太人生命历程中的华彩时刻，也是他作为作家第一次亲眼看到战场的残酷，在人性视角里出现的是人的生命和文明的毁坏，震惊之余使他对人类之争端深感悲哀。《耶路撒冷去来》重现了这些情景和他彼时的感受。在此背景下，他用了讽刺、挖苦的修辞，不无偏见地把萨特写成一个自以为是、缺少自知之明、仅凭一点粗陋的知识就对那些处身悲苦之海的人们指手画脚的大老粗。

公平而论，萨特对待以色列和犹太人问题还是比较公允的，甚至很人性化地说过阿以冲突不能说哪一方是正义的，贝娄也在散文中提到萨特对阿以冲突总体上的同情立场，但就是掩饰不住自己的厌恶。这和他一贯对法国左派知识分子的看法有关，贝娄认为这些思想精英不知珍惜几百年来的启蒙成果，在反思和批判西方民主现实时走极端，不惜为集权主义铺垫温床，萨特是其中的翘楚人物。贝娄无论作

1 索尔·贝娄，《作家·文人·政治：回忆纪要》，李自修译，《索尔·贝娄全集·第十四卷》，石家庄：河北教育出版社，2002 年，第 135 页。

为对美国自由民主持信任态度的美国人，还是作为拥有民族感情的犹太人，他在面对阿以问题时是相当敏感的，因此就把萨特当作了靶子。由于萨特对世界政治的一贯“介入”立场，贝娄也就由此而引出自己对作家介入政治的一贯怀疑态度。1993年他还在《国民权利》上发表文章论及此，提到他和德国作家君特·格拉斯的一次相遇：格拉斯是现实政治的热衷分子，曾经为布拉特总理竞选卖力，贝娄在晚餐会上问及此事并暗示了自己的观点，“是什么原因？作家应该参与政治吗？他一声不吭，朝我瞪了一眼，仿佛让他坐在格林尼治村的一个白痴旁边，激怒了他似的”，[1]虽是自嘲但也立场鲜明。他也曾经说过，“我们不像法国人那样，期望思想在道德领域、政治领域中要有结果。在美国要成为知识分子，有时意味着幽闭在私人的生活中思索，却又多少羞愧地觉得思索于事无补。”[2]

一是事实混杂，难以弄清，一是“于事无补”，贝娄对历史风云可谓清醒。然而富有意味的是，在耶路撒冷，尽管他一再声明自己的作家和观察者身份，却在不少时候也观点鲜明且挺身而出，扮演的恰就是他一直不认可的介入型知识分子角色。

在耶路撒冷亚美尼亚大主教的宴会上，贝娄巧遇法国《世界报》国际新闻的编辑米歇尔·达都。早在1973年，贝娄曾写给《世界报》一封信，指出法国传统中对犹太人的两种态度：一种是革命态度，使得犹太人在法国获得了公民权；另一种是反犹主义的，具体表现在20世纪初的德雷福斯事件和维希政府对犹太人的迫害。而在1973年的中东战争中，法国外交部长提出了巴勒斯坦的阿拉伯人渴望返回家园的正当性，正是对以色列犹太人的谴责。而《世界报》自1973年以来，公开站在阿拉伯人一边，支持阿拉伯恐怖分子，还说以色列是殖民主义者。贝娄在信中希望法国不要抛弃另外那种革命态度，但一直没有回音。这次在耶路撒冷见到达都，适时地讽刺了达都主菜后抽烟的缺少教养，并借这篇散文发出了责备《世界报》的声音。从这点上来看，贝娄事实上已经介入政治现实了。而且，他的信是由荒诞派剧作家尤内斯库和小说家马内斯分别交给编辑们的，作家们一起在一桩关乎世界公义的公案中担当了角色。

散文由此谈及媒介的倾向性问题。贝娄还提到，在埃及总统萨达特访问美国时，他复印了萨达特给希特勒的颂歌并交给了《纽约时报》，是希望提醒美国政界对其曾经的纳粹倾向给予关注。更有意思的是，贝娄在耶路撒冷和以色列总理拉宾见面时，还出主意让拉宾对美国媒介和知识界用些心思，在正义和战略方面争取赢得美国公众舆论的支持，因为他认为阿拉伯世界对欧洲的宣传是卓有成效的。耶路撒冷之行结束后，贝娄回到美国，还去华盛顿拜见基辛格，基辛格在会面中貌似随意地说到希望美国犹太人不要给他太多压力云云；贝娄是文坛名流，关于美国对以色列的态度是在耶路撒冷人们一直问起的，他去见基辛格自然会有“促进”美国援

1　索尔·贝娄，《索尔·贝娄全集·第十四卷》，石家庄：河北教育出版社，2002年，第134页。
2　索尔·贝娄，《索尔·贝娄全集·第十三卷》，石家庄：河北教育出版社，2002年，第236页。

助的愿望。所有这些，应该说都是一种“介入”行为。

事实上，贝娄对世界政治局势的关怀是从骨子里带来的。俄裔移民家庭是一个基点，贝娄曾说过在青少年时期，家庭饭桌上经常的话题是沙皇、战争、列宁、布尔什维克，使他难以对苏联革命闭目塞听。1930年代，芝加哥移民知识分子站在肥皂箱上发表演说，宣传马列主义，是贝娄激进教育的肇始。而他周围的朋友大都是《党派评论》的撰稿人，不是马克思主义者，就是托洛茨基派。当时他正在念大学，虽然对文学情有独钟，一心要成为作家，但和那时许多西方青年男女一样，为自由和正义而激动，还成了托洛茨基的崇拜者，1940年在墨西哥游历时还试图去拜见流亡中的偶像。这些细节写在了长篇小说《奥吉·玛奇历险记》中，他说，从那里他懂得了面对极度延伸的权利，历史、哲学、思想、目标和意志是“多么微不足道”[1]。1960年代，作为著名作家的贝娄，在反对核武器、争取民权、越南战争等使美国公众激动的问题上也都曾表达自己的立场，还给芝加哥《太阳报》写信论及自己对一些群众集会的一贯看法等，毋庸置疑都体现了贝娄的公共知识分子情怀。因此，在耶路撒冷这个处处是政治的敏感地带，触目所见的族类困境使他不由自主地处处陷入，又深知自己以及许多献身此道的学者、知识分子的无能为力。这种心态增添了他的烦恼。

三、“事实王国”和“价值标准王国”的纠结

在使得贝娄声名大噪的小说《赫索格》中，同名主人公曾随意地说过一句话：“事实王国和价值标准王国不是永远隔绝的”，表明他对那些把他打翻在地的烦恼“事实”的超越，在“已然”的事实世界心存“应然”的价值理念。诺贝尔文学奖授奖词中引用了这句话，并和哲学家沃尔夫冈·克勒的一本书《价值标准在事实世界中的地位》相提并论，看作是贝娄对世界的根本性乐观态度。此言甚确，在贝娄的大多小说中，尽管有成堆的烦恼、不幸、人性陷落，但总有一些精神价值持有者和对精神价值的探寻，在特殊时刻托起了“价值标准”的照耀。但在耶路撒冷这个特殊地方，这两个维度常常会掺杂在一起，成为贝娄最难“理顺”的深层纠葛，并由此指向人类生存的悖论。

借用两个“王国”概念，贝娄在耶路撒冷的“事实王国”内容有：第一，灾难生活。他看到以色列的每一个家庭都在失去儿子，阿拉伯难民成堆，犹太人和阿拉伯人都在自认为神圣正义的大小战斗中书写悲剧。第二，犹太人的命运。历史上不断的反犹主义，从死亡集中营中幸存下来的民族依然没有安全的家园。贝娄悲叹，“在世界各民族中，只有犹太人没有能够在自己的出生地建立起毫无疑问的天赋人权”。[2] 第三，众声喧哗。在阿以冲突中西方大国都在权衡自己的利益，阿以之间互相仇恨，政治家、知识分子、普通人在各种话语聒噪中喋喋不休又难以对话。贝娄说，“我仔细地听，贴近地听，全神贯注地听，我一生还从未这般认真地听过，

1　索尔·贝娄，《索尔·贝娄全集·第十四卷》，石家庄：河北教育出版社，2002年，第128页。
2　索尔·贝娄，《索尔·贝娄全集·第十三卷》，石家庄：河北教育出版社，2002年，第36页。

但我还是时常感到我好像坠入无边无际的大海。”[1]

在这大堆的事实中，贝娄的痛苦是和平之遥遥无期，贝娄的心理困难是在道德和人性价值维度上的纠结，主要表现为两个向度：

一是犹太民族建国问题，这是所有问题的起点。从 19 世纪犹太复国主义运动以来，犹太人步履维艰，不用说，1947 年联合国决议建立以色列国家是犹太人的福音，但伴随着建国过程引起了长期战争，这中间孰是孰非，贝娄认为是一个复杂的问题。他借用一个中东学者的话说，所有民族都有其血腥历史，以色列的建立也难以例外，阿拉伯人几百年前也是作为征服者来到这里的，这是人类追求生存的历史悖论。问题在于唯独以色列受到很多谴责，贝娄质疑是否因为犹太人喜欢讲道德，而弱小者的过失尤其引人注目，因为萨特说过，正是因为犹太人遭受了可怕的迫害，“以色列国家才必须树立一个榜样；我们对这个国家比对别的国家要求的更多”。[2] 贝娄认为这很不公平，在 20 世纪这个凌乱的时代，世界到处是难民，而只有巴勒斯坦人的情况永远受到道德关注：

> “只要牵扯到以色列，世界就充满了道德良知。在欧洲，道德标准是个幽灵，一涉及以色列和巴勒斯坦，就变成了一个血气方刚的巨人。这是不是因为以色列被赋予了自由民主的责任，还是因为其他原因？瑞士作为冬天的度假胜地，达尔马提亚海岸作为夏天的旅游胜地，以色列和巴勒斯坦满足了西方道义上的需要，是一种道德上的度假胜地。”[3]

贝娄对西方舆论界的责备直指人性弱点——对别人进行道德绑架。但是否为了生存就获得了战争正义性，因为苦难就可以模糊人性的底线？这是贝娄无力面对的问题。1961 年，纳粹罪犯艾希曼在耶路撒冷法庭受审，起诉书中带着浓重的悲情色彩控诉纳粹对犹太人的迫害，为此阿伦特在法理角度指出这种修辞方式“不是充满伸张正义的要求，而是为了满足被害者的报复欲望及这种权利”，不是“法律优先”而是“原告优先”。[4] 阿伦特强调的是，纳粹大屠杀是一桩反人类罪行，触犯了人类生存之“法”；如果仅仅站在犹太人灾难角度，会偏离人性正义而突出民族仇恨，而后者会使报复披上正义色彩。这是以色列的难题。使贝娄深感不安的也正是这样的困难，他阅读了大量的历史政治文献，追问犹太人在这块本就纷乱的土地上建立国家的最初愿望，他也看到历史车轮的前行出现了难以控制的偏差，于是引出了第二个向度：

文化与宗教偏狭问题。散文详细引用了希伯来大学教授拉姆的观点，他认为以色列复国主义在“拯救”和“解放”中迷失了方向，所谓拯救，是把一个流散困厄的民族集中在一片疆土之内，以便把握自己的生存命运，这是早期复国者的求生

1 索尔·贝娄，《索尔·贝娄全集·第十三卷》，石家庄：河北教育出版社，2002 年，第 34 页。
2 索尔·贝娄，《索尔·贝娄全集·第十三卷》，石家庄：河北教育出版社，2002 年，第 134 页。
3 索尔·贝娄，《索尔·贝娄全集·第十三卷》，石家庄：河北教育出版社，2002 年，第 144 页。
4 汉娜·阿伦特，《耶路撒冷的艾希曼：伦理的现代困境》，孙传钊编，长春：吉林人民出版社，2011 年，第 29 页。

诉求，也是联合国决议成立以色列国家的初衷；所谓解放，则是依靠军事力量扩展领土，占领祖先曾经定居过但现在有大批阿拉伯人居住的所谓犹太人的“希望之乡”，这是后期复国者的神圣宗教旗帜。本来“拯救”的实现就很艰辛，而“解放”的行动则带来更大困境。正是后者引来许多道德谴责，拉姆希望以色列能够重回起点以寻求和平。从上下文的叙述上看，贝娄是赞成拉姆观点的，他不仅看到“解放”“希望之乡”的宗教偏狭，许多极端分子狂热地要占领《圣经》中所说的“应许之地”；也看到了阿拉伯人的宗教偏狭，宣称他们对圣地的永久权利，对以色列“即使拥有阿拉伯地区的百分之一的六分之一都不能容忍”，于是两个阵营都在所谓的圣战中陷入泥沼。

贝娄在此感到深深的无奈与悲哀。在巴勒斯坦这块土地上，近代一直是奥斯曼帝国的殖民地，第一次世界大战后又被英国托管，那里有犹太移民、阿拉伯基督徒、穆斯林，几大宗教信仰都在起作用，且在互为因果的纠缠中互相损害。美国实用主义哲学家胡克在 1940 年代曾说过，“从来没有一次显著地改变事件进程的群众运动，其参加的个人不是为某种信仰所鼓舞的”，[1] 于是西方历史上的宗教战争频繁。而贝娄在耶路撒冷面对了千万生命的牺牲，作为作家的他不可避免地将目光投向了争端的心理与文化刻度上，他认为各种文化和宗教信仰都应该有能力拥有仁慈而宽容的灵活性，为生存而包容，但事实上各民族都在偏狭中剑拔弩张。他谈到在做人类学研究生时，曾经想去研究爱斯基摩人部落，据说他们宁愿饿死也不吃属于禁忌的食物。他想搞搞清楚，人类在多大程度上屈从于文化偏见？在哪一个刻度上，需要生存的动物可以打破习俗和信仰的限制？贝娄怀疑在原始社会客观现实可能所占的分量更少，但当前文明人是否有进步，他很茫然。至少在犹太人和阿拉伯人中，他当时看到的还是文化偏见和宗教习俗之昌盛。他和朋友探讨此事，说到犹太人经受劫难之后，只有犹太教堂给他们的生活带来凝聚力，但这也同时使得犹太教权主义在以色列大行其道，犹太民族主义分子正在使用神圣战争的语言，这是宗教的悖论。

也许，这是贝娄作为美国作家的现代理性思维方式，至少他不能够接受耶路撒冷那些由信仰带来的极端行动方式，尽管他不断为族类没有自己的祖国而悲伤，尽管他为世界舆论对族类的道德批评而愤愤不平。正是这种情感驱动，贝娄着意描写了他在耶路撒冷看到的那些大度和气的建设者，比如在以色列和阿拉伯人之间努力建立和解的诗人兼记者钱姆·古里，在黄沙野地创建了科研中心的魏茨格尔，还有“以色列最有价值的政治人物”、为犹太人和阿拉伯人的生活需求而日夜奔忙的科勒克市长等，散文细致地描绘了这些人物和故事，成为散落在沉重无解的“事实王国”中的阳光，在人性与文明的角度铸造着《耶路撒冷去来》中的“价值标准王国”，这也是贝娄正义、道德价值纠结中的一缕慰藉。

长篇散文结尾，在世界各处的轰炸报道中，贝娄无限感慨地说，杀戮的历史

1　悉尼·胡克,《理性、社会神话和民主》，金克等译，上海：上海人民出版社，1965 年，第 3 页。

还在世界各地以各种形式继续，不仅仅是犹太人和阿拉伯人，也不仅是宗教习俗缘由，“为了政治原因杀人的热望像以往一样迫切，或许政治目的可以使杀人合法化”。[1] 在去耶路撒冷之前，贝娄和《纽约时报》有一个访谈，其中谈到 20 世纪现代主义作家在审美层面上的小众性，19 世纪经典人道主义作家对社会正义关怀的大众性，而他的文学理想是介乎两者中间的。[2] 应该说，贝娄实现了他的理想，他在不乏现代手法的写作中伤世忧人，为不断的杀戮带来的源源不绝的人类互害，为人性在各种冲突中的扭曲与变态，为仇恨一直在世界各处弥漫而不得终止。这种乡愁和沉痛，正是其在耶路撒冷之“去”与“来”中各种纠结的中心点所在。

散文发表于 1976 年，在 21 世纪的今天，作家已逝，然其沉痛之根源依然烈烈于人类历史长河。

1　索尔·贝娄，《索尔·贝娄全集·第十三卷》，石家庄：河北教育出版社，2002 年，第 190 页。
2　James Atlas, *Bellow: A Biography,* New York: Random House, Inc., 2000, pp. 448–449.

雪莱诗歌创作中的希腊意象

高伟光　福建师范大学

欧洲浪漫主义运动时期，浪漫主义诗人对古希腊精神和希腊生存方式产生一种普遍的艺术追求，这种风尚在当时被称为希腊主义（Hellenism），浪漫主义的希腊主义是得到普遍认可的一种"寻找精神家园"的文学与文化现象。在英国浪漫主义运动中，雪莱是最为多样和精彩地表达希腊主义的英国诗人。他以无与伦比的想象力把古老的希腊典范和内在精神重新复活在现代世界里，并与现实的革命斗争完美地融合在一起，成为英国浪漫主义时期最具古典特质的精神意象。

一、希腊意象之一：雪莱心灵中重构的希腊

在雪莱短暂的一生中，他最为得心应手的创作就是用希腊意象表现其思想观念和情感世界。从表面上看，雪莱诗中的希腊意象是单纯的，但实质上这种意象却是由各种零乱的观念和想象混合而成的，甚至可以说是某种错误观念的汇聚，然而雪莱对希腊的这些误解丝毫也没有妨碍他天才的想象力对希腊精神的依恋和向往，他在诗歌中以其奇异、丰富的想象再造了一个他心灵中的希腊世界，使这个世界变得古朴而神奇，美丽且富于吸引力。

现代西方的学者们对古希腊文化的关注最早起源于文艺复兴时期。文艺复兴时期有大批的拜占庭学者逃往西方，他们带来了大量的手抄本希腊经典，西方学者为之耳目一新。对希腊经典的发掘和希腊精神的重新重视，给现代西方的精神世界注入了活泼清新的空气，文艺复兴的人文主义便是从希腊精神中总结提炼出来的思想体系。因此，从某种程度上说，古希腊文化是推动西方现代社会向前发展的重要精神催化剂，但是，文艺复兴时期人们对古希腊文化的关注主要是出于反封建政权和基督教教会斗争的需要，因而对古希腊文化的感性主义理解显得表面和肤浅。随着封建政权和教会对人文主义思想的压制，文艺复兴时期总结提炼的希腊主义处于一种低迷和被人忽视的状态。

古典主义是法国王权神学和专制体制孕育出来的一朵雍容华贵的文化之花。它是在法国专制体制下对古希腊罗马文化的再次复兴。但它强调的不是古希腊人本主义的精神内涵，而是和谐、匀称、明晰、严谨和庄重等形式规范。法国古典主义在理论上崇尚理性，文学上歌颂那些崇高而富有理性精神的英雄人物，表现他们为了国家利益而克服个人情欲、献身国家事务的崇高品德。这种具有强烈王权意识和国家观念的古典主义理性是为王权服务的，实质上是对古希腊人文主义思想的背离。

启蒙运动时期，西方学者在高扬理性主义旗帜的同时，理性本身的局限性也越来越明显，尤其是由启蒙运动所催生的法国大革命给人们的道德和精神生活带来了严重的伤害，西方人开始对启蒙理性感到幻灭。于是，古希腊文化又重新受到人

们的关注，并成为以反启蒙姿态出现的浪漫主义运动的一个主要精神倾向。在浪漫主义的希腊主义历史中，德国艺术史家温克尔曼具有特殊的意义。黑格尔说他“为人类创造了一种新的精神”，而歌德则认为他可以和哥伦布相媲美，说他在精神界“打开了一个新大陆”。温克尔曼之所以受到人们的关注，主要是由于他在两部作品《希腊绘画和雕刻的模仿》和《古代艺术史》中对希腊艺术的成就进行了深刻和独到的分析。他对希腊艺术的理解唤起了人们对已失去的美的渴望，尤其是在《古代艺术史》的结论部分，温克尔曼号召人们去寻求更多通过观察得到的美感，从而激励了许多欧洲的艺术爱好者、旅游者和诗人涌向希腊故土，去寻求那古代世界遗留下来的残损而高贵的美学境界。

雪莱是众多直接受到温克尔曼艺术史观影响的希腊崇拜者。从雪莱一生的诗歌创作中，我们可以清晰地看出他的大部分诗歌创作题材都源于希腊或与希腊经典有关，雪莱诗歌创作的基本精神也都深深扎根在古希腊文化这块营养丰厚的精神土壤中。雪莱虽然清楚地看到古希腊民主政治和风俗的局限性，正是这些局限性成为导致希腊文明衰败的重要因素，但他还是认为希腊作为众多文明的基石，它在西方文明中是最好的，这使得他的想象“几乎不会拒绝伸向这光荣的存在”。雪莱在《希腊·序言》里写道：“我们都是希腊人，我们的法律、我们的文学、我们宗教、我们的艺术，全都植根于希腊。如果没有希腊，则罗马，我们祖先的宗师，征服者和大都会，都不可能以她的武力传播启蒙的明光，我们很可能至今仍是野蛮人和偶像崇拜者……”[1] 在这里，雪莱对古希腊艺术的评价已具有了鲜明的自觉意识，究其原因，就是雪莱在古老的希腊文化中发现了一种至真至美的快乐的宗教，而这种宗教与基督教崇尚苦难和神秘的审美趣味迥然相异。

像其他古希腊艺术爱好者一样，雪莱也奔赴实地考察、到处搜寻古希腊遗迹和文物，品味其中残缺不全的审美韵味。他不仅亲身体验意大利美丽的自然风光，而且还参观罗马、那不勒斯、佛罗伦萨的古代收藏。在那里，他接触到了最值得一看的希腊雕塑经典，像“阿波罗”雕像和一组组令人目眩的维纳斯群雕。虽然有些雕像是罗马时期的复制品，但它们却同样体现出一种希腊精神中高贵和美的韵味。这些文物刺激着雪莱的想象力，使雪莱对希腊雕塑产生了深刻的印象，并深深地影响着他的诗歌创作倾向。然而，雪莱作为一个诗人显然缺乏地理学家的严谨态度和基本常识。雪莱住在那不勒斯的时候曾拜访过附近的庞贝城，他为庞贝城残损的大理石圆柱所折服，为这座被挖掘出来的古代城市所激动，但他却错误地把这座意大利人的城市看成是希腊人的居住地。在他的想象世界里，他甚至把意大利转换成了希腊，这种地理观念上的混乱甚至还包括罗马。意大利、希腊、罗马在雪莱的地理观念中是三位一体的，即都是他艺术想象中的希腊圣地。这种地理上的混乱也许会引起旅行的不便，但丝毫也不会妨碍雪莱对希腊进行无限的审美想象，反而使得雪莱心灵中的希腊世界更具瑰丽多姿，富有色彩。比如他对庞贝古城的解释，就把意

1 雪莱，《雪莱全集》(4)，江枫译，石家庄：河北教育出版社，2000 年，第 4 页，第 84–85 页。

大利的火山和希腊的田园风光有机地融合在一起。当雪莱接近这座古代废墟时，他也没有把它作为人类遭受大自然毁灭的见证，而是把它看成一个仍未充分展示活力和生机的美的精灵。雪莱这种对希腊世界的创造性重构从根本上说并不是对希腊的地理概念的篡改，而毋宁说是雪莱心灵世界中对希腊世界的再造，是一种创造性的审美意象的重构。

雪莱对希腊世界的重构还包括他对当代希腊民族解放斗争燃起的诗意想象。由于雪莱对希腊文化的敬仰，他的想象也十分自然地触及当代希腊的政治和社会生活。他的重要诗作《希腊》就是这种热情关注的代表作品，当时的希腊为了反抗土耳其人的统治，争取民族独立和自由，进行了十分顽强的抗争。雪莱作为希腊文化的崇拜者，他为希腊人的这种精神所感染。雪莱夫人在《希腊·题记》中十分清晰地描述了这个过程，她说："雪莱对（希腊）事态进程的关注十分强烈，当热那亚宣布自由时，雪莱的期望热情达到了最高点……他觉得，对一个其文化成就使他深深仰慕的民族的后裔的奋起，用诗歌加以赞美并且使之具有预言的性质，以预言他们的胜利，既是他情不自禁的行为，也是他的天职，《希腊》是在热情亢奋时刻写成的。"[1] 雪莱在诗中热情地欢呼"曾经死去的希腊站起来了"，仿佛荷马描述的古希腊人英勇战斗的场面重又归来。他热情地期待着希腊的胜利，虽然现实中希腊人的反抗斗争最终没有取得成功，但是雪莱对希腊民族的敬仰和对他们反抗斗争的赞美并没有随之消失，而是升华为一种审美意象。因为它所展现的已不再是抽象的希腊观念，而是雪莱内心中最深处的爱。在雪莱的内心中，纯朴宁静的古希腊已不再是一个民族和国家实体，它被幻化成了一个诗化的意义世界，它不仅成为雪莱艺术世界中永远取之不竭的艺术源泉，而且成为雪莱对美与自由的最纯朴、最深沉的诗歌意象。

二、希腊意象之二：美的宗教

德国艺术史家温克尔曼是西方学者中最早发现希腊文化蕴藏着丰富美学意蕴、并建立起一种以美学标准对希腊文化进行系统研究的著名学者。虽然他对古希腊艺术的解读受到新古典主义趣味的制约，但他还是穿过了这层意识形态的帷幕，考察到希腊艺术所蕴含的"一种朝气蓬勃，似隐似现，任何事物都在其中也必将来到其中的形式"，这种形式是"艺术的精华"，它具有不可言喻的想象力。温克尔曼伫立在它面前，唯有敬畏和崇拜："在它面前，我诚惶诚恐地匆匆一望，似乎这样做便可以求得那最高美的显现，"[2] 那么，这种使温克尔曼感到敬畏和崇拜的最高美是一种什么样的美呢？这是一种单纯、宁静、古朴的美，也就是后来莱辛总结出来的"高贵的单纯和静穆的伟大"的圣洁之美。温克尔曼用形象的比喻解释了这种美："如像最纯净的水，既没有杂质掺入其中。所以，愈淡然无味愈好。"人们品味欣赏这种美，如同"陶醉于半透明杯子盛的一种珍贵的葡萄酒，并把它视为似乎以热情

1　雪莱，《雪莱全集》(4)，江枫译，石家庄：河北教育出版社，2000年，第4页，第84–85页。
2　卡伦，《艺术与自由》，张超金等译，北京：中国工人出版社，1989年，第272页。

提其精华的事物的真正灵魂。”[1]

温克尔曼的这种历史研究法得出的美学结论使年轻的雪莱深感陶醉，他常常徜徉于意大利的古代遗址和博物馆中，为那些残缺不全的文物所呈现的无与伦比的美所折服。他在给皮考克的一封信中怀着激动的心情描述了他看到古希腊各种美丽雕像时的感受：“他们的四肢和仪态是那样的神圣和充满活力，在意大利蓝色的天空下浏览，或者穿越罗马的城市，却又被克里斯达尼喷泉中的灯光和音乐所包围，没有任何类型可联系在一起。”[2] 这种强烈的感受并非是表面性的和时髦的，而是雪莱内在心灵引起共鸣的回声。正是由于他对古希腊艺术这种创造性的鉴赏力，激发起了他对希腊艺术的由衷崇敬，他的许多诗歌都与希腊有密切的联系。有的从古希腊艺术中获取题材，如《普罗米修斯的解放》；有的以当代希腊作为直接的歌吟对象，如《希腊》；还有的是从古希腊艺术中吸取灵感以表现解放与自由主题的，如《伊斯兰的起义》，等等。总之，这些与希腊有紧密关联的诗歌不仅具有共同的艺术根源，而且还表现出希腊艺术中特有的单纯、宁静和古朴的美学情愫。虽然雪莱受温克尔曼的影响是毋庸置疑的，但是，雪莱并没有在温克尔曼的研究路径上停步不前。温克尔曼对希腊艺术的理解具有巨大的影响力，但他的历史研究方法却显然有意抑制或除去了希腊艺术中崇尚勇武精神和英雄业绩的倾向。这样，无论是对读者、作家还是艺术家，希腊传统就是意味着肃穆和宁静，而不是斗争和冲突。雪莱显然没有被这种误导所蒙蔽，他常常沉浸在艺术的象牙塔中，但他并没有失去对现实关注的热情。同时，他那规范和系统的哲学修养也使他深刻地洞察到他需要从古希腊传统中吸取什么样的精神元素，来影响、感染他的同时代人。正是从这里开始，雪莱对希腊艺术的理解超出了温克尔曼，这就使雪莱所理解的希腊传统精神与时代的需要紧密相联，从而变得充满生机与活力。

雪莱在长期的诗歌创作实践和现实斗争中逐渐总结出，希腊文化蕴藏着一种“快乐的宗教”、一种“美的宗教”，这种快乐和美的宗教是普遍持久的永恒的快乐，是“人生的光明”，是依据自然人性而创造出来的永恒真实，是“最高意义上的快乐”，[3] 这种快乐与功利性的欲望快乐无缘，而是与“悲愁中的快乐”、“爱情与友谊的乐趣，欣赏自然的陶醉，欣赏诗歌尤其是创作诗歌时的快乐”[4] 联系紧密，它充满着力量、生机与活力。这种“快乐的和美的宗教”隐藏在古希腊神奇的文学艺术中，无论是古希腊神话、史诗还是戏剧，都是这种快乐的神圣源泉。在古希腊神话中，我们觉察到的是在世界的童年时期人类情感的尽情绽放，那些性格各异的众神形象既神情严肃又活泼可爱，充满着爱与智慧的光辉，是人类童年时期欢乐人性的卓越流露；而“荷马和他同时代人的诗篇都是幼年希腊的快慰；……荷马把他那个时代的理想的极境，具体表现为人的性格；我们不用怀疑，凡是读过《荷马史诗》的

1 温克尔曼，《古代艺术史》，桂林：广西师范大学出版社，2001 年，第 138 页。
2 斯图尔特·科伦，《英国浪漫主义》，上海：上海外语教育出版社，2001 年，第 169 页。
3 雪莱，《为诗辩护》，北京：生活·读书·新知三联书店，1985 年，第 115 页。
4 雪莱，《为诗辩护》，北京：生活·读书·新知三联书店，1985 年，第 115 页。

人，都会树立雄心，想要模仿阿喀琉斯、赫克托尔和奥德修斯；在这些不朽的形象塑造中，友谊的真和美，爱国的精神，一念的专诚，都被它写出来，直至最深处；听众同情于这样伟大而又可爱的人物，必定冶炼自己的感情，扩大自己的胸襟，因崇拜而模仿，因模仿而把自己比拟崇拜的对象。"[1] 荷马时代相比于神话时代来，它更多地体现出人类青年时期的情景，因而荷马诗歌中表达的快乐已逐渐脱离了神话时代那神人游戏的欢快特质，而是向往着一种由力量、勇气和智慧所构成的英雄气质，以及向往着雪莱所说的"友谊的真和美、爱国的精神，一念的专诚"等优美品德的境界，因此，《荷马史诗》中对道德意向的追求和体验同样展现出一种美的快乐。而希腊悲剧时代所流露的则是人类走向成熟过程中的受难与沉思，它通过高贵人物的命运思索和他们在现实中的道德冲突产生强烈的悲剧效果，"犹如一面明镜，观者在这镜中照见自己，仿佛置身于隐约假托的环境中，摆脱了一切，只剩下那理想的美满境界和理想的精神，人人都会感到，在自己所爱慕所愿意变成的一切事物中，这样的境界和精神就是其内在典型了。"[2] 由于悲剧人物的受难，观者便同情他们的痛苦境遇，从而在心灵上得到净化，并产生善良的感情和高尚静穆的心情，体验这种庄严神圣的情境是一种"悲愁中的快乐"，它是一种与痛苦和忧郁联系在一起的美感。因此，无论古希腊哪一时期的经典作品，它们都是作者严肃而神圣的姿态为我们创造出的高尚、圣洁的快乐，这种快乐之所以如此沁人心脾，就在于它是紧紧地和人最内在的本质联系在一起的，因此也是和美紧密地联系在一起的。

雪莱对古希腊文化的解码和重新阐释，使古希腊文化深深地融会在雪莱的精神意象中，不管在历史事实中古希腊文化有怎样的局限性，但雪莱还是坚定地选择了古希腊文化作为自己诗歌创作的精神养料。从古希腊文化无尽的智慧海洋中，雪莱敏锐地发现了其中蕴涵的"快乐的宗教""美的宗教"，并把这种快乐和美的宗教带到了浪漫主义时代，使欧洲浪漫主义时代与古老的美学根基深深地联结在一起，成为浪漫主义者心中自然向往的精神家园。

三、希腊意象之三：自由的象征

马克思在谈到古希腊社会时，曾高度赞扬古希腊人是人类童年时期发育最为健全的儿童。雪莱之所以把希腊看成是一种自由精神的象征，也正是出于他具有与马克思同样的慧眼，他在《希腊·序言》中就说："人类的身心在希腊曾达到一种完美的境界，这种完美已在毫无瑕疵的作品中留下了自己的形象，这些作品的残篇断章都为现代艺术望尘莫及，而且一直在通过上千条或显或隐的作用渠道把一种永不会终止的冲动广为传播，使人类崇高，使人类欢乐，直到世界的末日。"[3] 古希腊人达到的这种完美并不是一种成熟的终结，而是新的生机的开始，无论是希腊神话中的众神，还是《荷马史诗》或希腊悲剧中的英雄人物，他们既有庄严肃穆的一面，

1 雪莱，《为诗辩护》，北京：生活·读书·新知三联书店，1985 年，第 97 页。
2 雪莱，《为诗辩护》，北京：生活·读书·新知三联书店，1985 年，第 102 页。
3 雪莱，《雪莱全集》(4)，江枫译，石家庄：河北教育出版社，2000 年，第 5 页。

但更多的是表现出一种游戏的激情冲动，古希腊人在社会活动中表现出的这种游戏本性，散发出一股充满生机的自由精神。虽然古希腊人也面临着战争、仇杀、报复、嫉妒等人性阴暗面的挑战，但他们所表现出来的“将人向上提升的伟大力量”（叔本华语）却总是把人引向人生的光明之途。这种积极的人生态度和游戏冲动强烈地吸引着雪莱，并融汇在雪莱的精神世界中，成为雪莱追求自由和真理的永不枯竭的精神源泉。

这种把希腊精神当成自由象征的乌托邦式解读并非从雪莱开始的。早在19世纪初期的英国文学中就有所预见，这些作品包括萨缪尔·琼生的《艾琳》、托马生的《自由》、格列佛的《莱尼达斯》、柯林斯的《自由颂》、威廉·扬的《雅典的精神》以及沃顿·格雷、范肯纳写的诗歌。然而，尽管他们在解释希腊历史时所透露出来的自由气息是充满活力的，但他们都没有像雪莱那样把他对希腊自由精神的倾慕与当前残酷的现实斗争联系起来。在雪莱的自由理念中，希腊的自由精神是他在现实世界中呼唤自由的旗帜，而不是他的想象力得以憩息的场所，这样就使得他的诗歌既具有神话式的美感魅力，又具有现实的斗争意志和自由的欢乐气氛。最能体现雪莱这方面的代表作品，有长诗《希腊》《伊斯兰的起义》《普罗米修斯的解放》和抒情诗《自由颂》等。在这些作品中，希腊的自由精神是作为一种神圣的背景或参照物而出现的，因为在人类自由的历史上，希腊人遵循宇宙和人性的普遍规律创造出了人类自由的辉煌篇章，其民主、自由精神成为后世的典范。但是，随着人类社会的发展，自由反而被强权扼杀，“是什么魔咒，/ 竟能用不祥的暗影将你遮盖？ / 一千年岁月在压迫的深深洞穴中，/ 在泥污里长大，用血泪污染你清澄的光彩……”(《自由颂》) 在漫长的黑暗时代里，自由虽然被压抑，但古希腊的自由精神却像一面鲜红的旗帜，在遥远的古代向着雪莱挥舞，雪莱被古希腊的自由精神所感染、所激励，因此对人类本有的自由满怀信心，他由此深情地呼唤：“啊，自由！如果这确是你的名字，/ 你岂能抛弃它们（指那些不自由的国家），或者让它们抛弃你？ / 如果你的或它们的财宝须用血和泪购买，/ 那么，有智慧的、爱自由的人们，/ 难道没有把眼泪和眼泪一般的鲜血流尽?”(《自由颂》) 雪莱清楚，人类珍贵的自由一旦丧失，它就不会轻易再获得，而是需要勇敢和智慧的人用血泪去争取；在《希腊》中，雪莱满怀必胜的信念和热情，鼓舞着那个曾经创造过自由的民族的后裔再去获得自由；在《伊斯兰的起义》中，雪莱再次寄情于希腊，把莱昂和茜丝娜塑造成一对希腊英雄，他们怀着对强权的愤怒，强烈地谴责他们制造的种种罪恶，但是，雪莱并不主张用残酷的暴力去推翻王权，而是用“仁爱的思想 / 坚强的希望，以及高尚的善举；/ 无畏的爱，平等与和平的纯洁规章”去创造一个人们和睦相处、相互爱惜、充满幸福和希望的自由王国。正因为如此，莱昂和茜丝娜才宽恕了国王，而当仍然充满仇恨的国王回来大肆屠杀革命群众，并把这对希腊英雄活活烧死时，雪莱的意思并不是表明仁爱与宽恕的软弱，而是像希腊悲剧所显示的那样，他希望通过这对希腊英雄的受难和死亡，把自由真理之光传播到人们的内心深处。《普罗米修斯的解放》则是雪莱追求自由和解放这类作品的巅峰之作。诗人通过对古希腊神话的创造性重构，既保留了长诗古朴淳厚的神话气氛，又赋予了当前现实斗争的精神内涵。长诗虽然强调普罗米修斯在天神朱庇特的强权压迫下的痛苦和解放过程，但它却仍然沿袭《伊斯兰的起义》中的道德主题。作品宣扬了人有一颗不断趋向完善的心灵。虽然人类的历史包含着罪恶、恐怖和苦难，但它们是一种偶然而非必然的现象，人类的爱心始终在激励着人们从不完善走向完善，而人类的每一次完善都可以创造出不朽的诗篇。因此，只有克服人类自身的弱点，用勇气，忍耐和爱去宽恕甚至理解敌人，善才能最终战胜一切罪恶。然而，雪莱在残酷的现实斗争中，认识到历史的必然性固然最终会导致朱庇特的灭亡，但作为一种反动势力，朱庇特在下台前仍作“困兽犹斗”“竭力挣扎”，妄图阻挡历史前进的车轮。在这种情况下，雪莱一方面强调仁爱和宽恕，另一方面也肯定暴力反抗的必要性。这场推翻政权的斗争“经过一场恶斗”，使得“太阳失色”“星辰战栗”，其子冥王还使用旋风、闪电、冰雹才把朱庇特打入地狱，化为他过去本来就是的虚无。这种描写并非是对雪莱的仁爱思想的否定，而只是在一定程度上对暴力反抗的赞美。普罗米修斯总体上的道德解放的意义仍然是占主流的，解放并不意味着暴力和斗争，而是爱和欢乐的大合唱，是自由精神的最后胜利。

雪莱在《为诗辩护》中认为，诗的目的就是使美和善趋于统一，并最终把人的心灵引向永恒的极乐的境界，而诗人则是导师、创造者和“世间未经公认的立法者”。[1] 他承担着唤起人们心中的“美的精神”和“自由精神”的神圣职责，最终达到促进社会思想和制度改革的目的。而雪莱的诗歌就存留着这种“美和自由的精神”，它与萦绕于雪莱心中经久不散的希腊一起，成为雪莱诗歌创作中的意象群落。

1　雪莱，《为诗辩护》，北京：生活·读书·新知三联书店，1985 年，第 119 页。

非真实性与游戏性艺术——米兰·昆德拉的创作与欧洲小说传统

刘英梅 天津外国语大学

在20世纪的世界文坛，米兰·昆德拉无疑是享有崇高声誉的一位作家，美国的理查德·洛克称其为“欧美最杰出的和始终最为有趣的小说家之一”。[1] 由于昆德拉的特殊经历，学界目前对究竟将其划归为捷克作家还是法国作家这个问题并无定论，但昆德拉本人更愿意人们把他看作一个欧洲作家。他认同欧洲文化，将欧洲小说传统看作自己的文学渊源，并在创作中继承了欧洲小说的非真实性与游戏性的艺术精神。

一、欧洲文化：昆德拉的精神家园

米兰·昆德拉出生于捷克，1975年之前，他一直以一个捷克作家的身份发表作品，但对于西方文化，昆德拉一直是自觉地认同。由于国际政治历史的原因，捷克在很长的时间里，被划分为“东欧”国家，昆德拉对此坚决反对，认为从人文历史上看，捷克与东欧截然不同，“作为一个文化史概念，东欧指的是俄国，连同它那扎根于拜占庭世界中的相当特殊的历史。波希米亚、波兰、匈牙利，就像奥地利一样，从来就不属于东欧。”[2]

在自己的著作中，昆德拉甚至不使用“捷克”这个称呼，而是用拉丁语的捷克名称“波希米亚”。从历史上看，波希米亚是一个非常古老的王国，其历史文化发展的很多方面和西方文化同步，共同经历了文艺复兴、宗教改革运动、巴洛克艺术，等等。因此，昆德拉坚持捷克是“中欧”国家，而中欧不是东西方之间的桥梁，它属于西方的一部分，“布拉格不仅不是东欧，反倒是欧洲的中心。”[3]

1975年，46岁的米兰·昆德拉移居法国，并于1981年获得法国国籍，昆德拉真正地成了一个欧洲人。法国是欧洲文化的中心，昆德拉称法国“是他的精神家园”。[4] 法国有昆德拉极为推崇的作家拉伯雷、狄德罗、波德莱尔、布勒东、尤奈斯库等。一些作家的小说观念也深受其赞赏，“我被法国19世纪以前的小说家深深吸引了，这些小说完全不同于巴尔扎克和他的后继者们。他们关于小说的观念比那些

1 Scot Peacock, *Contemporary Authors* (*New Revision Series Vol. 74*), Detroit: The Gale Group, 1999, p. 201.

2 菲利普·罗思，《〈笑忘录〉跋——菲利普·罗思与昆德拉的对话》，李凤亮、李艳编，《对话的灵光——米兰·昆德拉研究资料辑要（1986—1996）》，北京：中国友谊出版公司，1999年，第520页。

3 解华，《米兰·昆德拉的欧洲文化身份建构》，载《安徽师范大学学报》（人文社会科学版），2003年第1期，第98–102页。

4 李凤亮，《沉思与怀想》，北京：中国社会科学出版社，2003年，第55页。

19 世纪的小说更使我感到自由，我想到了拉伯雷，特别是狄德罗的《宿命论者雅克》，这本书虽鲜为人知，但却是小说类型中最伟大的作品之一。”[1] 从昆德拉的小说理论和创作中，我们明显可以看到他对拉伯雷、狄德罗小说艺术的推崇与继承。

很多人认为法国是昆德拉的流放地，昆德拉却认为法国是他真正可以成为作家的国家。他创作生涯的大部分时间是在法国度过的，他的绝大部分作品是在巴黎以法文首次出版的，20 世纪 90 年代之后他甚至开始用法文创作小说。在法国，他的小说也可以最大限度地获得文学上、艺术上而不是政治上的解读。

二、欧洲小说艺术：昆德拉小说的文学渊源

第一部长篇小说《玩笑》让昆德拉一举成名，但也有了政治小说的标签，这让昆德拉极为不满，他在采访中解释道：“我的抱负并非批评政体。”[2] 作为一位有真正的文学艺术追求的作家，为了捍卫自己的艺术性，昆德拉做出了多方面的努力，其中就包括从理论方面对小说艺术做出阐释。在《小说的艺术》《被背叛的遗嘱》《帷幕》和《相遇》四部随笔中，昆德拉通过对小说的界定和欧洲小说艺术的阐释，清楚地标明了自己小说的文学渊源和艺术追求。

对于“小说是什么”这个问题，昆德拉这样认为，“散文的伟大形式，作者通过一些实验性的自我（人物）透彻地审视存在的某些主题”。[3] 具体分析，这个定义包括三方面内容。一是小说是散文式的，创作形式上有很大的自由；二是小说关注存在，通过一些主题探究世界和人类存在之谜；三是小说中的人物（包括人物处境）是实验性的，与真实性无关。可以看出，昆德拉的小说观念与一些传统小说截然不同，显示出了一种美学上的革新性意味，“它表征了小说文体从封闭走向开放的现实进程。这一进程中，传统的情节、人物、结构等因素被做了新的处理，从而引起了小说形式整体上的变化。”[4]

同样，昆德拉对“欧洲小说”的界定是他小说观念的进一步展现。他将欧洲各国的小说视为一个整体，统称为欧洲小说。“我所说的欧洲的小说，于现代黎明时期在欧洲南部形成，本身就代表了一个历史整体，到后来，它的空间超越了欧洲地域（尤其是到南、北美洲）。”[5] 可见，欧洲小说并不局限于欧洲人创作的小说，这个术语不是地理意义上的概念，而是一个文化精神概念，它指向的是一种内在共同性——欧洲小说精神。在昆德拉的小说观念中，欧洲小说精神指的是一种不断发现、挖掘小说未知领域的努力和传统。塞万提斯、巴尔扎克、福楼拜、托尔斯泰、普鲁斯特、乔伊斯等都是属于这个伟大传统的作家，他们或发现了存在中不为人知

---

1 Francine du Plessix Gray, “Journey into the Maze: An Interview with Milan Kundera”, in *Critical Essays on Milan Kundera*, New York: Twayne Publishers, Inc., 1999, p. 210.

2 米兰·昆德拉，《作者的话——1996 年阿特兰蒂斯出版社〈不朽〉代序》，载《外国文学动态》，1997 年第 4 期。

3 米兰·昆德拉，《小说的艺术》，董强译，上海：上海译文出版社，2004 年，第 182 页。

4 李凤亮，《诗·思·史：冲突与融合——米兰·昆德拉小说诗学引论》，北京：商务印书馆，2006 年，第 263 页。

5 米兰·昆德拉，《小说的艺术》，董强译，上海：上海译文出版社，2004 年，第 182 页。

的方面，或是创造了新颖的小说形式，而他们小说的价值也在欧洲小说的超国家环境中得以凸显。

但是，从美学上来看，昆德拉并不赞同全部的欧洲小说。他将 20 世纪之前的欧洲小说划分为上下两个半时，时间界于 18 世纪与 19 世纪之交。具体来看，上半时的小说始于拉伯雷、塞万提斯，他们的小说形式自由，充满想象力和游戏精神，是昆德拉极为欣赏的小说类型，“他们创作上的自由令我梦寐以求：写作而不制造一个悬念，不构建一个故事，不伪造其真实性，写作而不描绘一个时代、一个环境、一个城市；抛弃这所有的一切而只与本质接触。”[1] 下半时的小说基本为 19 世纪的现实主义小说（例如巴尔扎克的作品），它们在美学上与上半时完全不同，追求小说艺术的真实模式，使作品的文本内容与现实具有同构性。比较而言，昆德拉推崇上半时的小说艺术，但也没有完全否定下半时。确切地说，他认为下半时的小说追求真实性艺术的同时，舍弃了小说的自由性、多样性和游戏性，缩小了小说的艺术范畴。

进入 20 世纪后，乔伊斯、普鲁斯特、布洛赫、贡布罗维奇、卡夫卡等伟大的小说家们重新恢复了上半时的小说艺术，昆德拉称之为第三时的小说，“在我个人心目中的小说史里，是卡夫卡开辟了新的方向：后普鲁斯特方向”。[2] 总体上看，第三时的小说重新将散文式的思考、自由的结构形式和游戏精神引入小说，摒弃了小说艺术上的真实性追求。事实上，第三时的小说家们在小说艺术上尝试了更多的未知领域，超越了前面的两个半时。例如卡夫卡，他在小说《诉讼》和《城堡》中使用现实与梦幻交融的艺术手法构建了一个“超现实”的世界，虽然看起来不合情理但比现实更真实。通过这种方式，卡夫卡让小说穿越了真实性界限，但又更真实地把握了现代世界，不失为小说艺术上的革新创举。

昆德拉宣称自己属于第三时的小说家，继承的是后普鲁斯特的传统。通过对自己小说创作文学渊源的清理和解释，昆德拉表明了自己小说的艺术维度和追求。

三、非真实性与游戏性——昆德拉小说的艺术追求

昆德拉和对其作品进行政治性解读的评论之间的主要分歧，在于对小说艺术的理解角度不同。在文学批评史上，作品研究是否需要与作家本人生平结合的问题早就存在不同的观点。法国 19 世纪的文学批评家圣伯夫认为小说创作应该建立在真人真事的基础上，因此作品研究必须从作家个人生活角度进行，人与文不可分。从这个角度看，昆德拉前半生的人生际遇确实充满“政治”色彩，而其小说中的很多故事也在一个相似的捷克历史背景上展开，将他和小说联系在一起的批评解读也不可避免地带上了政治色彩。

但是，对圣伯夫的文学批评方法表示反对的也大有人在，第一个发难者就是

1　米兰·昆德拉，《被背叛的遗嘱》，余中先译，上海：上海译文出版社，2003 年，第 166 页。
2　米兰·昆德拉，《小说的艺术》，董强译，上海：上海译文出版社，2004 年，第 32 页。

普鲁斯特。普鲁斯特认为，作品是作家“另一个自我的产物”，[1]这个自我属于艺术生活的内在自我，它与社会生活的外在自我不同。因此，批评家阅读作品只需关注作品本身，作家个人生活的一切对理解作品没有价值。

昆德拉认同普鲁斯特的观点，认为在作品中挖掘作者生活的行为只会瓦解小说艺术。因此，从昆德拉本人的捷克经历出发对其小说进行解读的行为明显与小说的“艺术性”相悖。昆德拉不是一个“政治性”的小说家，而是一个艺术性的小说家，其小说艺术继承了欧洲小说的非真实性与游戏性的精神。

（一）小说与非真实性

众所周知，“存在”之思是昆德拉小说最重要的主题，也是他在小说的定义中提到的小说应该具有的功能之一。昆德拉强调，“小说审视的不是现实，而是存在。存在并非已经发生的，存在属于人类可能性的领域，所有人类可能成为的，所有人类做得出来的。”[2]

昆德拉将小说中的人物与世界都看作可能性，它们来自虚构艺术，与真实无关。首先，小说人物是作者想象出来的，并非带有社会身份的真实人物，“我服从了小说历史的第三时的美学：我不想使人认为我的人物是真实的，带着一本户口簿。”[3]如果一定要寻找作者和小说人物之间的联系，昆德拉是这样说的，“我小说中的主人公是我自己未曾实现的可能性。”[4]这一“可能”范畴的界定，使小说超越了对作者个人生活的描写与关注，转向对存在本身的探询。其次，小说中出现的捷克社会历史背景，是为小说人物行动所需而创造的舞台，它代表了人类历史的一种可能境况，而并非指涉属于社会政治范畴的具体国家。更进一步来说，历史环境本身也是一个人类处境，也应该作为一个存在处境给予认识和理解。

在昆德拉的观念中，小说是一个实验场地，让读者可以看到世界是什么，人是什么，人可能会做出什么。正如赵稀方老师指出的那样，“米兰·昆德拉的小说表现斯大林主义统治下的捷克，并没有仅仅满足于暴露伤痕和抗议政治，而是要探究这政治背后的人性。”[5]在小说中，昆德拉通过对捷克历史背景的简约化处理，使小说获得一种普遍性，指向对世界和人类的关怀。

世界是复杂的、模棱两可的，小说的功能是让人们发现这种复杂性、模糊性，而不是给出一个唯一的、真理式的认知。小说家与读者之间产生误解，就在于对小说的非真实性艺术理解存在分歧，作者只想通过小说进行实验，读者却将其看作唯一的现实。

（二）小说与游戏性

小说不仅是非真实的，而且是游戏的。昆德拉认为，小说的游戏性始于塞万

---

1 马塞尔·普鲁斯特，《驳圣伯夫》，沈志明译，天津：百花文艺出版社，2013 年，第 62 页。
2 米兰·昆德拉，《小说的艺术》，董强译，上海：上海译文出版社，2004 年，第 54 页。
3 米兰·昆德拉，《被背叛的遗嘱》，余中先译，上海：上海译文出版社，2003 年，第 168 页。
4 米兰·昆德拉，《不能承受的生命之轻》，许钧译，上海：上海译文出版社，2003 年，第 263 页。
5 赵稀方，《米兰·昆德拉在中国》，载《外国文学研究》，2002 年第 3 期，第 130–136 页。

提斯、拉伯雷，他们通过那些充满想象的喜剧故事将小说与现实划开界限。昆德拉将小说看作游戏的领地，在创作中，他不仅不将真实感塞给读者，反而在故事、叙述、结构等方面注入了很多游戏的成分。

昆德拉的小说中有很多玩笑故事，尤其是爱情玩笑故事。这些故事，通过一系列没有可能的巧合、相遇和误会不断引人发笑，如小说《玩笑》便讲述了一个由玩笑开始、又以另外的玩笑结尾的故事。小说主人公路德维克因为几句玩笑被开除党籍、学籍，断送了自己的一生。15年后，为了报复当年整他的同学泽马内克，他诱惑他的妻子埃莱娜，让她背叛自己的丈夫。愿望实现后，路德维克却意识到自己错了，埃莱娜和丈夫早就不再相爱，他们只是维持一个婚姻的形式。在大街上，路德维克偶然遇到泽马内克，看到他带着年轻漂亮的新欢。泽马内克对妻子的背叛毫不介意，反而很高兴把妻子让给路德维克。而且，由于时代的变化，泽马内克已经抛弃了往日的政治立场，表示愿意和路德维克言归于好。路德维克想尽快摆脱埃莱娜，埃莱娜却爱上了他，甚至在遭到他的拒绝后服药自杀，不过却阴差阳错地吃下了轻泻药。同样，短篇小说《搭车游戏》《没有人会笑》《爱德华与上帝》的故事也由一系列玩笑、巧合、误会组成。

昆德拉以轻松、随意的笔调叙述故事，淡化和分解了其中的不幸与沉重，让娱乐、游戏的氛围充满小说。但娱乐不排斥严肃，体味这些玩笑故事，我们不难发现人类生活的复杂性、虚假性和欺骗性。就像《玩笑》中，路德维克的复仇初衷因为埃莱娜的爱以及与泽马内克的偶然相遇变得荒唐可笑，而埃莱娜自以为是的爱不过是路德维克的一个陷阱，他们的相遇本身就是一个误会。无论是路德维克还是埃莱娜，都身陷别人的玩笑中，对自身的境遇并不自知。人类在迷雾中前行，处在无知和盲目的人生命运中。由此，昆德拉在嬉笑游戏中完成了他对人类存在之谜的探索和展示，揭示出世界的荒谬性。在轻松的形式与严肃的内容交织的文字间，昆德拉的游戏精神与理性精神并行不悖，显示出其小说极富个性的艺术魅力。昆德拉作品的这种文笔风格，归根结底，与欧洲文化传统颇有渊源，它“是源于18世纪西方的理智主义和怀疑主义，对人的本性的深刻认识以及随之产生的游戏态度”。[1]

从写作技巧上看，昆德拉也有意识地增加小说的游戏性。比如，他直接以作者的身份介入小说，对小说的真实性进行自我解构。在小说《不朽》《慢》中，昆德拉作为小说人物中的一员参与情节，并与小说中的人物进行对话；在《不能承受的生命之轻》中，昆德拉以作者的口吻对肉体和灵魂、媚俗等问题直接进行解说。这样的写作方式不但增强了小说的思辨性、哲理性，而且有意识地破坏了读者对小说的真实性期待，强调了文学的虚构性本质。对此，昆德拉直言不讳，“从第一个字开始，我的思考就是一种游戏、讽刺、挑衅，带着实验性和探询性的口吻”。[2]

另外，昆德拉充分发挥了小说形式上的无限自由的特性，将梦幻叙述引入小

1 景凯旋，《被贬低的思想》，桂林：广西师范大学出版社，2012年，第161页。
2 米兰·昆德拉，《小说的艺术》，董强译，上海：上海译文出版社，2004年，第100页。

说。在昆德拉看来，梦除了具有弗洛伊德理论中的心理学意义外，还具有一种美学上的意义，他在小说《不能承受的生命之轻》中分析特雷莎的梦时这样说过，“梦不仅仅是一种信息交流（也许是一种密码信息交流），还是一种审美活动，一种想象游戏，这一游戏本身就是一种价值。”[1] 我们看到，与卡夫卡在小说中将梦幻与现实交融的处理方式不同，昆德拉将梦幻叙述作为小说复调结构的一部分，赋予它情节上的独立性和平等性。在《生活在别处》《笑忘录》《不能承受的生命之轻》《不朽》《慢》《身份》《无知》等小说中，昆德拉借助梦幻叙述的想象技巧，使小说穿越了真实性的界限，进入了游戏性的艺术空间。

总而言之，通过对欧洲小说传统艺术的阐释，昆德拉既标明了自己的文学渊源，又捍卫了自己小说的艺术性，“在小说的世界中，借助于塞万提斯以来的欧洲小说传统，他最终巧妙地超越了所有的冲突和差异。”[2] 而且，通过小说创作，昆德拉清楚地展示了自己的艺术成就和艺术价值，树立起一个小说家的艺术形象。在当代世界文坛，昆德拉对小说观念和小说艺术的革新意义毋庸置疑，他“无疑是捷克文学乃至中欧文学、世界文学中的一个里程碑”。[3]

1 米兰·昆德拉，《不能承受的生命之轻》，许钧译，上海：上海译文出版社，2003 年，第 71 页。
2 刘成富，《昆德拉：东西欧文化的“混血儿”》，载《外语研究》，2017 年第 2 期，第 106–108 页。
3 仵从巨，《叩问存在——米兰·昆德拉的世界》，北京：华夏出版社，2005 年，第 290 页。

“人类世”视野下生态批评的拓展

南宫梅芳　北京林业大学

“人类世”（Anthropocene）可能是21世纪前20年最有争议、但也是最振聋发聩的概念。Anthropocene一词的前后两个部分均来自希腊语，前半部分*anthro*是“人”的意思，后半部分借自*Holocene*（全新世）一词，它认为人类活动从工业社会以来，其广度和深度已经超过自然力量，对地球地质变化产生了重大影响，成为改变地球地质的主要力量。“人类世”将取代始于12,000年前新石器时代的“全新世”，成为工业革命之后，尤其是20世纪50年代以来地球进入的一个新的地质时代。“人类世”一词由生态学家尤金·施特默（Eugene F. Stoermer）于20世纪80年代创造。2000年，施特默与诺贝尔化学奖得主保罗·克鲁岑（Paul J. Crutzen）在《全球变化》（*Global Change*）上共同发表《人类世》[1]一文，两年后，克鲁岑在自然科学顶级刊物《自然》（*Nature*）杂志上发表《人类地质学》[2]，“人类世”概念从此得到广泛关注，并引发热议。

实际上，将人类视为地质因素的说法在地质研究领域可以追溯到18世纪法国博物学家布封的《自然史》（Les Epoques de la Nature, 1788）。布封提出，第7或者最后一个时代是人类主宰的时代，将会带来地球变暖。[3]19世纪的乔治·珀金斯·马什（George Perkins Marsh）在《人类与自然》一书中指出，人类活动对地球有着日益增长的影响。[4]1873年，斯托帕尼（Stoppani）提出“人类时代”（anthropozoic era）的术语；20世纪，罗伯特·夏洛克（Robert Sherlock）[5]等人发展了这一术语及其相关概念，也不断有学者创造新的词汇或概念彰显人类对地质的作用，按照克鲁岑文章中所述，这些概念和术语包括弗拉基米尔·韦尔纳斯基（Vladimir Vernadsky）等人的“新领域”（noösphere）、安德鲁·雷夫金（Andrew Revkin）的“人类时代”（anthrocene），以及迈克尔·桑威斯（Michael Samways）的“类人时代”（homogenocene）[6]等提法。但对这一概念首先表示反对的声音也来自地质学界。20世纪地质学界的主流认为，一万年以来的人类文明相对于地球的漫长历史来说，在

---

1 Paul J. Crutzen & Eugene F. Stoermer, “The Anthropocene”, in *Global Change*, No. 41, 2000, pp. 17–18.

2 Paul J. Crutzen, “Geology of Mankind”, in *Nature*, No. 415, 2002, p. 23.

3 Jan Zalasiewicz, et al., “Anthropocene”, in Adamson Joni, et al., (eds.) *Keywords for Environmental Studies*, New York: New York University Press, 2016, pp. 14–16.

4 George Perkins Marsh, *Man and Nature*, David Lowenthal, (ed.) Cambridge: Belknap Press of Harvard University Press, first edition in 1864, reprinted in 1965.

5 Robert Sherlock, *Man as a Geological Agent: An Account of His Action on Inanimate Nature*, London: H. F. & G. Witherby, 1922.

6 Will Steffen, et al. “The Anthropocene: Conceptual and Historical Perspectives”, in *Philosophical Transactions: Mathematical, Physical and Engineering Sciences*, Vol. 369, 1938, pp. 842–867.

地质时间上很短（更不用说工业革命以后至今的两三百年的历史），相对于山体运动、火山喷发、星体撞击等，在地质规模上很小，无法构成对地球地质的永久改变。[1]

不论“人类世”这一提法是否准确，合理性有多大，它对于21世纪人们思想和学术的影响已经渗透到方方面面。正如哲学家戴尔·贾米森（Dale Jamieson）所论证的那样，“人类世”概念的出现引发了关于人类作为实施者的两种相反的心理感受，一是因为人类可以大规模改变地球生态系统和地质构造的力量感；同时相反的是，也生发了一种极度的无力感，因为很多地质变化及其后果都完全出乎我们意料，并不可逆转。[2]“人类世”的概念不仅在自然科学和社会科学领域引起了很大反响，也迅速被生态批评领域的学者接受，并将之作为一种思维框架或视域（threshold），从身份、叙事、历史等诸方面进行了深入研究。

一、研究主体——从地方意识到地球意识

身份和归属感研究一直与地方和空间研究密切相关。我们对环境的理解通常始于对某一地方（place）的经验。地方既是生活、交流的核心，也是建构身份、文化、历史的语境。在生态批评的研究过程中，地方性研究也是一个常见的批评视角，很多批评者也是按国别和区域进行归类和分析。但是随着“全球化”概念的出现和不断得到广泛接受，人文科学领域的研究也纷纷拓展视野，将全球意识作为学科研究的一个重要基础。“全球化”作为现代化进程的一个结果或现象，最早反映在经济领域，后来从资本扩张逐渐延伸到技术、文化等领域。20世纪90年代，全球化的研究范式在社会科学和人文学科被广泛接受，并且出现了新的态势，即对“跨民族主义”（transnationalism）和“世界主义”（cosmopolitanism）等视角的强调，尤其是在身份研究和空间研究领域，突出了超出地方和民族范畴的归属问题。但矛盾的是，大部分理论家接受关于杂糅、流散等理论，仍然强调身份问题中的文化性、法律性和民族性规约，而对人类作为一个整体的、突破民族和文化界限的身份思考不够。在环境成为一个重要学术关注点的当代，在谈论环境整体性的同时，对人类整体性的关注就成了题中之意。

托比亚斯·波斯（Tobias Boes）用宇航员的视角来对比人类世所凸显的整体观：当人们看到宇航员从太空拍到的地球照片，那种视野与身在地球之上截然不同——没有了地平线之后的视野是一种无边际的广阔。就像济慈在《初读查普曼译荷马史诗》中所感慨的：

之后我觉得我像是在监视星空
一颗年轻的行星走进了熠熠星空，
或像是体格健壮的库特兹他那老鹰般的双眼

1 Ursula K. Heise, et al., *The Routledge Companion to the Environmental Humanities*, London & New York: Routledge, 2017.

2 Ursula K. Heise, *Sense of Place and Sense of Planet: The Environmental Imagination of the Global*, Oxford: Oxford University Press, 2008.

盯着太平洋一直瞧——而他所有的弟兄
心中都怀着荒诞的臆测彼此紧盯——
他不发一语，就在那大然山之巅。

从人类世的角度来看，这首诗中所表达的美学思想已经远远不只诗人济慈语言和技艺的精湛，也不只他对美的激情与热爱。这种象征性的"星球意识"不是为了表达占有，而是一种超越时间和空间的整体性壮美。这是一种崇高的、无法掌控的远景，但又以某种方式与人类相连。[1]

著名生态批评家、环境人文学者厄休拉·海斯（Ursula Heise）在 2008 年出版的《地方意识与地球意识》一书中对这种"相连性"（connectedness）进行了更具当代性的阐释。她从詹姆斯·洛夫洛克（James Lovelock）的"盖亚假说"（Gaia Hypothesis）[2] 出发，追溯到加勒特·哈丁（Garrett Hardin）的"公地悲剧"（tragedy of the commons），认为"全球视野"相关的理论虽然已有一些成果，但是当代的生态和环境研究还没有在真正意义上与"全球化"的概念相结合。她提出了"生态世界主义"（eco-cosmopolitanism）或"环境世界公民"（environmental world citizenship）等概念。这些概念在空间意识上与"栖居"（dwelling）、"再居住"（reinhabitation）、"生物区域主义"（bioregionalism）、"地方侵蚀"（erosion of place），甚至"土地伦理"（land ethics）等概念相抵触。海斯认为，虽然以上这些概念或理论在地方性的环境保护中发挥了重要作用，但是这些思想太过"地域化"，而以生态为导向的研究应当紧密联系真正的全球化思想，即"去地域化"（de-territorialization）。毫无疑问，去地域化意味着不可避免要与新的文化相遇，也不可避免会受到女性主义和后殖民主义强调政治、经济、文化因素的挑战。但是海斯认为，人类目前面临的重大任务是，要构想一个不再以区域和地方性空间为前提的方式，来建立一个能够涵盖非人类世界的，更大、更广泛的环境正义。[3]

"人类世"概念的出现和传播无疑为这种思想提供了新的理论基础。在 2013 年的文章"全球性、差异性与生态批评的跨国转向"（Globality, Difference, and the International Turn in Ecocriticism）中，海斯再一次强调去区域化的观点，她用"全球性"一词来诠释这个概念：虽然文学研究领域的全球化意识早在 20 世纪初已经出现，但是近年来生态批评领域的发展大大推进了这一意识，这得益于生态批评将非人类文化纳入其中，并将之与人类文化紧密联系，思考和研究人类文化发展所造成的全球范围的环境问题：水资源缺乏、土壤侵蚀、气候变化等等。[4] 也正如凯伦·桑伯（Karen Thornber）所说，环境破坏是一个全球现象，因此，文学研究也

1 Tobias Boes, "Beyond Whole Earth: Planetary Mediation and the Anthropocene", in *Environmental Humanities*, Vol. 5, 2014, pp. 155–170.

2 James Lovelock, *Gaia: A New Look at Life on Earth*, Oxford: Oxford University Press, 2000.

3 Ursula K. Heise, *Sense of Place and Sense of Planet: The Environmental Imagination of the Global*, Oxford: Oxford University Press, 2008.

4 Ursula K. Heise, "Globality, Difference, and the International Turn in Ecocriticism", in *PMLA*, Vol. 128, No. 3, May 2013, pp. 636–643.

就应该超越文化的特殊性，将关注点投向跨文化的主题和概念，而不是只遵循文化 / 民族这一研究路径和空间。[1]

二、研究内容——紧迫性与灾难故事

西方文学和文学批评对自然的关注早在 18 世纪末 19 世纪初就已经出现，也不断有学者对日益发展的工业革命表达了关切和忧虑，并提出人类正在威胁着地球，而不是地球在威胁着人类，如果人类继续不加节制，地球将“很快变成这最高贵的居民所无法存身的家园”。环境在现代人类社会的影响下日渐恶化。从自然书写到生态文学，都给予环境保护很大的关注，对人类破坏环境的批评包括圈地运动、铁路建设、毁林开荒、人口增长、城市污染，等等，为唤醒公众意识，改善生态环境做出了一些贡献。这些写作或批评的基本共识是：现代社会是曾经美丽、和谐、自给自足的自然世界逐渐退化的罪魁祸首，而在此思维框架下的是一种以怀旧、哀叹的方式批判现状的“衰退叙事”（decline narrative）。

“人类世”所引起的反响不仅在于它在地质层面的说法，而是在于它将当下的未来投射为已经到来的能力。[2] 这一点与文学领域的科幻叙事相类似，即将地球和人类看作一个统一的叙事整体。而与科幻叙事不同的是，“人类世”的概念在日益恶化的全球环境的背景上，施加了一种环境世界主义的紧迫性（urgency）。它将人类看作一个“全球存在”（global being），这虽然在某种程度上掩盖了社会经济差异所导致的意识形态上的不平等，但也许更重要的是，“人类”的概念在某种程度上就像是生态启示录，以对灾难紧迫性的强调将怀旧叙事转变为着眼于未来的行动或灾难叙事。

讲述灭绝的故事是灾难叙事的一个重要领域。灭绝（extinction）看起来似乎是自然界优胜劣汰的一个自然而然的结果，生物学家的报告显示，地球历史上曾经生存过的物种已经有 99.9% 已经灭绝。但是在“人类世”的视域中，灭绝绝不仅是一个自然现象。既然人类已经成为影响地质变化的最主要因素，那么地球上其他生物的灭绝就不可能没有任何人为影响的因素，比如气候变化所引起的生物灭绝。全球气候变化与“人类世”概念密切相关，气候变化的影响波及世界各个层面的物质、文化和社会结构中，包括个人的微观层面的生活方式。[3] 因此，环境人文学认为，气候问题和灭绝叙事已经不应只是气候学家或者地球科学家所关注的层面，而应是社会、文化、哲学、政治所共同关注的层面，其危险性或危险的暗示已扩展到社会各个领域。于是，在“人类世”概念的推动下，大规模的气候变化和生物灭绝叙事对于我们的历史观、认识论、本体论都会产生重大影响，将超越已有的政治思想和哲

1 Karen Thornber, *Ecoambiguity: Environmental Crises and East Asian Literature*, Ann Arbor: University of Michigan Press, 2012.

2 Ursula K. Heise, *Imagining Extinction: The Cultural Meanings of Endangered Species*, Chicago: University of Chicago Press, 2017, p. 203.

3 Dipesh Chakrabarty, “The Climate of History: Four Theses”, in *Critical Inquiry*, No. 35, 2009, pp. 197–222.

学含义。[1]因为不论何种灭绝，都绝不仅是一个基因相关事件，而是一个涉及多学科的相遇与理解的多语境现象。[2]这里所强调的多学科、多语境也正是环境人文学的题中之意。而讲述灭绝故事，就是要将灭绝这一自然现象拉入“人类世”框架下的时间维度来考虑：从进化和物种形成的深层过程，到当今生物多样性丧失的惊人速度，以唤起更多的责任感。

三、研究话语——慢性暴力叙事

“人类世”概念将罗布·尼克松所谓的“慢性暴力”（Slow Violence）快速地推到世人眼前。尼克松这样定义他创造的“慢性暴力”一词：

> 慢性暴力是指逐渐发生且看不见的暴力；通过在时间和空间上的分散，延迟破坏性的暴力；它是消耗性的暴力，通常情况下也许根本不被视为暴力，因为它不像通常的暴力行为或事件那样，具有及时性、爆炸性，在空间上引人注目，在时间上具有瞬间的可见的轰动性。

“人类世”概念中人类对地球所造成的巨大的地质变化或破坏却不是我们通常所说的暴力行为所能实现的，它正是源于这种慢性暴力，缓慢却具有极大的破坏性。在政治和情感层面来看，不同种类的灾难指向了不同的责任和担当。在当下这个媒体崇尚轰动效应的时代，公共政策也往往主要是围绕眼前的迫切需求而制定的。但是正如“人类世”概念所揭示的，慢性暴力的故事可能长达数年、数十年、数个世纪，甚至上万年。这种破坏所造成的危害是无法比拟且不可逆的：栖息地的破坏、有毒物质的积累、温室气体的大量扩散、物种加速灭绝……这些灾难性的慢性暴力叙事对于很多人来说，似乎离自己的生活很远，但从整个地球来看，这些是人类未来的灾难。慢性暴力就是要将这种在深层影响我们的缓慢的灾难推进到眼前，而“人类世”则赋予了慢性暴力以理论和概念上的框架，用形象化的叙事方式将其彰显，为慢性暴力的危害性拉响紧急信号。

同时，对“慢性暴力”的研究是为了彰显对其进行抵抗的政治和文学形式，并发出穷人在环保主义领域的声音。尼克松在书中列举了博帕尔的化学爆炸、尼日尔三角洲和中东的石油钻探、肯尼亚的森林砍伐、印度和美国西部的水坝建设、伊拉克和阿富汗的集束炸弹以及马尔代夫的气候危机等暴力事件，但是他认为当代社会对这些事件的理解、阐释和再现没有触及这些事件最深层的时间性和影响规模。他认为作家、批评家和社会活动家应该看到其中的“慢性暴力”，拒绝从短期时间尺度上研究其爆炸性的影响力或者可见的环境影响，而应该从政治和经济不平等的角度对这些暴力事件进行反思，看到经济政治的不平衡与慢性暴力产生之间的紧密关系。[3]

1 Uwe Lübken & Christof Mauch, (eds.) “Uncertain Environments: Natural Hazards, Risk and Insurance in Historical Perspective”, in *Special Issue of Environment and History*, No. 17, 2011, pp. 1–12.

2 Deborah Bird Rose, et al., (eds.) *Extinction Studies: Stories of Time, Death, and Generations*, New York: Columbia University Press, 2017.

3 Rob Nixon, *Slow Violence and the Environmentalism of the Poor*, Massachusetts: Harvard University Press, 2011.

在此意义上，尼克松大大延展了对环境人文学研究和后殖民主义生态批评的视野。

"人类世"概念为生态批评提供了一个新的语境，也引发了两种截然不同的悲观和乐观的情绪和论调。悲观主义者认为，"人类世"表明人类对环境的负面影响范围非常广，已经超过了可以控制的地步。但对于乐观主义者而言，它开辟了未来的新的可能性，不是重返过去，而是重塑未来："我们与自然的关系已经发生了剧烈的变化"，但是，人类不是被动的，而且人类的智慧是无穷的，"我们可以成为地球的推动者、修复者和守护者"。[1] 安德鲁·雷夫金将"人类世"这一概念称为"对人类力量的傲慢的夸张"，[2] 艾伦·韦斯曼（Alan Weisman）在其《没有我们的世界》（*The World Without Us*）一书中提出了一个有趣的思想实验："假设最坏的情况已经发生，人类灭绝已既成事实……我们想象一下那个所有人类都已经消失的世界……我们是否可能在宇宙上留下了虽暗淡、但持久的印记？……这个没有我们的世界是否可能会怀念我们，抑或只是终于松了一口气，留下一声巨大的、生物性的叹息？[3] 从一个角度来看，人类必须接受其孤军奋战的角色，努力改善气候和其他生态体系，因为作为地质变化的最重要力量，我们已经无可依赖、退无可退、别无选择。但是从另一个角度来看，面对我们没有预见到的可怕后果，人类的能力其实是很弱小的。即使"人类世"的概念敦促我们作为一个集体需要承担更大和更特殊的责任，它同时也表现出人类曾经的自负。曾经的人类中心主义使我们沦为自己的敌人，成为一种需要战胜自己的生物，而这一切都是因为我们对大自然了解得太少，也就是说，我们已经陷入自己无法理解的自然和地质力量，而面对这一切，我们必须回归自然。

四、结语

20 年过去了，"人类世"这个概念仍然具有很强的不确定性和难以估量的复杂性，既令人感到恐惧，同时又在思想上有着某种程度上的解放。围绕着"人类世"问题的各个领域的热烈讨论，甚至激烈的辩论使得我们必须反思人类当前的处境，反思与气候变化、其他生命以及地球变化之间的关系，同时，也包括对人类与非人类的关系之中社会、政治关系的想象和反思。"人类世"的概念迫使我们在反思人类的地质影响时，将思考的范围在时间和空间两个维度上延展。而生态批评正是受益于此，从作为研究主体的人到作为研究客体的环境，到研究具体内容和方法，都在这个新概念的启发和推动下不断得到深化和拓展。人与自然是生命共同体，对自然的伤害最终会伤及人类自己。几千年来人类的实践和教训证明，良好的生态是文明发展的基本保障。"生态兴则文明兴，生态衰则文明衰。""人类世"这一概念在地质领域的接受也许还有待时间的检验，但是生态批评对人类世概念的借鉴从很大

1 Diane Ackerman, *The Human Age: The World Shaped by Us*, New York: Norton, 2014.

2 Andrew Revkin, "Confronting the Anthropocene", in *The New York Times*, No. 11, May 2011.

3 Alan Weisman, *The World Without Us*, New York: Picador, 2007.

程度上有益于提升人类地球保护意识，增强以人类为整体的危机感，进而更深入地实现环境保护，振兴生态文明，并且更重要的是，敦促和培养一种具有全球视野的、全人类命运相连的生态意识。

奥威尔早期殖民地经验作品中的殖民关系与文化反思

李　娟　云南大学

20世纪20年代，乔治·奥威尔曾在缅甸的印度帝国警察部队服役五年，后来因为在缅甸的工作有损健康，更由于越来越发现自己无法为帝国主义服务，奥威尔辞去工作并离开了缅甸。在殖民地的这段经历使奥威尔有条件细致地观察当地社会现实，在此基础上深入探讨英殖民统治中存在的种种问题，他以这段经历为素材陆续写出了随笔《绞刑》(*A Hanging*, 1931)、《射象》(*Shooting an Elephant*, 1936)和小说《缅甸岁月》(*Burmese Days*, 1934)等作品。作为一位具有社会责任感和反思意识的作家，奥威尔在这些作品中深刻地揭示了殖民者与被殖民者的关系、英国殖民者在殖民地的作为及其后果。本文以这几部直接与作家殖民地经历相关的早期作品为主要讨论对象，试图探究几个问题：奥威尔的殖民地生活体验如何成为他塑造英国殖民者心理世界的重要基础？在文本的权力关系、人物塑造、情节建构等层面上奥威尔是如何凸显殖民关系与文化身份问题的？这种从文本中表现出来的对帝国主义的批判意识有何积极意义与局限性？

一、从英国到缅甸：作为文化背景的殖民扩张

奥威尔在缅甸的生活经历，其社会文化背景是英国不断持续的帝国扩张。19世纪末到20世纪初是大英帝国殖民扩张的自我认知发生重要变化的时期。在此之前的16到18世纪，英国的海外扩张规模越来越大，到19世纪初殖民地已经遍及全球各地，充分显示出大英帝国难以撼动的影响力。伴随着英国在领土上的殖民扩张，帝国主义和种族主义的优越感成为英国殖民者的主导思想，认为英国的殖民统治是播撒文明的方式，给野蛮落后的殖民地带去了先进文明。

现实中的文化政治潮流与文学中的书写建构相互推波助澜，英国文学版图中与帝国和帝国主义相关的作品不断涌现。有学者指出："从19世纪到20世纪初，英国小说中有关帝国的暗示、隐喻和意象俯拾皆是，构成独特的态度和参照结构。英国小说的叙事权威模式与帝国主义复杂的意识形态之间的重合绝非偶然。作为现代资产阶级社会主要的文化艺术载体，小说与现代资产阶级的帝国扩张冲动相互支撑。"[1] 这一时期的英国文学具有重要的文化意义，作品以当时英国的社会参照体系为基础，在文化层面上进一步丰富了帝国形象。在相当长的一段时期内，大批文学作品表现出的多是对殖民英雄的崇拜，充斥着对帝国的颂扬与膜拜

1　陶家俊,《思想认同的焦虑：旅行后殖民理论的对话与超越精神》, 北京：中国社会科学出版社，2008年，第307页。

之情。[1]然而，随着19到20世纪之交大英帝国国势渐衰，加之一战的重创，大英帝国往日的辉煌不再，越来越多的英国作家所描绘的大英帝国与殖民地之间的文化政治关系也不再是具有同一性的帝国英雄与殖民地野蛮人的模式。

英国作家在不同文本中对于大英帝国的形象塑造形成了一个更为复杂广阔的新空间，奥威尔便是其中一员。奥威尔在缅甸生活的时期属于大英帝国殖民扩展统治这一历史线索的后半段。20世纪20年代，印度与印属的缅甸殖民地人民和殖民者之间的关系已经趋于紧张，印度国内的"不抵抗运动"对于英国殖民权威造成了很大的冲击。在亚洲民族主义情绪高涨的背景下，英帝国对殖民地的影响力已经开始慢慢崩塌。奥威尔在早期殖民地经验作品中着重表现的正是这一时期大英帝国与其殖民地之间的文化关系，在表现帝国形象时更多的是站在批判的立场来反省大英帝国这个"年老的女性病人"[2]身上究竟有何病症。可以说，对殖民关系以及文化身份的思考是贯穿其殖民地经验作品的一条主线。

二、"帝国主义的阴影"：殖民关系与文化身份的文学书写

以缅甸殖民地经历写作的《绞刑》《射象》和《缅甸岁月》等几部作品，前两者直接来源于奥威尔本人在当地的切身经历，算是写实性的散文随笔，而后者是小说，其中不乏虚构的情节；但共同点在于作家敏锐地捕捉到了殖民地不平等的政治文化权力关系并对其加以细致刻画，或隐或显地揭示了英国殖民者在文化认同上的两难困境。

（一）殖民关系与权力空间

这些作品大量细节都以大英帝国与殖民地的地理空间关系为背景，具体呈现缅甸当地空间中的权力关系。《绞刑》的核心空间是钉有铁栅栏的牢房和绞刑台。死囚的牢房"是一排平房，正面钉着两重铁栅栏，就像关动物的小笼子。每间牢房大约十英尺见方，里面空空如也，只有一张木板床和一壶饮用水"，[3]砖头砌起的绞刑台则"像一所三面有墙的平房，上面铺着木板，木板的顶上有两条大梁和一条横杆，横杆上挂着绳子"。[4]《绞刑》和《射象》都是以第一人称写作的随笔，"我"作为在缅甸工作的警察，日常面对的都是这些场所——同时也是殖民者权力运作实施的典型场域。"空间已经成为国家最重要的政治工具。国家利用空间以确保对地方的控制、严格的层级、总体的一致性，以及各部分的区隔。因此，它是一个行政控制下的，甚至是由警察管制的空间。"[5]没有哪一个地方能像牢房和绞刑台这样极致地体现殖民者的主体权威，代表殖民者的监狱长、狱卒和警察在牢房之外监视、管

1 艾勒克·博埃默，《殖民和后殖民文学》，盛宁、韩敏中译，沈阳：辽宁教育出版社，1998年，第34–35页。

2 乔治·奥威尔，《缅甸岁月》，李锋译，南京：南京大学出版社，2001年，第35页。

3 乔治·奥威尔，《奥威尔文集》，董乐山译，北京：中央编译出版社，2010年，第378页。

4 乔治·奥威尔，《奥威尔文集》，董乐山译，北京：中央编译出版社，2010年，第380页。

5 列斐伏尔，《空间：社会产物与使用价值》，见包亚明主编《现代性与空间生产》，上海：上海教育出版社，2003年，第50页。

教甚至虐待这些死刑犯；在绞刑台上，犯人是被套上布袋子绞死的一方，而监狱长和“我们”则是执行者、观望者、嘲笑者。监狱和牢笼意象在其他两部作品中也不断出现，《射象》里“我”极度厌恶关犯人的那些臭气熏天的笼子，《缅甸岁月》中弗洛里和伊丽莎白一起去集市时途经监狱，看到“四肢十分拙笨，穿着粗糙的白布囚服”[1]的重刑犯拖着堆满土的手推车经过。牢笼、绞刑台、监狱不再只是事件展开的场所和背景，而蕴含着殖民者主体的权威意识。具有殖民者身份的“我”从牢笼外面注视着关在里面的囚犯，在绞刑台外观看着绞刑被执行，小说人物弗洛里在监狱外面打量着囚犯做苦力。这些建筑空间内外建构起一个控制、规训、惩罚和施暴的场域，具有深刻的政治权力的烙印。

《射象》中的事件发生在山野中的贫民区和稻田。因为一头发情的公象挣脱锁链跑到了镇上，有可能造成人员伤亡，身为分区警官的“我”来到了当地人居住的贫民区控制事态。贫民区是一些建在陡峭山边的竹屋子，而“我”与公象对峙的地点则是这附近一片山脚下的稻田，在“我”身后围观的人群远远地堵死了马路的两端。比起《绞刑》中的牢房、绞刑台、监狱等充分体现殖民者主体性权威的空间，《射象》中的竹屋子和稻田看似属于当地被殖民者，但是“我”白人警察的身份和手中那枝老式的点四四口径温切斯特步枪却赋予了“我”极大的权威，因此形成了一个以“我”为核心的流动的权力空间。“我”当然意识到了这一点，这是“我”作为白人老爷的权威所在，但身后围观的当地人群看热闹的姿态又消解了这种权威——“他们两千个人的意志在不可抗拒地把我推向前”，[2]“我”如傀儡般不得不硬起头皮向前走，去射杀那头大象。《射象》不仅呈现了殖民地空间中的权力机制，更通过“我”的内心斗争，以人的本性中的怯懦惶恐直接消解了帝国的高大形象。

《缅甸岁月》中最能体现殖民权力关系的空间是凯奥克他达的欧洲人俱乐部。这座破旧的木制建筑在外观上并不耀眼，却和大英帝国殖民地每座城镇的欧洲俱乐部一样，是当地白人的精神堡垒，“是不列颠权力的真实所在，是土著官员和百万富翁们徒然向往的极乐世界”。同时这座俱乐部最引以为傲的地方在于，它“几乎是唯一一家从不接纳东方人会员的”。[3]通过空间上的隔离，当地殖民者维持着权力统治的机制运作，进一步申明殖民者与被殖民者之间严格界定的身份与地位。将东方人排除在外的殖民地俱乐部起到了定义“他者”的作用，代表着殖民者在权力上对被殖民者的统治与驱逐。小说中还有一个细节也很能说明殖民者的政治文化权力是如何渗透到自然景观中的：殖民者不断地在当地种植英国花卉。这不仅是出于美化环境的需要，也是对文化环境的塑造，“控制景观是一种物质性行动也是一种象征性行为”。[4]当地英国殖民者按照宗主国的趣味与审美观念在不断塑造英国式文化

1 乔治·奥威尔，《缅甸岁月》，李锋译，南京：南京大学出版社，2001 年，第 130 页。
2 乔治·奥威尔，《奥威尔文集》，董乐山译，北京：中央编译出版社，2010 年，第 386 页。
3 乔治·奥威尔，《缅甸岁月》，李锋译，南京：南京大学出版社，2001 年，第 14 页。
4 凯·安德森等，《文化地理学手册》，李蕾蕾、张景秋译，北京：商务印书馆，2009 年，第 379 页。

景观，也是在展现帝国的空间权力，彰显着殖民者对于殖民地在地理以及文化上的掌控权。所以，无论是殖民者种植英国植物所呈现的对于景观改造的文化塑造行为，还是对欧洲俱乐部描述时刻意凸显的空间隔离规则，无不体现出权力关系的张力。

无论是《绞刑》《射象》，还是《缅甸岁月》，空间都成为作家表现殖民地生活样貌、社会心理氛围的重要载体，也是建构权力关系模式的场域。在这些殖民地经验作品中明显可以看出种种空间的建构与区隔，充满“各种空间中的隐喻，如位置、地位、立场、地域、领域、边界、门槛、边缘、核心和流动等，莫不透露了社会的界线与抗衡的界线，以及主体建构自己与异己的边界”。[1] 这些或实或虚的边界突出了大英帝国与殖民地之间的文化政治权力结构，带有殖民政治强权的一系列文化行为赋予或生产出这些殖民空间的意义，使空间成为具有社会性、历史性、文化性的场域，关联着殖民者与被殖民者在地位、生活方式与文化立场各个层面的权力网络。

（二）殖民者身份与人物形象

在奥威尔笔下，缅甸炎热无比的天气、长满热带植物的丛林、泥泞的稻田都具有明显的东方色彩。无论是随笔中的“我”还是小说中的人物，都是从英国来到缅甸殖民地生活的白人。在毛淡棉或者凯奥克他达小镇这些被“他者化”的异国空间中，身份问题往往成为作家表现的重点，而在很大程度上作家对于身份问题的思考是借助于作品中的人物关系和人物形象的塑造来完成的。

杰弗里·迈耶斯在评价《绞刑》和《射象》时写道：“这两篇具有自传特点和坦白性质的文章是在心理上极力寻找自我的结果，显示奥威尔已经掌握那种经验并克服了失败、羞耻和负疚感。他学会了做在缅甸时未能做的事：与殖民制度脱离关系，为他认为是自己罪咎的事赎过。”[2] 在对自身殖民地经验的书写中，《绞刑》和《射象》将重点放在了“我”的警察身份上。殖民地警察的身份意味着“我”不能像上流社会的英国殖民者一样只在俱乐部的隔绝环境里生活，而要在日常生活中真切地面对当地民众。在这种环境中，“我”更能感受到阶层之间的差别、东西文化的差异与帝国统治的种种问题，让“我”从另一个角度更好地反思自己的殖民者身份。因此，这两篇随笔的写作意义更多地在于对自我身份的反思意识，而非对“我”的经历的呈现。

《绞刑》和《射象》中“我”的形象与“帝国主义诗人”吉卜林笔下的帝国军人形象形成了鲜明对比，以写实性的笔法来呈现“我”的所见所想。《绞刑》中的“我”是一个沉默的旁观者与参与者，《射象》中的“我”则是敞开内心世界，更加充满自我争斗的个体。被执行绞刑的印度人和观看“我”持枪射杀公象的当地民众构成了作家生活经历中的被殖民者群体，同时也是一个“他者”群体。两篇随笔中

1　吴宁，《日常生活批判：列斐伏尔哲学思想研究》，北京：人民出版社，2007 年，第 351–352 页。
2　杰弗里·迈耶斯，《奥威尔传》，孙仲旭译，北京：东方出版社，2003 年，第 100 页。

都写到了死亡：死刑犯的死和大象的死，而“我”恰恰是这两桩死亡事件的参与者和制造者。所以文中自赎意味相当明显，虽然在《射象》的文末“我”不无自嘲地表示：“我事后心中暗喜，那个苦力死得好，使我可以名正言顺地射死那头象，在法律上处于正确地位。”[1] 这种殖民地警察形象的自我刻画说明了奥威尔自我反省的深度所在，是他与殖民制度脱离关系的具体表现。

《缅甸岁月》的情节和人物都比前两篇随笔复杂得多，主要描写英国人弗洛里在英属殖民地缅甸的生活情感经历，借助于弗洛里这一主要人物和其他人物之间的关联，全面地展现了当时缅甸殖民地的阶层差异与殖民矛盾。小说中“最重要的人物关系”[2] 是一组三角式的人物关系，即弗洛里、维拉斯瓦米医生和吴波金的关系。小说借助三个人物的阶层地位和相互关系展现了当时社会现实中具有典型性的文化立场：地方治安官吴波金代表的是缅甸当地既攀附白人殖民者又顾忌自己当地利益的投机主义者；维拉斯瓦米医生代表了被英国文明“启蒙”的东方知识分子，认为西方的殖民统治给东方带来了文明、进步和秩序；而弗洛里则代表着已经深深意识到帝国形象幻灭却无力有所行动、在身份认同上处于两难困境的白人殖民者。小说中还有另一组重要的人物关系，即弗洛里与两位女性的关系，马拉美和伊丽莎白分别代表了东方殖民地女性和西方殖民者女性。马拉美是供弗洛里打发寂寞、慰藉肉体的工具，更是隐喻殖民者与被殖民者关系的女性角色。伊丽莎白代表了对东方具有刻板印象的西方白人殖民者形象，作为“他者”的东方在她的眼里显得神秘、怪异、落后、堕落，在她看来当地人“终归只是‘被统治’的民族，是长着黑色脸庞的下等民族”。[3] 以弗洛里的感情经历为线索，借助于这两个女性形象构成的对照关系，小说揭示了西方殖民者与当地人之间的文化冲突和阶层隔膜。《缅甸岁月》中人物众多，在东方人阵营中既有吴波金这样的当地投机主义官僚，也有医生这样坚定地拥戴以英国为代表的西方文明的人士，还有以充当白人情妇为荣的当地女子马拉美；在西方人阵营中既有埃利斯这类对东方人充满傲慢自大情绪的人，也有伊丽莎白这样难以摆脱对东方刻板印象的白人淑女，但其中最重要也最丰满的人物无疑是弗洛里这个文化边缘人。

长期在缅甸的生活已经将弗洛里和遥远的帝国阻隔开来，大英帝国的文化影响和族性记忆印痕犹在，夹缝之中的这类英国白人遭遇身份危机是必然的。在《缅甸岁月》中对弗洛里的心理有极为精细的描写，表现他那种再也回不去但也难以在此地扎根的彷徨与犹豫。他对伊丽莎白的渴求有个人情感归属的动因，更掺杂着一个文化边缘人寻求文化归属或者说开辟自我的文化认同空间的急切与躁动。但因为本身就是专制统治的产物，是个被文化禁忌束缚住手脚的白人老爷，弗洛里的死是文化的必然。他那道犹如该隐的印记“显示出他的身份，注定了他无法逃脱的命

1 乔治·奥威尔，《奥威尔文集》，董乐山译，北京：中央编译出版社，2010 年，第 389 页。

2 Philip Bounds, *Orwell and Marxism: The Political and Cultural Thinking of George Orwell*, London & New York: I. B. Tauris, 2009, p. 178.

3 乔治·奥威尔，《缅甸岁月》，李锋译，南京：南京大学出版社，2001 年，第 123 页。

运”。[1] 伴随着个人情感的失败和文化理想的破灭，弗洛里悲剧性地结束了自己的生命。比起《绞刑》中犯人的死，《射象》中大象的死，弗洛里作为一个白人老爷的死无疑更具震撼力。小说中弗洛里带有明显边缘化色彩的不可言传的内心世界在很大程度上来自于奥威尔本人具有矛盾性的心理体验。在离开缅甸几年后，奥威尔在这部小说中再现了他本人的心路历程，将现实经验与文学建构融汇在一起。

三、奥威尔的殖民地经验与社会文化批判意识

从英国到缅甸，再由缅甸回到英国，在殖民地的经历和因此激发的对殖民者自我身份的思考是奥威尔批判社会现实中英国帝国统治弊端的起点。地理及文化空间的变化带来的是作家对文化身份问题真切的个人体验，他以此为基础揭示了英国帝国主义对人性的束缚，展现了殖民者的精神危机，也表达了对英国殖民统治的反思和批判。

《绞刑》中“我”以参与者的身份目睹了死刑犯如何被绞死，在殖民者与被殖民者的阶级差别之外，“我”更深切的感触是：这个被执行死刑的犯人仍会本能地避让开水坑，“他和我们都是一起同行的人，看到的、听到的、感觉到的、了解到的都是同一个世界；但是在两分钟之内，啪的一声，我们中间有一个人就去了——少了一个心灵，少了一个世界。”[2] 如果说《绞刑》体现的是具有普遍性的悲悯意识和人道主义立场，那么《射象》则写得相当直接而犀利：“因为那时我已认清帝国主义是桩邪恶的事，下决心要尽早辞职滚蛋。从理论上来说——那当然是在心底里——我完全站在缅甸人一边，反对他们的压迫者英国人。至于我所干的工作，我是极不愿意干的，这种不愿意的心情非我言语所能表达。在这样的一个工作岗位上，你可以直接看到帝国主义的卑鄙肮脏。可怜巴巴的犯人给关在臭气熏天的笼子里，长期监禁的犯人菜色的脸，被竹杖鞭打后瘢痕斑斑的屁股——这一切都使我有犯罪的感觉，压迫得我无法忍受。但是我无法认清楚这一切。我当时很年轻，没有受过什么教育，我不得不独自默默地思索着这些问题，在东方的英国人都承受着这种沉默。”[3] 当然，这种内心的沉默被射象事件打破了，就在“我”手握步枪与大象对峙的时候，“就在这个当儿，就在我手中握着那支步枪站在那儿的时候，我第一次看到了白人在东方的统治的空虚和无用。……他成了一个空虚的、装模作样的木头人，常见的白人老爷的角色。”[4] 因为在当地人面前白人不能表现出害怕，所以“我”必须杀死那头安详得像是老祖母的大象，虽然这无异于谋杀。射象事件如同一盏聚光灯，将“我”推到并钉在舞台之上。奥威尔直接地刻画了一张白人殖民者的脸——隐藏在面具之下又按照面具长成，有主动配合也有迫不得已——凸显出殖民者身份的矛盾性。

1 Frederick R. Karl, *A Reader's Guide to the Contemporary English Novel*, Beijing: Foreign Language Teaching and Research Press, 2005, p. 155.

2 乔治·奥威尔,《奥威尔文集》，董乐山译，北京：中央编译出版社，2010 年，第 379 页。

3 乔治·奥威尔,《奥威尔文集》，董乐山译，北京：中央编译出版社，2010 年，第 383 页。

4 乔治·奥威尔,《奥威尔文集》，董乐山译，北京：中央编译出版社，2010 年，第 386 页。

以缅甸经历写作的这些随笔中的事件以及某些细节是否“真正地”发生过？不同学者仍有争论。[1] 奥威尔的回忆描写是直接还原事实原貌，还是以“逼真可信”为目的？有评论者认为，强调历史事实细节的考据不是最重要的，最重要的是他试图以自己的亲身经历来揭示帝国主义的消极面，因而他笔下的这些故事“疑似虚构又逼真可信，既不像完全真实的又是完全真实的”。[2] 这一评论准确地点出了文学作品在反映社会问题时的艺术特征。《绞刑》中以对囚禁空间的细致描写，以动物（狗）的行为达到的暗示效果，都直接指向英国帝国统治与最本质的“人”之间的矛盾；《射象》里将“我”的内心争斗直接诉诸文字，更是直接揭开了白人老爷的面具，深刻地点明了殖民者身份的空虚与无用。

迈耶斯曾把《缅甸岁月》和福特斯的《印度之行》放在一起比较，认为“两本小说都利用俱乐部场景来展现令人丧气的殖民者群体的一个实例，并通过小说人物的种族观念来衡量其品格及道德观”，但《缅甸岁月》“是一本悲观得多的书”。[3] 这部小说的悲观之处不仅在于人物的最终自杀，更在于奥威尔将对于大英帝国的反思和抨击直接写到了小说里，其锋芒之利是写类似题材的吉卜林或福斯特未曾达到的。吉卜林的《吉姆》也反映了作家的殖民地经验与文化态度，也揭示了作家对于帝国主义和殖民关系的态度，但总体而言这种态度是和缓的，带着帝国主义的优越感与理所当然。吉姆最终“正式加入了英国殖民事务中”，[4] 投身帝国主义体制，而弗洛里开枪自杀了，两位作家对帝国殖民统治的态度由此了然。

《缅甸岁月》里的弗洛里最终以死亡来摆脱这种情感和文化上的夹缝困境，奥威尔本人选择的是离开。奥威尔从英国来到缅甸，最终又辞去这份报酬不错的职务返回欧洲，开启了一段相当困窘的生活，并正式走上了写作道路。和相当一批依靠想象、通过殖民者“他者”形象来确立大英帝国殖民统治秩序感与光辉形象的作家不同，奥威尔有着切身的殖民地经验，能够细致地观察真实的殖民关系并相对客观地反思帝国主义的弊端，并流露出“自我赎罪”的意愿。《绞刑》中的“我”对死刑犯心怀同情却无力发声，《射象》中的“我”强抑内心的怯懦与惶惑拿出“白人老爷”的样子来开枪射死大象，《缅甸岁月》里的弗洛里作为边缘人不再是“帝国英雄”，而是一个在文化夹缝与生活情感困境中的失败者，“标示了帝国英雄这种文体的终结，同时也暗示了支持它的体制的终结”。[5]

奥威尔的殖民地经验作品融合了殖民文化历史背景、历史叙述和个人经历以

---

1 参见 Stephen Ingle, *The Social and Political Thought of George Orwell: A Reassessment*, London & New York: Routledge, 2006, p. 38; Edward Quinn, *Critical Companion to George Orwell: A Literary Reference to His Life and Work*, New York: Facts On File, Inc., 2009, p. 171.

2 Stephen Ingle, *The Social and Political Thought of George Orwell: A Reassessment*, London & New York: Routledge, 2006, p. 175.

3 杰弗里·迈耶斯，《奥威尔传》，孙仲旭译，北京：东方出版社，2003 年，第 163 页。

4 爱德华·萨义德，《文化与帝国主义》，李琨译，北京：生活·读书·新知三联书店，2003 年，第 193 页。

5 艾勒克·博埃默，《殖民和后殖民文学》，盛宁、韩敏中译，沈阳：辽宁教育出版社，1998 年，第 185 页。

及政治表达，体现了英国主流殖民话语和作家个人政治反思之间的裂痕。在这些作品中，作家将政治表达融入了文学书写中，以一种不乏矛盾却犀利的方式审视着他亲身经历的社会事件与文化冲突，以一种更为激进的态度表明了对于帝国主义的批判立场。作家在缅甸经历的思想震动在弗洛里这一人物身上得到了部分体现，人物所经历的夹缝之痛实际上也是作家这样的英国白人共同面对的问题，是作家思想上的文化危机感以及批判精神的体现。

但与此同时，我们还应该看到奥威尔对帝国主义的批判也有其局限性。《绞刑》流露出的西方人道主义显然无力面对帝国主义的挑战；《射象》对帝国主义的批判可谓直接深刻，但也不得不坦率地将矛盾的文化立场和盘托出并将这视为“帝国主义正常的副产品”。[1]《缅甸岁月》里的弗洛里既是书中唯一一个深刻领悟到帝国幻象的人物，[2] 但终其一生也难以摆脱自己在文化上的两难困境。奥威尔未必完全超脱于此，作为关注社会现实的作家，他的可贵之处在于在殖民者阵营中彰显了明显的反帝国主义情绪，但这种批判仍旧是以西方人对于东方、对殖民地的帝国优越感和种族自信心为基础的，是在欧洲中心主义的文化框架内指摘其弊端。对此作家表现了极大的勇气，却难以达到本质上的颠覆。

四、结语

在缅甸殖民地的生活经历无疑对于奥威尔有着重要的意义，这一时期产生的政治文化上的困惑与反思在很大程度上激发了奥威尔写作的欲望，开始了他“复原及清除自己内在野蛮人一面的漫长过程”。[3] 早期这些以殖民地经历为基础的作品是切身经历和文学建构的产物，从中已经可以窥见奥威尔使政治写作成为一种艺术的趋向。奥威尔本人对殖民地生活的心理体验是他早期写作的素材来源之一，也已内化为他后来进一步发扬的社会批判意识的重要基础。在这几部力图在历史情境中复原并反思殖民关系问题的作品中，他直面了威尔逊在评价吉卜林小说时提到的那种吉卜林本人“从不想面对”的“根本的冲突”，[4] 或者如萨义德所言在吉卜林这里完全不存在根本性的冲突。奥威尔表现殖民地经历的这些作品则从另一个角度揭示了根本性冲突的存在，体现了他对现实鞭辟入里的思想深度，具有深刻的启示意义。这段殖民地经历构成了作家思想谱系中重要的一环，他以具体的写作实践将这种具有内在关联的、一以贯之的批判力度打磨成直指人心的思想光芒。

---

1 乔治·奥威尔，《缅甸岁月》，李锋译，南京：南京大学出版社，2001 年，第 384 页。

2 John Rodden, (ed.) *The Cambridge Companion to George Orwell*, New York: Cambridge University Press, 2007, p. 62.

3 杰弗里·迈耶斯，《奥威尔传》，孙仲旭译，北京：东方出版社，2003 年，第 104 页。

4 爱德华·萨义德，《文化与帝国主义》，李琨译，北京：生活·读书·新知三联书店，2003 年，第 206 页。

玛格丽特·杜拉斯作品中的疯狂主题及其寓意

杨 茜 北京语言大学

法国作家玛格丽特·杜拉斯走入中国众多读者的视野是在20世纪80年代《情人》获得龚古尔文学奖后，但《情人》并不是她唯一重要的作品。早在20世纪五六十年代，作家就已经创作了众多艺术性、重要性都可以和晚年的《情人》媲美的作品，这些作品首先得到了作家自己的承认。她曾提到终生纠缠她、让她不能忘怀的三本书是《劳儿的劫持》(有译为《洛尔V·斯坦因的迷狂》)、《副领事》《爱情》，[1] 作家还在另一场合说这三本书"每一本都描绘了最有力的东西"。[2] 而其中《劳儿的劫持》和《副领事》都诞生于这一时期。在她看来，这两个作品还属于她"无法超越的文本"和"真正写就的文本"。[3] 评论界也对这一时期的作品称赞有加。布洛（Christiane Blot-Labarrère）认为上述等作品是杜拉斯作品中的"中央高原"。[4] 细读杜拉斯在1958—1968年这段时间的作品，我们会发现作家在这个时期集中表现了疯狂的主题，在"疯狂"的光辉照耀下的杜拉斯笔下三位不朽女神，被劳拉·阿德莱尔（Laure Adler）称为"构成了杜拉斯作品的考古学"的三位女性人物：劳儿、女乞丐、安娜－玛丽·斯特雷泰尔，也都是在这一时期粉墨登场。

一

1958年《如歌的中板》标志着作家一个新的主题创作时期——疯狂主题的开始。小说主人公安娜是公司经理的太太，她陪着儿子在钢琴教师家上每周一次的钢琴课，突然，楼下传来一声女人的尖叫，等她下楼时，看到地上躺着一个年轻的女人，嘴里流出血，已经死了。一个男人伏在她身上，拥抱她，嘴边也沾上了血，轻轻呼唤着"我的爱，我的爱"。第二天，她又带着孩子来事故发生的地方散步，并在咖啡馆结识了一个男人。这个男人是她丈夫工厂的职员，叫沙文。他们俩开始在咖啡馆见面并一边喝酒一边谈论事故的原因。从他们二人的想象性对话中，可以知道，男人是应女人要求才杀死女人的。他们也是在这家咖啡馆认识的。安娜最后一次来咖啡馆见沙文，他们又开始喝酒，谈话中，他们的手在桌子上放在了一起，嘴唇也轻轻碰了一下。两个人最后的对话是：

——我希望你死，沙文说。

---

1 杜拉斯，《外面的世界》，袁筱一、黄荭译，桂林：漓江出版社，1999年，第299页。

2 杜拉斯、戈蒂埃，《话多的女人》，吴岳添译，见《杜拉斯选集3》，北京：作家出版社，1999年，第60页。

3 杜拉斯，《外面的世界》，袁筱一、黄荭译，桂林：漓江出版社，1999年，第294页。

4 克里斯蒂安娜·布洛－拉巴雷尔，《杜拉斯传》，徐和瑾译，桂林：漓江出版社，1999年，第123页。

——已经死了，安娜·戴巴莱斯特说。[1]

朱莉亚·克里斯蒂娃（Julia Kristeva）曾经说，《如歌的中板》是杜拉斯对“抑郁的 X 光照射”（la radiographie de la depression）创作的开始。[2] 安娜的“抑郁”就是她长期受资产阶级行为规范约束的结果。死者的那一声长喊也唤醒了她潜伏多年的对激情生活的向往。目睹杀人的激情一幕后，她无法再回到她的世界中。小说对烦恼和压抑的渲染都增强了人物向往激情的力度。女人为爱到极致要求被杀死的一幕，犹如具有魔力的场景吸引了安娜的全部身心。她和工人沙文的五次见面，谈话中心都是重建杀人缘由和过程。最后，她终于将自己幻想为那个为爱死去的女人。

皮埃罗曾经把杀人场景看作是“混合了崇高的激情与至上的恐怖并推进到了极限”的一幕，[3] 杜拉斯选取这样一幕作为小说的开头并渗透作品始终，说明了作品向疯狂主题创作的过渡。她本人也曾经在这部小说完成前对别人说，“要写疯狂的爱情，很短的爱情，里面的人物都是气喘吁吁地说话”。[4]

1964 年，杜拉斯发表了《劳儿的劫持》，这部作品的疯狂主题是毋庸置疑的。小说女主人公的原型就是杜拉斯在精神病院遇到的一个女子，她和劳儿一样外表好似正常，但实际上有着与常人不同的精神世界。[5] 为了探讨疯狂这一不为人类理性所知的领域，杜拉斯多次接触那个精神病院的女子。杜拉斯说这是自己第一次不在酒精状态下写成的书，而且写的过程中伴随着相当恐惧的状态。[6] 劳儿被杜拉斯亲切地称为“我的这个小疯子”，说“她已经成为我所有书中居于首位的一个人物”，还说，“我在我所有的书中所写的女人，不论她们年纪有多大，她们的来源无不是出自于劳儿。也就是说，她们对自己都有某种遗忘。”[7] 结构主义大师、心理学家拉康在那篇有名的《向玛格丽特·杜拉斯致敬——关于〈劳儿的劫持〉》的评论文章里把劳儿看作是精神谵妄症（un délire cliniquement parfait）的典型，认为劳儿遭未婚夫抛弃的舞会场景是她心灵受创的主要原因，也是弗洛伊德所谓的“原始场景”（primal scene）。[8] 乔治·巴塔耶也给了这个人物极高的评价：“在我眼里，从来没有一个人物能像她这般执着，纯洁，至尊无上。她痴狂得让人无法接受。”[9] 法国女权主义作家艾莲娜·西苏在和米歇尔·福柯关于杜拉斯的一次谈话中说，《劳儿》是一部关于不

---

1 杜拉斯，《如歌的中板》，马振聘译，见《杜拉斯选集 1》，北京：作家出版社，1999 年，第 89 页。

2 Julia Kristeva, *Soleil Noir: Dépression et mélancolie,* Paris: Gallimard, 1987, p. 241.

3 Jean Pierrot, *Margurite Duras, Paris: Librarie José Corti,* 1986, p. 121.

4 转引自劳拉·阿德莱尔，《杜拉斯传》，袁筱一译，沈阳：春风文艺出版社，2000 年，第 381 页。

5 Marguerite Duras, *Dits à la télévision, Entretiens avec Pierre Dumayet*, Paris: atelier, E.P.E.L. 1999. p. 10.

6 Marguerite Duras, *Dits à la télévision, Entretiens avec Pierre Dumayet*, Paris: atelier, E.P.E.L. 1999. p. 9.

7 杜拉斯，《物质生活》，王道乾译，天津：百花文艺出版社，1997 年，第 35 页。

8 Jacques Lacan,“Hommage fait à Marguerite Duras, du ravissement de Lol V.Stein”, in *Cahiers Renaud-Barrault,* No. 52, 1965, pp. 7–15.

9 转引自皮埃尔·梅尔唐斯，《杜拉斯主义》，曹德明译，见《写作》，沈阳：春风文艺出版社，2000 年，第 119 页。

断迷失的作品。[1] 很多人都认为舞会场景是劳儿“迷失”的起点，皮埃罗称劳儿此后的状态为“活着的死人”（morte-vivante）。[2]

1965 年，杜拉斯创作了她一生中引以为傲的另一部作品《副领事》。这部作品更加集中地表现了疯狂主题，它的背景是白人殖民地——印度，人物主要活动地点——加尔各答。棕榈树、恒河、麻风病人、乞丐、即将到来的季风转换期、炎热，构成了疯狂主题得以展开的理想外部环境。在这样的背景下，作家同时叙述了三个堕落的疯狂天使和他们的故事。

首先是女乞的故事。女乞是杜拉斯许多作品都出现的形象，但在这部作品里她第一次也是唯一一次登上主角地位。和劳儿一样，“迷失”也是女乞的特点，她们的迷失不仅体现在地理上，也体现在心灵和精神上。劳儿对过去某些事有明显的记忆错误，而女乞看起来迷失得更彻底，她甚至忘了自己原来的语言。和劳儿的疯狂相比，女乞的疯狂更为纯粹，劳儿外表上并不像一个疯子，而女乞就是疯子。我认为格拉斯曼（Debora Glassman）对女乞的疯狂概括得很准确：“她体现了印度的痛苦，她的疯狂意味着痛苦的极限。在她身上不会再发生任何事。”[3] 女乞最后确实具有“刀枪不入”的本事，在白人对麻风病谈虎色变的情况下，她出入于麻风病人中，却安然无恙。

这部作品中的另一个女性人物是安娜 – 玛丽·斯特雷泰尔，她也是杜拉斯笔下的灵魂人物，是作家终生念念不忘的女性典范。一方面，作为加尔各答的皇后，她的举止代表着上流社会的得体、高雅。另一方面，她的经历和私生活又引起人们的怀疑和议论。关于这个人物的矛盾性格，我觉得很容易解释。杜拉斯笔下的女性人物，尤其是已婚女性，似乎都是些“不守妇道”的女人。她们在私生活上表现出相当的轻浮态度。然而作家对这些“轻浮”人物流露的都是爱惜和同情。实际上，她们的“轻浮”符合作家的创作理念。首先，她怀疑所谓的“妇道”或社会道德。该时期杜拉斯创作的电影剧本《广岛之恋》中的法国女人就向日本男人坦承自己“是一个道德观值得怀疑的女人”，当日本人让她解释这句话的意思时，她说“就是怀疑别人的道德观”。在整个世界社会价值坍塌的时刻，还有什么必要追究个人的道德呢？正因为如此，她刻意安排了《广岛之恋》独具特色的开幕镜头——两个情人在议论广岛。作家在剧本大纲中对此予以了说明：“……这种亵渎的议论，是刻意安排的。人们可以在任何地方谈论广岛，哪怕是在旅馆的床上，在偶然的性爱中，在偷情中。两个真正相爱的主角的肉体，也提醒我们这一点。真正亵渎的，如果确有亵渎的话，那是广岛本身。”其次，她们的“轻浮”是杜拉斯女性人物存在状态轻、薄特质的一部分。杜拉斯往往以灾难性的历史和滞重的生活为小说背景，女性

1 Hélène Cixous & Michel Foucault, "A propos de Marguerite Duras", in *Cahiers Renauld-Barrault*, No. 89, 1970, p. 11.

2 Jean Pierrot, *Margurite Duras*, Paris: Librarie José Corti, 1986, p. 204.

3 Debora Glassman,"Le Vice-consul and India Song: Dolores Mundi", in Bettina L. Knapp Edi., (ed.) *Critical Essays on Marguerite Duras*, New York: An imprint of Simon & Schuster Macmillan, 1998, p. 221.

人物在这样的背景烘托下显得空洞、透明和轻薄，承受着“生命中不能承受之轻”。她们“都对自己有所遗忘”，迷失在梦游一样的生存状态中。贞操对她们来说也微不足道。这也是她们绝望、疯狂状态的一部分。女乞跟任何给她食物的渔夫睡觉。安娜－玛丽有众多的情人。皮埃罗也认为安娜－玛丽对肉体的放弃实际上是出于和副领事一样的绝望。[1]

继女乞故事后，出现了这部小说之所以得名的人物——副领事，他是作家笔下第一个发疯的男人。男人不疯则已，一疯就是破坏性的。法国派往印度拉合尔（现归巴基斯坦）的副领事，在一个深夜里，站在寓所阳台上朝萨里玛的花园开枪，花园里有麻风病人和狗在那儿过夜。有人在花园里发现了几具尸体。

副领事的疯狂是以愤怒的形式发作的。他愤怒什么？当然是印度的痛苦，加尔各答的痛苦。作为为数不多的拒绝接受印度现实的人，他被其他对此视而不见的白人圈子所排挤。作家自己这样看人物的疯狂：“他向萨里玛花园开枪，那里有麻风病人、狗和夜晚。他向着拉合尔的不幸开枪，向存在的现实开枪。……他向荒谬和一切不可能开枪。”[2] 作家的意思很明显，面对印度的悲惨，拉合尔事件是不可避免的。

这部小说的三个人物女乞、安娜－玛丽、副领事，虽然他们的身份、地位、性别都不同，然而疯狂主题将这三个人物的关系紧紧联系在一起。殖民地印度的痛苦是他们心理崩溃、走向疯狂的共同原因。他们三人一起“被麻风照亮”“被饥饿、痛苦照亮”。[3] 以往，杜拉斯作品中用一个人物体现疯狂，而这里，三个人物加强、集中表现了这一主题。读者不仅看到作家在开掘这一主题时，人物疯狂原因背后的历史厚度，同时，让我们感受到疯狂程度的加剧及其破坏性。

从想象性疯狂到实质性疯狂，从实质性疯狂到破坏性疯狂，作家杜拉斯在这个创作时期向我们展示的是渐次可怕、激烈的疯狂世界和疯狂个人。无论是烦恼现实造成的对激情世界的向往，还是战争、苦难环境对人产生的刺激，抑或是爱情等心灵创伤带来的精神病变，这些原因所诱发的疯狂事件，不仅使我们看到了饱尝磨难的个体心灵，同时也让我们窥测到一个让人发疯的世界。如果我们仅仅从女性主义的角度，去理解她这一时期塑造的众多“阁楼上的疯女人”，那么我们就大大地低估了作家创作主题的意义。要理解疯狂主题的深刻内涵，必须深入到疯狂表象的背后。

二

前文说过，杜拉斯曾经把劳儿亲切地称为“我的小疯子”，其喜爱之情，溢于言表。实际上，作家不但喜欢这个迷倒拉康、巴塔耶等批评大家的“小疯子”，连

1 Jean Pierrot, *Margurite Duras*, Paris: Librarie José Corti, 1986, p. 228.

2 Marguerite Duras, *Dits à la télévision, Entretiens avec Pierre Dumayet,* Paris: atelier, E.P.E.L. 1999. p. 37.

3 杜拉斯、戈蒂埃，《话多的女人》，吴岳添译，见《杜拉斯选集 3》，北京：作家出版社，1999 年，第 234 页。

副领事这样杀了人的“大疯子”，她也喜不自胜、称赞不迭。她喜欢笔下所有的疯狂人物，读者不难从作品中判断出这一点。在常人眼中，疯狂是可怕的、人人唯恐避之不及的；在作家眼里，这是一个有吸引力的非理性世界，比之眼前这个糟糕、黯淡的理性现实，充满激情的疯狂世界是自己渴望进入的领地，是勇士的天堂，是庸人不可企及的神话。对疯狂的肯定说明了作家对理性的批判和对非理性的拥抱。这和当时的历史语境有关。从柏拉图、亚里士多德，到笛卡尔、康德，理性传统一直是建构西方思想、政治的精神支柱。然而到了 20 世纪，叔本华的唯意志论、尼采的权利意志论和超人哲学、伯格森的生命哲学和直觉主义、弗洛伊德的精神分析学等非理性哲学、现代心理学等思潮，使支撑了西方两千多年的理性大厦面临倾倒的危险。法国思想家福柯、德里达、德勒兹等人的学说又好像从这个濒危的理性大厦中抽出最后的柱石，顷刻间，西方理性巨厦轰然坍塌。各种非理性的学说、流派如雨后春笋般涌现出来。这其中，杜拉斯所受影响较深的，当属活跃于 20 世纪 20 年代至 60 年代末的超现实主义流派。超现实主义从前身达达主义那儿继承的对传统价值观念、艺术观念的反叛，对激情和力量的肯定，对梦幻和无意识世界的表现，都极大地影响了作家的创作。作家多次在谈话中提到布勒东及其提倡的超现实主义写作，尽管她并不承认是被动地受了影响：“超现实主义，我可没去找它，但现在它来找我。我对此感到十分高兴。……我进行的那种探索吸引了他们：价值的移位，天主的不在场，对基督幻象的种种引证，然后是疯狂。”[1] 可以看出，作家此时期对疯狂主题的“探索”目的是，彻底颠覆西方的理性传统和价值观念。它的作用与那些在理性的穷途末路中披荆斩棘、为非理性开辟通途的哲学家、理论家相一致。只不过杜拉斯是用更具体生动的文学形象来阐释疯狂的内涵或言疯狂的颠覆作用。米歇尔·福柯对现代社会中疯狂的认识，完全代表了杜拉斯作品中疯狂主题的意义：“疯颠已变得使人有可能废除人和世界，甚至废除那些威胁这个世界和使人扭曲的意象。它远远超出了梦幻，超出了兽性的梦魇，而成为最后一个指望，即一切事物的终止和开始。这不是因为它像德国抒情诗那样表达了一种希望，而是因为它包含着混乱和末日启示的双重含义。”[2] 杜拉斯所表现的疯狂正是如此，它不是消极的、哀伤的、无力的，正相反，它积极、让人渴望、充满着力量。疯狂有着与理性同样重要的地位，西方两千多年弘扬理性的历史，正是疯狂被无情压制的历史。为了更好地“发现”“理解”杜拉斯笔下的疯狂意义，我们不能不关注她在这一时期疯狂主题的统领下，还如何表现了欲望、爱情和暴力等次要主题。

（一）欲望主题

作家赋予欲望以极强的生命力，它犹如一股奔腾不息的洪流，潜伏于人体之内，以摧枯拉朽之势，超越一切人为的界限，将人置于激情的氛围之中，它也是希

1 《世界报》，1967 年 3 月 29 日。转引自克里斯蒂安娜·布洛－拉巴雷尔，《杜拉斯传》，徐和瑾译，桂林：漓江出版社，1999 年，第 208 页。

2 米歇尔·福柯，《疯颠与文明》，刘北成、杨远婴译，北京：生活·读书·新知三联书店，2003 年，第 262 页。

望的所在。杜拉斯年轻时熟读过荷兰哲学家斯宾诺莎的哲学著作，对他的“欲望是人的本质”的论断一定情有独钟。[1] 同时，她也迷恋过 17 世纪法国悲剧作家拉辛，拉辛作品中身躯受着欲望驱使的人物给了她深刻的印象。[2] 她把这些影响体现到了具体的作品创作中去。从这一时期的作品看，作家赋予欲望下列几个特征：首先，欲望造成了激情，人物在激情的驱使下，能够超越一切人为的界限；其次，杜拉斯笔下的欲望犹如血脉一样循环，生生不息，它具有哲学上的本体论的意义，是人之希望所在。

黑尔（Leslie Hill）在专著《玛格丽特·杜拉斯：启示性的欲望》中深刻地洞见到杜拉斯赋予欲望的意义：“杜拉斯的欲望总是超越它的客体，它不仅是肉体与心灵之间的一种状态，而且具有伦理、政治的意义。对杜拉斯来说，欲望是一种基本价值的肯定，是它使人与非一人、生与死区别开来，而它本身又不受这种区别的限制。同时，它又以不安分的特点，沟通不同的疆界，穿越于人类受到质疑的边界：暴力、丧失身份、人类摧毁以及死亡。”[3] 正如有的学者指出的那样：“欲望在杜拉斯的写作中已经成了‘潜文本’（subtext），是作家反复使用的叙事手段。”[4]

（二）爱情主题

爱情主题并不是在这一时期刚刚出现的，它贯穿于作家创作的所有阶段。布雷在《杜拉斯的四部小说》中的前言里说：“爱情，强烈的爱情，爱之幸福、痛苦，它的诱人性、破坏性是杜拉斯创作的基本主题。”[5] 可以说，布雷和其他评论家一样，他们大都看到了爱情主题在杜拉斯一生创作中的重要性和普遍性，但他们没有看到的是，爱情并不是最基本的主题，在爱情之上，有作家更为关注的内容。

首先，杜拉斯在这一时期突出表现了强烈的、不可能的爱，爱情呈现激情之爱的色彩。司汤达曾经把爱情分为激情之爱、情趣之爱、肉体之爱和虚荣之爱四种，[6] 而他最推崇的是意大利式的激情之爱。杜拉斯在这一点与这些主张激情之爱的作家一脉相承，刻画了普通生活中罕见的爱情图景。

其次，杜拉斯在这一时期写到了致命之爱带给人的震撼。在她看来，最伟大的爱情当超越生死界限。《旧约·雅歌》中有“爱情如死之坚强，嫉恨如阴间之残忍”的句子，说明人们早就认识到了爱情的强烈性和独占性。过分激情的爱，往往和死亡纠缠到一起。特里斯丹与伊瑟故事的开始就申明这是一个“生相爱、死相随”的

---

1 斯宾诺莎，《伦理学》，见莫特玛·阿德勒、查尔斯·范多伦编《西方思想宝库》，周汉林等译，北京：中国广播电视出版社，1991 年，第 271 页。

2 参见杜拉斯，《外面的世界》，袁筱一、黄荭译，桂林：漓江出版社，1999 年，第 404–406 页。

3 Leslie Hill, *Marguerite Duras: Apocalyptic Desires*, London & New York: Routledge, 1993, p. 50.

4 Anne-Marie Gronhovd & William C. Vander Wolk, “Memory as Ontological Disruption: *Hiroshima Mon Amour* as a Postmodern Work”, in Mechthild Cranston, (ed.) *In Language and in Love Marguerite Duras: The Unspeakable Essays for Marguerite Duras*, potomac, Maryland: Scripta Humanistica (101), 1992, p. 128.

5 Germaine Brée, *Marguerite Duras, Four Novels*, New York: Grove Press, 1965, p. iii.

6 参见司汤达，《爱情论》，崔士篪译，沈阳：辽宁教育出版社，1997 年，第 1 页。

“一段佳话”。[1] 杜拉斯在《如歌的中板》和《广岛之恋》中都写到了在死亡的鲜血中分外妖娆的爱情之花。

但是读者需要注意两个问题。一个是作家不是为了写爱情而写爱情，即爱情主题不是目的，而是手段。杜拉斯笔下的爱情和写作一样，是探寻无法确定的认识领域的方式。另外一个要注意的问题是这一时期的爱情主题从属于并服务于疯狂主题。只有从疯狂主题入手，才能看到作家洞察人类心灵、关注人类命运的人文情怀。

（三）暴力主题

《如歌的中板》开始不久就是凶杀场面。虽然杀人者是应被杀的人的要求杀人，但警察还是抓走了他，据说他后来疯了。小说《夏日夜晚十点半》中，主人公玛利亚在与丈夫的爱情走到尽头之际发现了屋顶上藏身的凶杀犯，并决定救助这个杀死了通奸中的妻子及其情人的犯人。副领事也是杀了人的人。还有一部作品《英国情人》中，被窒息了的生活折磨不堪的克莱尔杀死了自己的聋哑表妹并且将碎尸块儿扔到货车上，发往全国。

可能令读者不解的是，这些杀人命案的发生，除了《夏日夜晚十点半》中因嫉妒情杀，从作品中似乎找不到充足的理由。无论当事者本人，还是周围的人，都无法解释杀人的原因。

杜拉斯为什么写这些并不构成杀人理由的凶杀、犯罪暴力现象呢？

首先，凶杀、犯罪是人类激情的一种表现。如同对待疯狂一样，杜拉斯始终对激情现象持赞赏态度。除了欲望、爱情，她还用凶杀、犯罪来营造激情的氛围，为激情找到施展魅力的舞台。丹尼尔·马洛斯基（Daniel G. Marowski）说：“在杜拉斯的许多作品中，都有一个女主人公卷进一桩案件。犯罪成为探讨人类激情和生死交织的背景。”[2]《如歌的中板》《夏日夜晚十点半》中的两桩凶杀案都是这种情况。

其次，犯罪是一种拒绝的姿态，罪犯是敢于向社会挑战的英雄。读者可以看到，杜拉斯作品中的杀人犯都不是人们印象中恶贯满盈、凶神恶煞、蓬头垢面的“犯人”：《如歌的中板》中杀死情人的男人温柔地叫着“我的爱，我的爱”；《夏日夜晚十点半》中连杀两条人命的罗得里戈，获得了玛利亚的同情，有可能成为她新的欲望对象；副领事从小就会弹钢琴，如果不是开枪杀人，“简直就是个美男子”；克莱尔喜欢看小人书，想象力丰富，有着孩子一样纯洁的精神世界。她还喜欢清淡食物、植物和花园，爱整洁，衣着得体。这些重罪犯人之所以博得了作家的同情和美化，是因为他们是少数敢于超越界限、规则，敢于向各种禁地发起冲击的人。

最后，在杜拉斯的作品中，凶杀、犯罪这样的暴力事件本身是一种呼唤爱的行为。凶杀、犯罪由于给社会造成的严重后果，使人们容易对之持否定态度。但杜拉斯让我们擦亮被定式思维和社会宣传所蒙蔽的双眼，从事件发生的原因而不是后

1 贝蒂耶，《特利斯当与伊瑟》，罗新璋译，北京：人民文学出版社，2003 年，第 1 页。

2 Daniel G. Marowski, (ed.) *Contemporary Literary Criticism,* Vol. 40, Detroit: Gale Company, 1986, p. 173.

果上看待问题。从这几部作品中看，《如歌的中板》中的杀人完全是出于爱的目的。那一对恋人想让爱情在死亡中得到延长的生命；《夏日夜晚十点半》中的杀人是由于爱情的嫉妒所致，正因为“爱情如死之坚强”，所以，才“嫉恨如阴间之残忍”，正所谓，“爱之深，恨之切”；副领事如果不是爱着印度人民，如果他像其他白人一样对印度的苦难视而不见，他就不会“在痛苦中开枪”；克莱尔本来过着衣食无忧的生活，然而她无法忍受感情的荒漠，所以才铤而走险。这些人和常人的不同就是有着过多的激情、欲望和爱情，他们不能忍受平庸的存在，不能接受掺水的爱情，也不能忍受眼前的现实。布朗肖曾这样说道：“激情只剩下它固有的走极端的倾向，这种倾向可能导致毁灭。因此，过分是它唯一的办法，暴力和夜里死亡不能被排除在爱的要求之外。”[1] 因此说，犯罪、凶杀不过是激情“过分”“走极端”的体现，它应当在“爱的要求”之内。法国《战斗》杂志发表了杜拉斯在 1963 年的访谈文章，杜拉斯在这篇文章里指出了犯罪是通向自由和真实之路的看法。[2] 犯罪、凶杀是疯狂的体现，既无法说清，也不可避免。犯罪、凶杀主题和欲望、爱情主题一样，从属于疯狂主题，是为疯狂主题服务的。

通过对欲望、爱情以及暴力三个次要主题的考察，我们才能明了疯狂主题的丰富内涵及多重意义。杜拉斯笔下的疯狂是人类的欲望本性被压抑的自然结果，是超越生死界限的爱情的表现，它常常以犯罪、凶杀等极端暴力形式体现出来。福柯说：“人类疯颠的产物不是属于自然本性的表露，便是属于自然本性的恢复。”[3] 杜拉斯的疯狂正是一种“自然本性的表露”，它属于非理性的领域，与理性社会的现实和标准背道而驰。

克里斯蒂娃曾就外部世界与疯狂的关系说过这样的话：“当今的事件就是人类的疯狂。杜拉斯生活的二十世纪，致命性、大规模爆发的政治事件尤其如此。在汉娜·阿伦特看来，政治并不是人类施展自由的舞台。当代的世界，遍布着世界战争、第三世界和强加于人类的死亡，希腊城邦制的辉煌文明已经不再。当代的政治领域在很大程度上属于极权的形式。因此，疯狂成为反社会、反政治、获得个体自由的空间。”[4] 克里斯蒂娃的分析与杜拉斯对疯狂的理念是一致的。疯狂是人类在没有其他出路的条件下对自我的拯救。它应该被看成是积极的力量。杜拉斯在一次访谈中承认：“疯狂让我感到希望。”[5] 这样，作家通过欲望、爱情、凶杀和犯罪这样的次要主题赋予疯狂以活力，加强疯狂主题的寓意。

---

1 布朗肖，《不可明言的团体》，转引自克里斯蒂安娜·布洛–拉巴雷尔，《杜拉斯传》，徐和瑾译，桂林：漓江出版社，1999 年，第 90 页。

2 Interview by J.-C. Kerbourc'h, "Marguerite Duras cherche la liberté et la vérité dans le crime", in *Combat*, February 1963, pp. 16–17.

3 米歇尔·福柯，《疯颠与文明》，刘北成、杨远婴译，北京：生活·读书·新知三联书店，2003 年，第 263 页。

4 Julia Kristeva, *Soleil Noir: Dépression et mélancolie*, Paris: Gallimard, 1987, p. 242.

5 Interview by Yvonne Baby, "La Folie me donne de l'espoir", in *Le Monde*, December 1969, p. 17.

女性“厌食症”：一份文学病例报告
——玛格丽特·阿特伍德《可食的女人》评析

郝 琳 山西大学

福柯在《规训与惩罚》中指出，身体是权力关系的媒介和场所。在这个身体之上，既刻写着控制者对既定权力关系的实施，也刻写着被控制者对既定权力关系的强化。然而，身体“是两面性的存在物，既负载着对最高权力的屈从，又负载着个体的自由”，[1]既如福柯所言是被动刻写性的，也如尼采所言是主动生产性的，即，生产着被控制者对既定权力关系的反抗。加拿大著名女作家玛格丽特·阿特伍德的小说处女作《可食的女人》（*The Edible Woman*）关注的正是这样一个身体，一个女性作为被控制者反抗男权的身体，一个罹患“厌食症”并借病症“向死而生”的女性身体。这个身体不是自然的身体，而是文化、历史、政治、精神和心理的身体。

《可食的女人》虽创作于妇女解放运动伊始的1965年，出版于女权运动“第二次浪潮”伊始的1969年，但小说并未有意传达女性主义论旨，阿特伍德写作时也从未想过与女性主义发生联系，而批评家却始终坚持小说是女性主义的产物，并“预见了多丽丝·莱辛、玛格丽特·德拉布尔、托尼·莫里森等之后的女性小说家笔下的女性主义潮流”，[2]同时，作家自己也承认受到过贝蒂·弗里丹《女性的奥秘》（1963）和西蒙·德·波伏娃《第二性》（1949）的重大影响，故而，阿特伍德其后撰文自称其为“原型女性主义”（proto feminist）[3]小说。毋庸置疑，小说中模式化的人物形象，以女主人公逃离婚姻为结局的情节设计，虽是作家无心之为，但却与“第二次浪潮”时期的女性主义小说不谋而合。同样，虽然阿特伍德通篇未曾使用“厌食症”一词，对“厌食症”的临床症状也一无所知，但小说中对“厌食症”无人能及的细致而复杂的描述，却再现了二战后步入婚姻家庭的西方中产阶级白人女性遭遇到的身份和身体的双重丧失，预言了当代关于这一进食障碍综合征的医学和精神分析学讨论[4]、生物—心理—社会模型分析[5]，以及社会建构研究[6]和哲学思

1 Giorgio Agamben, *Homo Sacer: Sovereign Power and Bare Life*, Daniel Heller-Roazen, (trans.) Redwood City, CA: Stanford University Press, 1998, p. 125.

2 Neeru Tandon & Anshul Chandra, *Margaret Atwood: A Jewel in Canadian Writing*, New Delhi: Atlantic Publishers & Distributors (P) Ltd., 2009, p. 24.

3 Margaret Atwood, "An Introduction to *The Edible Woman*", in *Second Words: Selected Critical Prose*, Toronto: Anansi, 1982, p. 370.

4 Tracy Brain, "Figuring Anorexia: Margaret Atwood's *The Edible Woman*", in *Literary Interpretation Theory*, No. 3, 1995, pp. 299–311.

5 蒲佳佳、Todd Jackson，《神经性厌食症的生物—心理—社会模型》，载《心理科学进展》，2016年第12期，第1873–1881页。

6 Julie Hepworth, *The Social Construction of Anorexia Nervosa*, London, Thousand Oaks & New Delhi: SAGE Publications, 1999.

考[1]。概言之，小说以女性主义和“厌食症”为双重隐性结构的女性“厌食症”叙事，将控诉的矛头直指资本主义和消费主义的父权制社会中对女性身体的过度装饰和男性对女性身体的剥削与消费——或“象征性食人”（symbolic cannibalism）。

大学毕业的玛丽安表面上是一个守旧而传统的现代职业女性，一帆风顺的工作和爱情令人艳羡：在多伦多一家全国性的市场调查公司做白领；未婚夫彼得英俊潇洒、沉稳整洁，从事律师职业，前途不可限量，是一个典型的成功男性和理想的结婚对象。然而，在平静无忧的生活表象之下，玛丽安却时时隐约感到心底有一股躁动不安的潜流，在推动、引导她走向反叛传统女性角色的危险之途。为了最终不成为一个为社会排斥、抛弃和不耻的“异类”，玛丽安在温顺的贤妻良母形象和女性独立自主的主体意识之间做着艰难的抗争和抉择，继而随着婚礼的一天天临近，她渐渐无法正常进食，精神日趋崩溃，最终，为了摆脱走向疯狂抑或死亡的结局，就在婚礼之前，她选择了出逃，并烤制了一个女人形状的蛋糕，将这个“可食的女人”作为自己的替身献给未婚夫，在同彼得断绝关系之后，她的食欲恢复了正常。

一、“厌食症”与女性身体被宰食的恐惧

牛排、鸡蛋、胡萝卜、米饭、布丁、蛋糕、甚至南瓜子，所有这些食物在短短几个月的时间里迅速被玛丽安从她的食谱中逐一划去，直到最后，“‘我什么也吃不下，连一杯橘子汁都不想喝。’于是，这种事终于发生了。她的身体自行‘断电’。”[2]在社会与家庭、工作与婚姻、未婚夫彼得与男友邓肯的挤压和撕扯中，面临身份危机、拒绝成为“可食的女人”的玛丽安一步步陷入受迫害妄想症，患上了“厌食症”。

最初，玛丽安的焦虑来自于自身被不断“肉欲化”和“物化”的恐惧：一方面，在与同性的相处中，她感到自己有被仅仅作为“肉体”而存在的办公室“女士们”所同化和吸收的危险，“她的肉体与其他女士的一模一样，毫无区别，同时也与她们的肉体融在了一起；她觉得自己快被这种女性所汇成的茂密的果囊马尾藻的海洋窒息了。”[3]平庸狭隘的办公室“女士们”是一个将男权规范深深内在化的典型女性群体，她们的存在淹没和吞噬着以玛丽安为代表的、追求女性自我价值的其他女性的精神生命与主体意识，并使后者退化为像她们一样的“生殖性肉体”；另一方面，在与彼得的交往中，玛丽安深切体会到自己越来越成为彼得性欲的发泄对象和牺牲品，成为彼得生活中像汽车一般的一件日常用品和他社交时的一件“哑巴”道具，而当彼得带着一种胜利和虐待狂般的快感，津津乐道于如何打中一只母兔子并残忍地将其开膛破肚时，玛丽安的眼前终于出现了最为可怕的幻觉，“彼得穿着格

1 Antonio Mancini, Silvia Daini & Louis Caruana, (eds.) *Anorexia Nervosa: A Multi-Disciplinary Approaches: From Biology to Philosophy*, New York: Nova Science Publishers, Inc., 2010.

2 玛格丽特·阿特伍德,《可食的女人》，蒋立珠、丁兴华译，北京：中国文联出版公司，1994 年，第 312 页。

3 玛格丽特·阿特伍德,《可食的女人》，蒋立珠、丁兴华译，北京：中国文联出版公司，1994 年，第 196 页。

子布衬衣背对着我，肩上挂着他的步枪。一帮朋友，我从来没见过，围绕着我，他们的脸在不知名的树木中间透过来的阳光照耀下清晰可见，溅满鲜血，嘴角露出狞笑。我没有看到兔子。"[1]——因为"我"正是那只被男性猎杀者们疯狂追捕和围剿着的"母兔"。

于是，在最后被猎杀之前，恐惧万分的玛丽安以一种拒绝被"物化"为男性"猎杀"对象的求生本能开始了"狂奔"。作为众多"女性狂奔者"的后辈，玛丽安那在时装[2][3*]和紧身内衣[4*]——"紧身内衣是良好教养和感情节制的随身监测器"[5]——的层层束缚和重压之下渐渐失去活力、变得僵硬而迟缓的女性身体在"狂奔"的刹那敞开，挣脱了重重的社会限制和男性监控。然而，玛丽安这一次企图逃脱彼得"捕捉"的公然的对抗却只能以失败告终，就像她的前辈们的"狂奔"几乎无一例外以其自身更大更快的毁灭而告终一样——因为男性早已拥有了远比她们强大的"奔跑力"，那是一种主宰整个社会的法令、制度、话语、财富和技术的权力。最终，玛丽安不仅在精疲力竭的一刻被开车追赶的彼得成功"捕获"，并且面对即将来临的暴风雨和自己身无分文无法打车回家的现实，她无可选择，只能乖乖被彼得拉进车里，在奔跑之后的疲乏虚弱和被"抓"之后的失意无奈中被动接受了彼得的求婚。

1979 年，作者为本书在英国出版而写的序言中讲道，"无论如何，当时我心中一直在苦苦思索一个具有象征意义的吃人的形象。那时我对装饰由糖做的新郎新娘形象的结婚蛋糕特别感兴趣。"[6] 无疑，婚礼上"被吃掉"的"新郎新娘"蛋糕在作者看来，是人类集体无意识的一个象征物，它暗示了婚姻对于男女两性而言都不过是一场注定要两败俱伤和相互毁灭的悲剧。然而，在两性之间这场原本相互畏惧、势均力敌的争斗中，随着文明的发展，男性逐渐占据上风，成为唯我独尊的特权和单一性别，获得了肆意改写女性形象、规范女性社会角色和设定理想女性气质的权力。"于是女人便被贬损为肖瓦尔特所说的噩梦般被肢解了的躯体——在巴尔扎克的故事中，的确是一具血淋淋的碎尸。"[7] 从这个意义上讲，《可食的女人》在主题上指涉那个家喻户晓的格林童话故事《强盗新郎》("The Robber Bridegroom")。

《强盗新郎》叙述了一名男子以英俊多金的形象从贪财的父亲们手中拐骗年轻

1 玛格丽特·阿特伍德，《可食的女人》，蒋立珠、丁兴华译，北京：中国文联出版公司，1994 年，第 74 页。

2 黄灿然，《见证与愉悦》，天津：百花文艺出版社，1999 年，第 197 页。

3 *玛格丽特·阿特伍德在《女性肉体》("The Female Body")一文中列举了数十件女性身体的基本配件，如吊袜束腰带、紧身衬裤、硬衬布衬裙、背心式内衣、衬垫、胸罩、胃托、无袖宽内衣、处女区、细高跟、鼻环、面纱等。

4 *英语中，straight-laced 一词具有束缚身体——"穿上紧身衣的"和道德约束——"举止严谨的"双重含义。

5 苏珊·波德，《厌食症：心理病态的文化折射》，见钟雪萍、劳拉·罗斯克编《越界的挑战——跨学科女性主义研究》，上海：上海社会科学院出版社，2003 年，第 81–121 页。

6 玛格丽特·阿特伍德，《可以吃的女人》，刘凯芳译，上海：上海译文出版社，1999 年，第 1 页。

7 张京媛，《当代女性主义文学批评》，北京：北京大学出版社，1992 年，第 30 页。

女子，将她们从村落里带回森林中的城堡予以肢解并吞食。正如女性主义批评者揭示出即使童话也难摆脱性别政治权力运作的架构，《强盗新郎》的话语组织和叙事框架同样体现了男权意识形态，明目张胆且变本加厉地表述了男性以欺骗手段借婚姻将女性占为己有，从而任意宰割和吞食女性身体的潜在意图。女性在城堡中的经历是一场真正的噩梦，被啄掉的眼睛，或煮或烹或吊挂的尸体，以及烙红的铁钉，未经删节的故事版本中所有这些令人胆寒的描述无不直白地暴露了男性的残暴兽性和父权与夫权联手谋杀女性的可鄙伎俩。在玛丽安的想象中，彼得无疑正是一个潜藏的、现代版的“强盗新郎”，一个食人凶手，而他手中的刀叉更是在多伦多的城市“荒野”中无处不见，时刻威胁着要玷污、肢解和吞食掉她这个失去声音、无法自我言说的准新娘。[1]

正如预料中那样，订婚后的玛丽安才真正发现，婚姻对她的女性自我拥有强大的抑制力和否定力，对她的自主人格拥有可怕的消解力和监控力，而这些力量全部来自于男权社会赋予彼得的种种特权——无论在社会上还是在家庭中他都凌驾于玛丽安之上，就连对玛丽安的意见的征求与迎合都有着屈身俯就之嫌，甚至他的衣服都能“如此体面地挂在那儿，显示出如此无形、无声的威严。”[2] 订婚前，彼得不过总是在控制她，而订婚后，彼得便开始“窥探”“诊断”，甚至“始终想毁了”她。集律师身份与打猎、照相（喻指“看”的欲望、权力和暴力）癖好于一身的彼得，既是男性理性意识和秩序感的体现，更是男性原始兽性和窥视欲的化身，一个貌似正常的“杀人狂”、一个装作谦谦君子的“色魔”。订婚后的生活对于玛丽安而言无异于“与狼共舞”，她已沦为“狼”的欲望客体，而“厌食症”便是她丧失主体性的外在表现。于是，在她的潜意识里，对“狼”的色欲的恐惧逆转为对“狼”的食欲的恐惧，对“狼口”中自己命在旦夕的想象也随之幻化为对自己口中的食物亦有生命的想象，至此，徘徊于“食”与“被食”噩梦之间的玛丽安虽然还没有完全自我物化为可食的对象——“蛋糕女人”，但惧怕自己“被食”的焦虑已转化为惧怕自己“食”的焦虑，转化为“厌食症”的一触即发。

玛丽安开始“厌食”（food-loathing）起自吃牛排。彼得娴熟自如地切割肉条的动作，引发了玛丽安关于屠宰学校里屠夫们如何像上手工课一样按照标记将牛的不同身体部位“剪切”下来的联想，那是一种冷漠、机械而简单易行的屠杀方式，残酷的“杀生”变成了一场再自然不过的儿童游戏。既然屠杀一头（母）牛可以如此轻而易举、无动于衷，那么毁灭一个人也可以同样地毫不费力、冷酷无比。更可怕的是，“这是心灵的暴力，几乎同魔术一样，你只要动个念头，它就发生了。”[3] 因此，在玛丽安的潜意识里，彼得的餐刀不是在切割牛肉，而是在干净利落、毫不留

1 Sharon Rose Wilson, *Margaret Atwood's Fairy-Tale Sexual Politics*, Jackson, MS: University Press of Mississippi, 1993, pp. 84, 91, 92.

2 玛格丽特·阿特伍德，《可食的女人》，蒋立珠、丁兴华译，北京：中国文联出版公司，1994 年，第 276 页。

3 玛格丽特·阿特伍德，《可食的女人》，蒋立珠、丁兴华译，北京：中国文联出版公司，1994 年，第 182 页。

情地切割着她“思维的生命力”。小说中另一个反复出现的意象是“鸡蛋”：在听到大学同学伦讲述童年时被母亲逼着吃鸡蛋的痛苦经历之后，玛丽安第二天就发现自己吃不下鸡蛋了，因为“那蛋黄正用一只意味深长、但责怪的黄色眼睛看着她”，“它是有生命的；是活的东西”。[1]就像一个没煮过的鸡蛋，玛丽安处于胚胎期的自我身份，试图冲破男权社会性别权力关系的蛋壳的包裹，但这样做却会使玛丽安粉身碎骨，并将她所有的反抗都化解为一场一个人的战争——就像“鸡蛋的结构是如此地平衡，以至于你用的力又都作用于你自己了。”[2]然而，虽然女性主体在与自我的这种厮杀中常常自毁自伤，但男权社会的体制构架其实绝非铁板一块、牢不可破，抗争要讲求策略，“有效抵抗只能是滑移和躲避一切捕捉她的企图”。[3]

二、“厌食症”作为女性抵抗空间的隐喻

由于母亲作为哺乳者与食物天然的危险联系，食物无疑是女性产生焦虑的肇因之一，但与此同时，食物更是女性表达焦虑的媒介和克服焦虑的方式。“进食”从象征意义上讲，是一个表达对客体予以侵占、攫取、破坏和消灭之义的隐喻，而“拒绝进食”则暗示了一系列反向性的防御和抵抗策略。对于玛丽安而言，以肉体牺牲换取精神生存的“厌食症”无疑是一种更无奈也更残酷的选择：它要求主体在最后的双重解放降临之前，必须首先经历一场真正炼狱般的精神挤压和身体折磨。于是，在一种对“杀生”和“被杀”的恐惧和一种对“放生”和“求生”的渴望中，不甘被驯服和规训的主体，对肉体进行了一次空前严厉的“自我刑罚”。

“‘厌食症’（anorexia nervosa）一词主要用于临床上对饮食失调的分类，其中的主要两类是限制饮食（或禁食）的厌食症和饥饿症（表现为暴食和让自己挨饿，或暴食与自我引发的呕吐反复交替）。”[4]狭义上，“厌食症”特指进行自我节食的“神经性厌食症”，以少女和年轻女性为主要患病人群。自20世纪80年代起，随着“厌食症”的广泛流行和研究的不断深入，研究者发现“厌食症”“是一种身心综合征”，[5]“是‘多维度的失调’，是家庭的、感觉的、认知的以及可能的生理因素交互作用而产生的‘最终的共同出路’”。[6]“厌食症”既是心理病态的一种生理反应——对“非我”的身体的饥饿感的意识以及对控制这种饥饿感的着迷，对贪得无厌的食欲、性欲和各种被男权中心价值否定的占有欲的恐惧，对实现理想的身体曲线美的焦虑；又是个体以自身身体对抗外界施诸主体精神和个体意志的种种操控、压力、束缚和威胁的一种极端形式——“厌食症”最典型的特征是没有权力感，无力应对

1 玛格丽特·阿特伍德，《可食的女人》，蒋立珠、丁兴华译，北京：中国文联出版公司，1994年，第187页。

2 玛格丽特·阿特伍德，《可食的女人》，蒋立珠、丁兴华译，北京：中国文联出版公司，1994年，第186页。

3 张京媛，《当代女性主义文学批评》，北京：北京大学出版社，1992年，第12页。

4 苏珊·波德，《厌食症：心理病态的文化折射》，见钟雪萍、劳拉·罗斯克编《越界的挑战——跨学科女性主义研究》，上海：上海社会科学院出版社，2003年，第81–121页。

5 Salv Minuchin, Bernice L. Rosman & Lester Baker, *Psychosomatic Families: Anorexia Nervosa in Context*, Cambridge & London: Harvard University Press, 1978, p. 1.

6 盛宁，《二十世纪美国文论》，北京：北京大学出版社，1993年，第85页。

外界“异己”势力，左右个人成败得失的厌食症患者以有效而坚定地节制自己的食欲（乃至性欲）换取了对自己的身体和生活的虚幻的成就感和控制感，从而体验到自己在精神、意志、思想上的坚不可摧和获得成功后的狂喜与自豪；同时也是沉重的肉身面对强大的主流意识形态机器以及由统治权力所认可、扶持的大众文化时的一种主动的迎合和被动的屈从，“一个悖论式的，也经常是悲剧式的情况是：女性通过病状所做的抗议实际上是在同产生这些病症的文化共谋合作。”[1] 由于女性的身体历来比男性的身体更多地受到主流意识形态和男权中心文化的双重控制，对女性身体的社会操纵日益成为现代社会中维系两性之间既定权力关系的关键策略，更因为女性仅仅是一个身体，一个只与她自己的身体相关联的、相对于男性而存在的“他者”，女性无可置疑、首当其冲地罹患了“厌食症”。

在历代的女性文学中，女主人公“大都患有厌食症、健忘症、失语症、贪食症、空旷恐惧症、幽闭恐惧症，以及一般的歇斯底里和精神失常等。”[2] “19 世纪后半叶，在中上层阶级中广泛流行的‘病女人’和‘歇斯底里’现象中，厌食症找到了它的姊妹症。”[3] 如同其他身体疾病，作为“另类话语”（alternative discourse）的“厌食症”，[4] 在女性文本中是一个充满象征意味的多产隐喻，衍生出一套丰富的指意系统：就玛丽安的病例而言，“厌食症”可解读为对性政治的解构，对自主权的渴望，对女性身份的重新思考和重构，“对长久以来界定并限定着女性的意识形态建构物的揭露和颠覆”，[5] “对语言……和社会错位等问题的讨论。……对文化建构起的种种女性气质的反叛”，[6] 作为无意识的“卑贱”（abjection）对象征秩序的质疑和对革命性的前语言符号态的接受，[7] 作为“精神分裂症空间”（schizophrenic space）和“解辖域化时刻”（deterritorialized moment）对资本主义的质询，[8] “对消费主义的抵抗”，[9] 对女性身体作为殖民空间的拒绝和对殖民主义病史的逆写，[10] 对“肉食主导话

1 盛宁，《二十世纪美国文论》，北京：北京大学出版社，1993 年，第 105 页。

2 盛宁，《二十世纪美国文论》，北京：北京大学出版社，1993 年，第 218 页。

3 盛宁，《二十世纪美国文论》，北京：北京大学出版社，1993 年，第 102–103 页。

4 Tracy Brain, “Figuring Anorexia: Margaret Atwood's *The Edible Woman*”, in *Literary Interpretation Theory*, No. 3, 1995, pp. 299–311.

5 J. Brooks Bouson, “The Anxiety of Being Influenced: Reading and Responding to Character in Margaret Atwood's *The Edible Woman*”, in *Style*, No. 2, Summer 1990 (Psychoanalysis, Gender, Genre), pp. 228–241.

6 Tracy Brain, “Figuring Anorexia: Margaret Atwood's *The Edible Woman*”, in *Literary Interpretation Theory*, No. 3, 1995, pp. 299–311.

7 Ullas Kriebernegg, “‘Neatly Severing the Body from the Head’: Female Abjection in Margaret Atwood's *The Edible Woman*”, in *Linguaculture*, No. 1, 2012, pp. 53–64.

8 Jennifer Hobgood, “Anti-Edibles: Capitalism and Schizophrenia in Margaret Atwood's *The Edible Woman*”, in *Style*, No. 1, 2002, pp. 146–168.

9 Susan Bordo, *Unbearable Weight: Feminism, Western Culture, and the Body*, Berkeley: University of California Press, 1993, p. 302.

10 Heike Haring, “The Profusion of Meanings and the Female Experience of Colonisation: Inscriptions of the Body as the Site of Difference in Tsitsi Dangarembga's *Nervous Conditions* and Margaret Atwood's *The Edible Woman*”, in Peter O. Stummer & Christopher Balme, (eds.) *Fusion of Cultures?* Amsterdam: Rodopi, 1996, pp. 237–246.

语”（dominant discourse of meat）和食肉行为所采取的女性生态主义和女性素食主义的积极伦理行动，[1] 以及，玛丽安这位“厌食症”女性患者“在从依赖食物的偶然世界撤离的过程中”“对她困居其间的权力关系的公然反抗”，[2] 和“对她在市场调查公司的工作所暴露的一个虚假社会提供的各种虚假食料的断然抛弃”。[3]

加芬克尔与加纳主张“厌食症”是由“多重决定因素”诱发的，其中，最常见的诱因包括社会价值观、家庭环境、个人性情和外部事件。[4] 根据埃尔斯佩特·卡梅伦的论述，玛丽安的病因亦是如此：从以瘦为美的社会压力，玛丽安与彼得过度依赖共生的纠缠关系（enmeshment）；到玛丽安身份感弱、自尊感低、性冷淡、“好孩子”、追求完美、积极上进、依赖外在价值判定、需要他人指引、内省、害羞、迷信、敏感、冲动等性格特征，工作受挫、生活无望无力、女友们怀孕生子、与彼得订婚等外界刺激，以及对婚后的失业、怀孕、发胖、家庭责任、妇科疾病等问题的强烈恐惧；再到滞留于青春期、惧怕成熟女性身体、厌恶生育的心理障碍，均可一一对应。[5] 而除此之外，作为喻指性的文学虚构，玛丽安“厌食症”的出现无疑还有着其独特的形成原因：由于并非是为了变瘦而刻意自我饥饿，因此，对有或貌似有生命力的食物的消费，让作为客体、商品和牺牲品被吸收同化、被压榨剥削的玛丽安感同身受，显然是最根本最主要的病因。

三、“厌食症”治愈的可能与女性主体的出路

最终，在这场敌强我弱的性别之战中，玛丽安选择以不抵抗消解镇压，以非暴力消解暴力：她按照男人的欲望想象亲手制作了一个女人形状的蛋糕——“蛋糕女人”，一个确实可以满足（男）人们的“食”/“性”欲望、如“泥巴女人”[6*] 般“秀色可餐”的“蛋糕女人”，以女性肉体的象征性消解（啖食“蛋糕女人”）而非真正的生理性消亡（死于“厌食症”）落空男性的肉体消费欲望，从而彻底治愈了自己的“厌食症”。对于这样一个“蛋糕女人”——玛丽安的替身的“食”与“不食”，折射出三位男女主人公的不同心态：由彼得拒绝吃“她”、落荒而逃可以看出彼得

1 Orela Vokes, “Revelling in Food: An Ecofeminist Reading of Margaret Atwood’s *The Edible Woman*”, in *Göteborgs universitet*, 2015.

2 Mervyn Nicholson, “Food and Power: Homer, Carroll, Atwood, and Others”, in *Mosaic*, No. 3, 1987, pp. 37–55.

3 Robert Lecker, “Janus Through the Looking Glass: Atwood’s First Three Novels”, in A. E. Davidson & C. N. Davidson, (eds.) *The Art of Margaret Atwood: Essays in Criticism*, Toronto: Anansi, 1981, pp. 177–203.

4 Paul E. Garfinkel & David M. Garner, *Anorexia Nervosa: A Multidimensional Perspective*, New York: Brummer/Mazel, 1982, p. 156.

5 Elspeth Cameron, “Femininity, or Parody of Autonomy: Anorexia Nervosa and *The Edible Woman*”, in *Journal of Canadian Studies*, No. 2, Summer 1985, pp. 45–69.

6 * 在阿特伍德的一首无题散文诗中，两个男孩用泥巴捏出了他们想要的女人，“只捏出她从脖颈到膝盖和胳膊肘的关键部位”，在阳光灿烂的午后，“与她做爱，迷狂地陷进她柔软而潮湿的腹部，陷进她蠕虫般的棕色肉体……”“事后他们会细细加工，把她的屁股弄得更丰满些，再用乳头般的小圆石把她的乳房垫得更高些”。（Margaret Atwood, *Selected Poems, 1965–1975*, Boston, MA: Houghton Mifflin Company, 1976, p. 214.）

们被撕破假面之后的内心恐慌，由玛丽安“快乐”地品尝“她”可以看出玛丽安最终决定抛弃“花瓶”式的女性身体性征和温柔卑顺的“女性气质”时内心获得的解脱和轻松，而由邓肯若无其事地最后吃完了“她”则可以看出男性在社会“革命”中对女人予以“去性”的固着与惯性使然。

“厌食症”是精神分裂症的一种外在生理反应，而“所有的女人都患有‘精神分裂症’。她们既是白雪公主，也是‘邪恶’的王后，既想遵从父权社会提出的理想和标准，又试图忠实于自己的真实的感情和经验。”[1] 彼得所代表的“超我”的道德约束力量将玛丽安拉向“白雪公主”一边，“本我”的本能欲念和情绪冲动则将玛丽安拉向“邪恶王后”和邓肯一边；彼得试图通过对她女性身体的“情欲化”达到扼杀她的女性主体的目的，邓肯则试图通过对她女性身体的“无性化”达到取消她的女性主体的目的；彼得需要保留和享用她的女性身体而在潜意识里希望“毁掉”她内在的“个性核心”，邓肯则力图既“毁掉”她外在的身体性征，又“毁掉”她的女性自我。“厌食症”的发生和治愈始终围绕着精神对肉体的排斥与依靠——肉体既是精神的居所又是精神的监牢，精神的永生既以肉体的存在为保证又以肉体的存在为桎梏，“在追求自由的事业中，精神和肉体是同一桩阴谋中的两个不可分的合伙人，也是一个东西的两个面。精神的工作是解放人，让人超脱；肉体的工作则是设陷阱、搞欺骗，让人陷在欲望的深渊里。……没有制裁人就突破不了禁锢。”[2] “厌食症”就是这样一种对肉体的制裁。最初，女性的主体精神为了追求自由，对其陷于“物化”和“欲望化”牢笼的肉体步步进逼，不惜对之加以严厉的惩戒和制裁；而最后，当“厌食症”恶化到即将扼杀肉体的生死关头，主体强烈的求生欲望却又爆发出巨大的反弹力，创造出一个奇迹——通过“对食人仪式的喜剧式戏仿”[3]，在“自食”（一个“可食的”女人吃掉了自己，抑或一个女人吃掉了“可食的”自己）中求得精神／自我的解放与重生。正如19世纪的女作家们“把自己的病痛、疯狂、厌食、对旷地的恐惧和瘫痪症铭刻在自己的文本中”[4] 一样，作者也将自己对加拿大知识女性性别处境的理解和感同身受铭刻在了这篇描写“厌食症”的文本中，并为众多遭受“厌食症”折磨的女性提供了一条摆脱病症、走出男权藩篱的“逃生”之路。

然而，在作者戛然止笔于玛丽安穿越“厌食症”死里逃生之时，在结束本文有关“厌食症”与女性身体的权力寓意和文化象征关系的讨论之后，我们却似乎有了更多的惶惑与不安。正如罗伯特·莱克（Robert Lecker）与达莲娜·凯利（Darlene Kelley）所指出的，玛丽安的故事从始至终都是含混不清的，玛丽安的回归现实有着多重不确定性，因此，小说终章并未给出令人慰藉的结局，反而提出了更多的问

1 黄梅，《女人和小说》，杭州：浙江文艺出版社，1991年，第43页。

2 残雪，《精神与肉体》，载《读书》，2002年第8期，第125–126页。

3 Gloria Onley, “Power Politics in Bluebeard’s Castle”, in George Woodcock, (ed.) *Poets and Critics: Essays from Canadian Literature 1966–1974*, Toronto: Oxford University Press, 1974, pp. 191–214.

4 伊莱恩·肖沃尔特，《荒原中的女权主义批评》，见王逢振等编译《最新西方文论选》，桂林：漓江出版社，1991年，第271页。

题，发出了一声追问，“然后呢？”[1] 而答案无非如阿特伍德所言，“我的女主角在书的结尾处可选择的道路和在书的开始时几乎是一样的：或是毫无前途的职业，或是退出职场走进婚姻。但这就是年轻女性、甚至是受过教育的年轻女性在 1960 年代初的加拿大仅有的选择。”[2] 因此，玛丽安最终究竟是否摆脱刻写着她从属地位的经济和权力体系获得了解放和自由，“可食的蛋糕女人”的绝佳意象究竟象征玛丽安从父权制和消费资本主义的牢笼中的逃逸还是象征她的重新落网，对此，批评者们分歧颇多。格莱尼斯·斯托认为，蛋糕女人“当然是她［玛丽安］身处的世界企图强加给她的人为塑造的女性气质的一个有意设计的象征”，在小说结尾处，借助一场“疯狂的蛋糕宴”，她“逃离了预期的社会模式”。[3] 莎伦·威尔逊与特蕾茜·布雷恩虽然承认玛丽安回归了那个曾经压迫着她的社会，但却都坚持认为玛丽安的回归有一个象征性的中介，“通过她在社会熏陶下投射出的蛋糕女人意象的烤制、装饰、上餐和食用，玛丽安向自己和他人宣布她不是食物”；[4]“通过吃下‘可食的女人’，吃掉一个过去自我的意象，玛丽安维护了对自身的所有权，……不再将自己视作如同食物的商品”。[5] 而盖尔·格林则断言，尽管“蛋糕女士……是一个强有力的象征，一种抵抗要吞食掉她的体制的姿态……，但依然很难看出这个象征将如何转化为行动……。玛丽安——套用小说的说法——从猎物变成了猎杀者。”[6]

作为隐喻的“厌食症”本质上象征着一种死亡并再生、毁灭与创造的共生关系，它既包含着“置之死地而后生”的可能，更包含着“置之死地而终死”的死循环，决定两者之间差别的或许是一种女性对自身处境的清醒认识，或许是一种女性挣脱现实困境的巨大渴望，或许是更多别的东西——勇气、毅力、耐心、思考、团结……

1 转引自 Jennifer Hobgood, “Anti-Edibles: Capitalism and Schizophrenia in Margaret Atwood’s *The Edible Woman*”, in *Style*, No.1, 2002, pp. 146–168.

2 Margaret Atwood, “A Note from the Author”, in *The Edible Woman*, New York: Anchor, 1998, pp. 312–313.

3 Glenys Stow, “Nonsense as Social Commentary in *The Edible Woman*”, in *Journal of Canadian Studies*, No. 3, 1988, pp. 90–101.

4 Sharon Rose Wilson, *Margaret Atwood’s Fairy-Tale Sexual Politics*, Jackson, MS: University Press of Mississippi, 1993, p. 96.

5 Tracy Brain, “Figuring Anorexia: Margaret Atwood’s *The Edible Woman*”, in *Literary Interpretation Theory*, No. 3, 1995, pp. 299–311.

6 Gayle Green, “Margaret Atwood’s *The Edible Woman*: ‘Rebelling Against the System’”, in James M. Haule & Beatrice Mender-Egle, (eds.) *Margaret Atwood, Reflection and Reality*, Edinburg, TX: Pan American University Press, 1987, pp. 95–115.

是血统还是允诺？——以小说《爱妻》论任璧莲的身份观

胡春梅　北京教育学院

在任璧莲的作品中针对文化身份的建构策略，一直贯穿着“是血统还是允诺”的讨论。“血统”一词来自英文 descent，含有世系、遗传之意，认为个体的身份来源于家族血统、种族属性，先天即有，不可更改；“允诺”来自英文 consent，是诺许、认可之意，认为个体的身份是后天选择与认同的结果，是非本质的、可变的。其实，在华裔文学史上，针对这一话题也是争论纷纷，莫衷一是。当年的“赵汤论战”，更确切地说是一场不同文化身份观的论辩，赵汤二人分别代表着两种不同的观点，是“固定不变的文化本真主义对阵流动性的、多元化而自由嬉戏的兼容主义”。[1] 文化身份的建构，是保持一种血统遗传的、不变的身份，还是随着经历的不同而自我认同另一种文化身份？任璧莲对华裔作家之间就此问题展开的水火不相容的争论感到遗憾，她说：

> “看到这种两极分化伤透我的心。我们的人数很少。我们所处的环境很艰难，时间很长。当畅所欲言对我们来说很重要时，我希望大家以安详的方式讲话，而别把它变成大屠杀。”[2]

作为新时期华裔文学作家代表的任璧莲，被称为华裔文学中的“另一种声音”。她是对于前辈华裔作家的继承与超越，以自己的作品“安详地讲话”。一方面，任璧莲的作品仍然关注美国华裔的生存状态；另一方面，任璧莲的写作对象是二战以后的新移民，展示了当代美国不同族裔之间的相互影响与融合，关照多元文化社会中各族裔移民的生存体验。任璧莲在 1996 年接受《国外文学》访谈时也曾经表示：“我认为自己是个少数民族作家，但又不仅如此，换句话说，我认为这个名词可以用来描述我，但不能用来界定我。”[3]“描述”只是叙述出一种状态，而“界定”就确定了对象的所属范围，具有定性的含义。有评论家这样谈道：“任璧莲已经站到了当代亚裔美国文学的最前列。虽然她的故事都是围绕亚裔移民经历的——特别是两代之间的文化冲突——但任璧莲的叙述所产生的魅力远远超过了任何‘亚裔美国人’的范围。”[4] 2004 年，任璧莲又推出新作《爱妻》(*The Love Wife*)，从两性关系、家庭构成到公民认同三个层面，探讨多元文化社会中移民的身份建构，提出作者的

1 Begoña Simal González, “The (Re)Birth of Mona Changowitz: Rituals and Ceremonies of Cultural Conversion and Self-Making in Mona in the Promised Land”, in *MELUS* 26, No. 2, 2001, pp. 225–242.

2 Gish Jen, “Interview by Rachel Lee”, in King-Kock Cheung, (ed.) *Words Matter: Conversations with Asian American Writers*, Honolulu: University of Hawaii Press, 2000, pp. 222–223.

3 任璧莲，《多元文化语境下的当代华裔美国文学——美籍华裔作家任璧莲访谈录》，载《国外文学》，1997 年第 4 期，第 112–113 页。

4 Calvin Liu, “Who's Chinese American?”, in *Asian-Week*, Vol. 20, No. 43, 1999.

身份观。

一

在种族主义者的刻板印象中，少数族裔的女子一定倾情献身于白人男子，如同普契尼的歌剧《蝴蝶夫人》，隐喻着东西方之间不平等的权力关系，东方和东方人只不过为愉悦西方而存在。而对于白人女子，绝不可能爱上华人男子，因为无论是“不可接受的”傅满洲（Fu Manchu）还是“模范少数族裔”陈查理（Charlie Chan），他们或是邪恶狡诈的代表，或被批评为缺乏“男子气”，他们只能对白人小姐心存幻想，但在实际生活中绝不可能发生。《爱妻》在这一方面表现出一定的突破性。小说里不再是白人读者熟悉的情节，不再是华人女子如何通过嫁给白人来获取在美国居住的合法权利。《爱妻》描写的是一位名为波朗蒂的金发碧眼的欧洲女子，努力成为华人的媳妇，是对意识形态下的两性关系的彻底颠覆。这让读者从另一个角度思考，身份建构不仅对于华裔族群至关重要，在多元文化的社会中，文化身份与每一位社会成员息息相关。

波朗蒂嫁到王家，一方面表示着波朗蒂的女性身份在家庭中的体现，她成为妻子，成为母亲；一方面，也表示波朗蒂的文化身份与男性一方——整个王家的碰撞与角逐。虽然身为丈夫的卡内基并没有表现出大男子主义，但是婆婆的专制、兰的威胁都在无形中突显了少数族裔的文化强势。相较于波朗蒂的势单力薄，她无疑处于边缘的位置。这点，通过波朗蒂名字的改变可以看出。

对于个体的称呼有自我称呼与他者称呼两种。个体对于自我的称呼，通常用“我”来指代。而他者对于个体的称呼，最常用的就是名字。正是他或她对“我”的名字的呼唤，使“我”将自己与这个名字认同起来，从而确认自己的身份。按照拉康的观点，名字属于象征界，是他者的话语，体现了父权制的权力。波朗蒂原名为珍妮，嫁给卡内基之后，王妈妈叫她波朗蒂。波朗蒂英文为 Blondie，即 Blonde，指白肤金发的女人。王妈妈一直反对儿子与白种女人结婚，她对儿媳的称呼无疑包含着厌恶与排斥。波朗蒂忍受着婆婆的责难。当她的朋友反对王妈妈和卡内基这样称呼她时，波朗蒂却说：“我喜欢这个名字”，并告诉她的朋友可以将波朗蒂视作她婚后的新名字。[1] 波朗蒂对于新名字的接受，意味着对于王家所代表的话语权力的接受，是为了融入华裔家庭而做的自我牺牲。

同样道理，为了同卡内基结合，波朗蒂顺从婆婆的一切意愿。结婚时，她全然按照中国婚礼的习俗，以此博得王妈妈的认可。婚后，珍妮不见了，在王家多了一位被称为波朗蒂的儿媳妇。就连波朗蒂亲生的孩子贝雷，由于长着金色的头发、蓝色的眼睛，王妈妈便指责他是另一个波朗蒂，兰在不高兴时也称呼他为“小黄毛”。“波朗蒂”与“小黄毛”，是相较于华人不同的特征，标明了差异与偏见，令波朗蒂时刻意识到自己（贝雷尚属婴儿，还没有对于名字含义理解的能力）在王家“他者”的处境。

1 Gish Jen, *The Love Wife*, New York: Alfred A. Knopf, 2004, p. 4.

任璧莲书写的意识形态下两性关系的颠覆，并不是在彰显华裔在美国社会的胜利，这样无疑于重蹈覆辙，又陷入一种二元对立。《爱妻》问世于当代美国，生动展现了多元文化社会的精彩画卷。它启迪我们，仅仅依据血统、种族建构起的文化身份，是一种固定不变的本质主义的身份观。它强化先天生理特征的差异，无疑增加了人与人之间的种族偏见与不平等。种族意识的狭隘性使个体变得封闭，亲情变得冷漠，无论是少数族裔还是白种人，都将深受其害。

二

在《爱妻》中，任璧莲改变了前两部小说里的主要角色张家，塑造了另外一个移民家庭——王家。丈夫卡内基是美国华裔，妻子波朗蒂是一位苏格兰、爱尔兰、德国血统的混血儿。他们领养了两个女儿，一个是亚裔女孩丽奇，一个是华裔女孩温迪。他们唯一的亲生儿子叫作贝雷。贝雷生着一头金发，一双蓝色的眼睛，像白种人。而后来他的眼睛渐渐变成了褐色，像黄种人。贝雷的皮肤是浅色的，像母亲；但在光滑中透着暗黄，屁股上还有蒙古人种的胎记，这些特征像父亲。无法定义贝雷属于什么种族，但确定的是他是美国人，有一张“新式的美国面孔”。如同邻居对于王家的称呼，他们是“新式美国家庭”。波朗蒂也自豪地宣称，“这是我们自己所为，是我们选择的结果”。王家是当代美国社会中一个普通的家庭，表达出作者主张的一种家庭理念。任璧莲有两个孩子，小女儿头发是浅色，像她的欧洲裔丈夫，而与任璧莲的发色相差很大。因而，人们时常会问她，小女儿是否是她的亲生孩子。这一问题给任璧莲带来很多烦恼，同时也促进她思考：家庭是什么？一个真正的家庭与种族的“自然性”有必然的联系吗？这也是她写作《爱妻》的一个主要动机。

当代美国是一个多元文化的社会，多种文化和多种行为规范并行不悖、共生共存。有很多来自不同种族、不同民族、不同国家的人组成家庭，还有一些被领养的孤儿与弃儿一样幸福地生活在养父母家里。这些新式家庭表征着我们社会的进步：种族与国籍差异不是人类情感的障碍，血缘关系不是亲情唯一的凭证。家庭的维系在于成员之间的相互认同、相互依靠，建构起想象中的共同体。但在人们传统的意识里，一脉相承的血缘关系构成家族的世世代代，种族特征是界定家庭成员的唯一标准。小说中的王家也进入了同样的误区。

卡内基的母亲王妈妈来自中国。她在去世前曾留下遗书，要求卡内基夫妇将在中国的兰接到这里一同生活。王妈妈的意图不言而喻，她担心王家的中国属性丧失在美国文化中，希望兰带给王家更多的中国元素。兰的到来终于引发了矛盾激化。按照拉康的观点，一个人的自我认同感，首先是通过镜像建立起来的。婴儿在凝视镜中自我映像的过程中，逐渐认识到这个形象就是他本人，从而建立起自我认同。拉康把这个阶段称之为“镜像阶段”。[1] 扩展而言，镜像不仅指主体在婴幼儿时期镜中自己的映像，也指个体在成人后通过他者目光的凝视而反观自身获得的自我

1 拉康，《拉康选集》，褚孝泉译，上海：上海三联书店，2001 年，第 89–96 页。

形象。自我与他者是哲学中一对相反相成的概念。镜中映像里主体与他者并立，而且主体借他者的存在从形象中分辨出自我，自我的认证是从他者的经验对比中得到的。通过兰这一新加入王家的“他者”，卡内基、两个女儿以及波朗蒂反观自身，突显自我的族群特征，将原先的王家四分五裂。

在小说中，美国出生的华裔卡内基与新到美国的华人兰，构成了文本中第一重镜像关系。兰来到王家时，正值卡内基的中国母亲王妈妈去世不久。王妈妈的病逝，对于儿子不仅是失去了一位亲人，更重要的是令他产生失去根基之感。于是，他对家族、对中国的兴趣倍增。他主动翻出父母旧时的照片，追寻家族过去的历史。他开始学习中文，朗读中国诗歌，同网络上全球的华人聊天，以此加入华人的群体。王妈妈的离去促进卡内基家族寻根的历程，而在兰的身上卡内基看到了他要探寻的东西。卡内基从内心感觉到，兰有一种不同于白人妻子波朗蒂的魅力。“某种简洁。清爽。多么白净的肌肤，自然的动作。”兰的华人特征和生活方式，引导卡内基重返母亲的世界，令他感受到自身与兰的相近。如果说，卡内基学习中国文化是在精神世界追寻自己的文化根基，那么，兰的出现，使卡内基看到自己华人的遗传基因，坚定了他华人的文化身份。

卡内基在中国领养的女儿温迪与兰，构成了小说中的第二重镜像关系。温迪是王家的第二个养女，在十个月大时被卡内基夫妇在北京领养。九岁的温迪长着一头黑发，黄色的皮肤。当有人说她是中国人时，她会按照妈妈的嘱咐说自己是华裔美国人。但是，同学们说温迪不是真正的美国人，而是中国人，因为她不爱说话、内向。温迪因此向母亲哭闹，要求大家忘记她中国人的身份，要求母亲不要再专门为她备置“唐人街”的杂货。但是，兰来到王家后，温迪非常喜欢她，喜欢听她讲述中国的一切。她从兰身上，看到那些属于自身、但在许许多多白人中间不得不掩藏的特质，看到一种与白人不同而自己特有的传统。温迪甚至偷偷希望兰就是她的母亲，因为她们是一样的。

丽奇与温迪同兰产生了亲近感，不满于自己的母亲，这不免伤害了波朗蒂。即使现在波朗蒂有了自己生育的儿子贝雷，但她一直将丽奇、温迪视作亲生的女儿。如文中所言：

> “我把她们看作我的女儿，而不是亚洲人。我看见的是人，是比对我的父母还要了解的人。我记得她们小时怎样开始坐便盆训练。我知道指责她们、拥抱她们和给她们唱歌她们将作何反应。我知道她们是多么执拗，又是多么灵巧，多么善于梦想。我知道她们将怎样说，怎样做，甚至夸张到何等地步。我知道她们的第一次悲伤。”

任璧莲以非常感人的抒情文笔表达了波朗蒂的内心情怀，让读者深深体会到在一位母亲的心里是没有种族隔阂的，满怀对于儿女的慈爱。对于丽奇和温迪，一个是从小养育她们、但不是同种族的养母，一个是初来美国、同一种族的兰，她们该如何处理与二者的关系。这里的“母女”关系已非两种文化可以概括，作者在引导我们思考，种族的生理自然性与家庭的构成是否存在必然的联系。

与心理意义上的镜像关系相对应，物理意义上的镜子也作为重要的象征在小说中出现。在卡内基四十岁生日的晚宴上，作为家庭主妇的波朗蒂坐在餐桌的一头，与在餐桌另一头的卡内基遥遥相对。在波朗蒂的座位上，正巧完整地看到卡内基背后的那面大镜子，波朗蒂从镜中看到这样一个奇怪的家庭："所有的脑袋都是黑头发，只有两个是金发。""我的身体多么庞大！比其他任何人都显得臃肿。""过路的人会以为兰与卡内基是家里的丈夫和妻子，而我是带着儿子贝雷来作客的。"餐厅的镜子无情地映射出波朗蒂与其他人的差异，这样的比较必然导致一种划分：兰与卡内基、两个女儿是一家人，波朗蒂与贝雷是另一家人。在多数人是黑头发、黄皮肤的王家，波朗蒂无疑成了"另类"。波朗蒂从家庭的中心位置滑向边缘，她不停地问自己：这是谁的家？谁是家庭的主人？镜中映像象征着主流社会的一种普遍意识，深深刺痛着波朗蒂的心，使她产生强烈的"他者"之感。"他者"感产生的根源在于如何正确看待家庭成员的种族特征，如何理解家庭的含义，这也是作者对主流意识形态的声讨。

最终，波朗蒂带着贝雷离开了王家，她无法忍受种族差异导致亲人疏远，这也是由于种族差异造成的家庭悲剧。但是，王家离不开波朗蒂，丽奇与温迪认识到对于母亲的错误态度，希望母亲早日回家。卡内基也向波朗蒂深情地表白："兰永远不会取代你的位置。你是孩子们真正的母亲，他们唯一的母亲。"最为出乎意料的是，小说结尾王妈妈的香港亲戚寄来一本家谱，卡内基从中发现他并非王妈妈的亲生儿子，而兰才是王妈妈真正的女儿。这无疑是作者对于"血统论"的一大讽刺。家谱是血脉传承的文字证明，以血统的纯化来界定一个家庭，这在现实生活中显得多么专制与狭隘。王妈妈的继承人卡内基与她毫无血缘关系，外来的兰才是王家的嫡传后代。在小说临近结尾处，有一段卡内基在昏迷之中梦境般地与王妈妈灵魂的对话，揭示了全文的主题：

（卡内基）我爱波朗蒂，你知道，我说。那是另一个玩笑。我与我的爱妻结婚。

（王妈妈）她怎么能成为爱妻呢？告诉我。

（卡内基）那么兰如何？你知道，我可以和兰结婚，如果波朗蒂与我离异的话。

（王妈妈）又一个不对头的妻子。

（卡内基）妈，难道不是你从坟墓将她送给我的吗？又一个妻子？一个爱妻？我说，这样看起来多么自然啊。

（王妈妈）自然！她叫嚷道。另一方面，与波朗蒂结婚就不是那么自然了。

（卡内基）那是什么呢？

（王妈妈）任何事都不是自然的，她笑了，任何事都不是。

（卡内基）这是个玩笑，我说。

（王妈妈）她不停地笑着。她说，作为美国人，没有什么好大惊小怪的。现在，我来告诉你，最中肯的话。你如何成为我的儿子呢？

作者以意识流般的行文记述了昏迷中的卡内基与王妈妈灵魂的对话。无论是作为妻子的波朗蒂或兰，还是作为儿子的卡内基，所谓的符合血统的“自然”都不能成为检验家庭成员的标准，如同文中王妈妈所言“任何事都不是自然的”，关键在于家庭成员的选择与承诺。

三

无论古今中外，家庭制度深深影响到国家政治。在某种程度上，有什么样的家庭制度，就有什么样的官僚政治。在中国长达两千多年的封建社会里，封建宗法制的家庭制度促成了封建官僚政治的形成和发展。在这方面，可以说前者是后者的缩影，后者是前者的延伸。美国的家庭制度与其国家制度也是息息相关的。任璧莲曾在采访中说：“我们的国家建立在共同理想的基础上，而不是依靠血脉与遗传来维系；家庭也应按照相似的原则构成：通过选择构成而非成员的环境和生物性。”[1] 但是，从历史到今天，关于什么是“美国人”的争论从未停止。

第一次世界大战后，美国国会担心美国继续为外国移民大开门户会为此付出代价，而影响到自身的繁荣。20 年代中期，涌入美国的滚滚移民洪流在人为的阻挡下，最终变为涓涓细流。美国人引为骄傲的所谓美国宪法精神、美国人的大度宽容以及美国人的自信心，此刻在移民问题上已经荡然无存了。1924 年国会又通过了《约翰逊 – 里德法案》，于 1929 年讨论实行。1924 年移民法极大地改进了 1921 年的法案，全面提高了移民控制的效率。一位美国参议员甚至把 1924 年移民法称为美国历史上的“第二个独立宣言”。[2] 议员们认为：“限制国外移民最基本的原因是……有必要纯化和保持纯粹的美利坚血统。”[3]

原本即是移民的国度，却大肆宣扬“纯粹的美利坚血统”，这无疑是在加强美国白人的话语权，排斥有色人种。长时间美国盛行这样的思想：只有白种、基督教的美国人才是真正的美国人，其他种族与宗教信仰的公民即使在美国出生、成长，也被认为是外来人口。血统成了定义美国人最基本的要素。在小说《爱妻》中，兰的丈夫、来自中国的教授苏家宝在海滨与当地的美国人有一番激烈的争执，读起来颇有寓意。兰夫妇为王家管理着海滨，并计划赚了钱后自己买下这片土地。但是，他们对于海滨的管理却遭到当地游客的挑衅与侵扰。当地人认为兰夫妇是外国人，无权拥有美国的土地。虽然，家宝告诉他们他是美国的合法公民，不是外国人。但是，游客们这样回答他：“你是公民，并不意味着你是美国人。”“公民只知道，这个国家依法办事。然而，只有一个美国人才知道，什么是真正的美国人。”他们以此为理由，逼迫兰与家宝离开海滨。这里的情节应和着 1924 年的移民法，应和着所谓“保持纯粹的美利坚血统”的无理要求。《爱妻》深入文化身份的探讨，以移

1 Gish Jen, “A Conversation with the Author of *The Love Wife*”, in *Asian American Village*, May 21, 2005.

2 李小兵、孙漪、李晓晓，《美国华人：从历史到现实》，成都：四川人民出版社，2003 年，第 79 页。

3 Jeffrey F. L. Partidge, “Eat Everything Before You Die: A Chinaman in the Counterculture / *The Love Wife*”, in *MELUS*, Vol. 30, Iss. 2, 2005, pp. 242, 11.

民家庭内部存在的文化冲突思考有关美国人含义的重新界定。

任璧莲通过描写美国家庭以及社会中不同种族成员的冲突与融合，再次表述了“美国人”这个概念“已经不再是仅仅代表祖籍是欧洲的那些美国人。来自所有民族背景的人们参与这场认同的思想斗争，即我是谁的斗争，我能把自己造就成怎样的人的斗争。”[1] 随着少数族裔人口的急剧增长，美国社会中的种族多样化比以往任何时候都更为显著，这对于个人提出了建构文化身份的问题，对于整个国家则表现为重新界定国家身份的要求。任璧莲对于“美国人”的定义，符合现实情况与未来趋势，在观念上无疑是对主流意识的富有胆识的挑战。

“认同肯定是个授权施能的问题。”[2] 第二代华裔作家对于华裔族群身份的建构，体现了少数族裔冲破压制、获取自我言说的权力。但少数族裔仍在要求主流社会的认可，恰恰凸显了其边缘的位置。任璧莲避开了主流社会与少数族裔的权力关系，她据此质疑道：“难道我们应该根据别人的感觉来自我定义吗？”[3] 她不是要求主流社会来认可自身，而是认为自己就是美国人。她对于美国人的重新定义，争取了对于国家身份的言说权力和对于民族计划的果敢参与。

1 Patti Doten, "Gish Jen Writers from Two Worlds", in *The Boston Globe*, March 27, 1991, pp. 45–52.

2 乔纳森·弗里德曼，《文化认同与全球性过程》，郭建如译，北京：商务印书馆，2003 年，第 176 页。

3 Gish Jen, "An Ethnic Trump", in *The New York Times Magazine*, July 7, 1996, p. 50.

作家的自我与写作——评保罗·奥斯特《密室中的旅行》

游南醇　华南师范大学

后现代中的“自我”不再是一个独立自主的整体，不再具有用逻辑和理性对现实进行思考的能力。[1]对后现代人而言，自我的迷失成为一种无法逃避的困扰，而对自我的确认就有如一个难以破解的谜。自我的确认为何难以实现，是当代一些作家在其创作的作品中不断思考和探索的问题，其中，美国当代知名作家保罗·奥斯特对此表现出特别的关注。在他的小说中，作者一直在探究“谁是谁的问题和我们是否就是我们自认为的那样的问题。”[2]他的小说人物经常难以确认自我，对此施普林格评论说：“奥斯特的主人公，包括他的故事叙述者，总是随时准备进入一场身份的危机。”[3]

奥斯特尤其关注他所熟悉的群体——作家——的自我确认问题。在奥斯特的小说中，主人公多数是作家，例如《锁闭的房间》（*The Locked Room*）中的范肖，《巨兽》（*Leviathan*）中的萨克斯和艾伦，《神谕之夜》（*Oracle Night*）中的特劳斯和希德尼。作者在这些人物的身上倾注了很多对作家自我的思考。纵观奥斯特所有的作品，对作家的自我的反思最为突出的是《密室中的旅行》（*Travels in the Scriptorium*）这部小说。对于这部作品，格伦瓦尔德认为它依然表现了奥斯特惯用的“活在不确定性当中”的主题。皮科克则指出该作品笼罩着一层疑虑重重、幽闭恐怖的气氛，某种程度上代表了对美国“9·11”事件后监控和扣押政策的一种含蓄的反对。皮科克同时也意识到作品反映了奥斯特对自身地位的忧虑，但并未就此展开具体论述。[4]在国内，这部小说也已得到个别研究者的关注，其关注点包括它的叙述方式、语言符号意义及主体性等方面，但研究范围只局限于这部小说本身，尚未论及该作与奥斯特其他作品的紧密关联性。[5]事实上，这部小说与奥斯特以往小说有所不同，它是与奥斯特在其之前出版的其他小说关联性最为紧密的一部作品——奥斯特以往小说中的许多人物再次走进了这部虚构作品，以前小说中作品提到过而没

---

1 Mary Klages, *Literary Theory: A Guide for the Perplexed*, New York: Continuum International Publishing Group, 2006, p. 89.

2 Joseph Mallia, “Interview with Joseph Mallia”, in Paul Auster, (ed.) *The Art of Hunger*, New York: Penguin Books, 1997, p. 279.

3 Carsten Springer, *Crises: The Works of Paul Auster*, Frankfurt am Main: Peter Lang, 2001, p. 20.

4 James Peacock, *Understanding Paul Auster*, Columbia: University of South Carolina, 2010, pp. 188–189.

5 参见李金云，《论保罗·奥斯特〈神谕之夜〉的元小说叙事策略》，载《四川师范大学学报》（社会科学版），2010 年第 1 期，第 70–74 页；《一部小说中的两种叙事——奥斯特新作〈密室中的旅行〉解读》，载《外国文学动态》，2010 年第 1 期，第 33–35 页；《主体的确立与丧失——保罗·奥斯特〈密室中的旅行〉的语言与主体性问题探析》，载《外国文学》，2010 年第 5 期，第 88–94 页。

有展开叙述的作品在这部小说中也得到阐述。因此，小说中的人物的原始作品来源和背景可以成为我们理解该部小说的一个重要知识基础。

虽然奥斯特让自己的笔下人物在新的作品中重新回归，有着麦克黑尔（Brian McHale）所说的“提供一种证实角色‘真正存在’的幻象”的意味，[1]但是作者并非是为了摆弄这种叙事技巧，而是要通过“老面孔”讲述“新故事”。在这部小说出版的时候，奥斯特是一位即将步入60岁的老人。作为一位对当代文坛产生了重大影响的当代作家，奥斯特也许希望借这部作品对自我进行一个阶段性的自我反思。小说的主人公“茫然先生”（Mr. Blank）隐隐约约地藏匿着奥斯特的影子，主人公苦苦寻求自己是谁的过程展现了奥斯特对作家自我的一种探索。本文将以《密室中的旅行》为例，研究奥斯特在这部作品中所呈现的关于作者的自我与其创造的角色、作品以及写作过程的关系，探讨奥斯特如何对作家的自我的问题进行反思。

一、自我与角色

在《密室中的旅行》中，主人公茫然先生是一位丧失记忆的老人，被禁锢在一间紧锁的房子里。故事中，奥斯特以前所写的小说中的角色纷纷走出原来的故事，登门看望这位主宰着他们命运的人物。茫然先生苦苦思索这些人物的经历，以期从他们身上弄清楚自己是谁，但是这些人物角色的由来扑朔迷离，茫然先生无法分辨他们是真实还是虚幻，导致茫然先生探寻自我的最终失败。

在小说中，来到茫然先生房间里的有安娜、费拉德、法尔、苏菲和奎恩五个人物。这些人物都是奥斯特以往小说里的角色。伺候茫然先生的安娜曾在《末世之城》（*In the Country of Last Things*）中被派到一个充满毁灭和死亡的地方。第二个访客是弗拉德，他曾出现在奥斯特的《锁闭的房间》中的一句话里：“（第七章的蒙塔格的房子，第三十章的弗拉德的梦）。”[2]接着出场的是《末世之城》中安娜的爱人法尔。后来走进房间的还有苏菲，她是《锁闭的房间》的主人公范肖的妻子。最后的访客是奎恩，他是《玻璃城》中的侦探。熟读奥斯特作品的读者会在《密室中的旅行》中发现这些熟悉的面孔，并可以把这些脸孔与以往的小说中的虚构人物对应起来。但茫然先生却不一样，他只能不断地查看摆在他面前的这些人的照片，询问上门来访的人，记下他们的名字，以便弄明白他们是谁。他发现，这些人物的存在和生活经历都与他息息相关。例如，安娜对茫然先生说：“茫然先生，事实上如果没有你，我什么也不是。”[3][4]又如弗拉德让茫然先生解释他所写的“弗拉德的梦”讲的是什么。弗拉德说：“如果没有那个梦，我就什么也不是，确确实实什么也不是

1 Brian McHale, *Postmodernist Fiction*, London: Methuen, Inc., 1987, p. 204.

2 Paul Auster, *New York Trilogy*, New York: Penguin Books, 1990, p. 324.

3 Paul Auster, *Travels in the Scriptorium*, New York: Henry Holt and Company, 2006, p. 25.

4 本文所引用的《密室中的旅行》原文来自 Paul Auster, *Travels in the Scriptorium*, New York: Henry Holt and Company, 2006；中文译文参考了文敏译《密室中的旅行》，北京：人民文学出版社，2008年。笔者在原中文译文的基础上有所修改。

（literally nothing）。”[1] literally 也可以表示“在字面含义上”，所以这句话同时暗示了弗拉德只不过是茫然先生的书本上的一个存在。这些对话的细节暗示了这些人物曾经出现在茫然先生创作的某个故事中，但由于失忆，茫然先生无法清楚地意识到这一点。他只能通过模糊的记忆徘徊在他以前创作的文本之中：“在闭上眼睛的这一瞬间，他看见那些影影绰绰的人影穿过自己的脑海。”[2] 从茫然先生脑海里难以磨灭的影像可以看出，作为作家，在思考自我的存在时难免把自己和自己创造的人物联系起来。犹如塞万提斯因为堂吉诃德而被确定和记住，“茫然先生”的自我需要从他所创造的人物中找到证明，但小说角色作为一种创造物，他们始终是虚无缥缈的，茫然先生想通过确认他意识中的这些角色并从中找到自我的期盼只是一种幻想而已。以茫然先生为镜子，《密室中的旅行》揭示了即便是奥斯特，那个创造了许多角色的作者，同样难以从他的虚构人物中找到自我。

二、自我与作品

在《密室中的旅行》中，作家无法依靠他笔下的角色找到自我，这归因于角色有其虚构性，无法确定。因此，如同茫然先生，作家只能继续他对“我是谁”的苦苦追寻。作家在对自我的追寻过程中，他与作品的关系显得非常重要，但他们彼此之间又并非是一种简单的互为依存、互为确认的关系，这种复杂的关系在《密室中的旅行》中同样得以表现。按照古典主义——浪漫主义的艺术观，作者是个具有创作力的创作主体，作品是作者意愿的表达，作者的语言。歌德说过，他所有的作品都是一个宏大自白的一部分。[3] 但在后现代的语境下，作品已不再被视为作者的语言，正如布朗肖（Maurice Blanchot）所说：“任何一个已完成作品的人都不可能生活在、停留在作品旁边。”[4] 德里达也坚称写作对作者而言就是自身的死亡，作者只能舍身成文、舍身成言，“写作，就是隐退”。[5]《密室中的旅行》的叙事不断干扰、割裂作者和作品的关系，揭示了这样的一个主题：作者并不存在于他的作品中，作品中的“我”也并非是作者。

在《密室中的旅行》故事中，读者随着茫然先生的视线，阅读了摆在他桌子上的文稿，这份文稿是关于叙述者“我”在讲述他被囚禁在一间房子中的故事，这个故事与同样被禁锢在密室里的茫然先生的故事穿插进行并相互映衬，读者不明真相之前很容易把“我”当成茫然先生。这故事读起来就犹如一个人的自传：“从那以后他们就一直把我关在那个房间里。就我所能拼凑起来的印象是，那不是一间典型的牢房，……”[6] 在故事中，“我”开始进来这个房间时就被打晕了，后来，“我”不再挨打。一个士兵给“我”拿来了一叠纸、一瓶墨水和一支钢笔，说上校允许“我”

1 Paul Auster, *Travels in the Scriptorium*, New York: Henry Holt and Company, 2006, p. 59.
2 Paul Auster, *Travels in the Scriptorium*, New York: Henry Holt and Company, 2006, pp. 42–43.
3 彼德·毕尔格，《主体的退隐》，陈良梅、夏清译，南京：南京大学出版社，2004 年，第 181 页。
4 布朗肖，《文学空间》，顾家琛译，北京：商务印书馆，2005 年，第 5 页。
5 方生，《后结构主义文论》，济南：山东教育出版社，1999 年，第 213 页。
6 Paul Auster, *Travels in the Scriptorium*, New York: Henry Holt and Company, 2006, p. 10.

写作。于是“我”开始写“我”的自述报告：“我叫西格蒙德·格拉夫。四十一年前出生在一个名叫卢兹的小城，……”[1] 读者看到的是一位叫格拉夫的人在讲述他自己的故事。同茫然先生一样，读者很容易认为格拉夫就是作者，也即是把“我”视为作者。但是后来茫然先生的医生法尔的话却颠覆了读者对作品的看法：“是个虚构的故事，茫然先生。那是小说作品。”[2] 法尔告诉茫然先生，这稿件其实是一个叫特劳斯的作家所写的。读过奥斯特《神谕之夜》的读者知道，小说中的人物特劳斯有一部没有发表的小说，名为《白骨帝国》，这部小说的梗概就体现在格拉夫的自述中。就这样，从奥斯特以前的小说里跑出来的小说家角色特劳斯取代了名为格拉夫的叙述者“我”成为故事的作者。奥斯特通过故事内容的前后互相消解揭示了小说中的“我”不一定就是作者。巴尔特说：“那个写下文本的‘我’，也只不过是个纸上的‘我’而已。”[3] 所以即便是看起来很真实的“我”的叙述，也并非作者本人的故事。作者实际上在我们所阅读的文本中是缺席的。福柯（Michel Foucault）指出：“作者的标识仅仅能从他的缺席这唯一的一点中体现，作者在写作游戏中只能充当死人的角色。”[4] 小说在接近结尾时指出《密室中的旅行》其实是范肖（《锁闭的房间》中的主人公，是一名作家）的作品，但在故事结束时又冒出了一个第一人称的叙述者，这个叙述者“我”声称整个故事，都是他一手安排时。这个“我”是谁呢，在一次访谈中奥斯特说过：“那个角色并不是我。”[5] 作者并不能存在于他的作品中，正如奥地利女作家巴赫曼（Ingeborg Bachmann）所说的，“我”已经不在故事之中了，而是故事重新在“我”之中。[6] 至于作品中的“我”是谁，究竟是谁在说话也很难说清楚，也许福柯说得好：“是谁在说话又有什么关系？”[7]

《密室中的旅行》通过不断干扰和颠覆作者与作品的所属关系，揭示了作品只是一种虚构，它与创作者没有一一对应的关系，作品并不能成为作家证明自己的媒介。布朗肖在探讨艺术作品的特点时说：“艺术作品并不直接地返回到某个可能造就它的人。当我们对为艺术作品做准备的境遇，对它的产生的过程，直至那位使它变成可能的人的姓名一无所知时，只有在此时，艺术作品最接近它自己。”[8] 这意味着只有作者消失了，作品的特性才显示出来，作品才能具有生命力。[9] 这也是《密室

1 Paul Auster, *Travels in the Scriptorium*, New York: Henry Holt and Company, 2006, p. 46.

2 Paul Auster, *Travels in the Scriptorium*, New York: Henry Holt and Company, 2006, p. 78.

3 Roland Bathes, “From Work to Text”, in Stephen Heath, (trans.) *Image-Music-Text*, London: Flamingo, 1977, p. 161.

4 Michel Foucault, “What Is an Author?”, in David Lodge, (ed.) *Modern Criticism and Theory: A Reader*, London & New York: Longman, 1988, p. 198.

5 Paul Auster, et al., “The Manuscript in the Book: A Conversation”, *Yale French Studies 89*, 1996, p. 177.

6 英格博格·巴赫曼,《巴赫曼作品集》，韩瑞祥选编，北京：人民文学出版社，2006 年，第 342 页。

7 Michel Foucault, “What Is an Author?”, in David Lodge, (ed.) *Modern Criticism and Theory: A Reader*, London and New York: Longman, 1988, p. 210.

8 布朗肖,《文学空间》，顾家琛译，北京：商务印书馆，2005 年，第 224 页。

9 Ullrich Hasse & William Large, *Maurice Blanchot*, New York: Routledge, 2001, p. 62.

中的旅行》最后叙述者给予读者的启示：讲故事的人死了，但故事却继续被讲述。因此，作者并不能从作品发现自我，作品中的“我”也不是作者的自我。

三、自我与创作过程

《密室中的旅行》还展示了作家的写作过程并非是一个积极能动的创作过程，而是一种消极的、被写作的过程，从而割裂作家自我与写作这种创造过程的必然联系。被创作的含义体现在：作品是已经被安排好的，作者只是个被动的记录者；或者作者只是被贴在作品下面的一个标签而已。

在茫然先生补充讲述的格拉夫的故事中，格拉夫作为一个毫不知情的人被卷入了一场政府策划的战争当中。他被派往艾利恩地区追踪一个叫兰德的情报人员，到了那以后，他见到的是包括兰德在内的联邦的部队被大屠杀的场面，于是认为屠杀是由那里原住民第因人所为。回来后，他被关进囚室里，按照长官要求如实写下一份关于联邦士兵被第因人屠杀的报告。于是，借助这份真实的报告，政府发起了一场对艾利恩地区的进攻。交完报告的格拉夫被告知这一切都是由联邦策划而成的。真相是联邦先派遣了兰德率领第一支部队去煽动第因人叛乱，以挑起战争，但兰德没有完成使命，于是又派了第二支部队消灭了兰德和他的部队，最后再派不知情的格拉夫去见证屠杀的场面，令他误认为是第因人残酷地杀害了兰德等联邦士兵，并把这一切“如实”记录。就这样，格拉夫写下了联邦一手安排的故事，他的自述其实是一个“被自述”的过程。茫然先生所讲的这个故事揭示了，如果作者所从事的写作不再是一种带有主观意识、充满创造力的活动，那么作者的自我将无法从其创作过程中得以体现。

不仅格拉夫的自述是被创作，茫然先生最后阅读到的《密室中的旅行》也一样。在小说中，《密室中的旅行》的作者是范肖，但其实范肖也许只是把茫然先生的所作所为记录下来而已。小说一开篇就说明茫然先生的一举一动正被监视着。例如正对着茫然先生的天花板上装有一台摄像机：“快门每秒钟都在无声地闪动，地球每转一周摄像机就会摄下八万六千四百帧定格画面。”[1] 除了摄影机，还有一部装在墙里面的麦克风，确保茫然先生发出的任何声音都被录下。不仅如此，小说中其他角色对自己在故事中所起的作用有清楚的意识，如小说中的弗拉德说：“我知道在这件事中我只是个小人物，但他们允许我见你两面”，“在参与这个故事的所有人中，安娜是一个完全站在你（茫然先生）一边的人”。[2] 这里的“他们”和“所有人”指的是参与这个故事的角色，或者说是策划这个故事的人。因此可以说，最后作为作者出现在小说中的小说《密室中的旅行》的范肖并不是真正的“写作者”，而是“被写作者”，或者说“范肖”的名字犹如一个形同虚设的标签，如格拉夫被安排为一个目击者一样，范肖也许就是一个被安排好的记录员，而茫然先生则扮演了“真人秀”的主角。根据同样的逻辑，奥斯特的作品让读者产生这样的疑问，小说扉页

1　Paul Auster, *Travels in the Scriptorium*, New York: Henry Holt and Company, 2006, p. 1.

2　Paul Auster, *Travels in the Scriptorium*, New York: Henry Holt and Company, 2006, p. 7.

上的“保罗·奥斯特”是否也是“被写作”？读者有理由怀疑站在奥斯特背后的是否同样有只无形的手，冥冥之中把关于茫然先生的故事设置好，再把奥斯特安排为作者。布朗肖曾引用黑格尔的话说：“一个个体只能通过行动把自己变成现实从而得知自己是谁。”对此，布朗肖写道：“作家只能通过他的写作找到自己，实现自己。”[1]但是，如果作家只是充当一个记录员，他的作品是被动地创作出来的，那么作者还能实现自己吗？这也许就是这部小说留下的一个值得读者深思的问题。

四、结语

《密室中的旅行》故事里有故事。这些故事有如奥斯特所描绘的“两面镜子面对面，每一面镜子都反射了另一面的光线。”[2]这些互相衬托甚至互相重叠的故事都蕴含着一个问题，那就是关于对作家自我探询的问题。从奥斯特的小说中跑出来的角色对茫然先生的造访让读者把茫然先生与奥斯特本人联系起来，难怪有评论认为“茫然先生就是保罗·奥斯特”。[3]虽然我们不能因为这些角色就武断地认为茫然先生就是作者本人，但是他们在小说中重新出现，他们的故事被再次讲述，确实可以看出奥斯特对作家自我问题的关注。通过描述作者与人物角色的关系、作者与作品以及作品中的“我”的关系以及作者的写作与“被写作”的关系，小说展现了作家所面临的自我失落的焦虑。这部小说同时还展现一个悖论：明知作者已死，作者的名字已经成为“茫然先生”，但作家却仍然不断对自我的存在进行探求。此外，通过暗示茫然先生的故事的“被写作”和格拉夫的“被自述”的故事，作品提出了这样一个问题：在一个丧失隐私、缺乏安全感和充满政治黑暗的社会，作家怎么有可能走出封闭的牢笼，进行独立的创作，思考自我的存在？封闭的房间仍然阻挡不了作家受到摆布的力量，因此，让作家在自由的思考中通往自我，将是难以实现的乌托邦。透过茫然先生这面镜子，奥斯特表达了作家对自我无法确认的反思。

1 Maurice Blanchot, “The Absence of the Book”, in George Quasha, (ed.)*The Station Hill Blanchot Reader: Fiction and Literary Essays*, New York: Station Hill Press, 1999, p. 361.

2 Paul Auster, *Travels in the Scriptorium*, New York: Henry Holt and Company, 2006, p. 153.

3 James Peacock, *Understanding Paul Auster*, Columbia: University of South Carolina Press, 2010, p. 188.

中　编

批评与理论研究

伊格尔顿与经验主义问题

马海良　北京外国语大学

在伊格尔顿迄今长达五十余年的学术生涯里发生的一次最为重大的事件，应该是 1976 年出版的《批评与意识形态》对自己的老师和战友威廉斯作了相当严厉的批评，把他称为“政治改良主义者”“民粹主义者”“人本主义者”“唯心主义者”“左倾利维斯主义者”等。这一定性定位无疑是十分严厉的，它把威廉斯排除在伊格尔顿自己所在的马克思主义队列之外，而且显示应该从根本上清理威廉斯思想的错误。按照伊格尔顿的一贯立场，利维斯及其追随者或曰剑桥学派或曰“《细绎》派”是英国现代批评传统的代表和资产阶级意识形态的捍卫者，英国马克思主义批评的首要任务是破除利维斯主义的深重影响，因为利维斯主义不仅顽固地据守着英国文学和文化的意识形态主堡垒，而且广泛渗入社会主义运动和马克思主义阵地，威廉斯可谓活生生的例子。在伊格尔顿的举证中，威廉斯与利维斯主义的关键联结点是对“经验”的先验式推崇，“《细绎》所标举的‘实用批评’集中体现了一种幼稚的感性的经验主义，它试图通过‘渐进’的方式，用生活经验的直接性来验证各种美学范畴。这种将普遍性溶解于‘体验’之中的方式所具有的意识形态力量像艾略特将意义的关联拆解成诗歌的具体之物一样突出。”[1] 如果说从更大的历史维度看，利维斯主义延续了经验主义的英国思想传统，“左倾利维斯主义者”威廉斯自然也无法脱离这条传统之链，伊格尔顿对这一关系脉络讲得非常清楚而明确：“这种人所共知的英国式经验主义经过《细绎》，成为贯穿威廉斯著作的主动脉。”[2]

尽管伊格尔顿对威廉斯和利维斯主义以及整个英国批评传统作了深入挖掘和猛烈批判，但是《批评与意识形态》的主要任务在于提出一套有效可行的唯物主义文学理论和马克思主义批评方法。结果显示他不负众望，通过文学生产方式（literary mode of production）、一般意识形态（general ideology）、作者意识形态（authorial ideology）、审美意识形态（aesthetic ideology）、文本生产（textual production）、文本意识形态（textual ideology）、意识形态生产（ideological production）等一系列经过特别界定的概念，建构起以“文本学”（science of text）为主体的文学理论和批评方法，堪称马克思主义文论史上的一次重大作为。

《批评与意识形态》的成就在很大程度上受到了阿尔图塞结构主义马克思主义的影响或启发，对此伊格尔顿本人也坦然承认。然而，伊格尔顿很快就调整了自己的学术方向，重新强调文学和文化理论的政治属性和功能，主张为了社会主义的政治目标，采取积极主动的阅读方法，发掘和注入有助于当下政治实践的各种意义，而不是拘泥于“科学的”客观、精确、严密。这一调整转变很容易让人理解为向威

1　Terry Eagleton, *Criticism and Ideology*, London: New Left Books, 1976, p. 15.

2　Terry Eagleton, *Criticism and Ideology*, London: New Left Books, 1976, p. 23.

廉斯路线的“回归”，这样的看法似乎也能获得伊格尔顿本人的支持。他在 1989 年怀念威廉斯的文章中写道：“他仍然待在那里，胸有成竹地等着我们，直到我们当中一些较年轻的理论家们更悲哀也更明智地最终从那几条死胡同里折返回来，在我们曾经离开他的地方重新和他站在一起。”[1]

伊格尔顿当年对老师威廉斯的严厉批评由后来的伊格尔顿本人作了检讨和纠正，但是他的自我批评似乎更多地坐实了“草率”“刻薄”“错误”等个人历史问题，对于反对者们来说，甚至他的“迷途知返”也可能在信任度上大打折扣。然而人们需要进一步了解的是，至少就伊格尔顿的情况来看，那条“死胡同”并非黑暗一片或死路一条，并非毫无价值。这一切在他怀念威廉斯时所作的特别注释中得到简洁而清楚的说明：

> 也许应该在此解释几句。我无意暗示这个阶段所有的理论发展都一概走入了死胡同。[……] 我仍然为自己在《批评与意识形态》里对威廉斯的许多批评观点辩护，当然，如果是今天的我，将会以一种更和煦的风格和一种不同的语气提出自己的批评。对我而言，他的著作无比重要，当我竭力与这样的著作保持一定的批评距离时，说了一些尖酸刻薄、眼界狭窄的话，惹人嫌恶，对此我十分抱歉。[2]

可以看出，“反复”并非伊格尔顿个人的“问题性格”及其表现，“反复”更不能描述伊格尔顿学术思想的实际情形。其实，即使在《批评与意识形态》个案上，伊格尔顿也并没有撤回自己的主要观点；在 1996 年初版，后来多次再版的他本人与弥尔纳（Drew Milne）合编的读本《马克思主义文学理论》中，《批评与意识形态》中的一章《文本学》赫然其中，与马克思、恩格斯、列宁、本雅明、布莱希特、考德威尔、卢卡奇、阿多诺、阿尔图塞、威廉斯等人的篇章放在一起，足以表明伊格尔顿坚持认为自己在离开威廉斯的那段时间，拿出了一个最有分量的东西。这个自我评估不无道理，《批评与意识形态》初版整整四十年后的今天再读，仍然能看到它所以持久不衰的独特价值。撇去“年轻人常有的急躁”，[3] 撇开对威廉斯的某些误判，《批评与意识形态》堪称马克思主义文论史上的一次重大突破。它用一套齐全的专门概念和术语对唯物主义文学理论进行了系统化的严密精细的表述，尤其是文本学的建构为马克思主义批评提供了操作性很强的分析方法。因此，我们很难说伊格尔顿的这次回转属于那种“觉今时而昨非”的幡然悔悟，与昨日之旧我的彻底决裂，更不能简单地以为他转而拥抱经验主义，成了一个经验主义者。我们需要更加深入的探究来了解伊格尔顿“反复”转向的历史成因和内在逻辑，从而准确地理解伊格尔顿学术思想的突出品质，并且通过检索伊格尔顿的学术路径，对英国马克思

1 伊格尔顿，《历史中的政治、哲学、爱欲》，马海良译，北京：中国社会科学出版社，1999 年，第 262 页。

2 伊格尔顿，《历史中的政治、哲学、爱欲》，马海良译，北京：中国社会科学出版社，1999 年，第 262 页。

3 伊格尔顿，《历史中的政治、哲学、爱欲》，马海良译，北京：中国社会科学出版社，1999 年，第 258 页。

主义文学文化理论的发展获得某种整体性的把握。

首先还得回到“经验”问题。根据威廉斯的考证，“经验”（empiric, empirical）一词于 16 世纪进入英语，其基本含义与“实验”相关，意思是通过对真实事件的具体观察，在充分总结经过试验和实验的过往经验的基础上，形成对事物的正确认识或可靠知识。17 世纪出现了“经验主义”（empiricism）一词，在哲学高度上坚持知识源于感官体验，即经验。“知识理论中出现的各种具体而复杂的论述产生了一种特定的历史性用法，即用‘英国经验主义’来指称从洛克到休谟等人的哲学思想。”[1] 从威廉斯的考据中可以清楚看到，“经验”是经验主义哲学体系中的核心概念，在英国学术背景下使用“经验”概念，尤其是强调经验的优先性，就是表现出经验主义的思想和立场。经验主义由于容纳了众多哲学家、思想家的成果，自然论述纷杂，体系多元，其中不无相互对立的命题，但是总体而言，都把对事物对象的直接感知或经验看作一切知识的起点和来源。英国经验主义沿着自身的轨迹向前运行，沿途竖立起来的“习俗”“常识”“联想”“想象”等重要路牌成为英国学术话语传统中的几个特色关键词。

作为一个哲学流派，经验主义主要是一种认识论。但是对于伊格尔顿来说，经验主义不只是一些哲学家个人对获得可靠知识的可行方法进行的探索和尝试，而且还是反映了特殊历史时期的阶级利益诉求和政治目标的英国资产阶级的意识形态。的确，当“经验”演化成“习俗”和“传统”，进一步等同于“有机性”时，就成了“伟大的”英国特色了。利维斯的批评思想被伊格尔顿称为“《细绎》意识形态”（the *Scrutiny* ideology），实际上也是小资产阶级的自由人本主义（liberal humanism），在他看来，这是一个矛盾体。英国小资产阶级群体处于历史的边缘，但是在精神上以中心自居，于是把自己设想成社会的精英，传统的卫士，这就是他们为什么紧抱前资本主义的“有机过去”的真相所在。当然，利维斯主义者们讨厌“意识形态”这个词，只是在伊格尔顿看来，“为了抗击意识形态，《细绎》诉诸‘经验’，好像‘经验’真得就不是意识形态的沃土。”[2]

炮口对准经验主义，伊格尔顿并不是孤身作战。20 世纪 60 年代后期到 70 年代中期，英国学界兴起了一场批判经验主义的热潮，而且主要论争发生在左派内部。安德森（Perry Anderson）在《新左派评论》1964 年第 1 期发表《目前危机的根源》，指出英国的现实困境和各种问题都可以在某种意义上归因于经验主义。紧接着在第 2 期上，杂志编者之一奈恩（Tom Nair）以《英国工人阶级》一文进行呼应，把经验主义称为“英国的民族文化”，并认为正是这样根深蒂固的民族文化造成了英国的“封闭、落后、守旧、迷信”等问题。[3] 安德森在 1968 年的一篇文章中指出，英国民族文化的主导意识形态是“贵族阶级将传统主义和经验主义结合在一

1 Raymond Williams, *Key Words*, London: Fontana, 1983, p. 116.
2 Terry Eagleton, *Criticism and Ideology*, London: New Left Books, 1976, p. 15.
3 Tom Nair, “The English Working Class”, in *New Left Review*, No. 24, 1964. p. 52.

起”。[1] 在年轻激进知识分子发起的经验主义批判中，威廉斯、汤普森、霍加特等上一代左派学者也成了靶子。

发起经验主义批判的本土原因是左派以及新左派与自由人本主义剪不断、理还乱的纠结，导致英国的左派力量在激荡西方世界的学生文化革命、女权运动和遍及世界的殖民地解放运动浪潮中显得异常落伍、沉寂和孱弱，深受经验主义影响的激进话语失去了对社会实践的解释和指导力量。经验主义批判的直接触发点是阿尔图塞理论的发现和引入。阿尔图塞用结构主义理论来阐释马克思主义，他提出的社会形态结构论、多元决定论、话语实践论、主体的意识形态建构论，似乎都为一海之隔的英国左派和马克思主义知识分子打开了一扇别有天地的窗户。多元决定论为解决长期困惑左派的简单粗糙的经验决定论和镜像式反映论展示出新的可能性，使他们可以摆脱陈旧而往往无力的“基础 / 上层建筑”解释模式的束缚；社会形态结构论对于认识资本主义制度的深层肌理提供了新的分析解释，主体的意识形态建构论在相当程度上有助于推动对资产阶级统治意识和话语体系的揭露和批判，而话语实践论则为激进知识分子的专业自信注入了动力。于是，出现了伊斯托普等人所确认的“1974 年，英国马克思主义无论在理论上还是在实践上，都达到了巅峰”。[2] 具体表征就是阿尔图塞理论成为影响力最大的话语系统，“在 20 世纪 60 年代后期至 70 年代早期，整个人文科学都受到来自阿尔图塞的马克思主义的介入和影响”。[3]

英国左派内部的论争有时也被简化说成“理论”与“经验”之争。按照阿尔图塞的阐述，知识并不是头脑对外在客观实在世界的“反映”，真理并不是存在于外部世界某个地方并等待人的意识去“切中”（treffen）、发现和取来的一种实体，“只有经验主义才会以为，文本与历史之间存在着自发的直接的关联，应该抛弃这种幼稚的观念了”。[4] 知识其实是理性思辨和话语过程的一种结果，是一种积极的建构形式，因此理论本身就是一种实践过程，具有生产性，“我们必须抛弃那种直接反映和读解的镜像关系的神话，而应该把知识理解为一种生产过程”。[5] 与此形成强烈反差的是，英国知识界还像他们的前辈一样，满足于描述自己的琐碎经验，拒绝通过理论思辨获得对世界的总体把握。正如威廉斯自己十分清楚的那样，经验主义者的共性是“倚重观察和通行的做法，而对理论解释持怀疑态度”。[6] 而奈恩则有些激愤地说：“英国经验主义对理论有一种发自本能的排斥。”[7] 反经验主义者的“情感结构”也可以概括为对“理论”本身的热烈推崇，甚至就像伊格尔顿的同代人亨戴斯和赫斯特那样，高调地表达了对经验主义和实证方法的不屑一顾：“我们的建构

1 Perry Anderson, “Components of the National Culture”, in *New Left Review*, No. 50, 1968. p. 12.
2 Antony Easthope, *British Post-Structuralism Since 1968*, London: Routledge, 1991, p. 1.
3 Antony Easthope, *British Post-Structuralism Since 1968*, London: Routledge, 1991, p. xiii.
4 Terry Eagleton, *Criticism and Ideology*, London: New Left Books, 1976, p. 70.
5 Louis Althusser & Etienne Balibar, *Reading Capital*, London: New Left Books, 1975, p. 24.
6 Raymond Williams, *Key Words*, London: Fontana, 1983, p. 115.
7 Antony Easthope, *British Post-Structuralism Since 1968*, London: Routledge, 1991, p. 1.

和提出的论点是在理论层面上进行的，是依赖所谓历史‘事实’的经验主义者无法辩驳的。”[1] 这种理论激情同样在很大程度上推动了《批评与意识形态》的写作，不过对于伊格尔顿来说，“理论”的价值不仅在于其意识形态批判力量，还因为它具有切实的不可替代的认识论和方法论效用，“真实是经验所无法感知的，它必须把自身隐藏在现象范畴之中（商品、工资关系、交换价值，等等），让人们仅仅看到这些范畴。”[2] 也就是说，理论是正确认识世界和切近现实的有效途径。

多种因素合力使经验主义批判成为《批评与意识形态》立论的反证支点，成为文本学工程的前期准备和起点，成为这部里程碑著作中的第一章。从写作策略和效果的角度看，把威廉斯置于英国经验主义传统，甚至利维斯主义范畴内加以审查，应该可以增强全书的论述力量。

经验主义批判构成《批评与意识形态》理论成就的必要条件，同时我们也清楚地看到，这项突出成就与其说是汲取了阿尔图塞的理论资源，不如说是对阿尔图塞理论大力改造的结果；该书引人注目的地方更多在于与阿尔图塞理论的差异，例如作者对“生产方式”概念的运用。阿尔图塞虽然把物质的经济的生产方式放在终极决定因素的位置，但那只是理论上的假设，并不具有实际效用，因为他提出多元决定论和多重实践论的一个原初动机，就是为了剥离生产方式和经济基础范畴对精神和话语实践的形影不离的沉重压制。而在伊格尔顿的文学理论架构中，“生产方式”是一个基础性概念，因而能够进一步提出“一般生产方式”和“文学生产方式”，相应衍生出一般生产关系和文学生产关系以及文学生产、文本生产、文化生产和意识形态生产等注入新意的概念。这样一种关联使文学文本的生产以及解读与社会历史的物质条件紧密结合起来，以此与阿尔图塞更加突出话语行为本身的自主性和实践性的观点拉开了距离，符合马克思经典中对物质与精神关系的论述。再如“意识形态”，阿尔图塞理论强调意识形态的虚假性，因此必须通过意识形态知识或理论的科学方法，才能揭示意识形态的遮蔽。相比之下，伊格尔顿认为意识形态并非完全虚假之物，它是特定社会历史条件的产物，真实地反映了历史现实，因此文学文本中呈现的意识形态虽然与历史真实隔了两层，但是并不妨碍通过具体的分析，能够解读出背后的历史真相；再者，构成文本的意识形态生产本身是一个真实的过程。此外，伊格尔顿对价值判断的坚持、对读者能动性的重视、对文学批评的政治功能的强调，也不在阿尔图塞的理论议程之内。1986 年——《批评与意识形态》出版十年之后，伊格尔顿可以“平静下来回顾历史，可以非常清楚地”审视自己与结构马克思主义的关系，冷静公允地评价阿尔图塞理论。他的总体看法是，阿尔图塞提出的所有理论概念都击中了其他马克思主义理论暴露出来的软肋，包括庸俗的历史目的论、同质化的历史观、幼稚的理论与实践匹配论、存在主义式的主体论，等等。然而阿尔图塞提出的解决之道带来了新的严重问题，“理论”成了超

1 Barry Hindess & Paul Hirst, *Pre-Capitalist Modes of Production*, London: Routledge, 1975, p. 3.

2 Terry Eagleton, *Criticism and Ideology*, London: New Left Books, 1976, p. 69.

验的东西，“理论实践”实际上完全失去了现实作为的能力，成了封闭的话语循环，完全消除了社会历史进程的整体性，只剩下一些散碎的偶然的随机聚合，而主体消解的严重后果是取消了阶级斗争的可能性（伊格尔顿在《马克思为什么是对的》中指出，阶级斗争是社会变革的主要方式）。当伊格尔顿发现阿尔图塞理论实际上无法解决既有问题，而且产生新的问题之后，转身寻求新的途径，就成为情理之中的事情了。

历史语境的还原固然可以为今天“理解”伊格尔顿的阿尔图塞转向提供一些重要线索，但是这种体谅式的理解不足以解释他随后的文化政治转向或向着威廉斯的回归，也难以解释这一事实：伊格尔顿后来对阿尔图塞理论的清醒反思其实在当年的《批评与意识形态》中已经得到了相当充分的体现，或者说他在批评威廉斯的同时自觉（或不自觉）地维持了与文化唯物主义的割不断的牵连。总之，伊格尔顿与阿尔图塞的种种差异以及在很大程度上因为那些重要差异而打通了“死胡同”，相当成功地建构了唯物主义文本学，绝不是缘于运气。

细察可见，伊格尔顿的“反复”表象下有一条始终坚持的主线，也可以说，他的“反复”本身是对某种根本立场不懈持守的合乎逻辑的反映。伊格尔顿著作中广泛而及时地征用各种理论体系的语汇，包括各种非马克思主义的用语，但他经常申明自己是马克思主义者，而且坚持使用马克思原典中的概念、范畴和命题展开论述，彰显自己的纯粹的马克思主义信念，例如他对经济基础 / 上层建筑模式、生产方式范畴和意识形态概念的论述，这样的原汁原味即使在激进阵营里，也显得十分突出。

经济基础 / 上层建筑模式曾经让许多马克思主义理论家感到困惑，花费了许多笔墨来厘清这一对概念之间的关系，有些理论家试图采用其他阐释模式来化解经济基础 / 上层建筑之间的理论难题，例如威廉斯认为基础 / 上层建筑公式是抽象的，无法有效地说明丰富复杂的现实状况，应该通过“实际经验”“整个生活方式”和“情感结构”等范畴来认识现实。阿尔图塞也在某种意义上通过意识形态理论来消解基础 / 上层建筑的难题。而伊格尔顿无论靠近阿尔图塞，还是回到威廉斯，抑或吸纳后结构主义的某些用语，始终没有放弃基础 / 上层建筑的理论模式。生产方式是历史唯物主义的一个基本范畴，然而把生产方式与文学和艺术关联在一起，在马克思主义文论史上似乎并不顺利，要么走上庸俗马克思主义或经济决定论的小路，要么使审美消失于社会学的阔大领域。伊格尔顿提出“文学生产方式”概念，把向来视为精神现象的文学与物质活动的生产方式关联起来，通过对“文学生产”机制和过程的细致分析，阐明了蕴含于艺术形式和审美活动中的物质性，这一创举相当成功地使精神活动与物质过程统一起来，解决了某些马克思主义文学理论面对的困境，另一方面也使艺术活动的实践性具有了真正坚实的基础，可以更好地释放艺术实践的能动和创造力量。从马克思的著作开始，“意识形态”就一直是马克思主义文化政治理论的核心概念，而且经过长期发展，意识形态批判已经成为标志性的马克思主义的方法。对于伊格尔顿来说，意识形态批判是人类解放工程的一部分，因此他在意识形态议题上一直用力尤深。他于 1991 年出版的《意识形态导论》对这个概念的历史谱系进行了深入的研究，涉及马克思主义传统内部的一些重大争论；1994 年，又为朗曼出版公司编辑了《意识形态读本》，突出表明他对这个范畴的高度重视。他的意识形态研究成就集中表现在三个方面：一是破除了对意识形态的诸多片面刻板的理解，譬如与包括阿尔图塞在内的许多马克思主义理论家不同，他认为意识形态并非特定人群的症状，而是所有人意识中都存在着的一种形态；二是对意识形态的结构作了具体深入的阐发，描述了包括一般意识形态、各种局部意识形态、个人意识形态等层面的意识形态结构；三是以“意识形态生产”为核心建构了文本学，对“审美意识形态”范畴作了系统的阐发。

“哲学家们只是用不同的方式解释世界，而问题在于改变世界。”[1] 马克思《关于费尔巴哈的提纲》中的这句话是伊格尔顿经常引用、念兹在兹的座右铭，他对马克思主义没有折中余地的守护已经超越了学术兴趣的范畴，进入一种信念甚至信仰的境界：他坚信，马克思主义是解释世界的最好理论，更是改变世界的行动指南；是精神批判的利器，更是把美好生活从想象和设想变为现实的可靠路径。简言之，马克思主义的生命在于政治行动，正是在这个意义上，他以伊格尔顿式的机智说，“马克思更像一个反哲学家，而不是哲学家”。[2] 政治是为了群体的利益而进行的各种话语和行为实践，在阶级社会里，群体利益往往呈现为不同阶级的特殊诉求，因此必然地表现为各个阶级群体在物质和精神取向上的差异、对立、冲突和斗争。马克思主义的政治目标就是用社会主义取代资本主义，最终进入所有人按照审美理想达到自我实现的共产主义社会。为此，早在学生时期，他就积极地投身于激进政治活动，或参与政治集会，或走上街头散发传单，他最早参加的一个校外活动集体叫作“十二月小组”（the December Group），英国共产党的这个外围组织后来创办了机关刊物《倾斜》（*Slant*），伊格尔顿主持过该刊 1969—1970 年度的活动。[3] 他的理论作为也往往受到现实政治动向的触动和影响。《批评与意识形态》所表现的理论热情在很大程度上也与那些年里政治现实的变化密切相关。1974 年 2 月，英国煤矿工人宣布开始总罢工，得到其他行业工人的热烈响应，英国保守党政府的对策是解散内阁，提前举行大选，这是一场事关“到底是谁领导英国”的对决，堪称宪章运动以来最大的工人运动。虽然英国的政治结构并没有因此发生革命性的变化，但工人增加工资的要求由新上台的工党政府承诺兑现，毕竟标示了工人阶级取得了现实的胜利。激进运动的新形势鼓舞了左派知识分子的社会信心，同时也召唤他们从理论上对社会主义的现状和前景做出科学可靠的论述。因此应该说，即使在《批评与意识形态》时期，伊格尔顿空前的理论投入，其动力和归宿仍然主要在于现实的政治效用，他在 1986 年的一次访谈中证实：“我当时属于年轻一代社会主义者，我觉

1　马克思、恩格斯，《马克思恩格斯选集》第一卷，北京：人民出版社，1972 年，第 19 页。

2　Terry Eagleton, *Why Marx Was Right*, New Haven: Yale University Press, 2011, p. 130.

3　Elaine Treharne & Stephen Regan, (eds.) *The Year's Work in Critical and Cultural Theory*, Vol. 1, Oxford: Wiley-Blackwell, 1991, pp. 211–212.

得以威廉斯为代表的上一代新左派既缺乏理论严密性，也缺乏政治热情。”[1] 如此看来，当时他对威廉斯进行的俄狄浦斯式的清算可能并不是因为威廉斯在认识论上的偏执，也不是在意识形态性质上对经验主义的忽视，甚至不完全是威廉斯对马克思主义某些理论模式的质疑，而是最终失去了政治的锋芒。进一步看，让伊格尔顿真正恼火的可能是威廉斯对“阶级”的漠视，“实际上并不存在阶级，只存在把人们看作阶级的各种方式而已……我们只是把一群个体划分为这样那样的阶级、国族或种族，这样做只是为了避免单个地看待个人。”[2] 阶级竟然成了一种因人而异的主观感觉，一种可以替换的“看”事物的方式，一个漂浮的能指，这是始终把政治追求放在首位、把社会革命的有生力量寄托于工人阶级的伊格尔顿断然不能接受的。其实，他对威廉斯的所有批评都可以归结为威廉斯思想放弃了主动介入政治实践的意愿，使批评理论成为纯精神的、文化的或唯心的活动。他于 20 世纪 80 年代连续问世的几部著作大声呼唤文化工作者的政治作为，实属保守的撒切尔—里根主义大行其道、马克思主义再次滑入低潮时的奋起一搏之为。进入 90 年代以来，他对后现代主义的批判不断加码，是因为随着冷战的结束和全球化的迅速推进，文化相对主义盛行，其实质是为商品的任性流通消除一切障碍；如此这般的文化相对主义，实质上也是一种文化绝对主义或唯文化论（culturalism），因为它把物质的社会结构替换成观念转换的事情。无论文化相对主义，还是文化绝对主义，它们的症结都在于有意无意地掩盖了现实的真实状况，其后果是拆除了政治革命的引信。可是，源于经济利益的文化冲突每天都在真实地暴烈地发生着，进行着，因此伊格尔顿特别提醒激进知识分子，不要被时髦的后现代辞令迷了双眼而丧失政治活力，“今天，像斯坦利·费什的那种唯文化论或唯习俗论是要把左派的认识论辖制在保守政治之下，正如理查德·罗蒂要把它套在自由资产阶级的世界观里面。”[3]20 世纪后期以来，伊格尔顿日益关注民族主义议题，这不仅是因为爱尔兰与英国、爱尔兰与他一家人之间的特殊的历史纠葛，还因为他的政治日程及时反映了全球化时代民族和族群冲突不断增加的现实局面。

伊格尔顿向来明确的政治诉求也可以从他的写作风格得到有力佐证。他的语言直截了当，晓畅明了，与常见的那种晦涩沉闷的文论形成鲜明对照，这是因为一方面他的理论探讨总是从现实生活出发并以解决现实问题为目的，现实的日常生动性和真切感受使他能够用平常通俗的语言说清楚事理真相，而不是只有借助于一套现成的理论术语，才能进行表达；另一方面，强烈的政治效用目标让他有意识地追求受众的最大化，因此他会大量地使用各种修辞手法，其中最常用的是“比喻”，因为比喻可以使抽象的思想变得形象具体，容易理解。这种可以称为“伊格尔顿体”（Eagletonism）的文章品质是伊格尔顿本人自觉塑造的结果，他属于那种少见的具有强烈的风格意识的理论家，他明确主张学术阐发也应该尽量贴近普通语

---

1 Andrew Martin, “Interview with Terry Eagleton”, in *Social Text*, Winter/Spring 1986, p. 85.

2 Raymond Williams, *The Long Revolution*, London: Chatto Wintus, 1961, p. 96.

3 Terry Eagleton, “The Contradictions of Postmodernism”, in *The New Literary History*, No. 1, 1977, p. 2.

言，“有些牛津哲学家们非常热爱‘普通语言’这个概念，但是牛津哲学家们的普通语言却与格拉斯哥码头工人的普通语言几无共同之处。”[1] 事实表明，伊格尔顿的语言策略是非常成功的，他的著作很多都能像畅销书一样广为流传，以《文学理论引论》（*Literary Theory: An Introduction*, 1983）为例，其读者范围远远超出了文学专业的学生，世界主要语言都有该书的译本。伊格尔顿体的另一个突出特征是论战风格，他不仅在批驳敌手时摆出嬉笑怒骂、不依不饶的论战姿态，即使面对同志时，他的批评也往往让人有过于直率之感，不过如果知道伊格尔顿曾经这样批评詹姆逊，“他绝不是一位论战或讽刺作家，可是在我看来，这是政治革命者的根本模式，”[2] 那么就会理解《批评与意识形态》不仅对威廉斯的经验主义倾向不满，也对他的写作风格颇有微词，是因为与威廉斯“四平八稳、全无棱角”[3] 的风格相对照，伊格尔顿那火辣辣的文笔能够更加有效地传达作者的政治意图，激发读者的政治激情，在二者的生动交流中实现文化行为的政治目的。

马克思和恩格斯在《费尔巴哈》里谈到思想观念的生成方式时说：“德国哲学从天上降到地上；和它完全相反，这里我们是从地上升到天上，就是说，我们不从人们所说的、所想象的、所设想的东西出发，也不是从只存在于口头上所说的、思考出来的、想象出来的、设想出来的人出发，去理解真正的人。我们的出发点是从事实际活动的人。”[4] 伊格尔顿坚定不移的马克思主义立场和毫不迟疑的政治追求，说到底源于他对现实生活的终极关怀，源于他忠实于真切的生活体验的学术精神；这样的学术情怀外化扩展为让所有人过上美好生活的赤热愿望。换言之，他的政治取向和理论选择与实际生活的关系不是“从天上降到地上”，而是相反，正如他所说，“人们所以成为社会主义者，绝不仅仅因为他或她信服了唯物主义的历史理论或被马克思的经济学算式的说服力所打动。最终而言，做一个社会主义者的唯一原因是他反对历史中绝大多数男男女女一直过着痛苦而低下的生活，他相信这种状况在将来是可以改变的。”[5] 他在谈到威廉斯当年的学术条件和背景时说：“他是一位威尔士工人阶级父母的儿子，从一个异常封闭的农村社区进入剑桥大学，阶级、文化、政治以及教育等问题是自发地摆在他面前的，这些问题是与他的家庭出身和个体身份密切相关的。”[6] 伊格尔顿也出身于地道的工人家庭，不同在于他们家是祖父那一辈从爱尔兰移民到曼彻斯特，而且父辈们也许由于爱尔兰人遭受过英格兰人更严酷的压迫而更加容易安于社会边缘，伊格尔顿的父亲特别木讷，好像把所有言说的机会都让渡给了儿子，或者说只能把希望寄托在儿子身上。如果威廉斯的个人实际经历和体验是其思想力量的活水源头，那么伊格尔顿思想历程中出现的变与不

1 Terry Eagleton, *Walter Benjamin: Or Towards a Revolutionary Criticism*, London: Verso, 1981, p. 4.
2 Terry Eagleton, *Against the Grain*, London: Verso, 1986, p. 71.
3 Terry Eagleton, *Criticism and Ideology*, London: New Left Books, 1976, p. 22.
4 马克思、恩格斯，《马克思恩格斯选集》第一卷，北京：人民出版社，1972 年，第 30 页。
5 Terry Eagleton, *Walter Benjamin: Or Towards a Revolutionary Criticism*, London: Verso, 1981, p. 96.
6 Terry Eagleton, *Criticism and Ideology*, London: New Left Books, 1976, p. 24.

变，何尝不是其一以贯之的现实关怀的忠实表现呢？

“从地上升到天上”，即以实际活动中的人为出发点，是马克思和恩格斯指出的真正理解人的正确路向，在认识论上体现了唯物主义的基本原则。同样，伊格尔顿也是把人的实际生活境况与这个人的认识论倾向关联起来，而且可能由于他自己的阶级出身，认为那些卑微者、属下者、劳力者往往更容易按照唯物主义原则认识世界，“那些来自社会边缘的人们一般不会成为理性主义者或唯心主义者，不会夸大思想观念的作用。”[1] 伊格尔顿著作中不乏认识论的阐述，甚至从认识论的第一问题“意识从何而来”开始：“意识就像儿童的理性一样，总是‘姗姗来迟’。甚至在我们开始反思之前，我们就总是已经处于某种物质环境中，而我们的思想无论多么抽象，多么理论，都不可能违背这一基本事实。只有那种唯心主义哲学才会忘记人类的思想基石在于实践。如果把思想观念从这个环境中剥离出来，就可能真的误以为是思想创造了现实。”[2] 这里描述的意识、观念、思想、理论，概言之精神的生成路线完全符合唯物主义认识论，是我们再熟悉不过的了，无须赘述。值得注意的是，伊格尔顿更进一步，明确地把“现实生活”与个体的实际经验和直接体验联结起来，甚至把作为知识之源的这种经验或体验与最为个体化的“身体”紧紧捆在一起：“我们人类具有认知能力，是因为我们是血肉之身。[……] 可以首先这么说吧，我们的思维方式是由我们的身体需要决定的。”[3] 身体进入了伊格尔顿的认识论范畴，而且以其坚实的物质性成为知识的可靠起点，因为实际生活中的人是通过感觉进行体验和作用于世界的，感觉是个体自我与现实世界之间的媒质。当然，伊格尔顿把感觉在认识过程中的这种基础地位再次归于马克思主义创立者，“马克思把人的感觉看作积极投入现实的形式。”[4]

当感觉、体验以至身体成为伊格尔顿知识理论中极为重要的基础概念时，确实可以说他随着“经验”回到了威廉斯。如果伊格尔顿现在认为个体在马克思主义理论中占有重要地位——“现在清楚了，马克思对个体坚信不疑，对抽象教条深感怀疑”，[5] 那么就不能把威廉斯对个体经验的重视看作经验主义。这两个判断显然是互相矛盾的，除非伊格尔顿把马克思主义与经验主义等同起来，或者让二者互为兼容。乍看之下，这确实是个比较棘手的难题，但是实际上，问题在于提出这个问题的方式本身，即非此即彼、浮浅简单的机械唯物主义思维；按照这种二元对立思维，伊格尔顿反对经验主义，就等于赞同理性主义；当他说“来自社会边缘的人们一般不会成为理性主义者或唯心主义者”时，就是赞同经验主义，并且把经验主义看作一种唯物主义。如此演绎，顶多只能抓住一些形式皮毛，漏掉实质的内容。思想过程是在特定的历史语境中展开的，因此对思想形态的解读必须置于历史语境中

1 Terry Eagleton, *The Gatekeeper*, New York: St. Martin’s Press, 2001, p. 56.
2 Terry Eagleton, *Why Marx Was Right*, New Haven: Yale University Press, 2011, p. 136.
3 Terry Eagleton, *Why Marx Was Right*, New Haven: Yale University Press, 2011, p. 145.
4 Terry Eagleton, *Why Marx Was Right*, New Haven: Yale University Press, 2011, p. 136.
5 Terry Eagleton, *Why Marx Was Right*, New Haven: Yale University Press, 2011, p. 238.

进行。如前所述，《批评与意识形态》对经验主义的批判是 20 世纪 70 年代的社会政治和文化状况所激发的反应，更重要的是，在当时批判经验主义的集体行为中，伊格尔顿主要是从意识形态角度批判经验主义可能带来的保守的政治后果，并没有像阿尔图塞那样，通过批判经验主义认识论来铺设立论基础。其次，马克思主义并不是与其他人类思想完全隔断，从而纯粹地自生自长的封闭空间，而是充分吸收消化各种文化成果的"合理内核"，因而不可避免地与其他"主义"和理论发生各种交集或融合，这个事实在马克思的著作中也可以找到丰富的例证。经验主义就属于这种情况。至少在认识论的层面上看，经验主义与唯物主义乃至马克思主义，在诸多概念和命题上存在着明显的相通之处。由于这个缘故，伊格尔顿可以频繁而自如地把现实生活、个体经验、身体感觉、社会实践放在唯物主义认识论整体中调度使用；也是在这同一个层面上，伊格尔顿指出，为未来的美好社会而打拼的革命者并非一群脱离现实的"梦中人"，"其实，革命者既不是乐观主义者，也不是悲观主义者，而是现实主义者。"[1] 不过，马克思主义者应该坚持现实主义，这并不意味着经验主义可以等同于马克思主义，它们是产生于不同历史时期的思想体系，而且关键是，马克思主义范畴内的经验既是个人的，也是社会的，二者互为条件；伊格尔顿对此十分清楚，他用力强调的身体是与社会生产相联系的物质的身体，而不是自我封闭起来的生理的身体，"对于马克思来说，我们的思想是在改造世界的过程中形成的，这是由我们的身体需要所决定的一种物质必然性。[……] 意识是我们自身与周围物质环境进行互动的结果。"[2] 身体的功能意义在与生产方式和生产关系等范畴联系在一起时，才能得到阐明。

换个角度看，即使伊格尔顿的政治身份和思想立场都属于真正的马克思主义者，仍然不妨说，他也未免经验主义的影响，一如考德威尔、威廉斯、汤普森、霍加特等英国马克思主义知识分子身上显示出集体性的经验主义印记。如果像学界普遍认同的那样，英国马克思主义应该称为"文化马克思主义"，以示它与世界其他地区的马克思主义相区别的特色，那么坚持文化政治批评的伊格尔顿可以通过"文化"标记成为英国马克思主义整体中的一个组成部分。福焉祸焉，英国马克思主义注定无法剔除经验主义的印迹，正如某种程度上，受经验主义缠绕恐怕是所有英国人难以跳出的文化宿命。这一现象至少提示我们，学术问题的提出和解决在根本上都是本土历史和现实的产物，伊格尔顿也未能例外，而且十有八九是出于清醒自觉的选择。

1 Terry Eagleton, *The Gatekeeper*, New York: St. Martin's Press, 2001, p. 85.

2 Terry Eagleton, *Why Marx Was Right*, New Haven: Yale University Press, 2011, p. 135.

克里斯托弗·考德威尔与西方马克思主义文论的先声

赵国新　北京外国语大学

20 世纪 60 年代末，随着激进社会思潮的兴起，西方马克思主义在欧洲大陆如日中天，流派纷出，极一时之盛，但海峡对岸的英国，却是另一番景象，对于西马的要旨和现况，除了佩里·安德森和汤姆·奈恩等极少数人之外，大多数学人还闻所未闻，他们对马克思主义的理解，还停留在三十年代“人民阵线”时期，把它完全等同于经济决定。即便是雷蒙·威廉斯，第一代新左派的领军人物，也作如是观。文化隔膜如此之深，简直不可理喻。直到 1970 年，法国马克思主义理论家吕西安·戈德曼造访剑桥，连开两场讲座，威廉斯才恍然大悟，马克思主义并非全都主张经济决定论。对此，威廉斯感慨万分：大不列颠与欧洲大陆地理临近，但文化相距遥远。[1] 其弟子特雷·伊格尔顿也深有同感。他以一贯的戏谑的口吻调侃英伦学界敌视欧陆理论的狭隘作风：欧陆的新思想跨过英吉利海峡登陆多佛港，须经海关检验，证明无害方能入岛，否则一律发回原产地。这种文化隔阂的主因，源于政治和文化传统。按照佩里·安德森的分析，近代以来，由于改良主义在政治领域大行其道，经验主义在哲学文化中占据主流，英国学界始终抵制欧洲大陆的时新思想和系统理论，因而缺乏一套总体性的社会研究理论，也缺乏深厚的马克思主义思想传统。[2] 很多英国左派知识分子患上了理论自卑症。在 20 世纪 70 年代，正当安德森主持的《新左派评论》为弥补这种文化缺失而大力译介西马理论之际，伊格尔顿激愤地写道，“目前，任何企图建立一门唯物主义美学的英国马克思主义者都要实事求是地认识到自己的缺陷。这不仅因为这个领域牵扯的问题众多，而且还因为，从英国背景入手介入这一领域简直就是自动取消了发言权。英国让人敏锐地感觉到，它缺乏一种传统，是欧洲收容的房客，一位早慧的、但都是寄人篱下的外来人。”[3] 英国学术文化注重经验分析，不擅长系统的提炼归纳，这是不容否认的事实，但如果就此推断，英国向来缺乏马克思主义美学传统，绝对是无根之词。实际上，英国马克思主义文论在 20 世纪 30 年代就已经出现了，虽说总体成就与欧陆西马无法比肩，但它的若干论断和命题，已经发出后世西马文论的先声，只是没有得到应有的重视，后人只顾突出它僵化教条的一面，而未能审视其烛照之见。

1 Raymond Williams, “Literature and Sociology: In Memory of Lucien Goldmann”, in *Problems in Materialism and Culture*, London: Verso, 1983, p. 11.

2 Perry Anderson, “Components of National Culture” (1968), in *English Questions*, 1992, pp. 48–102.

3 Terry Eagleton, *Criticism and Ideology*, London: New Left Books, 1976, p. 77.

30年代初，大萧条席卷而来，英国政府应对无术，陷入政治和经济的双重危机，自由主义价值观声誉扫地，左翼政治异军突起，知识分子左转蔚然成风，文学创作和批评也日益激进，出现了《左翼评论》和《现代季刊》等名重一时的左派刊物，系统的马克思主义文学理论和批评应运而生。由于草创之初，更兼时政需要，此刻的英国马克思主义批评，多为政治宣传和社会鼓动的应时之作，鲜见广博精赅的名篇巨制。就总体而言，这一时期的英国马克思主义批评家所遵循的路数，还是传统马克思主义批评方法，着眼于文学与社会生产方式、阶级斗争之间的关系，经济决定论色彩浓厚，机械教条的弊端显著。在这一代马克思主义批评家当中，克里斯托弗·考德威尔、拉尔夫·福克斯和埃里克·韦斯特最负盛名，堪为翘楚。考德威尔的《幻象与现实》、福克斯的《小说与人民》、韦斯特的《危机与批评》为典范之作。而在这三人当中，考德威尔的成就最为卓著，对后世的影响也最为深远，为英国马克思主义文论的开山，有“英国的卢卡奇”之美称。[1]

考德威尔（1907—1937）出身于报人世家，中学毕业后投身新闻界，当过记者，办过航空出版社，写过大量的侦探小说，出版过好几种科普读物，还发明过一种无级变速器。他素有打通文理、成就一家之言的壮志，工作之余，常到图书馆博览群籍，寝聩文史哲社，旁涉自然科学。1934年，他在友人的影响下，开始研读马克思、恩格斯、列宁、斯大林和布哈林等人的重要著作，并于同年加入英国共产党。1935年，他完成了《幻象与现实》一书的初稿。1936年7月，西班牙内战爆发，同年底，他响应英共的号召，远赴西班牙，加入国际纵队，保卫共和国政府。1937年2月，他因掩护战友撤退而牺牲。在考德威尔遗留的大量手稿中，最重要的是两部文学理论和批评著作：《幻象与现实》（1937）和《传奇与现实主义》（1970），涵盖了他文学思想的全部精义。

《幻象与现实》为英国首部马克思主义文论专著，1937年首发，1946年出新版，后来多次重印。全书共12章，分两大部分，前六章旨在探研诗（即文学）的历史起源及其演变，后六章重在阐述诗学的基本原理。考德威尔把诗的起源流变与社会的历史变迁进行了平行比较，在二者之间建立起一种直接的对应关系：诗的性质与社会经济活动相关，诗的发展与社会劳动分工同步进行；诗不仅在内容上反映了社会各个发展阶段的状况，而且在思想风貌和形式技巧上也与社会发展阶段遥相呼应。《传奇与现实主义》是一部短论，大体承袭了《幻象与现实》的思路，主要探讨了莎士比亚以来英国文学的形式内容如何与英国社会的历史变迁相互对应。其中诗歌部分与《幻象与现实》多有重复。

由于时代的氛围、撰写的仓促、斗争的迫切，这两本书的经济决定论色彩浓厚，个别论断牵强附会，不过，考德威尔的失误并不在于他在经济因素与文学创作之间寻找对应关系，这是因为，在一些文类和作品当中，这种对应关系的确存在，有时还相当明显；他最大的问题是，过度强调社会经济因素对文学的决定作用，仿

1 Christopher Pawling, *Christopher Caudwell: Towards a Dialectical Theory of Literature*, London: Macmillan, 1989, p. 2.

佛资本主义生产方式决定了文学的方方面面，并由此而得出了一个十分笼统的结论：近代英国文学都是资产阶级文学。例如，15 世纪之后，英国社会开始具备资本主义性质，他就把这一时期的诗歌一概定性为“资本主义诗歌”，显然这有悖于文学史的基本事实。因为，在这一时期之内，还出现过大量的反资本主义诗歌，例如，反映底层人民生活疾苦的民谣俚曲，反映封建贵族思想情趣的田园诗歌。考德威尔过于强调了社会生产方式的决定作用，而忽视了影响文学创作的其他因素：历史传统、社会习俗、作者境况、读者接受以及文体演变。对于某些作家或某些作品而言，这些因素的塑造作用可能更加明显。其实，任何一种社会文化，都不可能是铁板一块，任由某一个阶级的意识形态和价值观全部垄断；多数情况下，它是层次多样、异质丛生的，既潜藏传统的价值，也通行主导的理念，还不时隐现新生的思潮，只不过主次不同、比例不一而已。

考德威尔在行文论说之际，正值苏式马克思主义在英国盛行之时，乔治·卢卡奇、安东尼奥·葛兰西和法兰克福学派的早期著作还没有译成英文；西方马克思主义著述大规模译介到英国，还要等到三十多年后。因此，在他提供的参考文献中，只出现了马克思、恩格斯、普列汉诺夫、列宁、斯大林、布哈林等人的著作，而不见西马理论家的踪影。这足以说明，他对于当时欧陆新兴的西马理论不甚了了，但是，他的诸多论断却与同时代的以及后来的西马理论家有契合之处，显示出惊人的预见性和洞察力，放在同时代的英国马克思主义者中间，更显得戛戛独造。他的艺术幻想功能与恩斯特·布洛赫的艺术乌托邦功能、赫伯特·马尔库塞的文学解放功能有异曲同工之处；他对长篇小说认识论的探讨，与吕西安·戈德曼对拉辛古典悲剧的论述多有交集。

一、艺术的乌托邦功能和解放功能

从标题到内容，《幻象与现实》一书始终在暗示：作家总是以幻想的方式去解决现实世界中难以解决的问题，这种超越现实的乌托邦功能，无论在早年的节庆仪式中，还是在后世的神话、诗歌和小说当中，或明或暗，均有体现。考德威尔认为，诗产生于部落生活的节庆仪式，是严酷的生存现实在人的脑海中催生的幻象。诗对来年五谷丰登的憧憬，成为激发人们辛勤劳动的精神动力，“在剧烈的舞蹈动作、刺耳的音乐和韵文催眠性节奏的震撼下，人脱离了不播种就没有收获的现实；他被投入了一个幻想的世界，谷物和果实在幻想中应有尽有。幻想的世界变得更为真切。音乐逐渐消失后，那没有耕耘的收获如同就在眼前，促使他为获得成功继续努力。”[1] 在这里，诗充分发挥了乌托邦幻想功能，为人们创造了五谷丰登的理想世界，去补偿现实生活的困苦和乏味，“要是没有异想天开地描绘充盈的粮仓和收获的欢愉的仪式，人就难以正视收获所需的艰苦劳动。有一首丰收歌助兴，工作就进

1　考德威尔，《幻象与现实：诗歌起源研究》，见《考德威尔文学论文集》，陆建德等译，南昌：百花洲文艺出版社，1995 年，第 21–22 页。

展顺利。”[1] 而以艺术为手段逃避丑恶的现实，憧憬美好的未来，正是德国西方马克思主义哲学家恩斯特·布洛赫最重要的美学观点。

恩斯特·布洛赫早年以《乌托邦精神》一书闻名于世，晚年以三大卷《希望的原则》为压轴之作。终其一生，布洛赫以批判异化劳动、揭露经济剥削为己任。犹太教的救世主观念与马克思主义的人类解放思想，明暗交织，贯穿精神历程的始终。在这方面，他与好友瓦尔特·本雅明心心相印，显示出当时犹太马克思主义者共同的心路历程。但与绝大部分西方马克思主义者不同的是，布洛赫对无阶级社会的追求矢志不渝，对人类的未来高度乐观，虽说他本人一生坎坷，颠沛流离。布洛赫没写过系统的文学理论或批评专著，他对文学和艺术的见解都是零星的，散见于各式哲学著述，后人从中辑录出文集《艺术与文学的乌托邦功能》，为总结布洛赫文学思想提供了重要指引。

一言以蔽之，所谓文学的乌托邦功能，指的是文艺作品具有憧憬未来理想社会的功能。在布洛赫看来，伟大的艺术作品不但可以反映它所在的那个时代的意识形态，更重要的是，它还能体现人们对未来美好生活的强烈诉求，烛照出当前社会中没有、但将来可能出现的东西，为读者和观众带来希望，为社会变革提供动力。[2] 他在 1968 年的一次访谈中说，“文化价值所表现的不仅仅是一个时代或者一个阶级的目标：它的话是针对未来的。任何重要的哲学或艺术都有助于（人类）未来的成熟。”[3] 也就是说，文学艺术的意义和价值会随着社会的进步和时代的演进而逐渐展示出来。他对文学艺术乌托邦功能的阐发，符合西方马克思主义一贯的思想路径；西方马克思主义有别于正统马克思主义之处主要在于，前者突出上层建筑（文化）在社会变革中的作用，后者突出经济基础的决定性作用。以上层建筑的发展来改变社会的物质基础，通过文化批判实现资本主义的社会转型，正是战后西方马克思主义者的政治夙愿。布洛赫的乌托邦思想对马尔库塞多有启发，后者的艺术解放论即脱胎于布洛赫的文学乌托邦功能论。

20 世纪 50 年代初，冷战方殷，在美国，麦卡锡主义肆虐，反共氛围凝重，左翼人士纷纷变节，解放事业渺茫无期，马克思主义研究也陷入低潮，实证主义主宰的社会科学研究，千方百计为资本主义现状辩护；在苏联，正统马克思主义故步自封，沦为机械的教条；在欧洲，以法兰克福学派为主力的西马理论家热衷于批判资本主义自身，无心另起炉灶，勾画另一幅社会图景，取而代之。而马尔库塞却怀着“虽千万人吾往矣”的精神，沧海孤舟，逆流而上，试图从艺术中发掘出社会解放功能，做文化上的抗争。为此目的，他在《爱欲与文明》中对弗洛伊德的精神分析进行了马克思主义改造，突出了社会因素对个人心理形成的作用，揭示了性心理压

---

1 考德威尔，《幻象与现实：诗歌起源研究》，见《考德威尔文学论文集》，陆建德等译，南昌，百花洲文艺出版社，1995 年，第 25 页。

2 Ernst Bloch, *The Utopian Function of Art and Literature: Selected Essays*, Cambridge: The MIT Press, 1988, pp. 141–155.

3 Jack Zipes, “Introduction: Toward a Realization of Anticipatory Illumination”, in Ernst Bloch, (ed.) *The Utopian Function of Art and Literature: Selected Essays*, Cambridge: The MIT Press, 1988 p. xii.

抑与经济压迫之间的隐秘联系，使之由个体心理学变成社会心理学。他在书中着重强调，伟大的艺术作品借助于幻想，创造出生活幸福、无忧无虑的形象，从而颠覆了压抑性的现实生活。[1]

弗洛伊德在《文明及其不满》一书中阐述了精神分析学一个核心观点：人类文明的进步是以压抑为代价的。其主要依据是，人类在获得文明进步的过程中，强制性劳动和压抑性本能，是不可或缺的。由于物质匮乏，人必须勤奋工作才能生存；人的无意识中潜藏着攻击性和破坏性冲动，需要用法律和秩序加以驯服。马尔库塞则提出，非压抑性的文明是可能存在的。首先，压抑是特定历史时期的产物，它会随着社会的变迁而发生改变。随着社会生产力的提高，物质匮乏问题终会得到解决，人类就不再承受压抑之苦。其次，人类无意识中储存的记忆与幻想具有解放的潜能。记忆当中包含着满足的形象，对以往自由和幸福经历的回忆，可以质疑当下日常生活中的异化劳动和压抑行为。在马尔库塞看来，一切真正的艺术的目的在于“否定不自由”，[2] 通过创造无忧无虑的幸福生活景象，表现了幻想中的解放性质的内容。幻想替未来提供了幸福生活的形象。艺术反抗现存的秩序，拒绝服从压抑和支配，投射出现存秩序的替代物，至少超现实主义者就这样做过。[3]

二、认识论与世界观

在前人眼里，18 世纪的长篇小说与同时代的牛顿物理学，二者并无交集，当年没有哪位小说家与牛顿过从甚密，对他的物理学感兴趣，受过他的启发，而牛顿本人也不是小说的爱好者，更没有对小说创作说三道四。然而，深谙物理学的考德威尔却发出惊人之论：从 18 世纪的笛福到 19 世纪末的哈代和吉卜林，英国传统长篇小说的认识论模式，与牛顿经典力学的认识论模式有着结构上的相似性。众所周知，自从创设之日起，直到 20 世纪初，牛顿的经典力学一直是物理学界的不二法则，在考德威尔看来，它的认识论中暗含一种主、客体相互分离的思维方式：自然界是一种绝对客观、独立于主体之外的封闭世界，其运行规律有待于人们（主体）去发现。这种思维方式在文学创作中有其对应物，那就是 18 世纪兴起的传统长篇小说的认识论：作者基于社会现实，在小说中创造出一个模拟世界，然后，他与读者一道，以貌似超然的客观态度去审视这个世界，“作者总是以艺术家的眼光瞄准着一个独立于观察者的、物理学的封闭世界，他可以从外部对它进行观察，并且像一个机器似地以冷静、客观的态度对它进行了解”；[4] “这个世界像一个自成系统的、四壁封闭的西洋景，只有一面墙壁留有一个可供读者窥视的小孔，它被抛进语言的

1 Herbert Marcuse, *Eros and Civilization: A Philosophical Inquiry into Freud*, Boston: Beacon, 1955, pp. 140–158.

2 Herbert Marcuse, *Eros and Civilization: A Philosophical Inquiry into Freud*, Boston: Beacon, 1955, p. 144.

3 Herbert Marcuse, *Eros and Civilization: A Philosophical Inquiry into Freud*, Boston: Beacon, 1955, p. 145.

4 考德威尔，《传奇与现实主义》，见《考德威尔文学论文集》，陆建德等译，南昌：百花洲文艺出版社，1995 年，第 334 页。

社会天地中，作为一个单独的客观存在物躺在那里，供任何读者观看”。[1] 由此可见，长篇小说的认识论模式与牛顿经典力学的认识论模式遥相呼应，二者有着形式的相似性，形成一种同构关系。非常可惜的是，考德威尔只指出了这种同构关系的存在，却没有深入探讨这种现象的由来。

到了 19 世纪末，新的科学实验证明，观察对象并非绝对客观，其性质随着观察者所在时空的变化而改变，牛顿经典力学的认识论陷入危机，相对论应运而生，迅速扩展到其他社会领域。用考德威尔的话说，资产阶级在艺术、社会和物理学领域确定的种种规范，原本认为是绝对的，现在被发现是相对的：资产阶级观察者的思维本身，是由周围环境所决定的，这些规范是在资产阶级观察者的思维中确立的，资产阶级又把这些规范强加给了环境。[2] 这种相对认识论，又与现代主义小说的认识论遥相呼应。在詹姆斯、康拉德和乔伊斯的现代主义小说里，全知全能的叙述者不复存在，作者对文本世界的呈现，不再是“一孔之见”，而是多角度齐下。叙事视角不再一成不变，而是不断切换，从一个观察者转向另一个观察者，康拉德、乔伊斯等人的现代主义小说即为显例。

考德威尔的这些论述已经颇具结构主义的雏形，与吕西安·戈德曼的研究路数不谋而合。戈德曼是二战后法国著名的马克思主义社会学批评家，发生学结构主义的创始人，尤为注重研究文学和意识形态的社会起源。他早年师从瑞士结构主义大家让·皮亚杰，并以卢卡奇的私淑弟子自居。他最重要的文学论著是 50 年代出版的《隐蔽的上帝》以及后来问世的《小说社会学》。在戈德曼看来，文学作品既是作者个人思想的结晶，也是社会力量作用的结果，是“超个体的”（transindividual）东西。他全力关注的不是作家个人的生平阅历、思想渊源、风格变化以及他人影响，也不是作品如何反映了社会历史的现实，显现了何种阶级立场，他着重去论述，作者所在的社会集团的世界观或精神结构，在作品中的形式表现。

世界观是社会集团的集体意识。一个社会集团的世界观，就是这个集团的精神结构。作者在行文运思的过程中，总是或明或暗地受到自己所属阶级的世界观的制约。作家在写作时，固然可以自由想象，但他的立场总是有意或无意地受制于他所在的社会集团的世界观，从而使作品世界的精神结构与作者所属社会集团的精神结构高度吻合。一部作品艺术水准的高下，取决于它与世界观关系的远近亲疏，“伟大的作家恰恰是这样一种特殊的个人，他在某个方面，即文学（或绘画、观念艺术、音乐等）作品里，成功地创造了一个几乎严密一致的想象世界，其结构与集团整体所倾向的结构相适应，至于作品，它尤其是随着结构原理或接近这种严密的

1 考德威尔，《传奇与现实主义》，见《考德威尔文学论文集》，陆建德等译，南昌：百花洲文艺出版社，1995 年，第 334 页。

2 考德威尔，《传奇与现实主义》，见《考德威尔文学论文集》，陆建德等译，南昌：百花洲文艺出版社，1995 年，第 333–334 页。

一致而显得更为平凡或更为重要。”[1]

戈德曼倡导的发生学结构主义批评，旨在发掘作品所表现的世界观与社会集团的精神结构之间的对应关系，最能体现这种批评方法的是他在《隐蔽的上帝》中对拉辛古典主义悲剧的精彩分析。[2]作者援引大量例证去说明：以描写古代题材为主的拉辛悲剧，内容与当代生活毫无关涉，然而，剧中主人公的那种不与世俗妥协而消极避世的精神气质，却与拉辛时代法国的一个宗教流派詹森主义的神学主张惊人的一致。詹森主义因世界浮华虚荣，而反对信徒积极入世，要求他们遗世独立，远离政治和社会。这种愤世嫉俗、退隐避世的神学主张和生活态度，得到了当时法国的一个重要社会集团“穿袍贵族”的响应和拥护，成为他们的集体意识。在 17 世纪“太阳王”路易十四主政期间，法国王权上升，资本主义发展，君主集权制进一步巩固，在这个过程中，该政治集团失去了许多特权，对王室不满，可是，囿于经济上的依附地位，他们又不敢公然作对，只好忍气吞声，对世事采取消极回避的态度。“隐蔽的上帝”一说，得于卢卡奇的启发。卢卡奇说过，悲剧就是人与命运的一场赌博游戏，上帝对此只是冷眼相看，不肯帮助任何一方。在拉辛的代表作中，上帝要求世人对自己绝对忠诚，不能与邪恶世界相妥协，但与此同时，他也不肯助世人一臂之力，就此而言，这位袖手旁观的上帝是“隐蔽的”。虽说拉辛本人就是詹森主义者，但是，戈德曼在书中并没有去论证，拉辛作品中的哪些内容来自詹森主义，他反复说明的是，拉辛悲剧的精神气质与詹森主义神学有着结构上的对应关系，与穿袍贵族的世界观遥相呼应。

文学创作与社会生活之间的联系，本是 19 世纪法国文学批评的老话题，例如，斯达尔夫人在《论文学》一书中提出：任何一种文学都是特定历史和社会环境的产物，若想了解和研究某一时期的文学，必须置于当时的社会背景之中，把它与彼时彼地的社会状况和精神风貌联系起来。这种文学观又被伊波利特·泰纳发扬光大。泰纳在《英国文学史·序言》中反复申说，文学是对时代和社会风情的艺术再现，从文学杰作中可以追溯到几百年前人们的情感方式、思想路径；影响作家创作的因素不一而足，其中最重要的是种族、时代和环境这三种因素。泰纳的学说后来又在丹麦批评家勃兰兑斯的巨著《19 世纪文学主潮》中得到了进一步发挥。

戈德曼自出机杼之处在于，他不像上述先贤，从文学作品内容入手去探讨创作与社会之间的关系，他主要从作品的“形式”入手去解释三者之间的关系。这里所说的“形式”，不是指情节设置、修辞手段、叙事视角等常见的文学手法，而是一种“内容的形式”，即组建作品的精神结构，也就是作者所在社会集团的世界观。戈德曼的“形式”就是考德威尔所说的“认识论”，二者都是思维模式。

三、结语

考德威尔在撰写代表作之际，社会局势动荡，行动优先于思想，很难静下心

1 吕西安·戈德曼,《小说社会学》，吴岳添译，北京：中国社会科学出版社，1988 年，第 230 页。

2 吕西安·戈德曼,《隐蔽的上帝》，蔡鸿宾译，天津：百花文艺出版社，1998 年。

来全面思考马克思主义与文学的关系这一复杂问题，另外，他所接触的马克思主义，是经过普列汉诺夫等人过滤的俄苏马克思主义，这就使他的著述不可避免地带有经济决定论的痕迹，很多论断简单机械，有生搬硬套之嫌，但其中若干洞烛先机的识见，却有如星珠串天，处处闪眼，显示出他超常的原创性和预见性。遗憾的是，后世的一些英国马克思主义批评家，如威廉斯和伊格尔顿，只强调他作为正统马克思主义者的局限性，大加挞伐他的缺陷，有意或无意地忽视了他的理论独创性和预见性。由此可见，思想上的“弑父情结”，影响的焦虑，不仅存在于那些为走出前人阴影而别出心裁的诗人中间，也存在于那些为视角翻新而偏锋取胜的批评家中间。

被战争框架扭曲的政治伦理
——读巴特勒《战争的框架》

郭乙瑶　北京师范大学

自21世纪初起，朱迪斯·巴特勒开始将研究触角延伸至政治与伦理领域并取得了重要学术成果，《脆弱不安的生命》（*Precarious Life*）、《自我解释》（*Giving an Account of Oneself*）、《战争的框架》（*Frames of War*）作为其研究转向的代表作，引起学界广泛关注。巴特勒的这次理论转向是在"9·11"事件前后，美国和西方国家对阿拉伯世界发动系列战争的大背景下完成的。她曾在一次访谈中谈及促使其研究转向的契机，即人们（甚至知识分子）不愿意对事件动因进行分析和考量，巴特勒将这种情况界定为"反智主义的浮现"。[1]从巴特勒的谈话中，我们可清晰了解到促使其理论转向的美国社会环境：恐怖袭击引发了美国社会普遍的愤怒和仇外情绪，大规模且有可能失控的报复行为如箭在弦。但两个至关重要的问题却被人为忽略：对恐怖袭击发生原因进行理性反思和反恐战争的边界确定。随着民族主义话语的强化及政府各种监控审查手段的实施，美国"公众知识分子动摇了坚守正义的态度，也使新闻工作者背离了新闻行业坚守事实的优良传统。美国的国界出现裂痕，暴露出令人不安的弱点……"[2]简单粗暴的情绪化倾向引发了反智主义，在舆论和权力压力下，国际社会和美国民众似乎都要在美国和恐怖主义之间做出选择，美国代表公平正义，恐怖主义代表野蛮邪恶，对此进行的任何论证和反思都有同情恐怖主义之嫌。在这种社会环境中，巴特勒以反战为主基调的系列政治伦理主张显得弥足珍贵。

《战争的框架》的主要内容涉及脆弱不安的生命、脆弱的特质、刑囚虐待与摄影伦理、性政治与世俗时代、非暴力主张等，涵盖了"框架"和"生命的脆弱特质"两个关键理论概念，从某种程度上说集中代表了巴特勒"政治伦理学"的主要主张。巴特勒声称，书中的上述内容虽然主旨接近，但没有统一的论点，其实我们还是不难发现其真实意图。美国发动的战争和以暴易暴行为引发了作者的反思，解除或缓解痛苦、弥补受害损失和获得安全感未必只有军事打击和暴力报复这一种途径，要走出恶性循环，必须另寻解决之道。作为哲人和文化学者，她试图分析发动战争的社会条件，即支持战争的民意如何被建构出来、维持下去并被大众普遍接受，最终让战争变成不可避免的合乎道义的"好事"。作者的反战主张也就在其中：重新思考社会纽带的错综复杂与脆弱不安，让暴力不再轻易发生，所有生命都受到同等关

1　汪民安，《有一个人在这里——朱迪斯·巴特勒访谈》，载《当代艺术与投资》，2011年第1期，第84–91页。

2　巴特勒，《脆弱不安的生命——哀悼与暴力的力量》，何磊、赵英男译，郑州：河南大学出版社，2013年，第I页。

爱，让生命真正拥有尊严。

一、框架的概念与功能

巴特勒没有对“战争的框架”做出直接的逻辑定义，而是聚焦于文化模式，认为文化模式管控着人们的情感倾向和伦理态度。同时还对暴力行为进行区分、选择和框定，从而形成了特定的认知框架。[1]

文化模式是文化人类学领域的特有概念，20 世纪中早期美国人类学家本尼迪克特《文化模式》（*Patterns of Culture*）一书的出版，令这个概念成为学术界的关键词之一，一直沿用至今。本尼迪克特认为，各种特殊的文化模式是各民族或国家独特的文化体系，由各种文化特质和文化集从有机结合而成，各种文化模式内部必然具有自己的一致性。人的行动大部分受文化条件制约，在任何一种文化中，人的行为都有部分受压抑，也有部分受到重视和提倡，这个既有个性又有整体行为的文化表现形态即为文化模式。[2] 换言之，文化模式是由文化诸元素组成的整体，而人类可能产生的行为只能部分得到发挥或受到重视，互不相关的琐碎现象可以归纳为一个综合模式，人的行为背后往往存在着强制力量。

在巴特勒这里，文化模式诸要素是用框架来表述的，包含“权力建构、扭曲、限定、管控表征领域的各种手段，框定画面、锁定嫌疑人、诬陷无辜等内容”。[3] 关于框架的运作机理，她举出了媒体利用画面所做出的“可理解性”的规范框架，直接干扰人们的正常思考和价值判断的例子来表述：

> ……（框架）决定了谁有权成为人类、何种生活值得追求、何种死亡值得哀悼。这些规范框架制造出理想的人类标准，并借此评判区分人们是否符合这一标准，不仅如此，有时他们还制造出徒具人形的“类人”（less than human）形象。规范试图借此形象警示我们，“类人”会凭借人形外表蛊惑我们，让我们以为自己从它的面孔中看到了人类。然而有的时候，它们只是竭力避免了一切影像、名字、叙事，因此就不会存在什么生命与死亡了……[4]

如此看来，框架对于当今美国的战争伦理和政府相关决策来讲，是基础性、工具性、价值导向性甚至是支配性的东西，直接作用于战争的框架，为人们确定战争暴力的合法性，划分出霸权认可的生命和各种“魑魅魍魉”及不具备主体资格的生命。框架参与的战争过程，还包括以变相而隐蔽的理论话语营造敌对氛围，发挥战争动员作用，粉饰战争所造成的暴力行为，为霸权下的国际秩序建构保驾护航等。

那么，人们为什么轻易接受框架，又是谁出于何种考虑建构框架，我们应该如

1 巴特勒，《战争的框架》，何磊译，郑州：河南大学出版社，2016 年，第 37 页。

2 庄孔韶，《人类学通论》，太原：山西教育出版社，2003 年，第 227 页。

3 巴特勒，《战争的框架》，何磊译，郑州：河南大学出版社，2016 年，第 47–48 页。

4 巴特勒，《脆弱不安的生命——哀悼与暴力的力量》，何磊、赵英男译，郑州：河南大学出版社，2013 年，第 129 页。

何评价框架，战争的框架又会将国际社会带向何方呢?

浅层阅读的现象和反智主义的兴起使人们比以往更容易接受和依赖框架。思想武器的缺位与浅层阅读存在密切关系。当代的确产生了不少举足轻重的理论成果和学术巨匠，这些代表人类思想精髓的东西越来越精细化、专业化，对此进行解读即便是行内人也要花相当大的精力，因此某些研究热衷于玩味抽象概念，甚至生吞活剥某些理论。比如美国学界就存在过于生硬地解读法德现代哲学，脱离实际，无法落地生根的情形。巴特勒在一次学术会议上就听到美国某位大学校长抱怨现在已经没有人读人文著作，因为人文著作不能提供真知灼见，对我们的时代毫无帮助。[1]

人文科学应既立足于解释世界，又以改造世界为价值追求，脚踏实地才能仰望星空。相对于文艺复兴前后为破除神学迷雾，确立人的尊严与价值，批判资本主义以及对自由人联合体的美好追求而产生的大量思想巨作相比，现今一些理论文本过于佶屈聱牙，在多大程度上能成为批判的武器，具备多少有效手段对武器进行批判，至今还是没有达成明显的一致意见。高冷的理论食粮让非专业者望而生畏，甚至令不少专业研究者消化不良。在这种情形下，知识界的浅层阅读早已成为无可奈何而且司空见惯的现象。至于民众和政府管理者层面，情况也不会比学术界更好。但另一方面，学术理论的社会现实需求却比以往更加强烈。正如某学者所揶揄的那样，人们所接触和了解的世界是一个支离破碎的世界，“如果说没有一副由大脑可以提供的完全真实的画面，那么人们可以相信有些画面比另一些画面更好些。较好的画面可以引导人们对这个世界所发生的事情做出更好的理解。”[2] 当然，这些“画面”，越简单、权威、易操作，越受欢迎，直至被依赖。

新技术的发展深深影响了人的思维和行为方式。在信息社会，各种先进的技术手段通过信息传播设备“定位”了每一个主体，人们的精神生活在很大程度上被无形的力量主宰着，依赖移动通信工具、计算机，被人为设计出来的软件程序所设计、控制。这种输入各种要素，计算机自动进行计算并输出结果的方式由一种工作工具发展到广泛影响到人的价值判断，以至于形成了某种离不开的“生存模式”。巴特勒所说的框架与此类似，它像是一个个被专业人员设计好的“软件”，发挥着驱动和运转功能，其主要作用和种类是：

> 区分、选择、划分经验，使之满足战争需求的伎俩。此类框架不仅能够影响战争的物质层面，还能够塑造物质现实中弥漫的敌对情绪……框架主要包括以下几种：框定相片图像的框架、发动战争的决策框架、将移民问题视同“本土战争”的思维框架，以及利用性政治与女性主义政治支持战争的思维框架……霸权框定下的战争试图控制、影响民众对待不

1 巴特勒，《脆弱不安的生命——哀悼与暴力的力量》，何磊、赵英男译，郑州：河南大学出版社，2013 年，第 111 页。

2 Rebecca Grant, “Introduction”, in Rebecca Grant & Kanthleen Newland, (eds.) *Gender and International Relations*, Oxford: Open University Press, 1991. p. 1.

> 同群体的情感，由此塑造出尊严不同的各类生命。[1]

这些框架是理性思维的替代物，衡量价值判断的工具，根植于现代人的浅层阅读和反智主义生活方式的肥沃土壤，蔓延于不同社会、文化之中，是一种越来越强大的力量。谁是背后的受益者和操控者呢？巴特勒直言不讳地指出："暗中极力操纵可理解性规范框架的主力是那些大型公司，它们通过独占，主宰了主流媒体，并竭力维护美国的军事权力。"[2] 用于战争的框架将为国际社会带来更多的不确定性，塞缪尔·亨廷顿曾对美国和西方文明及其使命表达过看法：

> 西方文明与其他文明的不同之处，不在于发展方式的不同，而在于它的价值观和体制的独特性。这些特性包括最为显著的基督教、多元主义、个人主义和法制，它们使得西方能够创造现代性，在全球范围内扩张，并成为其他社会羡慕的目标。这些特性作为一个整体是西方所独有的。……保存、维护和复兴西方文明独一无二的特性……责任就不可推卸地落在了美利坚合众国的肩上。[3]

由此可见，框架的"任务和使命"是"长期而艰巨的"。就像巴特勒所担心的那样，"如果我们的征服打着民主原则的旗号，把我们的意志强加于他国政府之上，……那么，用阿多诺的话说，'这种所谓的普世原则……就变成了一种外来的暴力"。[4] 真正的抵抗必须发生在事物的开端之处，而不是结局之时，认识这些框架的建构机理才能有效揭露和摧毁它们，这将是美国左翼战争批判理论的长期主题。从宏观来看，巴特勒的框架理论的主要构成要素是生命、主体和认同，而刑求虐待和国家暴力及战争行为是框架的表征和结果，这些理论都值得引起我们的高度重视。

二、对生命脆弱性的反思

"生命的脆弱性"是巴特勒系列反战理论中的一个重要概念。巴特勒曾与其他美国公民一样，未花费过多精力去思考如何捍卫自身安全、人权和生存权，坚信强大的美国会一直为他们提供强有力的保障。美国在政治、经济、军事、科技领域都处于世界领导者地位，代表着最先进的文化和价值体系，其他国家要么是遥远的存在，要么可有可无。违背美国意志的责任肯定在对方，不追随美国价值和行为则意味着野蛮和落后，至于这类国家人民的生命和生存问题，很少能真正引起美国人，包括巴特勒等知识界人士的关注。"9·11"恐怖袭击的爆炸声却让他们切实感受到"苦难可以让我们体会人类的谦卑脆弱，苦难可以让我们感受人类易受影响的特质及相互依存的本质"。[5] 苦难让人切实感受到作为个体处在复杂的政治生活和社会生

1 巴特勒，《战争的框架》，何磊译，郑州：河南大学出版社，2016 年，第 75 页。

2 巴特勒，《脆弱不安的生命——哀悼与暴力的力量》，何磊、赵英男译，郑州：河南大学出版社，2013 年，第 130 页。

3 亨廷顿，《文明的冲突与世界秩序的重建》，周琪等译，北京：新华出版社，1998 年，第 360 页。

4 Judith Butler, *Giving an Account of Oneself*, New York: Fordham University Press, 2005, p. 5.

5 巴特勒，《脆弱不安的生命——哀悼与暴力的力量》，何磊、赵英男译，郑州：河南大学出版社，2013 年，第 132 页。

活中，在各种强大的政治、军事机器，根深蒂固的文化模式下的渺小，认识到生命的“脆弱感”“不安感”是难以规避的问题。

人的生命本来就十分脆弱，各种外在的因素、事故随时会令生命受到损害，如疾病、贫困、饥馑、流离失所及暴力问题的存在，生命的存续和发展没有充分的保障。“脆弱是一种集体的状态，是我们社会和政治本体的构成特征。作为社会的人，我们无疑会暴露于各种熟悉或不可知的力量中，只要作为主体的我处于与他者的关系中，我的生命就是脆弱的、岌岌可危的。巴特勒使用‘脆弱不安的生命’（precarious life）一词来指称所有人的存在状况。”[1]

我们还应该注意到，巴特勒所说生命的脆弱不安并不只是通常意义上婴幼儿时期哺育的艰难和漫长成长过程及维持生存所要面临的各种挑战，而是社会历史发展过程中形成政治和文化约束，即人的身体不属于个人，总是受制于规范和社会政治组织。身体所受到的社会性塑造和文化上的建构，使一些人的脆弱特质加剧到极致，同时将另一些人的脆弱特质减少到最低。一旦生命丧失了平等性，暴力伤害就不可避免，且暴力行为也被赋予了不同的意义。对此，巴特勒的论述充满了学者的理性和激情：

> （生命）普遍的脆弱特质并没有催生互惠共赢的相互承认，而是引发了针对目标人群的剥削与欺凌。在侵略者眼中，这些目标人群根本就算不上生命，而是可以肆意蹂躏却无须怜惜、无须哀悼的贱民，没有人珍视他们的生命，任何人都可以随时抹杀他们的存在……他们是人类生命的威胁，而不是饱受国家暴力、饥馑与疾病困扰的需要保护的生命。所以，当这些生命逝去时，没有人会为之哀悼。[2]

生命需要得到支撑与支持，才能具有尊严和可持续性。事实上，“我们”在社会生活中，既会面对熟悉的人群及其具有相同或类似行为规范、价值观念的文化，也有相对陌生的、遥远的人群及不同的文化。从微观上讲，人们要生存下去，往往“依赖自己了解的人、不太了解的人，乃至于完全不了解的人。反过来，这又意味着我们还受到他人（大部分都是我们无法认识的人）暴露于我们、依赖于我们这一事实的影响”。[3] 相互依存是生命延续的保障，也是基本的生存方式。同时，没有维系生命的社会政治、经济和文化方面的条件，生命的脆弱性将随时显现出来。

三、巴特勒反战理论的现实价值

巴特勒的系列反战理论，即生命的脆弱性、脆弱特质理论、战争框架理论既是对政治伦理学的新发展，也涉及女性主义国际关系学的若干侧面。结合前文分析，我们似乎可以对其理论的现实价值做出以下几点概括：

一是对国家暴力的深刻反思。“国家暴力”将某些人群的脆弱特质无限放大。

1 都岚岚，《脆弱与承认：论巴特勒的非暴力伦理》，载《外国文学》，2015 年第 4 期，第 136 页。
2 巴特勒，《战争的框架》，何磊译，郑州：河南大学出版社，2016 年，第 47–48 页。
3 巴特勒，《战争的框架》，何磊译，郑州：河南大学出版社，2016 年，第 56 页。

“依赖民族国家来保障自己免遭暴力就等于暴露于民族国家制造的暴力，所以依赖民族国家来保障自身安全就无异于将一种潜在的暴力替换为另一种暴力威胁”。[1] 在国家暴力下，生命的脆弱性是一种普遍性状态。无论强大的美国还是不发达的弱小国家，都存在“受到伤害的可能”与“伤害别人的行为”。[2] 要避免和减少自身和他人受到伤害，必须从受害和加害两个角度深刻反思我们所处的社会政治生活。这是巴特勒对美国式霸权话语的颠覆，也是对女性主义反战理论的贡献。

二是对“无效生命”的关注。无效生命是相对于具备主体资格的享有正常法律保护和人权权益的文明社会的生命而言。什么样的人和群体具备主体资格？在扭曲的“战争框架”逻辑下，霸权语境中滋生出旨在通过对生命进行区分的各种主体理论。巴特勒深刻揭示了“框架”排除各类“非我”的主体形式以凸显主体所谓贱斥过程，也就是依据人类主体规范决定的各类特征，将不符合规范规定的部分排除于自身之外的建构机理。巴特勒呼吁，关塔那摩监狱里那些既不按战俘对待、也不按所谓恐怖分子对待、完全丧失人的主体资格的数量庞大的囚犯就属于被褫夺生命资格的生命；反恐战争中一些阿拉伯国家死伤者，包括妇女儿童在内的大量平民，作为逝去的生命并没有受到哀悼，属于被人为忽视的生命。当然，这些被褫夺的和被人为忽视的生命，其脆弱性被放大且不具备主体资格。

西方传统的政治学把研究重点放在政府和国家间行为而不是人的行为上。女性主义国际关系研究领域“经验学派、女性观点学派”理论则对此做了有益补充。女性处于社会政治生活边缘的经历使她们具有观察社会问题的独特视野，对世界政治的洞察更有力[3]。巴特勒运用女性主义视角和研究方法，将战争框架的建构、生命的脆弱特质及无效生命等问题引入国际政治之战争伦理主题，试图在绝对和平主义和极端现实主义之间寻找中间道路，从而对战争伦理进行反思，主张在战争动员、作战实施、战后事务处理整个过程进行必要的约束，呼吁全社会所有相关人士反思反恐战争的边界、战争中的具体行为和由此带来的长远后果，并为此给出了伦理约束的事实和哲学依据。战争伦理框架的建构过程及其何以能够成立的问题，所直接对应的是人以及基本的生命原则。这些观点和主张，“对处于决策者位置的男性们所建构的缺乏权力之外普通民众观点的国际关系理论”[4] 的贡献不言而喻，当然也是对女性主义理论在新社会实践中的运用和发展。

三是承认相互依赖，对极致个人主义行为方式的反思。巴特勒认真研究过黑格尔对“普遍性的定义”进行几次修正的脉络。在黑格尔那里，理论范畴使世界变得对我们有用，并且在与自己推动的世界遭遇中持续地再造。因此，“在我们与世界发生认知遭遇时，我们并不是一成不变的，并且我们的认知范畴也不是永远不变

---

1 巴特勒，《战争的框架》，何磊译，郑州：河南大学出版社，2016 年，第 74 页。
2 巴特勒，《战争的框架》，何磊译，郑州：河南大学出版社，2016 年，第 1 页。
3 倪世雄，《当代西方国际关系理论》，上海：复旦大学出版社，2001 年，第 210 页。
4 倪世雄，《当代西方国际关系理论》，上海：复旦大学出版社，2001 年，第 210 页。

的。认知主体和世界都被认知行为破坏及再造。”[1] 巴特勒所说的“认知遭遇”的含义较为复杂，但近年来美国和西方世界与一些阿拉伯国家的冲突和战争，应该属于这种遭遇的极端形式。美国人发现他们对伊斯兰世界甚至美国的伊斯兰社区所知甚少，同时这也成为反思自身文化和行为方式的契机。

如前文所述，巴特勒在这个阶段思想上深受触动。在国与国的关系层面，她认识到“人类无从避免的相互依存状态将成为全球政治共同体的公认基础……人类政治责任与伦理责任的基础都在于我们承认：就‘自足’与‘主权’的本质而言，全球范围的发展进程将打破极端的自足与放任的主权。不存在任何确定的掌控，而确定的掌控也绝不是人类政治的终极价值”。[2] 在个人层面，她将人与人之间的相互依赖定位为人社会生活的本质属性，从源头上对美国和西方的个人主义进行了反思。

许多西方社会科学研究者的理论出发点都是建立在西方个人主义基础之上的，所谓现代性在本质上是西方个人社会的经验总结。美国人类学家许烺光曾将美国人的基本人际状态定义为“极致个人”，在自我认知、感情、交换、集团四个维度上，极致个人都趋向认为独立个人是一切事物中真实和真正有价值的存在，感情上强调个人隐私，难与他人分享；感情色彩淡化；血缘、地缘等传统联系对人的束缚降到最低，热衷于自由结社等，[3] 呈现出自我中心主义、自我依赖主义、人际关系手段等基本属性。[4] 实际上，美国社会的全部优点和缺点都来自极致个人这种基本人际状态，个体性和潜能发挥到极致，正面和负面能量都能够爆发出来。与此同时，也伴随着较大的内心焦虑和不安全感。

与此相反，“相互依赖主义”曾经被视为前近代社会的人际关系模式，更注重亲缘、血缘、地缘和职缘，这种相互依赖、相互信赖，集体优先于个人，个人从属于集体的“亲密无间的人际关系模式”在中、日、韩、新加坡等国家的现代化进程中发挥了积极作用。虽存在“个体羸弱”问题，但社会和谐度相对较高，人们的心理压力小。这一点我们不难从东西方国家人均拥有心理医生、律师及犯罪率的巨大差异中找到依据。

我们无意在此比较上述两种文化模式的优劣，但可以肯定，巴特勒作为将个人主义奉为圭臬的美国学者，将相互依赖定位为人类生活的本质属性，独树一帜，凸显出女性主义悲天悯人的情怀，是对美国模式，特别是以暴易暴的反恐战争所带来的大量负面后果和生命损失充分反思基础上提出的新理论。她所说的“认知遭遇的再造和调整”应该包括个人主义和相互依赖两种文化模式彼此之间的借鉴和融合。

---

1 巴特勒等,《偶然性、霸权和普遍性——关于左派的当代对话》，南京：江苏人民出版社，2004年，第11页。

2 巴特勒,《脆弱不安的生命——哀悼与暴力的力量》，何磊、赵英男译，郑州：河南大学出版社，2013年，第2页。

3 尚会鹏、游国龙,《心理文化学》，台北：南天书局，2010年，第306–310页。

4 杨劲松,《日本文化认同的建构历程——近现代日本人论研究》，北京：中国建筑工业出版社，2011年，第153页。

我们无法彻底消灭战争，但是对战争伦理进行约束，对人类生命共有的脆弱特质和相互依赖属性的承认，最终将有利于成长为一种自觉的反战意识，以较好地消解国家之间、不同文化体之间的误解和仇恨，影响国际社会舆论的正确导向，防患于未然。这也是我们研究巴特勒反战伦理的真正意义和价值所在。

“非—人”的伦理难题：巴特勒与卡夫卡

王 楠 北京师范大学

20世纪70年代，朱迪斯·巴特勒在德国海德堡大学进修时，开始用阐释学关注文学阅读中有关“人何以为人”的哲学问题。[1] 她在写给另一个女性主义批评家莫妮卡·威蒂格（Monica Wittig）的祷文中谈到阅读的功用，认为阅读过程是反抗框架内思考问题的思维惯性以及抹除界线的政治行动。90年代，巴特勒为当时盛行的女性主义理论泼了一瓢凉水，制造了一场“性别麻烦”，[2] 进行了一次消解人的生物属性的性别行动。21世纪初，她提出有关人的自我命名的“难题”。[3] 巴特勒认为：“我的语言无法命名自我，因为一旦开口，话语的意指就要为‘我’设法取得一个意义，为了取得这个意义，人要摧毁和抹除一切差异，并成为这个意义的主宰。”[4] 然而对巴特勒而言，“我”离不开定义自我的社会规范和伦理习惯的预设条件，因为“我产生于与我关联的一系列‘非我’关系之中。我常被排除在我所处的社会和伦理情境之外”。[5] 同巴特勒一样，法国批评家莫里斯·布朗肖在写作《论文学及死亡权利》时也曾遭遇自我命名的困境：“我自我命名，如同我唱着自己的挽歌：我与自身分离，我不再是我的在场，也非我的现实……当我说话时我正否定这个我，我也否定那个说话者，我存在于那个使我产生的非存在之中，始于远离自身的权力之中，置于作为非我的存在之中。”[6] 两者都提到“非—我”的境遇，“非—我”作为人类存在的一个回音，与周围事物疏离，不再依赖与寻常事物的联系而命名自我。但是与布朗肖有所不同，巴特勒认为“非—人”不只是“不是人类”的某物，而是“人以外”的整体。在无限接近“自我”的“未知”的过程中，这个追溯人的本源的“人”就是“非—人”。而文学空间恰好提供了超越并追寻此瞬间中原初的“非—我”的可能性，即“自我”的越界。

---

1 朱迪斯·巴特勒早年在海德堡大学进修时，师从迪特·亨利希（Dieter Henrich）和伽达默尔（Hans-Georg Gadamer），开始接触黑格尔和解构哲学。主体（subject）、欲望（desire）、认可（recognition）、异他性（alterity）这些关键概念的黑格尔式问题始终贯穿巴特勒的著说。她尤为关注德里达、拉康、德勒兹和福柯等理论家在主体间建构政治话语的内部关联，以及他们消解主体的质疑精神和批判方式。

2 Gender Trouble 是朱迪斯·巴特勒的理论标签。她在《性别麻烦：女性主义对身份的颠覆》（1990）中运用后结构主义理论，质疑20世纪中期美国妇女运动第二次浪潮中的男女二元论，该书在20世纪90年代成为妇女运动第三次浪潮，即后结构主义女性主义的肇始之作，至今依然影响深远。

3 希腊语 Aporia 意为“谜一样的难题”，即难题本身的不可能性，意指推论中遇到的无法解决的逻辑困境。“非—我”的居间越界的不可能性正是解构思想中的“谜题”之一。参见 Jacques Derrida, *Aporias*, Stanford: Stanford University Press, 1993。

4 Judith Butler, *Giving an Account of Oneself*, New York: Fordham University Press, 2005, p. 8.

5 Judith Butler, *Giving an Account of Oneself*, New York: Fordham University Press, 2005, p. 8.

6 莫里斯·布朗肖，《从卡夫卡到卡夫卡》，潘怡帆译，南京：南京大学出版社，2014年，第87–88页。

弗兰兹·卡夫卡对动物主题的关切为巴特勒诠释“非—人”的世界提供了一个重要的文学注脚。卡夫卡的文学世界中活着这样一群无法归类的“非—人”，恐怖的、杂交的、不协调的生命：猿进化成人，人退化为虫，狗变成了哲学家；一半像小猫，一半像羊羔的杂交动物，以及最无法命名者“奥德拉德克”（Odradek）。然而，它们与人在概念上保持着某种亲缘关系，但又绝非符合人的规范。这种“似人非人”的居间境遇与巴特勒对“人”的质疑不谋而合。在回归并质疑人的自我命名的问题上，巴特勒通过卡夫卡的动物寓言展现这个“难题”的政治伦理困境，卡夫卡作品中充满断裂的书写的不可能性促发了巴特勒书写卡夫卡的行动成为可能。正是在这个意义上，本文着重论述巴特勒重构卡夫卡笔下“非—人”的生命权力诉求和政治伦理意义，并回答下列问题：如何界定生命的多样性？活在主权 / 法的例外状态下的生命如何通过重构主体获得有效的抵抗位置？如何承认由主权 / 法生产出的“中间性”存在？如何理解卡夫卡所代表的无法摆脱的犹太民族在现代境遇中的遭遇？

一、“非—人”的生命权力

亚里士多德用“理性”和“政治”将人与动物区分开来时，这两个维度就成为西方思想史中有关人文学的哲学理论的出发点。19 世纪中叶，达尔文和雅各布·冯·于克斯屈尔（Jacob Von Uexküll）[1] 分别用人类进化论和生命科学理论，打开了人与动物共有的生物自然性的一扇门。这些理论指出人具有动物性（animality）这一事实，同时揭示了现代学术背后暗含的一条人类中心主义主线。此后，在现代情境中，“上帝死了”，“人”接踵而至，“动物”活了。虽然恩斯特·卡西尔（Ernst Cassirer）试图用“符号的动物”推进“理性的动物”继续论人的问题，[2] 但是，当人被一次次带到动物面前时，有关“生命是什么”的追问开始流行。何谓生命？哪些生命有资格成为“生命”？当代人文研究以西方模式规约的“人类”范畴的前提是什么？其背后描摹的文化规范和认同的框架圈定在哪里？哪些生命有资格成为“人类”？人类中哪些又是值得活的生命（livable life）？

在对生命的拷问中，20 世纪发生过两次重大事件：一次是以萨特为代表的极端人文主义，用人的主体性填充上帝死后的空位；另一次是以福柯为代表的极端反人类中心主义，拓展了生命政治的话语。福柯把生命置于治理术分析之中，开敞人性，关注“生命政治”（biopolitics）。[3] 吉奥乔·阿甘本（Giorgio Agamben）把福柯的

1 继达尔文之后，于克斯屈尔（1864—1944）成为致力于动物认知的谱系学研究专家之一。他最具革新的理论是反对物种形态和行为的自然选择理论。他对动物性、生命和生命政治理论概念的批判性创见对当代哲学家海德格尔、梅洛·庞蒂、德勒兹、巴塔耶、唐娜·哈拉维、吉奥乔·阿甘本的影响很大。他们称于克斯屈尔是“现代反人类主义的最高峰”。参见 Jakob Von Uexküll, *A Foray into the Worlds of Animals and Humans: With a Theory of Meaning* (Posthumanities), Joseph D. O'Neil, (trans.) Minnesota: University of Minnesota Press, 2010.

2 恩斯特·卡西尔，《人论》，甘阳译，上海：上海译文出版社，2013 年，第 40–96 页。

3 国内对生命政治学说的引介详见《生命政治：福柯、阿甘本与埃斯波西托》，载《生产》第 7 辑，2011 年 6 月。

假说作为理论前提，将生命区分为动物和生命，即自然存在和道德政治存在这两种生命形式，并用“赤裸生命”（bare life）标注处于政治和权力规范例外状态中的生命形式，如“大屠杀”中的犹太人。[1]

巴特勒则对另一类被变成主权 / 法的例外但又被包含在国家之中的主体，即“非—人”进行阅读批判行动。[2] 巴特勒对卡夫卡《家父之忧》（*Cares of Family Man*）中的主人公奥德拉德克的阐释便是一例。《家父之忧》开篇，奥德拉德克以难以名状的血亲身份出场，卡夫卡做了这样一个说明：

> 有些人说，Odradek 这个词源自斯拉夫语，他们试图以此为根据来论证该词的结构。而另一些人则认为，它有着德国血统，只是受到了斯拉夫的影响。两种观点皆是莫明其妙，无不令人觉得它们确实无一为是，尤其因为不能用其中任何一种给该词定义。如果的确不存在一种叫作 Odradek 的东西，那么自然也就不会有人去做这样的研究。[3]

这个“生物”偶然来到世上，其“莫名其妙”的血缘身份，使得它游离在确定的血亲规范之外，成为动物和人两种生命形式之外的动物性存在。正是其偶然性和无法归类性让巴特勒着迷，这个反思性的人学主题与巴特勒哲思工作的现实处境密切关联，作为拒绝归类的批评家，巴特勒有理由秉承解构的精神和介入的责任去研究它。

卡夫卡笔下的奥德拉德克部分是物，部分是人，或者说既不是人也不是动物，也许不能说是生物。它充斥着“种”的变异因素，它是某种造物，一个线轴，一颗星星。它的笑声听起来像树叶的沙沙声，滚动在房屋的楼梯上、楼梯下或附近：

> 它初看上去像一枚低矮的星状的纱芯，而事实上其表面好像就是被纱线裹盖着，不过那只是一些残断破旧、互相连接而又乱作一团的各色各样的线段。然而它又不只是一根线轴，从星的中间横突出一根小棒，在右侧还有一根。这后一根小棒在一侧，而星的一束光芒在另一侧，可以像两条腿一样使整个躯干站立起来。

作为一个居间的存在，奥德拉德克通过偶然性成为人类存在的一个回音或者一个反论。这使巴特勒从它身上看到了“成为非—人”（becoming non-human）的可能。如果康德用“有理性能力”的存在物来定义整个人类，巴特勒则通过“非—人”的存在物来质疑人类理性。巴特勒认为启蒙后的人类理性凌驾于客观存在和他

1　程朝翔，《无语与言说、个体与社区：西方大屠杀研究的辩证》，载《社会科学研究》，2015 年第 6 期，第 2–14 页。

2　作为福柯和阿甘本的追随者，巴特勒为现实中的“非—人”发出了同样的生命权力诉求。巴特勒认为对于生命的管控和实施见诸于对赤裸生命的暴力，比如关塔那摩的囚犯、艾滋病患者、医学意义上的实验生命、性别错乱的“酷儿”等。巴特勒认为辨识“非—人”的努力，不在于解放这些“赤裸生命”，而是作为“共同体”的人类，如何使得“赤裸生命”在文化共识（cultural intelligibility）的意义上得到承认和认可。

3　弗朗茨·卡夫卡，《家父之忧》，洪天富、叶廷芳译，《卡夫卡小说全集（第 1 卷）》，石家庄：河北教育出版社，2003 年，第 183–184 页。以后引用，在正文中随文标注页码，译文有改动。

者之上的“道德自恋主义”。[1] 如果卡西尔试图用“劳作”和“创造理想世界”[2] 的本质标注人类，那么，巴特勒的奥德拉德克显然不具备“劳作”的人形，更无法利用“符号形式”积极地创造世界。[3] 如果人以社会条件，以“道德”和“劳作”为自我划定了一个边界，那么巴特勒的“非—人”则为我们提供了一个脱离人类赖以建构自我的可能性，并提出了恐惧与希望、死亡与不朽、误读与真理的文学例外。巴特勒对卡夫卡笔下“非—人”的意义重构，拨开了人类内部固有的自我殖民的排除行为，其目的在于颠覆传统人类认知的基础，并试图重新定义痛苦、死亡、语言等诸多人类中心主义的文化观念，用“非—我”（not-me）的偶然性反观自我，标注人类无法认知自己的文化盲点。

巴特勒抓住这个盲点，让人类从以自我为中心的主体建构中抽身出来，因为标注主体实际上仍然囿于以人类为中心的话语坐标中。在“中心”话语中，一切都是我所建构的对象，一切也都是“我欲望的投影”。[4] 为了生存，奥德拉德克选择退出人类外形，也因此中断了人的普遍性，成为人类自我归类的反讽。在他“成为非—人、不合时宜的非—人，格格不入的非常态人的过程中，奥德拉德克展示了冲出界线而存在的一线希望和可能性”。[5] 巴特勒通过奥德拉德克要表达一种归属人这个物种的“近乎生物”的诉求，是面临归属于一个物种但又“无法抵达”的困境：作为人的类本质的反论，我们不再是人类所希望之所是，不再具有身份的统一性，我们自身将不能确定自己。因此“非—人”成为“跨 / 不跨”之间越界的可能，然而，我们不能做到并证实这一点，这使得人类走上了一条“未抵达”（en arrivant）的解构难题之途。[6]

---

1 Judith Butler, *Giving an Account of Myself*, New York: Fordham University Press, 2005, p. 105.

2 卡西尔所讲的“劳作”（work）指的是人类活动的体系。语言、神话、宗教、艺术、科学、历史都是这个体系中的各个侧面，所以卡西尔的人学哲学是一种结构体系说，是能够把这些活动有机整合的一个封闭的圆周。卡西尔认为尽管人类劳作的形式不同，人类所有形式的劳作都为了一个目标：创造人类自己的历史，创造人类独有的文化世界，因为人的本质是文化的创造者，这也是人的唯一本质。

3 卡西尔的符号形式哲学认为人是语言、哲学、艺术、科学等维度的统一体，如果用一个等式来说明的话，可以概括为“人 = 运用符号 = 创造文化”，符号功能说成为卡西尔的人学哲学的核心。参见恩斯特·卡西尔，《人论》，甘阳译，上海：上海译文出版社，2013 年，第 5–12 页。

4 参见 Judith Butler, *Subjects of Desire: Hegelian Reflections in 20th Century France*, New York: Columbia University Press, 1999, p.14。1987 年，巴特勒在此书中考察了黑格尔关于主体和欲望的哲学思想在 20 世纪法国的转化与创新。1999 年再版时，巴特勒增加了德勒兹、拉康、福柯关于欲望、主体和承认的述评。“从某种意义上说，这部著作围绕着欲望与认可之间的关系进行了批判探索”（p. viii），解读“主体的构成到底需要与异他性（alterity）保持何种激进且富有建设性的关系”（p. xiv）。巴特勒沿着伊波利特（Hippolyte）、科耶夫（Kojève）、萨特和福柯等人改写黑格尔的主体与欲望概念的批评轨迹，提出了性别政治，尤其关注少数性别团体有关承认的政治学。

5 Judith Butler, *Giving an Account of Myself*, New York: Fordham University Press, 2005, p. 62.

6 参见 Jacques Derrida, *Aporias*, Stanford: Stanford University Press, 1993, pp. 34–35. 德里达认为“解构”从来不是一门学问，它并非能够满足人们对拟想中某种思想的完整性的期待，而是一种向未知的探险之旅，试图“越出（界线）”之途、“穿越（界线）”之途。但是，如果走到边界，也就意味着“抵达”。“抵达”就是用界线标注解构思想之旅的完结，而这正是解构思想要消解的体系。

二、"非—人"的"它者"伦理

虽然巴特勒无意解释文学文本是否具有某种特别的道德价值和经典性，但巴特勒阅读卡夫卡的文学行动之一便是甄别我与他者的关系。连结巴特勒和卡夫卡的立论点正是列维纳斯的他者伦理学理论。列维纳斯的他者是针对自我提出的概念，与列维纳斯的作为另一个人的他者不同，巴特勒从异己出发，在政治与伦理间建构"我"和"非我"之间的关联，这个关联正是巴特勒用来描述超越二元对立关系，处于过程中的状态。对于巴特勒而言，"和他者的关系"（relationality）是有关人的概念的核心问题，因为"我无法完全了解自身，我中有'他'，而我的'异己成分'（foreignness）恰恰成了我同他人的伦理关系，我包含了'他者'谜一般的踪迹。我无法事无巨细地认识自己同他人之间的'区别'，这种'区别'构成了伦理与政治的问题"，即"异他性"（alterity）。[1] 巴特勒把这个"区别"放在政治与伦理间的"相关性"上。伦理"不再被理解为根植于一个既定的共同体的集体意向或行为方式，而是为了回应来自于主体之外的责任而进行的一系列相关性实践，挑战主体和本体论的关于自我身份的言说"。[2]

奥德拉德克，这个杂交的半人半兽或半有机半无机的生物并不是作为另一个人的他者，而是异于自己的它者，即与他者的关系问题。在巴特勒的解读中，这个带有异他性的"它者"（非—他者）被其自身置于规范的语言关系之外。奥德拉德克拒绝外在的人形，中断思想的交流——"他长久默不作声，看上去就像一块不会说话的木头"，同时，也拒绝人类交往——"人们想同他说话"，但谈话在简单重复的询问名字和住所中"结束了"（184 页）。就列维纳斯的言语观来讲，语言是伦理性的，它是交谈或询问，这一点，巴特勒依然分享着和列维纳斯相同的看法，写作的语言是将思想 / 信息保存起来的一个工具。但巴特勒笔下的卡夫卡阐释聚焦于两个说话者交流的疲惫感，因为奥德拉德克的异他性使得它不再是一个有效的表达主体，而是置身于语言伦理关系之外，中断了思想的交流和观念的外在化（externalization）。扩而言之，人类的普遍性被"中断"了，取而代之的是通过对具象事物的异化处理，使得这个带有异他性的它者逾越了自身的普遍性。因为没有什么使得奥德拉德克与过去相连，也没有什么可以为它指向未来。在时间上，它只生活在当下；在空间上，它生活在各个领域之间的夹缝中，不属于一个公共的世界。因此，它的多余性、无本质性和无具象性使得它无法言说，也不受任何保护，成为可以被任意处置的对象。但正是"非—人"所处的"空白地带"才使得它获得一个抵抗的支撑点，无论身形如何，总有一个临时的位置使得它站在"非—我"的位置，用异他性标注自我。[3]

德里达在《使我存在的动物》演讲中明确批判了人类划界的局限性。德里达

---

1 朱迪斯·巴特勒，《脆弱不安的生命——哀悼与暴力的力量》，何磊、赵英男译，郑州：河南大学出版社，2013 年，第 39 页。

2 齐格蒙特·鲍曼，《现代性与矛盾性》，邵迎生译，北京：商务印书馆，2003 年，第 253 页。

3 齐格蒙特·鲍曼，《现代性与矛盾性》，邵迎生译，北京：商务印书馆，2003 年，第 280 页。

认为人类总是把动物作为对立的他者讨论，“用大写的人类与大写的动物划清人的超越万物的人类伦理本质”。[1] 德里达无意否认这条界线的存在，但他认为与人类相对立的不是动物，而应该是异质的多样生命形式。单数形式的动物（animal）否认了不同物种的生命形态，因此，德里达自造了一个词 animot 来表达差异的生命形式。这个词提示人类应该从道德、法律和政治上反思动物伦理。因为在某种程度上对动物伦理的认知是建立在颠覆传统人性认知的基础之上，它涉及如同情、痛苦、语言等诸多定义人类文化的元素，人类对自身动物性的认知过程将是漫长的。实际上，能否颠覆传统的人性认知取决于人类对自我的重新审视和重新定义。

启蒙运动之后，人类通过为动物命名赋予自身思维、推理和说话的权威，但是，在“必死性”的命运上，人类没有优越性。直到奥德拉德克的寓言结束时，才有一个无名的声音说这个奥德拉德克和他有血缘关系。“对他该怎么办呢？难道他会死吗？一切正在死去的东西，以前都曾有过某种目的，某种活动，正是它们耗尽了它的精力。”（184 页）这像是一个父亲在说话：“想到他可以比我活得更久，这几乎使我痛苦。”（184 页）这个声音来自哪里？叙述者似乎并不是另一个人，也不是作者或读者，并不指向任何人。这个声音难以名状，它并非权威的传声筒，也不是作者伪装成角色发出自己的执念，而是如同布朗肖所言的“中性”（neuter）标志，叙述声音不是作者内在思想的外在化，而是作者将写作看作是一种“从我向他”（I to the he）的运动。[2] 语言外化为一种书面文字，作为写作的语言也相应幻化为一种消解的体验，这说明奥德拉德克并不生活在时间里，因为它被描述为永远从楼梯上滚下的东西，也即在永恒中滚下楼梯的东西。因其不死的“救赎”可能，它成为永恒，即所谓的真理。

奥德拉德克“不死”的可能也得到了阿多诺（Theodor W. Adorno）的关注，他曾经拒绝加入所谓“人类联盟”（Humanist Union）的邀请，反问是否有“非人类联盟”（In-human Union）。因为人对“人类”（humanity）这个词存在误读（fallibility）。阿多诺提醒我们，人定义自己应该从非我（not-me）开始，要声明我们是人类，就要承认自己的“非—人”品性。因为“不公正总是发生在把自己放在自认为正确的位置、他人总是错的预设前提上。”[3]

三、“非—人”的身份政治

巴特勒从奥德拉德克身上识别的关于人类生存的非常态，并不是为了进一步雕琢文学作品中呈现的乌托邦式的人类未来。对于巴特勒而言，文学的重要性在于表达“诉求”，通过这个“诉求”质疑真理的存在。[4] 在她看来，“每一个文学文本在

1 Jacques Derrida, “The Animal that Therefore I am”, in *Critical Inquiry*, Vol. 28, No. 2, 2002, p. 398.

2 莫里斯·布朗肖，《从卡夫卡到卡夫卡》，潘怡帆译，南京：南京大学出版社，2014 年，第 139 页。

3 转引自 Judith Butler, *Giving an Account of Myself*, New York: Fordham University Press, 2005, p. 110。

4 参见巴特勒的文学批评论著《安提戈涅的诉求：生与死之间的亲缘关系》，王楠译，郑州：河南大学出版社，2017 年。巴特勒用安提戈涅的血亲混乱的事实，质疑异性恋伦理秩序中的父子关系、父女关系、兄妹关系等亲属关系的合理性。

解构的意义上，都以自己独特的方式拒绝被还原成一个确定和唯一的解释。"[1] 巴特勒把文学作为批评的动力和场域，从她最擅长的修辞学和语义学角度，揭示"非—人"所受到的语言、文化、族群和性别暴力，重塑超越"归属"的人的身份认同问题。

奥德拉德克不具备人形，却拥有人的声音；奥德拉德克不具备身体的功能，却"极其灵活"；奥德拉德克的生活没有目的，却活得"比谁都长"（184 页）。当居高临下的人类向它抛出原初问题"你叫什么"，它用"奥德拉德克"这个符号暂时作答，因为这个词本身无本无源，既非斯拉夫语又非德语，其不可靠性和偶然性恰好反讽人类赖以命名自我时使用语言的窘境。我是谁？这个痛苦的自我身份认证的焦虑深深地纠缠着人类，人类无法回避，但又找不到答案。因为一旦命名，其意指即刻就划定了它的出身，并由此带来了身份归属危机，一旦有了归属，它将不再是它自己，因为"正如亚当试图为动物命名，只是为了证实自己对其掌控和权力"。[2] 所以，奥德拉德克宁愿逃逸表意系统，抹除身份，用以对抗人类的孤独感、焦虑感、压抑感。在选择漂浮的自我流放之后，人类接着问道"你住哪儿"？奥德拉德克发出笑声，像是落叶发出的沙沙声。"何处是家"正是困扰人类的终极问题，寻根的焦虑，以及流散后对被同化或是被异化的痛苦和不安，使得一切关于宿命的假说成为追问的不可能性，"不抵达"的归途只能证明命名自我的不可能性，寻找自我作为一个永恒的探寻真理的叩问，以"非—真理"的状态被保存。奥德拉德克"长久不作声，像是一块木头"（184 页）。

卡夫卡世界中漂浮、居间的状态同样给了巴特勒审视自己和"非—人"在现代境遇中的寓言性启示。卡夫卡表达了他对人的现实生活的非人化存在的感悟。在荒诞的表象和烦琐的细节之下，"非—人"的世界隐藏着比现实更加真实的架构，从而具有深刻批判的文学哲学意义。巴特勒对卡夫卡的哲学式重构也给我们提供了洞察卡夫卡世界的另一种方式。以美国犹太人的归属问题为例，面对差异，"人"如何重新定义自我？如何重构它者被排除在西方理性主义思考模式之外的多元伦理观？作为道德的主体如何使不同人群、族群"过上可过的生活"？如何为共同的人类未来负责？

卡夫卡的归属问题同样给了巴特勒灵感。卡夫卡是犹太人，却远离犹太传统；他生活在布拉格，却在被捷克人包围的圈子里讲着德语；他一生创作颇丰，在现实中却是顾家的男人，居无定所的世界作家。卡夫卡在身份上无所适从——他是非犹太人、非德国人、非捷克人，但正是这个"非我"状态使得卡夫卡用另一只眼睛开始"观察"（《观察》也是卡夫卡的第一部书）。[3] 他在《城堡》中描写的上界和《审

---

1 Judith Butler, *Parting Ways: Jewishness and the Critique of Zionism,* New York: Colombia University Press, 2011, p. 8.

2 布朗肖在《文学及死亡权力》中，以书写为例，从自我命名的不可能性说起，兼论死亡的阈界性。转引自莫里斯·布朗肖，《从卡夫卡到卡夫卡》，潘怡帆译，南京：南京大学出版社，2014 年，第 86 页。

3 曾艳兵教授在他的专著《卡夫卡的眼睛》（商务印书馆，2012 年）中认为，卡夫卡的世界中"凝视（的瞬间）比诵读千万遍卡夫卡还要让你灵魂震颤"（第 6 页）。谈及有关卡夫卡与犹太文化关系的论断参见曾艳兵，《卡夫卡研究》，北京：商务印书馆，2009 年。

判》中描摹的下界，以及其间在《美国》中展示的人间，正是卡夫卡这种独一无二的无国界审视和旁观使得他更具有普遍性，使他从“无处归属到无处不‘归属’直至超越‘归属’”。[1] 作为美国犹太裔学者，巴特勒以自身的“犹太性”作为“介入”（intervention）的起点，把犹太传统作为她的哲学思想素材加以改编和重新塑形，与鼓吹犹太复国主义和重建以色列国家的思潮分道扬镳。她把自身放进有关族群的思考之中，正如她在消解性别时秉承的解构单一性范畴的精神，在对待犹太人的问题上，她把有关人的概念放在历史时间和文化空间的坐标中，用“文化翻译”（cultural translation）的策略重新定义文化身份。在犹太身份问题上，巴特勒认为，想成为犹太人“需要从自身分离，进入非犹太人的世界，注定要在那个异质的世界中开发伦理和政治的新路径”。[2]

四、结语

巴特勒阐释的卡夫卡为她所用，让问题保持开放性而非提供解决的办法是巴特勒一贯的主张。她并非提出解决伦理两难境遇的另类灵丹，而是突出阅读过程中读者所经历的认知和情感效果。在论及人的伦理选择和政治诉求的基本问题上，对文学文本的阐释彰显了她作为批判型知识分子的介入力量。正如乔纳森·卡勒所说：“巴特勒的阐释表明文学是哲思的最佳场域，因为文学最有力地批判了维持语言体系自身的结构，并提供了最有用的语言资料。”[3] 就文学理论来讲，巴特勒的卡夫卡之思提供了一条文学哲学的可能性，哲学经过了理论的梳理也非形而上的思维训练，文学也非“仅仅关注美学价值和意义的学科”。[4] 虽然巴特勒对于文学的阅读和阐释可能是“我注六经”式的，但巴特勒从列维纳斯的他者、德里达的动物问题、以及阿多诺的道德哲学那里汲取了哲思。这三者聚集在巴特勒身上，巴特勒用“非—人”的差异路线，透过文学这个虚构的场域，在政治伦理和文学批评的责任之间，用介入的方式思考叙述的自我和阅读的“它者”之间美学和伦理指向的问题。在“理论之后”的时代，特里·伊格尔顿的《文学事件》似乎宣告：语言和书写，如同卡夫卡的遗作被拍卖的“事件”一样，“继承基本上并不是接受……而是选择、筛选、驾驭、开发和激活”。[5]

---

1 曾艳兵，《卡夫卡研究》，北京：商务印书馆，2009 年，第 32 页。

2 Judith Butler, *Parting Ways: Jewishness and the Critique of Zionism,* New York: Colombia University Press, 2011, p. 15.

3 Jonathan Culler, *The Literary in Theory*, Stanford: Stanford University Press, 2007, p. 37.

4 程朝翔，《理论之后，哲学登场：西方文学理论发展新趋势》，载《外国文学评论》，2014 年第 3 期，第 237 页。

5 Terry Eagleton, *The Event of Literature*, New Haven & London: Yale University Press, 2012, p. 25.

被韦勒克误解的库尔提乌斯——《欧洲文学与拉丁中世纪》的比较文学启示

郝　岚　天津师范大学

库尔提乌斯的《欧洲文学与拉丁中世纪》(后文简称《欧拉》)于1948年以德文在瑞士伯尔尼出版。该书出版后，毁誉参半。最具代表性的评价来自比较文学界老一辈的美国理论家勒内·韦勒克[1]。韦勒克在1958年《比较文学的危机》(后文简称《危机》)和八卷本的《近代文学批评史》中谈到《欧洲文学与拉丁中世纪》时，并不积极，甚至多有批评。笔者认为韦勒克的评价并不公允，多是误解，他的态度具有非常重要的代表性。但到底是哪些部分引起了学者的争议？《欧拉》为何在比较文学界受到欢迎？它对今天的文学研究又有何借鉴意义呢？

一、对库尔提乌斯的普遍争议

韦勒克在他那篇著名的战斗檄文《比较文学的危机》的开篇便提到"几位大师的逝世，有着象征性的意味",[2] 这几位大师除去梵第根、福斯勒、卡雷和巴登斯贝格以外，他特别提到库尔提乌斯[3]与奥尔巴赫，还有斯皮泽。他说，"比较文学的兴起是为反对大部分19世纪学术研究中狭隘的民族主义……却常常被当时当地狂热的民族主义所淹没和歪曲……结果成了一种记文化账的奇怪做法",[4] 而库尔提乌斯这样的罗曼语文学家的研究就是出于民族主义。在《危机》一文中，韦勒克引证了库氏早年《二十世纪的法国精神》一书中对"好欧洲人"的定义："他尽力把握本民族的精神，同时又尽力从一切方面，从其他民族精神的独特性中吸取养料",[5] 尽管不能因动机而判定意义，但韦勒克还是批评库尔提乌斯是文学研究的"民族主义者"，他认为库氏"提出了一种文化上的强权政治：一切都为壮大本民族的力量服务"。[6]

整体来说，战后比较文学学者对库尔提乌斯的学术成就评价一直不高。不仅是韦勒克，1963年著名法国学者艾金伯勒在另一篇谈论"比较文学危机"《比较不是理由》中也暗示过库尔提乌斯在《欧拉》中谈到的欧洲文化统一化的思想危险，

1　1982年中译为雷纳·韦勒克，为了与本书一致，除特殊需要外，一律写为勒内·韦勒克。

2　雷纳·韦勒克，《比较文学的危机》，沈于译，见张隆溪选编，《比较文学译文集》，北京：北京大学出版社，1982年。

3　1982年中译为"库尔裘斯"，为与本书一致，采用"库尔提乌斯"。

4　雷纳·韦勒克，《比较文学的危机》，沈于译，见张隆溪选编《比较文学译文集》，北京：北京大学出版社，1982年，第25页。

5　雷纳·韦勒克，《比较文学的危机》，沈于译，见张隆溪选编《比较文学译文集》，北京：北京大学出版社，1982年，第25页。

6　雷纳·韦勒克，《比较文学的危机》，沈于译，见张隆溪选编《比较文学译文集》，北京：北京大学出版社，1982年，第26页。

他说："在某些德国人对比较文学秉持的观念中，我偶然发现了欧洲梦的影子；那是希特勒式的欧洲梦。"[1] 事实上对库尔提乌斯的《欧洲文学与拉丁中世纪》的非议一直广泛存在于学界。[2]

不过，笔者认为，西方学者对库尔提乌斯的低估，虽然部分出于对文学研究方法和各自批评口味的喜好不同，但主要还在因库氏在二战中身份的"政治不正确"而产生的偏见。相较作为受纳粹迫害、流亡伊斯坦布尔、继而辗转美国的犹太裔语文学者奥尔巴赫和斯皮泽，库尔提乌斯则一直留在欧洲大陆从事文学研究，并先后任教于马尔堡、海德堡和波恩大学。他战时虽然没有像尧斯或海德格尔那样公开参与纳粹军队或担任公职，公开效忠，却也没有公然反对希特勒的暴行，而是"钻进故纸堆"转向中世纪文学研究。他最终于 1956 年逝世于罗马。另外，库尔提乌斯的家乡阿尔萨斯是德法双语地区，历史上归属和语言的争议不断，但是库氏出身政要世家，家族一直属于精英分子，学养深厚。这样的"非流亡"、"非犹太人"、战时仍然留在德国任教的精英阶层在二战后反倒成为他政治上的不利之处。正是因为对他政治上的争议，影响了很多学者对他学术研究的评价与判断。

二、用文学克服文化民族主义

库尔提乌斯的《欧拉》研究动机与目的并非韦勒克所说的文学上的民族主义，恰恰相反，他一直在政治高压和文化偏见之下，努力用文学克服当时弥漫于欧洲的文化民族主义。

库尔提乌斯一直坚信："文学从不爱国"（aucune littératuren'est jamais patriotique）。[3] 他早年的研究集中在法国文学，而且他对普鲁斯特和艾略特这样冲破传统的现代主义作家的关注是当时保守的德国文学研究界少有的。他的目标本是消除法德之间的文化隔阂与政治偏见，让保守的德国静下心来理性对待法国，并在新的欧洲谋得一席之地。但是，20 世纪 30 年代，他向中世纪拉丁文学研究的转向与其说是个人兴趣，毋宁说是政治上的不得已。

在《欧拉》英译本作者序言中，库氏谈到写作本书的背景时说，战争使得欧洲的思想与艺术四分五裂，"解决之道唯有从中世纪拉丁文学的连续性入手"，他谈到自己 1932 年在《岌岌可危的德国精神》中批评了"预示纳粹统治教育的弃智主义倾向（barbarization）以及民族主义狂热"。库尔提乌斯所谈到的这本小册子认为，

---

1 Rene Etiemble, *Comparaison n'est pas raison, ou la crise de la littérature comparée*, Paris: Gallimard, 1963, p. 19. 艾金伯勒，1984，《比较不是理由——比较文学的危机》，罗芃译，国外文学（7）的中译本删节了一部分关于《欧洲文学与拉丁中世纪》的评论。

2 当代研究者韦斯特拉也罗列了针对库尔提乌斯的一些"广为人知的"反对理由："形式主义、功能主义、非历史性或超历史性，轻视原创及诗歌个体性口头形态，忽视非拉丁元素……无视原始手稿及其含义，或者说无视读者与接受的概念"，等等。转引自威廉·卡林，《欧洲文学的连续性——论库尔提乌斯》，载《跨文化研究》，2017 年第 1 期，第 41 页。

3 阿兰·米歇尔，《文献学与思辨——拉丁语、中世纪与欧洲传统》，见恩斯特·R. 库尔提乌斯《欧洲文学与拉丁中世纪》，林振华译，杭州：浙江大学出版社，2017 年，第 591 页。

西方，尤其是德国，正日薄西山濒于崩溃。当时希特勒和纳粹分子发动的大量民众运动和政治性煽动非常危险，他们厚今薄古，仇视外族，痛恨教育和文化。《岌岌可危的德国精神》有两章的标题分别为"减少教育与憎恨文化""民族还是革命?"该书在当时很快遭到公开指责，作者也在第三帝国时期被列为"不受欢迎的人"。学者理查兹梳理后却发现，近五十年来库尔提乌斯反而成了战时活跃在德国的语文学者的替罪羊。

1949 年库氏在美国的发言《西方思想的中世纪基础》中，更是毫不隐晦地讽刺那些"今人"如何忽略了历史材料的丰富性，他认为虽然西方思想的基础是古典的古代与基督教，它通过中世纪得以继承，但有人忘记了"中世纪最珍贵的遗产，是它在完成这项任务的过程中的创造精神"。[1] 库尔提乌斯论证这个观点是基于具体而真实的文献，而非遵从一种"观念"，或从主观角度任意曲解文学与历史。他特别提醒时人："人文主义传统时常受到哲学的攻击"，例如存在主义，[2] 但是一个时代的思想蕴藏于文学而非哲学。

而今，我们重新审视库尔提乌斯及其著作时，不难发现，在重新理解和对抗文化民族主义、分裂主义、历史相对论和主观任意的政治适用论上，库氏的研究不仅不过时，还蕴含着远超过同时期学者的学术生命力。库尔提乌斯认为，为了超越文化上的民族主义，必须"借助一种新人文主义"，这种新人文主义，不在文艺复兴和新古典主义里，而是在中世纪拉丁文学中，是用文献学的方法和历史学的意识，重新寻找出欧洲失落的统一性。[3] 而历史的方法就要避免对历史进行抽象的纯粹思考，或者仅仅将事实进行简单的因果联系，因为"我们应该从史学意义而不是地理意义出发来理解欧洲。"[4]

三、统一性与整体性

1953 年库尔提乌斯在为德文第二版《欧拉》写的序言中谈到本书的目的是："希望发觉让西方文明经久不衰的源头。通过采用新方法，我试图在时空当中指出这种传统的统一性……不过，论证时必须站在普世立场（universal standpoint）。这一立场源自拉丁文学（Latinity）。"[5]

《欧拉》的编排根据逻辑顺序，主题环环相扣，以任务和母题相互交织，反映了它们彼此相关的"历史联系"。这种相关性（concatenation）开始可能模糊不清，

1 恩斯特·R. 库尔提乌斯，《欧洲文学与拉丁中世纪》，林振华译，杭州：浙江大学出版社，2017 年，第 567 页。

2 恩斯特·R. 库尔提乌斯，《欧洲文学与拉丁中世纪》，林振华译，杭州：浙江大学出版社，2017 年，第 561 页。

3 恩斯特·R. 库尔提乌斯，《欧洲文学与拉丁中世纪》，林振华译，杭州：浙江大学出版社，2017 年，第 578 页。

4 恩斯特·R. 库尔提乌斯，《欧洲文学与拉丁中世纪》，林振华译，杭州：浙江大学出版社，2017 年，第 7 页。

5 恩斯特·R. 库尔提乌斯，《欧洲文学与拉丁中世纪》，林振华译，杭州：浙江大学出版社，2017 年，第 579 页。

但是逐渐清晰。正因如此，《欧拉》既是语文学者的精彩文本，也是比较文学学者的教科书级著作，不论在内容还是结构上都堪称典范。《欧拉》全书总计 18 章，其中首尾两章基本等同于前言与后记。开篇“欧洲文学”不是从具体的语言、修辞等问题展开，而是阐述 19 世纪以来史学发展带来的思想形态变化以及当时紧迫的历史图景欧洲化的问题。他通过汤因比的“诗歌形式是历史主义的终极概念”[1]将诗歌（本书主要是拉丁语文学）引入论题，并且雄辩地声称“欧洲文学必须视为整体……当然，不是以文学史形式……唯有以史学与文献学为方法的文学研究，才能胜任这项工作。”[2]在这样的雄心之下，我们很清楚地意识到，虽然库氏的论述范围是“拉丁中世纪”，但他的目的是要论证“欧洲文学的统一性”。这本巨著，尽管中译本也长达 500 多页，但看似琐碎的论述并没有被材料淹没。因此阿兰·米歇尔在本书的法译本导读中评价说：“作者并不总是强调形式：不存在没有历史的结构主义，也不存在没有哲学思想的修辞学。”[3]全书有条不紊地探讨了以表现为基础的中世纪文学的丰富性和继承性，通过历史的方法，雄辩地说明了欧洲文学的历史连续性与统一性。

四、《欧拉》的比较文学启示

《欧拉》对于今天的比较文学意义非常重大。

（一）“文学性”必须被优先对待。

库尔提乌斯在《欧拉》中赋予了文学研究以意义和优先性。该书以语言的修辞为切口，处理的是纯粹的文学问题，毫不偏离。但是材料并非是研究的目的，“文学的本质是‘永恒的当下’（timeless present），这就意味着过去的文学，往往也是活跃于当下的文学”，库尔提乌斯提醒我们文学研究并非是做故纸堆中的书虫，要寻找文学中相互交织的关系，他枚举的例子都是比较文学的绝佳研究题目：歌德中有莎士比亚、艾略特中有埃斯库罗斯和但丁；还有“文学形式的花园”、世代相传的形象，等等。[4]在表达文学的优先性时，库尔提乌斯说：“以语言与文学为载体的欧洲思想遗产”无可替代，哲学、技术、政治经济体制都不行，只能是文学，因为那些前者只能“创造好的事物，却造不来美的事物”。[5]事实上，他严格区分了文学相对于其他人文学科的差异，其他都是“善”的，但文学既是“善”的又是“美”的，因此文学应该获得绝对的首席优待。比较文学研究更应该紧紧围绕文学性，而

1 恩斯特·R. 库尔提乌斯，《欧洲文学与拉丁中世纪》，林振华译，杭州：浙江大学出版社，2017 年，第 5 页。

2 恩斯特·R. 库尔提乌斯，《欧洲文学与拉丁中世纪》，林振华译，杭州：浙江大学出版社，2017 年，第 14 页。

3 阿兰·米歇尔，《文献学与思辨——拉丁语、中世纪与欧洲传统》，见恩斯特·R. 库尔提乌斯《欧洲文学与拉丁中世纪》，林振华译，杭州：浙江大学出版社，2017 年，第 595 页。

4 恩斯特·R. 库尔提乌斯，《欧洲文学与拉丁中世纪》，林振华译，杭州：浙江大学出版社，2017 年，第 14 页。

5 恩斯特·R. 库尔提乌斯，《欧洲文学与拉丁中世纪》，林振华译，杭州：浙江大学出版社，2017 年，第 538 页。

不是其他。

（二）文学研究不仅是分析，也需要综合。

库尔提乌斯说很多时候，我们看到的优美事物仅仅是插曲，我们“需要超长的时间单位”[1]来认识这幅文学地图。他也使用了高海拔航拍照片的比喻来说明宏观和综合的文学考察技巧是非常重要的，因为单纯注意个别的文学形式是散乱的，只有通过综合才能看到思想。库尔提乌斯告诉我们，通过形式表现的是思想，我们需要寻找这个“结晶”，因为没有思想结晶的形式，“如同无人租用的房间”。[2]

（三）比较文学应借鉴语文学和史学相结合的方法，处理好专业化/细化（specialization）与整体化的关系。

库尔提乌斯在《欧拉》第一章“欧洲文学”中，首先介绍的是史学观念的变化，他批评了彼此无关的文献研究把欧洲弄得四分五裂，库尔提乌斯采用的就是“所有历史探究方法的基石——语文学，对于思想学科，它的重要性堪比数学对于自然科学的意义。”他认为这就是莱布尼茨所说的，只能用经验获得的偶然事实真理，它只能借助语文学获得。它使得后来人有可能借助语言学手段，透视文本，让“细化为新的整体化打开了门路”；因为“文学研究要与文本打交道，可没有文献学相助，它将寸步难行”。

今天，多数比较文学研究者囿于单一语种或者民族文学研究范畴之内，见木不见林，也缺乏构筑世界文学的信念或者描绘文学规律的自觉意识，常常陷入方法论的困惑和研究价值的虚无。此时重温库尔提乌斯的忠告是有意义的：他在1973年英译本作者序言中说：“我们研究的是文学，是语言外壳下西方文化的思想与精神传统。其中蕴含着美、崇高、信仰等永不磨灭的财富。它是帮助我们改善并充实当下生活的精神能量之源。”[3]我想，这是新世纪比较文学学者需要永远牢记的。

1 恩斯特·R.库尔提乌斯，《欧洲文学与拉丁中世纪》，林振华译，杭州：浙江大学出版社，2017年，第538页。

2 恩斯特·R.库尔提乌斯，《欧洲文学与拉丁中世纪》，林振华译，杭州：浙江大学出版社，2017年，第539页。

3 恩斯特·R.库尔提乌斯，《欧洲文学与拉丁中世纪》，林振华译，杭州：浙江大学出版社，2017年，第581页。

论约瑟夫·海勒小说叙事的重复性

褚蓓娟　浙江工业大学

约瑟夫·海勒是20世纪60年代美国“黑色幽默”的代表人物，著有六部长篇小说，其中《第二十二条军规》被称为黑色幽默的经典之作。作家以一部小说概括出“一片有组织的混乱”和“一种制度化了的疯狂”的怪诞现实，篇名“第二十二条军规”早已成为人们的日常用语，这种深入人心的表达得力于小说叙事的重复艺术。

一、多元交叉的重复叙事

关于海勒小说中的重复叙事，罗伯特·梅里尔曾指出，《第二十二条军规》的“大量必要的重复策略产生了一种‘独立的序列’形式：它总是从滑稽向可怕转移，从对生活讽刺的愉快接受到识别这些‘讽刺’直至彻底不接受的过程”，“因为海勒用这个技巧不仅揭示了读者的冷漠而且揭示了在我们时代的社会邪恶里，他们的道德合谋。”[1]朱迪思·卢德曼则认为海勒的《出事了》“胜于主题的是叙述者的思想，即重复模式的思想，强迫性重复——‘斯洛克姆记忆的强迫性循环’，作为小说呈现的一种批评——它使《出事了》揭示了地狱”。[2]西方学者已认识到海勒小说中有很多重复现象，但他们并没有在意重复技巧的多样形式。回忆、再现、叙事话语的反复复制、人生经历的循环往复、从小说到经典的互文以及作家本人各种文本之间的互文、人物动作和行为的模仿，等等，这些在海勒小说中大量存在的复杂多变的重复策略似乎很难用哪种叙事理论来归类，但它却实实在在存在其每一部文本中，使故事演绎为寓言，达到强化小说主题的效果。

“重复”（Repetition）[3]艺术在中外文学创作中大量存在，作为一种叙述技巧，古已有之；作为西方文艺理论的一个重要概念，其思想可以追溯到前苏格拉底时期和《圣经》问世的前后，后来经弗洛伊德、本雅明、德勒兹、米勒和鲍德里亚之手，发展成精神分析批评、解构主义和文化研究中必不可少的策略之一。

作为“经典叙事学”的代表人物之一热拉尔·热奈特在他的《论叙事文话语——方法论》中，论述了在没有绝对的“同一性”前提下叙事文和虚构域之间的频率关系（也即重复关系）。热奈特根据故事和叙事文各自提供的两种可能——事件有无重复，语句有无重复——，先验地推论出四个潜在的类型：讲述一次发生过一次的事（单一性叙述）；讲述若干次发生过若干次的事（仍然属于单一性叙述）；讲述若干次发生过一次的事（重复性叙述）；讲述一次发生过若干次的事（综合性叙述）；

1　Robert Merrill, *Joseph Heller*, Boston: Twayne Publisher, 1987, p. 49, 123.

2　Judith Ruderman, *Joseph Heller*, New York: Continuum, 1991, p. 53.

3　殷企平，《重复》，载《外国文学》，2003年第3期，第60–65页。

在热奈特看来只有第三种类型才是重复性叙述。[1] 重复理论的集大成者米勒在《小说与重复》（1982）中指出，“从小的范围来看，有文字上的重复，它包括：词语和修辞格。我们还可以添上句子的重复。从大的范围来看，可以是事件和场景的重复，也可能是情节、主题或者人物的重复。”“任何小说都是重复和重复之中的重复的一个复杂系列。”[2] 米勒还根据德勒兹的提法，从理论高度把重复分为两类。一类称为“柏拉图式的”重复。这种重复是以一种坚实的不受重复的影响的原型模子为基础的，而这个模仿的复制品的有效性则由相应于它所模仿的真实性来确定。另一类被称为“尼采式的”重复，这种模式的重复假设了一个建立在差异基础上的世界。这种理论认为，每一个事物都是独特的，与任何一个其他事物都有着本质的差异，就是在这种本质差异的背景下出现了相似性。这个世界不是复制品的世界，而是德勒兹所说的“影像”（simulacra）或者“幻影的”世界。这一类是没有基础的重复，它们产生于处于同一平面的种种因素之间有着差异的相互关系。米勒通过对七部英国小说的阅读，论述了这两种形式的重复的关系：“每一种形式的重复以一种不可避免的强制力使人想起另一种形式的重复。第二种并非是第一种的否定或者对立面，而是它的对应物。在这种奇怪的关系中，第二种是第一种颠覆性的幽灵，总是作为挖空它的可能性已经存在于它之中。”[3] 与传统叙事理论（热奈特侧重形式）对重复概念的界定相比，米勒的重复理论更注重与文本的联系，带有“新叙事理论”强调小说形式与社会历史环境之间关系的倾向，它对于我们理解海勒长篇小说的重复策略有理论指导意义。不过海勒小说的重复往往都不是单线条的，而是重复套重复的复合体。

海勒重复叙事的复杂性在于，从形式上看，海勒小说中无论是事件重复、语句重复、还是主题重复、人物重复都随处可见；即使属于某一类的重复也很难用同质性或异质性来简单割裂，大都隐含有“柏拉图式的”和“尼采式的”双重重复。就像米勒的异质性假说使学者们想到把重复与怪异、互文、类象联系起来考察一样，海勒的重复艺术也必须与其多样的呈现方式放在一起考察，读者方能更好地领会到小说的意蕴。

海勒认为“讲故事可以有不同的方式”，[4] 因而他不像传统小说家那样帮助读者熟悉故事的主要事实、地点、人物、要说明的问题等，而是有意颠来倒去，制造混乱，甚至使用时间、地点错置的手法，达到颠覆传统叙事手段的目的。其中重复叙事是海勒文本中常用的一种策略，与其他作家不同的是，海勒通过变形等手段使其重复叙事呈现出多元化。

---

1 张寅德，《法国现当代文学研究资料丛刊》，见《叙述学研究》，北京：中国社会科学出版社，1989 年，第 224–226 页。

2 J. 希利斯·米勒，《土著与数码冲浪者：米勒中国演讲集》，长春：吉林人民出版社，2004 年，第 207–209 页。

3 殷企平，《重复》，载《外国文学》，2003 年第 3 期，第 62 页。

4 查尔斯·鲁亚斯，《美国作家访谈录》，粟旺、李文俊译，北京：中国对外翻译出版公司，1995 年，第 140 页。

二、回忆

海勒小说中重复叙述的表现形式之一是“回忆”。

他善于通过对往事、场景等的不断再现打破神圣，消解“人”的意义，把“人”从“万物之灵长”还原为物质，再现现实的非理性实质。辞海对回忆的解释是：“把以前产生的对事物的反映重现出来，是再现的一种形式。”[1] 简言之，回忆是对过去的重现，对刻骨铭心的经历、难以释怀的旧事重提，回忆是话语重复的变形。“话语的重复是指对某一件事反复讲述若干次。”[2] 也就是热奈特所指的“重复性叙述”。《第二十二条军规》中斯诺登临死前的场景在小说中出现了三次。后面两次由约塞连的回忆构成重复。斯诺登是在飞行大队去阿维尼翁执行任务时受重伤的。小说第五章结尾第一次交待了“斯诺登正奄奄一息地躺在尾舱里”，[3] 第十七章第二次提到“斯诺登奄奄一息地躺在飞机的后舱里”向约塞连吐露了他的秘密之后，在骄阳似火的夏季被活活冻死。这一场景通过人物之间的对话（斯诺登低声呻吟着“我冷”。“‘好了，好了。’约塞连极力安慰他。‘好了，好了。’”）（《第二十二条军规》第 201–202 页）得到进一步加强；第四十一章，约塞连的回忆构成对斯诺登的第三次叙述。三次写到斯诺登的事件并非一般意义的重复，伴随斯诺登事件小说还三次叙述了“一个浑身雪白的士兵”。如果“雪白的士兵”是死亡的象征，那么斯诺登则是恐惧的象征，这种恐惧来自对死亡的害怕。小说在不同章节从三个不同视角呈递进方式重复了斯诺登之死。第一次是在多布斯一声接着一声“救救他”的哀鸣中读者感受到斯诺登的生命已经危在旦夕；第二次是叙述者冷静讲述战争时期各种耸人听闻的死法，比较起来，斯诺登的死法还是很普通的，但正是这种具有普遍性的死亡威胁促使约塞连决定待在医院比待在外面要安全得多；约塞连在梦魇之后的回忆构成斯诺登之死的第三次重复。对同一件事用回忆的方式重复多次，小说意在强化回忆的主体约塞连被死亡的恐惧所折磨的境况。而第三次既是对前两次的重复又是自身对话的循环重复，是重复中的重复。其效果是通过反复的对话把人“恐惧死亡”这一瞬间的心理痛苦拉长和延伸并且具象化，对约塞连构成心理挤压之势，是约塞连对死亡恐惧的镜像反映。

下面是第三次重复中斯诺登的陈述和约塞连无能为力的安慰构成的循环对话：

1. “‘我冷，’斯诺登轻声说，‘我冷。’”
   “‘你很快就没事了，小伙子，’约塞连笑着安慰他说，‘你很快就没事了’”；
2. “‘我冷，’斯诺登又虚弱无力地说，他的嗓音听起来像个天真的孩子。‘我冷。’”“好啦，好啦。”约塞连不知道再说什么好，只得这样答应着。“好啦，好啦。”
3. “‘我冷。’斯诺登呜咽着。‘我冷。’”“好啦，好啦，好啦，好啦。”

---

1 《辞海》编写组，《辞海》缩印本，上海：上海辞书出版社，1987 年，第 764 页。

2 童庆炳，《文学理论教程》，北京：高等教育出版社，1998 年，第 316 页。

3 约瑟夫·海勒，《第二十二条军规》，扬恝、程爱民、邹惠玲译，南京：译林出版社，1997 年，第 57 页。以下凡引此书在文中标注书名和页码。

4. "'我冷。'斯诺登呜咽着。'我冷。'""好啦，好啦，"约塞连说，"好啦，好啦。"
5. "我冷，我冷。""好啦，好啦，好啦，好啦。"
6. "我冷。"斯诺登呻吟着。"我冷。"
"'你很快就没事了，小伙子，'约塞连安慰地拍了拍他的胳膊。"
7. 斯诺登无力地摇摇头。"我冷，"他又说。他的眼睛呆滞、暗淡，就像两块石头。"我冷。""好啦，好啦，"约塞连说。他越来越感到疑虑和惊慌。"好啦，好啦。不一会儿我们就着陆了，丹尼卡医生会来照料你的。"
8. "'我冷，'斯诺登呜咽地说，'我冷。'"
"'好啦，好啦，'约塞连机械地嘟哝着。他的声音小得根本听不见。"
9. "'我冷，'斯诺登说，'我冷。'""'好啦，好啦，'约塞连说，'好啦，好啦。'"
10. "我冷。""好啦，好啦。"(《第二十二条军规》第 522–528 页)

上面十组循环对话过程是斯诺登经历死亡和约塞连感受死亡的过程。斯诺登从轻声呻吟到痛苦哀怨到绝望呜咽，他一遍又一遍低吟的重复，是对血液（生命）滴滴答答流失过程的计时，对"冷"的每一次重复性感知都具有不同于上一次的意义，它是生向死缓缓逼近的具象化形式；他渐变渐弱的"人"的声音慢慢把我们的认识滑向"人其实只是一堆物质"的冷酷现实；而约塞连的重复性应答意味着内心感受的全过程：从带着希望的安慰（堵住斯诺登血肉模糊的伤口）到充满疑虑的恐惧（为什么堵住伤口斯诺登还是喊"冷"）直至彻底绝望后的感悟（原来斯诺登的腋下还有一个大洞，子弹穿过了斯诺登的腹腔，他的内脏——肝、肺、肾、肋骨、胃全部涌了出来，"湿漉漉地堆在地板上"(《第二十二条军规》第 527 页)：

> "人是物质，这就是斯诺登的秘密。把他从窗口扔出去，他就会摔下去；把他点燃了，他就会烧起来；把他埋入地下，他就会和别的各种垃圾一样腐烂。灵魂离去之后，人就变成了垃圾。这就是斯诺登的秘密。"(《第二十二条军规》第 528 页)

对人本质的认识需要一个漫长的过程，这个过程正是由重复回忆完成的。由于"典型的话语重复是反复讲述一件事，但每次讲述的角度、层次等都有不同，从而使一个事件的意义得到多方面的展示。"[1] 小说通过人物回忆的方式使"斯诺登正奄奄一息地躺在尾舱里"的场景反复再现来暗示战争的残酷性，死亡的威胁性，人生的虚无。

"以人为本"的理想被"以人为物"的现实所取代，小说的基调因为反复的重复回忆由滑稽走向严肃，由轻松走向沉重。

三、循环

海勒小说中重复叙述的另一种表现形式是"循环"。

1 童庆炳，《文学理论教程》，北京：高等教育出版社，1998 年，第 316 页。

作者用场景的循环出现、物的反复循环、人生经历的循环往复等象征和隐喻生存处境的反复无常，人生在世的无能为力。《第二十二条军规》中一个浑身缠满绷带的“雪白士兵”重复了三次，以一种循环往复的方式有规律地浮现于第一章、第十七章、第三十四章，不知是否是作者的有意安排，小说的叙事框架被三次重复均匀地分割，第二次循环正好和斯诺登之死的第二次重复形成了有机的衔接，这两个事件在第十七章相逢。官僚机器荒诞和非理性的小说主题以及“第二十二条军规”的寓意在这两个带有强烈视觉效果的场景里得到了深化，循环重复的如期而至，如同挥之不去的劫难依附着人们，它给海勒创作中关于死亡的一贯主题定下了黑色的基调，使读者产生强烈的心灵撞击作用。

循环重复的手法在 1974 年出版的《出事了》中比较明显。小说描写主人公“我”（斯洛克姆）在庞大的官僚机器面前感到无能为力和极度惊恐的心理。他为自己的安全惶惶不可终日，总认为人人都想加害自己，因而时时有一种大难临头的感觉，这个人物使人很容易联想起约塞连，这两个人物构成了海勒小说人物链条中的互文和循环关系。海勒曾说，“我把我所认识的外部世界的每一件事都放进了《第二十二条军规》，而把对内部世界的认识写进《出事了》。”[1] 斯洛克姆是海勒笔下描写小人物内心感受的重新翻版，因为这种循环重复，使我们感到似曾相识。所不同的是约塞连的背景是美国的某飞行大队，斯洛克姆的背景是家庭及他供职的某个公司，“作者不仅描写斯洛克姆家庭中一些极琐碎的似乎完全没有意义的生活小事，而且还不时故伎重演，把主人公脑海里闪现的一切思想和他的全部感受再现出来”[2]，莫·缅杰利松已经意识到小说“不时故伎重演”，可惜他没有就这个话题继续研究下去。

如果从循环重复入手，似乎能对主人公“我”的心理做一个诊断。首先是用来暗示主人公心理的具有象征意味的物的循环：小说中多次提到“紧闭的门”（closed door）——父母在房里的拥抱；大姐赤身裸体站在浴室里；哥哥和邻居女孩在堆煤的木屋里寻欢；……这些出乎意料的事却都被“我”推门撞上了，因为毫无思想戒备多次被屋门内外的未知事物弄得惊慌失措，以至于主人公对“门”产生了恐惧心理，“一望见紧闭的门，我就立刻神经质地紧张得要命”，[3] 门里有“我”不知道的事，有“我”控制不了的事，“我”感到无能为力，“我无法确切地了解所有紧闭的门背后正在发生什么事”（《出事了》第 13 页），“我怕紧闭的门，也怕开着的门，也许有人从开着的门外监视我的行动，从那开敞的门走了进来。”（《出事了》第 400 页）“门”成了一个无法预知、隐藏危险的、未知的黑洞；成为摧毁自信、滋生自卑和惶恐、对“我”的安全产生危险的象征。其次是人生经历的循环。“我”童年的感受在儿子身上得到循环，九岁的儿子重复着“我”的经历：童年早期是快乐无忧的、

1 转引自 Robert Merrill, *Joseph Heller*, Boston: Twayne Publisher, 1987, p. 79.

2 莫·缅杰利松，《当代美国文学探胜》，傅仲选译，上海：上海译文出版社，1996 年，第 143 页。

3 约瑟夫·海勒，《出事了》，林芜译，海口：南海出版公司，1991 年，第 1 页。以下凡引此书均在文中标注书名和页码。

乐善好施的，割完扁桃体以后害怕黑暗，不愿一个人待在房里睡觉，在学校受过体育老师打击后自信心受挫，给小朋友糖果、小甜饼、零用钱遭到父母斥责，自卑心理进一步加强，最后害怕出门，忧郁自闭，儿子的征兆是对“我”童年心理的重复，“我”爱儿子的原因之一是他勾起“我”对自己过去的回忆，“他甚至在考虑他是谁？于是去找他，去找我。有这么个丢失的小男孩，深深地隐藏在他的本体内，那就是他的过去，就是他的‘原件’，难道不是这样吗？如果情况不是这样，如果没有那个逐渐消散的、无法挽回的小小的‘我’和他，我们怎么会上这儿来的？自从我们被迫变成目前这样子之后他们和我们极不相同。”(《出事了》第 353 页)但是“我”又想摆脱过去，摆脱自卑胆小的自我，因此“我真想弄死他。对他的懦弱无能我真是又气又厌恶。”(《出事了》第 390 页)儿子在车祸中丧生，验证了“我”的预感，也是自卑自闭的“我”的死亡。“我”在童年时期被割掉扁桃体，儿子和女儿在童年时期也被割掉扁桃体，被割掉的扁桃体成为受伤害和外来袭击的象征。此外，斯洛克姆的女儿喜欢咬手指甲，这是对她父亲咬手指甲的重复；儿子痴呆是对奶奶痴呆的重复；弗吉丽亚用煤气自杀，这种死的方式是对父亲自杀于煤气的一种重复……

人生经历的循环往复揭示了人类无能为力的生存现状，它是作者轮回和宿命思想的折射。

《最后一幕》(1994)用循环重复建立起一种双重重复。一重是“港务局公共汽车站终点站”的场景重复，以及“副地下室”场景的反复出现，这些都是同质性重复，或曰“柏拉图式”重复；另一重是用“副地下室”指涉“港务局公共汽车站终点站”，是“副地下室”对“港务局公共汽车站终点站”的异质性重复，即米勒的“尼采式”重复。小说出版后，有人曾这样评价海勒：“《第二十二条军规》之后海勒的事业并不辉煌，但是公正地说，他建立了一个不成功的高标准是值得纪念的，像同时代的一些作家一样，他成功地断绝了自由主义的信念，他全身心投入到对军队、商业腐败、一般政客的深刻的不妥协的揭露上。”[1]

的确，在混乱、疾病和死亡等现象掩盖下的官僚体制和商业腐败是小说揭示的主题。小说中总统迷上了电脑游戏，视国事为玩物，各种投机分子不择手段谋取生财之道：米洛向国家出售的新型隐形轰炸机其实是他头脑中“既听不见又看不见的”[2]东西，奇爱的工作正如他的工作名片上印制的宗旨——“收购与出售二手权势，按要求提供吹牛服务”(《最后一幕》第 68 页)，社会贫富不均，杂乱无章，肮脏不堪。小说中反复提到的“港务局公共汽车站终点站”成为这一现象的大展台。流浪者把“这个文明处所”当成了自己的家园。白天，男妓女妓们向过往行人兜揽生意；离家出走的孩子在这里寻找毒贩和拉皮条的人；“一条腿的女人正在遭人

1 Laurie Clancy, “Joseph Heller: Overview”, in Dave Mote, (ed.) *Contemporary Popular Writers*, Tryon: St. James Press, 1997, p. 125.

2 约瑟夫·海勒，《最后一幕》，王约西、袁凤珠译，南京：译林出版社，1997 年，第 62 页。以下凡引此书只注书名和页码。

强奸”；“一个棕色皮肤的大个子女人脱去裤子和裙子”旁若无人地用湿毛巾擦背；“一个瘦骨嶙峋的女人”正迷迷糊糊地缝一件脏兮兮的白衬衫的开缝；“半夜里，一个个臭气熏天的躯体肆无忌惮地相互挤靠在一起，谁也别想找到一块较宽敞的地方清静一下。人们大呼小叫，有喊的，有叫的，有动刀子的，有点火的，有性交的，有吸毒的，有酗酒的，有摔瓶子的。到了清晨，这里有的伤，有的死，一片狼藉”（《最后一幕》第 96 页）。满腔人道主义思想的警官麦克马洪对此愁眉不展却无能为力。因为现实中到处都一样：大街上“一群毫无怜悯之心的围观者正笑嘻嘻地看着一个衣衫褴褛的人手拿剃须刀划开路边一个醉汉的裤子后兜，想不经过抢夺就把钱据为己有，两名警察正耐心地等他把赃物拿到手以便拘留他。一切都井然有序，十分平静，每个人都扮演着自己的角色，互相配合，心照不宣，跟天堂里一样平静，跟地狱里一样有序”（《最后一幕》第 250 页）。国防大楼里的秘密交易就是米洛的宗旨“我们可以使世界成为不能再住人的地方，但是不能毁灭它”（《最后一幕》第 269 页）。“港务局公共汽车站终点站”是对现实的复制，监控室 60 部电视屏幕和几百个摄像头又是对“港务局公共汽车站终点站”的复制。小说没有对这一场景作正面评述，而是采用循环往复的叙事方式起到暗示和隐喻的效果。在“港务局公共汽车站终点站”综合大楼的下面有一个令人极为恐怖的“副地下室”，它被一个写着“紧急入口　请勿靠近　违者格杀勿论”告示的紧闭的金属门与外界隔开。与新落成的军事特别秘密工程办公大楼毗邻的“副地下室”在第九章出现之后，又在标题为“但丁”的第十八章再次出现，但丁的地狱场景就像米勒所说的“尼采式”重复，“地狱”看似陌生，与小说毫不相干，实际上它呼应第九章，是对第九章的隐喻，使人很容易联想到第九章的“港务局公共汽车站终点站”，与第九章形成互文关系，小说意在暗示“港务局公共汽车站终点站”犹如人间地狱。如迈克尔所说，“每想到公共汽车站终点站时，我就想象：这就是但丁的《地狱篇》所表现的主题”（《最后一幕》第 243 页）。在标榜高度文明和发达的社会中的这个场景甚至比地狱更遭；第二十七章小说第三次再现“副地下室”。在幻觉中约塞连步入写着警告的金属门，黑暗和恐怖把约塞连的意识带入既像地狱又像游乐场的境界。约塞连重新见到了战时的战友基尔罗依、施罗德，历代总统、欧美文学史上的大作家；再一次感受到迪而尤游乐园过山车的声音、旋转木马的音乐。迪而尤游乐园是快乐童年的象征，暗指人间天堂。而“终点站”/“副地下室”：这一个地上 / 一个地下的特殊地理位置，形成了现实和虚幻、光天化日和龌龊阴暗、有形和无形、现时和历时、真实和象征的两重世界；一旦你进入地下室踏上某级台阶，四周便弥漫在乱狗狂吠的音响中，你无法辨清这是录音还是现实，是虚拟还是真实，是但丁所描述的地狱还是迪而尤充满快乐的天堂般的游乐场。

由此，小说循环重复的意义呈现出来：对有的人来说，这世界是天堂。世界被他们玩于股掌之间，他们把控制核武器的按钮当成电脑游戏的开关随便一按，导弹就发射了出去；他们把五光十色的终点站当成人生的戏剧大舞台，结婚典礼的大背景；而对另一些人来说，这世界是地狱，他们被非正义、罪恶、疾病、饥饿、失业、死亡所困扰，他们无能为力，苟延残喘，以致寡廉鲜耻；就像门上那几行预示着不可知的、神秘的、危险的告示一样，“副地下室”具有多重不确定的暗示意义。

四、互文

海勒小说的重复艺术中还有一种表现形式是“互文”。

作为一个文学批评术语，互文性（intertexuality）通常指两个或两个以上文本间发生的相互关系。如果从广义的角度来说，任何文本都是互文本。笔者只是在重复叙事的前提下，从狭义角度论及海勒小说的互文关系。很明显，他的《第二十二条军规》和《最后一幕》两部小说之间存在一种可以互相参照的显性或隐性联系，构成同一作家文本的互文性。《第二十二条军规》以一个缠满绷带“浑身雪白的士兵”为中心叙事场景，对“浑身雪白的士兵”重复了三次，三次循环式重复恰好均匀地分割了小说的结构；“港务局公共汽车站终点站”作为中心叙事场景分别在《最后一幕》的第九章、第十八章、第二十七章三处重复出现，同样以循环式重复的方式把小说均匀地分成了三部分，这种均等重复的叙事结构在同一个作家的不同作品中以惊人相似的面目构成相互阐释的互文关系。约塞连、塔普曼牧师、米洛·明德宾德等人物在两部作品中构成一种相互验证、相互指涉的互文链条，致使每一部作品分开来都是未完成的开放式创作，暗示不确定性和非理性的小说主题。

在小说《上帝知道》中，海勒利用《圣经》故事铺设情节，并在两个文本之间确立了一种既肯定又否定的互文关系。在对小说和《圣经》的往复阅读中，笔者发现，一方面小说重复了圣经大卫王的故事，另一方面小说又在不断修正、位移、重构《圣经》故事，换句话说，小说对大卫王故事的重复是米勒等人所说的“尼采式”重复（异质性重复）。小说中的大卫原型来自《圣经》，读者却很难从海勒的小说中辨认他的真实身份、所处时代、大致年龄、相貌特点、性格特征。他有时优柔寡断、儿女情长；有时刚正不阿、威武果断。大卫有时自诩“是个比上帝好得多的人”，[1] 有时又自卑地叹息自己的遭遇“形同灰姑娘辛德拉”（《上帝知道》第 41 页）。大卫究竟是什么样的人？以色列王？普通人？英雄？非英雄？古代人？现代人？犹太人？非犹太人？小说围绕大卫身份问题还涉及多种别人的前文本，构成相互关涉的互联网，如米开朗基罗的《大卫》雕塑品。《大卫》的画面是这样的：裸体的大卫左手紧握投石器，双目怒视前方，准备迎接战斗。在艺术家看来，这是把形象英雄化最有力的艺术手段之一。“米开朗基罗所创造的大卫不是一般的人，而是人类英雄的象征”（《上帝知道》第 7 页）。“雕塑充分体现出了一种顽强、坚定和正义的精神气质……后来人们把这尊历史名作视为保卫祖国、不放松警惕的象征”（《上帝知道》第 57–58 页）。小说三次重复大卫对米开朗基罗的雕塑“产生厌恶之情”，这个互文本构成的重复衍生了双层含义：其一，雕塑对古代英雄大卫的重复，从小说人物大卫的再三不满中暗示了雕塑对原型的复制看似相同实际上具有本质性的差

1　约瑟夫·海勒，《上帝知道》，史国强、王祥译，沈阳：春风文艺出版社，1988 年，第 7 页。以下所引此书只注书名和页码。

异。其二，大卫对雕塑的三次埋怨，主要原因是米开朗基罗让裸体的大卫没受割礼就站在大庭广众之下，

> “如果那个米开朗基罗对我们犹太人当时对赤身裸体有一点点了解的话，他也决不会让我身上垂着那个东西，也不会让我带着自尊的犹太人宁死不愿要的那个亲切有趣的包皮，立在露天的像基上。”（《上帝知道》第226页）

因为，割礼在犹太人意识中意味着民族身份的确定，“割礼之俗是镶嵌在犹太民族心理深层的一个种族和身份的密码，它以独特的方式体现了犹太人的身份意识和身份感。”[1] 居然这种民族身份的重大标记被米开朗基罗所忽视，“重复叙事常被用来表现人物精神上的某种困扰，如心理上始终被一件事所纠缠，不能解脱，致使它在人物对话、思想以至潜意识中重复地出现”。[2] 所以，对雕塑不满的重复叙述体现了大卫对自己身份不明和无我状态的惊恐和焦虑，同时暗示了犹太裔作家海勒深厚的犹太情结。追问自我归属，寻求身份认同，也是很多现代人共同的愿望和隐痛。

在互文关系的重复叙事中，海勒重构了大卫的过去和现在，使他成为一个具有多重性格和多重自我的人物。与《圣经》中的亚伯拉罕和摩西的顺从、愚忠不同，大卫有自己的思想和见解；与历代人心目中的“英雄大卫”比，大卫是一个非英雄。进入互文空间的大卫，既是一个巨人，又是一个侏儒；既是宇宙的中心，又是边缘人物；既是成功者，又是失败者。美国约瑟夫·海勒研究专家朱迪思·卢德曼这样评价作家笔下的大卫：“在同一本书中，读者同时看到了年轻的大卫和年迈的大卫，公开的大卫和私下的大卫，军界的大卫和艺术界的大卫，政界的大卫和作为家庭成员的大卫，勇敢的大卫和胆怯的大卫，以及邪恶的大卫和善良的大卫。”[3]

五、模仿

“模仿”也是海勒小说中重复叙述的重要表现形式。

模仿是人类固有的本能，是“仿照一定榜样做出类似动作和行为的过程”[4]。模仿一般分成自发性模仿和自觉性模仿。后者往往具有一定的目的性，模仿是为了创新和超越自身；而前者带有盲目性，多出现在儿童身上。海勒的小说里出现的多半是前者，作家把模仿作为刻画人物的一种方法。

在《出事了》中，三岁的女儿模仿奶奶的说话和神态就是一种孩童时代的自发性模仿；斯洛克姆同样有大量类似的模仿行为，如他模仿安迪·凯格的跛行，模仿出租车司机的发音和口语；模仿黑人土话，和念高中大学的男女青年在一起，则“使用他们的隐语，表现出他们的情趣、谈吐、观点、看法”（《出事了》第78页）；模仿汤姆的笔迹，“为了躲避人们的视线，我缩在那一堆绿色的金属档案柜的后面，

1 刘洪一，《走向文化诗学——美国犹太小说研究》，北京：北京大学出版社，2002年，第72页。
2 罗钢，《叙事学导论》，昆明：云南人民出版社，1994年，第156页。
3 陈永国，《海勒》，成都：四川人民出版社，2001年，第107页。
4 《辞海》编写组，《辞海》缩印本，上海：上海辞书出版社，1987年，第1319页。

学习、抄写、练习他的字体，”“我对汤姆的字体记得清清楚楚，从那时到现在我一直在沿用他的字体”（《出事了》第 83–84 页）。在斯洛克姆的故事里，模仿是主人公还没有完成完全成熟的身份的暗示。作为成人的斯洛克姆无力面对成人世界，便在无意识中调动孩童时期的自我保护本能，这是一种病理性模仿，小说从病理性模仿语言的精神失常方面揭示了斯洛克姆有模仿封闭交流、干扰的意识。斯洛克姆把模仿作为一种幼稚的控制思想的方式来回避人与人之间真实信息的交换。在总体上变成“他者”——不是作为一个移情姿态，而是作为可怜的自我保护意识的表露，就连他的睡姿也是对胎儿的模仿——“把腿卷起来，让膝盖安全地贴着肚子，将大拇指放在嘴边”（《出事了》第 393 页），这样一个胎儿在母体内的姿态是自我保护的象征，是潜意识里对安全感的寻觅。

是什么原因导致主人公本能模仿（弗洛伊德称之为“强迫性重复”）？我们可以先考察一下他生活的环境——他供职的公司虽未被命名（经销什么，什么性质），但可堪称培植恐惧的基地，这里每一个人都同时怕另外好几个人，格林上司宣称“我不相信奉承、忠诚、友善，也不相信彼此尊重、合作共事，我只相信畏惧”（《出事了》第 472 页），因此，无论下属是“酒鬼、胃溃疡病人，哪怕他们都有偏头痛和高血压，”这些都无关紧要，只要他们知道谁是这里的老板，知道怕上司就会得到任用或升迁。“公司”不过是政权机构和形象的缩影，在这样的环境中工作和生存，斯洛克姆终日忧心忡忡，总担心有什么事要发生，于是不断的回忆、梦境和模仿成了他主要的生活，同时他也渴望得到升迁（也可以让别人惧怕自己），内心对白构成了小说的主体。在这里，“正常人其实是不正常的，因为他的理性推论毫无现实根据”。[1] 比如，斯洛克姆总是担心大难临头，担心打电话警察或救护车不接电话，担心“被人解雇，被人遗忘，归档”（《出事了》第 17 页），因此，

> “模仿别人的个性特征是我的恶习。而且不管是谁我都模仿，即使我讨厌的人我也模仿他们。我不是故意这样做的，我知道这是我意志、性格、心理上的弱点，不管我碰巧和谁待在一起我都会基于一种奴性本能，莫名其妙地、偷偷摸摸地效法对方，不仅学人讲话，而且模仿别人的动作，模仿别人走坐侧头，以至举手投足。事情完全是不自觉地发生的（属于潜意识的范畴），无论我处于清醒状态或醉酒时期都如此，虽然我对此恶习非常反感，而且对自己的作为时时怀有戒心，可仍然不知不觉地成了另一个人。”（《出事了》第 75 页）

通过主人公的独白，我们可以得到两方面的启示：一方面，模仿是对他人的重复，给人以“他者”的假象，所以主人公选择本能模仿——没有创新和变化的重复方式遮蔽自我，隐匿自我，以期减少被攻击和受伤害的机会，它成为主人公保护自我的一种规避方式，主人公对模仿的迷恋已经达到病态、丧失自我的程度。另一方面，主人公的模仿重复是其内心焦虑的征兆。由于对自我身份丧失的恐惧，主人

1 钱锺书，《美国作家论文学》，刘保端等译，北京：生活·读书·新知三联书店，1984 年，第 399 页。

公发出了“我是谁?”(《出事了》第 77 页)的追问，“我是一段木头，一段折断的树枝，浸泡着积水，漂浮着。我和我们的国家各民族不可分割地连在一起，连同自由和正义一起漂浮着”(《出事了》第 351 页)，以模仿他人保存自我为基本求生愿望的斯洛克姆最后陷于没有个性，没有立场，没有自我，身无立锥之地的“物”的境地，这就是现代社会小人物的写真照。

其实，没有一种关于重复叙事的理论可以阐释海勒的小说，海勒文本中纵横交错的重复缠绕似乎也很难适宜条分缕析的重复理论，作家用自己的小说文本及其人物展示了重复艺术的多元交叉姿态。

从多层级文本序列看福斯特在中国的形象变迁

姚建彬　北京师范大学

在英国描写“爱德华时代”的作家中，E. M. 福斯特的小说创作远称不上丰富，他主要凭六部长篇小说赢得了“20 世纪上半叶最负盛名的英国小说家”，“他一直同乔伊斯、劳伦斯和伍尔夫被称为二十世纪英国最伟大的小说家”[1]这一美誉。国内外学界一般公认《印度之行》（*A Passage to India*）是福斯特最成功的一部作品。这样一位远称不上高产，而且远称不上具有杰出艺术独创性的域外小说家，在中国却享有非同一般的声誉。福斯特的低产与其在中国走高的形象之间的这种有趣反差是一个颇值得探讨的问题。

大致说来，福斯特在中国的形象大致有如下演变：①小说理论家；②小说家；③中国作家的挚友；④同性恋作家；⑤多层级文本序列中的福斯特。客观地说，福斯特中国形象的上述不同侧影，每一个都不能概括其全貌。我们只有将福斯特中国形象的不同侧影综合起来考察，才能获得一个相对完整、立体的福斯特形象。

我们打算对福斯特在中国的上述不同侧影进行细致的勾勒，然后在此基础上来探讨不同侧影的成因，对未来的福斯特研究提出一些建议，并以福斯特在中国的形象变迁这一个案研究，对我们现有的接受研究稍作方法论的反思。

一、作为小说理论家的福斯特

中国人知道福斯特，大概可以从徐志摩开始。20 世纪 20 年代初期，徐志摩由美国前往英国，进入剑桥大学国王学院研修。徐志摩游学英伦期间，除了大量阅读西方文化和文学经典，尤其是钟情于英国浪漫主义诗人的作品外，还广泛交游，与英国文艺界及知识分子群体的多位精英有或直接或间接的交往，其中包括奥格顿、罗素、哈代、萧伯纳、威尔斯、狄更生、卡彭特、曼斯菲尔德、福斯特、瑞恰慈、弗莱、凯恩斯、斯特雷奇、威利、吉尔斯等人。出于个人性情及文学观念等原因，徐志摩更倾向于接受浪漫主义的影响，对于福斯特，徐志摩并没有表现出进一步的关注。到 20 世纪 40 年代，随着萧乾和叶君健一前一后留学剑桥，福斯特与中国的联系进一步密切起来。但是，这三位作家同福斯特的交往，在很长时间里并不为一般的中国读者所熟知。由于特定的政治、历史原因，原本可以进一步拓展的中英文

1　叶君健，《一位长期盛名不衰的小说家——〈福斯特选集〉总序》，见 E. M. 福斯特《印度之行》，杨自俭、邵翠英译，合肥：安徽文艺出版社，1990 年，第 1 页。

学友谊却以悲剧告终了。[1]也正是因为这样的特定政治原因，福斯特走向中国读者的脚步被迟滞了很多年。

非常有意思的是，尽管上述三人都与福斯特有不同程度的接触，但似乎无一人把他当作一个小说理论家来看待。而福斯特被正式介绍到中国，则是在 20 世纪 60 年代，一开始却是以小说理论家的身份出现在中国读者面前的。

福斯特以小说理论家的身份进入中国读者的视野，自然与他那本有名的《小说面面观》密不可分。据我们目前看到的材料，早在 20 世纪 60 年代初期，福斯特的小说理论就被介绍到了中国。1962 年，作家出版社出版了由中国科学院文学研究所西方文学组选编的《现代美英资产阶级文艺理论选》，该书“下编”就收入了由李水翻译的《论小说人物》。[2]这是根据 1941 年出版的《小说面面观》[3]的第四章翻译的。该书同时还为每位入选者配了一份简短的“作者简历”，其中对福斯特的生平、创作有较为简明的介绍，认为《小说面面观》“基本上是一部分析小说艺术形式的著作”，但“某些基本文艺问题的观点则是唯心的”[4]。在当时的特定环境中，这样的选本，主要是为批判资产阶级的文艺服务的，能够接触到这些文献的读者相对来说也比较有限，很难产生大范围的影响。其后出现的“文化大革命”更是在客观上成了减弱福斯特小说理论影响的重要原因。所幸的是，即便在那样左倾色彩很严重的时代，这位被定性为“唯心”的“资产阶级文艺理论家”也没有受到太过明显的批评。[5]

20 世纪 70 年代末 80 年代初，随着国门再次打开，西方的各种文学思潮、各路文学作品、各派作家也先后被介绍到中国来。正是在这个思想阀门被打开的年代，福斯特的《小说面面观》被完整地译介到了中国。

从 20 世纪 80 年代初至 21 世纪初，在中国读者面前，福斯特作为小说理论家的形象一直在稳步上升。这主要表现在以下三个方面：①《小说面面观》的中译本（全译或节译）层出不穷；②学者们对福斯特小说理论所做的研究不断推进；③福斯特的小说理论影响了我们的文学批评。

仅仅在 20 世纪 80 年代至 90 年代，《小说面面观》在我国就先后出版了七个中译本，[6]依次是：①花城出版社 1981 年 7 月版；② 1984 年 12 月花城出版社出版

1　关于这一点，可以参看萧乾、叶君健、文洁若等人的文章，以及美国学者帕特丽卡·劳伦斯在上海书店出版的《丽莉·布瑞斯珂的中国眼睛》一书。

2　中国科学院文学研究所西方文学组，《现代美英资产阶级文艺理论选》（下编），北京：作家出版社，1962 年，第 60–75 页。

3　李水译作《小说的几个方面》。

4　中国科学院文学研究所西方文学组，《现代美英资产阶级文艺理论选》（下编），北京：作家出版社，1962 年，第 408 页。

5　从袁可嘉为《现代美英资产阶级文艺理论选》所撰的长篇后记中也可以看出这种倾向。袁可嘉用较为客观的语言指出，《小说面面观》“这部书谈的不只是角度问题，也是小说技巧方面的一部出名作品。……这是一部小说家谈小说技巧的书，它对现代小说的艺术特点有所说明。”参见中国科学院文学研究所西方文学组，《现代美英资产阶级文艺理论选》（下编），北京：作家出版社，1962 年，第 451 页。

6　含全译与节译。

的苏文炳译本；③ 1987 年 7 月花城出版社出版了苏文炳译、黄锡祥校的修订本；④ 1990 年，上海文艺出版社出版了《小说美学经典三种》，其中就收入了福斯特的《小说面面观》，成为中国社会科学院外国文学研究所外国文学研究资料丛书编辑委员会编辑的“外国文学研究资料丛书”之一；⑤ 1995 年，华夏出版社出版了由吕同六主编的《二十世纪世界小说理论经典》。该书分为上、下两卷，其中上卷收入了“小说面面观：小说中的人物”一文，译者为方士人，[1] 译文前有王逢振所撰的作者简介，其中谈到“《小说面面观》(1927)是作者在剑桥大学的演讲集，深入浅出地论述了小说的艺术理论，被公认为是一本关于小说理论的基础教科书”。[2]1973 年台北志文出版社出版的李文彬译本，[3] 大体可以视为第六个译本。[4] 另外，上海译文出版社 1987 年 2 月出版的英国小说家兼批评家戴维·洛奇所编的《二十世纪文学评论》(上册)中收入了《扁的人物以及“角度”》。这实际上是《小说面面观》原著的第四章“人物”(下)的全文，算得上《小说面面观》的第七个译本。1987 年 3 月，北京大学出版社出版了伍蠡甫与胡经之主编的《西方文艺理论名著选编》(上、中、下)，其中的“下卷”收入了上文提及的李水所译《论小说人物》，只不过这篇译文在 60 年代就曾经发表过，所以在此不便于计为一个单独的译本。差不多在同一时期，《文艺理论与批评》上发表了弗吉尼亚·伍尔夫的《小说的艺术——评福斯特的〈小说面面观〉》一文(由瞿世镜翻译)，这对于国人认识福斯特的小说观念及其小说批评风格，都具有借镜意义。

在上述各种版本之外，我们还必须提及如下事实：80 年代以来新问世的各式各样的《文学概论》《文艺学原理》《文学理论新编》《文学基本原理》之类的大学文科教材，只要涉及小说艺术，尤其是探讨“情节”与“故事”的区别与联系的，凡是涉及典型化与类型化问题的，特别是涉及人物的，几乎没有哪一家不提及福斯特所作的“扁平人物”与“圆型人物”的著名划分，也几乎没有几个人不知道“国王死了”与“国王死了，王后因伤心而死”之间的差别的。比如，童庆炳主编的《文学理论要略》中由罗钢执笔的第四章“人物”这一小节，就用了较大的篇幅来讨论“扁平”人物与“圆整”人物，这显然是对福斯特理论的详细阐释和发挥。[5] 借助大学中文系所开设的“文学概论”课程及上述配套教材，福斯特作为小说理论家或批评家的身份进入了成千上万的中国读者心目中。进入 21 世纪，我们注意到汪正龙等编著的《文学理论导引》[6] 第六章节选了福斯特《扁的和圆的人物》。

---

1 吕同六，《二十世纪世界小说理论经典》，北京：华夏出版社，1995 年，第 125–159 页。

2 吕同六，《二十世纪世界小说理论经典》，北京：华夏出版社，1995 年，第 125 页。

3 该译本在台湾多次再版，最新的版本出版于 2002 年。佛斯特，《小說面面觀》，李文彬译，台北：志文出版社，2002 年新版。我们尚未见到这个译本，不知道与第一版相比，改动大不大，但是有一篇批评该译本的博文，有兴趣的读者可以搜索参看。

4 据朱乃常的研究，花城出版社 1981 年出版的《小说面面观》内容与李文彬的志文版完全相同。参看朱乃常，《译序》，第 7 页，见于朱乃常译《小说面面观》“英汉对照版”，北京：中国对外翻译出版公司，2002 年。

5 参见童庆炳，《文学理论要略》，北京：人民文学出版社，1995 年，第 211–213 页。

6 汪正龙等，《文学理论导引》，南京：南京大学出版社，2006 年。

这样看来，福斯特的《小说面面观》在 90 年代之前的中国就有了七个译本，根据各版本的印数来推算，这些不同的译本的总印数当在 15 万左右。如果考虑到福斯特的原著仅仅薄薄的百多页这一事实，我们的确会纳闷，福斯特的这本小书为什么具有如此大的魔力呢？这主要是因为福斯特的《小说面面观》甫一出版，就被誉为“二十世纪分析小说艺术的经典之作”，人们往往将其与米兰·昆德拉的《小说的艺术》、纳博科夫的《文学讲稿》、戴维·洛奇的《小说的艺术》等书相提并论，作为问津文学殿堂的重要入门书。20 世纪 80 年代的许多文学青年，都把福斯特这部“讲演录”奉为小说理论经典。陈思和说：“大约像我这样年龄的‘文革’后的文科大学生，都很难忘记当时流行的两本小册子，一本是福斯特的《小说面面观》，一本是费迪曼的《一生的读书计划》。”[1] 对于 80 年代初期的青年人和作家来说，《小说面面观》差不多被当成了一部小说批评（或鉴赏）圣经。李辉在《露西之恋》的后记中对于那个年代的文学青年接触福斯特的过程有较为详细的叙述，对于我们认识那个时代福斯特在中国的接受情形具有典型的个案意义，值得长篇摘录：

> 知道 E. M. 福斯特的名字是在 1981 年。那时，正静待在复旦大学校园里，等着分配的命运，一本署名福斯特的《小说面面观》吸引了我。书出得有点别扭，既无译者名字，又无作者英文名字，但是一则“内容简介”，却向我们第一次透露出有关福斯特的情况：
>
> “本书曾被西方誉为‘二十世纪分析小说艺术的经典之作。’作者福斯特是 1961 年获得英国皇家‘文学勋位’的英国当代小说家。他以细腻的观察，优美和洗练的笔调，旁征博引，就小说的七个层面——故事、人物、情节、幻想、预言、图示、节奏——来分析探讨小说，向读者介绍看小说的种种不同方法及小说家看自己的作品的种种不同方法……”
>
> 福斯特在《小说面面观》中提出的著名的“扁形人物和圆形人物”理论，随即对中国文学评论界产生一定影响，许多年轻人在文章中多次依照这一观点，分析人物形象。作为小说家的福斯特，便随着他的理论作品，开始为中国读者熟悉了。[2]

从陈思和及李辉的回忆可以看出：①福斯特真正走进中国读书人的视野，是在 20 世纪 80 年代初期；②中国读者最初是将福斯特当作小说理论家来接受的；③福斯特在 80 年代的中国非常流行。

从以上的勾勒可知，从 80 年代中期至今，对于中国读者而言，福斯特作为小说理论家的形象进一步明晰、稳固，我们对于福斯特小说理论的特色、思想体系及其根源也逐渐有了深入的研究。1985 年，《小说评论》上发表了畅广元的《小说理论研究中的“人学”——〈小说面面观〉给人的启示》一文。在畅广元看来，福斯特

1 陈思和，《献芹录》，上海：复旦大学出版社，2009 年，第 202 页。

2 李辉，《译后记》，见爱·福斯特，《露西之恋》，李辉译，北京：中国文联出版公司，1989 年，第 272 页。引文中“旁征博引”系原文所有。

特小说理论引人注意的地方在于他不仅将小说的“故事、人物、情节、幻想、预言、图式和节奏”这七个面“当作一般小说相对稳定的构成因素去考察，而且把它们当作人的一种实践活动来思考”，“这实际上就是把‘现实的人’放在小说创作和欣赏的实践活动中研究，而这恰是作为特殊‘人学’的小说理论的特点。”[1] 畅广元认为，福斯特“以小说家的活动为中心的”理论思考“尽管还有不少语焉不详的地方”，但是的确“让人耳目一新，很受启发，这一点是应予充分肯定的。”[2] 畅广元的这篇文章，是整个八十年代对福斯特小说理论进行较为深入研究的一个代表性成果，文章中的有些观点在今天仍然有其价值。但是，与各种文学理论选本中频频现身的福斯特相比，我们对于福斯特小说理论的研究尚不够全面深入。

据有人统计，从 1996 年至 2007 年 3 月，国内学界共发表 108 篇福斯特研究论文，其中仅有 5 篇[3] 是讨论福斯特小说理论的，仅仅占这时期全部福斯特研究论文的 0.46%。据我们进一步考察，这五篇探讨福斯特小说理论的文章其实全部是 2000 年以后发表的。[4] 这五篇文章中，最值得注意的是殷企平的《福斯特小说思想蠡测》和王丽亚的《E. M. 福斯特小说理论再认识》。

殷企平的文章最大的亮点在于对福斯特“整个小说的思想及其根源”进行了探讨，在审视其哲学观、社会观和艺术观的基础上，分析了他将新柏拉图主义的宇宙观移植到小说美学体系中的原因。作者认为，“跟大多数同时代的小说家和小说批评家不同的是，福斯特对哲学、社会、宗教和艺术都形成了比较明确的观点，并在这几方面都有论述。他的小说观深深地扎根于他的哲学观、社会观、道德观和艺术观”，倘若我们要探讨其小说思想，就“有必要从他的整个世界观说起”。[5] 福斯特的“世界观”则是在穆勒、阿诺德、弗洛伊德和荣格等人的影响之下形成的。殷企平认为，福斯特所讨论的小说的七个面，不仅是其小说美学的集中体现，而且形成了“一个脉络清晰、等级分明的价值体系”，[6] 从“低级的”故事到“高级的节奏”，“福斯特把我们领入了小说美学山峰的顶点”。[7] 殷企平的这篇文章后来又稍作扩充，以《攀登小说美学阶梯的福斯特》为题，出现在他与人合撰的《英国小说批评史》一书中。[8] 作者将福斯特的小说美学视为英国小说理论发展史中“繁荣期”的代表性成就之一，这是符合英国小说理论发展史的实际的。作者认为，福斯特“与卢伯克相

1 畅广元，《小说理论研究中的“人学”——〈小说面面观〉给人的启示》，载《小说评论》，1985 年第 4 期，第 67 页。

2 畅广元，《小说理论研究中的“人学”——〈小说面面观〉给人的启示》，载《小说评论》，1985 年第 4 期，第 72 页。

3 王桂莲，《国内福斯特研究十二年》，载《科教文汇》（中旬刊），2008 年第 2 期，第 149 页。

4 此外，董俊峰发表在《贵州大学学报》（社会科学版）2000 年第 4 期上的《英美小说理论的首次崛起》及张福勇发表在《天津外国外语学院学报》2007 年第 3 期上的《解读 E. M. 福斯特的文学艺术观》这两篇文章也对福斯特的小说理论进行了详略有别的评析。

5 殷企平，《福斯特小说思想蠡测》，载《解放军外国语学院学报》，2000 年第 6 期，第 73 页。

6 殷企平，《福斯特小说思想蠡测》，载《解放军外国语学院学报》，2000 年第 6 期，第 74 页。

7 殷企平，《福斯特小说思想蠡测》，载《解放军外国语学院学报》，2000 年第 6 期，第 76 页。

8 参见殷企平、高奋、童燕萍，《英国小说批评史》，上海：上海外语教育出版社，2001 年，第 151–163 页。

映生辉”，“他的小说美学阶梯论不仅体系严密，而且在审视内容和研究角度上别开生面——像他那样从七个层面深入探讨小说的要素的尚属首次；他的原创性观点包括对圆型人物和扁平人物的界定、对时间生活和价值生活的区分以及给‘节奏’下的定义。”[1] 在将先期发表于学报上的文章收入《英国小说批评史》这一专著时，作者注意到明确地从“英国小说理论发展史”这一整体背景中界定福斯特小说理论在整个英国小说理论“发展史”上的位置，指出了福斯特小说理论的意义与价值，有助于深化对福斯特小说理论的认识与研究。

王丽亚的《E. M. 福斯特小说理论再认识》一文认为，20 世纪 80 年代以来，福斯特提出的“圆型人物”和“扁平人物”论受到了理论界的强烈质疑，这在一定程度上忽视了福斯特小说理论的其他一些重要观点。作者重新审视了福斯特所提出的“图式”与“结构”论，揭示了福斯特提出的以读者为中心的小说观点与 19 世纪传统小说批评之间的冲突，认为福斯特《小说面面观》中“最引人注目的是他对以往小说理论忽视读者反应提出的异议”，[2]“从形式技巧与读者关系的角度探索小说美学，这是福斯特对现代小说理论的一大贡献”，[3]“福斯特对于读者的重视，也反映了形式主义小说理论内在的意识形态力量”。[4] 作者不仅敏锐地揭示了形式主义小说理论内部的差异性和开放性，也肯定了福斯特站在形式主义立场上提出的读者问题对于当下小说理论研究的意义与价值。这篇文章可以视为 21 世纪初我们研究福斯特小说理论的一个喜人收获。

上述几篇有深度的研究文章的问世，标志着我们国内在福斯特小说理论的研究上已经发生了可喜的转变：20 世纪 60 年代至 80 年代初期，我们对福斯特的小说批评理论所作的主要是介绍性工作，表现出的主要是“拿来”的精神，并且满足于认同福斯特的理论，大多直接把他的理论拿来进行小说分析与批评；20 世纪 80 年代中期以来，这种情况有了明显的改观，这主要表现在我们对于福斯特的小说理论有了更多深入、细致的研究，而且体现了分析的精神、批判的眼光，畅广元、殷企平、王丽亚等人的相关研究，标志着我们对于福斯特小说理论的认识与评价有了质的提升。

此外，苑辉的《论 E. M. 福斯特的小说理论》[5]、赵旭的《浅谈福斯特小说的思想体系》[6]、唐志钦的《纵横开阖论小说——评福斯特的〈小说面面观〉》[7] 等文章对福斯特的小说理论也有不同程度的分析和评价。

---

1 殷企平、高奋、童燕萍，《英国小说批评史》，上海：上海外语教育出版社，2001 年，第 126 页。

2 王丽亚，《E. M. 福斯特小说理论再认识》，载《外国文学》，2004 年第 4 期，第 34 页。

3 王丽亚，《E. M. 福斯特小说理论再认识》，载《外国文学》，2004 年第 4 期，第 35 页。

4 王丽亚，《E. M. 福斯特小说理论再认识》，载《外国文学》，2004 年第 4 期，第 36 页。

5 苑辉，《论 E. M. 福斯特的小说理论》，载《辽宁税务高等专科学校学报》，2004 年第 1 期，第 44–46 页。

6 赵旭，《浅谈福斯特小说的思想体系》，载《科技资讯》，2006 年第 2 期，第 58 页。

7 唐志钦，《纵横开阖论小说——评福斯特的〈小说面面观〉》，载《内蒙古民族大学学报》，2008 年第 3 期，第 22–23 页。

2005 年 10 月，北京大学出版社推出了由申丹、韩加明、王丽亚三人合著的《英美小说叙事理论研究》，其中第七章（由王丽亚执笔）以专章的篇幅对福斯特的小说美学进行了专门而深入的探讨。[1] 该书是继殷企平等人合著的《英国小说批评史》之后，又一设专章探讨福斯特小说美学的研究成果。作者从《小说面面观》的英语原著直接解读福斯特的“故事”与“情节”论、“小说人物”论，以及“图式”与“节奏”论。作者认为，“福斯特既强调小说内部结构的有机统一，同时主张将具有整体美感的形式技巧与读者审美反应紧密结合。这种内外结合的方法弥补了詹姆斯、卢伯克理论对小说内部成分的过分强调。”[2] 作者将福斯特的小说美学放置在整个英美小说叙事理论这一大的参照系中来进行评价，并且揭示了其理论与亚里士多德模仿理论之间的关系，给人高屋建瓴之感。

福斯特的小说批评既不同于传统的传记批评，也不同于经典的马克思主义批评，表现出了介于传统与现代之间的特质。福斯特小说批评的这种独特之处，成为吸引我国文学界的重要原因，对于热切渴望更新我们的批评观念与批评方法的人来说，福斯特的小说批评成为一个可以借鉴的重要外来资源。

由上可知，福斯特在中国读者心目中的地位之高、名气之大，与他作为批评家的身份是分不开的，很多人都是在看到了《小说面面观》之后再去进一步阅读福斯特的小说作品的。[3] 可以肯定地说，如果没有他的小说批评理论，他在中国的名声不会像我们现在看到的这么大。更重要的是，中国当代文学语境中对作为批评家的福斯特形象的建构以及对于其《小说面面观》的持续不断的研究，是我们自“文革”结束以后，希望逐渐转变与主流意识形态批评的关系，寻找并确立小说形式意识，进而建构审美批评话语的重要外来参照系。就此而言，作为批评家的福斯特对于新时期以来的中国文学的发展具有的意义还值得进一步研究。

我们还注意到，随着国际互联网络的兴起与日益广泛，不少网站或论坛还将《小说面面观》制作成课件或电子图书，提供给读者免费下载[4]，这必将进一步巩固并扩大福斯特作为小说批评家的形象，对福斯特在中国的声誉提供现代科技手段的保证。

二、作为小说家的福斯特

在已经知道福斯特的小说理论家兼小说家身份后，对于他的作品的译介，就是顺理成章的事情了。

从 80 年代初期开始，我们就开始陆续翻译福斯特的小说。到目前为止，福斯特六部长篇小说中的五部已经被翻译成了中文，只有《最漫长的旅行》暂无中译本

1 申丹、韩加明、王丽亚，《英美小说叙事理论研究》，北京：北京大学出版社，2005 年。

2 申丹、韩加明、王丽亚，《英美小说叙事理论研究》，北京：北京大学出版社，2005 年，第 161 页。

3 国内一个较为有特色的网上“E. M. 福斯特”读书小组对内部成员如何接触福斯特进行了一个非正式调查，10 个回帖中有三个说是先了解《小说面面观》的内容，然后再去阅读福斯特的小说的。

4 有些网站就以课件的形式免费将《小说面面观》的中译本提供给读者下载。

问世。福斯特的有些小说，甚至有两个以上的中译本，比如《印度之行》《看得见风景的房间》就是这样。以《印度之行》为例，我们发现就有以下四种译本，分别是张丁周、李东平合译本[1]，杨自俭、邵翠英合译本[2]，石幼珊、马志行、董冀平合译本[3]，此外还有何其莘评注本[4]。而《看得见风景的房间》也有三个以上的版本，一个是李辉的译本[5]，一个是李瑞华、杨自俭合译本[6]，还有一个是巫漪云译本[7]，另有一个收入"奥斯卡金像奖小说丛书"中的《俯瞰美景的房间》[8]。此外，我们国内还出版了福斯特的《霍华德庄园》[9]的英语版，收在外研社的"二十世纪外国文学精选"中，与卡夫卡的《城堡》等名作集体在中国读者面前亮相。《霍华德庄园》封底上的中文广告词宣称，这部小说是"福斯特最成熟、最优秀的早期作品，该书奠定了他文学大师的地位"。其下则引述了特伦斯·拉斐尔迪发表在《纽约客》(*New Yorker*)上的书评中的一句话 A handsome and intelligent piece of work: a faithful, well-paced, and carefully crafted dramatization of a very good story 。这样中英映衬的广告词，再加上黄梅所撰写的长篇导言，足以激发那些喜欢福斯特作品的人进一步的阅读兴趣。

福斯特小说中译本的不断问世，当然离不开国内学者、翻译家的译介、研究。1985 年，侯维瑞出版的《现代英国小说史》花了一节近二十四页的篇幅介绍国外学界对于福斯特的评论、其生平及创作，并对《天使惧于涉足的地方》、《最漫长的旅程》[10]、《看得见风景的房间》[11]、《霍华德庄园》[12]及《印度之行》[13]这五部长篇小说逐一进行了分析和评价，对福斯特的短篇小说也进行了专门介绍，对《小说面面观》《阿宾格收获集》《为民主欢呼两次》等评论作品也有较为详细的分析和评论。无论是在 80 年代中期还是在今天，侯维瑞对于福斯特作品所做的如此详细的介绍，仍然为那些希望进一步阅读福斯特的读者提供了很便利的指南。后来出版的《英国文学通史》《英国文学史》《二十世纪英国文学史》《英国小说史》《二十世纪欧美文学

1 E. M. 福斯特，《印度之行》，张丁周、李东平译，桂林：漓江出版社，1992 年。

2 E. M. 福斯特，《印度之行》，杨自俭、邵翠英译，合肥：安徽文艺出版社，1990 年。2003 年，译林出版社推出了杨自俭重译的《印度之行》，这可以看作福斯特这部小说的第四个译本，而且这是市面上最畅销的一个译本。

3 E. M. 福斯特，《印度之行》，石幼珊、马志行、董冀平译，重庆：重庆出版社，1988 年。

4 E. M. 福斯特，《印度之行》，何其莘评注，北京：外语教学与研究出版社，1992。

5 爱·福斯特，《露西之恋》，李辉译，北京：中国文联出版公司，1989 年。

6 E. M. 福斯特，《看得见风景的房间》，李瑞华、杨自俭译，合肥：安徽文艺出版社，1992 年。

7 E. M. 福斯特，《看得见风景的房间》，巫漪云译，上海：上海译文出版社，1996 年。

8 E. M. 福斯特，《俯瞰美景的房间》，俞宝发译，太原：北岳文艺出版社，1990 年。该书是根据福斯特小说原著改编的电影剧本。

9 E. M. Forster, *The Howards End*, Beijing: Foreign Language Teaching and Research Press, 2005.

10 侯维瑞译为《最漫长的旅行》。

11 侯维瑞译为《可以远眺的房间》。

12 侯维瑞译为《霍华兹别墅》。

13 侯维瑞译为《通往印度之路》。

史》中对于福斯特小说所做的介绍与评价，很少有超过侯维瑞当年所做的工作的[1]。侯维瑞认为："作为传统与革新两种因素兼而有之的小说家，福斯特为两个时期的转变架设了桥梁，促进了现代主义小说的崛起。在现代英国小说的园地中，福斯特有理由占有一席重要的位置。"[2]

2003 年，我国出现了第一部福斯特研究专著，这就是陶家俊的《文化身份的嬗变：E. M. 福斯特小说和思想研究》[3]。该书从文化批评的角度解读福斯特小说中文化身份的嬗变，并通过对这些作品的剖析，评说其文化批评理论，力求在更深的辩证层面上揭示福斯特小说中所包含的文化和思想。作者从马克思主义的意识形态分析着手，探讨了福斯特式的自由人文主义连接观所隐含的政治意识与英国中产阶级和帝国主义文化霸权之间的关系。这是我国福斯特研究领域的一个较为重要的新成果，对于后续的福斯特研究具有一定的推动作用。

2008 年，天津科技翻译出版公司出版了《印度之行》的导读[4]。这是从国外引进的 78 册"哈佛蓝星双语名著导读"（Today's Most Popular Study Guides）中的一种。该书从语境、情节、人物形象、主要角色分析、主题及象征、精彩片断赏析等方面对《印度之行》进行导读，并设有问题及参考答案、进一步阅读书目。虽然这样一种成书形式主要是为大学生的学习提供帮助，但是对于那些希望进一步走进福斯特小说世界的读者来说，也具有一定的帮助。而且这种双语对照的形式，也会给读者带来探险的乐趣。

作为小说家的福斯特在今天的中国所拥有的读者群，数量上虽然不及他的同时代作家，如劳伦斯、伍尔夫等人所拥有的那样庞大，但是，这个数量仍然还在进一步增长。在我们前面提到的《霍华德庄园》英语版所撰导论中，黄梅指出："《霍华德庄园》中至今能触动我们的东西，也许就是作者的那种深刻的自我怀疑——对当时的社会现状，对人类的命运，也对自己所属的知识分子群体和自己认同的社会理想。"[5] 我想，如果把黄梅的这一看法稍作扩充，用以理解福斯特大部分小说在今天这个物欲横流、功利主义至上的时代的意义与价值，也是颇为妥当的。福斯特在《霍华德庄园》中明确提出，并贯穿于其全部小说创作中的"唯有连接"这一鲜明主题，以及他的自由人文主义知识分子的价值取向，仍然是其作品吸引中国读者的重要理由。中国福斯特读者数量的日渐增长，是对作为小说家的福斯特的最好馈赠。

福斯特小说艺术的独特价值，他作为一个严肃的艺术家的性格，都经受住了

1 当然，如果就评价的视角而论，后出的英国文学史，特别是英国小说史自然有了更灵活的选择。比如，北大出版的《二十世纪欧美文学史》在解读《印度之行》时，就较多地引用了萨义德的"东方学"及后殖民理论。

2 侯维瑞，《现代英国小说史》，上海：上海外语教育出版社，1985 年，第 178 页。

3 陶家俊，《文化身份的嬗变：E. M. 福斯特小说和思想研究》，北京：中国社会科学出版社，2003 年。

4 劳拉·赫福尔曼，《印度之行》，季文娜译，天津：天津科技翻译出版公司，2008 年。

5 黄梅，《福斯特其人其作》，见 E. M. Forster, *The Howards End*, Beijing: Foreign Language Teaching and Research Press, 2005, p. XI.

时间的考验，“他的作品反映出了西方发达社会在‘发达’到了一定历史阶段的时候所呈现的现实。”叶君健认为福斯特与弗吉尼亚·伍尔夫、普鲁斯特、纪德、乔伊斯、卡夫卡都属于能够反映这一现实的为数不多的几个作家。

在其小说中，福斯特不仅仅从艺术与主题两方面挑战小说风格的惯例，而且挑战英国生活与小说所依赖的风俗与道德传统。他的小说检验了为人所认可的维多利亚时代关于得体与合适行为的习惯，关于理性的重要性，以及关于社会阶级之间关系的思考。他笔下的人物并没有在社会内部找到位置，而是一直置身社会之外，在面对惯例确认了他们的性欲时，却并没有像在之前的小说中那样为此而受到惩罚。福斯特小说中的情节奠定了本能、激情与内在生活的合法性。这是福斯特小说原创性的重要体现。

福斯特小说的这种独特价值，似乎有愈加受到重视的趋势。2006 年，格林伍德出版集团公司出版了美国马萨诸塞—洛威尔大学副教授米勒·A. 马洛所著的《英国现代主义文学名著》，作者将福斯特的《霍华德庄园》与约瑟夫·康拉德的《黑暗的心脏》、詹姆斯·乔伊斯的《一个青年艺术家的画像》、D. H. 劳伦斯的《恋爱中的女人》、T. S. 艾略特的《阿尔弗雷德·普鲁夫洛情歌》及《荒原》、弗吉尼亚·伍尔夫的《达洛威夫人》并称为英国现代主义文学名著（Masterpieces of British Modernism）。这些作品一直就在英美的学校得到广泛研究，对普通读者亦具有持续不断的吸引力。作者认为，福斯特的这部作品探讨了英国阶级制度本身的结构和上层阶级的自由主义，对当时社会的非正义和不公平问题提出了思考，揭示了快速扩张的工业主义对于个体及家庭的冲击，表达了对当时社会制度、当时社会状况的怀疑，批评了在工业主义中找到的骄傲自满和中上层阶级自由主义的徒劳无益。[1] 这对于我们思考当下人的生存处境，寻找人类的未来出路，仍然具有一定的价值。

在英国文学史上，福斯特也是值得关注的具有独特风格的作家（a “novelist of manners”）之一，与此前的简·奥斯丁颇为相似。虽然从总体上来讲，他的小说的风格（manners）属于现实主义的范畴，但是他偶尔也表现出讽刺的风格，《印度之行》中象征手法的运用更是令人称道。福斯特在小说艺术上所表现出的这些现代主义特质，同他在哲学、社会观、道德观等方面所表现出的现代主义相互映衬，相得益彰，增加了其现代主义的独特性。福斯特小说创作中表现出的这种现实主义与现代主义交错的特质，不正是他吸引读者的魅力之所在吗？

三、作为中国作家挚友的福斯特

与福斯特并列为英国 20 世纪最伟大小说家的劳伦斯、伍尔夫、乔伊斯在中国读者中也拥有为数众多的读者。而且近些年来，后三者，尤其是伍尔夫的读者群有愈益扩大的趋势。但是，与后三位不同的是，福斯特与中国的联系却更为直接。从某种意义上看，正是福斯特与两位中国作家结下的中英文学友谊为他在中国的声誉

1　参见米勒·A. 马洛，《英国现代主义文学名著》，北京：中国人民大学出版社，2007 年，第 36 页、第 51–55 页。

提供了一定的保障。除了徐志摩之外，福斯特先后至少与两位中国作家有过较为密切的交往，其中一位是萧乾，另一位是叶君健。就这两位作家与福斯特的交往来看，萧乾与福斯特的交往不仅较叶君健为先，而且也较后者更为密切。

让我们先来看看福斯特与萧乾的交往。据萧乾自己回忆，他在剑桥研究心理派小说[1]时，非常仰慕福斯特，坦言“福斯特的小说是我研究的一个重点”。[2]1988年第3期的《世界文学》刊发了萧乾与福斯特的四十七封往还书信，[3]这是由《人民日报》社的李辉翻译的。萧乾不仅为这些信加了几十条注，还写了《以悲剧结束的一段中英文学友谊——记爱·摩·福斯特》一文。[4]在这篇文章中，萧乾较为详细地回忆了他与福斯特的交往，以及对于这段中英文学友谊的悲剧式结局的悲悼。此外，傅光明在其所著《人生采访者萧乾》[5]等萧乾传记中也提及了萧乾与福斯特的交往[6]。按照萧乾的叙述，1940年8月，英国笔会为了纪念印度伟大诗人泰戈尔逝世而举行大会，英国小说家福斯特代表英国致辞，苏联驻英大使麦斯基代表苏联致词，萧乾代表中国致辞。正是在这次纪念会上，萧乾与福斯特相识，其后不久，萧乾应福斯特邀请，去一个俱乐部吃便餐。两人从此成为朋友，按中国人习惯的说法，他们之间的友谊是典型的忘年交，因为福斯特较萧乾年长29岁。1942年夏，正是因为福斯特与当时英国著名的汉学家阿瑟·韦利的推荐，萧乾获得了英国文化委员会颁发的奖学金，进入剑桥大学国王学院，成为英语系的研究生，专门研究意识流小说。到了剑桥之后，萧乾与福斯特的联系较此前他在东方学院当讲师的时候更为密切了：除了经常性的见面，他们还频繁通信，二人除了谈文学、谈艺术，也谈各自养的猫。福斯特的《莫瑞斯》虽然在他去世一年之后才公诸于世，实则早在1914年7月就已经脱稿，他明知那时不可能出版这部同性恋小说，但还是私下里拿给要好的朋友们看过，其中唯一有幸看过该书初稿的中国人就是萧乾。根据二人的通信来推断，萧乾看到《莫瑞斯》初稿的时间，当在1943年一月到四月间。在萧乾保存下来的福斯特第28封来信（打字稿）中，可以读到如下文字：

> 至于我的尚未出版的小说，你随时都可以读到它，它几乎可以出版，然而又还差一筹。我这里有一份手稿，你随时可以拿去看。（第28封，1943年1月1日）

在第31封信中，福斯特说：

---

1 现在通称“意识流小说”。

2 萧乾，《记E. M. 福斯特》，载《瞭望》，1988年第3期，第36页。

3 二人之间的通信在八十多封到一百多封之间，而且其中的大部分均在“文革”时被毁，只有四十多封信的抄件保留下来，后来经《人民日报》社的李辉翻译，刊载于1988年第3期《世界文学》上。参见萧乾的夫人文洁若在其所译的《莫瑞斯》“译后记”中的有关叙述，见E. M. 福斯特，《莫瑞斯》，北京：文化艺术出版社，2002年，第283页。

4 该文后来又以“代序”形式见于李辉所译的《露西之恋》。萧乾，《以悲剧结束的一段中英文学友谊——记爱·摩·福斯特》（代序），见《露西之恋》，李辉译，北京：中国文联出版公司，1989年，第5页。收入《萧乾文集》时，该文不仅内容有删节，而且标题也简化为《记爱·摩·福斯特》，此文还收入了湖北人民出版社出版的《萧乾忆旧》一书中。

5 傅光明，《人生采访者萧乾》，济南：山东画报出版社，1999年。

6 傅光明，《人生采访者萧乾》，济南：山东画报出版社，1999年，第85页。

> 你一旦回伦敦——可以随身带《莫瑞斯》一书的打字稿。（1943 年 3 月 10 日）

根据同年 5 月 1 日福斯特致萧乾的信，我们可以推知，萧乾不仅在 5 月 1 日之前读完了《莫瑞斯》初稿，而且还将自己的看法用书信的方式告诉了福斯特。从福斯特 5 月 1 日的回信及萧乾后来所写的《唉，同性恋》可以看出，萧乾对于同性恋问题持有很大的保留态度。但是，在同性恋问题上表现出的这种差异并不影响他们之间的深厚友谊，反倒是特定时代的政治氛围把他们割裂了开来。

1954 年，一个英国文化代表团来华访问，萧乾应邀出席了欢迎酒会。团中有一位叫斯普劳斯特的教授，系福斯特与萧乾两人共同的朋友，福斯特托这位诺丁汉大学的教授带给萧乾一本新著并一封信，但是萧乾却因怕受牵连而拒绝单独与这位教授见面，也拒绝了福斯特委托此人带来的书和信。萧乾在当时特定的政治氛围中做出的无奈选择，也许被远在英伦的福斯特视为无礼、傲慢等的表现，并很可能由此而销毁了萧乾在英期间与他的近百来封往还书信。直到 1984 年，萧乾受剑桥大学国王学院邀请，故地重游时，才意外地得到了这批通信中部分信件的打字稿复件。

叶君健是福斯特与中国文学产生渊源关系的另外一个重要渠道。对于两人之间的交往，叶君健在为安徽文艺出版社出版的《福斯特选集》所撰的总序——《一位长期盛名不衰的小说家》中有所叙述：

> 福斯特终身没有结婚，所以没有一个家。他成名后英王学院授予他荣誉研究员（Honorary Fellow）称号。1947 年他退休到英王学院。我那时也是中国学院的成员，研究西方文学。有一天我收到他的一个短简，请我到他的房间去吃茶。从此我们就认识了，不时和他见面，谈些文学创作和文坛掌故方面的事情。1949 年秋我离开英王学院返国，与福斯特的交情从此中断，因为这种关系在当时也算是“海外关系”的一种，说不清楚，所以没有任何通信联系。1982 年英王学院以“荣誉讲师”（Honorary Lecturer）的名义请我携爱人返校讲学，我这才得知福斯特已于十二年前去世。他的故居已经住进了新人。[1]

叶君健对于他与福斯特的关系所作叙述几乎不带多少感情色彩，也没有明确的细节。总的来说，他似乎有意淡化二人之间的交往，有人说这与他在特定的意识形态氛围中形成的自我保护意识有关，这从他很少公开谈论与英国现代派，尤其是与“布鲁姆斯伯里”文学圈的领军人物伍尔夫的交往中即可看出：

> 他早年在英国时曾与布鲁姆斯伯里文学圈的领军人物伍尔夫夫人等现代派作家过从甚密，但他从来也不公开谈论这个文学圈，估计是出自自我保护的目的吧。只是到改革开放后，他才偶尔提起自己与现代派的关系。在现代派受到追捧的时候，他也并没有言辞过甚地标榜自己的现代派背

1 叶君健，《一位长期盛名不衰的小说家——〈福斯特选集〉总序》，见 E. M. 福斯特《印度之行》，杨自俭、邵翠英译，合肥：安徽文艺出版社，1990 年，第 6–7 页。

景。事实上，国内真正与这个圈子有过交往的只有叶先生。同时在英国的萧乾与这个圈子亦有接触，但应该说是间接的，因为他的老朋友福斯特只是这个圈子的边缘人物，其写作风格也不属于现代派。他对诺贝尔文学奖不无訾议，理由很简单，这个奖排斥无产阶级革命文学。不知道，是否是他的地位决定了他必须在各种错综复杂的关系中折冲樽俎，因此连他的文学定位都成了一个问题。

福斯特作为中国作家挚友的这一形象经过萧乾、叶君健、文洁若、李辉等人的反复书写，已经比较生动地刻写在了中国读者心中，成为保证乃至提升他在中国读者心目中地位的一个不可忽视的因素。如果没有萧乾与福斯特的交往，也许我们见到《莫瑞斯》的中译本的时间还要推后。此外，对于研究和反思 1949 年以来外国文学在中国的传播与接受的学者来说，萧乾、叶君健归国后不约而同地选择完全中断同福斯特的交往，也是一个值得进一步挖掘的个案。在全球化的今天，国内的作家与国外的作家的交往和互动变得日加频繁、密切，对于我们重新思考接受研究的范围、手段、意义等问题，都提出了新的要求。从这个角度来看，萧乾、叶君健等人对于中英文学史上以悲剧告终的这段友谊的回忆是有意义的，至少能够提醒我们不要让那样的悲剧重现。

四、作为同性恋作家的福斯特

在福斯特的全部长篇小说中，有一部是在他去世一年之后发表的。这部小说之所以迟至 1971 年才出版，倒不是因为无人赏识，而是因为它所写的男同性恋爱情这一非常独特的题材。同性恋的存在虽然由来已久，但是真正见诸笔端的，古往今来还真不多见。福斯特的这部作品创作于20世纪10年代。那个时候的英国社会，伦理道德观念，尤其是性观念、婚姻观念依然相当传统、保守，同性恋被视为有伤风化的刑事犯罪。此前的 1895 年，王尔德就因同性恋被判处两年苦役。《莫瑞斯》完稿于 1914 年，距王尔德被判罪入狱相距不到二十年。以福斯特的性格而论，加之其母亲及众多亲友尚在人世，他是断然不敢公开自己的同性恋身份，也不敢出版这部小说的。所以他只同意在自己去世以后再出版。

英国文学史家安德鲁·桑德斯认为，《莫瑞斯》表现了福斯特“对受压抑的性欲的觉醒的关注”。[1] 如果说《天使不敢涉足的地方》《最漫长的旅行》《看得见风景的房间》是从异性的观点审视这种觉醒的，那么《莫瑞斯》则是从同性恋视角来审视的，后者“极其有节制地对当代禁忌提出了大胆的疑问”。[2]

2002 年 10 月，文化艺术出版社推出了文洁若翻译的《莫瑞斯》。这部中译本的腰封上截取了同名电影的一个画面，画面中的两位青年男子深情地依偎在一起。在两人的上方，用红、黄、白、黑四色将“《莫瑞斯》又名《莫瑞斯的情人》”几个

1 安德鲁·桑德斯，《牛津简明英国文学史》（下），谷启楠、韩加明、高万隆译，北京：人民文学出版社，2000 年，第 724 页。

2 安德鲁·桑德斯，《牛津简明英国文学史》（下），谷启楠、韩加明、高万隆译，北京：人民文学出版社，2000 年，第 725 页。

字用大号字体标出，在左边则有如下广告性文字："英国著名作家福斯特所著同性恋情经典小说。影片《莫瑞斯》又名《莫瑞斯的情人》获第 44 届威尼斯电影节银狮奖，男主角休·格兰特获最佳男演员奖。"在这段文字中，"同性恋情经典"又被用黄色大字体加以突出。腰封上色彩亮丽的广告画和招徕性文字所走的是明显的商业化道路，同该小说中译本相对素雅的封面设计构成了一种对照，封面上方的一行文字对这部作品的定位是"一部探讨社会价值与爱情冲突的经典文学作品"。在封面的作者简介上还有如下文字："与劳伦斯齐名的伟大小说家，著有《印度之行》《看得见风景的房间》。"看来出版商对于读者的消费心理拿捏得很好，既要为自己的新产品找到卖点，但又不能让人看出自己太俗的赚钱动机。其实，抛开这些遮掩，读者从拿到这本书的封面开始，在事先对福斯特没有了解的情况下，单凭封面及腰封上的图文，就已经在内心将这部作品定位成一部同性恋小说了。如果翻到内文，尤其是结尾中"关于同性恋"的札记以及萧乾的那篇《唉，同性恋》，读者自然能够在不阅读小说之前，进一步强化这一印象：《莫瑞斯》就是一部同性恋小说。[1] 2003 年第 10 期《书摘》发表了文洁若所撰《探索爱·摩·福斯特的压箱秘密——《读〈莫瑞斯〉》一文，更是进一步强化了"福斯特是同性恋作家"这一印象。

《莫瑞斯》中译本的出版，对于福斯特研究来说，虽然有些晚了，但是，它与福斯特形象在中国的变迁轨迹基本上是吻合的。这部以同性恋为题材的小说得以在 21 世纪初期出版，与我们国内的舆论环境的变化，与同性恋在我们国内的处境的变化有着密切的联系。1992 年，安徽公安部门针对两名女子同居的情形，认为中国法律没有禁止同性同居。1993 年，世界卫生组织将同性恋剔除出疾病分类。1995 年，中国发行由张北川所著的第一本有关同性恋的学术专著《同性爱》。同年，日本将同性恋剔除出疾病分类。1997 年，中国刑法改革取消"流氓罪"，此举通常被认为将同性恋行为非刑事化。浙江《精神卫生通讯》就同性恋是否应该被剔除出疾病分类展开公开辩论。2001 年，中国将同性恋剔除出疾病分类。在亚洲，只有中国、日本和韩国三国将同性恋视为非罪非病。这一系列的变化，为中国读者阅读《莫瑞斯》这样的同性恋小说，提供了一个相对宽松、自由的环境，倘若福斯特地下有知，他当为此而感到高兴。

值得注意的是，1987 年，英国唯美派电影公司 Merchant-Ivory 将原著小说搬上了大银幕。影片制作之精细、画面之醉人、演员演技之精彩，成为一座后来同志电影很难超越的高峰，被誉为"同性恋电影的珠穆朗玛峰"。2006 年，美国的三角出版评选了一百部最佳同性恋小说，福斯特的《莫瑞斯》以较为靠前的第 16 名入选。这些在小说之外发生的事情，也进一步激发了福斯特对普通读者和特殊读者[2]的吸引力。

1 除了《莫瑞斯》之外，福斯特在他的 8 篇短篇小说创作中也涉及了同性恋题材。这些短篇小说，目前还没有专门的研究。

2 在此指的是同性恋者、性工作者、性学家。

令人略感遗憾的是，目前国内的英国文学史和英国小说史方面对于《莫瑞斯》的介绍、分析及评价还比较有限，不少这方面的著作根本都不提《莫瑞斯》。由王佐良、周珏良主编的《20 世纪英国文学史》在叙及《莫瑞斯》时，其基本观点与王家湘 80 年代那篇文章中的看法没有实质性变化，而且对于这部作品的内容及艺术特色也没有进一步的分析。[1]

随着我国福斯特研究的深入，对于福斯特长篇小说与短篇小说中同性恋问题的探讨还有深化的空间，这必将有助于我们更加全面、透彻地认识其思想价值、艺术追求。

五、结语：走向多层级文本序列视野下的福斯特

福斯特在中国的形象，除了以上几个方面外，还不能不提到许多读者经由观看根据福斯特小说改编而成的电影所获得的对福斯特的了解。一个非常值得注意的现象是，福斯特似乎是一个非常有电影缘的作家，他的六部小说中已有三分之二以上被搬上了银幕。[2] 根据福斯特的小说改编的这些电影，都属于不可多得的艺术杰作，征服了许多不同肤色、不同文化的观众，并激发了很多人去阅读福斯特小说原著的热情。这种情况，在中国读者对福斯特的接受中表现得十分明显。

中国人接受福斯特的轨迹与英国人对于福斯特的接受轨迹存在着明显的差异。首先出现在英国读者面前的是一个小说家形象，其次是一个记者兼电台播音员的形象，然后是一个小说批评家形象，最后是一个同性恋兼小说家的形象。我们可以将英国人认识福斯特的轨迹简化如下：小说家——记者——小说批评家——同性恋作家——多面的福斯特。而中国人对福斯特的认识轨迹则大致可以描绘如下：小说批评家——小说家——同性恋作家——电影媒介推介下的福斯特——多面的福斯特。中、英两国读者在认识福斯特的轨迹上所表现出的这种差别，以及最后阶段的相似，有着深刻的原因。福斯特在英国读者的认识视野中的轨迹，基本上符合福斯特在英国社会（尤其是文坛）上的活动历程：一般英国读者都是先知道福斯特的小说创作，然后才了解他的鉴赏式小说批评，然后在他身后出版的《莫瑞斯》以及费尔班克为其所作的传记的基础上，对福斯特的形象进行了某种调整与修正，但是这并没有对他的声誉及地位构成实质性挑战，因为"福斯特在其晚年成了文艺界的大权威"。[3]

在当代中国，福斯特仍然是一位拥有很多读者的外来作家。此外，我们还注意到，国内不少高校的图书馆还收藏了数量不等的福斯特作品及国外学者研究福斯特的成果，我们国内的英语系开设的英美文学课程也将福斯特作为一个较为重要的作家来讨论。最近 10 年内，以福斯特为毕业论文选题的硕士学位论文也有逐年

1 参见王佐良、周珏良，《20 世纪英国文学史》，北京：外语教学与研究出版社，2006 年，第 219 页。

2 截至 2010 年 1 月，福斯特的《霍华德庄园》《印度之行》《看得见风景的房间》《莫瑞斯》《天使不敢涉足的地方》已被搬上银幕。

3 艾弗·埃文斯，《英国文学简史》，蔡文显译，北京：人民文学出版社，1984 年，第 312 页。

增加的趋势。我们使用中国知网和维普资讯两种电子资源库进行检索，在排除重复信息之后发现，从 2000 年到 2007 年间，以福斯特为选题的硕士毕业论文至少在 25 篇以上，而且这些学生的分布也较为广泛，东起华东师范大学，西至陕西师范大学，北起东北师范大学，南至南京大学、苏州大学，许多高校的英语系或中文系均有硕士研究生以福斯特作为毕业论文选题：要么解读其某部作品，要么探索其小说的“联结”主题，要么分析其小说的艺术特色，要么将其创作与他人的作品进行平行比较研究，要么探讨其作品被改编成电影的情况，要么研究其作品中的语言学现象，凡此种种，标志着我们年轻一代学生并没有忘记这位曾经被视为“传统”的作家。

此外，网络福斯特读书小组、电影世界中的福斯特、国内各英语院系研读的福斯特、学者研究论文构成的福斯特序列、学位论文构成的福斯特文本序列、国内大专院校及研究机构等处的图书馆和资料室收藏的数量不一、版本不一的福斯特作品及研究著作构成的文本序列、布鲁姆斯伯里集团文本序列、英国现代小说史中的福斯特、人们口头谈论的福斯特，等等，我将上述涉及福斯特形象建构的每一种情况都视为一个文本序列。这些不同的文本序列决定了我们在对中国接受福斯特的情况及其在中国的形象建构与变迁进行研究时要予以通盘考虑：一个最明显的理由是，上述每一个文本序列都不能完全决定福斯特在中国的形象建构，但是每一个序列都对这一建构具有不容忽视的意义。经过对作为“小说理论家”“中国作家的挚友”“小说家”“同性恋作家”等层级的文本序列中的福斯特在中国形象的考察，我们才了解并认识了福斯特及其创作的多侧面性与丰富性。[1] 正是因为存在着多层级文本序列中的福斯特形象，福斯特在中国读者中的声誉才得到了有力的保证。

一般地说，与那些仅以单一的文本序列走入中国的域外作家相比，越是由多层级文本序列所决定的域外作家在中国的形象建构就越是具有生命力与活力。换句话说，一个作家在域外的生命力、影响及价值，在很大程度上取决于他在域外所拥有的文本序列的层级数。就通常意义而言，一个作家在域外所拥有的文本序列的层级越多，他在域外的影响，他在域外的声誉也就越大。与此同时，倘若建构这些作家域外形象的文本层级与传入国的社会关系及意识形态之间的呼应关系呈正态分布，那么，他在传入国的形象就越发积极。各层级的文本序列之间的“对话杂语性”（diaglogic heteroglossia）关系为作家的域外形象建构过程中的未完成性提供了保证。各个层级的文本序列中间的对话关系越活跃、越强烈，作家异域形象的建构空间也就越宽泛，建构的过程也就越充满动态性。不同层级的文本序列之间没有必然的决定与被决定的关系，而是处于一种生产性的对话关系之中，这种生产性的对话关系大致沿着两个方向运行：一个我称之为正态的生产性对话关系，另一个相应地可以称之为负态的生产性对话关系。正态的生产性对话关系也可称之为积极的建构型对话关系，这种关系对于作家在域外的接受起到了推波助澜的促进作用，在现

1　这还不包括我们尚未认真探究的其他层级的文本序列，如短篇小说中的福斯特形象。

有的基础上巩固、强化并更新着其域外形象。由此看来，正态的生产性对话关系或积极的建构性对话关系，对于作家及其作品在异域的接受，对于其形象在异域的建构，当然是一个利好消息。但是，我们以往对于域外作家（作品）在中国的接受情况所作的研究，似乎缺乏对于该作家（作品）所构成的多层级文本序列的细致考察，而大多只关注对该作家（作品）本身的研究，这就势必影响我们对于所考察对象的总体认识与评价。我们认为，除了借助接受美学来支撑接受研究外，我们也有必要引入“多层级文本序列”这样的新理论范畴。

根据以上的考察，我们不难见出，福斯特在中国的形象的建构并不是在某个单一文本层级上建构起来的，而是在多个层级的文本序列以及这些不同层级的文本序列的相互关系之间建构起来的。这些不同层级的文本序列之间的互文性关系受到社会条件及特定历史语境下的意识形态的影响，从而构成了福斯特中国形象变迁的重要原因。在福斯特中国形象的建构过程中，这些不同层级的文本序列之间构成了一种生产性关系，推动着而且巩固着福斯特中国形象的建构。我在此提出“多层级文本序列”这一概念，意在为现有的接受研究提供更为明确的理论支撑，而对于福斯特在中国的形象变迁的上述探讨，不妨视为我对这一概念的初步运用。

“公共领域”与20世纪英美诗歌的“根本性转移”

董洪川　四川外国语大学

专研英美现代诗歌史的D.珀金斯指出：英语诗歌从浪漫主义和维多利亚模式过渡到现代主义的转变是一个“根本性转移”（fundamental shift）。这个“转移”与16世纪兴起的文艺复兴时期诗歌、17世纪出现的新古典主义诗歌以及19世纪早期的浪漫主义诗歌构成英语诗歌史上几个重大的转折点。[1]那么，这个“根本性转移”发生的理据是什么？多年来，学术界力图从哲学思潮、社会变革、文学嬗变等方面解释英美现代主义诗歌的发生因由，其有效性不言而喻。毋庸赘言，英美现代主义诗歌运动的发生，从根本上讲，是英美现代历史、社会、文化、经济发展合力作用的结果。但是，这些看来无可厚非的解释往往显得过于笼统，无法让人看清英美现代主义诗歌产生的真实境况。现代性理论为我们提供了新的视角。从现代性理论来看，历史现代性与审美现代性同根共源又互为敌对，关系复杂。这是我们解析英美现代主义诗歌运动的逻辑起点。而在哈贝马斯看来，“公共领域”是现代性的一个标志。本文借用哈贝马斯的“公共领域”理论，试图还原英美现代主义诗歌生发的历史文化语境，以期对这场声势浩大的文学运动的产生及发展根由提出新阐释。

一

“公共领域”（public sphere）这个被西方文化界视为经典术语的概念最初由汉娜·阿伦特在1958年出版的《人的条件》中提出来。阿伦特在这本专著中主要讨论现代科技的发展以及大众社会的来临对人类生存的影响，并首次提出“公共领域”这个概念。虽然阿伦特的“公共领域”不同于当今学界所言的“公共领域”，但是她的研究启发了哈贝马斯。后者在1962年出版的《公共领域的结构转型》中对“公共领域”进行了系统探讨并赋予其新的内涵。哈贝马斯综合运用各个学科的知识出色地论述了自由主义模式的“资产阶级公共领域”的产生、社会结构、政治功能、组织原则、运作机制等问题。1989年，《公共领域的结构转型》被译成英文，随即在英国引起了一场“公共领域”研究热潮。同年九月，英国举行了规模较大的“哈贝马斯与公共领域”专题研讨会。哈贝马斯本人在会上特别强调《公共领域的结构转型》一书对他而言尤为重要，指出该书是他整个思想体系的“入口”，舍此别无其他进路[2]。在哈贝马斯看来，“公共领域”是相对于“私人领域”而言的，它

1　David Perkins, *A History of Modern Poetry: From the 1890s to the High Modernism*, Cambridge & London: Belknap Press of Harvard University Press, 1976, p. 293.

2　曹卫东，《权力的他者》，上海：上海教育出版社，2004年，第37页。

“首先可以理解为一个由私人集合而成的公众领域，但私人随即就要求这一受上层控制的公共领域反对公共权力机关自身”。[1] 他认为，公共领域是现代性的一个标志，它是审美现代性所以可能的外部社会条件。它指一个制度范畴，与纯粹的私人领域不同，但又迥异于国家权威。周宪指出：“公共领域”“提出了现代性的一个重要方面……哈贝马斯通过公共领域这个范畴，揭示了现代性的早期交往形态”，[2]“审美现代性就诞生于现代公共领域内”。[3] 也就是说，“公共领域”是伴随着现代性的到来而产生的。虽然艺术的创作是个人行为，但是艺术的生产与交往则是在“公共领域”展开的。哈贝马斯指出：“公共领域”是市民社会的一个组成部分，但更加突出了“交往和组织形式”。关于市民社会的结构，他是这样论述的：

> 市民社会的核心机制是由非国家和非经济组织在自愿基础上组成的。这样的组织包括教会、文化团体和学会、还包括了独立的传媒、运动和娱乐协会、辩论俱乐部、市民论坛和市民协会，此外还包括职业团体、政治党派、工会和其他组织等。[4]

公共领域最早出现在18世纪的欧洲，是随着启蒙精神的传播而产生的。哈贝马斯经过细致考察后指出，德国18世纪末期形成了由学者和城市市民组成的阅读公众，并由此形成了比较密切的公共交往网络。随着读书人群的不断增加，书籍、杂志、报刊、出版社、书店、作家，乃至于阅读室也不断增加。[5] 哈氏对公共领域的功能演变有这样一段精彩的描述：

> 公共领域在国家和社会之间的紧张地带获得明确的政治功能之前，源自家庭小天地的主体性可以说无论如何都建构起了其自己的独特空间。犹在公共权力机关的公共性引起私人政治批判的争议，最终完全被取消以前，在它的保护下，一种非政治形式的公共领域——作为具有政治功能的公共领域的前身的文学公共领域已经形成。它是公开批判的场所，这种公开批判基本上还是集中在自己的内部——这是一个私人对新的私人性的天生经验的自我启蒙过程……“城市”不仅仅是资产阶级的活动中心，在与“宫廷”的文化的政治对立中，城市最为突出的是一种文学公共领域，其机制体现为咖啡馆、沙龙以及宴会等。在与资产阶级知识分子相遇中，那种充满人文色彩的贵族社交遗产通过很快就会发展成为公开批评的愉快交谈，而成为没落的宫廷公共领域向新兴的资产阶级公共领域过渡的桥梁。[6]

在我看来，这段描述点明了现代主义文学产生的一个不可或缺的存在环境，

1 哈贝马斯，《公共领域的结构转型》，曹卫东等译，上海：学林出版社，1999年，第32页。
2 周宪，《审美现代性批判》，北京：商务印书馆，2005年，第34页。
3 周宪，《审美现代性批判》，北京：商务印书馆，2005年，第125页。
4 哈贝马斯，《公共领域的结构转型》，曹卫东等译，上海：学林出版社，1999年，第29页。
5 哈贝马斯，《公共领域的结构转型》，曹卫东等译，上海：学林出版社，1999年，第3页。
6 哈贝马斯，《公共领域的结构转型》，曹卫东等译，上海：学林出版社，1999年，第34页。

即城市。城市是工业化的结果，也是历史现代性的标志性产物。"城市最为突出的是一种文学公共领域"，这种城市的文学公共领域促成了现代主义文学的产生。现代主义文学与公共领域形成一种互动的关系。公共领域最初是以讨论文学艺术为内容的，并以辩论、自由平等的交谈等形式开展。而在公共领域的形成过程中又培养出一批新的知识阶层，他们实际上就是现代艺术家的前身。这个阶层又在形式和内容两个方面扩充了公共领域。哈贝马斯在讨论"公共领域"的演变历史时说：文学公共领域并不是什么地道的资产阶级公共领域；它与王室的代表型公共领域之间保持着一定的联系。资产阶级的先锋通过与王公贵族的交往掌握了批判的技巧；随着国家机器越来越独立于君主政体的个人领域，"上层世界"也不断地摆脱宫廷，在城市里构成一种平衡势力[1]。更为重要的是，公共领域在平等的交流中培育出一种理性的反思与批判精神，从文学批评发展到对社会政治的批判。而这，正是英美现代主义诗歌所代表的审美现代性的核心精神，即对历史现代性的反思与批判。

二

到 20 世纪初，包括英美在内的主要西方国家随着以工业化、城市化、民族国家为主要内容的现代化的逐步实现，人们的生存环境、生活方式、思维方式发生了根本性变化。作为反映人类生存状态的文学艺术领域也必然随之发生变化，而发生于 20 世纪上半叶的浩浩荡荡的现代主义诗歌运动则是这种变化的一种集中反映。很多学者从 20 世纪初期资本主义"现代化"发展，即历史现代性进程的角度，讨论了英美现代主义诗歌发生的原因。诗歌专家 P. 佩丕斯的意见很有代表性：

> 现代主义诗歌的作家与艺术家们大都出生在 19 世纪八九十年代，他们在成长过程中历经了一般被称着"现代化"的深刻变革，包括政治、技术、社会和科学等方面：工业化的扩大、资产阶级与民主的成长、识字人口的增加、新的科学发现、印刷文化的升值、商业资本主义和现代帝国主义的扩张。[2]

作为一场文学艺术的革命性运动，它的发生自然是一个特定的历史产物。任何脱离历史的解释都是危险的。不过，历史包含着丰富的内容，宽泛地讲，人类过去的一切活动都应该是历史。佩丕斯的意见阐明了历史现代性 / 资产阶级现代性对英美现代主义诗歌产生的影响。但是严格说来，他讨论的是文学发展机制的外在因素，而探究英美现代主义诗歌的发生机制还必须从审美领域内部去把握。按照 M. 韦伯的意见，历史现代性的展开是一个不断"分化"的历史过程。韦伯是西方现代性理论研究的代表人物。他运用了两个重要概念来解释西方的现代社会进程，即"分化"（differentiation）与"合理化"（rationalization）。韦伯这样描述文化价值的分化过程："由于人与各种价值领域关系（外在的和内在的，宗教的和世俗的）

1 哈贝马斯，《公共领域的结构转型》，曹卫东等译，上海：学林出版社，1999 年，第 34 页。

2 Alex Davis & Lee M. Jenkins, (eds.) *The Cambridge Companion to Modernist Poetry*, Cambridge: Cambridge University Press, 2007, p. 28.

的合理化和自觉提升，这就导致了朝向自觉地使得个别价值领域的内在地和合法地自足。”[1] 审美领域的“内在地和合法地自足”是其获得现代性的路径。审美现代性的产生首先来自于艺术的自律，而艺术的自律依赖于艺术家的独立。

20 世纪初，英美现代诗人交流频繁。这在某种意义上正体现了艺术家的独立性。而大量报刊的出现，必然与传媒产业的兴起有关，报刊产业的兴起正是资本主义商业经济的一部分。大量文学报刊的出现为英美现代主义诗歌的发表出版提供了机会，也使诗人独立生存成为可能。另一方面，它又以现代媒体的无限潜力迅速地扩大现代主义诗歌的影响，促进这个运动不断深入发展。这是历史现代性与审美现代性相互依赖又互为对抗的具体表现。从“公共领域”视角考察英美现代主义诗歌运动的形成，首先进入我们视野的是 20 世纪初在伦敦、巴黎等现代城市街头颇为热闹的咖啡厅、俱乐部、沙龙、宴会等。正是因为出现了这些文学“公共领域”，有关现代主义的美学观念才得以讨论、形成及传播。

从最早酝酿英美现代主义诗歌运动的“公共领域”——沙龙、俱乐部出发，我们的视线自然被引向 20 世纪初期英美诗人的交往。英美诗人的交往当然不是从 20 世纪开始的，但从历史上看，英美诗人交往最频繁的时期无疑是 20 世纪。他们之间的交往、交流，在某种程度上，催生了现代主义诗歌运动。20 世纪初的伦敦，是全球最大帝国的中心。随着 19 世纪下半叶英国城市化进程的不断推进，伦敦的城市人口剧增，到 1911 年达到 700 多万，殖民者从世界各地掠夺的货物源源不断地向伦敦运来，花样各色的城市娱乐、规模浩大的文化艺术展览、来回穿梭的各国政要，这些都标示着伦敦在西方乃至在全世界的显要地位。伦敦，也成了无数文学青年乃至著名作家心中的圣地。S. 马修斯这样写道：

> 它【伦敦】对于那些拥有激进政治观点的人来说，如女权主义者，是一块磁铁。在 1890—1900 年代，那些试图逃脱家庭桎梏以及狭隘观念的人们，蜂拥般抵达伦敦。同时，这个首府也是那些具有文学抱负者无法避免的选择，这对早期的现代主义文学是有力的促进。[2]

确实，世纪之交英语世界的诗人与作家纷纷奔向伦敦城。姑且不说临近的爱尔兰文学巨擘叶芝、萧伯纳、王尔德等，仅就美国、南非、新西兰等地在 20 世纪初汇聚到伦敦来的人数就相当可观，更重要的是，他们后来成为现代主义运动的主力军。1876 年，詹姆斯（Henry James）来到伦敦，开启了美国现代作家诗人迁居伦敦的先河。1908 年，庞德到达伦敦，紧跟着是 1911 年来的他的女友——诗人杜丽特（Hilda Doolittle）；艾略特在一战爆发的前夕 1914 年夏天到来；洛威尔（Amy Lowell）也是这一年到伦敦。先后来伦敦居住的还有南非的小说家希雷内（Oliver Schreiner）、新西兰小说家曼斯菲尔德（Katherine Mansfield）、波兰作家康拉德（Joseph Conrad）等。此外，还有不少英国本土作家也从各个地方移居伦敦：威尔

1 H. H. Gerth. & C. W. Mills, (eds.) *From Max Weber: Essays in Sociology*, New York: Oxford University Press, 1946, p. 328.

2 Steven Matthew, *Modernism*, London: Arnold, 2004, p. 4.

斯（H. G. Wells）来自肯特郡，西蒙斯（Arthur Symons）来自康沃尔郡，劳伦斯（D. H. Lawrence）来自克洛伊顿，等等。从文学，特别是现代主义文学发展的历史来看，这些充满失落感的外地人来到伦敦，极大地促进了文学现代化运动。马修斯指出："这是在小说、诗歌、戏剧方面建立起后来被称为英美现代主义文学的独特品性的英美联结（nexus）。"[1] 这种"联结"在"文学公共领域"——沙龙、俱乐部、咖啡馆——中获得具体的表现。

一般认为，英美现代主义诗歌的第一个流派是庞德、洛威尔为首的意象派（Imagism）。意象派的诞生最早可追溯到1908年英国青年T. E. 休姆主持的"诗人俱乐部"（Poet's Club）。他们在大约一年左右的时间里，每周在索霍的一家叫"埃菲尔塔"的餐馆聚会讨论诗歌。庞德从美国赶来伦敦后即参加俱乐部的聚会。休姆把自己的诗歌理论在俱乐部的聚会中宣讲，然后大家讨论。休姆还写了一些诗歌来证明他的理论，大家聚会时朗读这些诗歌并展开辩论。俱乐部的成员也都写诗，他们的诗歌发表在《新时代》上（这个杂志后来也成为休姆发表理论文章最重要的阵地），引来了F. S. 弗林特的尖锐批评，他反对俱乐部"晚餐后的讨论，文雅的南澳德利街上的茶会"，他把俱乐部同比利时诗人凡尔伦哈及其追随者们在咖啡馆的诗歌讨论进行比较，认为，"默默无闻的小咖啡馆里的讨论使法国诗歌获得新的生命，但是，'诗人俱乐部'……'诗人俱乐部'就是死亡"。[2] 其实，弗林特也是自由诗的鼓吹者，他和休姆沸沸扬扬的争论，最后以握手言和告终。两人居然成为好友并携手成立一个新的团体（没有命名）。这个团体于1909年3月25日也在埃菲尔塔餐馆举行第一次聚会。参加的成员全是原来休姆俱乐部的人，增加了弗林特。他们每周四聚会，谈论当代诗歌的现状，以及如何改变这种现状。庞德也参加了休姆—弗林特团体。在俱乐部或宴会这种"公共领域"里进行平等交流与辩论，相互影响，英美两国诗人都有所收获。有学者指出："庞德1909年在'诗人俱乐部'结识休姆，后者对前者在一战前的意象主义思想以及其对视觉艺术的兴趣等方面的影响是非常重要的。"[3]

意象派的产生实际上是英美诗人"联结"的结果，故而如果我们同意艾略特关于意象派是英美现代主义诗歌的出发点的看法，[4] 那么，我们也可以说英美诗人的"联结"正是英美现代主义诗歌产生的起点。意象派作为一个文学团体仅仅存在了五年左右时间，即从1912年酝酿到1917年解散。后来迟至1930年还出版了第五个意象主义诗集，但那只能算作对一段历史的美好回忆。琼斯认为，与意象派运动紧密相关的有七个人——四个美国人，三个英国人；他们是：美国人庞德、H. 杜

---

1 Steven Matthew, *Modernism*, London: Arnold, 2004, p. 6.

2 彼得·琼斯，《意象派诗选》，裘小龙译，桂林：漓江出版社，1986年，第5页。

3 Steven Matthew, *Modernism*, London: Arnold, 2004, p. 31.

4 1953年，艾略特在一篇名为《美国文字与美国语言》的演说中讲到英美现代主义诗歌时说："出发点，即人们通常地、便宜地认作现代主义诗歌的起点，是1910年左右在伦敦的一个名为'意象主义的团体'。"参见彼得·琼斯，《意象派诗选》，裘小龙译，桂林：漓江出版社，1986年，第2页。

丽特、J. 弗莱契、A. 洛威尔，英国人 R. 阿尔丁顿、F. S. 弗林特、D. H. 劳伦斯。[1] 但我认为，至少应该加上 T. E. 休姆。休姆主张创作“坚实、干练”的诗歌，这成为庞德意象派的重要信条。而且庞德为“意象主义”首次命名的书《回击》(1912)转载了休姆的五首诗，并在序言中说：“至于未来，意象派——1909 年的遭人忘却的学派的后裔们，将把未来握在他们手里。”[2] 这里的“1909 年的遭人忘却的学派”指的就是休姆的“诗人俱乐部”。“意象主义团体”成为英美诗人切磋技艺、探讨诗歌发展的重要“公共领域”，庞德是这个团体前期的核心。“他们通常在肯辛顿一家茶馆里晤面，把诗歌交给庞德批评。”[3] 无论如何，这个人员结构有力地说明英美诗人“联结”——也就是文学“公共领域”——催生了这场诗歌革命。

当然，这并不是说，在世界其他地方就没有现代作家的聚集。恰恰相反，20 世纪初期的巴黎和纽约也是现代诗人作家聚会的重镇。譬如巴黎，从 1903 年起，爱尔兰作家乔伊斯和美国小说家、诗人斯泰恩就住在那里；庞德在 20 世纪 20 年代后期移居巴黎，海明威也很快来到这里。20 世纪初的巴黎是一个文化圣地，也是一个各种流派和文学小圈子盛极一时的地方。它对伦敦产生了影响。庞德、H. D. 以及其丈夫阿尔丁顿也去了巴黎。纳坦·扎赫在《意象主义与旋涡派》中这样描述他们：“在那里度过了五月的大部分时间，首次目睹了通常被说成是‘再觉醒’的种种景象”，“返回伦敦后，三位年轻人在肯辛顿一家餐馆决定，他们和‘法国各派成员一样，完全有权为一个团体命名’。”[4] 此时，大西洋彼岸的纽约也形成了一个诗人群体。“1912—1922 年在纽约诗人与画家形成一个生机勃勃的先锋团体。”[5]

可以说，20 世纪初期的前 20 年，是伦敦各种文艺活动非常活跃的时代。这些活动形成了各种“公共领域”，互为推动，共同催生了英美诗歌的现代转型。1910 年 R. 弗莱伊成功主办后印象主义画展；1911 年 3 月，伦敦首次未来主义画展在萨克威尔画廊举办；未来主义派大诗人马里内蒂访问伦敦并做关于法国现代主义诗歌的报告；W. 刘易斯展出巨幅《乡村集市》……前期的现代主义诗歌小团体正是在这样一个“公共领域”极为活跃的大都市孕育成长。同时代的另一个著名的文学团体是“布鲁姆斯伯里社团”(Bloomsbury Group, 1907–1930)。这是一个依托家庭组织起来的松散组织，参与者是一些伦敦的学者和艺术家，包括小说家和批评家伍尔夫、格兰特、贝尔、弗莱等。R. 威廉斯发现，布鲁姆斯伯里社团逐渐开始批判统治阶级的种种观念，诸如统治阶级的帝国主义、失控的资本主义、性别不平等、刻板的生活方式，等等。[6] 这正好注释了哈贝马斯的判断，公共领域“围绕着文学和艺

1 彼得·琼斯，《意象派诗选》，裘小龙译，桂林：漓江出版社，1986 年，第 1 页。

2 彼得·琼斯，《意象派诗选》，裘小龙译，桂林：漓江出版社，1986 年，第 9 页。

3 彼得·琼斯，《意象派诗选》，裘小龙译，桂林：漓江出版社，1986 年，第 8 页。

4 马·布雷德伯里、詹·麦克法兰，《现代主义》，胡家峦等译，上海：上海外语教育出版社，1995 年，第 207 页。

5 David Perkins, *A History of Modern Poetry: From the 1890s to the High Modernism*, Cambridge & London: Belknap Press of Harvard University Press, 1976, p. 527.

6 Raymond Williams, *Sociology of Culture*, Chicago: University of Chicago Press, 1982, p. 81.

术作品展开的批评很快就扩大为关于经济和政治的争论”[1]。

按照哈贝马斯的意见，“公共领域”属于市民社会的一部分，亦是市民社会的具体化、体制化表现。“尽管宴会、沙龙及咖啡馆在其公众的组成、交往方式、批判的氛围以及主题的趋向上有着悬殊。但是，它们总是组织私人进行一定的讨论；因此在机制上，它们拥有一系列共同的范畴。”[2]“公共领域”是一种兼具私人和“公众”性质的空间，成员只有参与并保持有平等的辩论、娱乐等权力。“它一开始就既有私人特征，同时又有挑衅色彩。”[3]在这里，讨论争执所依据的不再是权威和地位。用哈贝马斯的话说：“克服了平民和专家之间那种从代表公共领域中产生出来的限制，特殊潜能，无论是天生的，还是后天的，无论是社会的，还是知性的，都将化为乌有。”[4]这种平等和自由的氛围“培育出一种理性的争论和批判的精神”。[5]文学艺术社团作为“公共领域”的最初形态，后来也一直是一个最为重要的组成部分，促进了“公共领域”的建构与发展，形成了自己的辩论性、批判性等特点。到艺术获得独立以后，这些特征就更凸显出来，“现代艺术的自身基本特征就呈现为现代公共领域的某种特征”。[6]这揭示出审美现代性与历史现代性的辩证关系。英美现代诗人在咖啡厅、茶馆、餐厅等“公共领域”聚会与辩论，逐渐明确诗歌改革的方向，提出新的理论主张，汇聚一批骨干成员，培育出一种与主流诗学形态对抗、“挑衅”的精神，这才使得后来声势浩大的现代诗歌改革运动得以出现。

三

哈贝马斯指出：“公共领域”的一个重要作用就是在市民之间形成“密切的公共交际网络”。[7]“文学公共领域的主要交往和组织形式开始是咖啡馆和沙龙，尔后才形成更为复杂的出版社、书店、杂志等交往网络体制。”[8]讨论英美现代主义诗歌运动的生成与发展，另一个常为我们忽视的方面就是期刊、出版社、报纸等传播网络这些“公共领域”的作用。英美现代诗歌革命，要形成运动潮流，除了前面讨论的团体、学派、协会等之外，必须要有期刊、出版社、报纸等传播媒体这些“交往网络体制”。而现代科技的发展，以及现代艺术家的独立性，为现代期刊、出版社、报纸等媒体的发展与普及供了必要的条件。

无论是美国诗人还是英国诗人，他们在发动或参与现代诗歌改革运动时都比较年轻，因而没有掌握交往媒体的话语权。休姆的“诗人俱乐部”最初在聚会上朗读自己的诗作并自行印刷来出版诗集。这样的影响力毕竟很小。但是随着英美诗人

1 哈贝马斯，《公共领域的结构转型》，曹卫东等译，上海：学林出版社，1999 年，第 38 页。
2 哈贝马斯，《公共领域的结构转型》，曹卫东等译，上海：学林出版社，1999 年，第 41 页。
3 哈贝马斯，《公共领域的结构转型》，曹卫东等译，上海：学林出版社，1999 年，第 55 页。
4 哈贝马斯，《公共领域的结构转型》，曹卫东等译，上海：学林出版社，1999 年，第 64 页。
5 周宪，《审美现代性批判》，北京：商务印书馆，2005 年，第 80 页。
6 哈贝马斯，《公共领域的结构转型》，曹卫东等译，上海：学林出版社，1999 年，第 81 页。
7 哈贝马斯，《公共领域的结构转型》，曹卫东等译，上海：学林出版社，1999 年，第 3 页。
8 周宪，《审美现代性批判》，北京：商务印书馆，2005 年，第 79 页。

的汇聚，他们的“公共领域”不断扩大，联系或者新创了一批期刊和出版社。据 D. 珀金斯统计，从《诗刊》在 1912 年创立后，美国的各种文学小刊物如雨后春笋，从 1912 年到 30 年代中期，在美国先后创建的期刊有 275 种之多（323）。在英国，现代主义诗歌重要阵营还有《自我主义者》(*Egoist*)、《英语评论》(*English Review*)、《戏剧与诗歌》(*Drama and Poetry*) 等。文学期刊不仅聚集了一大批诗人作家，而且使得他们很快就名声大震，如 R. 罗森奎斯特在谈到刘易斯办《爆炸》杂志时所说：“刘易斯的名字在报纸上随处可见，任何一个时髦的画室都存放有《爆炸》杂志。”[1] 按照哈贝马斯的意见，这些传播媒体也属于“公共领域”的范畴，而这些“公共领域”对于英美现代主义诗歌运动的形成与壮大，功不可没。

最具有典型意义的是芝加哥诗人 H. 门罗创办并主持 24 年之久的《诗刊》(*Poetry: A Magazine of Verse*)。张子清教授评价说：“芝加哥诗人哈丽特·门罗创办了鼓励激进诗人的《诗刊》，为推广和发展现代派诗歌做出了杰出贡献。”[2]1910 年，门罗在伦敦旅游，偶然在书店翻到庞德的两部诗集，为庞德诗歌那新奇的诗风所吸引，便与庞德、H. D. 等结为同道。1911 年，她开始四处筹集资金，准备创办《诗刊》，该刊于 1912 年 9 月正式出版。在创刊号上，门罗称：“我们应特别关注具有现代意义的作品。”[3] 庞德的两首诗就出现在创刊号上。庞德被聘为海外编辑，他约来了名声显赫的叶芝等诗人的作品。当然，庞德更关心的还是那些富有创新精神的青年诗人的诗作，H. D.、阿尔丁顿作为“意象主义”名号的首发诗歌就是庞德推荐到《诗刊》发表的。庞德那首饮誉天下的名诗《在地铁车站》发表在 1913 年 4 月的《诗刊》上。后来，艾略特的成名作《J. 阿尔弗雷德·普鲁弗洛克的情歌》也是庞德推荐于 1915 年 6 月发表在这个杂志上的。同年晚些时候，艾略特的《海伦姑妈》《波士顿晚报》《堂妹南希》也刊在《诗刊》上。“门罗的《诗刊》成为她的第一个美国批发站。”[4] 门罗为了鼓励现代派诗歌创作，在《诗刊》设立了奖项。卡明斯（Edward Estlin Cummings）、莫尔（Marianne Moore）、史蒂文斯（Wallace Stevens）、林赛（Vachel Lindsay）等都先后获得过《诗刊》颁发的奖励。门罗还鼓励争鸣，尤其是在芝加哥诗人与波士顿诗人之间，传统诗人如伊斯特曼（Max Eastman）、艾肯（Conrad Aiken）与试验诗人之间的争论影响颇大。这不仅扩大了刊物的影响，也为现代主义诗歌“经典化”奠定了基础。《诗刊》发现和扶持了一大批年轻的现代主义诗人，成为现代主义诗歌运动发展壮大最具有吸引力和影响力的“公共领域”。除了上面提到的诗人外，威廉斯（William Carlos Williams）、克兰（Hart Crane）、洛威尔（Amy Lowell）、桑德堡（Carl Sandburg）、麦克利什（Archibald MacLeish）、弗罗斯特（Robert Frost）等这些后来成为现代主义诗歌主将

1 Rod Rosenquist, *Modernism, the Market and the Institution of the New*, Cambridge: Cambridge University Press, 2009, p. 36.

2 张子清，《20 世纪美国诗歌史》，长春：吉林人民出版社，1995 年，第 43 页。

3 杨金才，《新编美国文学史》（第三卷），上海：上海外语教育出版社，2002 年，第 20 页。

4 马·布雷德伯里、詹·麦克法兰，《现代主义》，胡家峦等译，上海：上海外语教育出版社，1995 年，第 207 页。

的诗人都曾得到过《诗刊》的提携和培养。《诗刊》作为一个英美现代主义诗歌的“公共领域”，发挥了非常重要的“网络”作用。它把诗歌界团结在一个网络里面，形成一个强有力的集体。D. 珀金斯指出了非常重要的一点：

> 他们【新诗人】获得了一种更重要的团体感，并看到了新的风格与方法。第一点应该更重要，团体感极大地强化了他们的信心，在他们内心产生一种一场统一运动的感觉。……在1912年以前，桑德堡没有听说过庞德，庞德没有听说过弗罗斯特，弗罗斯特没有听说过林赛，等等……或者如果这样说过于牵强，我们可以简单说，一个人并不孤单而是属于一个团体或“运动”的感觉，使自己建立了信心并给予自己力量。[1]

珀金斯举出了克雷蒙伯格（Alfred Kreimborg）的例子。他在《诗刊》创刊时已经29岁了，但仍然是一个苦苦挣扎、发表无门的作家。他反对商业化的小说和“风雅派诗歌”，希望另求出路，但无人能予以理解和帮助。他内心孤独，对自己创作的诗歌的价值表示怀疑，只好求助一些画家、摄像师、建筑师朋友倾吐心中郁闷。但是《诗刊》的出版给予他巨大希望。他在自传中以第三人称的口吻这样描述《诗刊》给自己带来的变化：

> 发表在芝加哥那家刊物上的庞德、桑德堡、H. D.、林赛的早期诗歌，给予他从没有过的内心喜悦。主要是因为他们在他的时代被发现了，这预示着那片广袤的大地会有无限的生机。这些男男女女，彼此并不在意，也不在意那个在自己寂寞住处的他。但是他们使他获得了自由。他看到的不再是面具，而是真实的面孔；不再感到自己是一个隐士，而是一个与外界关联的人；他的孤独感消失了。[2]

我们想补充的是，这个例子说明，属于“公共领域”的现代传媒对于现代主义诗歌运动形成的力量，是何等巨大。按照卡林内斯库的说法，19世纪现代性分裂了，审美现代性形成一股与资产阶级现代性对抗的强大势力。[3]但是，其中一个重要原因就是依托于资产阶级“文化工业”的发展，审美现代性获得了前所未有的力量。

到了20世纪，传播媒介是“公共领域”不可或缺的因素。英美现代诗人们为了获得更多的传媒支持，他们在争夺“公共领域”资源方面也付出了不少努力。这个“争夺”的过程实际上就是英美现代主义诗歌运动不断壮大的过程。一个至关重要的刊物——《自我主义者》(*The Egoist*)，能较好地说明上述问题。《自我主义者》最早叫作《自由女性：一家女性主义周刊》(*The Freewoman: A Weekly Feminist Review*)。这是由D. 马斯敦（Dora Marsden）和H. 韦伍尔（Harriet Weaver）于

---

1 David Perkins, *A History of Modern Poetry: From the 1890s to the High Modernism*, Cambridge & London: Belknap Press of Harvard University Press, 1976, p. 320.

2 David Perkins, *A History of Modern Poetry: From the 1890s to the High Modernism*, Cambridge & London: Belknap Press of Harvard University Press, 1976, p. 321.

3 卡氏指出：“可以肯定的是，在十九世纪前半叶的某个时刻，在作为西方文明史上一个阶段的现代性（即本文的历史现代性——作者注）同作为美学现代性之间发生了无法弥合的分裂。”参见M. 卡林内斯库，《现代性的五副面孔》，顾爱彬等译，北京：商务印书馆，2002年，第47–48页。

1911 年共同筹建的一家刊物，后者出资，前者负责刊物编辑。马斯敦是位激进的政治改革家，她倡导妇女参加选举，曾于 1908 年 6 月在曼彻斯特的一场有 15 万人参加的大会上宣讲其政治主张。[1] 杂志主要刊登女性主义者、女性选举权支持者的政治文章，也刊载少量诗歌、货币改革方面的文章。杂志在 1912 年破产。1913 年他们重整旗鼓，新办《新自由女性：一家个人主义的刊物》（*The New Freewoman: An Individualist Review*），新的刊物开辟了新作家专栏，将韦斯特（Rebecca West）、庞德、阿尔丁顿等人的诗歌刊登出来。韦斯特是该刊物的编辑成员，也是一位激进的女性选举权争取者，但她积极主张庞德他们的意象派参与到刊物中来。庞德以此为契机，试图大面积改变刊物的内容（他对门罗主办的《诗刊》也持同样的态度）。庞德的《在地铁车站》也刊发在《新自由女性》1913 年 8 月号上；同期，韦斯特专门撰文介绍意象派，并引用庞德在《诗刊》上发表的意象派宣言。当月，庞德写信给门罗称《新自由女性》已经成为他们的"左翼"（Left Wing），并解释说，他已经掌握了文学栏目的发稿权。[2] "在 9 月，H. D.、阿尔丁顿、威廉斯、弗林特、洛威尔被聚集在'更新的学派'（The Newer School）的旗号下面。"[3] 新的"旗号"指的就是《新自由女性》。同年 10 月 15 日，该刊头条推出庞德的论文《论严肃的艺术家》。在庞德的坚持下，该刊于 1914 年 1 月更名为《自我主义者》，阿尔丁顿成为助理编辑，后来他去了战场，由 H. D. 和艾略特接任，艾略特从 1917 至 1919 年担任该刊的文学编辑，这为他后来任职另一个重要刊物《标准》（*The Criterion*）打下了基础。他从 1922 至 1939 年一直担任《标准》的主编，该刊也是现代主义的重要阵地。

围绕《自我主义者》形成一个现代主义诗歌圈子，为这个刊物投稿的有 W. 刘易斯、M. 摩尔、W. C. 威廉斯、J. 乔伊斯等。如扎赫所言："改名《自我主义者》后，该刊成了这个学派的英国堡垒。"[4] B. 克拉克（Bruce Clarke）专门著有《马斯敦与早期现代主义文学》（*Dora Marsden and Early Modernism*, 1995），"高度评价这个刊物从一个小的女性主义刊物转变成为一个盛现代主义时期的最为活跃的喉舌，特别是在 1914 年 1 月杂志更名为《自我主义者》以后。"[5] 在英美现代主义诗歌运动中发挥过重要作用的期刊还有：《英语评论》（*English Review*）、《标准》（*The Criterion*）、《日晷》（*The Dial*）[6]、《爆炸》（*Blast*）、《小评论》（*The Little Review*）、《肯庸评论》（*The Kenyon Review*）、《其他》（*Others*）、《新共和》（*The New Republic*）、《逃亡者》（*The*

1 Jean-Michel Rabate, *1913: The Cradle of Modernism*, Oxford: Blackwell Publishing, 2007, p. 65.

2 Ezra Pound, *The Selected Letters of Ezra Pound 1907–1941*, T. S. Eliot, (ed.) New York: New Directions, 1971, p. 22.

3 Jean-Michel Rabate, *1913: The Cradle of Modernism*, Oxford: Blackwell Publishing, 2007, p. 67.

4 马·布雷德伯里、詹·麦克法兰，《现代主义》，胡家峦等译，上海：上海外语教育出版社，1995 年，第 208 页。

5 Jean-Michel Rabate, *1913: The Cradle of Modernism*, Oxford: Blackwell Publishing, 2007, p. 65.

6 英美现代主义诗歌的里程碑《荒原》1922 年 10 月发表在《标准》上，11 月发表在《日晷》上，并获得当年《日晷》所颁发的 2000 美元奖金。

Fugitive)、《自由人》(*The Freeman*)、《星期六评论》(*The Saturday Review*)，等等，它们共同促进了英美现代主义诗歌运动的壮大。关于现代主义文学运动发生时期各种期刊的功能与作用，布雷德伯里和麦克法兰在《运动、期刊、宣言：对自然主义的继承》一文中有一段论述非常精辟：

> 至于小刊物，它们往往是宣言程式的模拟或扩充。实际上，它们作为新的现象，时常代表出版社过程的一种私人化，成为庄重、严肃、侃侃而谈的大评论性期刊的逻辑对应面。恰恰主要是靠这种刊物，现代主义演变中的作品才完成了它们的传播，找到了它们的听众，就像《尤利西斯》是通过美国的《小评论》所做到的那样。[1]

十分显然，如果没有伦敦、纽约等地的沙龙、咖啡屋、协会、刊物、出版社等这些文学“公共领域”，英美现代主义诗歌运动的产生和发展是很难想象的。因而，从“公共领域”理论来解析英美现代主义诗歌运动，我们较容易把握这场影响深远的诗歌革命运动的生成缘由，我们的讨论也才更为具体而不空泛。同样重要的是，引入“公共领域”理论，为我们正确认识英美现代主义诗歌的现代性特质找到了必要的理据。因为，按照哈贝马斯的观点，形成于“公共领域”的文学在一开始就具备了与主流意识形态对抗，以及反思与批判的特征。英美现代主义诗歌所代表的审美现代性所内含的对西方现代世界的揭露与批判，正是其秉承“公共领域”知识界那种自由平等的话语方式和反思批判的斗争精神的具体展现。

1 马·布雷德伯里、詹·麦克法兰，《现代主义》，胡家峦等译，上海：上海外语教育出版社，1995年，第178页。

杰拉德·热奈特的类文本理论评介

许德金　中山大学

一、热奈特类文本理论具体内容及要点

类文本[1]作为一个完整的理论体系是由法国叙事学家杰拉德·热奈特最早提出并完成的。他在《类文本：阐释的门槛》一书中用长达十五章的篇幅对其跨文本性五维度理论体系中最重要的一环“类文本”要素进行了全面系统的专门研究。该著作最早是以法文于1987年出版，法文原名为 *Seuils*，后于1997年由翻译过热奈特其他三部专著的简·E. 勒文译成英文出版，命名为 *Paratexts: Threshholds of Interpretation*。在本书的序言中热奈特提到了此标题的意义所在：法文标题 *Seuils* 一语双关，既指与其长期合作的出版商（Editions du Seuil），又指“门槛”，因为 Seuils 在法文中有“门槛”（thresholds）之意，“是能在出版界和文本界之间进行调和的文学作品和印刷商的规约习俗”（p. xvii）。热奈特在该书中对类文本做出了简单的解释，建构了既庞大又略显博杂的类文本理论体系，并结合具体的文学作品对不同的类文本要素进行了详细的论证和分析，其庞杂的体系从该专著[2]长达三页的详尽驳杂的目录内容上可见一斑（目录略）。

说其驳杂，是因为热奈特在列举类文本诸要素及其亚类型时几乎不厌其烦，比如在作者署名（第三章）就具体分析说明了署名的“位置”“真实署名”“匿名”和“笔名”等不同的情景；而在第四章“标题”中，又分别从定义、位置、时间、发送者、接受者、功能和文本类型指示等不同的方面对其进行了剖析展示，尤其是对许多类文本要素进行梳理和分析时，比如献辞和题词（第六章）、引言（第七章）、序言（第八、九、十章）和注释（第十二章）中，热奈特并没有止步于简单的梳理与分类，而是对其类文本诸要素所具有的功用也一并进行了探讨，凸显并首次系统地揭示了其类文本理论对于文本阐释的作用。

具体而言，热奈特在第一章“绪论”中，对类文本做了初步界定，并从空间、时间、本质和实用方面对类文本进行了简要的分类和阐释。热奈特在绪论的开头部分就对类文本做了如下简单的解释：

> 一部文学作品完全或者基本上由文本组成，（最低限度地）界定为或多或少由有意义的、有一定长度的语词陈述序列。但是这种文本很少以毫无粉饰的状态呈示，往往被一些语词的或其他形式的作品强化和伴和，比

1　关于 paratext 的中文翻译，有“类文本”“副文本”“准文本”等几种版本，笔者倾向于使用“类文本”，具体理由请参见许德金，《类文本》，见赵一凡、张中载、李德恩主编《西方文论关键词》，北京：外语教学与研究出版社，2016年，第113页。

2　版本信息：Gérard Genette, *Paratexts: Thresholds of Interpretation*, Jane E. Lewin, (trans.) Cambridge: Cambridge University Press, [1987] 1997. 中文目录为作者根据英文版版本目录自己翻译而来。以下凡引此书在文中标注书名和页码。

> 如作者名、题目、前言和插图等。尽管我们通常不确定是否应该把这些作品看成是文本的一部分，但是无论如何，它们围绕在文本四周并延长了文本，准确说来，它们是为了呈示文本而存在，这里取用的是这个动词最常用且最强烈的意义：使呈示，来保证文本以书的形式（至少在当下）呈示、“接受”和消费……因此，对我们而言，类文本使文本成为书、以书的形式交予读者，从广义上讲，交予公众。(《类文本：阐释的门槛》第 1 页)

就类型而言，热奈特从空间上把类文本分成两大类型：内类文本（peritext）和外类文本（epitext）。前者指的是处在同一卷，即同一本书之内的要素，如作者署名、标题、前言、后记、献辞及引言等，后者是指“位于书本之外的信息，通常是借助媒介（访谈、谈话）或以私人沟通为掩护（书信、日记及其他）”(《类文本：阐释的门槛》第 5 页)。而在时间关系上，热奈特把文本出版之前出现的类文本称为“前类文本”（prior paratext），与文本同一时间出版的类文本称为“原类文本”（original paratext），在文本出版之后出现的类文本称为“后类文本”（later paratext）及“延迟类文本”（delayed paratext），并把作者死后出版的类文本称为“逝后 / 身后类文本”（posthumous paratext），作者生前出版的类文本称为“生前类文本”（anthumous paratext）。

就类文本的本质特征而言，热奈特认为几乎所有类文本本身都是文本性的，“或者至少是语言文字类的，如标题、前言、采访等，尽管范围变化很大，但都具有文本的语言特征”(《类文本：阐释的门槛》第 7 页)。类文本要素的实用特征在热奈特看来是由其在交流中所处的位置所决定的：即由发送者（sender）和接受者（addressee）的性质所决定的。通常情况下，发送者就是作者，热奈特称之为“作者类文本”（authorial paratex），但发送者也可能是出版商，作者和出版商也可能把他们的责任分派给第三方，如由第三方所写的前言并被作者认可，这样的类文本就是“代写类文本”（allographic paratext）。

从接受者的角度，热奈特又把类文本分为“公共类文本”（public paratext），“个人 / 私人类文本”（private paratext），及“亲密类文本”（intimate paratext）；而依据所承担责任程度的不同，类文本又可被分为“官方类文本”（official）（被作者和出版商公开接受或者作者或出版商无法逃避责任）和“非官方或半官方类文本”（unofficial or semiofficial）（作者大部分的外类文本）。热奈特最后着重探讨了类文本的最后一个实用特征（功用）：言外之力（illocutionary force），即类文本要素可以传递一条信息，如作者姓名或出版日期；或能让读者明白作者和 / 或出版商的意图或阐释；或指明文本类型，如在一些封面和标题页上；或传达一个决定；或提出建议甚至发布命令等。

二、热奈特类文本理论评价与再思考

从类文本视角对文本进行阐释或补充阐释是热奈特在完成形式主义和结构主

义文本批评话语体系（包括《叙事话语》1978 和《新叙事话语》1981）的构建之后对文学批评理论的又一贡献。从文本话语体系分析到类文本话语体系分析的华丽转向本身同时也最好展示了热奈特高屋建瓴的敏锐的理论家本色。热奈特类文本理论体系的建立其实是在他的跨文本性理论体系的大框架之下完成的。

热奈特在《原文本》（“Architexte”，1979）的演讲中第一次系统提出了“跨文本性”（transtextuality）的 4 维度（4 要素）研究体系，标志着其叙事研究出现了巨大转向：其研究对象已由此前所关注的“文本”而转为所谓的“跨文本”。后来在 1982 年出版的《复写文本》（*Palimpsests*）著作中最终确定修改为一个 5 要素的跨文本研究体系：即，①文本间性（intertextuality）；②类文本性（paratextuality）；③元文本性（metatextuality）；④超文本性（hypertextuality）；⑤原文本性（architextuality/architexture）。这个包含上述 5 个要素的跨文本理论体系是按照“抽象程度、隐含意义及整体性的升序排列的”（five-element schema is arranged in ascending order of “abstraction, implication, and globality”）。在此体系里，热奈特将“类文本性”界定为“在印刷成书中那些不属于文本正文，但却环绕在文本（正文）周围的那些仍然可以影响阅读的语言学及图案要素”。

在 1987 年出版的《类文本：阐释的门槛》这本专门建构类文本庞杂体系的巨著里，热奈特列举了大量的例子来解释类文本所涉及的各种亚类型或相关要素，使得该著作又显得像一本类文本理论的工具书，五谷杂陈，林林总总，充分展示了热奈特高超而又严谨的理论功底。

在对各种类文本现象进行分门别类的分析阐释时，热奈特展示了高超的概括性技巧，除了上面提到的那些繁杂的分类外，热奈特还从面上将类文本分为外类文本和内类文本，再到点上对各种亚类型的类文本的详细类别划分，无不显示出其对类文本体系的驾轻就熟。再比如，热奈特将序言的作者分为九大类（详见上述目录页）；依照时间维度将序言分为三类（此处略）；按照序言作者的类型又再次从功能上将序言分为三大类：original preface, actorial preface 以及 fictional preface，在此基础上，热奈特又将 fictional preface 继续划分 4 个类别：disavowing authorial preface, fictive authorial preface, fictive allographic preface 以及 fictive actorial preface，在此不一一赘述。

尽管有时出于理解和分析工具的需要，类文本的细分确有必要，但如此庞杂的分类体系不免让读者、学习者乃至专家学者们望而却步，甚至让读者和研究者有所质疑：如此详尽的分类对研究和解读文本究竟有何用处？如何评价热奈特所建立的庞杂的类文本理论体系确实非常值得深入探讨。下文我们将结合热奈特关于类文本的系列论述和其分类展开讨论，重点从如下几个不同的方面探讨其理论的不足之处。

第一，类文本定义及其语域的疆界问题。热奈特认为，类文本，就是指一本书除了（主）文本之外的其他要素，具体可能包括：出版商信息、书名、署名、献辞、前言、题记、后记、插图、目录页、版权页、前后封面、附录、注释、索引、访谈、封面上或其他报刊杂志上作品推介或宣传介绍、评介等所有能让“文本成为一本书，并以书的形式呈现给读者”的那些要素（《类文本：阐释的门槛》第 1 页）。据热奈特本人的解释，“类文本”的前缀“类”（para-）是用来表达一种不确定性，热奈特曾进一步引用米勒的话来解释“类”的含义：

> “类”作为前缀具有对照性质，它同时表明远和近，差异与相似，外与内 [⋯]；“类”是这样的，它同时跨越同一疆界的两边（这边和那边），它是一道门和一片空地，（与文本）享有同样的地位，但它同时也是次要的、辅助性的和从属性的。

热奈特对于类文本的这个定义再结合他在《类文本：阐释的门槛》一书中的其他论述确实存在着几个问题：

问题 1：其定义显现了一定的矛盾性。

一方面类文本被用来指称一本印刷物 / 书本内除了文本正文之外的其他要素；另一方面，类文本还包括文本或书本外的作品评介或宣传介绍等书本外的要素。如此一来，在热奈特的体系里，类文本几乎是包罗万象的，是没有具体的语域疆界的，这就给其理论和定义带来了边界模糊和游移不定的问题，失之于宽泛。

问题 2：关于标题及次标题是否属于类文本。

热奈特在前言中论述类文本的存在方式时提到“存在只有类文本而没有文本的现象，即使是偶然，也确实存在我们所知的只有标题而文本消失或被中止的情况”（《类文本：阐释的门槛》第 3–4 页）。这种现象确实存在，但这个观点却割裂了文本与类文本的内在联系及其相互依存性，因为类文本依赖于文本而存在，而且两者之间是一种相辅相成的关系。对于这个问题，笔者曾著文质疑：“如果只存在标题而没有文本本身的存在，那么所谓的标题也就无所谓文本还是类文本：没有具体的文本存在，当然就没有什么所谓的类文本；这种情形下的所谓标题充其量只能称之为题目或一个写作的符号”（许德金 2010：32）。而且他的这个观点也与热奈特在最后总结中所论述的文本与类文本的关系相矛盾：“类文本仅仅是一个助理，一个文本的附属物”（《类文本：阐释的门槛》第 410 页）。既然类文本只是一个附属物，那它如何能独立存在呢？脱离了文本，独立的类文本其实已经没有存在的意义了。

热奈特把标题分为“主题性标题”（thematic title）和“类别性标题”（rhematic title），前者是指蕴含文本主题的标题，后者是指能够提供一些文本信息的标题，如指明文本类型和文本形式的标题。热奈特把这两种类型的标题都纳入类文本范畴，这很值得商榷，因为这与热奈特之前对类文本所作的界定和功能描述有矛盾之处，不论“主题性标题”是否包括了热奈特所说的转喻、比喻及反讽功能，它都蕴含了文本的主题，是文本叙事核心的一部分，因而应属于文本而非类文本；而“类别性标题”指涉的仅是文本类型，如一些诗集的标题：颂歌（Odes）、赞美诗（Hymns）、挽诗（Elegies）、田园诗（Idylls）等，或是文本形式，如 *In French in the Text, The Friday Book, Manuscript Found in a Bottle* 等，它们与文本叙事主题和内容关联不大，仅是一种补充解释和指示性作用，因而这类型标题才属于类文本研究范畴。而混合型标题，即标题中既有主题性特征又有类别性特征，如 *Treatise of Human Nature, Essay Concerning Human Understanding, Reflections on the World Today*，则同时具备文本（主题）和类文本（类别、形式）的功能。

问题 3：关于原注释（original notes）是否属于类文本。

热奈特在论述注释的类文本功能时，参照了序言的分类标准，依据其发送者（sender）的情形与时间上（temporal）的特征来把注释分成了原注释（original notes）、后注释（later notes）、延注释（delayed notes）、代写注释（allographic notes）、角色注释（actorial notes）、虚构注释（fictional notes）等六个类别。值得商榷的是，热奈特认为原注释，即作者自己为初版所做的注释（original authorial note）属于文本而非类文本，理由是它是对文本的一个补充，"与文本是一种延续关系以及形式上具有同质性，是对文本的进一步延伸和调整而非对其的评论"（《类文本：阐释的门槛》第 328 页），所以应被看作是文本的一部分，而非类文本，其他类别的注释因为具有评论的功能所以都应被看作类文本。这个理由颇为牵强，既然热奈特强调了注释与序言的相似性，并依据序言的分类标准体系来为注释分类，那么为什么原序言（original preface）属于类文本，而原注释却属于文本？从位置上来说，注释虽然在书本中且比序言更接近文本，但它仍然是在文本叙事之外，即使除去注释，文本叙事无论在结构上或是内容上仍具完整性，对叙事进程并未产生影响。另外，从功能上看，热奈特认为原注释的基本功能就是"对正文的一个补充"（《类文本：阐释的门槛》第 327 页），是对文本的"延伸、扩展及调整"（《类文本：阐释的门槛》第 328 页），这些功能与热奈特对类文本所做的界定并不相悖，而且是否具备评论功能并非判定类文本与否的标准，原序言在一定程度上也可看作是对文本的补充和延展，且并非所有原序言都具备评论功能，所以原注释应与原序言一样，都属于类文本的范畴，因为它们都"围绕在文本四周并延长了文本"，是为了更好地"呈示文本而存在"（《类文本：阐释的门槛》第 1 页）。

问题 4：题记的位置问题。

热奈特在第七章中谈到了题记通常在文本中的位置："在序言之前，献辞页右手边的页面上"（《类文本：阐释的门槛：第 149 页），以前也出现在标题页上，或是在书本的末尾，即文本的最后一行，这个末尾题记的意义是"更加权威性的结论：它是最后一个字，即使作者假装把那个字留给他人"（《类文本：阐释的门槛》第 149 页）。题记也同样会出现在每个章节名之前或是作品集中的单个作品之前。但在现代的书籍排版装帧中，题记出现较多的地方反而是书籍的后封面上，这是热奈特所忽视的一个重要位置。此外，根据其所处位置的不同，题记所产生的意义可能也会有所不同。

问题 5：关于类文本分类中时间划分标准的模糊性。

热奈特在对书中重点论述的序言、注释及之后的外类文本进行分类研究时，都以其出现时间的先后作为一个重要的分类标准。具体来说，就是以 original, later, delayed 三个时间关系来划分。以序言为例，original preface 不难理解，意思是原版或是初版的序言，问题在于 later 与 delayed 这两个时间关系上，根据热奈特的解释，later preface 指的是紧跟着（comes on the heels）原版的第二版序言，强调的是两个版本之间时间间隔的短暂性，而 delayed preface 指的是长期未出版的原版序言或单个作品延迟再出版的序言，或最为典型的是延迟出版的完整的作品集或是作品选集，强调更多的是一种“深思熟虑”（mellow consideration），同时也可以指作者死后出版的序言。此处由于缺乏一个具体的时间标准（确实也很难给出一个时间标准），这两个时间关系的区别就完全取决于作者的主观判断：later 第二版与原版之间时间间隔的短暂性及 delayed 延迟的长期性如何判断？假如第二版在原版出版后的第二年或是第三年出版，那不难判断，应该属于 later 这个概念，那假如是第八年或是第九年才出版第二版，那么这个版本是属于 later，还是 delayed？不仅如此，热奈特此处的分类可能也忽视了具体社会历史文化语境的因素：书籍出版的时间间隔也会与当时的社会历史文化语境相关，在不同的历史时期及文化背景下，各个版本的时间间隔和印刷数量也会不同。这里以模糊的时间作为分类的标准确实显得粗糙且不具有批评实践的可操作性。

问题 6：类文本著作所引用分析的作品范围及年代的局限性。

热奈特在书中列举了大量作品作为支撑来论述类文本的各个类别和功能。但不难发现，大部分都是十八、十九世纪的作品，且大多都是法国经典文学，二十世纪或是其他国家的作品相对较少，引用频率最高的就是巴尔扎克、雨果、左拉、普鲁斯特、波德莱尔等法国最具代表性作家的作品。这可能与热奈特的国籍及拥有的作品资料有关，但如果仅是局限在法国经典文学内来探讨类文本，而忽视其他国家及不同时期特别是二十世纪后期的作品，类文本理论的实用性以及在叙事学领域的推介就会受到一定影响。热奈特在最后一章中也说，类文本作为一个让读者适应文本的工具，比文本更有“灵活性与多样性”，同时类文本本身也是动态的、暂时的及迁移的。就类文本本身的特征来说，类文本理论可能更加适用于现代、后现代的文学作品或是一些前卫的诗歌及戏剧等，因此扩大类文本的研究对象才能让其更好地发挥工具的作用，更好地为文本服务。

问题 7：引言是否属于类文本。

在热奈特的类文本理论体系中，典型的类文本要素包括：出版商（publisher）、作者（author）、标题（title）、新书推介（please insert）、献词（dedication）、题记（epigraph）、序言（preface）、内标题（intertitle）、注释（note）、公共性外类文本（public epitext）、私人性外类文本（private epitext）11 个章节，其中序言就分为三章：从 161 页到 293 页共 133 页的内容，约占全书的三分之一以上（英文 1997 年版共 410 页）。但是，作为典型的、与序言同等重要的引言却并未在类文本的目录中出现，全书亦无任何地方开辟章节对此进行专门探讨或说明，唯一提到引言的地方是在热奈特引用德里达对黑格尔作品的评价来说明序言与引言不同，而且“序言的内容更正式更详尽”（《类文本：阐释的门槛》第 161 页）：

> 必须将序言与引言相区别。它们具有不同的功能……引言更系统，但缺乏历史性，与书本之间缺乏密切的联系……而序言随着版本的不同而叠加，更多地考虑经验历史性，遵循偶然必要性……

如此问题就来了：是什么原因促使热奈特将引言排除在类文本之外，而将序言列入类文本的门槛内？

上述引文是德里达评述黑格尔作品《逻辑学》的其中一段，而引出此观点的话语背景如下：

> 形式主义使我们无视真理与鲜活的历史性，这种做法在《逻辑学》中也多有体现。此时此地，就是在《逻辑学》中，序言可以，而且必须消失。黑格尔在《精神现象学》的序言（preface）中已做了足够的阐释，但是，为什么他要在《逻辑学》的引言（introduction）中进行二次解释？这一文本性“事件”在此到底意味着什么？

如热奈特引文所示，在提出这一问题之后，德里达从“文本事件”的角度出发对序言与引言进行了区分。对解构主义大师德里达来说，他所做的一切都是为了解构所有学科中既存的二元对立模式，特别是结构主义所崇尚的规则与系统，这也是为何“不确定性”“去中心”“播撒”总是与他如影随形，成为其独特的标识。显而易见，德里达在此所做的区别并无扬此贬彼之意，对他而言，万物皆平等，解构的目的不是为了颠倒双方的权力关系，而是为了消解以任何形式出现的“高/低”“好/坏”等的二元对立模式。而热奈特在此引入德里达的观点以期论证“序言的内容更正式更详尽”的目的显然不可企及。而且，热奈特在《类文本：阐释的门槛》中也提到：“（相对序言来说）引言与文本主题有更加密切的联系。”（《类文本：阐释的门槛》第161页）显而易见，就热奈特而言，引言属于文本而非类文本。也就是说，在热奈特的知识框架中，作为补充、说明、引导、概述作用的引言与序言相比要逊色许多，他于是直接将之拒于类文本的门槛之外。

三、结语

在全面介绍和剖析了热奈特类文本理论内容的基础上，本文针对其理论的不足之处进行了重点剖析，指出了热奈特类文本理论所存在的七大问题。其实这七大问题归结起来就是三个大面上的问题：①定义失之于宽泛，导致类文本的门槛和疆界模糊起来；②分类过于庞杂，且分类标准模糊不清或不准确，导致其类文本理论的类型学谱系略显杂乱无章；③由于其定义和语域疆界及分类问题导致其理论体系的严谨性、逻辑性及可操作性不强，直接导致了其类文本理论在很长一段时间内不为西方文学批评界所重视。热奈特的类文本理论同样在中国的接受和推介也经历了漫长而曲折的历程，直到21世纪初，尤其是近12年间对其理论的引介才进入黄金期，限于篇幅，在此不再赘述。

下　编

翻译、汉学与比较研究

四大名著泰译传播今昔

[泰]谢玉冰　北京外国语大学

一、四大名著——“超时空性”“超国度文化性”

“四大名著”的最初提法是“四大奇书”，中国在明末清初最先有了这种说法。人们通常把明代文学代表作《三国演义》《水浒传》《西游记》和《金瓶梅》称为中国古代小说的“四大奇书”。这四部小说基本上代表了中国古代小说的四种类型，即历史演义小说、英雄传奇小说、神魔小说和世情小说；实际上，它们又是南宋时期说话艺术中主要四家的延续和发展：《三国演义》是讲史小说的发展，是中国第一部长篇章回体小说；《水浒传》是说铁骑儿的发展，中国历史上第一部用白话文写成的章回体小说；《西游记》是说经小说的发展，是一部艺术上卓有成就、影响很大的浪漫主义杰作，是中国第一部长篇神怪小说；《金瓶梅》则是小说家小说的发展，是第一部由文人独立创作的长篇小说。所以他们被称为“四大经典文学作品”。后来，清乾隆年间问世的《红楼梦》(原名《石头记》)是一部将中国古典小说创作推向巅峰的文学巨著，它逐步取代了《金瓶梅》，形成了新的“四大奇书”的说法，最后逐渐称为“四大名著”。童庆炳和陈东风在《文学经典的建构、解构和重构》中认为所谓经典是承载人类普遍的审美价值和道德价值的典籍，因而具有“超时空性“和“永恒性”，其特征为：内容上更经得住时间的考验，艺术上有更长久的生命力，接受上要经得起一代又一代读者的阅读和阐释。[1] 四大经典文学的流传在中国历经数个朝代，已跨越几百年时空，受到不同时代不同风气的社会共同欢迎喜爱。久而久之，中国经典文学的“超时空性”得以稳固，同时广泛流传国外，又有了“超越国界风俗文化”的“永恒经典性”，感染力远至国外。海外传播方面，17世纪东亚国家已将四大名著译成本国语言，东南亚国家如泰国、越南、马来西亚等在19世纪就已经传播四大名著，20世纪初四大名著节译、全译本广泛受欢迎。泰国在18世纪前就受中国传统文化影响。大城（阿尤塔雅）末期有上万中国人移民泰国，同时也带来了中国经典说唱文学。在曼谷王朝建国之初，即被纳入新朝建国的一个重要国策。曼谷王朝在1782年建立，目前已历经九位国王统治。两百余年间，若只论中国古典文学在泰国的流传，以19世纪至20世纪初的百年（1809—1925）为第一个鼎盛时期。其中四大名著中，《三国演义》泰译版本出现较早，在拉玛一世（1782—1809）亦即18世纪末至19世纪初间就以泰语音译 *Samkok*（《三国》）之书名出现。《水浒传》于19世纪下半叶产生泰译版本，《西游记》翻译完成时间大概是20世纪初，而《红楼梦》的泰译本是于20世纪末最晚出现。

1　引自马晓红、张树武，《四大名著在日、韩的传播与跨文化重构》，载《东北师大学报（哲学社会科学版）》，2010年第6期，第126页。

二、泰译中国古典文学作品流传因素与背景

《三国演义》是一部对泰国社会产生深远影响的中国古典文学。它促使泰国学术界将传播到泰国的中国文学作品进行大范围内的细化研究，迄今有不少泰中学者、研究生和博士生撰文三十余篇专门介绍《三国演义》在泰国传播情况的文章，这些文章中篇名相同的就有四篇。[1]事实上，众所周知，被译成泰文传播到泰国的中国古典文学有好多种，译文水平高且对泰国社会产生影响的也不止《三国演义》一种。只不过历来《三国演义》都是泰国学者、不同职业的泰国华人及中国研究泰学的学者甚为专注并积极交流的作品。

泰译中国古典小说在泰国曼谷王朝初期（1806 年之前）即开始出现，并在 1857—1922 年喷发并结出灿烂果实，经统计最少有 34 部译作。中国古典文学泰译在泰国流传时间已近两个世纪，由于年代久远的关系，很有可能许多作品也会随着时间而遗失。不过，为何这些流传史料能得到现今学者和人们的熟知与掌握呢？其实，泰译中国古典文学史料在两百余年间发展中，曾有两次大规模被整理统计并归纳的时期。首次是 20 世纪初（拉玛六世时期，1912—1925），当时皇室成员颂德公帕亚丹隆拉查努帕亲王（The Prince Damrong Rajanupab）因拉玛五世皇后素库漫火葬仪式中要发放拉玛一世时期的泰译本《三国》，亦即泰国人普遍称之为“昭帕亚帕康[2]（弘）[3]版《三国》”（*Zhaopraya Prakang (Hon)—Samkok*，以下称“弘版《三国》”）的印刷本给参加葬礼的人做纪念，就对弘版《三国》做了研究评析，并列为该书序的一部分。同时，还组织当时宫廷里国内外学者收集整理百年间泰国流传的中国文学各种译本，从已出版和贵族私人图书馆里收藏的未出版的手抄本中整理出部分中国文学经典，并加以修订归纳。主要包括在 1782 年（曼谷王朝初期，中国文学翻译传播到泰国的起始时期）至 1925 年（拉玛六世时期），这一百多年里译入泰国的中国古典文学。此间共有 34 部中国古典文学作品传入泰国，包括拉玛一世时期的《三国演义》及《西汉通俗演义》、拉玛二世时期的《列国》（东周列国志）、拉玛四世至六世时期的《西晋》《隋唐演义》《南宋志传》《说岳全传》《水浒传》《西游记》《明末清初》《包龙图公案》等。中国文学作品在泰国流传百年后首部归纳梳理之作——《三国史话》（*Dhamnan Samkok*），于 1928 年完成整理并首次发行。丹隆亲王组织编纂《三国史话》的贡献对后世影响极深，使泰国汉学学者和读者知道立国至今 200 余年的曼谷王朝，在 100 余年前就有许多中国文学作品，主要是演义小说

1　1985 潘远洋《〈三国演义〉在泰国》、1991 李雨《〈三国演义〉在泰国》、1999 孙广勇《〈三国演义〉在泰国》及 2002 吴琼《〈三国演义〉在泰国》。之后仍然有几位泰国博士生继续推动介绍关于《三国》的话题，如：2008 徐武林《汉语熟语在泰国的流传——以泰译本〈三国演义〉为例》、（泰）赵美玲《试论〈三国演义〉在泰国》等。

2　“昭帕亚帕康”是财政大臣之名称，其本名叫“弘”，是拉玛一世时期主管海边城镇事务的官员，善于写诗，曾创作几本泰国著名文学作品。

3　一般中国学者译为“洪版”《三国》，笔者因自从 1984 年撰写硕士论文（《西游记在泰国研究》）就一直沿用“弘”字，以昭帕亚帕康泰译版《三国》作为泰国其他《三国》译本的源头和范本，同时弘版《三国》实际上是在泰国弘扬中国文化软实力和“三国文化”，成为泰国文化生活的一部分。

完整地被翻译成泰文。

第二次以“库陆撒巴商协会”即教育商务协会下属的商务教育出版社出版中国文学系列为标志。该社是一家泰国教育部所属的专业出版机构，在教材和其他教育图书的编辑、出版和发行方面享有很高声誉。在丹隆亲王完成整理工作近半个世纪之后，这家出版社在 20 世纪 60、70 年代正式地将泰译版中国文学类图书收集整理，出版成泰文书籍。这些书籍被归入对促进泰国教育有很高价值的三大类图书之一，在曼谷王朝初期就曾经被印刷出版过。此次行动的背景是泰国教育部在 20 世纪 60、70 年代决定再版发行“历史典籍汇编”“拉玛坚”“中国历史演义小说集”。泰国教育部认为这些泰文作品很有价值，应该好好维护。但鉴于书籍出版年代久远，一些中国历史演义小说集一直没有再版过，有可能会随着时间流逝而消失，因此决定按照中国历史朝代顺序将这些书籍系统性地整理好之后再版。隶属泰国教育部的教育商务协会 60 年代再版的共有 35 部，因为多讲述中国各朝演义，整套书称为“中国历史演义小说集”（或笔者称之为“库陆撒巴版”泰译中国古典小说）。该阶段的整理、出版行动不仅重振了泰国经典文集的精髓，更重要的是为泰译本中国文学作品延续了生命力。如果没有那一时期的系统性整理收集，势必会给中国古典文学在泰翻译传播进程带来消极影响，同时也会对四大名著泰译本的翻译研究带来影响。目前人们仍然在保留、阅读、参考这些很有价值的版本。

三、四大名著泰译流传版本：从“中国四大名著之一”发展为“四大名著全家福”

“中国历史演义小说集”（拉玛一世至拉玛六世古代小说泰译汇集）的出版，为研究 18 至 20 世纪中国古典文学流传泰国构建了宝贵的资料文库，每个时期有哪些泰文译作，每个译本的翻译先后顺序都变得有据可考。对从拉玛六世至今翻译到泰国的中国古典文学作品（“库陆撒巴版”泰译本的延续）进行整理研究之后，我们会发现泰文译作正呈现出花团锦簇的局面。20 世纪末至 21 世纪初以来，为了满足泰国读者日益高涨的阅读需求，同一种书有好几个新的翻译版本出现，包括缩译本、重编本、重译本，还有批注本或类似研究与评论本也是 21 世纪中国古典文学翻译流行的风格，其中数量最多的就是《三国演义》，其次是《水浒传》。这里所提及的数量和种类还不包括卡通类译作，无论是《三国演义》《水浒传》还是《西游记》都有很多卡通版本在泰国广泛传播。《红楼梦》受读者欢迎的时间虽然晚于四大名著中的另外三部，但受欢迎的程度可谓是“后浪推前浪”。一个明显的例子是，十年之内《红楼梦》就补充了新的全译本，与之对应的是《西游记》在泰国迄今为止也只有一个全译本。与四部名著一样产生新译本的，仅有的几本是《列国》（最新译本于 2001 年发行），另有《西汉通俗演义》（2006）及《封神演义》（2008），其他作品“再现”的情形不多见。

以下将详细介绍四大名著的泰译本发展状况。

《三国演义》的泰译本以昭帕亚帕康（弘）版《三国》作为泰译的其他《三国》

版本之母（根源），最早于 1805 年出现的手抄本共 95 册，据说全是帕康（弘）自己亲手抄下来，[1] 首次印刷版于 1865 年开始流传。弘版《三国》于 19 世纪初一经问世，很快得到了宫廷内外各级官员的广泛喜爱，尤其在印刷版发行后，《三国》的流传范围越来越广。究其原因，首先，在《三国》还没问世之前，泰国文学作品体裁大都以诗体为主，与其他中国文学作品在泰国的传播不同，《三国演义》不但是最早被选择译成泰文本，又是泰国文学史上第一部散文体的作品，写法形式比起以往作品更加新颖。其次，除了原书内容和情节生动，人物描写鲜活清晰外，通过精炼又通俗易懂的接受国语言，许多专有名词被“译入”（移入）泰国当地熟悉的语言环境之中。虽然从尽可能保留原文韵律的传统翻译理论角度看，《三国》或许是翻译不完整（120 回只选译 87 回），[2] 许多细节有误等，不过它给各方面都带来很大影响，有“直接”和“间接”的、“表面”和“里面”的、“宏观”和“微观”的，方方面面的影响。除了掀起了一股“三国热”，还为此后泰国翻译中国古典文学作品的持续开展做了铺垫。接下来就是其他一部部中国通俗演义小说的泰译本不断问世并广为传播。“三国文体”启发了当今泰国小说，同时是泰国文学史上第一本散文体（接近现在泰语白话文）的长篇小说。关于《三国演义》泰译的版本，除了弘版是由中、泰两国的汉学家和泰学家口述转译自中文版本，还出现了直接从中文版翻译的万崴版（Wanwai Pattanotai）《三国》（1978）、参考 C. H. Brewitt Taylor 的英文版（*Romance of the Three Kingdoms*）的亚克卜（Yakorb）《说书艺人版三国》（1986）、珲回（Huanhuai）的缩译本《新版〈三国〉》（2002）、万崴的重译本《新译〈三国〉》（1978）等，另外还有以不少诗体流传的《三国》歌剧。

《水浒传》是 1867 年由拉玛四世时代的宫廷大臣帕耶博隆实束立亚翁（本名 Chuang Boonnak 创·布纳）在其晚年时组织精通汉泰文的学者翻译的（译者或译者群的姓名没有记录下来）。该书首版是 1879 年，由泰国第一家出版社 Bradley[3] 出版公司发行，往后又由库陆撒巴商协会发行，也有其他私人出版社将之陆续发行，发行时间有 1879、1922、1962、1971、1977 直至 2004 年。首创本泰译 *Song-gang*（《水浒》）自从问世后的五六十年间一直是泰译《水浒传》的权威，没有受到其他版本的挑战。直到 1960 年后才出现其他有挑战能力的版本，如批坤（Pigun Tongnoi）的《水浒》全译版（1960）、劳乡春（Laoxiangchun）《水浒——梁山英雄传》节译版（2001）、拉塔亚（Ratthaya Saratham）连环画版《108 梁山好汉》（2003）。除了以上版本，据中国文学翻译研究者认为，其实在 1946 年曾有名叫念·古拉玛罗西（Nian Guramarohit）的译者也曾翻译过，不过没有翻译完以致没有出版。因为该作者是泰国著名作家，所以在中泰古典文学研究圈里是部颇受期待之作。

1 昭帕亚帕康（弘），《昭帕亚帕康（弘）三国》，曼谷：尚导出版社，2013 年，前言第 4 页。

2 依据玛丽妮·迪洛瓦尼的博士论文——“Samkok: A Study of a Thai Adaptation of a Chinese Novel”研究的结果。（见玛丽妮·迪洛瓦尼，《三国：中国文学传入泰国文学的重要起点》，载《文学视角：三国》，曼谷：草花出版社，1993 年，第 182 页。）

3 该出版社由名叫 Dan Beach Bradley 的传教者于 1852 年创办。

与四大名著前两部的翻译有官方背景不同，后两部的翻译则从宫廷转入民间，由私人出版公司接手。《西游记》泰译本产生的时代，翻译中国古典文学作品的主力已转至民间。加之 20 世纪初印刷业蓬勃发展，《西游记》泰译本的翻译发行已转为商业活动，由出版社社长直接聘请华人翻译成泰文。《西游记》在泰国的传播，虽没达到《三国演义》那般与泰国社会文化融为一体的程度，但泰国人对《西游记》中的人物甚至许多故事情节，还是非常熟悉的。只不过《西游》故事及人物往往只代表国外进口的外来产物，虽然泰国社会也存在受广东、福建影响的崇拜齐天大圣的信仰，却无法融入整个泰国文化社会。毕竟泰国人已有哈努曼作为本土神猴，而与哈努曼很可能是同根生的孙悟空，让泰国人分不清两个神猴形象之间的差别。《西游记》的泰译本目前仅有几部代表作可供参阅研究，包括最早发行的乃鼎（Nai Din）全译本 *Sai-you*（《西游》），“乃鼎《西游》”初版于 1907，后来由不同出版社陆续发行（1910、1969、2004、2009）。其他版本还有：博达普墨盎译本《西游记——向西天取经》（1960）（以全译形式翻译，不过译者仅译了十一回就停止）；傍譬（Bangplee）的节译本《西游》（1968）；反映泰国宗教观的开玛南达（Kemananda）《西游记——远途之旅》（1974）。此外，还有一些儿童版本和连环图画版本在泰国传播较广。

以上三大名著泰译本都依据闽南语系的发音取名，而《红楼梦》的泰语版本倒用泰文直译为 *Kuamfan nai Hordaeng*。对于《红楼梦》首次翻译的时间，笔者在查阅中文资料时，发现曾经有中国学者提及《红楼梦》早在拉玛二世时期（1809—1824）就已被翻译，但是这种说法并没有得到材料论证，也无记录来源或任何参考资料。目前只能定论《红楼梦》有据可考的最早的泰译本是倭拉塔（Woratad Dechjit）版《红楼梦》节译本（选译 40 回），于 1980 首次出版，2003 年再版。译文是据王际真的英文节译本翻译的。

21 世纪以来，四大名著中，除了《西游记》以外，其他都有新译本。其中《三国演义》在十多年间又出现三个版本，同个译者威瓦（Witwat Pracharuangwit）翻译的其一是批注本《批注版全本〈三国〉》，2001 年出版（2012 年第 12 次再版）；其二是《〈三国〉插图版》；另一部由女医师甘腊亚（Kanlaya Supanwanich）翻译，书名为《三国》（2013）。《水浒传》除了 2001 劳乡春版和 2003 拉塔亚版的节译版外，最近 2012 年又有由扎拉才（Jaraschai Chiewyuth）翻译的新全译版。而《红楼梦》2012 年刚出版的一本，封面注释“全译本加赋予《红楼梦》的评析”，由维瓦（Wiwat Pracharuangwit）翻译。据中国的“泰学”学者认为该译本翻译语言与原文比对有许多缺陷。

四、中国古典文学泰译发展进程：以四大名著切入

翻译中国四大名著的这股潮流不断壮大，与中国古典名著在泰的翻译发展进程紧密关联，并且可以反映出泰国在翻译中国古典文学方面承前启后、循序渐进的特点。可以说，从四大名著的翻译发展过程里可以洞见中国古典文学在泰国翻译的变化发展，而从 35 部中国古典文学作品在泰的翻译演进过程里可以看出四大名著

的翻译变化特点。稍有不同的是泰国对四大名著的翻译可以更加明显地体现出翻译中国古典文学的这个持续漫长的进程。从拉玛一世至今的拉玛九世这两百多年里出现的四大名著的不同泰译本完整地显示出不同时期不同社会状况对翻译作品的形式有非常大的影响。中国古典文学译作为了满足当时社会结构下读者们的喜好，往往会形成符合当时时代特色的风格，在此可以将之分为三个阶段：

第一阶段：（19 世纪初）为执行国家政策而译。

根据以上介绍，四大名著中最早翻译为泰文的是《三国》,《三国》刚译成泰语版就受到广泛欢迎。在泰国出版业还不发达的时代，泰国宫廷官员们采用抄录的方法将《三国》收藏进自己的私人图书馆里。当泰国出版业逐渐向国外和私人开放以后,《三国》的出版发行大大促进了泰国早期出版业的繁荣。

尽管《三国》内容非常有趣，但如果缺乏其他支撑因素，泰译版《三国》历史演义小说不一定能够大范围地在泰传播，并且直到 21 世纪的今天还能对泰国社会产生持续深远的影响。泰译本《三国》的成功并不在于译者的字斟句酌或者高度忠实于源语言。这部作品的翻译经过了一个对源语言进行“阐释性”翻译的过程，它首先由精通中文粗懂泰文的中国人口述成泰文，再由泰国作家编写润色成泰文。按照玛丽妮教授的说法，泰译本《三国》是根据泰国人阅读喜好经过“新编”的译作。[1] 简单地比喻一下，移居到泰国的华人华侨为了能够在那片新的土地生存下去，需要不断调整自己原有的生活方式以适应新的环境。从阿尤塔雅时期到曼谷王朝时期，不少中国人逐渐迁居到泰国，与之一起传入的中国文学如果继续保持原状而不做任何改变，或者说译者仍然坚持高度忠实原文的翻译原则，在泰国这个新的社会环境里，读者有着与中国人不同的文化背景、生活方式以及自然环境，想必《三国》不会受到那么高的认可。笔者认为，一部译作只有恰当地融入到目标语言所处的社会环境之中，对新的环境安全无害且能带来多方面的积极影响，才能取得真正的成功。就拉玛一世泰译本《三国》的成功而言，不该囿于翻译原则的局限，更重要的是应该对文本有个“再加工”的过程。除此之外，弘版《三国》的成功还离不开以下这几个因素：

第一，出于巩固国家政权的需要，泰国王室授意译者翻译《三国》及《西汉》以作为研习战争策略的教科书。18 世纪末曼谷王朝初立，刚经历缅甸入侵那段惨痛历史的国人对此刻骨铭心，反抗外敌入侵的情绪高涨。开国君主拉玛一世顺应这股民心，加之本身对中国文学又有充足的了解，于是选择了《三国》和《西汉》作为开山之篇。[2] 可以说这次翻译是当时推行维护国家稳定和安全政策的应有之义。当然，由于这种政策是上升到国家层面的，在翻译时，这个目的会影响到对译本提炼

1 依据玛丽妮·迪洛瓦尼的博士论文——“Samkok: A Study of a Thai Adaptation of a Chinese Novel”研究的结果。（见玛丽妮·迪洛瓦尼，《三国：中国文学传入泰国文学的重要起点》，载《文学视角：三国》，曼谷：草花出版社，1993 年，第 182 页。）

2 其中《三国》是 1805 年前以手稿形式首次发行，而《西汉》比《三国》晚一年，于 1806 年前发行。发行时间以负责翻译两本著作的译者去世时间判断。（见颂德公帕亚丹隆拉查努帕，《三国史话》，曼谷：丹隆拉查努帕基金会，1972 年，第 14 页。）

推敲的过程，从而影响到译本的行文特点。随后拉玛二世时期翻译的《列国》也是这种历史环境的延续。

第二，曼谷王朝早期的泰国社会，阅读开始对人们的生活方式、娱乐活动产生一定影响。由于弘版《三国》很符合当时泰国民众的阅读“口味”，使得它的影响力从宫廷内部扩展到民间，且对后世的影响也非常之广。由于之前的泰国文学都是诗体形式的作品，《三国》泰译本可以说是泰国文学史上第一部小说。很多泰国人是因为喜爱《三国》，才喜爱中国文学。

第三，19 世纪泰国的出版行业蓬勃发展，各大出版社要想生存下去就必须不断出版书籍。从历史资料来看（丹隆亲王的口述），那个时期的出版社，如果能从王室那里得到《三国》的版权，生意就能兴隆，反之，有好几家出版社由于出版一些不受读者欢迎的书籍而不得不关闭停业。[1] 因此可以看出出版业与《三国》之间是相互影响、相互依存的关系，出版社对弘版《三国》的出版发行也促使《三国》在泰的传播范围变得更广。

第二阶段：为了读者需求而译（为商业目的而译）。

笔者将第二阶段的时间限定为 19 世纪中叶到 20 世纪初（即拉玛四世到拉玛五世时期）。19 世纪中叶，当时泰国社会战争的记忆逐渐远离，承平日久，已开始受西方影响，印刷术和出版业的发展带动了中国古典文学在泰国社会的广泛传播。原来需要得到泰国王室授意才开始进行的翻译活动已经扩展到宫廷外部。当时有几家外国出版社在出版发行翻译作品方面有很大的影响力，其中中国古典文学自 1865 年起大都由 Bradley 出版社负责出版。它们出版的作品深受读者喜爱，同时也催生了一些大大小小的出版社。由于出版的中国古代历史演义类小说受到越来越多的读者“热捧”，为此当时有名的出版社专门聘请精通中泰双语的译者进行中国文学的翻译。为了满足火热的市场需求（私人出版商和读者各有所需），《西游记》《包龙图公案》《五虎平北》等小说的译本应运而生。这是不同时代的因素影响所致。

第三阶段：为学术交流和展现译者的民族意识而译。

随着教育的普及发展，西方和日韩小说的涌入，新的背景也使 21 世纪泰国对中国古典文学作品的翻译出现了新的现象。

第一个现象：21 世纪出现的一些新的出版社将曼谷王朝初期译出的文学作品进行再版，这种现象可谓是“新瓶装旧酒”。出版社使用更加现代化的技术对旧译的几本中国文学作品进行重新编辑改版，提高了图书的可读性，出版社声称这样做是为了保护旧有的作品。这不仅满足了老一辈读者的需要，也在年轻读者中拓展了新的接受群。

第二个现象：新时期涌现了一批新的译者，同时在翻译上与以往有些突破的地方。21 世纪出版的四大名著泰译版的代表作有：2001 年威瓦版的《批注版全本〈三国〉》、2012 年版威瓦版《红楼梦》、2012 年扎拉才版《水浒》及 2013 年甘腊亚版的《三国》，可以总结出近来泰国翻译中国古典文学作品的风气日盛，相比以往，

1 颂德公帕亚丹隆拉查努帕，《三国史话》，曼谷：丹隆拉查努帕基金会，1972 年，第 36–37 页。

有几个新特点：首先，较之于之前翻译的版本，新时期的译者努力使目标语言与源语言更加贴近。从翻译理论的角度看，以前多是对于忠实原文的异化，翻译是为国家文化政策服务，以意译为主。现在译法又开始复古，认为之前偏离原著太远，返回忠实于原文的原则。其次，为了给读者传授更多的知识，译文中穿插了大量有文化内涵的知识细节。可以明显看到的是，2012 年扎拉才版《水浒》译文里就通过注释补充了许多细节知识，比如花鸟、历史、地理、文化等知识，而 2001 年威瓦版的《批注版全本〈三国〉》译文中，增加了各方面有关的评论。再次，翻译中国古典文学以往两个世纪间大都以闽南语系（含潮汕语）翻译人名、地名等专有名词，使一般泰国读者都已经习惯那样充满中国风俗民情的名称，尤其《三国演义》转化为泰译 Samkok 版之后，由于对后代影响很大的是闽南语版的弘版《三国》，两个世纪以来诸如诸葛亮、刘备、关羽、张飞、赵云、孙权、周瑜、曹操、曹丕、貂蝉、董卓等人名都以闽南语形式为泰国人熟悉。2001 年《批注版全本〈三国〉》译者威瓦才把专有名词都译成潮州语（闽南语的一个分支），然而更有创意的是 2013 年版的《三国》，由于与其他译者身份不同，女医生甘腊亚女士勇敢地用普通话翻译，这对以往中国古典文学泰译的方法是个很大突破。

第三个现象：译者的类型变得多样化。以前多是别人口述，现在主要是译者自己翻译，不在乎是否完全通顺，主要反映原文的本身意涵，如重译的《水浒传》和《红楼梦》。这一时期翻译中国文学作品的人员不仅仅局限于职业译者，还有一些译者本身是华裔医生或者商人，也不像过去那样译者只有男性，新时期还出现了一些女性译者，其创作动机之一是源于对祖籍国的留恋。

五、结语

中国历史文化源远流长，十分悠久，故事性强，是小说选材的“富矿”。泰国人喜欢有中国历史背景的小说，《三国演义》《水浒传》和《西游记》都有这种大时代背景（尽管有的是神话附会）。相形之下，《红楼梦》里的家长里短相对来说就格局小了点，对泰国人吸引力不足。可见泰国人接受中国文学作品的缘由还是倾向于传统的历史视角和家国情怀，从曾经于译文中了解历史到如今在创作中增加历史知识。

四大名著在泰国不是同时期被译为泰文本，它们有顺序地一本又一本出现，时间超越两百年。我们还能发现四大名著有的在泰国不断地再现，有的焕发新生，版本越来越多，节译、选译、改编、卡通等版本形式多样，有的不仅流传在文本中，在社会文化方面也发挥着它的价值力量。总之，四大名著在泰国传播尽管各有它们独特的表现，它们共同的传播轨迹却是“有了开始，没有尽头，永不消逝”。

翻译的天堑与通途——波利佐提《翻译宣言：赞同叛逆》书评

王广州　北京师范大学

严格地说，马克·波利佐提不是理论家，而是翻译家，至今已出版50余种译自法文的著作。有感于数百年来文学、语言学与语文学等领域对翻译的评价褒贬不一，波利佐提创作《翻译宣言：赞同叛逆》(*Sympathy for the Traitor: A Translation Manifesto*, 2018）意在传达翻译的旨趣与重要性，而非强行传播翻译理论；意在陈述纷呈的翻译观感，重在译事本身。本书没有界定人们经常谈论的理论概念，甚至关键词"译员即叛逆者"(translator as traitor)，既未多用，也没多讲，只是明确指出，本书所论的翻译，就是文学翻译，多数译例撷自本人和其他文学翻译家的实践，所论问题多出自北美译界。

一、可译性

多数翻译理论总绕不开可译性问题，翻译可行与否，源文本的意义传达了多少，作者的意图用另一种语言再现到什么程度，换句话说，哪些因素能透过翻译得以传达。意大利作家翁贝托·埃科认为，任何一种理性、严格的语言理论都主张，完美的翻译是不可能实现的梦想。[1] 尽管如此，翻译仍在进行之中。何谓"完美的翻译"呢？译作的方方面面要无异于原作，比如语言风格、读者反应、情感表达，甚至是修辞手段和文字游戏，这些因素的实现无一不需跨越、传达语言与文化的差异。

这个跨度有多大呢？波利佐提谈论卡夫卡《美国》(即《下落不明的人》）的第一个英译本时，言及原作叙事与人物对白僵硬、句法凌乱、叙事跳脱，应该说这是翻译卡夫卡作品的难点；译者想要完美体现，不免沦于左支右绌，而译者缪尔夫妇竟能利用卡夫卡的风格，淡化原文的僵硬。于是，波利佐提顺便提到卡夫卡的一句话，有一座桥梁不是架于纽约的曼哈顿与布鲁克林之间，而是曼哈顿与波士顿之间[2]。用这句话描述翻译实践非常恰当。从一种语言到另一种语言之间，思维方式与语言逻辑的传达、字面含义与作者意图的再现，就跨度而言，理应有在曼哈顿与波士顿之间架设桥梁之难，成功与否，在于对翻译本身的认识。

波利佐提认为，译作应该独立于原作而存在，并非字字行行、亦步亦趋依从原作，而是传达原作字里行间的内容，再现原作者行文的意图；不需妄议的是，所有翻译都要深入研究语言细节，成功的译作更存乎于尝试、谬误、修订，甚至是自

1 Mark Polizzotti, *Sympathy for the Traitor: A Translation Manifesto*, Cambridge: The MIT Press, 2018, p. 5.

2 Mark Polizzotti, *Sympathy for the Traitor: A Translation Manifesto*, Cambridge: The MIT Press, 2018, p. 86.

行创造，翻译的结果不是自我抹杀、自我消解的译作。“……译本的真生命不在模仿、再现，而是创造；是与原著对话、相持，以汲取其力能，传布新的思想，探求新的意境，自立于母语文学之林。”[1] 历史上有些著名译作的成功，恰恰是因为译者的个性借助译文得到释放，比如，查普曼（George Chapman）的荷马、戈尔丁（Arthur Golding）的奥维德等，即便圣杰罗姆主张字面直译，也曾说过，“译者要以思想内容为囚犯，以征服者特有的权势将其移交给自己的语言”。[2]

波利佐提的高明之处就在于以论可译性为主，原作的思想内容、作者意图是可译的，可以传达的。很多译界方家就这一点都提出了自己的看法，比如，法译汉大家傅雷先生说，波德莱尔译爱伦·坡，“长句句法全照法文，纯粹的法文，决不迁就英文，他就是想尽方法，把原文的意思曲曲折折的传达出来，绝对不在字面上或句子结构上费心。当然这种功夫其实比顾到原文句法更费心血，因为对原作意义要有百分之百的把握才行。”[3] 他认为，“原文风格之保持，决非句法结构之抄袭。”[4] 翁显良先生在《意态由来画不成？》一书说也说，“文学翻译要求意足神完，不在乎词句一一对应。”[5] 翻译工作最终是要得鱼忘筌，不在乎一字一词、句法结构的得失，要关注“意态”的描画，因为“所有烂译文都出自外语专家之手，他们根本不知道其译作按照诗歌的规范要怎么读”[6]；原文意旨的传达确有难度，但能够实现，而毕其功于一役似乎又不太可能。

二、重译与自译

不同的读者群体决非同质的：处同一时代操同一语言，不同地域的读者群体之间，操同一语言处相同地域，但生活在不同时代的读者群体之间，尚不能共享相同的文化想象力，更遑论不同文化背景、不同语言、不同地域，尤其是不同时代的读者群体呢？译者“在语言海岸之间摆渡文学作品”，[7] 不是对原作的复制，“而是阐释，是一种再现，就像戏剧表演或者奏鸣曲演奏，是对手稿或乐谱的再现，是可能发生的多种再现之一”，[8] 时间能磨掉各种事物的灵光，文学译作也不能例外，更何况是“诗无达诂”呢。经典作品的翻译需要不断“翻新”“纠误纠偏”，是肯定的。但在甚嚣尘上的欢呼声中，译者更需审慎，文学作品的重译得不偿失之外往往是，修订了前辈译者工作中的缺憾，却削减了译作的阅读体验。某部旧译虽有瑕疵，读者更熟悉，其阅读体验已经是先入为主，深入人心，重译者或许更新锐，更有方方面面的天赋，也难与旧译比肩了。波利佐提举了个例子，君特·格拉斯的《铁皮鼓》

1 冯象，《以赛亚之歌》，北京：生活·读书·新知三联书店，2017 年，第 27 页。
2 Mark Polizzotti, *Sympathy for the Traitor: A Translation Manifesto,* Cambridge: The MIT Press, 2018, p. 55.
3 傅雷，《傅雷谈翻译》，沈阳：辽宁教育出版社，2005 年，第 33 页。
4 傅雷，《傅雷谈翻译》，沈阳：辽宁教育出版社，2005 年，第 38 页。
5 翁显良，《意态由来画不成？》，北京：中国对外翻译出版公司，1983 年，第 5 页。
6 Mark Polizzotti, *Sympathy for the Traitor: A Translation Manifesto,* Cambridge: The MIT Press, 2018, p. 55.
7 Mark Polizzotti, *Sympathy for the Traitor: A Translation Manifesto,* Cambridge: The MIT Press, 2018, p. 57.
8 Mark Polizzotti, *Sympathy for the Traitor: A Translation Manifesto,* Cambridge: The MIT Press, 2018, p. 53.

有两个译本，比之旧译的语言顺畅、可读，新译者认为自己的译本“更贴近作者”，波利佐提毫不客气地指出，格拉斯的德语环环相扣，在新译本里成饶舌的英文了；格拉斯的一系列新词在德语里自然天成，新译的处理颇富创意却有些搞笑的意味[1]。

缪尔夫妇旧译卡夫卡《下落不明的人》，是在作者离世仅 14 年之后，译的是马克斯·布洛德（Max Brod）修订过的卡夫卡遗作，是将一位英语世界几乎是一无所知的作家介绍进来；霍夫曼（Michael Hofmann）、哈尔曼（Mark Harman）译本则是依据德语手稿修复本，此时的卡夫卡已是家喻户晓的名人，这两种新译本将原作及其缺憾之处原封不动迻译为英文，可将卡夫卡一览无余了。[2] 我们注意到，两个重译本是针对已有新发现、新研究成果的文学作品，也就是说，新译本必须有创新之处。波利佐提重译福楼拜《布瓦尔和佩库歇》，发现原作的行文与视角具有 21 世纪文学的性质，先前的译本没有再现出来。[3] 重译一部文学作品，不是简单修正旧译，应是重新挖掘、探索原作的文学本质。“严格地来讲，一作两译可以是同等‘准确的’，但一译步履艰难，一译则凌空翰飞了。”[4] 用以审视国内图书市场上，大量经典作品遭到重译，而翻译文学作为一种存在已经退出历史舞台，可以推断，多数重译之作只顾及了商业目的，对原作和原译却没有任何新的解读。

如果译者与作者处于相同的年代，译者更容易在直觉上与作者感同身受，更易于把握原作的精髓，由此，在一定程度上，翻译已故作家、年代久远的作品难度更大。波利佐提译福楼拜时，总觉得他的幽灵悬在肩头，译文中每次出现不当表达，福楼拜都会抖抖海象般的胡子。[5] 那么，作家对作品的自译会不会有“先天的”优势呢？波利佐提的答案是否定的。他把自己的几首诗译成法文，发现自己受限于法文的熟练程度，原作细微之处和才情都没有再现出来，尤其是原作的意蕴自己也没有完全把握、没有意识到，依靠译作的再现更是无从谈起了。语言有自行其是的因素，作者的思想也有其语言所无法表达的内容。这样一来，作家用另一种语言重新书写作品时，与使用本民族语言创作相比，过程不同，语境不同，使用的语言媒介不同，要面对的读者群体也不同。比如，泰戈尔由孟加拉语诗作自译为英语，必须要刻意顺应英语读者的期待。[6] 只有在阅读行为发生的情况下，一篇文字才能称其为文本。译者必须要尊重原文，所以就需要把原文的光晕与荣耀转达给目标读者。在此存在着一个悖论，于译者而言，不是臣服于哪一方，不管目标读者，还是原作者，这不是“一仆二主”的问题，而是译者也要有一个创作的姿态面对自己的翻译工作、创造性地表达自己对原作的理解，哪怕译者就是作者本人。

1 Mark Polizzotti, *Sympathy for the Traitor: A Translation Manifesto,* Cambridge: The MIT Press, 2018, pp. 87–90.

2 Mark Polizzotti, *Sympathy for the Traitor: A Translation Manifesto,* Cambridge: The MIT Press, 2018, pp. 85–86.

3 Mark Polizzotti, *Sympathy for the Traitor: A Translation Manifesto,* Cambridge: The MIT Press, 2018, p. 85.

4 Mark Polizzotti, *Sympathy for the Traitor: A Translation Manifesto,* Cambridge: The MIT Press, 2018, p. 103.

5 Mark Polizzotti, *Sympathy for the Traitor: A Translation Manifesto,* Cambridge: The MIT Press, 2018, p. 14.

6 Mark Polizzotti, *Sympathy for the Traitor: A Translation Manifesto,* Cambridge: The MIT Press, 2018, p. 91.

三、与叛逆者同感

翻译是一种创作，很多从事翻译实践的人都这么认为。两种语言文字之间有距离，译者的理解和文风与原作有距离，译者所悟所得与表达能力之间难免也有距离，如何架通桥梁，让目标读者安然不动，坐享入于化境的译作[1]，各种“美丽的不忠”（Beautifully Unfaithful）避免不了，就像法国大男子主义格言说的那样，佳妙与忠诚不可兼得。[2] 钱锺书先生在《林纾的翻译》中也提到过意大利文双关语“翻译者即反逆者”（Traduttore traditore）。[3]“创造性背叛”是法国文学理论家埃斯卡皮（R. Escarpit）在《文学社会学》中提出的，他说，“凡翻译都是背叛，不过，当这种背叛能够使能指表明一些意思，即使原初的所指已变得毫无意义时，它就有可能是创造性的。”[4] 译作的读者群不同于原作，“原初的所指”没有意义也是必然的。从 1987 年出版的《中西比较文学手册》词条“创造性背叛”（creative treason）来看，就是指后世对一部作品的误解。误解，不是有心理准备、刻意而为之的，而是“一时失手”，没有考虑周全，甚至是理解能力不够，这没有反映出“创造性”的实质。这显然也不是波利佐提想要反复论述的。

波利佐提在书中使用 betrayal, translator as traitor 等词或词组来总结文学翻译，可以说是刻意为之的踌躇满志。书名中 Sympathy 一词，从其古希腊文词源（συμπάθεια）上讲，就是“抱有共同的心情”之意，作者所要发出的宣言，就是赞同叛逆，与叛逆者感同身受。该著作有两章的题目直接触及本书的主题 Beautifully Unfaithful 和 Sympathy for the Traitor，其余各章内容最终都与叛逆相关。比如，第一章“Is Translation Possible (and What Is It, Anyway）?”认为，不是所有的翻译都需要深入研究语言炫技的成就，成功的翻译是尝试、修订、犯错，甚至是杜撰出来的产品，因为目的语在词汇和思想范畴上往往没有直接的对等物，翻译的解决方法只能是间接的、迂回的。[5] 作者反对翻译实践中仅在形式上完全依从原文，追求字句对应，而致因辞害义。如果坚持原作比译作更权威、翻译本质上的功利性、功能对等，那么，译事总是难遂人愿，成为不可能完成的任务了。波利佐提在第三章“Pure Language”不无骄傲地申明，自己深涉译事，对理论上的障碍很不耐烦；口号不过是巧言令色，喊得响却无甚意义；绕来绕去的理论构想，也只不过是刺激他人怪诞的想法而已[6]。他引述本雅明、施莱尔马赫、梅里美等人的观点，认为他们的观点缺乏人的在场，蔑视人的反应，即缺乏对读者与读者反应的观照（reflection）。纯粹的理论家有关翻译忠实性、创作论的观点都太过理想化，反倒成为翻译实践的障碍。

1 钱锺书，《七缀集》，北京：生活·读书·新知三联书店，2002 年，第 78–79 页。

2 Mark Polizzotti, *Sympathy for the Traitor: A Translation Manifesto,* Cambridge: The MIT Press, 2018, p. 49.

3 钱锺书，《七缀集》，北京：生活·读书·新知三联书店，2002 年，第 78 页。

4 埃斯卡皮，《文学社会学》，于沛译，杭州：浙江人民出版社，1987，第 122 页。

5 Mark Polizzotti, *Sympathy for the Traitor: A Translation Manifesto,* Cambridge: The MIT Press, 2018, p. 3.

6 Mark Polizzotti, *Sympathy for the Traitor: A Translation Manifesto,* Cambridge: The MIT Press, 2018, p. 41.

“Beautifully Unfaithful” 一章中，波利佐提一方面认可完全理解、深入体会源语文化和语言本身是关键的；另一方面却说明理解原文并不能确保得出高妙的译文，甚至是有可能妨碍翻译，因为全面、完整的理解总使人觉得无从选择、无力再现。这里，作者想要证明：翻译不能屈从、服务于源文本，更不应落入与原文对等的深彀；如果视翻译为创造的过程，原作的精华、文学快感就都能再现；译者不是原文和目标读者的仆役，而是为二者负责。本质上，译者通过译作要实现的阅读体验就不同于原文读者，所谓“一千个人读莎士比亚，就有一千个莎士比亚”就是这个道理，不仅仅适用于相同文化背景下有不同阅读经验的原文读者，同样适用于不同文化背景下有不同阅读经验的译文读者。译者的阐释工作需要实现源文本的语言与文化效果，要有所选择，要立足于本国文化。这样一来，为人所诟病的是，译作不像翻译而成，倒像是原创；与源文本相异之处、与作者相龃龉之处，多因译者、出版社或受众的偏好而起。这就是“雅”“达”与“信”之间的矛盾了——欲“雅”“达”而难“信”。一者，出版社作为委托方会有所要求；二者，译者为读者、受众负责，与他们共享相同的语言与文化语境，译者的阐释有所选择，才能满足受众的阅读期待。因“雅”“达”而不“信”，这种创造性的叛逆就应是译作“美丽的不忠”了。

本书的核心章节 “Sympathy for the Traitor” 中，波利佐提论述一个观点，译者是作者的“创作搭档”（translators acting as creative partners）：在翻译实践上，有足够的空间让译者与作者同生共存，甚至在个性上相互融合；翻译的最佳状态就是，译者与作者在文字和想象上共同谋求以翻译实现原文的所有效果和持久活力。[1] 一个优秀的译者需要对原文和目标读者的阅读有正确的评价，将原作粗陋之处当作作者刻意为之、是原作不可分割的一部分，乃至于是作者的风格，实际上是一种误判；不排除作者意在向西，而指向东的现象是存在的，译者予以修正，并不是背叛。波利佐提有 40 多年的翻译实践经验，这些说法不是空穴来风，他询问过一些在世的作家，他们都对译者修正、改写自己的纰漏表示感激。但他又留了些余地，让大家当作趣闻，别太当真。[2] 反观国内翻译界的学者针对葛浩文修改莫言原作的“轶事”，谈论译者的主体性、创造性叛逆、回顾式编译等问题，也不过是一个人的多重装束而已，主要内容和精神并无不同。

四、一词多译

波利佐提说，翻译不到位，“不足之感令人苦恼。”[3] 其翻译工作的目标，就是保留原作不同寻常的用词习惯与个性，以最佳的相似性示人，确保目标读者得到文学享受的愉悦。[4] 译者尽其所能创造新的文学文本，再现原文的独特性和生命力；不同译者在阅读与阐释中各有得心应手之处，能让作者的异域性（Foreignness）有所体

1 Mark Polizzotti, *Sympathy for the Traitor: A Translation Manifesto,* Cambridge: The MIT Press, 2018, p. 109.

2 Mark Polizzotti, *Sympathy for the Traitor: A Translation Manifesto,* Cambridge: The MIT Press, 2018, p. 102.

3 Mark Polizzotti, *Sympathy for the Traitor: A Translation Manifesto,* Cambridge: The MIT Press, 2018, p. 95.

4 Mark Polizzotti, *Sympathy for the Traitor: A Translation Manifesto,* Cambridge: The MIT Press, 2018, p. 63.

现，这都是目标读者期待的。翻译实践最基本的内容，还是词汇，当然是特定语境下的词汇。

波利佐提在各个章节里都提到了一些词汇的翻译，有两类情况，一是在同一个文本中同一词汇的不同处理，二是同一个词汇在不同文本的不同解释。

一词多译的第一种情况，往往是由于语言和思维方式的差异造成，名物之词很难在另一种语言里找到完全对应的词。冯象在《以赛亚之歌》中提到芝加哥大学萧雷（Paul Shorey）教授译柏拉图 *eidos*（ειδως）为 idea or form，两词并指一名。他还另举一例，《约翰福音》3：5 中有 *to pneuma*（ϖνεύματος）一词，本义“风”，转指化育万物的生命之气，或圣灵，而汉语没有一个兼指“风 / 灵 / 生命之气”的词，[1] 所以，要依语境的不同而分开翻译。一词一译，贯彻始终，在理论上没有问题，在实践中却行不通。傅雷也谈到过相似的情况，“ecstasy 一字含义不一，我不能老是用‘出神’二字来翻译。”[2] 所以，在译文中，他使用了两个词来译，“狂喜与忘我的境界”。原文的一词多义，如果在译文中一以贯之，只有一个译法，肯定是不妥当的。翻译实践中也存在这样一种现象，一个或多个词汇在原文反复出现，然而，词汇含义产生于具体的语境中，译文中也没必要统一。

另一种情况更复杂，似乎与翻译不甚相关。钦定本《圣经·创世纪》2：9、17 有名词词组 the tree of knowledge of good and evil，后世对这棵树及树上的果实有多种解释，比如，弥尔顿《失乐园》开篇就说，“the Fruit / Of that Forbidden Tree, whose mortal taste / Brought Death into the World”（这句诗有两种汉语译本，朱维之译本是“偷尝禁树的果子，把死亡和其他 / 各种各色的灾祸带来人间”；金发燊译本是“那棵 / 禁树的果子，品尝它就是致命的 / 给世人带来死亡），诗人沿袭数百年来学界对希伯来文单词 *peri* 的阐释，使用了一个笼统的概念 Fruit；同诗卷九第 584—586 行，“To satisfie the sharp desire I had / Of tasting those fair Apples, I resolv'd / Not to deferr”（朱译本“为要满足我的强烈欲望去尝味一下 / 那美丽的果子，我不迟延”；金译本“为满足我想品尝这些美好的 / 果子的强烈愿望，我下定决心 / 不要延误”），诗人此处用 Apple 一词是依从当时基督教学者一般的作法，按照圣哲罗姆的拉丁文通行本《圣经》（Saint Jerome's Vulgate）译法创作出来的。拉丁文 *malum*（the Tree of the Knowledge of Good and Evil）与 *malus*（the Tree of Apples）是双关。《失乐园》的这两种汉译本以统称指代原文的文化意象“苹果”，似有不妥。波利佐提认为，圣哲罗姆那个年代，*malus* 不仅指“苹果”，还可以是桃子、梨，也可以是无花果、香橼、杏子或石榴，甚至有可能是葡萄，因为《失乐园》中的夏娃吃过禁果之后有醉酒的感觉。

还有一个例子也是出自《圣经》。按照圣哲罗姆的翻译，摩西从西奈山上走下

1　冯象，《以赛亚之歌》，北京：生活·读书·新知三联书店，2017 年，第 29 页。

2　傅雷，《傅雷谈翻译》，沈阳：辽宁教育出版社，2005 年，第 61 页。

来，误把希伯来文的 *karan*（radiance，放光）当成了 *keren*（horned，有角）。[1] 后来，米开朗基罗在圣彼得镣铐教堂里的雕塑作品《摩西》就是额头有角长出来，很难说与圣哲罗姆的误译没有关系，而后世“甚至到了 20 世纪，欧洲还有一些地区的民间坚信犹太人长角”，[2] 也很难说与这个误译和雕塑没有任何关系。波利佐提由此引发了一个问题，翻译到底重要吗？他认为，翻译在语际交流中起到了极其重要的作用，甚至在一些重大的国际事件中也起到了不容小觑的作用。比如，二战期间的广岛核爆事件：《波茨坦公告》发布当天下午，日本首相铃木贯太郎对记者发表声明，“我认为，《波茨坦宣言》不过是《开罗宣言》的翻版，政府认为它没有什么重要的意义，唯有默殺（*mokusatsu*），我们唯有坚持向完成战争迈进。”后来，铃木对儿子解释此事时，他说用这个词是想表达英语中的 no comment，而日文中没有相对应的表达方式，只好用“默殺”。美国人在字典中查得“默殺”的含义是“无视、置之不理”，于是，几天后《纽约时报》发表大标题新闻，“日本正式拒绝盟军要求投降的最后通牒”。是从英文到日文的错误，还是从日文到英文的错误呢？是日本首相的问题，还是美国人的问题？语言的意义产生于语境，不是由人武断强加的。日本首相事后的解释似有“强词夺理”之意，无论是从后文来看，还是从日文字典来看，“默殺”都没有“不予置评”的意思。

翻译实践面临的选择性阐释，往往出于一定的目的和原因。波利佐提认为，翻译不单单是数据传送，其功用远不止于此，因而，谈论“对等”没有任何价值。[3] 一词多译，有不得已而为之的情况，更有“知其不可为而为之”的情况，即歪曲原文，严格说来，这就不是真正的翻译了。

五、结语

《翻译宣言：赞同叛逆》是一部可读性很强的理论著作，波利佐提长期从事翻译实践工作，深谙译事真味，因而，他的观点佐以大量的实践案例实证，就非常可信，有说服力了。贯穿全书的一个观点就是理论上的“对等论”，翻译实践中根本不能照章行事；创造性叛逆决非无奈之举，而是译者富于创新意识、延展原作文学性、进而真正忠实于原作精神的创举。

1 冯象译自希伯来文的《出埃及记》34：29，“终于，摩西手持约版，一步步走下西奈山来。他不知道，因为同耶和华谈话的缘故，脸上的皮肤在烨烨放光。”夹注里这样说，“qaran，词根本义‘角’。通行本误译，脸上生角（cornuta）。西洋绘画中摩西额生双角的形象由此出。”——冯象译《摩西五经》，香港：牛津大学出版社，2006 年。

2 诺曼·所罗门，《犹太人与犹太教》，王广州译，南京：译林出版社，2014 年，第 2 页。

3 Mark Polizzotti, *Sympathy for the Traitor: A Translation Manifesto,* Cambridge: The MIT Press, 2018, p. 147.

野心／天意——从《麦克白》到《血手记》和《欲望城国》

李小林　浙江大学

昆剧《血手记》[1]和京剧《欲望城国》[2]均改编自莎士比亚的著名悲剧《麦克白》，是 20 世纪 80 年代以来中国戏曲改编莎剧的比较成功的案例。两剧的演出在国内外都引起了不小的反响，但相关的学术研究却不多。[3]本文结合改编文本和演出录像以及相关演出资料，对两剧的表演文本[4]进行考察，并着重分析中国版麦克白（马佩／敖叔征）形象的变异。通过比较，我们发现，中国版的两个麦克白在心理轨迹上有着惊人的相似性，但与莎剧麦克白相比却都发生了内质的变形。为何在戏曲剧种、文本结构和表演风格如此迥异的两剧中竟会出现主人公心理特质的一致性倾向？中国版麦克白的内质变形究竟隐含着怎样的深层原因？中国版《麦克白》果真如有些学者所言"遗失了原剧中的精华"了吗？本文将对这些问题进行探讨。

一、改编意图：莎士比亚戏曲化

昆剧《血手记》和京剧《欲望城国》的改编者在其改编意图上极为相似。首先，他们都想借助于莎士比亚戏剧给中国传统戏曲注入新鲜的活力。《血手记》的艺术指导、导演黄佐临说："我想借助莎翁的《麦克白》，给昆曲这个'温'字打一针'强心针'。"[5]《欲望城国》的导演吴兴国也说："希望能让国剧从古老的时空中走出来。"[6]如前所述，《血手记》和《欲望城国》均改编于 20 世纪 80 年代，那时中国戏曲因

1　昆剧《血手记》，郑拾风改编，艺术指导黄佐临，导演李家耀，上海昆剧团演出。本文所据改编剧本（未出版复印件）和演出光盘 VCD（1987 年录制）均于 2005 年 7 月购于上海昆剧团。

2　京剧《欲望城国》，李慧敏改编，导演吴兴国，台湾当代传奇剧场演出。本文所据改编剧本发表于《中外文学》第 15 卷第 11 期（1987 年），演出光盘 DVD 为台湾当代传奇剧场于 2005 年发行。

3　有关两剧的研究请参见曹树钧：《莎翁四大悲剧戏曲编演的成就与不足》（张冲主编《同时代的莎士比亚：语境、互文、多种视域》，上海：复旦大学出版社，2005 年，第 352 页）；亢西民：《昆剧〈血手记〉与莎剧〈麦克白〉比较摭谈》（高福民、周秦主编《中国昆曲论坛 2004》，苏州：苏州大学出版社，2005 年）；章新强：《中国戏曲舞台上的〈血手记〉》（《中国戏剧》，2006 年第 2 期）；李伟民：《莎士比亚悲剧〈血手记〉在中国的传播和影响》（《西北民族大学学报（哲学社会科学版）》，2006 年第 1 期）；胡耀恒：《西方戏剧改编为平剧的问题——以〈欲望城国〉为例》（《中外文学》，1987 年第 15 卷第 11 期）；戴雅雯（Catherine Diamond）：《做戏疯，看戏傻：十年所见台湾剧场的观众与表演（1988—1998）》（吕健忠译，台北：书林出版有限公司，2000 年，第 316 页）；徐宗洁：《从〈欲望城国〉和〈血手记〉看戏曲跨文化改编》（《戏剧》，2004 年第 2 期）；Bi-qi Beatrice Lei, Macbeth *in Chinese Opera*, in Nicholas Moschovakis, (ed.) Macbeth: *New Critical Essays*, New York: Routledge, 2008, pp. 280–284。

4　"表演文本"（performance text 或 spectacle text）由 Marco de Marinis 提出，实际指舞台绘景（scenography），包括舞台、服装设计、灯光、表演场地的安排、演员在表演场地的活动等视觉方面的内容，是文本的视觉对应物。

5　黄佐临，《昆曲为什么排演莎剧》，载《戏曲艺术》，1986 年第 4 期，第 4 页。

6　吴兴国，《从传统走入莎翁世界》，载《中外文学》，1987 年第 15 卷第 11 期。

为缺乏时代性正面临着危机。所以，两位导演不约而同地想到了这个“说不尽的莎士比亚”。

两剧在改编意图上的另一个共同点是莎士比亚戏曲化，即用中国戏曲的形式演绎莎士比亚。黄佐临曾说，“莎士比亚时代的舞台与我国戏曲的传统舞台有许多相似之处，二者演出都质朴无华，不用布景，连续不断，突出人物……”因此，他希望“充分发挥本剧种传统的程式手段‘载歌载舞’，努力使莎剧昆曲化。”[1] 吴兴国也发现莎剧《麦克白》与京剧有很多共同点，比如“剧本对语言功能的发挥和诗的应用、浓厚的叙述性、剧中人物常常跳出情节与观众交谈、人物出现的秩序性和场次繁多”，等等，这些“使剧情的转化能合理而自然”。[2]

莎士比亚戏剧与中国戏曲之间的相似性为戏曲改编莎剧提供了便利。《麦克白》是“以一个人物为主串起许多零散场面的史传式剧作”，中国戏曲多数结构与此相似，只是线索比较单一，剧情比较简单。昆剧《血手记》即按照中国传统戏曲的“一人一事”“一线到底”的结构原则，将《麦克白》剧中的一些次要情节和人物删除，突出麦克白夫妇弑君篡位这一主要情节，共设计了晋爵、密谋、嫁祸、刺杜、闹宴、问巫、闺疯、血偿八场戏。京剧《欲望城国》也删减了原作中的一些次要情节和人物，采用了话剧的分幕分场的结构形式，将莎剧原作的五幕二十七场精简为四幕十四场。

两个改编本都将剧中的背景从原作的苏格兰移置中国古代，《血手记》的故事发生在中国古代的郑国，《欲望城国》则是在东周战国时期的蓟国。两个改编本中的人物也都用了中国人名。

这样，昆剧《血手记》和京剧《欲望城国》围绕英雄弑君篡位这一主要情节展开戏情，在戏曲舞台上向国内外观众演绎中国古代一个善良正直的英雄是如何被其野心毁灭，而这也正是莎剧《麦克白》的主题。

二、表演文本分析：麦克白 / 马佩 / 敖叔征

麦克白这一人物形象最突出的特征是有着“诗人的想象”。[3] 莎剧运用大量的内心独白来表现他内心活动的延展、冲突、纠结和痛苦。那么，中国戏曲是如何通过唱念做打的综合表演手段来展现人物的这一性格特点的呢？在这种演绎中麦克白又如何在内质上变了形。

（一）女巫预言：野心的象征 / 天意的暗示

在莎剧原作中，女巫的预言是麦克白走向弑君篡位之路的第一诱因。昆剧《血手记》和京剧《欲望城国》也分别在第一场戏（“晋爵” / “山鬼”）中设置了仙姑 / 山鬼的预言。莎剧三女巫在昆剧的舞台上成了一高二矮的三仙姑。她们在昏

1　黄佐临，《昆曲为什么排演莎剧》，载《戏曲艺术》，1986 年第 4 期。

2　吴兴国，《从传统走入莎翁世界》，载《中外文学》，1987 年第 15 卷第 11 期。

3　A. C. Bradley, *Shakespearean Tragedy: Lectures on* Hamlet, Othello, King Lear, Macbeth, New York: Palgrave Macmillan, 2007, p. 268.

暗朦胧，烟雾升腾的“鬼影滩”上变幻舞姿、显现其阴阳二面，分别念着“我乃真也假”，“我乃善也恶”，“我乃美也丑”。[1] 而到了京剧舞台，三女巫干脆变成一个长发飘飘的山鬼。她在幽暗阴森，狂风呼号的森林中发出尖厉古怪的声音：“山精水怪现身影，聚毒为蛊扰人心，不喜天下太平世，兴风作浪无安宁。”[2] 与莎剧中的女巫一样，昆剧三仙姑和京剧山鬼在戏中各自代表不可知的超自然力量，要诱惑从战场归来的英雄麦克白 / 马佩 / 敖叔征。

然而，莎剧三女巫说话含蓄：“美即丑恶丑即美，翱翔毒雾妖云里。”[3] 这仅仅暗示了一个黑白颠倒的混乱时代，剧中没有迹象表明“麦克白的行动是受女巫以及其他外在力量的驱使”。[4] 而昆剧三仙姑和京剧山鬼则明确表示要捉弄马佩 / 敖叔征。京剧中山鬼上场说道：“明日，大将敖叔征搬兵还朝，必打森林经过。不免，在此等候于他，作弄一番。”说完发出了洋洋得意的长笑。昆剧三仙姑临下场时的台词“姐妹们，你们看，自寻死路的贵人来了！”，同样道出了她们有着“捉弄”的意图。与莎剧原作相比，昆剧和京剧为英雄出场提供了一个更加险恶的外在环境，为日后英雄弑君篡位寻找借口留有了些许空间；而莎剧女巫说话的含蓄和不确定则意味着麦克白对自己日后的命运将要承担起责任。

从内容上看，三仙姑 / 山鬼的预言与三女巫大致相同；然而，马佩 / 敖叔征对于预言的反应却与麦克白有所不同。马佩 / 敖叔征先是吃惊，转而怒斥：“你们，胆敢戏弄于我！”（马佩）“妖魔大胆，竟敢如此称道，分明是要陷我于不忠不义，休走看剑。”（敖叔征）好像他们全无弑君的念头。而原作中麦克白听到“未来的君王”的祝福时由吃惊转为害怕，“全然失去常态，心卜卜地跳个不住”，这表明麦克白心中早有弑君的想法，他“无论是接受还是拒绝诱惑，在他的内心已经有了诱惑”。[5] 随着剧情发展，马佩 / 敖叔征的心理也产生了些微变化，但他们很快平复了心情；而麦克白一经女巫的挑逗之后就再也没有停止过对预言的想象。正如许多学者所言，女巫实际是麦克白内心欲望的象征。[6]

因此，我们看到在莎剧中，野心一开始就被植入麦克白的内心，所以，当女巫的预言后来应验，他并不感到吃惊，反而陷入了更深的遐想：“最大的尊荣还在

1　本文所引《血手记》台词，均以上海昆剧团演出的《血手记》（VCD，1987 年录制）为主，并参照郑拾风改编的《血手记》剧本（未出版复印件，购于上海昆剧团）。

2　本文所引《欲望城国》台词，均以台湾当代传奇剧场演出的《欲望城国》（DVD，2005 年发行）为主，并参照李慧敏改编的《欲望城国》剧本（《中外文学》1987 年第 15 卷第 11 期）。

3　本文所引《麦克白》台词见朱生豪等译，《莎士比亚全集》（五），北京：人民文学出版社，1994 年。

4　A. C. Bradley, *Shakespearean Tragedy: Lectures on* Hamlet, Othello, King Lear, Macbeth, New York: Palgrave Macmillan, 2007, p. 261.

5　A. C. Bradley, *Shakespearean Tragedy: Lectures on* Hamlet, Othello, King Lear, Macbeth, New York: Palgrave Macmillan, 2007, p. 262.

6　A. C. Bradley, “Symbolical Representations of Thoughts and Desires Which Have Slumbered in Macbeth’s Breast and Now Rise into Consciousness and Confront Him”, see A. C. Bradley, *Shakespearean Tragedy: Lectures on* Hamlet, Othello, King Lear, Macbeth, New York: Palgrave Macmillan, 2007, p. 263；方平：女巫的预言“唤醒了他朦胧的野心”，见方平，《“人”的悲剧——谈悲剧〈麦克贝斯〉的“莎味”》，载《读书》，1987 年第 12 期；等等。

后面。”相比而言，在昆剧和京剧中，野心仍被悬置在马佩 / 敖叔征的外部，仙姑 / 山鬼的预言只在他们的头脑中停留了片刻，他们的内心很快就恢复了常态。所以马佩 / 敖叔征后来得到国王封赏时异常震惊。马佩倒吸一口气，用了一个惊眼“亮相”；敖叔征更是吃惊得跌坐在地，等众人退场后，他独自站在舞台上，惊怕的双眼瞪着前方。

（二）夫人怂恿：野心的明晰 / 天意的强化

如果说女巫的预言唤醒了麦克白的“朦胧的野心”，那么麦克白夫人的怂恿则使这野心渐趋明晰并最终促使麦克白走上弑君篡位的不义之路。中国版麦克白夫人（铁氏 / 敖叔征夫人）也扮演了同谋者的角色。与麦克白夫人相同，铁氏 / 敖叔征夫人在性格上都表现得极其强势。“铁氏”之名就显得强悍；敖叔征夫人眉心画有红痣，显得冷面有心计。她们像麦克白夫人那样用“舌尖的勇气”，为自己的丈夫扫除了障碍。铁氏说：“哼哼，当断不断，妇人之仁！”敖叔征夫人也说：“哼！说什么大丈夫，威猛将，却原来也是这般无能。”这些言语与麦克白夫人的“是男子汉就应当敢作敢为”的怂恿如出一辙。

不过，需要指出的是，麦克白夫人 / 铁氏 / 敖叔征夫人在劝说意图上却不尽相同。麦克白夫人竭力怂恿丈夫，是因为她和麦克白怀有同样的野心：“你的信使我飞越蒙昧的现在，我已经感觉到未来的搏动了。”而铁氏和敖叔征夫人却不约而同地想到了天意。昆剧中马佩将仙姑的预言和国王封赏之事告诉了铁氏，她反而劝说马佩：“这一字并肩王，并非吉兆，不如辞掉。”见马佩犹疑，她又干脆说：“既然交不得兵权，就要动用兵权……”马佩骇然战抖。接着铁氏指出这是天意：“王爷休要惊慌，此番御驾亲临，乃是天意呀！”因为有了天意的支撑，刚刚听到“动用兵权”还感到骇然的马佩很快接受了夫人的“弑君嫁祸”之计。京剧中敖叔征夫人的劝说更加强化了天意。当敖叔征告知夫人所遇山鬼之事时，夫人立刻说：“莫非这是天意不成么？”敖叔征为鬼魅之言应验而心绪不宁时，夫人却欣喜地唱道：“你是那，真龙显，天赐河山。”后来，敖叔征夫人又进一步劝说夫君：“今夜，若遂了心愿，便可屏王室，霸诸侯，江山一统，列国敬仰，此乃天命所归，民之大幸也。”敖叔征夫人的最后一句高亢悠长的念白，一下子激起了敖叔征的雄心。在夫人的“上天”“机缘”的劝说下，他决心弑君。

（三）国王被害：野心的驱使 / 天意的召唤

在莎剧原作中，麦克白弑君之前内心深处进行着野心与正义的较量。一方面他觉得作为国王的臣子、亲戚和城堡的主人，不该犯弑君之罪；另一方面，他又感到难以抑制自己“跃跃欲试的野心”，这种痛苦挣扎让他思维狂乱甚至出现幻觉，一柄带血的刀子在他眼前摇晃。最后，野心占了上风，时钟催促麦克白仓促行动。但马佩 / 敖叔征最终是在天意的召唤下完成了谋杀，尽管昆剧与京剧也分别用唱腔和无言的动作表达了他们下决心动手弑君前的犹豫和慌乱。当马佩犹豫不决之时，铁氏的画外音“九五之尊，虎踞龙床，皇天有命，违命不祥”给马佩以力量，一句一声锣，重重地敲在马佩的心上，画外音使马佩野心再度膨胀，他接唱：“既然是纷纷吉兆报祯祥，隐约约天赐龙泉指方向，到手的九五之尊莫彷徨。”敖叔征则是在夫人的“上天”“机缘”和“男子汉”“威猛将”的双重推动下完成了恶行。

（四）鬼魂闹宴：灵魂的拷问 / 鬼魂的纠缠

昆剧《血手记》第五场“闹宴”和京剧《欲望城国》第三幕第三场“大宴”分别设置了“鬼魂闹宴”的戏。与莎剧原作中的麦克白一样，为了巩固王位，马佩 / 敖叔征杀害了威胁性最大的同行将军杜戈 / 孟庭。然而，麦克白 / 马佩 / 敖叔征的内心对于同行将军的惧怕因素是不同的，因而，鬼魂出现时他们的表现也有所不同。

虽然麦克白谋害班柯将军是因为女巫曾预言班柯子孙将君临朝政，他对此无法接受；但谋害班柯的一个最主要原因是班柯的高贵品德令他生畏：“我对于班柯怀着深切的恐惧，他的高贵的天性中有一种使我生畏的东西。”实际上，麦克白内心恐惧的是正义。然而麦克白又明白“以不义开始的事情，必须用罪恶使它巩固”。于是，新的罪行在继续发生。

昆剧和京剧在改编中都强化了权力相争的因素，至于原作中班柯高贵天性的威慑力根本没有提及。马佩对杜戈鬼魂唱道：“只怨你错时机棋输一着，咱岂敢百战功劳付流沙。”他谋害杜戈是不失时机地除掉自己有力的竞争对手。敖叔征谋害孟庭将军除了害怕孟庭将山鬼预言告知国王为自己带来杀身之祸之外，更重要的理由是担心他的子嗣将会登上蓟王之位：“你的后代要称王，难道我敖叔征就无有后代了么？！”

由于麦克白 / 马佩 / 敖叔征谋杀同行将军班柯 / 杜戈 / 孟庭的动机不一样，他们后来面对其鬼魂的反应就有了明显的差异。麦克白的台词表明他的内心对班柯的惧怕。“去！离开我的眼睛！让土地把你藏匿了！”他希望班柯鬼魂消失，其实是要排斥在道义上受到的再次审判。马佩 / 敖叔征却表现得极为强悍。面对杜戈鬼魂，马佩先是脸色大变：“这该杀的又来了！”他在惊恐中抖掉了自己的王冠，但后来又拔剑追杀鬼魂。同样，当孟庭鬼魂出现并逼近敖叔征时，敖叔征一边说“你……你若再不离去，我！我！我就杀了你！”，一边持剑向孟庭砍去，最后他还爬上桌子大叫“孟庭，我才是……真命天子，你休想夺去江山”。马佩 / 敖叔征对于鬼魂的追杀表明他们以为战胜鬼魂就能稳坐江山，他们的心中几乎没有半点悔意。

（五）再访女巫：探知命运 / 再寻天意

麦克白在受到班柯鬼魂的惊吓后，决定重访女巫探知命运。但他深知：“我已经两足深陷于血泊之中，要是不再涉血前进，那么回头的路也是同样使人厌倦的。”马佩 / 敖叔征则是在处境不利时重访仙姑 / 山鬼，祈求她们的保佑。马佩 / 敖叔征将一切归于天意，他们认为此前的弑君行为都是因为听从了仙姑 / 山鬼的话。马佩唱道“仙姑呵，祸与福来往穿梭，全为你劝说寡人攀登宝座。”敖叔征则将自己眼前不利的处境怪罪于老天，“唉！想我敖叔征，本是个忠义大将，不想却犯下这弑君背义的罪过。难道这都是上天的安排不成吗！”既然马佩 / 敖叔征认为是天意使然，那么现在重访仙姑 / 山鬼就是为了再次寻求天意的支撑。

马佩 / 敖叔征得到仙姑 / 山鬼的肯定答复之后精神为之一振。昆剧中马佩发出一声响亮悠长的“带马”之后狂放地唱道：“苍天不亡我奈我何！”京剧中敖叔征则决定按照山鬼的嘱咐去做：“我要杀得他人仰马翻，鬼哭神号，杀得他天昏地暗，日落星沉！”而且他坚信山鬼的预言是天意所示，“你们全都来吧！苍天注定你等，俱是我刀下之鬼……”

在莎剧中，麦克白得到幽灵的答案之后也曾经获得信心和力量，“幸运的预兆！好！勃南的树林不会移动，叛徒的举事也不会成功，我们巍巍高位的麦克白将要尽其天年。”而且，他还将恶念立即付诸行动，即突袭了武将麦克德夫的城堡。然而这一猛烈的行动之后，麦克白仍常常陷入幻想之中，心理更加麻木。“我的头脑，永远不会被疑虑所困扰，我的心灵永远不会被恐惧震荡。”正如赫士列特所说：“他的思想迷离恍惚，他的行动突然而猛烈，因为他觉得自己的决心靠不住。”[1]

（六）英雄毁灭：坦然和清醒 / 不甘和困惑

和麦克白一样，马佩 / 敖叔征最后都落得毁灭的下场，不同的是，马佩 / 敖叔征带着困惑死去，麦克白则坦然接受死亡。

莎剧里麦克白从一开始就很清楚自己弑君行为的后果“我们树立下血的榜样，教会别人杀人，结果反而自己被人所杀；……这就是一丝不爽的报应。”事实上，对于没有人的尊荣的日子，麦克白早已厌倦，所以，当他发现女巫的预言破灭后，没有过多的指责。马佩 / 敖叔征却对未来充满着指望，因此，当仙姑 / 山鬼预言中的恶兆出现时，马佩和敖叔征的反应就相当激烈。当马佩得知“那城外森林渐渐移动”之时，他惊立片刻，瞪大的眼睛里露出了惶恐的神情，面对郑元大军大叫：“不好，仙人的话果然应验了！”虽然他上马迎战，但心里已经乱了方寸。京剧中敖叔征听到三报“森……林移动……了！！”时大惊失色，并一脚踹了报子。岂料随着音乐由慢而急，敖叔征亲眼看到了森林移动；音乐突然停止，全场寂静，只听到敖叔征恐慌的声音：“森林！森林它真的移、移、移……动了！！”他内心的坚强支撑突然间动摇，心理渐渐走向崩溃。

对死的认识就是如此不同：马佩 / 敖叔征一直依赖天意，对未来充满着指望，所以一旦失去天意的支撑，其心理也就随之塌陷了；麦克白在预感到末日来临时，深知这是“不爽的报应”，即“公正的惩处”，希望尽快结束悲惨的命运。

尽管麦克白希望尽快结束自己的命运，但他面对马尔康率领的英军讨伐，没有逃遁，表示“我要战到我的全身不剩一块好肉”。最后他在与麦克德夫的交战中仍然“擎起我的雄壮的盾牌，尽我最后的力量”。麦克白如英雄般倒下。马佩最初也表现出英雄好汉的情怀，“我马佩呵，料来日不长，七尺躯宁战死不投降！”两军交战中，起先他在气势和武艺上都占优势，他乜斜着杜宁大将等人，心里好像在说：你们都是仙姑所言“十月怀胎的人”，怎会是我的对手呢？但后来，当他与

1　赫士列特，《莎士比亚戏剧人物论（1817）》，见杨周翰编选《莎士比亚评论汇编》（上），北京：中国社会科学出版社，1979 年，第 198 页。

梅云对峙时，不想梅云却大声笑道："哈！哈哈！我，母亲怀胎七月，早产了我梅云。"马佩大惊，结果被梅云枪挑下马，众士兵上前将他乱刀砍死。而敖叔征面对即将来临的毁灭则表现出绝望和挣扎。他在众将士的默默注视下痛苦地将硬靠（戎装）背后的四面靠旗一根根拔出扔下高台，这象征他信心的渐渐丧失。当乱箭穿身后，他手指苍天，瞪大眼睛，满脸痛苦和困惑，仿佛在说：苍天，你为何要捉弄我敖叔征呢？最后他摔后僵尸[1]倒下。

马佩 / 敖叔征到死都没能明白自己的罪责，天意使他们无法直视自己的野心和罪恶，一个死得不甘，一个死得困惑；而麦克白从弑君念头的产生直至死亡，始终有着清醒的罪恶意识，所以坦然接受毁灭的结局。

三、"重塑的莎士比亚"

就《血手记》和《欲望城国》两剧本身而言，它们在戏曲剧种、剧本结构和表演风格上都不相同，然而在人物塑造上却有着上述惊人的相似，这一点颇耐人寻味。据说，《血手记》的"标题和一个舞台色调显然是受了徐晓钟导演的话剧《麦克白》（1980 年）当中血手意象的启发"，[2] 而《欲望城国》在改编之前虽然也参照过好几个版本，包括昆剧《血手记》，但它"并没有取法于它的创意"，其"所有偏离莎士比亚情节之处"，"全都因袭黑泽明（Akira Kurosawa）在一九五七年推出的电影《蜘蛛巢城》（*Throne of Blood*）的改编。"[3] 由此可见，两剧在改编前并不曾相互取经；那么，是什么原因造成马佩和敖叔征形象塑造上的相似呢？同时，通过以上对表演文本的分析，可以发现中国戏曲改编本塑造的两个相似的麦克白，却与它们的原型有着内质的变形，这种内质的变形导致了人们的一个最主要的批评，即戏中"人物的心理冲突减弱了"[4]。心理冲突是《麦克白》一剧的最重要的特色，《欲望城国》的导演吴兴国分明说过：《麦克白》"对犯罪心理的刻画之深，在放眼世界的剧本中都难有匹敌"[5]，而《血手记》导演黄佐临从英国剑桥大学毕业、曾专门研究莎士比亚，不可能不知莎剧的这一特色。那么，究竟是什么缘故使两剧在塑造人物时向着同一方向偏移？两部改编作品中的人物果然"心理冲突减弱了"吗？

中国版麦克白的内质变形首先表现在对女巫预言的诠释上。莎剧中女巫的预言很含蓄，暗示了麦克白的朦胧的野心。而中国两剧则强化了仙姑和山鬼的神秘力量，致使她们的预言不约而同地被铁氏和敖叔征夫人理解为天意，天意就成为她们劝说丈夫弑君篡位的有力依据。为此，有批评者指出：《血手记》马佩的"政治野

---

1 后僵尸，戏曲表演基本功中的毯子功，演员僵直身体，往后跌扑。

2 Li Ruru, *Shashibiya: Staging Shakespeare in China*, Hong Kong: Hong Kong University Press, 2003, p. 121.

3 戴雅雯（Catherine Diamond），《做戏疯，看戏傻：十年所见台湾剧场的观众与表演（1988—1998）》，吕健忠译，台北：书林出版有限公司，2000 年，第 43 页。

4 戴雅雯（Catherine Diamond），《做戏疯，看戏傻：十年所见台湾剧场的观众与表演（1988—1998）》，吕健忠译，台北：书林出版有限公司，2000 年，第 52 页。

5 吴兴国，《从传统走入莎翁世界》，载《中外文学》，1987 年第 15 卷第 11 期。

心的企图被巧妙地变形为顺从神意的行为”。[1]《欲望城国》“舍行为动机而代之以预言，又抹杀敖叔征内在的心理特征”。[2]

实际上，原作和改编中对于女巫预言的不同处理反映了人们对待命运的两种不同态度。莎士比亚利用了古希腊悲剧中常见的命运观念，但他“从来没有使天神直接干预人事，他也无意于阐明对超自然影响的信念”。[3]毕竟他所处的时代已经是文艺复兴时期，不仅人们要求个性解放，而且意大利政治家马基雅维利提出的意志或野心，也经由英国悲剧作家马洛的创作“进入伊丽莎白时期主要悲剧的结构中”。[4]因此，我们不难理解，莎士比亚没有让女巫对麦克白产生决定性的影响，而是将重心落在了麦克白自己身上。同时，莎士比亚的创作还接受了中世纪的“基督教的道德惩罚观”[5]，这就使得麦克白既有“跃跃欲试的野心”，又不乏灵魂的自省意识。

我们再来看中国版的麦克白。起先他们在夫人的劝说下，将女巫预言理解为天意，这一点颇似孔子和儒家的“天命”论；但后来当他们对弑君感到犹豫害怕时，又想到“梦空人间”（敖叔征）、“劳心者心碎，劳力者空忙”（马佩），似乎又有了佛家的意味；再当他们不顺之时，或“求仙人降祯祥消灭灾祸”（马佩）（好像又有道教的色彩），或怨天尤人“难道这都是上天的安排不成吗!”（又像是宿命论）；这里唯独没有原作中的“道德惩罚观”。正如有位中国学者所指出的：中国文化虽然历史久远，其宗教仍是出于避祸趋福、长生求仙之念，并无忏悔罪恶迁善爱人的思想。[6]西方一位哲人也曾说过：“东方人相信实体性的力量只有一种，它在统治着世间被制造出来的一切人物，而且以毫不留情的变幻无常的方式决定着一切人物的命运；因此，戏剧所需要的个人动作的辩护理由和反躬内省的主体性在东方都不存在。”[7]吴兴国自己也这样说：“中国舞台上不曾创造过类似的角色，也就是虽然不义，却因为承认自己的诸般罪行与自欺而深感罪咎，因此使得旁人纵使不愿意却也不得不赞赏，甚至同情。”[8]于是，中国的麦克白在天意的遮掩下，不去直视自己的野心，而在挥剑刺杀与良心不忍之间动摇、在犯罪背义与害怕败露之间徘徊。中国版麦克白并不缺乏心理冲突，只不过心理冲突的内容发生了变形。他们缺少令观众感动的“某种崇高的高贵品质”，[9]即良心的自我谴责。应该说，这样的“麦克白”

1 Bi-qi Beatrice Lei, Macbeth *in Chinese Opera*, in Nicholas Moschovakis, (ed.) Macbeth: *New Critical Essays,* New York: Routledge, 2008, p. 284.

2 戴雅雯（Catherine Diamond），《做戏疯，看戏傻：十年所见台湾剧场的观众与表演（1988—1998）》，吕健忠译，台北：书林出版有限公司，2000 年，第 54 页。

3 阿·尼柯尔，《西欧戏剧理论》，徐士瑚译，北京：中国戏剧出版社，1985 年，第 134 页。

4 阿·尼柯尔，《西欧戏剧理论》，徐士瑚译，北京：中国戏剧出版社，1985 年，第 212 页。

5 阿·尼柯尔，《西欧戏剧理论》，徐士瑚译，北京：中国戏剧出版社，1985 年，第 205 页。

6 参见梁漱溟，《东西文化及其哲学》，上海：世纪出版集团，2006 年，第 95 页。

7 黑格尔，《美学》（第三卷下册），朱光潜译，北京：商务印书馆，1986 年，第 297 页。

8 戴雅雯（Catherine Diamond），《做戏疯，看戏傻：十年所见台湾剧场的观众与表演（1988—1998）》，吕健忠译，台北：书林出版有限公司，2000 年，第 52 页。

9 阿·尼柯尔，《西欧戏剧理论》，徐士瑚译，北京：中国戏剧出版社，1985 年，第 159 页。

正是中国历史和戏曲舞台上常见的人物，就如吴兴国所言，战国时代“政治伦理败坏，常有臣弑君的情事”。[1]

其次，中国版麦克白的内质变形还反映在他们与班柯鬼魂（杜戈 / 孟庭）的较量上。莎剧中麦克白惧怕班柯鬼魂，是因为在麦克白看来，后者是正义的化身。在莎士比亚的戏剧中，“超自然现象却总是和一个活生生的悲剧人物的思想与观念联系在一起的。”《麦克白》一剧中的班柯幽灵，“如果不全是，至少部分是麦克白内心的幻象。”[2] 班柯对于麦克白无疑是灵魂的拷问。

而中国版班柯鬼魂就像传统戏曲那样，象征着前来复仇的冤魂。这样的处理就如有论者所言，《血手记》中的“超自然因素不仅为这出戏提供了令人激动的效应和惊人的场面，而且也忽略这对夫妇的道义上的责任”；[3]《欲望城国》的观念“相当接近民俗信仰中神鬼报应的想法，缺少莎剧中的人道与伦理精神”。[4] 确实，我国传统的民俗信仰与传统戏曲有着千丝万缕的联系，仅从戏曲剧目看，表现神鬼、灵异、果报的戏就非常多。据说，这两出剧就都借鉴了表现复仇冤魂的传统京剧《伐子都》。在《欲望城国》里，“《伐子都》成为改编的心理和艺术表现的基础。”[5]《血手记》中扮演马佩的计镇华在表演时也运用了《伐子都》中的身段。[6] 该剧中铁氏被鬼魂逼疯，更是全面地运用了传统戏曲中表现鬼魂的手法。被马佩夫妇害死的郑王、杜戈、梅妻甚至鹦鹉都变成了一个个有实体的鬼魂形象追逼着铁氏，还采用了“鬼魂喷火”的传统特技。这简直就是传统戏《打金砖》的翻版。[7] 莎剧的鬼魂戏就这样从形式到内涵被演绎成中国戏曲舞台上的鬼魂戏，莎剧麦克白也就演变成中国传统鬼魂戏中常见的冤魂报复的对象。

最后，中国版麦克白的内质变形还体现在他们的死亡结局上。在莎剧中，麦克白清楚这是“公正的裁判”，所以坦然地面对死亡。这种“对自己的罪行负责正是伟大人物的光荣”。[8] 中国版麦克白不仅死得不甘和困惑，而且导演还安设了乱刀砍死和乱箭穿身的死亡方式，这里含蓄地透出恶人终遭千刀万剐的结局，也迎合了观众的恶有恶报的传统心理。

实际上，善恶必报的主题与莎剧密切相关，只是这一主题原本隐含在莎剧的人物心理活动中。但是，当这一主题遇到有着偏重道德教化传统的中国戏曲时，它就被自然地强化了。所以有人提出：“《欲望城国》之所以成功，其实存在着很吊诡

---

1 转引自戴雅雯（Catherine Diamond），《做戏疯，看戏傻：十年所见台湾剧场的观众与表演（1988—1998）》，吕健忠译，台北：书林出版有限公司，2000 年，第 42 页。

2 阿·尼柯尔，《西欧戏剧理论》，徐士瑚译，北京：中国戏剧出版社，1985 年，第 130 页。

3 Bi-qi Beatrice Lei, Macbeth in *Chinese Opera*, in Nicholas Moschovakis, (ed.) Macbeth: *New Critical Essays*, New York: Routledge, 2008, p. 284.

4 胡耀恒，《西方戏剧改编为平剧的问题——以〈欲望城国〉为例》，载《中外文学》，1987 年第 15 卷第 11 期。

5 参见 Shih Wen-shan, *Intercultural Theatre: Two Beijing Opera Adaptations of Shakespeare*, Dissertation of University of Toronto, 2000, p. 227。

6 转引自陈方，《演绎莎剧的昆剧〈血手记〉》，载《戏曲研究》，2008 年第 76 辑，第 28 页。

7 转引自陈方，《演绎莎剧的昆剧〈血手记〉》，载《戏曲研究》，2008 年第 76 辑，第 29 页。

8 黑格尔，《美学》（第三卷下册），朱光潜译，北京：商务印书馆，1986 年，第 309 页。

的因素：莎翁原剧写的是人的野心欲望如何一步一步吞噬自我的过程，而这出戏的故事框架及结局却又恰恰对上了‘善恶到头终有报’的中国传统观念，所以这出戏的观众直可‘各取所需’的各自获得情感洗涤或道德教化的满足。”[1]

中国的戏曲传统及其形成这种戏曲传统的历史、文化、民俗、信仰等综合因素，既导致了两出不同戏剧的内在一致，也导致了中国版麦克白的内质变形以及两剧题旨对原著的偏离。在这种偏移中，《血手记》和《欲望城国》因为改编者自觉或不自觉地融入主体意识，将莎剧文本的原初“意义”（meaning）读解成带有中国文化的“意味”（significance），结果一致呈现出东方式的诠释：莎剧麦克白的野心被披上了东方文化色彩的天意外衣；麦克白的灵魂拷问变成了中国戏台上常见的鬼魂索命；莎剧中隐含的善恶必报思想被凸显为佛教的因果报应观念；麦克白的内倾性的良心谴责被演绎成马佩 / 敖叔征外倾性的天意规避。莎剧中的每一点模糊的暗示在中国戏曲中都得到明晰和强化从而变形，而且，这种变形有着自身内在逻辑的一致性，即情节内容与戏曲形式的统一。

中国版麦克白的内质变形曾引起过人们对其悲剧精神的质疑。有人指出京剧《欲望城国》中敖叔征的毁灭“更是情节剧的、宿命论的，而不是悲剧的”。[2] 一位外国评论者则指出，昆剧《血手记》“把马克白诠释成彻头彻尾、毫不含糊的恶棍”。[3] 莎剧麦克白的悲剧性是明显的，他虽然是反面人物，但他弑君之后，犯罪意识时刻折磨着他，血腥的想象令他恐怖；他诅咒女巫但不转嫁责任，“即使最后希望破灭，他仍能傲视一切：大地、地狱和天堂，在这种傲视中保留了某种庄严或崇高的品质。”[4] 因此有学者指出：“《麦克白》独特的地方是把一个坏人转变为一位英雄。”[5] 而中国版麦克白却与之不同。开场时马佩 / 敖叔征是英武的大将、国王的忠臣，但弑君之后他们不再有心灵的恐惧，更没有痛苦的自责。甚至弑君前他们的紧张慌乱也不同于莎剧《麦克白》：他们惧怕的是杀人的恐怖和败露的后果，而莎剧麦克白惧怕的是“行动的可怕的卑劣”。[6] 其结果是，莎剧麦克白由于有着内在的崇高和庄严而给人以心灵的感动，“麦克白从来没有完全失去我们的同情。”[7] 而中国版麦克白虽然从行当上看是以正面形象（老生 / 武生[8]）出现的，但由于其内心世界

1 王安祈，《当代戏曲（附剧本选）》，台北：三民书局，2002 年，第 148 页。

2 参见 Shih Wen-shan, *Intercultural Theatre: Two Beijing Opera Adaptations of Shakespeare*, Dissertation of University of Toranto, 2000, p. 276。

3 转引自戴雅雯（Catherine Diamond），《做戏疯，看戏傻：十年所见台湾剧场的观众与表演（1988—1998）》，吕健忠译，台北：书林出版有限公司，2000 年，第 42 页。

4 A. C. Bradley, *Shakespearean Tragedy: Lectures on* Hamlet, Othello, King Lear, Macbeth, New York: Palgrave Macmillan, 2007, p. 277.

5 阿·尼柯尔，《西欧戏剧理论》，徐士瑚译，北京：中国戏剧出版社，1985 年，第 217 页。

6 A. C. Bradley, *Shakespearean Tragedy: Lectures on* Hamlet, Othello, King Lear, Macbeth, New York: Palgrave Macmillan, 2007, p. 270.

7 A. C. Bradley, *Shakespearean Tragedy: Lectures on* Hamlet, Othello, King Lear, Macbeth, New York: Palgrave Macmillan, 2007, p. 277.

8 若按戏曲行当划分，昆剧马佩这一角色是用老生行来表演的，老生行在戏曲中一般是正面人物；京剧敖叔征这一角色结合了武生、老生、大花脸的特点于一身，为的是塑造麦克白复杂的性格，但敖叔征的外形总体上仍是一个英雄形象。

的困惑和糊涂，到剧终时无论其弑君的卑鄙行为还是其缺乏自省和责任的内心世界，都使他从最初的忠臣猛将转变为后来的暴君。正如上文所指出的，有学者认为“敖叔征不再是个悲剧英雄，而是佛教果报观念的一个象征人物”；中国版麦克白凸显了“善恶到头终有报”的中国传统伦理道德的主题。在这个意义上，中国版麦克白是缺少了某种悲剧的意义；而且，这也似乎印证了黑格尔所说的东方因缺少“个人动作的辩护理由和反躬内省的主体性”而没有真正的悲剧的这一观点。[1] 其实，自近代以来学者们对中国古典戏曲是否有悲剧这一论题就展开过许多讨论，[2] 20 世纪 80 年代正是这一讨论处于白热化的阶段。在此大背景下，莎剧的这两出改编戏曲里所隐含的内质变形，却似乎以实际行为论证了黑格尔的观点，这不能不引起人们的深思。

时至 21 世纪，中国社会现实又发生了巨大的变化，一种包含了道德承担意识的个体观正在觉醒。同时，随着东西方文化交流的深入，人们对基督教的灵魂忏悔和罪恶意识亦不再感到陌生。这是否意味着黑格尔所言的悲剧所需要的“人物已意识到个人自由独立的原则”[3] 这一前提在当今中国或许不再缺乏了？面对时代的变迁和人们思想观念的变化，莎剧麦克白的改编会不会出现新的变形？[4] 中国版麦克白的遮盖野心的天意外衣是否应被揭开？直视野心进行良心自我谴责或寻求天意借以规避责任，哪一种更能震撼人的灵魂？这些应当是编剧、导演、演员和观众共同来思考的问题。

---

1 黑格尔：“但是根据我们所知道的少数范例来看，就连在中国人和印度人中间，戏剧也不是写自由的个人的动作的实现，而只是把生活的事迹和情感结合到某一具体情境。”见黑格尔，《美学》(第三卷下册)，朱光潜译，北京：商务印书馆，1986 年，第 298 页。

2 郑传寅，《中国戏曲文化概论》(修订版)，武汉：武汉大学出版社，1993 年，第 171–179 页。

3 黑格尔，《美学》第三卷下册，朱光潜译，北京：商务印书馆，1986 年，第 297 页。

4 昆剧《血手记》在首演22年后于2008年重新排演；参见沈斌，《是昆剧是莎剧——重排昆剧〈血手记〉的体验》，载《上海戏剧》，2008 年第 2 期。

民族主义与革命冲动的呈现
——电影《色，戒》之再解读

罗　靓　肯塔基大学

整个20世纪的中国文化产品大多是胜利的爱国者叙述，李安导演2007年的电影《色，戒》却有着一个悲伤的结局。在抗日战争期间，中国学生积极分子密谋暗杀日本汉奸，在被其中一员背叛后，一起被处决。如果上海传奇作家张爱玲在辗转中国香港与美国的心路历程中写于20世纪50到70年代的短篇小说《色，戒》，还充分执着于在冷战政治中解构民族主义和革命冲动，那么作为成名于好莱坞的台湾导演、拥有国际化资本和人才的李安在21世纪初以电影形式对《色，戒》的反思，却充溢着对民族主义和革命青春冲动的重新张扬。

在李安的电影中，王佳芝这位纯真少女为完成暗杀计划而被迫学习扮演一个对猎物加以色诱的角色，从而经历了痛苦的自我蜕变历程。她相信自己爱上了汉奸易先生，在最后关头将其放走，导致暗杀任务的失败。王最终的心意转变不仅导致了自己生命的终结（通缉令是由汉奸签署的），还导致了其他学生积极分子的死亡，其中包括她初恋的对象、同时也是她最初加入刺杀行动的原因——长相俊美的学生领袖邝裕民。[1]

英文学术界对电影《色，戒》的研究往往从女性主义和伦理主义的角度来解构民族主义与革命话语的宏大叙事，以此来阐释张爱玲原著和李安电影中王佳芝的"背叛"（变心）以致放走"汉奸"（她心中的爱人）。[2] 因为绝大部分研究者都试图强调对宏大叙事的反叛，女刺客王佳芝与猎物易先生之间摄人心魄的三次床戏，自然成为阐释的重点所在。[3] 更重要的是，从公共空间和政治性转向私人空间和个人性的策略促使学者们将李安电影视为以陷入爱情的普通女子逐渐替代为爱国主义服务的女刺客的故事。

这样的解读令人信服地指出李安电影在对爱国者、刺客、汉奸的传统呈现方式之外所提供的另类叙事，但却陷入了另一种刻板叙述。它们通常都会预设有关性欲与伦理的考量自然会解构民族主义和革命冲动。笔者对李安电影的解读有别于

---

1 Eileen Chang, Wang Hui Ling & James Schamus, Lust, Caution: *The Story, the Screenplay, and the Making of the Film*, New York: Pantheon, 2007, pp. 94–96.

2 Leo Ou-fan Lee,"*Lust, Caution*: Vision and Revision", in *Muse Magazine*, No. 10, November 2007, p. 96; Perry Lam, "Great Expectations", in *Muse Magazine*, No. 9, October 2007, p. 103; Haiyan Lee, "Enemy Under My Skin: Eileen Chang's *Lust, Caution* and the Politics of Transcendence", in *PMLA*, Vol. 125, No. 3, May 2010, pp. 640–656; Hsiu-Chuang Deppman, "Seduction of a Filmic Romance: Eileen Chang and Ang Lee", in Kam Louie, (ed.) *Eileen Chang: Romancing Languages, Cultures and Genres*, Hong Kong: Hong Kong University Press, 2012, pp. 155–176.

3 Peng Hsiao-yen & Whitney Crothers Dilley, (eds.) *From Eileen Chang to Ang Lee: Lust/Caution*, London & New York: Routledge, 2014.

此。与其说李安否定公共空间和政治性，不如说他殚心竭虑地构造了种种既有助于展演性欲与伦理的力量，又能张扬民族主义和革命冲动的表演场景。

通过考察《色，戒》电影中三个戏剧性的表演场景及其对田汉作词的两首流行歌曲的重新演绎，笔者将李安的《色，戒》解读为20世纪连续上演的听觉叙事的强有力尾声，以突显表演、政治以及流行性在其中的交汇，正如笔者在《先锋与流行》一书中提出的那样。[1]聚焦李安通过对流行音乐、政治宣传剧及左翼电影的创造性化用在影片中塑造的三个表演片段，本文认为民族主义和革命冲动在《色，戒》电影中非但没有被否定，反而在与性欲和伦理的错综纠缠中更强势地卷土而回。

本文的第一部分仔细勾描《色，戒》电影中的三处戏剧性场景，凸显影片对爱国主义、暴力与爱的各具特色的搬演。在细致的电影场景分析基础上结合对三四十年代文化场域的描摹，并强调流行音乐与左翼电影在其中举足轻重的地位。之后本文进一步讨论这三个场景是如何紧密相连的，并以此来揭示李安电影对性欲与伦理意识的张扬是如何与其对戏剧表演政治力量的彰显相互为用的。

一、爱国主义、暴力和爱的呈现

李安在电影中穿插了三场重要的戏剧段落，以强化表演的中心地位：于公开场合作为一种集体行为，于私又作为加速个人进入集体身份进程的催化剂。这三个“舞台化”的段落包括两首流行歌曲的演绎、两次“坠入爱河”的瞬间和一次对敌人的屠杀，以一种精心编排的舞台化表演方式展现暴力和性。这些场面与之前分析文章中常常关注的女刺客王佳芝和刺杀目标易先生之间的三次性爱场面来说一样重要。与性行为一起，这三个场景构成了电影中重要的转折点，定义了年轻主人公痛苦的成长经验。尤为重要的是，这些表演场面是李安电影原创的，并未出现在张爱玲的小说里，而在之前的研究中也没有论者将其结合起来考察，因此需要在这里进行仔细审视。

（一）爱国主义的呈现

1. 历史语境中的爱国戏剧

有别于原著中对王佳芝表演背景的单一暗涉，“她倒是演过戏”[2]，电影用一个完整的戏中戏段落展现了她在爱国话剧中扮演慷慨激昂女主角的情形，并包括了一段完整的话剧舞台表演的闪回。[3]在话剧中王佳芝扮演一个乡村姑娘，邝裕民扮演的是一个受伤的士兵，在战争中失去哥哥的村姑把受伤的士兵当成自己的亲哥哥来关心照料。

---

1 Liang Luo, *The Avant-Garde and the Popular in Modern China: Tian Han and the Intersection of Performance and Politics*, Ann Arbor: University of Michigan Press, 2014, pp. 7–22.

2 Eileen Chang, Wang Hui Ling & James Schamus, Lust, Caution: *The Story, the Screenplay, and the Making of the Film*, New York: Pantheon, 2007, p. 17.

3 Eileen Chang, Wang Hui Ling & James Schamus, Lust, Caution: *The Story, the Screenplay, and the Making of the Film*, New York: Pantheon, 2007, pp. 84–88.

一场氛围紧张的表演场景由一个中景镜头展开，三分之二的画面是王佳芝与邝裕民所扮演人物的身体，光线照着他们的脸和上半身，王佳芝扮演的人物手中握着一条针织围巾。镜头转向后台，画面揭示了背景音乐是从一台留声机中播放出来的，一位男学生正在将扩音器渐渐靠近留声机以加大音量、增强场景的紧张感。当镜头切回舞台，王一边把围巾推给邝，一边述说她哥哥死在抗日战场的故事。我们知道围巾是新近织好本来准备给她哥哥的，但是他现在用不到了。邝左手抓住围巾，眼神与王对视（尽管他们的手还没有接触），解释他不可能接受这份礼物，因为王已经救了他的命，而他无以为报。王答道，“救国就是你的报答，杀敌就是为我死去的哥哥报仇”，十分有效地将王、邝、观众的感情连结在一起，并准备将电影里和观看电影的观众的情感推向高潮。

接下来是一个中近景镜头，画面中邝裕民询问更多有关王佳芝哥哥的情形，紧接着就是王的面部特写，泪水正夺眶而出，从邝虚焦的左侧轮廓看过去十分动容。王佳芝至关重要的一句话，“他与你同岁”，从情感上和虚构亲属关系上进一步将两人联系在一起。为了加强电影观众的情感共鸣，摄影机在接下来的场景里用焦点转换分别特写了王与邝流泪的脸，并为了增强她画外音的效果将王在入画和出画之间不断转换。特别是在王富有暗示的话中，“他和你一样结实”，一口气称赞了邝及其兄长两个人的身体，似乎不仅在虚拟亲属关系上还在肉体上将两人联系在一起。一个未直接传递给电影内外观众的事实是，为了照顾他、包扎他的伤口，她必须与他有亲密的身体接触，这一事实直到王说出“结实”二字才让观众恍然大悟。

然而，这一撩人的时刻却戛然而止，王佳芝完全被失去哥哥的情感叙事所左右，以至她要求天堂能保护世上所有诚实善良的人们。在这里，镜头切向王和邝，使用了过肩镜，王面向观众哭泣，邝同样眼含热泪并凝视着王。王继续叙述哥哥是她家唯一的希望，镜头捕捉到她的眼泪滴落下来。随后，当说到希望邝能重返战场为国家和她死去的哥哥报仇时，王戏剧性地跪倒在邝面前并试图向他叩头，这使得邝丢掉了腋下支撑受伤右腿的拐杖，也跟着跪了下来。当他们面对面跪下并用手扶住对方的胳膊时，他们终于能够（在处理伤口之后）第二次有正当的身体接触。在这个情感强烈的时刻，王佳芝慢慢抬起头，望着邝裕民的眼睛。但下一个意味深长的动作却是两人从对视转向面对观众，仍然互相搀扶着跪在地上。王佳芝最后发出的“中国不能亡”的呼声，终于通过释放爱国能量将兄妹之爱掩映下充满压抑的对邝裕民身体的爱慕情绪宣泄出来。

在李安精心设计的这场戏中戏中，我们如何能够将民族主义、性诱惑，与伦理的表达区分开来？因此当一位年长观众率先起身呼告“中国不能亡”时，所有的观众都被点燃了。这个场景随之切回邝与王相对而跪的舞台后端，全景画面中还出现了邝的军备、炊具，他的手坚定地抱住王的后背。从这个角度，舞台前端的界限很明显地用一束光打上了标记，从舞台的视角看观众的全景同样一目了然。当摄影机回到观众的视角，王和邝再一次回到长镜头的全景画面中，仍然互相扶住胳膊跪着，舞台布景包括人造烟雾、植物、墙体和屋顶都暴露无遗，突出了这一场景的

"舞台化"表演痕迹。下一个镜头，当台下观众发出持久炽热的反响时，镜头通过展示其他成员从幕布后偷窥前台并为他们的成功开怀大笑，更强化了这一场景的表演性。这场表演场景的最后一个镜头切回舞台上还处于原来位置的王和邝，观众对他们表演的激烈反映让他们感到震惊。他们相互扶持、一起兴奋地喘气。[1]

在李安设计这个表演场景的七十年前，田汉写于 1937 年的话剧《卢沟桥》中有过类似的场景：一位女大学生和一名宣传队成员跪倒在观众面前以激发他们的爱国情感。这个话剧以 1937 年 6 月，抗日宣传队学生在卢沟桥上为中国士兵表演为开场。学生一个接一个地站起来发表讲演，控诉当前日本对中国的威胁，直到一位女大学生跪倒在士兵们面前，激励他们保卫卢沟桥以阻止日本人入侵。这一跪引发了台上观众强烈的情感反应，越来越多台上的旁观者站起来并说出自己在日本人占领东北之后的遭遇，成为表演的一部分。田汉的《卢沟桥》着重于用听觉因素来唤醒观众（台上和台下），通过演讲和歌唱，突出这样的表演作为元戏剧的特性。在临时搭就的舞台上，戏剧角色扮演的假定性暴露无遗。戏剧表演本身成为该剧的主题，通过对其戏剧性的展演来教育观众如何复制这样的表演，使其成为抗战宣传剧的未来主角。[2]

田汉写于 1937 年的《卢沟桥》的主人公正是"抗战宣传队"的非专业学生演员们，这样的角色安排为李安通过电影语言对张爱玲《色，戒》的重新想象提供了颇为便利的人物模型。《卢沟桥》一剧的意义在于它一边及时回应了国家和民族危机，一边完成了它对戏剧性和表演形式的自我指涉。在剧中一系列的表演中，卢沟桥本身变成了带有政治紧迫性的被争夺之地，成为抗日政治宣传的有力形象。在田汉的话剧里，学生在舞台上为附近民众及守卫卢沟桥的国民党二十九路军战士演出。剧中剧成为强有力的自我参照姿态，使这出戏及其演出活动成为戏剧游击战的典型，与布莱希特式"教育剧"异曲同工。其中演出队的组员成为舞台上下主人公和表演者的合体，戏剧表演成为文化和政治活动的修辞中心。这种演出使得演员通过角色扮演积极主动地在真实生活中进入和体现自己的角色。[3]

毫无疑问地，李安和他的演员们在《色，戒》中上演抗战戏剧的戏中戏时从诸如《卢沟桥》的戏剧中汲取了灵感。据邝裕民的扮演者王力宏在一次采访中所述，李安为演员们进入角色准备了大量的历史和影像材料。[4] 尤其是在重现抗战戏剧表演这一场景中，王佳芝扮演的村姑的最后一句台词，"中国不能亡"，像惊雷般点燃了

1 王邝二人在爱国舞台剧中这场催人泪下的演出在 NC–17 英文字幕 DVD 版《色，戒》中出现在 21 分钟 50 秒左右，并持续了两分钟，参见李安，《色，戒》，梁朝伟、汤唯、陈冲、王力宏主演，Universal，2007，第 21:53—23:54 分钟。在设计这一场面时，李安可能受到了田汉的启迪，参见田汉，《卢沟桥》，《田汉全集》第四卷，石家庄：花山文艺出版社，2000 年，第 137–138 页；这一场景的英文剧本可见 Eileen Chang, Wang Hui Ling & James Schamus, Lust, Caution: *The Story, the Screenplay, and the Making of the Film*, New York: Pantheon, 2007, pp. 87–88.

2 Liang Luo, *The Avant-Garde and the Popular in Modern China*: *Tian Han and the Intersection of Performance and Politics*, Ann Arbor: University of Michigan Press, 2014, pp. 123–124.

3 Liang Luo, *The Avant-Garde and the Popular in Modern China*: *Tian Han and the Intersection of Performance and Politics*, Ann Arbor: University of Michigan Press, 2014, p. 123.

4 参见 CNN 对王力宏的访谈，"Talk Asia Meets Wang Leehom"，2009 年 1 月 14 日。

爱国观众潮水般的共鸣。正如田汉在《卢沟桥》演出中采用的流行电影歌曲《义勇军进行曲》中的口号一样，“中华民族到了最危险的时候，每个人都被迫发出最后的吼声，”[1] 这样的情感释放对于影片中的学生表演者以及他们的香港观众都是极其震撼的体验。同样对于当代观众也是如此。对来自中国现在美国长期工作的本文作者而言，在 2008 年密歇根安娜堡的电影首映之夜上，也深刻地感受到了这种震撼。表演的力量将作为表演者的学生转换成有政治追求的社会活动家。狂喜和满足贯穿了他们在剧场里的集体行为，使他们冲动地试图摆脱舞台的保护，从舞台进入到大街、广场等一系列危机四伏的政治活动竞技场。

2. 街头歌唱即景

表演结束之后，学生演员们手牵着手在香港街头雨中漫步，唱着田汉创作的《毕业歌》，其中有这样的歌词：“我们今天是桃李芬芳，明天是社会的栋梁。”这一街头歌唱场景由位于景框左上角街灯的大特写开始。当雨声加进了合唱，摄影机随后摇至左下角，歌唱中的学生们渐渐占据了长镜头画面的中心位置。当学生们唱起这首歌的关键词，“巨浪，巨浪”，器乐同时加入进来以推动整场戏的情感效果。这群学生最终被放置在画面中心，画面左前有一盏街灯，另外一盏并不突出的街灯位于右后方，使整个画面具有戏剧舞台的边界感。昏暗灯光下的街道成为舞台的中心，在一个推拉镜头的帮助下，摄影机将歌唱中的学生们愈来愈拉近观众。

画面随后切到正在指挥学生歌唱的邝裕民，而学生们仍在重复唱着“巨浪、巨浪”。接下来的正反打镜头对准了手挽手的学生群体中的王佳芝与邝裕民二人，使他们在人群中更加突出，提醒观众他们之间的联系贯穿了整个叙事。“巨浪”成为解读这一场景的重要关键词，学生们跑向双层电车时又接着唱起了“巨浪、巨浪”。这一上车的动作成为正式舞台表演之后的两个“表演”场景与两个“舞台”之间的过渡：从华灯初上的街道这一较为开放的舞台转换到双层电车上层的相对封闭的舞台空间，从雨中歌唱的集体表演转为另一种更为私密的演出。

在前文提及的“雨中歌唱”场景中，邝裕民扮演了指挥家的角色，他倒走着，满腔热情地指挥他的歌者；同时王佳芝和其他同学也精神饱满地手挽手齐声歌唱。这一雨中歌唱的时间点正好与抗战达到顶峰时上海基督教青年会秘书刘良模在街头指挥合唱处于同一时代。这样的场景在荷兰纪录片导演尤里斯·伊文思 1938 年在中国拍摄的纪录片《四万万人民》中也通过街头指挥家的形象而有所呼应。[2] 在合唱中分享个人情感与政治意愿，在电影《色，戒》的抗战背景下起到了团结群众和塑造思想的奇妙作用。

3. 双层电车上的动情瞬间

紧接着的双层电车上的场景，突出了在年轻爱国者群体成员之间强烈的性暗示，以及作为话剧导演 / 街头指挥家 / 学生会长的邝裕民和他指导的女演员 / 街头

1 Liang Luo, *The Avant-Garde and the Popular in Modern China: Tian Han and the Intersection of Performance and Politics*, Ann Arbor: University of Michigan Press, 2014, pp. 103–144.

2 参见罗靓，《先锋与国歌》，载《文化研究》，2013 年第 14 期，第 231–232 页。

歌者 / 未来女间谍的王佳芝“坠入爱河”的瞬间。王抽的第一根烟暗示着她身上即将发生的转变，从处女摇身变为蛇蝎美人：学习如何抽烟正如从床上获得经验都是为了成为能勾引男人的女子，是去执行团体刺杀行动的一部分。在法国电影作曲家亚历山大·迪斯普拉特（Alexandre Desplat）创作的原声音乐与蒙蒙细雨的烘托下，王佳芝舔了舔嘴唇，继而把头轻靠车窗上，这是《色，戒》中最美丽动人的一个瞬间。

相对于昏暗的街道来说，这里的双层电车上层像是一个光线相对较好的舞台。这个舞台上的第一个镜头是点燃香烟和电车突然发动的特写，在这独特的成长叙事中这两种行为多少都与某种初始仪式有关。当特写镜头聚焦香烟从一个人的手 / 口传到下一个人的手 / 口，燃着的香烟的特写镜头凸显了男学生们的脸部及其颤动的手指，逐步建立起以王佳芝为叙事中心的紧迫感。当团体中另外唯一的女孩劝她，“艺术家必须要抽烟，这在舞台上迟早派得上用场”，王已经卸除了之前在舞台上演出爱国戏剧时的浓厚妆容，展现出一副天真的脸庞。身着淡紫色旗袍，王佳芝含着香烟的嘴和女孩持烟的手指被框进同一个镜头中，产生一种神秘感。王抽的第一支烟，在女孩的大声宣告中，成为被所有男性组员竞相争夺并手口相传的珍品。邝裕民是男同学中唯一的例外，看着他们打闹只是默默微笑。在这片嘈杂中，王远离大家去往电车前端独自坐下，面部也露出一丝微笑。画面随后切到一个正面展现雨中双层电车的长镜头。音乐在此时响起，摄影机对准了街灯，一高一低，而亮着车灯的汽车迎面而过，雨夜里街道两旁的西式公寓勾勒出了一个更宽广的舞台。

当画面切回电车上层时，肩部以上中特写镜头里身着浅紫色旗袍的佳芝正在微笑，她的右手抚摸着自己的发梢。随着雨滴不断地流下，她舔了舔嘴唇，并用手轻抚车窗的窗棂。在一个中景长镜头中，邝裕民大半身都处于画面之中，他好像接收到了什么暗示（实际上他不可能从后面看到王的动作），起身离开了座位。邝靠近王并在她身后坐下，把其他组员抛到身后，形成属于邝王二人自己的空间。摄影机采用了两个中近景镜头，通过王的肩膀拍摄邝的头部，王面对着镜头，清晰可人，而邝却在焦点之外。一句生涩的“你好”，引发了对爱慕之情的羞涩表达。对邝的一句“谢谢你”，王装作不懂地回答“谢什么”。接下来的正反打镜头将邝的脸部置于实景，而王的身影在一个过肩特写中处于虚焦。邝裕民微笑着，王佳芝也报以微笑。镜头转换焦点于两张笑脸之间，充满了情愫。

风、雨、音乐，停留在男女主角唇上的相视一笑，构成了一个只属于邝裕民和王佳芝（以及电影院观众）的含义丰富的私密空间，远离电车上的其他组员（尽管它激起了车厢尾部另外唯一女性成员嫉妒的笑）。这一刻的私人微笑，尽管来源于爱国演出带来的狂喜和革命热情，却与尚未到来的血腥政治博弈似乎相距甚远。它也成为电影《色，戒》中呈现爱国主义的这一系列演出的总结：从一场成熟的爱国戏剧公演，到街头的爱国歌曲小合唱，再到双层电车上展现欲望与浪漫情愫的“私人舞台”；这一系列从爱国戏剧、街头歌唱、到男女之爱的复杂隐微的情感流动，昭示了爱国主义、革命话语、青春冲动与浪漫情愫间的错综关联。

（二）暴力的呈现：性欲、异化及爱国主义的再现

电影中第二个戏剧性场景通过暴力的呈现再次强调了爱国主义和性行为之间的交集。杀死为汉奸工作的邝裕民同乡的过程，可被认为是《色，戒》中最具挑战性的场景之一。如果王佳芝在爱国情绪半强迫下的失贞让人久久难以释怀，那么这一混合着暴力和性释放暗示的集体杀戮行为，几乎是使人无法直视的。一旦他成为为爱国主义服务的暴力事业的发起人，邝裕民就必须在李安精心设计的充满戏剧张力的杀戮场景中扮演最重要的角色：是他必须不断将匕首刺进混合着汗水与鲜血的汉奸未死的身体里。[1] 眼看着暗杀小组中唯一有过性经验的男成员与王佳芝练习做爱技巧，邝裕民及其他男性成员压抑的性欲更深地受到挫败。更重要的是，业余的集体杀戮呈现了又一个“戏中戏”的隐喻。讽刺的是，他们冒险进入间谍游戏和暗杀任务危险地带的行为正像是这场闹剧般的杀人表演，只不过这一次他们可怕的业余演出带来了真实的恶果：导致他们在充斥着汗水、眼泪和鲜血的暴力行动中集体失去纯真。这也是一种预言，暗示王佳芝最后的背叛行为：为了忠于她新发现的爱人，她最终的蹩脚表演导致了自己和同志的死亡。[2]

这一戏剧性杀戮场面以对舞台的象征性撕毁开场。扯下窗帘、包裹家居用品、在家具上盖上白布，这种种行为都暗示着演出的结束。事实上，学生们刚刚得知，他们刺杀的目标易先生正离开香港前往上海，白白让王佳芝失去了贞操。王坐在房间中央一张铺着白布的椅子上。她从桌上的锡盒里拿了一支香烟，走出画外，将那个让她在双层电车上抽烟的女孩，留在画中。女孩注视着王的动作，然后站在画面中间正对着镜头。王再次走出画面，并穿过一个有框落地窗，走出房间到了阳台上。在散发着忧郁的中特写镜头中，她穿着在电车上第一次抽烟及与邝私密共处时同样的浅紫色旗袍，以一种训练过的熟悉感，用打火机点燃了一根香烟。

这一场景很快就转为邝裕民和那位强横入侵者、邝的曹姓同乡的核心冲突，裸露肩膀的邝展示着肌肉（好像是回应舞台演出时村姑对士兵的崇拜），而为易先生工作的曹进门之后便开始威胁。邝大声说到，“老曹，你不要乱来”，声音大到让独自站在阳台上抽烟的王佳芝吓了一跳，尽管落地玻璃窗已将她与其他组员分割开来。曹看了王一眼，王也转身发现了房间里的曹。摄影机将曹置于画面左边，另外的女孩置于画面右边失焦的位置，让被落地窗阻隔在阳台的王处于画面中心的焦点。曹开始与学生谈判，同时王逐步向落地窗靠近，其身影反射到落地窗上，位于画面的右边，而画面的左边是屋内的曹和其他组员。曹最后在谈判中开出了王佳芝所值的价钱。正在这时，摄影机转向王，用中景镜头拍摄穿着同样浅紫色旗袍的

---

1 李欧梵将这一场景与贝托鲁奇（Bernardo Bertolucci）电影 *The Conformist*（1970）接近尾声的高潮相比：一个纳粹分子到法国去刺杀一位反抗纳粹的教授、他以前的老师。那位教授同样经数人之手被刺，正如在《色，戒》这一场景中被刺的汉奸一样。而这两部电影都指向《凯撒大帝》（*Julius Caesar*）中著名的刺杀场景。参见李欧梵，《睇〈色，戒〉：文学、电影、历史》，香港：牛津大学出版社，2008 年。

2 参见李欧梵，《睇〈色，戒〉：文学、电影、历史》，香港：牛津大学出版社，2008 年，第 35、43 页。

她。她的脸似乎被两根相邻窗棱组成的直角所切割，效果看起来似乎已被窗棂斩首（影射她被命运构陷而白白失去贞操）。

听到易先生愿意为麦太太（王佳芝在暗杀行动中伪装的角色）付一大笔钱的欺辱之言，邝裕民的面部特写中，炽烈的眼神和紧咬的嘴唇倾诉着他的愤怒、悔恨和对王佳芝命运的深深愧疚。他断然下定决心，抓住一把匕首指向曹。当镜头切向曹时，他正举起手枪对准了邝。王虽然象征性地处于男人们对抗的中心，但落地窗却将她的身体与他们的世界隔开，使她成为屋内暴力场面的观众。她敏锐的表情和强烈的面部特写又一次清晰地投射在镜子般的落地窗上，而画面内持枪的曹和其余的人则是模糊的。

一组正反打镜头加剧了曹的口头攻击和邝由于极度愤怒和克制越来越颤抖的面部肌肉，直到邝和黄（另一个男性组员）对曹展开突袭。曹的枪被打落，后景中女孩们（落地窗内外的两个女孩）都受到了惊吓。一群人在屋内和曹殴打起来，击碎了玻璃，甚至波及站在阳台上的王。摄影机从王的视角看去，透过破碎的玻璃窗，曹扭曲的脸被极度特写，在激烈的打斗中他的手指抠住邝的脸。当曹终于被控制在盖着白布的沙发上正要被刺的时候，邝的大特写镜头中一粒汗珠正从他的鼻尖滴落。镜头随后推向邝持刀的右手，他推开曹的双腿做好了攻击的准备。

正在这时，几乎是喜剧化的反高潮，邝第一刀割到了自己的手（跟王第一次抽烟如出一辙）。一个特写显示他右手伤口的血迹。镜头随后移到他身后，邝这一次双手握住匕首，全力把它扎进曹的肚子里。曹惊吓的特写显示他对此毫无防备，画面背景里还有惶恐的黄和“麦先生”（另外两个男组员）。此时画面即刻切到仍站在破碎落地窗外王的特写。她的眼睛睁得大大的，鼻孔和嘴大张，大口喘气。镜头随后切回呼吸紧张的邝，他的头发、上唇、全身都汗流浃背，特写还凸显出他强壮的肩部肌肉。对于观众来说，虽然邝王二人此时并未抱着对方的手臂，但此时他们各自的喘气声却呼应了他们在舞台表演成功后共同的喘气声。虽然这两幕戏剧性表演场景大异其趣，但他们都被自己的行为 / 表演所带来的真实效果所震慑。

然而，曹的不死之躯使得这一场景如此冗长、紧张，甚至让人难以直视。更甚者，正是由于曹的不死，这个场景成为团队中每一位成员实施杀人行为的舞台（王除外），一种通往不归路的仪式。就在此时，他们集体失去了纯真。但王佳芝早已在她与梁（唯一有过性经验的男性）“练习做爱”时失去了贞操。一个与梁有关的事实是，梁是最后一个完成杀人仪式的男组员，也是唯一从背面刺向曹的人。梁“背刺”之后，画面立即再次切到破碎落地窗后的王，这一次用了比之前在邝刺入曹之后更为极致的特写，只拍摄了王浅紫色旗袍领子之上的头部，她再一次被窗棂极度斩首了。

此时，曹身着血迹斑斑的白衬衫，开始走出门外。墙上有一盏小灯亮着，门上有一幅挂起的帘子作为背景，仿佛预示着他即将走出这场杀戮戏的舞台。梁跟着他，尽管他极度害怕，还是设法从背后又捅了曹一刀。曹头朝下摔下楼梯，组员们都在楼梯上注视着，包括之前被落地窗隔离的王，也穿过了房间 / 舞台，出现在楼梯上方，只剩下梁在画面之外独自哭泣。

现在楼梯成为一个延伸的舞台，而此时邝必须挺身而出。正是他走下台阶，在这个新舞台的中心采取行动。是他将不死曹的头部扭动了 180 度，最终结束了他的生命。在邝的特写镜头中，他转身凝视着王，脸上布满了血污，嘴唇之上密布汗珠，右眼血红。他的左脸被阴影遮蔽，只看得到脸的右半部分。画面即刻切到王，倾斜的镜头从肩部以上再次展示了她的浅紫色旗袍。她紧张地向下看着邝，气喘吁吁。一个反打镜头，邝还跪在尸体前面。他转头向着王，眼神紧张，呼吸急促，黑影投射在墙上。王抓住扶手快步走下台阶，避开邝和他面前曹的尸体，随即消失在黑夜里。

伴随着他们对曹的集体杀戮，这群非专业演员和半调子革命家终于不得不在现实人生中扮演起演员和革命家的角色。在电影后继的叙述中，我们了解到国民党地下组织掩盖了他们的杀人行为，这群学生也被地下组织收编，接受了专业训练，成为职业特务和刺客，并开始为将来的行动做准备。事实上，李安煞费苦心编织的这场暴力游戏与上文中解析的爱国主义戏剧演出有着密不可分的关联。在爱国戏剧、当街集体演唱、双层电车上的私密微笑背后，在触目惊心的戏剧性集体杀戮及其对女主人公的深刻异化之下，潜藏着参与者们对释放政治诉求和性欲望的源源不断的冲动。正是在政治、性欲与异化的交织中，李安电影通过戏剧性的呈现对张爱玲的小说进行了激进的重述，并促成了民族主义和革命冲动的回归，使其重新成为居于电影叙事中心的强大话语力量。

（三）爱的搬演：民族主义和浪漫爱情的别样呈现

相较于爱国主义和暴力的呈现，最富戏剧性也最意味深长的却是李安对爱的搬演和别样呈现。这一场景发生在数年之后，在王佳芝与已成国民党特工的邝裕民重逢，并成功地用身体“陷住”数年前的刺杀对象易先生之后。在一个日本居酒屋的包厢里，王佳芝为易先生动情地唱起《天涯歌女》。私下里，王似乎同时扮演了歌女、妓女、易先生的情人三种角色，尽管两人之间的对话提醒观众易先生自己在公开地充当日本人的“娼妓”（为虎作伥），从而建构起呈现女特工和男猎物之间非同寻常的浪漫爱情的戏剧场景。

这一场景由一个王的特写镜头开始。再次拍到其脸部特写的时候，纸窗位于左边，她的头发精心梳妆过。相比前两个场景中的淡紫色旗袍，王此时身穿一件华丽的深蓝色旗袍，缀有白色和粉色的花朵。房间的后景是日式的。镜头切回易先生的特写，摄影机略微向下倾斜，强调他的前额。王靠近易坐下，镜头继续向下倾斜，画面两角都出现了日式茶几。摄影机移向王的脸，继续保持俯看的角度。易对背景中无法辨认的歌声评论道，“你听他们唱歌像哭；听起来像丧家之犬”，这一点完全出乎观众的意料。这里通过日本人演唱歌曲到王主动提出自己唱歌给易听，建立起一种紧张的关系。

此时镜头从王佳芝摇至坐着的易先生背后，易面对着王，在这个长镜头里可以看到王的全身。在这家日式居酒屋里，白色纸门营造了私人空间，也把这一空间变成了临时舞台，为站在中间的王进行表演做好了准备。此外，舞台后面的中央有一盏吊灯，右边还有一盏落地灯，跟“雨中曲”场景中的街灯非常相似。然后，摄像机推进一点点，将站在两张白色纸墙之间的王佳芝完美地摄入画面中间。镜头随后切至中景，指向正舒适地坐着的易。他拿出一根香烟，等待接下来的表演。

王开始唱《天涯歌女》，那首田汉作词、1937 年《马路天使》电影中的流行歌曲，因为电影《色，戒》中的这一场景正发生在 1940 年代初期。此时画面切回王的中景，可见她唱歌时手臂的动作，直到她以“知音”这一关键词结束，“天涯海角，觅呀觅知音”。当王唱到“小妹妹唱歌，郎奏琴”时，一个反打镜头中，易手持香烟笑着。在这个长镜头里，显然易很享受王的转身、她的整个身体。当王在这一段结尾唱到“咱们俩是一条心”时，他们眼神交汇。镜头再次转回易，他抽着烟的脸上露出欣赏的微笑。

但当王接下来唱到“家山啊北望，泪呀泪沾襟”时，歌词中明确提及被日本侵占的东三省。在易的特写镜头中，从他持烟的左手明显看出他内心的不安。接下来一句“患难之交恩爱深”让易眼角湿润，他的手颤抖着，舔了一下嘴唇，努力使自己平静下来。最后情绪的高潮来了：当王靠近易，向他举起酒杯，并唱到“小妹妹似线郎似针，穿在一起不离分”时，镜头切回易，他擦了擦自己的眼泪。摄像机顺着他的视线向下移动，发现他正用手轻轻抚摸着王的手。此时王和易的交流，包括他们的身体和灵魂都是坦诚的，至少李安在这一场景中用电影语言试图让我们相信这一点。

具反讽意味的是，电影《色，戒》中最意味深长的对爱的呈现并未以邝裕民和王佳芝为中心，也没有继续他们在双层电车上那扣人心弦的浪漫情愫。相反，是作为女间谍的王佳芝和她要刺杀的对象易先生之间的那让人窒息的一吻（正好在王为易演唱《天涯歌女》之前），以及接下来那暖人心脾的私人表演，才成为李安电影对张爱玲玩世不恭地解构革命话语的重新修正。在李安的电影重述中，王佳芝和易先生才可能共享这种别样的民族主义和异于常人的浪漫情怀。李安电影中的这一幕为在民族危机和政治阴谋高涨时期对爱情的定义提出了新的阐释空间。

二、表演的语境与潜文本

（一）表演的语境：田汉、李安、王力宏

《毕业歌》和《天涯歌女》，在李安电影《色，戒》中如此重要的这两首歌，其歌词都是田汉在 20 世纪 30 年代创作的。它们成为 30 年代流行歌曲与 21 世纪电影之间令人信服的连接点，也为重新审视张爱玲在冷战语境下对革命话语的讽刺立场提供了线索。[1]《毕业歌》源自上海电通影片公司摄于 1934 年的第一部影片《桃李劫》，而《天涯歌女》则是《马路天使》的主题歌之一，这部电影在 1937 年 7 月公

1 Gina Marchetti, “Eileen Chang and Ang Lee at the Movies: The Cinematic Politics of *Lust, Caution*”, in Kim Louie, (ed.) *Eileen Chang: Romancing Languages, Cultures and Genres*, Hong Kong: Hong Kong University Press, 2012, pp. 131–154. 尤其是对《马路天使》的重要性的分析，参见 p. 146.

映。这两首在上述“雨中曲”和“居酒屋表演”的戏剧场景中占据中心地位的歌曲，其作词人田汉在 1932 年加入共产党前正经历着一个“自我批判”期。他是苏联之友协会音乐小组的首要人物，该协会是宋庆龄和田汉在 1933 年早期发起的统一战线组织。田汉、任光、安娥和聂耳都属于这一组织的初始成员。任光，一位受过法国教育的作曲家，是当时的音乐巨擘 Pathé-EMI 公司上海办事处的音乐主任。他住在法租界中心的西式公馆中，公馆中配备有一架钢琴和优质的无线电收音机。任光不仅为音乐小组提供了聚会场所，还为他们与苏联音乐的直接联系以及通过短波广播与更广阔世界的交流，提供了必要的技术支持。现在舞台已搭好，只等成员们自由发挥他们在创作流行歌曲方面的影响力了。

在田汉活跃于电影音乐界的抗日战争胜利后不久，李安导演的父母离开大陆到了台湾南部，而他则出生于五十年代的台湾，并在颇为压抑的政治和家庭氛围下成长。尽管他和八十年代末解严之前的专制主义国民党政府有着爱恨交织的关系，他仍始终把中国台湾当作自己的家乡，即使是在成为美国公民之后也是如此。基于此，我们或许会认为李安对二十世纪民族主义和革命话语会颇有微词。然而，从他对张爱玲小说的电影改编来看，他对革命政治的处理却是惊人的人性化，甚至充满了爱意，常常把张的愤世嫉俗给予解构。尤其是他对青年学生的波希米亚生活方式及其青春冲动的极富同情心的描摹，并没有因为电影中后来呈现的现实政治的无情与黑暗而被遮蔽。

李安在中国和美国接受了舞台表演、导演、电影制作的教育，他对表演的清晰质感的迷恋最终战胜了他对政治历史不透明性的考察。就像他的女主角王佳芝，她对表演颇为入迷，并成为表演的“伥／娼”，既是“为虎作伥”的伥，又是卖身为“娼妓”的娼。[1] 相应地，尽管他的电影本身是政治性的，却具有引诱观众远离政治，进入表演世界的不可思议的魔力。意料之中的是，中国评论家们激烈地批评他为“卖国”意识和行为辩护。[2] 尽管如此，基于《色，戒》对 30 年代左翼流行歌曲在“雨中曲”和“居酒屋”两场戏剧性表演中的凸显，李安似乎太着迷于流行歌曲中所植入的爱国情怀，太沉溺于其间饱含的政治性，以至于无法将其抽离出《色，戒》的电影空间。

更重要的是，李安选中了出生于美国的创作型歌手王力宏来出演英俊的爱国学生领袖邝裕民，女主角王佳芝最初心动的对象。王力宏的父母在 60 年代从中国台湾移民到了美国。24 岁时，王作为华语流行歌手在台湾取得事业腾飞之后，重新演绎了一首赞美所有华人为“龙的传人”的流行歌曲。然而，王力宏的现代种族民族主义与李安电影中充斥的抗日情怀似乎仅有细微的相似之处。[3]

---

1 Eileen Chang, Wang Hui Ling & James Schamus, Lust, Caution: *The Story, the Screenplay, and the Making of the Film*, New York: Pantheon, 2007, pp. vii–viii.

2 参见陈辽，《从“张爱玲热”到〈色，戒〉狂》，载《华文文学》，2007 年第 6 期，第 5–11 页。

3 有关当代中国流行音乐的政治性，参见 Andrew F. Jones, *Like a Knife: Ideology and Genre in Contemporary Chinese Popular Music*, Ithaca, New York: Cornell East Asia Institute, 1992.

（二）表演的潜文本与流行性的回归

作为对表演意义沉思的一部分，李安将与在电影院看电影有关的潜台词引入到电影《色，戒》的剧情发展中来。在此语境中，电影院拥堵的黑暗成为女主人公个人感情宣泄的场所，成为刺杀汉奸的理想场所，成为地下活动者之间交换信息的场所，以及最后保护刺客的不在场的证明。剧院的物理空间导致了对观看电影和电影作为表演的隐喻的深刻思考。剧院和电影、舞台和银幕，对李安从历史与革命的戏剧性和表演性、忠诚与背叛、爱与欲的三重视角改编《色，戒》故事来说，都是至关重要的。这三重视角与上文讨论的三个戏剧场景对爱国主义、暴力与爱的呈现有微妙的呼应。

李安在《色，戒》中直接援引了三部电影：佳芝在香港观看了《寒夜情挑》（*Intermezzo*, 1939），在上海美琪大剧院看了《断肠记》（*Penny Serenade*, 1941），在上海平安剧院看了《博爱》（*Universal Love*, 1941）。但是其他间接提及的电影比比皆是：玛琳·黛德丽和詹姆斯·斯图尔特主演的《碧血烟花》（*Destry Rides Again*, 1939），加里·格兰特和琼·芳登主演的《深闺疑云》（*Suspicion*, 1941），以及《巴格达大盗》（*The Thief of Bagdad*, 1943）。直接被引的影片都是聚焦亲密而深情的人际关系的浪漫剧情片。《寒夜情挑》触动了天真无邪的女学生王佳芝的内心，因为该片是关于年轻漂亮的钢琴教师爱上学生已婚父亲的故事。《断肠记》是关于一对收养孤儿的夫妇催人泪下的故事。王佳芝在《色，戒》中观看此片时，这一伤感的家庭剧被政府的宣传新闻片切断，生动展演了王所处的战时语境。

在电影《色，戒》中，表演自始至终都在多个层面，跨越了广泛的社会空间而进行运作：在舞台上、在电影银幕上、在卧室里、在麻将桌上、在大街上，以及在当时的激进学生运动中都可以发现它。李安强迫我们去思考在舞台上以及在大街上演员的纯真性和业余性的重要性。表演不再仅仅作为表现社会现实之手段而发挥作用，它继而成为社会现实，并成为构筑个体身份和集体身份的建设性力量。

对表演的重要性的强调在《色，戒》中，在邝裕民和王佳芝成长为性别化和伦理性的政治主体的语境中，是至关重要的，其意义比性别和伦理身份构建本身更为深远。由《色，戒》中业余学生演员表现出来的失败的暗杀，通过集体行动的剧场制作方式不断被描述。处于这样的剧场制作和集体行动之核心是对流行歌曲的演绎。配有田汉原词的歌曲（正如李安 2007 年影片中忠实引用的那样），在张爱玲于冷战高峰期创作的原著中是找不到的。这些歌曲在二十世纪早期的背景下传播左翼政治和爱国抱负，而同样的音乐形式在今天主要服务于商业利益。

王力宏，那个饰演了学生运动领袖邝裕民的演员，更为人熟知的身份是歌手。他在 2011 年发行了一首火药味十足的新歌——《火力全开》。这首歌以“打倒帝国主义，不愿再做奴隶”一句开始，形成了对国歌《义勇军进行曲》开头句不那么微妙的一种参照。而《义勇军进行曲》是在与《色，戒》电影中引用的两首歌同时代的上海背景中创作的，并且也同样是由田汉作词的。王力宏好像已经在现实生活中接受了爱国学生运动领袖的身份，一个他在《色，戒》中通过邝裕民这一人物扮演的角色。他甚至在 2007 年以“Kuang Y. M.”（邝裕民）的名义创作了一首题为《落叶归根》的歌曲，以模仿受《色，戒》启发的 20 世纪 30 年代的音乐风格。此外，王力宏2010年还在上海拍摄了电影处女作《恋爱通告》。该片是音乐与电影的合体，在同一个城市重演七十年前左翼电影产业（以及左翼戏剧圈）主打流行音乐牌的策略。王力宏的“音乐电影”讲述了一个流行歌手重新发现“真正自我”的故事，而这一发现是通过他在虚构的华东音乐学院专攻古筝的女学生身上找到毕生至爱而达成的。舞台表演和生活中的角色扮演对王力宏的电影故事来说至关重要。爱的发现和真正自我的再发现只能通过伪装和表演才能实现，正如在《色，戒》中一样。这两部电影的关键词都是“知音”，最早通过王佳芝在日本居酒屋为易先生的动情私人表演而呈现出来，现在又在《恋爱通告》中作为核心的戏剧修辞再次出现。

三、结语

张爱玲短篇小说《色，戒》中学生激进运动的失败为从女性主义和伦理主义的视角解构民族主义和革命冲动提供了可能。尽管在这篇写于冷战时期的小说中成为被嘲讽的对象，此类民族主义和爱国主义叙述在当代文化政治中仍然有席卷全球之势。李安的电影《色，戒》，尤其是在本文所关注的李安植入电影的三个戏剧性表演场景中，深刻揭示了投身爱国学生运动的一代青年人在成长过程中经历的隐秘情感斗争，并将其还原为活生生、感情丰富、独立思考的鲜活个体。特别是由田汉作词的两首三十年代流行歌曲，及其以王力宏的创作为代表的在当代流行文化中的绝妙重现，凸显了音乐表演在塑造性别、伦理、政治身份上的魔力。在电影《色，戒》中，表演性、政治性和流行性结合在一起，并产生了奇妙的化学反应：歌曲和戏剧的流行性成为投身社会运动的青年学生们革命冲动和民族主义激情的结晶。通过本文解析的三个戏剧性表演场景，我们得以认识到李安的电影如何超越了张爱玲的小说，并通过对表演性和流行性的强调达到了重新唤起政治性和革命冲动的效果。二战结束至今已逾七十周年，当我们在全球范围内回顾那段历史时，势必要总结抗日战争和冷战在亚洲范围的影响，并持续关注流行表演形式在当代语境中对民族主义和文化抵抗话语的塑造性力量。

从校勘学角度看霍克思《红楼梦》英译本

范圣宇　澳洲国立大学

国内现有的《红楼梦》英文全译本共两种，即杨宪益、戴乃迭译本（外文出版社，1978—1980）和霍克思、闵福德译本（企鹅出版社，1973—1986）。这两个全译本各自所根据的底本，差别是很大的。[1] 本文要尝试的是，借用史学家陈垣在《校勘学释例》卷六第四十三“校法四例”中所提出的方法论，来考察霍克思如何组织《红楼梦》英译文的底本。霍克思未必读过陈垣的《校勘学释例》，但他所用的校勘方法却与援庵先生的观点深自契合，这实在是个很有趣的现象。[2]

《校勘学释例》原名《元典章校补释例》，因为陈垣认为“《元典章》写刻极精，校对极差，错漏极多，最合适为校勘学的反面教材，一展而错误诸例悉备矣”。[3] 换句话说，他是拿《元典章》作为批评的靶子。我们选择从校勘学的角度来讨论霍克思的《红楼梦》英译本，原因恰恰相反，因为这个杰出的译本所体现的，泰半是成功的例子。这不论是对剖析像《红楼梦》这样版本繁复的作品的译本，或是讨论译者的创造性，无疑都具有重要的参考价值。

在《元典章校补释例》序中，胡适把陈垣的《元典章校补释例》称为“中国校勘学的一部最重要的方法论”。“校勘之学起于文件传写的不易避免错误。文件越古，传写的次数越多，错误的机会也越多。校勘学的任务是要改正这些传写的错误，恢复一个文件本来面目，或使他和原本相差最微。校勘学的工作有三个主要的成分：一是发现错误，二是改正，三是证明所改不误。”[4] 有意思的是，霍克思的《红楼梦》英译本恰恰可以用来解释胡适对校勘学的总结。霍克思的英译本所体现出来的他在翻译之前的校勘工作，确实说明他发现了底本的错误[5] 并且加以改正，本文要尝试的则是胡适总结的校勘学工作的第三个成分：证明所改不误。

我们知道，《红楼梦》的版本大体可以分成脂本（抄本）、程本（刻本）两个系

1　外文出版社 1999 年出版了杨宪益、戴乃迭译本的汉英对照版，收入“大中华文库”，2003 年还出了“汉英经典文库本”，但实际上这两个本子的中英文并不完全对照。此外 Bonsall（邦斯尔）译本在香港大学图书馆网页上有电子版，但尚未出版。据王金波的考证，这个本子的底本极有可能是 1927 年亚东重排本。参见王金波，《邦斯尔神父红楼梦英译文底本考证》，载《华西语文学刊》，2010 年第三辑，第 129–136 页。

2　霍克思、闵福德翻译而笔者负责中文版本校勘的五卷本《红楼梦》汉英对照双语版即将由上海外语教育出版社出版，这是一个十分特殊的本子，笔者以为不妨称之为“霍闵本”。校勘过程中遇到的一些问题，似乎也值得与感兴趣的读者一起探讨，另文再谈。为了讨论的方便，本文只涉及霍克思译的前八十回。

3　陈垣，“《校勘学释例》重印后记”，《校勘学释例》，北京：中华书局，2004 年，第 155 页。

4　胡适，“《元典章校补释例》序”，《校勘学释例》，北京：中华书局，2004 年，第 1 页。

5　霍克思在多种场合都说过，他翻译的底本是人民文学出版社 64 版。如 Introduction to Vol.1, *The Golden Days*, London: Penguin Books, 1973, pp. 45–46；再如“The Translator, the Mirror and the Dream”, in *Classical, Modern and Humane: Essays in Chinese Literature*, Hong Kong: The Chinese University Press, 1989, p. 159；还有 Interview with David Hawkes, conducted by Connie Chan, at 6 Addison Crescent, Oxford, Date: 7th December, 1998.

统：脂本（算上已佚的靖藏本）共十二种，现存的脂本止于前八十回，而且其中没有一种本子是完整的；程本又有程甲本程乙本之分，所以至少一共就有十四种。如果要系统地校读整理这些本子，并不是一件简单的事。霍克思在英译本第一卷《枉入红尘》导言中说："整个中国文学史上最受欢迎的作品在作者死后将近三十年还未出版，而且以多种版本在世上流传着，其中没有一个本子可以说是绝对正确的，这多少是件让人惊讶的事。"[1]《红楼梦》版本问题的特殊性，使得版本校勘成为研究者与译者、以及研究译本的学者回避不了的题目。

从校勘学的意义上说，霍克思译本比杨宪益译本更值得讨论，这是因为霍克思汇校参考的本子，显然要比杨宪益多。[2] 根据香港岭南大学文学与翻译研究中心2000年出版的霍克思《〈红楼梦〉英译笔记》，以及现任上海图书馆馆长吴建中编撰的《霍克思文库》（未刊稿），[3] 霍克思使用过的底本主要有《红楼梦》（人民文学出版社，1964）、《红楼梦八十回校本》（人民文学出版社，1958）、《王希廉评本新镌全部绣像红楼梦》（广文书局，1977）、《脂砚斋重评石头记》（文学古籍出版社，1955年影印庚辰本；上海古籍出版社，1980年影印己卯本）、《百廿回红楼梦》（青石山庄出版社，1962年影乾隆壬子年木活字本）、《国初钞本原本红楼梦》（台湾学生书局，1976年影印有正本）、《乾隆抄本百廿回红楼梦稿》（中华书局，1963年影印本）这几种。[4] 仔细校读霍克思的英译本和这几种本子，我们会很容易发现，霍克思笔下的《红楼梦》并没有严格依照上述某一种版本，而是综合杂糅了各本之所长（当然偶尔也有选择不当的时候），因此呈现出与众不同的独特面貌。[5]

---

1 Introduction to Vol. 1, *The Golden Days*, London: Penguin Books, 1973, p. 15.

2 关于杨宪益、戴乃迭使用的底本究竟是哪个本子，杨先生自己的说法就不甚一致。他在英译本"出版说明"里说是有正本；但在《银翘集》中却说是《脂砚斋重评石头记》（即庚辰本，见如水，"记杨宪益先生"，《银翘集》，北京：天地图书公司，1995年，第126页）；而在他的回忆录《漏船载酒话当年》中，他说的是吴世昌先生帮助他与戴乃迭参照了多种手抄本和印刷本，择善而从，编成翻译的本子，这样看来他的译本又是一个"百衲本"了。综合这几种说法，并仔细校读译本，笔者认为他在翻译过程中使用的主要是有正本，并主要参照庚辰本对其中的讹误做了校正。也就是说，"出版说明"的说法是最准确的。当然，译者也声称"我们的翻译根据其他版本对抄写原稿的人犯的某些细微错误或缺漏也作了修正"。他们所做的修正，主要是底本中明显不通顺的错别字或缺漏之处。然而在原文叙事的时间、地点以及细节上的前后矛盾，则极少改动。他们对版本问题，显然没有霍克思那么关注。

3 霍克思曾将生平收藏的约4500册中、英、日文图书捐赠给国立威尔士图书馆，其中包括他在翻译《红楼梦》过程中使用过的各种资料及词典、参考书。吴建中先生在威尔士大学攻读图书馆学博士学位时，曾被威尔士图书馆邀请去为这些图书编目，吴先生于是编撰了《霍克思文库》（*Hawkes' Collection*）一书，该书尚未出版，由上海图书馆收藏。

4 霍克思译本第三卷于1980年出版，因而在此之后影印的版本都不可能是他使用过的，1980年出版的本子在他翻译过程中用到的可能性极小。不少论者引用人民文学出版社1982年版的新校注本（以庚辰本为底本）来讨论杨霍两家译文，严格地说总是不甚恰当，因为这与旧通行本（64版）在文字上仍有不少出入。详见吕启祥"《红楼梦》新校本校读记"及"《红楼梦》新校本和原通行本正文重要差异四百例"，《红楼梦开卷录》，西安：陕西人民出版社，1987年，第273–307页，第332–404页。至于用1993年出版的蔡义江校本或者其他本子来讨论霍克思的英译，恐怕差距更大。

5 由于探讨抄本（脂本）如何过渡到刻本（程本）这个过程难度极大，况且甲辰本直到1989年才由书目文献出版社（今国家图书馆出版社）影印出版，不论霍克思还是杨宪益在翻译过程中都不可能参考过这个本子，因此我们可以忽略不计。至于程甲本，也是直到1992年才由书目文献出版社影印出版，因此也可以忽略不计。同理可知其他本子，如蒙府、列藏、舒序本，等等，也不在我们的考察范围之内。

中文里《红楼梦》的脂本和程本虽说并非完全对立，但界限是分明的，文字出入较大。俞平伯在汇校《红楼梦》的过程中就曾说过："由于抄本既零乱残缺，刻本又是被后人改过的，所以最初就把目的放在两个地方：①尽可能接近曹著的本来面目；②使它的文字情节能够比较的完整可读。乍一看，这两个目的可以统一的。……然而仔细推求，在整理工作的过程中，时常发生困难。……汇合这些过录传抄的本子，与原稿的真面目是有距离的。照现在的情形说，只可以说总比刻本接近一些罢。所以就上述第一个目的说，整理这些抄本还是有意义的。但如兼顾第二个目的，则矛盾更多。这些抄本，姑且算它原本，假如文词不顺，情节不合，我们要把不顺的使它顺，不合的使它合，那就必须改。在这抄本群里改来改去，还没有太大的问题。假如不成，就不得不借重转后或更后的刻本，以至于用校者自己的意见。无论改得成绩如何，反正已非曹著的真面目了。主要的困难就是这样。"[1] 由于霍克思翻译之前需要汇校出一个相对优秀的本子，所以他遭遇的困难是同样的。不过，由于现有资料的匮乏以及《红楼梦》成书过程中的舛误，要呈现"曹著的真面目"，恐怕不论对任何人来说，都殊非易事。而如果要呈现"霍译的真面目"，倒确实是有蛛丝马迹可循，汉英对照双语版的汇校，正是朝这个方向的努力。如果我们套用俞平伯的话，校勘霍克思所用的中文底本，目的在于使汉英对照本"尽可能接近霍译的本来面目"。

霍克思的译本，从某种程度上说，是现有英文版里的第一个"百纳本"。霍克思曾在"译者，镜子与梦"这篇文章中谈道："我想，今天没有人能反对这种观点，那就是《红楼梦》是由许多不同版本经过了许多人的编辑，在某种程度上综合而成的。"[2] 他的言下之意是说《红楼梦》本来就是综合体，所以他在翻译的时候考虑如何将众多底本的优点集中在一起也是无可厚非的。当然，众多底本孰优孰劣本来就有争议，霍克思的选择也只是一家之言，并非定论，他曾经坦承："就这部特定的小说而言，在不同的版本之间所做的几乎任何选择，都要求译者对一些很基本的问题做出决定——关于小说作者的身份，小说的演变，评论者的身份，最初编辑的可信程度，他们编辑的性质，等等。"[3] 探讨他对这些底本是如何进行选择的，无疑是个有趣的题目。本文借用陈垣先生的方法论，来考察霍克思在翻译过程中究竟做了哪些校勘工作，对我们有些什么启发。

胡适说："校勘的需要起于发现错误，而错误的发现必须倚靠不同本子的比较，古人称此学为"校雠"。"[4]《红楼梦》版本的问题也不是霍克思一开始翻译就注意到的，他曾说："但后来我才开始对本子之间的差异等问题感兴趣，原因是你开始认真工作的时候，所有的问题，比如故事的不一致，情节的混乱，本子之间的差异

1　俞平伯，《红楼梦八十回校本》，北京：人民文学出版社，1958 年，第 12 页。

2　David Hawkes, "The Translator, the Mirror and the Dream", in *Classical, Modern and Humane: Essays in Chinese Literature*, Hong Kong: The Chinese University Press, 1989, p. 175.

3　David Hawkes, "The Translator, the Mirror and the Dream", in *Classical, Modern and Humane: Essays in Chinese Literature*, Hong Kong: The Chinese University Press, 1989, p. 159.

4　胡适，"《元典章校补释例》序"，《校勘学释例》，北京：中华书局，2004 年，第 3 页。

等，都冒出来了，当然，那些书和资料也都是逐渐出版的，我很迟才得到那个乾隆钞本。开始工作的时候我没怎么考虑版本问题，开始的时候只有人民文学出版社的本子和俞平伯的八十回校本，后来书才慢慢多了。”[1] 霍克思言下之意说他意识到版本问题也有一个过程，而且他主要参考的是人民文学出版社 64 版的本子与俞平伯八十回校本，这也是他在翻译的时候（约 1970—1980）所能见到的最流行的两种本子。

陈垣在“校法四例”中提出了校勘学的四种基本方法，霍克思在汇校翻译的过程中都使用到了。下面我们逐一来考察。

一、对校法

“以同书之祖本或别本对读，遇不同之处，则注于其旁。此法最简便，最稳当，纯属机械法。”“凡校一书，必须先用对校法，然后再用其他校法。”[2]

不论是霍克思在翻译的过程中组织底本，还是我们现在来校读英译本与中文各版本之间的异同，首先使用的当然是对校法。这其实是排列组合的关系，不论是译本与 A 本，译本与 B 本，译本与 C 本……，或者 A 本与 B 本，A 本与 C 本……之间的差异，都要通过对校法来校勘。霍克思的译本底本之所以讨论起来麻烦，是因为他在脂本与程本之间寻求一条“中间路线”，而程本与脂本之间的主要差异，可以参看吕启祥详细对照人民文学出版社五十年代旧通行本和八十年代新校注本之间的差别，写成的《〈红楼梦〉新校本校读记》一文。[3] 她对新旧版本所分别依据的脂本、程本之间的优劣大体上做了比较客观的判断，并说：“无论是阅读、欣赏、评论、研究，都离不开一个好的本子，校订和整理《红楼梦》新校本的意义也就在这里。”假如我们要讨论《红楼梦》的译本，当然也离不开一个好的底本，所以探讨霍克思如何校勘众多版本，才能更清楚地说明其译本的价值所在。霍克思曾说：“我得纠正一件事。我没有编辑手稿。许多很好的学者已经在这方面做了许多工作，如果你把这功劳归给我，那我就太可笑了。”他一再声明自己“没有做任何编辑。如果你把它叫做编辑的话，那不过是从不同的本子里挑选而已。我开始的时候没怎么在意。如果你认真研究的话——恐怕不值得你那么做——但如果你仔细对照我的译文和各种版本的话，你也许会发现我的译文与一种流行的本子更接近，而随着我越来越了解它，也越来越意识到其中的问题，越往后我就越折中了。”[4]

这里所谓“流行的本子”，指的就是人民文学出版社 64 版。霍克思显然十分谦逊，然而，从不同的本子里挑选他认为更出色的段落，不是编辑又是什么呢？霍克思一直认为自己“不是以一种十分学术化的态度来处理版本问题的”，“我不过是折中处理。我只是要组织一个比较好的故事……这不是一个‘严肃的’学者做的事

1 Interview with David Hawkes, conducted by Connie Chan, at 6 Addison Crescent, Oxford, Date: 7th December, 1998.

2 陈垣，《校勘学释例》，北京：中华书局，2004 年，第 129 页。

3 吕启祥，《红楼梦开卷录》，西安：陕西人民出版社，1987 年，第 273–307 页；另可参看此书附录“《红楼梦》新校本和原通行本正文重要差异四百例”，第 332–404 页。

4 Interview with David Hawkes, conducted by Connie Chan, at 6 Addison Crescent, Oxford, Date: 7th December, 1998.

情。"[1] 优秀的译本不一定是严肃的学者才能做的事情，霍克思也许是认为这样编辑《红楼梦》的底本来进行创造性的翻译，可能不会被学院派严肃认真的学者所认可。但不论如何，"霍克思决心向好友韦理看齐，为真正的读者而作，为真正爱读小说的读者而译。"[2] 他花了很多功夫去校勘各种本子来组织自己的底本，目的也就是要为读者提供一个流畅可读的译本。

二、本校法

"以本书前后互证，而抉摘其异同，则知其中之谬误。"[3]

按常理，抄本讹误应该比刻本多，因为手写传抄过程中脱漏增删的可能性更大。但其实刻本也有种种问题，如人民文学出版社 64 版整理者就说："底本因系活字本，误字、脱字、颠倒、错行的情形很多。"[4] 而程本对脂本的校改，使得问题更加复杂，因为原有的讹误里面，有些得到了更正，有些继续保留，还有些是原本对的反而改错了。总的说来，脂本原有的讹误大致可以分成三种：一是叙述时间上的前后矛盾；二是故事发生的地点前后矛盾；三是情节前后矛盾。

时间是解构一篇小说的相当重要的因素，曹雪芹写《红楼梦》，"批阅十载，增删五次"，但未能完全避免叙述时间上的缺陷。地点也是叙述中的一个重要环节，虽然曹雪芹声称"朝代年纪、地舆邦国却反失落无考"，目的是要为其真实性打掩护。脂砚斋早就点明："书中凡写长安，在文人笔墨之间，则从古之称；凡愚夫妇儿女子家常口角，则曰'中京'，是不欲着迹于方向也。盖天子之邦亦当以中为尊，特避其东南西北四字样也。"[5] 正如霍克思所说，由于曹雪芹"故意采用隐藏家庭历史的手法——混合辈分，把南京换成北京，等等——这使他在年龄、日期、地点和时间的推移上特别容易出错。"[6]《红楼梦》的细节前后照应之处极多，脂批常谓"草蛇灰线、伏脉千里"云云。洪秋蕃曾在《红楼梦抉隐》中说："《红楼》妙处，又莫如用笔之周。他书序事，顾此失彼，或挂一漏万。《红楼》无此弊，虽琐碎极不要紧之事，亦必细针密缕，周匝无遗。"[7] 虽然有些夸张，基本上却符合事实，但有时作者却也有疏于照应之处，情节上出现了明显的前后矛盾。

霍克思对这些细微之处的矛盾曾经表示过无可奈何："至于年龄和日期——几乎是所有关于数字的方面——翻译者真拿雪芹没办法，我怀疑，也许他就是不善数学——那种总是数不清零钱的人。"[8] 脂本原有的讹误在霍克思的笔下大都得到了纠正。

---

1 Interview with David Hawkes, conducted by Connie Chan, at 6 Addison Crescent, Oxford, Date: 7th December, 1998.

2 闵福德，《功夫翻译、翻译功夫》，赖慈芸译，见刘靖之主编《翻译新焦点》，香港：商务印书馆，2003 年，第 296 页。

3 陈垣，《校勘学释例》，北京：中华书局，2004 年，第 130 页。

4 "关于本书的整理情况"，《红楼梦》，北京：人民文学出版社，1964 年，第 2 页。

5 陈庆浩，《新编石头记脂砚斋评语辑校（增订本）》，北京：中国友谊出版公司，1987 年，甲戌本凡例第 1 页。

6 Introduction to Vol. 1, *The Golden Days*, London: Penguin Books, 1973, p. 41.

7 冯其庸校注，《八家评批红楼梦》，北京：文化艺术出版社，1991 年，第 97 页。

8 Introduction to Vol. 1, *The Golden Days*, Penguin Books, 1973, p. 42.

霍克思是真正从读者的角度出发来翻译的，他的译本在努力创造更合理的叙述氛围。

例 1 第十四回：昭儿道："二爷打发回来的。林姑老爷是**九月初三日巳时**没的。二爷带了林姑娘同送林姑老爷灵到苏州，大约**赶年底**就回来。二爷打发小的来报个信请安，讨老太太示下，还瞧瞧奶奶家里好，叫把大毛衣服带几件去。"

读者单看这段话，没有什么毛病。但与前后文有关的部分一联系起来，就有问题了。人民文学出版社 82 版 198 页校记 [四] 注明："这个日期有讹误。林如海病重、黛玉回南，时在冬底。[1] 这也是秦可卿病的'这年冬底'。秦氏死于次年春。第十三至第十五回写秦氏丧礼，王熙凤协理荣国府，弄权铁槛寺。贾琏携黛玉回京，以及凤姐为贾琏接风，恰值秦氏丧期刚过，时间当然也是这年的春天或暮春。这里说：'林姑老爷是九月初三日巳时没的'，时间显然不合。至于'大约赶年底回来'，'把大毛衣服带几件去'，矛盾也是明显的。因无别本可据，现仍从原本。"

王希廉也看出了这个问题，他说："若林如海于九月初身故，则写书接林黛玉应在七八月间，不应迟至冬底。况贾琏冬底自京起身，大毛衣服应当时带去，何必又遣人来取？再年底才自京起程到扬，又送灵至苏，年底亦岂能赶回？先后所说，似有矛盾。"[2] 姚燮则说："暇尝涉览二十四史，其前后相矛盾者，不一而足，况空中结撰，无关典要之书耶！今条著其可疑者如左，非敢毛吹之求，亦以明读者之不可草草了事云尔。……第十二回云如海冬底病重，而十三回昭儿自苏回云如海九月初三巳时没，不甚斗笋。"[3]

那么，霍克思怎么处理呢？他在此处悄悄把九月抹去了，贾、林二人回来的时间也做了改动，变成了：

> "The master sent me, ma'am. Mr. Lin died **on the third at ten in the morning** and the Master and Miss Lin are taking him to Soochow to be buried. They expect to be home **by the end of the spring.** The Master told me to bring back the news and to give everyone his regards, and he said I was to ask Her Old Ladyship for instructions. He also told me to see if you were getting on all right, ma'am; and he said would I take some fur-lined gowns back with me for winter wear." (I, 280)[4]

这样，译者不点明林如海死于几月，模糊了原文的叙述时间，同时把年底改成了春末，纠正了原文在时间上的讹误带来的叙事上的不合情理。[5]

1　原文是"谁知这年冬底，林如海的书信寄来，却为身染重疾，写书特来接黛玉回去。"

2　王希廉，"红楼梦摘误"，见《红楼梦（三家评本）》，上海：上海古籍出版社，1988 年，第 9 页。

3　姚燮，"读红楼梦纲领纠疑"，见冯其庸校注《八家评批红楼梦》，北京：文化艺术出版社，1991 年，第 18 页。

4　I, 280 表示企鹅版霍克思译本第一卷，第 280 页。下同。

5　有意思的是，吴轩丞在 1924 年上海《小说世界》第五卷第一期上发表《红楼梦之误字》，声称他购得一部抄本《红楼梦》，其中"冬底"的"冬"字，作"八月"二字，于是"不觉恍然大悟"。他感叹说"毫厘千里，不知费读者几许冥想也。"这倒是解释了小说中的矛盾，聊备一说，附记于此。可惜不论霍克思还是杨宪益都没有见过这篇短文，否则他们的译文又多了一种可能。见《红楼梦研究稀见资料汇编》，北京：人民文学出版社，2001 年，第 115 页。

三、他校法

“以他书校本书。凡其书有采自前人者，可以前人之书校之，有为后人所引用者，可以后人之书校之，其史料有为同时之书所并载者，可以同时之书校之。此等校法，范围较广，用力较劳，而有时非此不能证明其讹误。”[1]

其实《红楼梦》的翻译底本，需要运用到他校法的时候多半是作者自己引错，或者是传抄过程中因为抄者粗心而出现错别字，甚或是作者本人故意虚写。有些地方我们现在也无从查证霍克思究竟参考了其他什么书籍或资料，但他根据他书校改人民文学出版社 64 版这一底本，则是确凿无疑的。

例 1 第五回，秦氏房中陈设的描写：“上面设着**寿昌**公主于含章殿下卧的宝榻，悬的是同昌公主制的连珠帐。”

人民文学出版社 64 版此处无校记，但 82 版 92 页校记［四］：“寿昌公主，各本同。惟舒序本作‘寿长公主’。按，含章殿下卧榻，系寿阳公主（刘宋武帝女）梅花妆事。此处究竟是笔误、抄讹，还是有意虚写，无从断定，故仍其旧。”霍克思的译文直接改成了“寿阳”，译作：

> At the far end of the room stood the priceless bed on which Princess **Shou-yang** was sleeping out of doors under the eaves of the Han-zhang Palace when the plum-flower lighted on her forehead and set a new fashion for coloured patches. (I, 127)

另外一个例子也许会有争议，不过也可以看见霍克思的用心：

例 2 第十七回：“但如今追究了去，似乎当日欧阳公题**酿**泉用一‘泻’字方妥，今日此泉也用‘泻’字，似乎不妥。”

霍克思译文作：

> But on second thoughts it seems to me that though it may have been all right for Ou-yang Xiu to use the word “gushing” in describing the source of the river **Rang**, it doesn’t really suit the water round this pavilion. (I, 329–330)

此处到底是酿泉，还是让泉？欧阳修《醉翁亭记》曰：“山行六七里，渐闻水声潺潺而泻出于两峰之间者，让泉也。”因后文又有“酿泉为酒，泉香而酒洌”，所以泉名又写作“酿泉”。但其实这两者的繁体写法十分接近：讓泉——釀泉，极有可能是形近而误。霍克思显然是查证了一番，最后决定用“让泉”的。[2]

四、理校法

“遇无古本可据，或数本互异，而无所适从之时，则须用此法。此法须通识为之，否则卤莽灭裂，以不误为误，而纠纷愈甚矣。故最高妙者此法，最危险者亦此法。”[3]

1 陈垣，《校勘学释例》，北京：中华书局，2004 年，第 131 页。

2 今天在互联网上搜索到的图片，赫然就是“让泉”，见滁州市政府门户网站。据说因为位于滁州醉翁亭畔的两峰之间，有两峰让出之意，故名“让泉”。而现存《醉翁亭记》的早期版本和碑帖，毫无例外，均作“让泉”。霍克思当年可没有互联网，恐怕也没法亲自去滁州核实，只能说明他确实核对过了《醉翁亭记》早期版本、碑帖或者其他资料，才做出这一改动的。

3 陈垣，《校勘学释例》，北京：中华书局，2004 年，第 133 页。

霍克思译本中用到理校法的所在，最明显的是这一处：

> 例 1 第四十八回：**一日**，黛玉方梳洗完了，只见香菱笑吟吟的送了书来，又要换杜律。

此处的“一日”，看似最平常不过，但霍克思的译文是“次日”：

> **Next morning**, just as Dai-yu had completed her toilet, a smiling Caltrop walked in, holding out the volume of Wang Wei and asking to exchange it for a volume of Du Fu's heptasyllabics. (II, 458)

香菱学诗学得再快，也不太可能一个晚上就把王维的五言律全都读完了，而且还领略出下文所说的“三昧”来。这里似乎是霍克思弄错了，把“一日”理解成“次日”了。但问题并不如此简单，这其中包含着译者大费周折的思考。根据霍克思的《英译笔记》，他对此处与文本中其他相关之处的观察如下：

> 所有的文本在 10 月—12 月的日期上都似乎是混乱的
>
> （1）香菱 10 月 14 日去黛玉处学诗，整夜读王维
>
> （2）“一日”她回来换书，她写了两首诗，夜里梦中写了第三首。
>
> （3）第二天新来了七个人，宝玉说“明儿十六”
>
> （4）一两天后（？）李纨说“昨儿的正日已自过了”
>
> （5）五十回贾母说：“这才是十月里头场雪”
>
> （6）诗社集会前后，作者告诉我们说新年快到了
>
> 四十八回中有两处香菱在户外作诗，好像也没有比她在房里穿更多的衣服。不可能比十月更晚。为什么？
>
> 建议
>
> （1）把“一日”改成“次日”
>
> （2）把“明儿十六”改成“今儿十六”
>
> （3）假设“昨儿的正日”是十一月初二
>
> （4）把“这才是十月”改成“这才是十一月”[1]

译文也就是按照他自己所提供的建议翻译的，这几处译文分别是：

> **明儿十六**，咱们该起社了。
>
> By the way, **it's the sixteenth today**. It's the day for our poetry club meeting. (II, 471)
>
> 想来**昨儿的正日**已过了，再等正日又太远。
>
> We've already **passed the date for our regular meeting**, and we don't want to wait until the next one comes around, because it's too far ahead. (II, 480)
>
> 贾母笑道：“这才是**十月里**头场雪，往后下雪的日子多着呢，再破费不迟。”
>
> "We're only just into **the eleventh month**,' said Grandmother Jia. 'There'll be plenty more snow yet and plenty more opportunities for taking advantage of

1 霍克思，《〈红楼梦〉英译笔记》，香港：岭南大学文学与翻译研究中心，2000 年，第 169–170 页。

your kind offer." (II, 505)

对照前面的“一日”，读者不得不承认，霍克思把它译成 Next morning 也有他的道理，他并不是理解错了原文，而是出于对文本前后叙事时间一致的考虑，在尽量弥补原文的漏洞。

胡适总结陈垣先生教给我们的校勘学的根本方法是：“先求得底本的异同，然后考定其是非。”[1] 从上面所引的例子来看，霍克思在翻译《红楼梦》的过程中，确实做到了这一点。他需要校勘各种不同版本，各取所长，来组织成他翻译工作的底本，这显然是一件耗时费力的事。他自己曾说：“我不太明白为什么北京的翻译者们翻了一百二十回，但头两卷却一直根据的是以手稿为根据的版本。我也不太明白美国的批评家们的立场是什么，他们的评论以一百二十回本为基础，同时却承认他们不清楚甚至不知道高鹗补充部分的性质。在我看来，二者只能取其一。”[2] 霍克思的意思似乎是说，如果翻译一百二十回本，总应当照顾到前八十回与后四十回之间的一致，而评论一百二十回本，也应当分清原作与高鹗续作之间的界限，否则讨论起来就不免前后矛盾。他自己的做法就是先求异同，然后考定是非，也只有这样，才能使译本的故事读起来不至于前后矛盾，留下破绽。

李学勤曾说：“校勘古书，本身也具有研究性质，不仅是机械性的工作。校勘贵有裁断，从而校本的好坏直接体现着校者的才力学识。”[3] 用这话来评价霍克思在组织他要翻译的中文底本时所做的校勘工作，实在是再合适不过了。从以上的例子不难看出，霍克思注意到了底本原文的讹误，并按照其他本子加以改正，这正暗合我国校勘古书的传统，也深契陈垣所提出的方法论，而我们的分析也证明他的改动都是有道理的。这对一个翻译中国古典文学作品的英国汉学家来说，无疑十分难能可贵。傅璇琮说过：“我们研究中国古代的学问，掌握理论当然是不可少的，吸收一些新方法也是需要的，但我们还应立足于我们自己的学术土壤，要有传统的治学方法的训练，这是一种基本功。校勘就是这种基本功之一，而目前恐怕又是很不为人所看重；不但不看重，大有鄙夷不屑一顾的样子。”[4] 其实汇校整理汉英对照双语版《红楼梦》，就使我们更深刻地认识到，霍克思这样的大家尚且十分注重版本校勘，我们更没有理由忽视版本校勘在研究《红楼梦》英译中的意义。

---

1 胡适，“《元典章校补释例》序”，《校勘学释例》，北京：中华书局，2004 年，第 11 页。

2 David Hawkes, "The Translator, the Mirror and the Dream", in *Classical, Modern and Humane: Essays in Chinese Literature*, Hong Kong: The Chinese University Press, 1989, p. 160.

3 李学勤，“序”，《校勘学概论》，戴南海著，西安：陕西人民出版社，1986 年，第 2 页。

4 傅璇琮，“《唐才子传校笺》编余随札”，《唐才子传校笺》第五册，北京：中华书局，1995 年，第 511 页。

金圣叹“文法”论探究

陈庆祝　东莞理工学院

金圣叹是白话小说评点的集大成者，他的《水浒传》评点成为毛氏父子、张竹坡、脂砚斋等人的效仿对象。但是，金圣叹借用“时文”之法评点《水浒》也招致后世学者的批评。胡适和鲁迅都曾对金圣叹的评点提出批评。20 世纪 80 年代之后，学术界对金圣叹“文法”理论的文学价值和美学意义进行深入的研究并给予了客观的、正面的评价。但对于金圣叹使用的“文法”的渊源、金圣叹以“文法”评《水浒传》的必然性和合理性缺少历史的考察，本文拟对此做进一步的探究。

一、金圣叹“文法”论的渊源

金圣叹的小说评点并非凭空而来，而是对多种学术传统继承和创化的结果，这些学术传统构成了金圣叹小说评点的“先在结构”。回到形成金圣叹这个“先在结构”的语境中，可以有助于更好地理解和分析金圣叹的“文法”论。

金圣叹的“文法”论的核心就是以“文章之法”“评点”长篇白话小说。因此，探究金圣叹“文法”论的渊源应从“文章之法”和“评点”这两个关键词入手。

先谈“文章之法”。

“文章之法”也可简称“文法”，指有关文章的写作技巧、写作手法以及文章结构的研究，属于文章学的一部分。

中国古代对文章的研究有悠久的传统。在先秦就有一些对于文章写法、读法、用法的直感性论断，汉代的章句之学可以看作古代文章学的根基。至魏晋六朝时期，各种文体发展充分，文体研究、辞章研究盛极一时，“体大而虑周”的《文心雕龙》既是一部系统文学理论巨著，也是一部文体学、文章学专著，它是章句之学向文章之学转变的标志。[1]唐代虽然少有文章学专著，但唐代的古文运动不仅在古文创作上积累了成功的经验，而且唐代古文家以恢复儒学道统为目的而制作的“古文”开启了后世实用主义写作的先河，也为宋元明清时期的文法研究提供了研究范本。宋代是我国文章学发展的成熟时期，王水照先生认为：“古文研究与批评真正成为一门学科，即文章学之成立，殆在宋代。其主要标志在于专论文章的独立著作开始涌现。”南宋陈骙的《文则》是我国最早的文法理论专著。该书探求并总结“古人之文”的写作法则，内容丰富：一是研究了十四种文体的起源；二是结合文体辨析文章风格；三是系统论述了二十多种修辞格，特别是对比喻的分类多达十种。另外，南宋吕祖谦的古文选集《古文关键》选取了唐宋著名散文大家韩愈、柳宗元、欧阳修、曾巩、苏洵、苏轼、苏辙、张耒之文共六十一篇，卷首冠以总论看文、作文之法，是为门人学子学习科考之文而编选并点评的文章选本，深受士子

1　吴承学、何诗海，《从章句之学到文章之学》，载《文学评论》，2008 年第 5 期，第 21–31 页。

的喜爱和文坛的推崇。《古文关键》是将“文章之法”实用化的范例，而宋代后出之文章选本如楼昉的《崇古文诀》、谢枋得的《文章轨范》莫不沿袭实用化的选编宗旨。

明代的文章学在实用化方面更加明显，其主要推力是明代独特的科举制度。中国古代的科举制度从隋代开始实行，至明朝，科举制度进入鼎盛时期。明朝非常重视科举选才，朝廷曾规定：“使中外文臣皆由科举而进，非科举者毋得与官。”科举对士子的重要性更加突出，参加科举考试成为天下士子进入官场、平步青云的唯一途径。

明代科举制度与宋代相比有许多不同。特别是在科举考试的形式上，变宋代的经义、诗赋、策问为只取经义一门，而且经义的格式是“八股文”。八股文也称制义、制艺、时文、八比文等。八股文在明成化时期定型以后，在篇章结构、谋篇布局、起承转合、脉络线索等方面形成了程式化、规范化的模式。由于八股文的重要性，在士子间就形成了研习时文作法之风，由此催生了众多的时文选本。同时，研习科场作文之法的风气也深刻地影响了明代文章学的发展，明代有许多散文家的古文选本是重道不轻文，大谈作文之法，示学子以门径。这种将古文之法与时文之法融合的范例是明代唐宋派代表人物归有光、唐顺之、茅坤分别编撰的三部古文选本。

归有光编的《文章指南》，收录先秦至明代文章 118 篇，卷首有《归震川先生总论看文字法》《看历代名家文法》《论作文法》与《论文章体则》，与选文一一对应，可说是理论与范本的结合。《归震川先生总论看文字法》、《看历代名家文法》《论作文法》几乎全部承自吕祖谦的《古文关键》，而《论文章体则》是归有光的自创。其《论文章体则》，除了通用则三条之外，详列了六十余则字句章法技巧，前以立论说明要点，后则选录范本，以使学子对应参看，确为学子作文指南。

唐顺之选编的《文编》，收录先秦至宋代文章一千一百余篇。此书以“法”字贯穿全书，作为明代古文大家的唐顺之，选录《文编》自有其用意所在：所选佳作可以作为学子学习的范本，正所谓“学秦、汉者，当于唐、宋求门径；学唐、宋者，固当以此编为门径矣。”四库馆臣对此书评价甚高，“故是编所录虽皆习诵之文，而标举脉络，批道窾会，使后人得以窥见开阖顺逆，经纬错综之妙。”[1]

《唐宋八大家文钞》为茅坤所编，收录唐宋八大家文一千五百余篇。茅坤最为推崇唐顺之，《文钞》是彰显唐宋派主张、反驳前后七子的“文必秦汉”复古思想的一部选本。同时，该书也是写作指导用书，“今观是集，大抵亦为举业而设。……集中评语，虽所见未深，而亦足为初学之门径。”[2]

由明代三位散文家的选本可以看出，在明代，时文之法进入文章学的中心，古文与时文界线不再泾渭分明。许多文人就有“以古文为时文”和“以时文为古文”的尝试，可以说，当时的古文之法与时文之法名为二、实为一。与归有光同科登第

1 永瑢等，《四库全书总目》，北京：中华书局，1965 年，第 1716 页。
2 永瑢等，《四库全书总目》，北京：中华书局，1965 年，第 1719 页。

的詹仰庇在《文章指南·序》中说："文一而已矣。后世科举之学兴，始歧而二焉，学者遂谓古文之妨于时文也。不知其名虽异，其理则同。欲业时文者，舍古文将安法哉?"詹仰庇既指出了古文之法与时文之法的一致性，又点出了时文之法对古文之法的继承。清代文学家王昶在《与彭晋函论文书》中认为："今之时文，皆粹然圣贤之理。体制格调，多与古文合；且非夙习于古文，时文亦不能以工。"所论与詹仰庇如出一辙。

如果说明代之前的历代文章之法是金圣叹小说"文法"论的远源，那么，明代的时文之法则是"文法"论的近源——正是时文之法培养了金圣叹评点"才子书"的"时文手眼"。当然，如果金圣叹只是用明代以前的文章之法评点《水浒传》，即使古文与白话小说在文体上有差异，想来应该不会受到后人太多的非议。但生活在明末的金圣叹直接继承的却是经过明代二百多年改造的文章之法，确切地说是明代所特有的"时文之法"，因此，才有胡适的"八股流毒"之说。但金圣叹使用的"时文之法"又何尝不是"古文之法"。

再谈"评点"。

评点的源头可以追溯到汉代经学的注、疏、解、笺、章句、章指，而"作为一种自觉的批评方式，评点到了宋代才真正形成"。[1]南宋末年的刘辰翁是一位纯粹的文学评点大家，他的评点涉及诗、文和小说，开创了评点的文学性转向，特别是刘辰翁的《世说新语》评点，摆脱了史传传统，把小说作为一种独立于史学的门类进行评点。刘辰翁的评点内容涉及作品的情感、人物语言的特点等，评点语言浅俗明快却能抓住关键、切中要害，具有浓厚的文学性。因此，刘辰翁也被视为小说评点的创始人。[2]从刘辰翁开始，评点由史籍、古文扩展到小说。

晚明是白话小说评点的繁荣期，白话长篇小说评点始于万历年间的余象斗。余象斗出身于刻书世家，是明代著名的刻书家、通俗小说家，最早评点《水浒志传评林》《批评三国志传》《列国志传》等。余象斗的评点本每页上都有一栏很短的评语，但评点都很简单，见解也比较平庸。虽然余象斗小说评点的理论价值无法与李贽、金圣叹、张竹坡、毛氏父子等评点大家相比，"然而，其特殊之处在于将自己对小说的解读置入其小说刊本中去，首开通俗小说评点的自觉。从此以后，坊间所刻小说几乎无书不评，'评点本'的吸引力大大超越了'白头本'，通俗小说评点的自觉时代随之到来。余象斗是站在小说评点自觉时代最前沿的人。"[3]白话长篇小说评点产生广泛影响的是署名李贽的两部关于《水浒传》的评点本：一是万历三十八年容与堂刻一百回本《李卓吾先生批评忠义水浒传》，另一为万历三十九年袁无涯刻一百二十回本《出像评点忠义水浒全传》。尽管学术界对两部评点本的真伪尚无定论，但两个评点本都有很高的理论价值，学术界已有诸多的肯定，此不赘述。值

1 吴承学，《评点之兴——文学评点的形成和南宋的诗文评点》，载《文学评论》，1995 年第 1 期，第 24–33 页。

2 黄霖，《中国历代小说批评史料汇编校释》，南昌：百花洲文艺出版社，2009 年，第 101–103 页。

3 原方，《余象斗"评林体"初探》，载《明清小说研究》，2007 年第 3 期，第 219–227，260 页。

得注意的是袁本评点中，始从文章技巧的角度分析《水浒传》，认为评点“有益于文章”。“今于一部之旨趣，一回之警策，一句一字之精神，无不拈出，使人知此为稗家史笔，有关于世道，有益于文章。”(《忠义水浒全传发凡》)

二、金圣叹以“文法”评点《水浒传》的必然性

金圣叹把《庄子》《离骚》《史记》《杜诗》《水浒传》《西厢记》合称“六大才子书”，准备逐一点评，但仅完成《水浒》《西厢》的点评。金圣叹还选评《国语》《战国策》《左传》以及唐、宋名家散文。从金圣叹拟评的书目看，他评点的文体包括诗歌、小说、戏曲、史传、散文等。这种把评点几乎用于一切文体的做法其实并不是金圣叹的独创，它是明中叶以后的一种社会风气，是一般文人的普遍习惯。因此，考察金圣叹生活的时代文化氛围有助于更客观地评价金圣叹的“文法”论。

首先是时文评点的兴盛。“文章之法”和“评点”各自有自己的渊源与传承，但是，到了明代，特别是明中叶以后，二者开始汇合，而汇合的切入点则是明代科举应试中的八股文。明代科举的重要性使科举考试的规范文体——八股文的地位陡然上升，写好八股文意味着功名利禄。在巨大的社会需求刺激下，各式各样的八股文读物应时而生，有八股选本、范本。为了更好地帮助应试士子熟悉八股文的写作技巧，八股读物用圈、点、眉批、夹批、总批等方式对八股名篇的字法、句法、结构、文章精彩处、起承转合等文章之法标示出来，示学子以门径，这就是风行于明代的时文评点。明代最早的程墨选本是嘉靖年间的《经义模范》，在此之后，有文献记载的最早的真正意义上的八股文评点本就是万历十五年的官刻本和万历二十年的私刻本。八股论评在隆庆、万历年间迅猛发展。在这一时期，不仅出现了众多的八股理论大家，而且该时期出现了众多的八股文评点本，主要有《程文选》《续程文选》《皇明四书文选》《睡庵汤嘉宾先生评选历科乡会墨卷》《汤若士先生点阅汤许二会元制义》《新刻汤太史拟授科场题旨天香阁说》《举业要语》《两太史评选二三场程墨分类注解学府秘宝》《猛虎斋时文选》等。其中影响最大的是武之望的《新刻官版举业危言》和同时期的另一位八股文大家董其昌的《文诀九则》。[1]

其次是明代评点一切文体的风气。受时文评点的影响，评点在明代几乎成为一种时尚。明代在评点的文体范围、评点作品的数量、参与评点的人数等方面可能为历代之最。有史籍评点，如完成于万历四年（1576 年）、由凌稚隆辑校、后由李光缙增补的《史记评林》收录了自晋至明历代一百四十九家对《史记》的评论。有戏曲评点，评点的戏曲既有《西厢记》《琵琶记》《拜月亭》《赵氏孤儿》等元代名剧，也有《牡丹亭》《四声猿》《惊鸿记》等明代的当代剧目。涉足戏曲评点的有李开先、徐渭、王世贞、李贽、陈继儒、袁宏道、汤显祖、冯梦龙、凌濛初等，他们身份各异，有思想家、名流文士、戏曲家。他们的戏曲评点对于古代戏曲理论的发展具有重要的价值。另外，明代评点的文体还包括诗歌（如诗经、楚辞、古诗、杜

1　潘峰，《明代八股论评试探》，上海：复旦大学博士学位论文，2003 年。

诗）、汉赋、词、小说（文言、白话），甚至还有笑话评点。

第三个因素是时文之法对评点的渗透。时文评点中使用的时文理论或者说八股理论是历代文章之法的提炼和积累，其他相关文体理论，如诗话、词话，也对八股理论有所渗透。但是，随着八股文的盛行以及八股理论的成熟，八股理论逐渐占据文章之法的中心位置，反过来影响古文的评点。一些身兼散文家和八股大家的文人如孙鑛、钟惺、谭元春等人在他们的诸多评点著作中用时文之法评点古文。曾国藩曾说“逮前明中叶，乃别有所谓评点之学。盖明代以制艺取士，每乡、会试，文卷浩繁，主司览其佳者，则围点其旁以为标识，又加评语其上以褒贬，所以别妍媸、定去取也。濡染既久，而书肆所刻四书文莫不有批评围点。其后则学士文人竞执此法以读古人之书，若茅坤、董份、陈仁锡、张溥、凌稚隆之徒，往往以时文之机轴，循《史》、《汉》、韩、欧之文。”[1] 尽管后世不止一人、特别是清代四库馆臣对晚明文人以时文之法评点古文的做法颇多职责，但时文之法却是那个时代的权威话语，时文之法的渗透力不仅仅体现在古文评点领域，而且旁及小说评点、戏曲评点、史籍评点。

在这样的历史语境中，评点最通行的“武器”就是时文之法，因此，在金圣叹的评点中，与其说是金圣叹选择了时文之法，不如说是时文之法选择了金圣叹。与那个时代的所有文人一样，金圣叹自幼接受举业训练，参加过科举考试，八股文的一套文法可谓是烂熟于心，形成了顽固的思维模式。在外部的社会风气与内在的知识结构的共同作用下，金圣叹用“时文之眼”评点他的“六大才子书”就具有了某种必然性。

三、金圣叹“文法”论的合理性

评点繁荣于明代，几乎一切文体都施之以评点，而把评点提升为中国古代文学批评之重要形式的是白话长篇小说评点。据统计，明代的白话小说评点本大约有五十余种。[2] 李贽开白话小说评点风气之先，但金圣叹的《水浒传》评点无疑是其顶峰，正如邱炜爰所言：“批小说之文原不自圣叹创；批小说之派，却自圣叹开也。”[3] 金圣叹自开小说评点一派原因何在？或许在李贽、金圣叹二人评点的比较中可以找到答案。在中国古代思想史、哲学史甚而戏曲批评史上，李贽的地位远非金圣叹可比；但在白话小说评点的历史上，金圣叹却高过李贽。关于李、金二人的评点对中国小说理论的贡献、二人评点的异同，学术界有诸多的研究成果，所论是言人人殊，不赘言。在此我们关注的是二人《水浒传》评点的一个显著差异：李贽评点本对“文法”甚少关注；金圣叹评点本中却突出了“文法”的视角（即“读……法”或“……读法”），并总结出《水浒传》的十五条“文法”。金圣叹之后，毛宗岗在《读〈三国志〉法》中归纳了《三国演义》的十七个妙处，张竹坡在《批评第一奇

1　顾廷龙、傅璇琮，《续修四库全书》（1537 册），上海：上海古籍出版社，2002 年，第 530 页。
2　谭帆，《中国小说评点研究》，上海：华东师范大学出版社，2001 年，第 169–215 页。
3　黄霖，《中国历代小说批评史料汇编校释》，南昌：百花洲文艺出版社，2009 年，第 698 页。

书〈金瓶梅〉读法》中详细列出了一百零八条读法。虽然这些“妙处”“读法”并不能全部归于“文法”，但“文法”评点已成为后世白话小说评点的一个不可或缺的组成部分。

金圣叹总结的《水浒传》十五条“文法”既有文章之法，也有叙事之法。从文章之法的角度，金圣叹把《水浒传》看作一篇大文章，“如《水浒传》七十回，只用一目俱下，便知其二千余纸，只是一篇文字。中间许多事体，便是文字起承转合之法，若是拖长看去，却都不见。”一篇文章从大处讲要结构精严，所谓“字有字法，句有句法，章有章法，部有部法是也”；文章组织材料要围绕主线，行文之中有伏笔照应，即“草蛇灰线法”“鸾胶续弦法”；文章有起有结，“弄引獭尾”“舒气杀势”是也；结构安排富于变化，有“正犯”“略犯”之分。《水浒传》又是叙事文学，在叙述顺序上，依据情节安排的需要，顺叙之外必要之处使用插叙、倒叙（“倒插法”“夹叙法”）；叙事有详有略（“极省法”“极不省法”“大落墨法”）；叙事要有层次感、张弛有度，适当设置悬念（“横云断山”“欲合故纵”）。当然，在金圣叹的“文法”观念中，文章之法与叙事之法并没有严格的界线。有的“文法”兼有文章之法和叙事之法的功能，如“横云断山法”既可理解为叙事的层次，也可视为情安排的转换手法。

如本文开头所述，金圣叹评点中的八股化倾向屡受诟病，但“用八股的一些形式规律来评衡小说与其他文章也确有它的合理因素存在，并不都是胡说八道。”[1]金圣叹的“文法”评点的合理性可以从章回小说的作者经历和《水浒传》的文本结构两个方面得到确认。

首先，从章回小说的作者经历考察。中国古代把《水浒传》《三国演义》《西游记》《金瓶梅》称为“四大奇书”。一般研究认为，“四大奇书”的出现标志着中国章回小说的成熟和繁荣，与之相应的是对“四大奇书”的评点也代表了明代小说批评的最高水准。关于明清章回小说的传承问题，“五四”以后，鲁迅、胡适、郑振铎等提出“通俗文学”说，认为它是从宋、元、明、清的说书艺人处脱胎而来。这一观点在近一个世纪以来渐成学术界对明清章回小说的主流阐释。但美国学者浦安迪对此提出不同看法，他认为：“明清长篇章回小说的六大名著与其说是在口传文学基础上的平民体创作，不如说是当时的一种特殊的文人创作，其中的巅峰之作更是出自于当时某些怀才不遇的高才文人——所谓‘才子’——的手笔。”[2]浦安迪的“文人小说”观与李贽的“宇宙五大部文章”、金圣叹的“才子书”、冯梦龙的“四大奇书”的提法一脉相承。浦安迪认为，“古典小说”或“章回小说”的概念无法真正概括这些文人小说的美学原则，应把《儒林外史》《红楼梦》与前四部书称为“奇书文体”。这种文体“反映了明清读书人的文学修养和趣味。……比之于由市井里巷的说书艺人所创造的口传文学传统，其高深奥妙的程度，相去实在不可以道里

1 黄霖，《近百年来的金圣叹研究——以〈水浒〉评点为中心》，载《明清小说研究》，2003 年第 2 期，第 189–207 页。

2 浦安迪，《中国叙事学》，北京：北京大学出版社，1996 年，第 21 页。

计”[1]。当然，浦安迪提出的“文人小说”和“奇书文体”说并不是完全否认这些小说曾经从民间通俗文化汲取营养，浦氏所论实是强调这些小说的精致化、文人化。

浦氏的观点为我们理解金圣叹的“文法”论打开了另一条思路，我们不妨关注这些被称为“文人”的小说作者的经历和身份。统计表明，在数量庞大的明清小说作者群体中，有明确科举身份的小说作者几乎占了总数的一半，余者从具体的小说作品和序、跋、题词中亦隐约可知，相当一部分人与科举是存在联系的。[2]再看“四大奇书”作者的经历。施耐庵，先后中秀才、举人、进士；罗贯中，因与朱元璋的恩怨，明立后被迫放弃经科举入仕的机会；吴承恩，科举不利，中年补“岁贡生”，与嘉靖状元沈坤往来密切；《金瓶梅》成书于隆庆至万历年间，虽然本书的作者具体为何人难以确定，但据沈德符推测作者应为嘉靖年间某大名士。嘉靖是明代科举最兴盛的年代，推测《金瓶梅》的作者有科举经历应不违常理。明清小说作者的科举经历和自幼接受的八股训练已在他们的心灵烙下了深深的印记。当他们进行小说创作时，他们完全可能会受到八股文法的潜在影响，甚而有意在作品中炫耀一下自己的文章技法。

其次，从《水浒传》的文本结构考察。诞生在科举时代的中国章回小说因作者的场屋训练而难以脱去与时文或八股文的联系，这种联系具体体现在小说的文本结构中。从小说的角度看，八股文的某些观念对小说的影响最明显。虽然施耐庵在创作《水浒传》时，八股文并没有真正成形，但后世八股文与宋元时期的科举应试之文在整体观念上是一脉相承的。就《水浒传》而言，我们可以从多方面寻得八股文的痕迹。八股文理论首讲“尊题”，“文莫贵于尊题”，“时文之意根于题”。题目是八股文的灵魂，所有材料的组织都要围绕题意定下的主线，一意到底。《水浒传》也有同样的尊题意识，如金圣叹所言，“题目是作书第一件事，只要题目好，便书也作得好。”《水浒传》叙写的一百零八好汉，经历不同，面目各异，最后归聚梁山，体现了“乱自上作、官逼民反”之主旨。八股文有破题、承题、起讲、正文、收结几个主要部分，各部分之间讲究起承转合。《水浒传》作为长篇小说，与八股文虽有文体上的差异，但八股文的结构在小说中仍有迹可寻。如在金批的贯华堂七十回本中，“楔子”《张天师祈禳瘟疫洪太尉误走妖魔》与第七十回《忠义堂石碣受天文梁山泊英雄惊恶梦》，以“石碣”起，以“石碣”结，开场与结穴的照应，确是八股之法。另外，在《水浒传》中还可以看到八股文正文中对股布局的影子，如大多数的每一回目内的情节安排显示了对比的两个部分，将两个相近或相反的人物、事件并铺叙写；在回目上，每一回目都是由对句构成。

在现代长篇小说理论中，结构是长篇小说的一个重要形式要素。关于中国古代章回体小说的结构问题，西方的有些汉学家往往依据西方叙事文学中完整的“首、身、尾”的结构标准，批评中国章回小说缺乏艺术的整体感，即缺乏结构的

1 浦安迪，《中国叙事学》，北京：北京大学出版社，1996 年，第 24 页。

2 王玉超，《论明清小说作者与科举的关系》，载《河南社会科学》，2010 年第 1 期，第 154–156 页。

意识。他们认为中国明清章回小说的致命弱点在于它的“缀段性”，一段一段的故事，形如散沙。这种“以西例律中国小说”的现象曾经在中国的小说理论研究中产生过广泛的影响。不过，20 世纪 90 年代以后，在反思西方中心主义的思潮中，中国的学者开始结合中国章回小说的文本特征探索它独特的结构。如陈辽在《论中国古代长篇小说结构的嬗变》中，从长篇小说所反映的生活与小说所选择的结构之间的关系入手，总结了中国古代长篇先后出现的五种结构形式：“单线顺序式”“板块式”“递进式”“网络式”“链条式”。“《水浒传》的结构，则是递进式的。由鲁十回递进至林十回，再由林十回递进至武十回，又由武十回递进至宋十回，再由宋十回递进至石十回，又由石十回递进至卢十回，以梁山泊英雄排座次结束了英雄上梁山的喜剧。”[1]

对西方的“缀段性”观点进行反思的还有美国的汉学家浦安迪。他认为，中国古典小说（即“奇书文体”）有自己独特的结构。在《〈红楼梦〉的原型与寓意》中，浦氏根据中国文化中的阴阳、五行学说和四季循环现象，提出“二元补衬”和“多项周旋”的概念，认为它们是“奇书文体”的内在逻辑结构。在《中国叙事学》中，认为“奇书文体”具有百回主结构、十回次结构的外形特征。浦氏坦承他对奇书文体结构的细读得益于金圣叹的《水浒传》评点，尤其是金的《读法》。[2]

金圣叹的小说评点理论是建立在文本细读的基础上的，正是金圣叹的“文法”批评完成了中国古代小说理论由外部的社会批评向文本批评和内部批评的转向。当然，源自于古文之法、又经八股之法强化的“文法”理论是否完全适用于古典章回小说的批评尚需细致、具体的分析，但如果率然斥之为“八股流毒”，则堵塞了研究、甄别的路径。因此，只有结合金圣叹的“文法”理论产生的历史语境的研究，才可能对它做出客观的评价，也才有可能确定它对当代的小说理论建设乃至小说创作是否有可资借鉴之处。

1 陈辽，《论中国古代长篇小说结构的嬗变》，载《江海学刊》，1995 年第 1 期。
2 浦安迪，《中国叙事学》，北京：北京大学出版社，1996 年，第 55–79 页。

论《中国佬》对中国古典小说结构的戏仿

杨　春　北京外国语大学

在对中国古典小说结构模式的研究中，中外学者都注意到了它与西方传统长篇小说（novel）的巨大差异。这也许是源于中西哲学思想和逻辑思维模式的不同。从《易经》到理学，中国传统的阴阳五行说影响了中国人思考和认识宇宙、天地、万物、人情的基本框架。按照浦安迪教授的观点，这使得“绵延交替”“反复循环”的情节成为中国传统小说描摹世间百态、人世沧桑的基本结构模型。[1] 中国传统小说重“循环”的模式和西方小说追求直线发展的结构迥异其趣。从《西游记》《水浒传》《三国演义》《金瓶梅》《红楼梦》《儒林外史》等中国古典长篇小说的优秀作品来看，它们都不曾建立像西方传统长篇小说那样的统一连贯的、“首、身、尾”紧密相接的整体结构，而是采用一段情节接一段情节、循环往复的方式来结构全书。这种“联缀式”[2] 的结构模式是中国古典白话小说（尤其是长篇小说）结构的最大特点。

中国古代长篇白话小说有联缀式结构这一突出特征，中国古代短篇白话小说则有另一个结构上的特点，即“头回”故事的运用。“头回”，即冒头的一回，是说话艺人的专门术语，亦称“得胜头回”“笑要头回”。它在“入话”[3] 之后、正话之前，往往是和正话题旨相似或相反的一个或几个故事。由于其自身就成为一回书，可以单独存在，位置又在正话之前，因此叫作“头回”。[4] 头回虽然一般比较简短，但它是独立完整的故事。头回故事和正话的内容之间没有必然的逻辑联系，是一个自成单元的独立的故事，但它却对正话起到引发、映衬、对照等作用，是话本小说一个颇具特色的组成部分。

头回虽然是独立于正话情节以外的一个单独的故事，但它和正话并非毫无关联。鲁迅先生曾说，“此种引首（即头回）……或取相类，或取不同，……取不同者由反入正，取相类者较有浅深，忽尔相牵，转入本事，故叙述方始，而主意已明。”[5] 概括了头回故事的类别和作用。一种是“取相类”，即头回故事的内容和正话的情节有某种相似性，由浅入深，起到引发正文和前后映衬的作用。另一种是“取不同”，头回故事和正话的内容刚好是相反或相对的，头回和正话一正一反，恰成

1　浦安迪，《中国叙事学》，北京：北京大学出版社，1996 年，第 96 页。

2　浦安迪将中国传统小说的结构称为“缀段式”的（episodic），罗念生先生和陈中梅先生把《诗学》中的 epeisodiodes 译为“穿插式的”。见浦安迪，《中国叙事学》，北京：北京大学出版社，1996 年，第 55 页；亚里士多德，《诗学》，罗念生译，北京：人民文学出版社，2002 年，第 26 页；亚里士多德，《诗学》，陈中梅译注，北京：商务印书馆，2002 年，第 82 页。

3　“入话”是指话本小说开篇时的诗词及议论。最初，它是说话人为了聚集和吸引听众，或在正话开讲之前先以诗词炫耀才学之用。在文人创作的拟话本中，入话成为一个固定环节，起到引出正文、渲染气氛、点明主题的作用。“正话”则指话本小说的主体正文部分。

4　胡士莹，《话本小说概论》，北京：中华书局，1980 年，第 138 页。

5　鲁迅，《中国小说史略》，上海：上海古籍出版社，1998 年，第 77 页。

对比，可取得特殊的艺术效果。[1] 这种正文前面加头回故事的惯例作为话本小说即短篇白话小说的结构模式一直延续到清末。

中国古典长篇小说的联缀式结构和短篇小说“头回”故事的运用被汤亭亭创造性地借用。汤亭亭曾明确表示过对《西游记》等中国古典小说的喜爱以及对中国传统小说结构形式的借鉴。[2] 经过反复尝试和精心挑选，汤亭亭最终借用了传统中国小说的结构形式来抒写华人父辈的英雄业绩，重建华裔历史，追寻美国华裔的身份和位置。《中国佬》巧妙地戏仿中国小说的特殊结构模式，并置官方历史记录和虚构的华裔历史故事，质疑和颠覆了貌似客观的官方历史的权威，从而实现了对华裔历史的重访（revisiting）和再创造（reworking）。

一、《中国佬》对联缀式结构的戏仿

《中国佬》这部小说的结构是很奇特的。它一共有十八节，其中有六节是篇幅较长的主体故事，描述华裔男性在美国的生活经历。在六个主体故事之间，还穿插了十二个轶闻插曲式的小故事，有的来自中西文学作品，有的是神话传说，有的是新闻报道，有的是史实，也有作者自撰的故事。由于作者没有在书中以任何形式[3] 对这十二个小故事的内涵及象征喻指意义进行解释，只是将其与主体故事参差排列在一起，使这本书对读者而言成为一个真正的挑战。

汤亭亭自己曾把《中国佬》一书的结构比作一个六层蛋糕。她说，十二段传说轶闻就是蛋糕中间的糖霜，六个主体故事就是蛋糕本身。她有意将典故、历史、轶事、新闻等传说故事与主体部分的现实故事并置在一起，而不去解释现实故事和传说故事之间是如何相互作用的。她希望读者能够自己去读出其中的关系和深意。[4] 显然，要想真正理解这部作品，必须首先解开其结构之谜，弄清这十八节故事的相互关系和隐藏的含义。在细读作品的基础上，笔者以为可以把全书分为八个单元：

一、关于发现（1）

二、关于父亲们（2）

中国来的父亲（3）

鬼妻（4）

三、**檀香山的曾祖父**（5）

---

1 宋常立，《中国古代小说文体论》，天津：天津社会科学院出版社，2000 年，第 85–87 页。

2 汤亭亭曾表示，自己的小说形式受到中国传统小说形式的影响，她喜爱《西游记》和中国传奇小说展开故事的艺术方式，“一段情节接一段情节，好像无休无止”，见张子清，《东西方神话的移植和变形——美国当代著名华裔小说家汤亭亭谈创作》，汤亭亭《女勇士》，李剑波等译，桂林：漓江出版社，1998 年，第 196 页。

3 汤亭亭在访谈中提到，曾有朋友说她应当在书中给出一些注释，以帮助读者理解晦涩难懂之处。而她则希望在书中给读者更多的刺激以鼓励他们自己去图书馆查阅有关背景资料。见 Kingston, “Coming Home”, interview by Paul Skenazy, in Paul Skenazy & Tera Martin, (eds.) *Conversations with Maxine Hong Kingston*, Jackson: University Press of Mississippi, 1998, p. 108.

4 Paul Skenazy & Tera Martin, (eds.) *Conversations with Maxine Hong Kingston*, Jackson: University Press of Mississippi, 1998, p. 41.

论必死（6）
再论必死（7）
四、内华达山脉中的祖父（8）
法律（9）
阿拉斯加的中国佬（10）
五、造就更多的美国人（11）
绿沼泽地的野人（12）
六、老笨孙历险记（13）
美国父亲（14）
七、《离骚》：一曲挽歌（15）
在越南的弟弟（16）
百岁老人（17）
八、关于倾听（18）

其中，前面的序号标明八个单元的顺序，括号中的数字标明十八节故事的顺序。穿插故事的标题为正体字，主体故事的标题为黑体字。第一单元"关于发现"是一个改编自中国古典文学作品的寓言故事，起到开篇序曲的作用。第八单元的小故事"关于倾听"则是全书的尾声。其余六个单元都是以一个主体故事为中心，在主体故事之前或之后联缀穿插故事。

我们先来看看六个主体故事。第一个故事"中国来的父亲"讲述了父亲前半生的经历。第二个主体故事是"檀香山的曾祖父"，叙述者从 19 世纪中期夏威夷的甘蔗种植园开始追寻华人祖先的足迹。第三个主体故事"内华达山脉中的祖父"讲述了 19 世纪 60 年代修筑横贯美洲铁路的祖父的故事。第四个主体故事"造就更多的美国人"讲述了家族里其他亲戚的故事。第五个主体故事"美国父亲"接着讲述父亲的故事。最后一个主体故事是"在越南的弟弟"，叙述者集中描述了历次战争给她的家庭带来的影响。

全书的时间跨度从 19 世纪中期到 20 世纪中后期。作品从最早来美的契约华工写起，一直写到在美出生的第四、第五代华裔参加越战以后的经历。《中国佬》俨然是一部美国华裔的历史。

汤亭亭采取了一种特殊的方式来组织这本特殊的"历史书"。[1] 她选择了美国华裔历史上最重要的时期和最具代表性的事件来重点描写，并把它们与叙述者家庭的真实经历结合起来，在想象和现实的交汇中勾勒出了一百多年来华裔在美国拼搏创业的历史画卷。而中国古典小说的联缀式结构就是作者别出心裁选取的特殊结构形式。她把情节各不相连、相互之间没有因果关系和时间连续性的故事排列在一起。

1 汤亭亭曾提到《中国佬》是一本历史书，是神话化了的历史。见 Kingston, "Writing the Other: A Conversation with Maxine Hong Kingston", interview by Marilyn Chin, in Paul Skenazy & Tera Martin, (eds.) *Conversations with Maxine Hong Kingston*, Jackson: University Press of Mississippi, 1998, p. 100.

每一节主体故事都选取一个历史时期，围绕一个或几个主要人物，再现这一时期的代表性事件和核心主题，如第一节和第五节讲述了父亲在美国的经历。他从中国地位优越的读书人变成了只能干女人活计的沉默的中国佬。第二节记叙了 19 世纪 50 年代早期契约华工在种植园开垦拓荒以及他们反抗沉默法则的斗争，第三节叙述了 19 世纪中后期修筑铁路的华工的英雄业绩以及他们随后遭受的驱逐和迫害，第四节讲述了从 19 世纪中后期到 20 世纪中期，在排华法案的阴影下，华人移民及其后代承受着种种压力和排斥，但仍以顽强的精神在美国扎下根来的经历。第六节讲述了 20 世纪中期弟弟在越南战场的经历以及叙述者反战的和平思想等。每一节主体故事都自成单元，相对独立。全书没有一个或几个贯穿始终的主人公，而是把不同历史时期的一代又一代华裔移民的事迹一段又一段地排列出来。但是，和中国古代联缀式结构的优秀作品一样，《中国佬》一书并没有给人散漫零乱之感。原因之一是作者对父亲故事的巧妙处理。

作者并没有完全按照时间顺序来排列这六段主体故事。她把父亲的故事分拆成前后两段，然后把对华裔祖先事迹的追忆放在两段父亲故事中间。这样就形成了一个相对紧密的架构，使多为虚构和想象的早期华人的历史和叙述者家庭的真实的现实生活融合在一起，从而避免了把虚构的历史故事和真实的现实故事截然分开可能带来的弊端，使作品的整体感觉更加浑然一体。此外，几乎在每节以第三人称叙述的主体故事的前面，都有第一人称叙述者“我”以“叙述自我”[1] 的口吻讲述的一段开场白。例如第二节故事“檀香山的曾祖父”，第一人称叙述者首先讲述了她对中国的好奇和向往。接下来，作品才开始用第三人称讲述在夏威夷的甘蔗园里做苦力的曾祖父的故事。就这样，每一段历史故事前面都有“叙述自我”站在写作的今天对这段历史的一个思考和梳理。通过这种方式，作者把历史故事和今日的现实成功地连接起来。作者对六个主体故事的处理体现出她对联缀式结构的创造性的运用。

《中国佬》结构的联缀式特点不仅体现在主体故事的设计编排上。如果我们把十二个穿插故事再放入整体结构中，则本书的联缀式结构特征就愈加明显。这些穿插故事就像话本小说的“头回”，分布在主体故事前后，起到特殊的作用。与“头回”不同的是，这些穿插故事并不总在主体故事之前，有的位于主体故事之后。但他们在作品中的作用和话本小说的“头回”却有异曲同工之妙。在《中国佬》中，除了第一和第十八节故事作为全书的序曲和尾声自成单元以外，其他十六个穿插故事分别和有关的主体故事组合在一起，构成相对独立的叙述单元。每一个叙述单元都有一个核心主题，每个单元的主体故事和穿插故事都是为了表现这一主题服务。由于这些穿插故事都是作者对神话传说、文学作品、新闻报道、甚至法律条文的加工和重述，所以无论内容上、情节上还是时间上都和前后的主体故事完全无关，使

1 在第一人称叙述者身上有两个自我：一个是“经验自我”，即当时的“我”；一个是“叙述自我”，即此时此刻正对着读者讲故事的“我”。见罗钢，《叙事学导论》，昆明：云南人民出版社，1999 年，第 171 页。

得整部作品前后情节没有因果联系、时间发展没有连续性的特点更加突出。再加上这些穿插故事的素材来源非常庞杂，可以说作者在构思它们时运用了古今中外的文化资源。这就使作品情节跳跃、叙述片断化、章节之间缺乏情节或时间上的连贯性的联缀式特征更加突出。

二、《中国佬》对“头回故事”模式的戏仿

如上所述，《中国佬》把十二个轶闻插曲小故事穿插在主体故事的前后，从而使整部作品形成了一个个相对独立的叙述单元。这些穿插故事的选择和编排体现了作者对每段历史记忆的思考和认识，甚至全书的高潮也正是出现在穿插故事当中。这样的布局设计充分体现了汤亭亭对中国传统小说“头回”手法的再创造。

下面我们就选择几个叙述单元来具体分析穿插故事的含义和功能，看看穿插故事与主体故事之间是如何相互作用的，以及作家是如何运用穿插故事来实现特殊的艺术效果的。

小说的第三个叙述单元由三个故事组成。主体故事“檀香山的曾祖父”后面联缀着两个小故事“论必死”和“再论必死”，这一单元的核心主题是“沉默”与“发声”。主体故事讲述曾祖父伯公作为第一批华工来到夏威夷的甘蔗种植园做工。华工们除了承受艰苦的劳动，还要遵守种植园干活时不准说话的规定。为了和沉默法则斗争，伯公给大家讲了一个“国王的儿子长着猫耳朵”的故事，于是华工们也在地上挖了一个大洞。他们趴在洞口，吼出了埋藏已久的心里话：“你好，母亲！”“我想你们！”“我想回家！……我要我的家，我想家！家！家！家！家！”[1] 慑于中国佬突然爆发的力量，洋鬼子监工们再也不敢剥夺华工们说话的权利了。从此以后，伯公干活时总是又说又唱。华工们成了创造新的习俗的人。这个故事中的沉默法则影射了主流社会剥夺华人的话语权和其他人权的现实。作者歌颂了华人移民争取权利的斗争，同时赋予了华人先民习俗创造者和土地开拓者的身份，从而确立了他们作为这块土地的开创者和拥有者的历史地位。

这一单元的两个穿插故事是“论必死”和“再论必死”。从题目上就可以看出它们在主题意义上的关联。“论必死”是作者对宋代李昉编著的《太平广记》中的一则传奇故事《杜子春》的改写。杜子春是中国北周或隋朝时人，他得到一位道士的帮助，成了富人。道士要他帮一个忙。他让杜子春吃下三粒药丸，嘱咐他无论看到什么可怕的景象都不可出声，因为他将看到的一切都是幻觉。杜子春在幻觉中经历了非常可怕的事情，包括看着自己的妻子被剁成碎肉。他自己也在地狱中备受折磨，甚至被砍头。但他一直坚持不出声。接着，他被投生为一个哑女，结婚后生了一个孩子。当丈夫厌烦了他的沉默，威胁要将孩子摔死时，他不置一词。当孩子真的被摔出去时，他终于忍受不了了，叫出了声。突然，他又回到了道士身边。道士告诉他，因为他打破了沉默，道士正在修炼的长生药被毁于一旦，人类再也不会永生了。杜子春战胜了喜、怒、哀、惧、欲，唯一没有战胜的是“爱”。在这个故事

1 Maxine Hong Kingston, *China Men*, New York: Alfred A. Knopf, Inc., 1980, p. 116.

中，沉默是人类获得永生的前提。但正如永生是违背自然规律因而不可能达到的妄想一样，沉默也是违背人之常情的要求。尤其是在杜子春的幻觉中，我们看到了沉默的残酷和灭绝人性。当成为母亲的杜子春面对爱子的惨死终于失去自制，哀叫出声时，难道有任何人可以责怪他 / 她的违反约定吗？我们只能庆幸人性之没有完全泯灭。杜子春没能征服"爱"，因此打破了沉默，也毁掉了人类永生的机会。应当说，这才是正常的人类，正常的人性。汤亭亭借这个古老的故事揭示了沉默，尤其是强加于人的沉默之残酷和违反人性。这个故事是对本单元主题的进一步深化和阐明。

"再论必死"是一个来自波利尼西亚群岛（中太平洋群岛，夏威夷属于该群岛）的古老传说。波利尼西亚有一个半神半人的捣蛋鬼叫毛依。他做的最后一件事就是从夜神那里为人类偷盗永生药。他让天地万物保持肃静，然后潜入海底。趁夜神希娜正在熟睡，他从她的阴道钻进了她的身体，把她的心抱在怀里。当他伸出双脚试图从希娜体内出来时，一只鸟看到了他扭动的双脚，忍不住大笑起来。笑声惊醒了夜神，她收紧了身体。毛依死了。毛依的故事和杜子春的故事是相似的。毛依偷盗永生药和道士修炼长生药都是为了人类的永生这一不可能实现的梦想。而在两个故事中，沉默都是获得永生药的前提，打破沉默就会毁掉人类永生的梦想。在两个故事结尾，获取永生药的努力都因为沉默的被打破而失败了。这两个故事的不同点在于，杜子春是被动地忍受着沉默带来的折磨，最后是在极其悲惨的情况下无法忍受痛苦的煎熬而打破沉默的。毛依则是一个喜欢恶作剧的捣蛋鬼的形象。那只鸟是在十分可笑的情况下因为忍俊不禁而大笑出声的。一个是痛苦的哀号，一个是开心的大笑，都是有生命之物的天性和本能。这两个故事告诉我们：沉默是违背人性的；在任何情况下，即使有严格的约定或禁令，也不可能完全禁止人们天性的流露和表达。

这两个穿插故事包含着同样的道理：即使是为了一个貌似伟大和正义的目标而要求人们违背本性或牺牲人的基本权利也是不道德和不人道的，是注定会失败的。这是作者对华人在美国被迫沉默、被剥夺基本人权的揭露和控诉。它们和主体故事一道，共同揭示了本叙述单元反抗沉默、争取权利的主题。两个穿插故事将华人的遭遇与人类的共通经验联系起来，赋予这一主题更加深刻和普遍的意义。

第四个叙述单元的结构和第三个叙述单元相同，也是在主体故事后面联缀着两个穿插故事。主体故事"内华达山脉中的祖父"主要讲述了祖父阿公在内华达山脉中修筑铁路的故事。这个故事记叙了修筑第一条横贯美洲大陆铁路的华人先民的卓越功勋，是作者对美国官方历史的最重要的修正。这一单元的主题可以说是"修正历史、教育后人"。[1] 同时，在阿公的逃亡过程中，作者有意插入了很多对白人暴行的描写，揭露了美国社会几十年间针对华人的种族歧视行径。

---

1 在美国的历史课本中，第一条横贯美洲的铁路是被作为 19 世纪最伟大的工程之一来叙述的，因为它使沿着东海岸发展的美国成了一个真正的大陆国家。但这条铁路主要是由华工付出惨重代价而修成的这一事实历来却被忽略了。很多美国人并不知道华工在美国历史上做出的巨大贡献。见杰夫·特威切尔，"序"，汤亭亭《中国佬》，肖锁章译，南京：译林出版社，2000 年，第 1–2 页。

紧接着主体故事的，是本书最特别的一节："法律"。作者在这个穿插故事里列举了从 1868 年到 1978 年所有重要的涉及华人的美国法律条文。和华人在美国历史上所做出的重大贡献一样，华人在美国历史上所遭受的歧视和侮辱同样不为大多数美国人所知。因此，汤亭亭认为自己有责任在作品中把真相报告出来。读者可以看到：在中美两国政府签订《蒲安臣条约》，表示同意人天生具有改变国籍和信仰的权利，并承认两国居民在两国间移入和移出对双方皆有好处的 1868 年，就有四万名华人矿工被美国驱逐出境。旧金山还曾别出心裁地制定了名目繁多的针对华人的赋税：辫子税、禁止使用扁担挑篮子的扁担法、鞋履税、洗衣税等。华人不得申请商业执照，也不得在各级政府中担任职务，他们被禁止拥有土地和房产。1882 年，美国国会通过了第一个《排华法》，10 年内禁止中国劳工进入美国。1904 年，《排华法》被无限期延长。1924 年，国会通过《移民法》，明确禁止"中国妇女、妻子和妓女"入境。任何与中国人通婚的美国人都将失去美国公民身份……。[1]

作者用官方法律条文摘录的形式来写这一节。新闻报道和公文式的正式语体突出了这些法律的高高在上的权威。而其骇人听闻的内容和种族歧视的丑恶本质则在与形式的对照中构成最大的反讽。"法律"一节出现在全书的中心位置（它是十八节中的第九节），是作者煞费苦心的有意安排。[2] 这一设计成功地告知读者大众，美国政府几十年来的种族歧视政策是华人及其后裔遭受不公正对待的重要原因，《排华法》是几代华裔承受痛苦和屈辱的根源。挑战官方历史有意消抹华裔的历史功绩以及华裔所遭受的不公正对待的斗争，在这一节对法律的引用和重写中达到了最高潮。作者对美国历史及华裔历史的修正和改写也在这里被赋予了更加重大的意义。这一节不仅是全书整体结构的枢纽，而且也成为这部作品深化主题的中心环节。这一节对整部作品的结构和主题展示都起到特殊重要的作用。

本叙述单元的第二个穿插故事"阿拉斯加的中国佬"是对本单元主题的进一步补充和丰富。这是一个根据海报、报纸上的新闻、私人日记等材料还原的历史事件。1885 年 7 月的一天，在偏远的阿拉斯加，白人矿工把所有中国佬赶上船，让他们去和印第安人矿工打仗。第二年夏天，白人矿工又用枪逼迫上百个中国佬挤上没有水和食物的旧船，然后任他们在海上漂流。这个真实的历史事件说明，到处都上演着驱逐华工的暴行。这是"法律"一节的最佳注脚。

从以上分析可以看到，《中国佬》中的穿插故事绝非随意拼凑、可有可无的点缀。它们在作品中起着重要的作用，它们的编排穿插也是作者精心设计的结果。

---

1 Maxine Hong Kingston, *China Men*, New York: Alfred A. Knopf, Inc., 1980, pp. 152–156.

2 多娜·佩里在采访汤亭亭时说，她喜欢《中国佬》把表现美国种族歧视历史的"法律"一章放在中间的做法，因为当读者已经开始了解书中的那些人物时，就在书的中间，突然看到令人发指的美国移民政策。它使读者愤怒。汤亭亭回答说，那正是她想要的效果。她说，她把"法律"一章放在全书正中位置，是因为她发现读者根本不知道这些事。而如果把它放在附录里，人们会跳过它；把它放在前言中，人们也会跳过前言；作为脚注，好像又太学究气。她也不相信读者会自己到图书馆去查阅相关的资料。因此，她就把这一章直接放到书的中间。见 Kingston, interview by Donna Perry, in Paul Skenazy & Tera Martin, (eds.) *Conversations with Maxine Hong Kingston*, Jackson: University Press of Mississippi, 1998, p. 179.

大体说来，这些穿插故事的作用及功能和话本小说的“头回”故事基本类似。在主体故事前面的穿插故事一般起到引出正文、预示和点明主题的作用，而在主体故事后面的穿插故事则更多起到深化和强调主题、或丰富和补充本单元内容的作用。主体故事和穿插故事各自组合，形成了全书主体部分六个相对独立的叙述单元。每个单元分别突出一个核心主题。六个叙述单元的前后联缀构成了全书的主体结构。此外，小说首尾各安排一个穿插故事作为序曲和尾声的设计使整部作品形成一个严整的统一体，给人和谐、匀称的美感。尤其值得一提的是作者把“法律”一节放在全书正中间的设计。这个完全没有情节和人物、只是把歧视华人的法律条文逐年排列出来的章节具有惊人的力量。它在整部作品的中心部位形成了一个奇崛的峰峦。它的内容带给读者巨大的心理震荡，而它在文体和叙述语调上的特殊性使其和作品的其他部分形成巨大反差。统观全局，处于中心位置的“法律”一节的影响辐射整部作品，因为排华法案的阴影笼罩了几代华裔在美国的生活。“法律”一节是华人在美国官方历史中留下的印记，是美国官方历史有关华人的少有记录之一。因此，它成为作品力图颠覆和挑战的官方历史的象征。这些法律条文所记录的正是一段践踏人权、蔑视公理的丑恶历史。可以说，在这一节，作品对官方历史的质疑和嘲弄达到了最高潮。“法律”一节也由此成为全书情节发展的高潮。这个出现在小说中间的高潮打破了西方传统长篇小说的结构模式。按照常规，长篇小说情节的发展一般应遵循“开头—发展—高潮—结局”的模式，高潮一般出现在全书的后半部分，结尾之前。但由于《中国佬》并未采用西方小说头、身、尾一以贯之的结构模式，而是借用和模仿了中国古典小说的联缀式结构，这就使得这个位于中间的高潮不仅不显得突兀，反而给人对称、协调之感。[1] 这段象征官方历史的“法律”被前后的华裔历史故事包围，使其高高在上的、权威的、中心的地位受到来自下层的、被歧视的、边缘的力量的嘲弄和挑战，突出强调了作者对华裔历史及美国历史的修正和改写的意图。高潮的巧妙设计使作品的主题得到更加有力的呈现。

著名文学理论家林达·哈琴在《一种后现代主义诗学》一书中把汤亭亭的《女勇士》和《中国佬》列为后现代主义元小说的重要作品，绝非偶然。[2] 哈琴认为，20世纪六七十年代以来，在欧美文坛上涌现出了一批后现代主义小说佳作。这些被她称为“历史编纂元小说”的作品的基本特征就是运用历史素材，通过重访历史的写作来质疑历史叙事的真实性和权威性，对历史叙事的形式及内容进行重新思考和再加工。的确，汤亭亭的作品正是以华裔美国人的历史经验为素材，通过重访在美华

1 浦安迪教授在对中国传统长篇小说结构模式的研究中指出，中国传统小说情节的高潮往往远在故事的终点之前就发生了。像《金瓶梅》《水浒传》《西游记》等作品，除了把高潮设在全书三分之二或四分之二处以外，还将全书分为对等的两半。这种截全书为两半的叙事模式，在《红楼梦》中也很明显。浦安迪认为中国古典小说的这种结构模式和十八、十九世纪的欧洲小说完全不同，而是和中国哲学有关天道循环的观念有关。见浦安迪，《中国叙事学》，北京：北京大学出版社，1996 年，第 76–81 页。

2 林达·哈琴在此书中把汤亭亭等人的作品命名为“历史编纂元小说”（Historiographic Metafiction），并认为这类小说是唯一一种圆满体现了后现代主义诗学的小说，代表着当代小说的发展方向。见 Linda Hutcheon, *A Poetics of Postmodernism: History, Theory, Fiction*, New York & London: Routledge, 1988, p. 4.

裔历史的写作来质疑历史的真实性和权威性，对有关华裔美国人的历史叙事的内容（如官方记录的华裔历史、家族轶闻、文学作品中的华裔故事等）及形式（华裔自传、传记等）进行重新思考和再加工，从而挑战美国主流社会对在美华裔的刻板印象，为建构华裔美国人独有的身份和文化传统提供了新的选择。为了实现这一目标，汤亭亭在创作时采用了独特的艺术形式，“戏仿”就是其最重要的创作手法之一。

作为当代文论的重要概念之一，“戏仿”意味着文学作品对其他已经存在的语言与文化材料（前文本、目标文本）的一种有差异的模仿。从其对待目标文本的态度以及希望达到的目的和效果来看，戏仿可以有一系列不同的个性：从恶意地攻击的、轻蔑地嘲笑的、玩笑游戏的、善意地嘲弄的到虔诚地崇敬的，等等。[1] 有学者认为，由于戏仿特有的双重编码结构，即戏仿文本和被戏仿文本构成了同一部作品，使得戏仿的个性常常呈现出爱恨交织、充满矛盾的状态。[2] 而戏仿对差异的凸现、它的双重话语特征、它对唯一性和权威的挑战，使其在当代理论话语中占据了显著的位置。戏仿是后现代主义小说的重要艺术特征之一。在汤亭亭的创作中，戏仿不仅表现在作品的内容上，也表现在对作品形式的处理上。作为一位在两种文化夹缝中成长起来的华裔美国作家，对来自中美两种文化传统的素材和资源进行仿造、模仿、改编、变形是汤亭亭构建华裔美国人身份和华裔美国文化传统的重要手段。通过戏仿中美两种文化的文化素材和符号，汤亭亭或是质疑和挑战它们所携带的意识形态偏见，或是从新的角度对其进行重新思考和阐释，将其重新定位，使其成为新的华裔美国文化传统的一部分。汤亭亭作品中的戏仿大至某个文类或文学作品的整体结构，小到一个典故、一则寓言、几行诗歌乃至作为文化符号出现的一个人名。通过戏仿，汤亭亭清除了被戏仿对象——重建华裔美国人文化传统和独有身份的素材和原料——所携带的负面的东西，无论它是偏见、刻板印象还是陈旧过时的固定模式；另一方面，通过戏仿，强调和突出了被戏仿对象所包含的积极意义和正面价值，使其由中国文化传统或美国文化传统的一部分转化、变形为华裔美国文化传统的有机组成部分。戏仿是汤亭亭把取自别处的素材和原料吸收、转变、化为己有的重要途径和手段。

在《中国佬》中，作家巧妙地戏仿了中国古典小说的结构，对联缀式结构和“头回”故事模式进行了创造性的模仿。这里的戏仿可以说是带着敬意和喜爱之情的。毕竟，汤亭亭对《西游记》等中国传统小说的喜爱，应当是促使她在《中国佬》的写作中借用和改造中国古典小说形式的直接动因。汤亭亭曾说，她从 9 岁左右就开始写《中国佬》里面的那些华人先民的故事了。直到三十多岁时，她才终于找到

1 Linda Hutcheon, *A Theory of Parody: The Teaching of Twentieth-Century Art Forms*, New York: Methuen, 1985, p. 36.

2 Margaret A. Rose, *Parody: Ancient, Modern, and Post-Modern*, Cambridge: Cambridge University Press, 1993, p. 47.

了最满意的形式，创作出了我们今天看到的《中国佬》。[1] 可见，这部小说的艺术形式是作家精心构思之后的结果。在《中国佬》中，作家把中国古典小说的结构模式改造变形之后，使它成为描绘、记录华裔父辈在美国筚路蓝缕、历经磨难、建立卓越功勋的英雄业绩的载体。在这里，作家对一种旧的结构形式的戏仿成为对这种形式表达敬意的方式，同时也赋予这种传统形式新的内涵和价值。而经由这种戏仿，作家成功地“挪用和占有”（appropriate）了中国古典小说的结构模式，把它化入了华裔美国文化传统之中，使其成为华裔美国文化传统的一部分。

1 Paul Skenazy & Tera Martin, (eds.) *Conversations with Maxine Hong Kingston*, Jackson: University Press of Mississippi, 1998, p. 34.

从语言学的视角看美国比较文学的演变

周小莉　兰州大学

在美国比较文学发展史上有几段话高度浓缩了该学科在几个不同发展阶段的研究对象、研究范围、研究方法，因此被广为引用，笔者也将从这几段话入手，来分析使这些定义得以成立的基本前提是什么，从而说明比较文学是如何化约为一个语言学问题的。

第一段话来自亨利·雷马克（Henry H. Remak）的《比较文学的定义和功用》（*The Definition and Function of Comparative Literature*,1961）:

> "比较文学是超出一国范围之外的文学研究，并且研究文学与其他知识和信仰领域之间的关系，包括艺术（如绘画、雕刻、建筑、音乐）、哲学、历史、社会科学（如政治、经济、社会学）、自然科学、宗教，等等。简言之，比较文学是一国文学与另一国或多国文学的比较，是文学与人类其他表现领域的比较。"[1]

这段话表明，比较文学的研究对象是文学，研究方法是着眼于文本的内部研究，研究范围是超出一国之外的文学之间的对比，或超出一门学科之外的文学与其他学科之间的对比。

第二段话来自伯恩海默（Charles Bernheimer）1993年向美国比较文学学会提交的报告：

> "文学现象已不再是我们学科的唯一焦点。如今，文学被作为复杂、变幻而且经常有矛盾的文化生产领域内的各种话语实践中的一种。这个领域向跨学科观念提出了挑战，甚至让我们相信，各学科是一种历史建构，……比较文学系不应当再把眼睛仅仅盯在高层文学话语上，应当考察造就了一个文本及其高低的整个话语语境。"[2]

在这段话中比较文学的研究对象不再仅仅是文学，而是囊括了"文化生产领域内的各种话语实践"，研究方法也不再是着眼于文本的内部研究，而是着眼于文本生产过程的语境研究。第一段话中所说的那种文学与文学、文学与其他学科的对比已经难以为继，其原因是人们不再相信某国文学和某一学科存在本质特性，所谓特性都是人为建构物，因此研究者开始关注文本形成的语境。

第三段话来自苏源熙（Haun Saussy）在2003年向美国比较文学学会提交的报告：

1　亨利·雷马克，《比较文学的定义和功用》，张隆溪译，见张隆溪选编《比较文学译文集》，北京：北京大学出版社，1982年，第1页。

2　伯恩海默，《世纪之交的比较文学》，王柏华译，见杨乃乔、伍晓明主编《比较文学与世界文学》（第一辑），北京：商务印书馆，2004年，第23页。

> “比较文学最鲜明的特点不是解读文学，而是对任何可能被阅读的文本进行文学性的解读（在这个过程中要加强对文本的细查、保持抗拒和元理论意识）。”[1]

这段话中比较文学的研究对象为任何可能被阅读的文本，研究方法是对“文本进行文学性的解读”，在这篇报告中，苏源熙还表达了对第二段话中大力推崇的语境研究的排斥，他认为语境研究使比较文学淹没在其他学科当中，失去了独立性。要想找到学科存在的依据并使其恢复独立，必须回到对对象的文学性解读中去。

促使以上转变发生的原因从表层看是人们对文学的理解发生了变化，从而导致美国比较文学学者们最初坚守的文学本体研究依次被语境研究和对文本的修辞性研究所取代，“比较”的内涵也由最初的“对比”向“跨文化视野”等含义演变。但如果进一步探究这种转变的深层原因，必然要追溯到语言观的转变，因为文学是语言性的存在，诸如语言符号与事物之关系、能指与所指之关系、符号系统的内在结构等问题必然推动着人们对文学的理解发生变化，因此语言观的变化是促使美国比较文学发展演变的内在驱动力。

一、文学内部研究

1958 年的教堂山会议被认为是美国取代法国成为世界比较文学中心的标志，在这次会议上韦勒克（René Wellek）发表的《比较文学的危机》（*The Crisis of Comparative Literature*, 1958）成为美国学派批驳法国学派的经典文本。韦勒克的批驳集中在一点：比较文学应该立足于文学内部研究，而非法国学派的外部研究。

法国学派的比较文学正是建立在外部研究的基础上，他们的研究目的是对文学现象进行原因和结果的全面阐释，从而实现了解文学真相的目的。在科学实证主义思潮的促进下，这种愿望更加强烈，他们模仿自然科学，假定文学是由一个个细胞构成的，致力于将所有细胞的特性和来龙去脉搞清楚。梵第根将这一行为比作在不同织物上发现相同的丝线：“在那些原文的复杂的织物中，我们需得带着一种一切真正的文学史家所必要的心理学上的细腻——即心灵——去寻出思想的、感情的或艺术的种种不同的丝缕来，以便再去探讨那一些丝缕是在别处可以发现，是织在别的织物中的。”[2]

这种研究方式的实质是忽略文学形式而一味关注文学内容，它归根结底来自于语言符号从属于所指事物的观念。早在古希腊时期，人们就清楚地表达了这一观念，亚里士多德的一段话很有代表性：“口语是内心经验的符号，文字是口语的符号。正如所有民族并没有共同的文字，所有的民族也没有相同的口语。但是语言只是内心经验的符号，内心经验自身，对整个人类来说都是相同的，而且由这种内心

1 Haun Saussy, “Exquisite Cadavers Stitched from Fresh Nightmares of Memes, Hives, and Selfish Genes”, in Haun Saussy, (ed.) *Comparative Literature in an Age of Globalization*, Baltimore: Johns Hopkins University Press, 2006, p. 23.

2 梵第根，《比较文学论》，戴望舒译，长春：吉林出版集团有限责任公司，2009 年，第 40 页。

经验所表现的类似的对象也是相同的。”[1] 在这段话中他谈的是“文字——口语——内心经验——事物”这四者之间的关系，文字是用来记录口语的，口语是传达内心经验的，内心经验是反映客观事物的。因为人类面对的客观事物相同，所以他们的内心经验也大抵相同，各民族的口语和文字虽然千差万别，但它们都是记录内心经验的工具，因此语言符号的差别并不是本质上的差别。

这种观念在两千多年之后依然被普遍认同，语言在人们心目中“不外是一种分类命名集，即一份跟同样多的事物相当的名词术语表”,[2] 其作用仅仅在于指代事物、传达思想，语言自身的价值和对语言符号的结构、性质、功能的研究长期被忽视。

20 世纪以来，随着语言学研究重心的转移，上述观念逐渐发生变化，人们认识到语言是一套独立的符号系统，和所指事物无关，其内部具有独立的规则和秩序，这些规则和秩序是约定俗成的，一旦确定下来就不会轻易改变，它们构成了语言的本质，语言学的研究对象应该是语言的本质。因此索绪尔（Ferdinand de Saussure）将语言学分为内部语言学和外部语言学，内部语言学是研究语言内部规则的，外部语言学则研究除此之外的领域，他“要把一切跟语言的组织、语言的系统无关的东西，简言之，一切我们用‘外部语言学’这个术语所指的东西排除出去。”[3]

文学研究者深受语言学的启发，他们对文学的研究也从内容转向了形式，不愿再将文学作为传达某种真理或主体感受的手段，而是将之当作具有自身存在价值的东西。很多像雅各布森（Roman Jakobson）这样的语言学家同时亦从事文学研究，他们开掘文本自身的系统和规则，创造了一系列极具语言学特色的文学批评术语，例如“隐喻”“转喻”“叙事语法”“叙事结构”，等等。美国形成了以新批评为核心的形式主义研究传统，从艾略特、瑞恰兹（Ivor Armstrong Richards）到维姆萨特（William K. Wimsatt）、韦勒克，一大批学者致力于文学形式的研究，韦勒克关于比较文学要进行文学内部研究的观念正是这一学术传统的自然结果。他对文学内、外部研究的划分具有索绪尔内、外部语言学划分的痕迹，并且他对文学本质的规定也是从语言层面切入的：“必须弄清文学的、日常的和科学的这几种语言在用法上的主要区别”,[4] 与其他两种语言相比，文学语言“有很多歧义（ambiguities）……它是高度‘内涵的’……强调文字符号本身的意义”。[5]

在这种新的理论潮流中，法国学派的研究显得很不合时宜，因此理所当然成为被批驳的对象。韦勒克认为法国学派想解释文学现象的诉求是合理的，但却弄错

1 亚里士多德，《解释篇》，秦典华译，见苗力田主编《亚里士多德全集》（第一卷），北京：中国人民大学出版社，2012 年，第 49 页。

2 索绪尔，《普通语言学教程》，高名凯译，北京：商务印书馆，2002 年，第 100 页。

3 索绪尔，《普通语言学教程》，高名凯译，北京：商务印书馆，2002 年，第 43 页。

4 韦勒克、沃伦，《文学理论》，刘象愚、邢培明、陈圣生、李哲明译，北京：文化艺术出版社，2005 年，第 11 页。

5 韦勒克、沃伦，《文学理论》，刘象愚、邢培明、陈圣生、李哲明译，北京：文化艺术出版社，2005 年，第 12 页。

了方向，他们将文学的内容作为解释文学的原因，认为只要勾勒出这些内容的流传演变过程，就能确定作品与作品之间的来源和影响关系。这种研究方式将文学当作由一些标准件组合而成的东西，却不知即使是完全相同的因子在不同作品中也会获得新的功能和意义。因此，关于来源和影响的研究虽不能说是全无道理，但至少没有触及问题的实质。

问题的实质在于这部作品的内在结构，如果把题材、主题、人物等因素当作构成作品的材料，那么这些材料在进入某部作品之后会被同化进该作品的结构，其意义在这部作品中才能得到准确解释。如果相似的题材、主题、人物在另一部作品中被使用，肯定不能保持原作中的意义，因为它们又被新作品的结构所同化，获得新的意义。比较文学如果抛开形式，将内容当作孤立僵死的东西来研究是不科学的，研究者应该关注作品的结构，只有掌握了作品的内部结构，才能解释材料在不同作品中产生变异的原因，而审查比较文学专业研究生是否合格的一项重要条件就是学生必须在本科阶段受到过良好的文本分析训练。

因此美国学者认为着眼于作品结构的研究对跨国界的文学现象解释得更为透彻，例如叶奚密的《自然诗诗歌结构的比较研究》一文对中国山水诗和英国自然诗进行比较，二者都以自然景物为写作对象，材料相同，但在两国作家的笔下自然景物却呈现出不同的特性，其原因在于作品的结构方式不同：中国山水诗的基本结构是人与自然的和谐共融，是空间性的、共时性的，而英国自然诗的基本结构是人与自然的对话交流，是时间性的、历时性的。[1]他们还认为采用这种方式对跨学科问题，即文学与艺术、哲学、宗教等其他学科之间关系的解释也更为透彻。

由此可见，美国学者在内部研究的基础上建立起了一套比较文学理论体系，它以文本为研究对象，以跨国界的文学文本和跨学科文本之间的对比为具体研究内容，其目的是通过分析不同文本在结构上的同与异，克服法国学派的缺陷，从根本上解释文学的成因和规律。

二、转向外部，失去学科独立性

这种研究必须具备以下条件：第一，每个文学文本都有相对稳定的内部结构，否则就无法进行文本之间的比较；第二，每国文学都有相对稳定的内部结构，否则就不能进行国与国之间的比较；第三，每种学科在形式上都有相对稳定的内部结构，否则就不能进行文学与其他学科之间的比较。以上条件又都需要具备一个共同的前提：语言结构的稳定性，因为无论是文学文本的结构稳定性，还是其他学科文本的结构稳定性，都是由语言结构的稳定性来保证的，如果语言结构处于暧昧不清、游移不定的状态，那么所有关于“同”与“异”的比较都会被颠覆。

五十年代之后，人们对语言的认识更加深入全面，美国语言学界除了结构主义之外，系统功能语言学和语用学研究也蓬勃兴起，它们将语言学的研究路径由语

1 参见叶奚密，《自然诗诗歌结构的比较研究》，晏小萍、谢伟民译，见李达三、罗纲主编《中外比较文学的里程碑》，北京：人民文学出版社，1997 年，第 200–210 页。

言内部结构的层面向语言交际系统和语言使用等层面拓展。结构主义语言学注重的是语言体系的不变性，旨在发掘语言内部的组合规则，通过对这些规则的掌握来抓住语言确定性的一面。而系统功能语言学则将语言当作一个系统来研究，其代表人物韩礼德（Michael Alexander Kirkwood Halliday）认为仅仅研究语言的内部系统是不行的，必须把语言的交际和使用这些外部因素纳入语言研究，这样才更符合语言的实际情况。语言的形式规则并不能完全决定其意义，必须考虑交际主体之间相互作用的过程和交际时的语境，意义只存在于特定的语境中，并随语境的变化而变化。

语义随语境发生变化的事实颠覆了语言结构的稳定性，并使建立在这一观念基础上的文学内部研究面临危机，新批评和形式主义因此受到越来越多的质疑，这些质疑主要针对它们只关注文学的内部规则和不变性，忽视文学的外部因素和可变性。埋藏在语言中的危机终于发生了，这使得刚刚从内部研究中找到立足点的美国比较文学又失去了存在的依据。

首先，语境化使文本意义多元化，这使文本之间的二元对比失去价值；其次，对民族文化形成过程的揭示，使民族文化统一体的幻象被瓦解，导致诸如欧洲文化具有共同结构的传统观念被颠覆，西方先进民族与非西方落后民族之间的绝对差异也被颠覆。所谓的共性和差别都被看成是人为建构的产物，并非先天存在的，这使不同文化之间的二元对比失去价值，欧洲中心主义受到前所未有的挑战；再次，对学科建制形成过程的揭示，使“文学”“哲学”“宗教”等学科的划分和界定也变成人为建构的产物，从而导致学科之间的二元对比失去了意义。

对比较文学的质疑声此起彼伏，很多学者认为“该学科在西方无疑已陷入危机当中”，[1] 有些学者甚至宣告比较文学已经死亡，取而代之的是文化研究、解构主义、后殖民主义、女性研究、传媒学、翻译学等新的研究领域和研究方法，为什么这些研究领域和研究方法受到研究人员和学生的青睐？主要原因是它们不再把目光局限在文学文本内部，而是转而关注文本生成和接受的系统，善于进行语境分析，这些因素都使其更具活力。

在这种形势下，比较文学现有的学科理论已大大落后于时代潮流，急需调整研究对象、研究方法和研究界限。但是由于学界对这些问题的思考还不充分，并认为“以往那种颁布一套标准有助于建立一个学科的观念已经瓦解”，[2] 因此不能在短期内找到一种经得起考验的学科定位。1993 年伯恩海默向美国比较文学学会提交的报告正是在这种手足无措之际的无奈选择，报告中他放弃建构学科理论，转而采取兼收并蓄的原则，将比较文学与其他学科和研究领域结合起来，并建议将“比较文学”改为“比较文学与文化研究”“比较文学与文化批判”等名称，还提出了学科转型的若干具体意见，希望通过这种方式来克服旧有研究的局限和弊端，具体来

1 Susan Bassnett, *Comparative Literature: A Critical Introduction*, Oxford: Blackwell, 1993, p. 9.

2 伯恩海默，《世纪之交的比较文学》，王柏华译，见杨乃乔、伍晓明主编《比较文学与世界文学》（第一辑），北京：商务印书馆，2004 年，第 21 页。

说包括以下几个方面：

针对旧有研究专注于文本内部结构的局限，新的比较文学将目光转向文本外部，提倡对文本进行语境化研究，在语境中关注文本意义的生成过程，建议对文本进行精确阅读的同时，“考虑到意义生产的意识形态的、文化的和体制的语境”。[1]这就需要研究者具备相关学科的知识，例如社会学、历史学、媒介学等，并且能够熟练运用这些学科的研究方法，而不是固守修辞、诗体韵律等形式分析传统。在此基础上，传统的跨学科研究也应该放弃区分学科之间的固有差异，转而去关注各学科之间界限的形成机制。

针对旧有研究强化中心和边缘二元对立的局限，新的比较文学将目光转移到这一对立的产生过程上，并形成了一系列热点话题。热点之一是欧洲中心主义和西方中心主义，揭示被欧洲文化共性遮蔽的欧洲不同民族文化间的差异，以及被西方文化歪曲的其他民族文化，在此类研究中，以萨义德的《东方学》为代表的后殖民研究成为人们效仿的对象。热点之二是对经典和非经典的重新解读，揭示造成这种二元划分的原因，并且提倡对经典作品进行非经典化的阅读。另外，性别研究、种族研究也成为热点，学者们关注性别和种族的文化成因，从被压抑的性别身份和种族身份出发对以上问题提出全新看法。

以往比较文学学者加强语言训练的目的是为了更好地阅读原文，因为很多文学作品，譬如诗歌，只能在原文中分析其形式特征，即使是叙事类的作品，其文学修辞手法也只能在原文当中领会，掌握原文“应该是比较文学的第一道工序”。[2]因此译文备受排斥，能不用就尽量不用，这也是比较文学被看作是一门精英学科的原因之一，很多学生因为达不到精通两三门外语的要求而被拒之门外。新的比较文学学者对原文和译文的看法发生了根本变化：“外语要求的价值不应当仅限于文学意义的分析，应当扩大它的语境，理解母语发挥的各种作用：创造主体性、建立认识论模式、想象共同结构、形成民族观念以及表达对政治和文化霸权的抵制和适应。”[3]因此译文也具有很大的研究价值：“翻译可以被视为一种范式，以理解和解释不同话语传统之间的交叉这个更大的问题。”[4]

以上的若干变化体现出，比较文学急于克服文学内部研究带来的危机，而克服危机的主要方式就是将研究重心转向文学外部，尤其是借鉴文化研究的方法，关注意义的生产和接受过程，将语境化作救命稻草。从表面上看这种转向取得了巨大成效，它使比较文学成为最具包容力和最能迎合当今跨学科研究潮流的领域，但是这种研究包含着巨大的危机：它使比较文学的研究对象变得暧昧不清，研究方法游

---

1 伯恩海默，《世纪之交的比较文学》，王柏华译，见杨乃乔、伍晓明主编《比较文学与世界文学》（第一辑），北京：商务印书馆，2004年，第23页。

2 马·法·基亚，《比较文学》，颜保译，北京：北京大学出版社，1983年，第18页。

3 伯恩海默，《世纪之交的比较文学》，王柏华译，见杨乃乔、伍晓明主编《比较文学与世界文学》（第一辑），北京：商务印书馆，2004年，第23–24页。

4 伯恩海默，《世纪之交的比较文学》，王柏华译，见杨乃乔、伍晓明主编《比较文学与世界文学》（第一辑），北京：商务印书馆，2004年，第24页。

移不定，研究范围大得无所不包，比较文学系可以容纳各种学科背景的教授，比较文学的研究项目涉及哲学、社会学、心理学、影视传媒……这种情况让人不禁去问：比较文学到底是什么？

三、立足于语言的修辞性研究

很多人意识到伯恩海默在1993年报告中对比较文学的新定位中暗含的危机，那么怎样才能让比较文学既保持学科独立性，又重获生机呢？苏源熙在2003年美国比较文学学会报告中指出，要想保持学科独立性，就不能把其他学科的研究对象当作自己的研究对象。他认为应该将比较文学的研究对象确定在语言层面，要充分利用比较文学学者善于从事语言分析的长处，从语言自身的特点和机制出发，“将语言——无论原文或译文——理解为具有自身分量和阻力的东西，而非仅仅将它当作某种内容传输系统”，[1] 去挖掘意义生发的机制，这才是文学研究者区别于其他学科研究者的身份标识。

耶鲁解构主义批评的代表人物保尔·德·曼（Paul de Man）认为语言有三种特性：语法性、逻辑性和修辞性，语法性和逻辑性代表了语言稳定的一面，保证了语言符号与指称的密切结合，但修辞性却颠覆了语言的语法和逻辑，使语言符号和指称之间永远存在偏差。他以反问为例，“有什么区别?”这句话在语法上是询问区别，但在特定语境下却表达了与字面义完全相反的意思，指说话人认为两种方式并没有区别，只是以这种方式来责怪听话人明知故问。字面义是语法和逻辑赋予语言的，言外之意却是由语言的修辞性产生的，保尔·德·曼在《阅读的寓言》中说道：“修辞从根本上将逻辑悬置起来，并展示指称反常的变化莫测的可能性。我毫不迟疑地将语言的修辞的、比喻的潜在性视为文学本身，尽管这样做也许有点儿与普通的习惯相去更远。”[2]

他进一步指出修辞性并不是文学语言的特性，而是所有语言的共性，即使是哲学语言、文学批评语言，也都具有修辞性，“文学和批评——它们之间的区别是骗人的——被宣告（或被赋予特权）说是永远最精确的语言，而结果却是最不可靠的语言，人类正是按照这个最不可靠的语言来称呼和改变自己”。[3] 从这个意义上来看，所有学科都不能直通现实传达真理，它们都被语言的修辞性左右，都具有言外之意和多重解释的可能性。

在此基础上，保尔·德·曼重新理解文学性和文学研究，他认为文学性指所有语言文本的修辞性，文学研究是对任何文本进行修辞性研究。这种修辞性研究至少应包含两方面的意思：第一，作为研究对象的文本都是修辞性的，不能达到和所指的完全同一，因此研究者不要徒劳地去发掘文本的终极意义，而是应该去寻找意义

1 Haun Saussy, “Exquisite Cadavers Stitched from Fresh Nightmares of Memes, Hives, and Selfish Genes”, in Haun Saussy, (ed.) *Comparative Literature in an Age of Globalization*, Baltimore: Johns Hopkins University Press, 2006, p. 14.

2 保尔·德·曼，《阅读的寓言》，沈勇译，天津：天津人民出版社，2007年，第11页。

3 保尔·德·曼，《阅读的寓言》，沈勇译，天津：天津人民出版社，2007年，第21页。

的生发机制；第二，任何阅读都具有修辞性，不能达到和研究对象的完全同一，整个研究过程其实是研究者在用自己的方式重构对象，因此修辞性的阅读和研究根本上是解构的。

苏源熙赞同保尔·德·曼对文学性和文学研究的看法，认为比较文学的研究对象应该是文学性（即文本的修辞性），研究方式应该是对任何文本进行文学性（即修辞性）的解读。这种学科定位一方面克服了五十年代比较文学研究的局限，突破了文本具有稳定结构的陈旧观念，关注意义的生成和接受过程，另一方面也克服了伯恩海默 1993 年报告中的弊端，让比较文学在语言研究的层面找到了新的立足点，以此作为和文化研究、文学理论、社会学研究、媒介学研究相区别的身份标识，保持了学科独立性。

这并不是说坚守文本的语言分析，就一定要放弃文化研究，比较文学学者可以借助自己善于语言分析的长处促进文化研究。在文化研究对意识形态、权力运作机制的分析过程中，着眼于语言的文本分析是很好的工具，它能够“通过语言学或语法模式的分析来揭示这种权力”，[1] 这是一种更内在的分析。

苏源熙在自己的研究中践行着这种理念，《中国美学问题》（*The Problem of a Chinese Aesthetic*）是他获得耶鲁大学比较文学博士学位的毕业论文，可以看作修辞性研究的一个范例。在该书中文版序言中，他将自己的写作目的表达得很清晰：他的研究是为了和一种认为语言与现实同一的观念相较量。对这种观念而言，“语言并不是修辞的，意义可能是含蓄的，但绝无欺骗性；说话者知道他们在表达什么，并且忠实地表达了他们的意思”。[2] 他认为学界对中国美学问题的探讨，也一直受此观念束缚，很多人都确信自己描述的中国就是真实的中国。因此，他要揭示这些研究文本的修辞性，从而颠覆传统的研究理念。

在以上诸文本中，《诗经》和《诗经》的阐释文本是《中国美学问题》分析的重点，作者主要探讨了《诗经》存不存在原意的问题。他将中国的《诗经》阐释文本分为两类：第一类是以《毛诗序》为代表的解经著作，其特征是对《诗经》进行道德性政治性的解读；第二类是以古代学者朱熹和现代学者郑振铎为代表的研究，他们强烈反对道德性的解读，认为《诗经》是创作者自然情感的流露。两种说法虽然针锋相对，但持论者都认为自己揭示了《诗经》的原意。

究竟谁揭示了《诗经》原意？苏源熙经过一番分析后得出两类文本都没有揭示出诗歌原意的结论。首先，对第一类文本来说，虽然持论者以“诗言志”的说法来支持诗歌表达作者原意的观点，但是苏源熙追溯了“诗言志”这一观念的来源《乐记》中的相关段落，将之与《诗大序》中的改良版对比，发现两个文本中的表情论有着根本的区别：《诗大序》中“情”和“言”的联系是断裂的、人为的，而《乐

1 Haun Saussy, “Exquisite Cadavers Stitched from Fresh Nightmares of Memes, Hives, and Selfish Genes”, in Haun Saussy, (ed.) *Comparative Literature in an Age of Globalization*, Baltimore: Johns Hopkins University Press, 2006, p. 23.

2 苏源熙，《中国美学问题》，卞东波译，南京：江苏人民出版社，2011 年，第 2 页。

记》中“情”“声”“音”之间的联系是自然的，前者用“言”替换后者中的“声”，这一替换打破了《乐记》中表情论的统一性，使“言”成为《诗大序》表情论中的核心因素。而“言”相对于“情”来说，是一个具有独立性和任意性的符号系统，它并不与“情”直接对应，并且由于“言”的修辞本性，反而会干扰或歪曲人们对“情”的表达。只要《诗大序》的作者认为诗歌的“情”是由“言”来表达的，那么诗歌就永远都不可能直通作者的原意，同样以“言”为工具的《毛诗序》当然也不能解读出诗歌的原意；其次，对第二类文本来说，《诗经》中诗歌起源的不确定导致其表达普通人自然情感的说法也站不住脚，尤其是先秦的赋诗传统使诗歌的意义同用诗的背景密切相关，“在孔子及孔子之前数不胜数的文献中——《左传》中的例证尤其普遍——诗歌从来不被允许表达它们自身的意思”，[1] 在这种情况下，探讨原意几乎变得不可能，因为诗歌意义是随着用诗目的的变化而变化的。

事实上不但揭示《诗经》的原意不可能，而且《诗经》的原意根本就不存在，苏源熙在探讨完《诗经》的阐释文本之后，转而去分析《诗经》，通过对诗歌言外之意的发掘，他发现《诗经》中每一首诗的意义都是不确定的，都蕴含了多重解释的可能性。因此上述两类阐释者都不可能抵达诗歌的原意，更不可能通过诗歌的原意来窥见诗歌创作者的意图，他们从诗歌中解读出的其实是自己的意图。从这个意义上说，《诗经》是修辞性的，《诗经》的阐释文本也是修辞性的。

苏源熙在《中国美学问题》的整个论述过程中，始终坚持对各类文本进行语言分析，具体的分析策略是颠覆字面义，发掘言外之意，也就是说从语言的语法和逻辑中释放出修辞性。在该书的结语中，苏源熙进一步阐明自己在建构新的比较文学学科理论方面的意图，他要将众多时代不同、风格各异的研究者整合在比较文学的理论平台上，这个平台就是语言。

从 20 世纪 50 年代至今，美国比较文学经历了盛极一时、危机重重、峰回路转，研究模式也经历了文学内部研究、外部语境研究、修辞性研究几个阶段，各个阶段的学科构架乃至概念术语都具有明显的语言学印记。究其原因，首先是由于整个时代的理论潮流所致，语言学带来的震动波及所有人文学科，几乎所有的研究领域都因此而有所变化，因为人们认识到了自身是语言性的存在，所以对语言性质的理解成为所有研究的前提。

其次是美国比较文学研究者的学术传统使然，五十年代的比较文学学者大多受到了新批评的影响，而新批评所做的正是语言形式分析，他们早已认识到文学语言，尤其是诗歌语言“是对常规逻辑话语的革命性背离”。[2] 虽然之后新批评受到了其他理论的挑战，但关注形式的传统却被后来的学者们所继承，例如以保尔·德·曼、哈罗德·布鲁姆（Harold Bloom）、希利斯·米勒（J. Hillis Miller）、杰弗里·哈特曼（Geoffrey Hartman）等人为代表的耶鲁解构学派，其研究虽然和新

1 Haun Saussy, *The Problem of a Chinese Aesthetic*, Stanford: Stanford University Press, 1993, p. 61.
2 兰色姆，《新批评》，王腊宝、张哲译，北京：文化艺术出版社，2010 年，第 170 页。

批评有着根本的不同，但二者对语言的关注却是一样的。保尔·德·曼在《阅读的寓言》第一章“符号学与修辞学”中谈到对形式主义和内在批评的看法，他认为关注内在形式的方向是正确的，只是不能因此而斩断文本与外部因素的联系，这会让形式研究走向死胡同，因此他要找到一种打破内、外部研究截然对立的方法，使形式研究真正焕发出生机。作为耶鲁大学的学生和教授，苏源熙也受到了这一传统的影响，在《中国美学问题》的致谢中他谈到了对该书写作起到重要作用的几个人：保尔·德·曼、雅克·德里达、孙康宜、杰弗里·哈特曼，前两位教给他的是修辞式的阅读方式，后两位教给他的是解读文本的新方法。

除了美国之外，俄罗斯、中国等不同国家的学者也在各自的学术传统和社会语境中思考比较文学的学科理论和发展方向，但美国比较文学无疑是引领世界潮流的，并且美国学者对学科的思考始终与语言观的变化结合在一起，这是切中问题实质的，因此对美国比较文学的深入理解有助于我们认清世界比较文学的过去、现状和未来发展趋势。

“外国文学史”的性质及后现代语境中面临的困境与出路

肖四新　广东外语外贸大学

随着后现代主义对总体性的解构，“外国文学史”存在的合法性也遭受质疑，陷入生存困境中。因为它是以总体性为思维与结构方式的文学研究。它为何会与总体性联系在一起？在后现代语境中，它陷入了怎样的困境？是否还有存在的可能？本文拟就这些问题做一探讨。

一、“外国文学史”的性质及其与总体性的关系

从周作人的《欧洲文学史》算起，近百年来出现了近百部“外国文学史”（含区域性的）。尽管它们在覆盖范围、切入角度、介绍对象、评价标准等方面各有不同，但作为一种跨文化接受和重构形式，其共同点就是以总体性为思维与结构方式。只是在不同历史时期，总体性以不同话语形式呈现。

在20年代以周作人的《欧洲文学史》为代表的“外国文学史”中凸显的是人性话语，以自然人性为视点评价与建构欧洲文学。30年代以郑振铎、茅盾等为代表的一批左翼文人，与周作人为代表的温情人性派分道扬镳，走上了表现“社会—民族的人生”（茅盾语）、反映现实的道路，表达追求科学理性、争取政治权利及救亡图存的诉求。而外国文学也成了他们表达这一诉求的重要资源，无论是郑振铎的《文学大纲》，还是茅盾的《西洋文学通论》，都以人生、现实为主导话语。随着民族危机加重，阶级矛盾激化，民族革命话语在“外国文学史”中得以凸显，这在40年代以徐懋庸的《文艺思潮小史》和啸南的《世界文学史大纲》为代表的“外国文学史”中体现出来。1949年后，“外国文学史”中的主导性话语转变到革命、阶级等守护主流意识形态上。从1956年郑启愚的《外国文学史》到60年代杨周翰的《欧洲文学史》，再到80年代朱维之的《外国文学史》，无一例外地以革命、阶级等为主流意识形态服务的政治话语作为选择与评价外国文学的标准。总体性始终与“外国文学史”相伴随，构成了其思维与结构方式。

作为现代性重要标志的总体性，一般在两个层面上展开，一是“关乎人类社会历史发展的宏大叙事，表征是人类社会最终走向自由与解放的总体趋势”；二是“关于人类认识社会历史的辩证法概念”。[1]在“外国文学史”中，总体性既体现为在中国社会发展、人性解放、民族独立和现代化进程的总体原则下选择、评价、重组外国文学，也体现为对外国文学的整体观照。

1　赵一凡、张中载、李德恩，《西方文论关键词》，北京：外语教学与研究出版社，2006年，第911页。

"外国文学史"中的总体性叙事，首先是由学习外国文学的出发点决定的。"外国文学史"作为外国文学引进的一个组成部分，是在以民族国家和现代化为历史走向，以自由、进步与人类解放为意义预设的社会历史语境中发生的。所以它不是纯粹的学术研究与审美鉴赏，而是渗透了文化主体性的跨文化重构，其精神取向是"有意吸收人的长处"（胡适）、"别求新声于异邦"（鲁迅）、"介异邦新声，宾诸吾土"（周作人）。它的出现，是为融化新知，突破自我，是社会改造、意识形态运动的有机组成部分，而要达到这一目的，就必须把握世界文学总的发展规律，通过对他者的认知获得自我认知之道。

这一出发点，决定了它不可能机械照搬外国文学的"事实"，而要进行文化过滤，根据自身的文化背景转换话语权力和调适审美范式，变成"现实"，使之在中国文学生产场中发生作用。这体现为编者从建立现代中国和推动现代化进程的角度选择、评价、重组外国文学，融入中国文化主体性。

同时，"外国文学史"的总体性叙事，也是由它观照的对象决定的。外国文学是由各民族—国别文学组成的，而对世界文学总的发展规律的把握，并不是了解了各民族—国别文学史就能得到的。各民族—国别文学可能自身有内在的发生发展体系与发展规律，但在世界文学的范围中看，它仍然是孤立、分散、片面的，不能代表世界文学的发展方向与总的发展规律。如果只是限于对各民族—国别文学发生发展的基本事实进行陈述，那么就变成了各民族—国别文学发生发展史的简单拼贴，变成包罗事实的杂烩和僵死资料的堆积。而要真正把握世界文学总的发展规律，不仅要以世界眼光，在互为参照中对各民族—国别文学发展进行总体把握，还应该以一定的理论为基础，对各民族—国别文学进行比较、分析，用总体观照的方法获得。

所以，作为现代范式的"外国文学史"，尽管以民族—国别文学史为基础，但它关注的重点并不是"史"，而是世界文学总的发展规律及各民族—国别文学的独特性。观照的方法也不是孤立地看待各民族—国别文学，而是在总体中把握。人们往往误以为"外国文学史"属于文学史范畴，其实从它的出发点与观照方法看，它是对世界文学发展规律进行总体把握的文学研究，应该属于文学研究范畴。

其实，用"总体文学"更能体现"外国文学史"的特征。西方一些大学开设的"总体文学"课程，就是指对外国文学的总体研究。当初梵第根、韦勒克等之所以提出"总体文学"概念，也是为了建立"国际文学史"，是为编写"一部综合的文学史，一部超越民族界限的文学史"。他们心中的"总体文学"不是民族—国别文学，也不属于文学史范畴，而是对文学史的研究。梵第根就指出："总体文学是与各本国文学以及比较文学有别的。这是关于文学本身的美学上的或心理学上的研究，和文学之史的发展是无关的。总体文学也不就是'世界'文学史。"[1] 梵第根将美学与心理学凸显出来，强调它的理论性，有意淡化其文学史性质。在他们看来，

1　梵第根，《比较文学论》，戴望舒译，北京：商务印书馆，1937 年，第 177 页。

“总体文学”是以多国文学史为研究对象的——“凡同时地属于多国文学的文学性的事实，均属于总体文学的领域之中。”具体研究的是“超越民族界限（至少三种以上）的文学运动和文学风尚的研究”。[1]

“总体文学”尽管强调比较的视野与国际眼光，但不同于比较文学，因为“总体文学研究并不在学科意识上自觉地强调三种以上民族文学（国别文学）之间的关系，只把它们作为一种共同的文学现象研究，不强调研究主体‘四个跨越’的比较视域及其汇通，因此总体文学的成立仍在于客体定位（这一点与民族—国别文学一样）”[2]。

总体文学也不同于歌德所说的世界文学，后者只是一种理想化的文学形态，而前者是一种活动状态，是指对已经存在的文学事实的探讨。总体文学强调理论研究，但与诗学或文学理论也是有别的。尽管两者都是从古往今来的文学现象中找出文学的本质和规律，揭示文学的不同形态与特点，但总体文学是以文学史为研究对象的，在研究中强调历时性与共时性结合。前者指总体文学要以文学史发展为线索，后者指它往往在一个历史时期的横断面上展开。而文学理论既无历时性的要求，也没有共时性的限制，其重点是“对文学的原理、文学的范畴和判断标准等类问题的研究”。[3]

从梵第根、韦勒克等人对“总体文学”的宗旨、观照对象与观照方法的阐释看，中文语境中的“外国文学史”就是西方人所说的“总体文学”，其性质是文学研究，是对世界文学发展规律进行总体把握的文学研究。

二、后现代语境中“外国文学史”的困境

在后现代语境中，总体性往往被看作是意识形态的建构，等同于操控、集权、暴力、压制等，成了众多后现代理论家解构的对象。“外国文学史”也因其总体性叙事而遭到了人们的批评，甚至其存在的合法性也遭受质疑，陷入生存困境中。

如果说总体性是现代性的重要标志的话，那么对总体性的解构则可以看作是后现代的重要标志。利奥塔对西方现代主义知识求助于启蒙叙事和思辨叙事的合法化方式的质疑，以及对哈贝马斯“共识”观点的攻击，其实质是将矛头对准总体性。在他看来，不同话语类型之间存在着不可通约性，如果要在不同的话语间自由转换，那么就会给人们带来压迫感。所谓“共识”，是强者将其意志加于弱者形成的，是对个人自由的控制和差异压迫的合法性成就。他认为元叙事是导致总体性产生的根源，而元叙事是以人类自由与解放的名义，赋予一种叙事对其他叙事的话语霸权，通过集中主义的话语模式压制不同的声音，体现的是压迫关系。这种用一种普遍的原则统合不同的领域，以追求同一性、普遍化为目的行为，包含着对多元的

1 梵第根，《比较文学论》，戴望舒译，北京：商务印书馆，1937 年，第 179 页。

2 杨乃乔，《比较文学概论》，北京：北京大学出版社，2002 年，第 96 页。

3 韦勒克、沃伦，《文学理论》，刘象愚、邢培明、陈圣生、李哲明译，北京：生活·读书·新知三联书店，1984 年，第 31 页。

差异性事物进行镇压的图谋，其结果会带来集中主义、专制主义。不仅不可能带来问题解决，无法达成人类理性的目标，相反会带来对人性的压抑和迫害。所以他将总体性消解作为后现代的标志，认为要获得社会公正，必须抛弃总体性，“向统一的整体开战”。[1]

而福柯是通过对理性真实面目的揭示，来发起对总体性的进攻的。在对一些边缘话语的知识考古中，他发现了理性存在的秘诀，那就是“对非理性的征服，即理性强行使非理性不再成为疯癫、犯罪或疾病的真理”。[2] 而历史，就是在权力的暴力作用下形成的碎片。这种话语权力，是采用总体性叙事方式完成的，即把所有历史与社会现象都归结为某种深层的本质，具体地说，就是人类解放、进步的主题。其结果是，理性通过掩饰和压制多元性、差异性获得了前所未有的强制性力量，一切话语都被整合成它的力量。在总体性力量支配之下，复杂的相互关系被抽象化，分散变化的多元性被简单化。他要通过对总体性的消解，恢复话语的多元性、差异性和增殖性，对抗虚假的普遍性和宏大叙事的霸权。

在后现代语境中反观百年来的“外国文学史”，我们看到总体性叙事确带来了诸多弊端，突出地体现在文学工具论色彩和主观随意性上。

在谈到编写《欧洲文学史》的目的时，周作人就说，是为让学生思考自身所处社会缺乏的正是这样一种自由、民主的人文精神。为服务于中国现实的需要，对国民进行个性解放、自由民主的启蒙教育，周作人不顾欧洲文学的复杂性、多面性，将《欧洲文学史》变成了自然人性的嬗变史，用来表达人性启蒙的诉求。自然人性尽管是欧洲文学中重要的叙事话语，但用来囊括整个欧洲文学，显然是片面的。有学者就指出，它是“一本主观性极强的文化批评者的夫子自道”，其中“思想远远压倒了所谓学问，主观好恶压倒了客观的描述”。[3]

被认为“可信度高”的《欧洲文学史》尚且如此，其他“外国文学史”的工具论色彩更甚。郑振铎的《文学大纲》参考的是德林瓦特的《文学大纲》，但他根据为人生、为现实服务的标准对其进行了“增删编辑”。

在国家积弱的年代，包括茅盾在内的一批知识分子，认为科学理性是取得真理的唯一途径，是拯救民族国家与社会的法宝，所以对包括自然主义在内的写实文学给予了高度关注。在他编写的不足 15 万字的《西洋文学通论》中，介绍写实主义的篇幅占三分之二以上，对具有科学主义倾向的法国现实主义文学，尤其是文学成就并不高的自然主义文学，花了大量篇幅介绍。而对同样是写实主义作家的莎士比亚，因为属于古典派，具有形而上性质，则一笔带过。在社会进化史观点的指导下，文学的发展等同于社会的发展，文学自身的发生发展规律则被忽视了。在为人生、社会的主导话语的主宰下，明显地根据社会革命的诉求剪裁与评价外国文学，导致外国文学的“全相”被遮蔽。

1 利奥塔，《后现代状况》，岛子译，长沙：湖南美术出版社，1996 年，第 211 页。
2 福柯，《疯癫与文明》，刘北成、杨远婴译，北京：生活·读书·新知三联书店，2007 年，第 2 页。
3 耿传明，《周作人与古希腊、罗马文学》，载《书屋》，2006 年第 7 期，第 27 页。

新生的政权建立后，需要思想舆论来稳定其政权，所以包括域外的文学艺术，都被规训到主流意识形态所预设的话语形态中。这导致 50 年代至 80 年代的“外国文学史”，如杨周翰的《欧洲文学史》、朱维之的《外国文学史》等，无一例外地以革命、阶级等守护主流意识形态的政治话语作为选择与评价作家作品的标准，以非此即彼的思维方式对待外国文学，用积极 / 消极、进步 / 落后、革命 / 反动、无产阶级 / 资产阶级、现实主义 / 浪漫主义、唯物 / 唯心等二元对立的本质论结构重组“外国文学史”。在总体性叙事下，外国文学分别被归入对立的双方，似乎水火不容。为使总体性叙事合法化，一方面有意彰显、夸大某些部分；另一方面又故意缩小、遮蔽另外一些部分，甚至不顾文学的审美性，着力挖掘并彰显那些文学成就不高，但却能为主导话语服务的文学，并将其经典化，最终带来了“外国文学史”叙事话语单一、审美功能丧失、过于随意与主观化等诸多弊病。如对《牛虻》《钢铁是怎样炼成的》《母亲》等作品的经典化，以及对苏联社会主义文学的突出与强调，就是突出的例子。革命、阶级等话语形式统领一切，成了跨文化重构的思维方式和重组外国文学的结构方式，因此相关的作家作品得到彰显。

“外国文学史”中的总体性叙事，带来同一性意识形态与诗学形态的简单化判定，将外国文学异化为意识形态和民族政治的承担者。正因为如此，在后现代语境中，它遭到了人们的批评，陷入生存困境中。因为文学是个人情感与民族精神的表达，加之产生的时代、文化语境等诸多不同，存在状况是纷繁复杂的，不可能被完全统一于某一叙事中。如果一定要将纷繁复杂的文学现象生硬地统一在某一叙事之下的话，局限性也就不可避免。

三、后现代语境中“外国文学史”的出路

既然“外国文学史”的性质是文学研究，那么尽管它以文学史为观照对象，但所产生的就不应该只是客体本身的“事实”，而是客体与主体的联系，即“现实”。是研究者站在文化主体性立场所观察到的，带有总体性质的世界文学发展规律，即必然包含主体对客体的价值判断。其中既包含研究者依据某种原则对客体的筛选、取舍、过滤，也包括主体对客体的认识与评价。或者说，它是一种再现“现实”的方式，而不是包罗“事实”的杂烩。关于“现实”与“事实”的区别，在卢卡奇看来，“事实”是孤立、片面、僵硬、物化的存在，是脱离总体后被割裂、肢解、分化的结果，并不是真正意义上的现实性。而只有通过主体的中介，“事实”才能成为“现实”。而总体性就是一种再现“现实”的方式，“真正的现实性是历史的具体性，即事物在各种联系的总体中的定位。”[1]

可以说，“外国文学史”的性质为它的总体性叙事提供了存在的合法性。如果从“了解之同情”的角度看，总体性叙事为我们了解世界文学发生与发展的“现实”，把握世界文学总的发展规律提供了认识论与方法论基础。同时，它在跨文化

1　赵一凡、张中载、李德恩，《西方文论关键词》，北京：外语教学与研究出版社，2006 年，第 13 页。

接受与转换过程中，对确立文化主体性，促进外国文学本土化，推动人性解放、社会进步、民族独立和现代化进程，也起到过重要作用。

的确，总体性叙事给“外国文学史”带来了诸多弊病。但这并不是总体性本身的过错，而是认识主体将过分沉重的历史任务强加给总体性的结果，即对认识主体缺少限定，用部分的主体代表总体。卢卡奇就曾指出：“总体的观点不仅规定对象，而且也规定认识的主体。”[1] 也就是说，只有当进行设定的认识主体本身是一个总体时，对象的总体才能加以设定。但在私有制社会中，获得解放的人类绝不会是一个总体，无论哪个阶级，都只能代表部分。如果以部分的认识主体充当总体，这样的总体性就是抽象的总体性，就会呈现出主观狭隘性。

后现代主义对总体性解构，有利于阻止将人类自由与解放抽象化的做法，有益于遏止专制主义与话语霸权。但如詹姆逊所说：“声讨种种大叙事是相对容易的事情，但完全抛开大叙事去思考问题就不那么容易了。”[2] 如果完全抛弃总体性，用什么方法保证文学史不变成一堆僵死的资料，或大杂烩呢？是否能做到不走向更加随意和主观，或虚无主义？是否又能做到不滑向审美自由主义——以价值中立取代价值决断，或审美远离当下，或一味媚俗淡化启蒙功能，或被动接受缺少对话意识，走向技术论？

事实上，后现代的解构并不是暴力拆解，摧毁某物，它反对的是一元中心的霸权主义，反对的是差异被抹平。具体地说，“解构的含义是指对某种结构进行解构，以使其封闭的骨架显现出来，排除其中心，消除二元对立，显现差异，使一切因素自由组合、相互交叉、重叠，从而产生具有无限可能性的意义网络。”[3] 后现代理论家在向总体性开战的同时，也是持一种扬弃态度。利奥塔是对总体性进攻最猛烈的后现代理论家，但他也未完全抛开大叙事去思考问题。就像詹姆逊所说，利奥塔的“反大叙事本身就是一种大叙事”，因为后现代主义“对现有叙事模式的拒绝和排斥总是在呼唤一种被压抑的历史内容和叙事性复归。尽管他摆出反叙事的姿态，但其反叙事立场本身却产生了另外一种叙事，虽然他总是在争论中把这个新的叙事小心翼翼地遮掩起来”。[4] 因为后现代理论家也十分清楚，对差异与独特性过分强调，同样有走向极端主义的危险，使一切认识成为不可能。就连利奥塔本人，在80年代也明确指出：“后现代不是一个新的时代，而是对现代性自称拥有的一些特征的重写，首先是对现代性将其合法性建立在通过科学和技术解放整个人类的事业的基础之上的宣言的重写。”[5]

看来，现代性的确是“未竟的事业”，后现代语境中的“外国文学史”写作，仍然离不开总体性，文学史新形态的出现，仍然要依靠总体性。伊格尔顿无不幽默

1 卢卡奇，《历史与阶级意识》，杜章智等译，北京：商务印书馆，1992年，第77页。
2 詹姆逊，《现代性的神话》，载《上海文学》，2002年第10期，第10页。
3 于文秀，《文化研究思潮导论》，北京：人民出版社，2002年，第115页。
4 詹姆逊，《现代性的神话》，载《上海文学》，2002年第10期，第75页。
5 利奥塔，《后现代性与公正游戏》，谈瀛洲译，上海：上海人民出版社，1997年，第165页。

地说："虽然我们可以忘掉总体性，但我们可以肯定它是不会忘掉我们的。"[1] 但这种总体性，再不应该是抛弃文本客观性的抽象存在，而应该是内在于历史的具体总体性。所谓内在于历史的具体总体性，即"在实践中，从而在主客体辩证的历史关系中来理解、把握整个社会历史性的存在"。[2] 内在于历史即客观地看待主客体的关系，既不能夸大客体的力量陷入机械唯物主义，也不能夸大主体的能动作用陷入唯心主义，而是既符合历史发展规律又合目的性。

具体总体性即事物在各种联系中形成的整体，"事实"在各种联系中形成的"现实"整体。辩证的总体观认为，整体对各个部分有全面、决定性的统治地位，但并不是取消部分的存在，它强调的是部分的各因素间的互相联系。卢卡奇就一再强调说："我们再说一遍：整体性范畴不是把各组成部分归为一毫无差别的统一体、同一体。"[3] 就"外国文学史"写作而言，内在于历史的具体总体性既体现为辩证处理主客体的关系，也体现为强调整体与部分、同一性与差异性、历时性与共时性的联系，使文学"事实"在各种联系中形成"现实"整体。

在后现代语境中，新形态的"外国文学史"的写作，不意味着放弃对普遍性、规律性的把握，重要的是构建内在于历史的具体总体性。通过内在于历史的具体总体性的建构，既保证"外国文学史"不变成"事实"的堆积，而是有主体介入的"现实"整体，又能避免出现主观随意的抽象总体性；既能从总体上把握世界文学的发展规律，不至于将"外国文学史"变成孤立的、片面的、僵硬的、物化的"事实"，又能保持文学的独立性、差异性，给予不同层次的文学以相对的自律性；既受源语文学基本结构的制约，又由被动接受转为在对话中重构，达到"过去活在当下，异域激活本土"的效果。

从这个意义上看，后现代语境不是"外国文学史"的坟墓，而是它重建的契机。通过对意义自身的前提性反思与拷问，避免同一性意识形态与诗学形态的简单化判定。

1　伊格尔顿，《后现代主义的幻想》，华明译，北京：商务印书馆，2005 年，第 146 页。
2　罗骞，《内在于历史的具体总体性》，载《当代国外马克思主义评论》，2001 年第 1 期，第 141 页。
3　卢卡奇，《历史与阶级意识》，杜章智等译，北京：商务印书馆，1992 年，第 14 页。

参考文献

阿·尼柯尔. 1985. 西欧戏剧理论. 徐士瑚译. 北京：中国戏剧出版社.
阿兰·米歇尔. 2017. 文献学与思辨——拉丁语、中世纪与欧洲传统. 恩斯特·R. 库尔提乌斯. 欧洲文学与拉丁中世纪. 林振华译. 杭州：浙江大学出版社.
埃斯卡皮. 1987. 文学社会学. 于沛译. 杭州：浙江人民出版社.
艾德蒙·柯蒂斯. 1974. 爱尔兰历史（上册）. 江苏师范学院翻译组译. 南京：江苏人民出版社.
艾弗·埃文斯. 1984. 英国文学简史. 蔡文显译. 北京：人民文学出版社.
艾勒克·博埃默. 1998. 殖民和后殖民文学. 盛宁，韩敏中译. 沈阳：辽宁教育出版社.
爱·摩·福斯特. 1989. 露西之恋. 李辉译. 北京：中国文联出版公司.
爱德华·萨义德. 2003. 文化与帝国主义. 李琨译. 北京：生活·读书·新知三联书店.
爱娃·琼·福克斯. 2003. 艺术家的责任是振奋生活. 美术，（11）：29–30.
安德鲁·桑德斯. 2000. 牛津简明英国文学史（下）. 谷启楠，韩加明，高万隆译. 北京：人民文学出版社.
安东尼·伯吉斯. 2001. 海明威. 余光照译. 上海：百家出版社.
保尔·德·曼. 2007. 阅读的寓言. 沈勇译. 天津：天津人民出版社.
保尔·利科. 2001. 在话语和行动中的想象. 孟华主编.《比较文学形象学》. 北京：北京大学出版社.
保罗·奥斯特. 2008. 密室中的旅行. 文敏译. 北京：人民文学出版社.
保罗·约翰逊. 2000. 知识分子. 杨正润等译. 南京：江苏人民出版社.
贝蒂耶. 2003. 特利斯当与伊瑟. 罗新璋译. 北京：人民文学出版社.
彼德·毕尔格. 2004. 主体的退隐. 陈良梅，夏清译. 南京：南京大学出版社.
彼得·琼斯. 1986. 意象派诗选. 裘小龙译. 桂林：漓江出版社.
伯恩海默. 2004. 世纪之交的比较文学. 王柏华译. 杨乃乔，伍晓明主编. 比较文学与世界文学（第一辑）. 北京：商务印书馆.
布尔斯廷. 1989. 美国人：建国的经历. 谢延光等译. 上海：上海译文出版社.
C. 施密特. 2006. 陆地与海洋——古今之“法”变. 林国基，周敏译. 上海：华东师范大学出版社.
残雪. 2002. 精神与肉体. 读书，（8）：125–126.
曹树钧. 2005. 莎翁四大悲剧戏曲编演的成就与不足. 张冲主编. 同时代的莎士比亚：语境、互文、多种视域. 上海：复旦大学出版社.
曹卫东. 2004. 权力的他者. 上海：上海教育出版社.

查尔斯·鲁亚斯. 1995. 美国作家访谈录. 栗旺，李文俊译. 北京：中国对外翻译出版公司.
查尔斯·麦格拉斯. 2001. 20世纪的书——百年来的作家、观念及文学. 朱孟勋等译. 北京：生活·读书·新知三联书店.
畅广元. 1985. 小说理论研究中的“人学”——《小说面面观》给人的启示. 小说评论，（4）：67，72.
陈安湖. 2013.《野草》释义. 北京：人民出版社.
陈方. 2008. 演绎莎剧的昆剧《血手记》. 戏剧研究，（76）：28–29.
陈辽. 2007. 从“张爱玲热”到《色，戒》狂. 华文文学，（6）：5–11.
陈庆浩. 1987. 新编石头记脂砚斋评语辑校. 增订本. 北京：中国友谊出版公司.
陈思和. 2009. 献芹录. 上海：复旦大学出版社.
陈永国. 2001. 海勒. 成都：四川人民出版社.
陈垣. 2004. 校勘学释例. 北京：中华书局.
程朝翔. 2014. 理论之后. 哲学登场：西方文学理论发展新趋势. 外国文学评论，（3）：237.
程朝翔. 2015. 无语与言说、个体与社区：西方大屠杀研究的辩证. 社会科学研究，（6）：2–14.
《辞海》编写组. 1987. 辞海. 缩印本. 上海：上海辞书出版社.
达尼埃尔–亨利·巴柔. 2001. 从文化形象到集体想象物. 孟华主编. 比较文学形象学. 北京：北京大学出版社.
戴南海. 1986. 校勘学概论. 西安：陕西人民出版社.
戴雅雯. 2000. 做戏疯，看戏傻：十年所见台湾剧场的观众与表演（1988—1998）. 吕健忠译. 台北：书林出版有限公司.
丹尼尔·笛福. 1959. 鲁滨孙漂流记. 徐霞村译. 北京：人民文学出版社.
丹尼尔·笛福. 1996. 鲁滨孙漂流记. 郭建中译. 南京：译林出版社.
道格拉斯·凯尔纳，斯蒂文·贝斯特. 1999. 后现代理论——批判性的质疑. 张志斌译. 北京：中央编译出版社.
都岚岚. 2015. 脆弱与承认：论巴特勒的非暴力伦理. 外国文学，（4）：136.
杜拉斯，戈蒂埃. 1999. 话多的女人. 吴岳添译. 杜拉斯选集3. 北京：作家出版社.
杜拉斯. 1997. 物质生活. 王道乾译. 天津：百花文艺出版社.
杜拉斯. 1999. 如歌的中板. 马振骋译. 杜拉斯选集1. 北京：作家出版社.
杜拉斯. 1999. 外面的世界. 袁筱一，黄荭译. 桂林：漓江出版社.
E. M. 福斯特. 1988. 印度之行. 石幼珊，马志行，董冀平译. 重庆：重庆出版社.
E. M. 福斯特. 1990. 俯瞰美景的房间. 俞宝发译. 太原：北岳文艺出版社.
E. M. 福斯特. 1990. 印度之行. 杨自俭，邵翠英译. 合肥：安徽文艺出版社.
E. M. 福斯特. 1992. 看得见风景的房间. 李瑞华，杨自俭译. 合肥：安徽文艺出版社.
E. M. 福斯特. 1992. 印度之行. 何其莘评注. 北京：外语教学与研究出版社.
E. M. 福斯特. 1992. 印度之行. 张丁周，李东平译. 桂林：漓江出版社.

E. M. 福斯特. 1996. 看得见风景的房间. 巫漪云译. 上海：上海译文出版社.
E. M. 福斯特. 2002. 莫瑞斯. 北京：文化艺术出版社.
恩斯特·卡西尔. 2013. 人论. 甘阳译. 上海：上海译文出版社.
恩斯特·R. 库尔提乌斯. 2017. 欧洲文学与拉丁中世纪. 林振华译. 杭州：浙江大学出版社.
梵第根. 1937. 比较文学论. 戴望舒译. 北京：商务印书馆.
梵第根. 2009. 比较文学论. 戴望舒译. 长春：吉林出版集团有限责任公司.
方生. 1999. 后结构主义文论. 济南：山东教育出版社.
菲利普·罗思. 1999.《笑忘录》跋——菲利普·罗思与昆德拉的对话. 李凤亮，李艳编. 对话的灵光——米兰·昆德拉研究资料辑要（1986—1996）. 北京：中国友谊出版公司.
冯其庸. 1991. 八家评批红楼梦. 北京：文化艺术出版社.
冯象. 2017. 以赛亚之歌. 北京：生活·读书·新知三联书店.
弗雷德里克·詹姆逊. 1997. 马克思主义与形式. 李自修译. 南昌：百花洲文艺出版社.
弗雷德里克·詹姆逊，三好将夫. 2001. 全球化的文化. 马丁译. 南京：南京大学出版社.
弗雷德里克·詹姆逊. 2002. 现代性的神话. 上海文学，（10）：10，75.
弗雷德里克·詹姆逊. 2004. 詹姆逊文集第2 卷：批评理论和叙事阐释. 王逢振主编. 北京：中国人民大学出版社.
弗雷德里克·詹姆逊. 2006. 时间的种子. 王逢振译. 南京：江苏教育出版社.
傅光明. 1999. 人生采访者萧乾. 济南：山东画报出版社.
傅雷. 2005. 傅雷谈翻译. 沈阳：辽宁教育出版社.
傅璇琮. 1995. 唐才子传校笺（第五册）. 北京：中华书局.
歌德. 1999. 浮士德. 绿原译. 歌德文集（第1 卷）. 北京：人民文学出版社.
耿传明. 2006. 周作人与古希腊、罗马文学. 书屋，（7）：27.
顾廷龙，傅璇琮. 2002. 续修四库全书（1537 册）. 上海：上海古籍出版社.
H. S. 康马杰. 1988. 美国精神. 南木等译. 上海：光明日报出版社.
哈贝马斯. 1999. 公共领域的结构转型. 曹卫东等译. 上海：学林出版社.
海明威. 2000. 太阳照常升起. 赵静男译. 上海：上海译文出版社.
汉娜·阿伦特. 2009. 人的境况. 王寅丽译. 上海：上海人民出版社.
汉娜·阿伦特. 2011. 耶路撒冷的艾希曼：伦理的现代困境. 孙传钊编. 长春：吉林人民出版社.
赫士列特. 1979. 莎士比亚戏剧人物论（1817）. 杨周翰编选. 莎士比亚评论汇编（上）. 北京：中国社会科学出版社.
黑格尔. 1984. 美学·第三卷（下）. 朱光潜译. 北京：商务印书馆.
黑格尔. 1986. 美学（第三卷下册）. 朱光潜译. 北京：商务印书馆.
亨利·雷马克. 1982. 比较文学的定义和功用. 张隆溪译. 张隆溪选编. 比较文学译文集. 北京：北京大学出版社.

亨廷顿. 1998. 文明的冲突与世界秩序的重建. 周琪等译. 北京：新华出版社.
侯维瑞. 1985. 现代英国小说史. 上海：上海外语教育出版社.
胡士莹. 1980. 话本小说概论. 北京：中华书局.
黄灿然. 1999. 见证与愉悦. 天津：百花文艺出版社.
黄霖. 2003. 近百年来的金圣叹研究——以《水浒》评点为中心. 明清小说研究，(2)：189–207.
黄霖. 2009. 中国历代小说批评史料汇编校释. 南昌：百花洲文艺出版社.
黄梅. 1991. 女人和小说. 杭州：浙江文艺出版社.
黄佐临. 1986. 昆曲为什么排演莎剧. 戏曲艺术，(4)：4.
霍夫曼. 1987. 弗洛伊德主义与文学思想. 王宁等译. 北京：生活·读书·新知三联书店.
霍克思. 2000.《红楼梦》英译笔记. 香港：岭南大学文学与翻译研究中心.
J. 希利斯·米勒. 2004. 土著与数码冲浪者：米勒中国演讲集. 长春：吉林人民出版社.
吉尔·德勒兹. 2001. 福柯 褶子. 于奇智，杨洁译. 长沙：湖南文艺出版社.
江宁康. 2007. 美国民族特性的文学想象与重建. 外国文学研究，(2)：72–79.
杰弗里·迈耶斯. 2003. 奥威尔传. 孙仲旭译. 北京：东方出版社.
景凯旋. 2012. 被贬低的思想. 桂林：广西师范大学出版社.
卡夫卡. 1991. 卡夫卡书信日记选. 叶廷芳，黎奇译. 天津：百花文艺出版社.
卡夫卡. 1996. 卡夫卡全集. 石家庄：河北教育出版社.
卡夫卡. 2003. 家父之忧. 洪天富，叶廷芳译. 卡夫卡小说全集（第 1 卷）. 石家庄：河北教育出版社.
卡伦. 1989. 艺术与自由. 张超金等译. 北京：中国工人出版社.
凯·安德森，莫娜·多莫什，史蒂夫·派尔，奈杰尔·思里夫特. 2009. 文化地理学手册. 李蕾蕾，张景秋译. 北京：商务印书馆.
亢西民. 2005. 昆剧《血手记》与莎剧《麦克白》比较摭谈. 高福民，周秦主编. 中国昆曲论坛2004. 苏州：苏州大学出版社.
考德威尔. 1995. 考德威尔文学论文集. 陆建德等译. 南昌：百花洲文艺出版社.
克里斯蒂安娜·布洛 – 拉巴雷尔. 1999. 杜拉斯传. 徐和瑾译. 桂林：漓江出版社.
拉康. 2001. 拉康选集. 褚孝泉译. 上海：上海三联书店.
兰色姆. 2010. 新批评. 王腊宝，张哲译. 北京：文化艺术出版社.
劳拉·阿德莱尔. 2000. 杜拉斯传. 袁筱一译. 沈阳：春风文艺出版社.
劳拉·赫福尔曼. 2008. 印度之行. 季文娜译. 天津：天津科技翻译出版公司.
雷纳·韦勒克. 1982. 比较文学的危机. 沈于译. 张隆溪选编. 比较文学译文集. 北京：北京大学出版社.
雷纳·韦勒克，奥·沃伦. 1984. 文学理论. 刘象愚，邢培明，陈圣生，李哲明译. 北京：生活·读书·新知三联书店.
雷纳·韦勒克，奥·沃伦. 2005. 文学理论. 刘象愚，邢培明，陈圣生，李哲明译. 北京：文化艺术出版社.

李凤亮. 2003. 沉思与怀想. 北京：中国社会科学出版社.

李凤亮. 2006. 诗·思·史：冲突与融合——米兰·昆德拉小说诗学引论. 北京：商务印书馆.

李何林. 1975. 鲁迅《野草》注解. 西安：陕西人民出版社.

李金云. 2010. 论保罗·奥斯特《神谕之夜》的元小说叙事策略. 四川师范大学学报（社会科学版），（1）：70–74.

李金云. 2010. 一部小说中的两种叙事——奥斯特新作《密室中的旅行》解读. 外国文学动态，（1）：33–35.

李金云. 2010. 主体的确立与丧失——保罗·奥斯特《密室中的旅行》的语言与主体性问题探析. 外国文学，（5）：88–94.

李欧梵. 2008. 睇《色，戒》：文学、电影、历史. 香港：牛津大学出版社.

李天明. 2000. 难以直说的苦衷——鲁迅《野草》探秘. 北京：人民文学出版社.

李小兵，孙漪，李晓晓. 2003. 美国华人：从历史到现实. 成都：四川人民出版社.

李银河. 2003. 酷儿理论. 北京：文化艺术出版社.

李玉明. 2012. "人之子"的绝叫：《野草》与鲁迅意识特征研究. 北京：北京大学出版社.

利奥塔. 1996. 后现代状况. 岛子译. 长沙：湖南美术出版社.

利奥塔. 1997. 后现代性与公正游戏. 谈瀛洲译. 上海：上海人民出版社.

梁漱溟. 2006. 东西文化及其哲学. 上海：世纪出版集团.

列斐伏尔. 2003. 空间：社会产物与使用价值. 包亚明主编. 现代性与空间生产. 上海：上海教育出版社.

林青. 1989.《变》的第二人称的叙述视角. 外国文学评论，（2）：81–87.

刘昌元. 2004. 尼采. 台北：联经出版社.

刘成富. 2017. 昆德拉：东西欧文化的"混血儿". 外语研究.（2）：106–108.

刘洪一. 2002. 走向文化诗学——美国犹太小说研究. 北京：北京大学出版社.

柳鸣九. 1986. 新小说派研究. 北京：中国社会科学出版社.

卢卡奇. 1992/2004. 历史与阶级意识. 杜章智，任立，燕宏远译. 北京：商务印书馆.

鲁迅. 1998. 中国小说史略. 上海：上海古籍出版社.

鲁迅. 2005. 鲁迅全集. 北京：人民文学出版社.

吕启祥. 1987. 红楼梦开卷录. 西安：陕西人民出版社.

吕同六. 1995. 二十世纪世界小说理论经典. 北京：华夏出版社.

吕西安·戈德曼. 1988 年. 小说社会学. 吴岳添译. 北京：中国社会科学出版社.

吕西安·戈德曼. 1998. 隐蔽的上帝. 蔡鸿宾译. 天津：百花文艺出版社.

罗钢. 1994. 叙事学导论. 昆明：云南人民出版社.

罗杰·加洛蒂. 1998. 论无边的现实主义. 吴岳添译. 天津：百花文艺出版社.

罗靓. 2013. 先锋与国歌. 文化研究，（14）：231–232.

罗骞. 2001. 内在于历史的具体总体性. 当代国外马克思主义评论，（1）：141.

M. 巴赫金. 1996. 巴赫金文论选. 北京：中国社会科学出版社.
M. 巴赫金. 1998. 巴赫金全集·第三卷·小说理论. 白春仁，晓河译. 石家庄：河北教育出版社.
M. 卡林内斯库. 2002. 现代性的五副面孔. 顾爱彬等译. 北京：商务印书馆.
马·布雷德伯里，詹·麦克法兰. 1995. 现代主义. 胡家峦等译. 上海：上海外语教育出版社.
马·法·基亚. 1983. 比较文学. 颜保译. 北京：北京大学出版社.
马尔科姆·考利. 1996. 流放者的归来——二十年代的文学流浪生涯. 张承谟译. 上海：上海外语教育出版社.
马塞尔·普鲁斯特. 2013. 驳圣伯夫. 沈志明译. 天津：百花文艺出版社.
马晓红，张树武. 2010. 四大名著在日、韩的传播与跨文化重构. 东北师大学报（哲学社会科学版），（6）：126.
玛格丽特·阿特伍德. 1994. 可食的女人. 蒋立珠，丁兴华译. 北京：中国文联出版公司.
玛格丽特·阿特伍德. 1999. 可以吃的女人. 刘凯芳译. 上海：上海译文出版社.
玛丽妮·迪洛瓦尼. 1993. 三国：中国文学传入泰国文学的重要起点. 文学视角：三国. 曼谷：草花出版社.
迈克尔·莱文森. 2002. 现代主义. 田智译. 沈阳：辽宁教育出版社.
米·图尼埃. 1997. 礼拜五——太平洋上的灵薄狱. 王道乾译. 上海：上海译文出版社.
米兰·昆德拉. 2003. 被背叛的遗嘱. 余中先译. 上海：上海译文出版社.
米兰·昆德拉. 2003. 不能承受的生命之轻. 许钧译. 上海：上海译文出版社.
米兰·昆德拉. 2004. 小说的艺术. 董强译. 上海：上海译文出版社.
米勒·A. 马洛. 2007. 英国现代主义文学名著. 北京：中国人民大学出版社.
米歇尔·福柯. 1999. 规训与惩罚：监狱的诞生. 刘北成，杨远婴译. 北京：生活·读书·新知三联书店.
米歇尔·福柯. 2003. 疯颠与文明. 刘北成，杨远婴译. 北京：生活·读书·新知三联书店.
米歇尔·福柯. 2007. 疯癫与文明. 刘北成，杨远婴译. 北京：生活·读书·新知三联书店.
闵福德. 2003. 功夫翻译、翻译功夫. 赖慈芸译. 刘靖之主编. 翻译新焦点. 香港：商务印书馆.
莫·缅杰利松. 1996. 当代美国文学探胜. 傅仲选译. 上海：上海译文出版社.
莫里斯·布朗肖. 1999. 不可明言的团体. 克里斯蒂安娜·布洛–拉巴雷尔. 杜拉斯传. 徐和瑾译. 桂林：漓江出版社.
莫里斯·布朗肖. 2005. 文学空间. 顾家琛译. 北京：商务印书馆.
莫里斯·布朗肖. 2014. 从卡夫卡到卡夫卡. 潘怡帆译. 南京：南京大学出版社.
莫特玛·阿德勒，查尔斯·范多伦. 1991. 西方思想宝库. 周汉林等译. 北京：中国广播电视出版社.
尼采. 2010. 尼采著作全集（第六卷）. 孙周兴等译. 北京：商务印书馆.
倪世雄. 2001. 当代西方国际关系理论. 上海：复旦大学出版社.

诺曼·所罗门. 2014. 犹太人与犹太教. 王广州译. 南京：译林出版社.
欧茨. 1998. 他们. 李长兰等译. 南京：译林出版社.
欧茨. 2004. 中年——浪漫之旅. 李尧译. 北京：人民文学出版社.
欧茨. 2005. 我带你去那儿. 顾韶阳译. 北京：人民文学出版社.
欧茨. 2006. 狐火：一个少女帮的自白. 闻礼华，金林鹏译. 武汉：长江文艺出版社.
欧茨. 2006. 妈妈走了. 石定乐译. 武汉：长江文艺出版社.
潘峰. 2003. 明代八股论评试探. 上海：复旦大学博士学位论文.
皮埃尔·梅尔唐斯. 2000. 杜拉斯主义. 写作. 曹德明译. 沈阳：春风文艺出版社.
蒲佳佳，Todd Jackson. 2016. 神经性厌食症的生物—心理—社会模型. 心理科学进展，(12)：1873–1881.
浦安迪. 1996. 中国叙事学. 北京：北京大学出版社.
齐格蒙特·鲍曼. 1996/2003. 现代性与矛盾性. 邵迎生译. 北京：商务印书馆.
钱锺书. 1984. 美国作家论文学. 刘保端等译. 北京：生活·读书·新知三联书店.
钱锺书. 2002. 七缀集. 北京：生活·读书·新知三联书店.
乔纳森·弗里德曼. 2003. 文化认同与全球性过程. 郭建如译. 北京：商务印书馆.
乔治·奥威尔. 2001. 缅甸岁月. 李锋译. 南京：南京大学出版社.
乔治·奥威尔. 2010. 奥威尔文集. 董乐山译. 北京：中央编译出版社.
让–克里斯蒂安·珀蒂菲斯. 2007. 十九世纪乌托邦共同体的生活. 梁志斐，周铁山译. 上海：上海人民出版社.
任璧莲. 1997. 多元文化语境下的当代华裔美国文学——美籍华裔作家任璧莲访谈录. 国外文学，(4)：112–113.
S. 科伦. 2001. 英国浪漫主义. 上海：上海外语教育出版社.
尚会鹏，游国龙. 2010. 心理文化学. 台北：南天书局.
申丹，韩加明，王丽亚. 2005. 英美小说叙事理论研究. 北京：北京大学出版社.
盛宁. 1993. 二十世纪美国文论. 北京：北京大学出版社.
斯蒂芬·怀特. 2004. 政治理论与后现代主义. 孙曙光译. 沈阳：辽宁教育出版社.
司汤达. 1997. 爱情论. 崔士篪译. 沈阳：辽宁教育出版社.
宋常立. 2000. 中国古代小说文体论. 天津：天津社会科学院出版社.
颂德公帕亚丹隆拉查努帕. 1972. 三国史话. 曼谷：丹隆拉查努帕基金会.
苏珊·波德. 2003. 厌食症：心理病态的文化折射. 钟雪萍，劳拉·罗斯克编. 越界的挑战——跨学科女性主义研究. 上海：上海社会科学院出版社.
苏珊·朗格. 1984. 情感的象征符号. 中国社会科学院哲学研究所美学研究室编. 美学译文（第3辑）. 北京：中国社会科学出版社.
苏源熙. 2011. 中国美学问题. 卞东波译. 南京：江苏人民出版社.
孙玉石. 2001. 现实的与哲学的——鲁迅《野草》重释. 上海：上海书店出版社.
索尔·贝娄. 2002. 索尔·贝娄全集·第十三卷. 石家庄：河北教育出版社.
索尔·贝娄. 2002. 索尔·贝娄全集·第十四卷. 石家庄：河北教育出版社.

索绪尔. 2002. 普通语言学教程. 高名凯译. 北京：商务印书馆.
谭帆. 2001. 中国小说评点研究. 上海：华东师范大学出版社.
汤亭亭. 2000. 中国佬. 肖锁章译. 南京：译林出版社.
唐志钦. 2008. 纵横开阖论小说——评福斯特的《小说面面观》. 内蒙古民族大学学报，(3)：22–23.
童庆炳. 1995. 文学理论要略. 北京：人民文学出版社.
童庆炳. 1998. 文学理论教程. 北京：高等教育出版社.
丸尾常喜. 2009. 耻辱与恢复——《呐喊》与《野草》. 秦弓，孙丽华编译. 北京：北京大学出版社.
汪民安. 2011. 有一个人在这里——朱迪斯·巴特勒访谈. 当代艺术与投资，(1)：84–91.
汪民安，郭晓彦. 2011. 生命政治：福柯、阿甘本与埃斯波西托. 生产（第7辑）. 南京：江苏人民出版社.
汪卫东. 2014. 探寻“诗心”：《野草》整体研究. 北京：北京大学出版社.
汪正龙等. 2006. 文学理论导引. 南京：南京大学出版社.
王安祈. 2002. 当代戏曲（附剧本选）. 台北：三民书局.
王桂莲. 2008. 国内福斯特研究十二年. 科教文汇（中旬刊），(2)：149.
王丽亚. 2004. E. M. 福斯特小说理论再认识. 外国文学，(4)：34–36.
王希廉. 1988. 红楼梦摘误. 红楼梦（三家评本）. 上海：上海古籍出版社.
王玉超，刘明坤. 2010. 论明清小说作者与科举的关系. 河南社会科学，(1)：154–156.
王佐良. 1996. 英国文学史. 北京：商务印书馆.
王佐良，周珏良. 2006. 20 世纪英国文学史. 北京：外语教学与研究出版社.
威廉·戈尔丁. 1997. 蝇王. 龚志成译. 上海：上海译文出版社.
威廉·卡林. 2017. 欧洲文学的连续性——论库尔提乌斯. 跨文化研究，(1)：41.
温克尔曼. 2001. 古代艺术史. 桂林：广西师范大学出版社.
翁显良. 1983. 意态由来画不成？. 北京：中国对外翻译出版公司.
沃尔特·拉克. 1992. 犹太复国主义史. 徐芳等译. 上海：三联书店上海分店出版社.
吴承学. 1995. 评点之兴——文学评点的形成和南宋的诗文评点. 文学评论，(1)：24–33.
吴承学，何诗海. 2008. 从章句之学到文章之学. 文学评论，(5)：21–31.
吴宁. 2007. 日常生活批判：列斐伏尔哲学思想研究. 北京：人民出版社.
仵从巨. 2005. 叩问存在——米兰·昆德拉的世界. 北京：华夏出版社.
伍蠡甫. 1979. 西方文论选（下卷），上海：上海译文出版社.
悉尼·胡克. 1965. 理性、社会神话和民主. 金克等译. 上海：上海人民出版社.
萧乾. 1988. 记E. M. 福斯特. 瞭望，(3)：36.
萧乾. 1989. 以悲剧结束的一段中英文学友谊——记爱·摩·福斯特（代序）. 爱·摩·福斯特. 露西之恋. 李辉译. 北京：中国文联出版公司.

萧乾. 2002. 莫瑞斯. 北京：文化艺术出版社.
解华. 2003. 米兰·昆德拉的欧洲文化身份建构. 安徽师范大学学报（人文社会科学版），（1）：98–102.
雪莱. 1985. 为诗辩护. 北京：生活·读书·新知三联书店.
雪莱. 2000. 雪莱全集（4）. 江枫译. 石家庄：河北教育出版社.
亚里士多德. 2002. 诗学. 陈中梅译注. 北京：商务印书馆.
亚里士多德. 2002. 诗学. 罗念生译. 北京：人民文学出版社.
亚里士多德. 2012. 解释篇. 秦典华译. 苗力田主编. 亚里士多德全集（第一卷）. 北京：中国人民大学出版社.
杨金才. 2002. 新编美国文学史（第三卷）. 上海：上海外语教育出版社.
杨劲松. 2011. 日本文化认同的建构历程——近现代日本人论研究. 北京：中国建筑工业出版社.
杨乃乔. 2002. 比较文学概论. 北京：北京大学出版社.
姚燮. 1991. 读红楼梦纲领纠疑. 冯其庸校注. 八家评批红楼梦. 北京：文化艺术出版社.
叶君健. 1990. 一位长期盛名不衰的小说家——《福斯特选集》总序. E. M. 福斯特. 印度之行. 杨自俭，邵翠英译. 合肥：安徽文艺出版社.
叶廷芳. 1988. 论卡夫卡. 孙坤荣等译. 北京：中国社会科学出版社.
叶奚密. 1997. 自然诗诗歌结构的比较研究. 晏小萍，谢伟民译. 李达三，罗纲主编. 中外比较文学的里程碑. 北京：人民文学出版社.
伊格尔顿. 1999. 历史中的政治、哲学、爱欲. 马海良译. 北京：中国社会科学出版社.
伊格尔顿. 2005. 后现代主义的幻想. 华明译. 北京：商务印书馆.
伊莱恩·肖沃尔特. 1991. 荒原中的女权主义批评. 王逢振等编译. 最新西方文论选. 桂林：漓江出版社.
佚名. 1984. 法国作家论文学. 王忠琪等译. 北京：生活·读书·新知三联书店.
殷企平. 2000. 福斯特小说思想蠡测. 解放军外国语学院学报，（6）：73–76.
殷企平，高奋，童燕萍. 2001. 英国小说批评史. 上海：上海外语教育出版社.
殷企平. 2003. 重复. 外国文学，（3）：60–65.
英格博格·巴赫曼. 2006. 巴赫曼作品集. 韩瑞祥选编. 北京：人民文学出版社.
永瑢等. 1965. 四库全书总目. 北京：中华书局.
于文秀. 2002. 文化研究思潮导论. 北京：人民出版社.
余志森，包秋. 1995. 浅论美国多元文化主义. 华东师范大学学报（哲学社会科学版），（6）：112–119.
俞平伯. 1958. 红楼梦八十回校本. 北京：人民文学出版社.
原方. 2007. 余象斗“评林体”初探. 明清小说研究，（3）：219–227，260.
苑辉. 2004. 论E. M. 福斯特的小说理论. 辽宁税务高等专科学校学报，（1）：44–46.
约翰·费斯克. 2001. 理解大众文化. 王晓珏，宋伟杰译. 北京：中央编译出版社.

约瑟夫·海勒. 1988. 上帝知道. 史国强，王祥译. 沈阳：春风文艺出版社.
约瑟夫·海勒. 1991. 出事了. 林芜译. 海口：南海出版公司.
约瑟夫·海勒. 1997. 第二十二条军规. 扬恝，程爱民，邹惠玲译. 南京：译林出版社.
约瑟夫·海勒. 1997. 最后一幕. 王约西，袁风珠译. 南京：译林出版社.
曾艳兵. 2009. 卡夫卡研究. 北京：商务印书馆.
曾艳兵. 2012. 卡夫卡的眼睛. 北京：商务印书馆.
詹明信，张旭东. 2003. 晚期资本主义的文化逻辑. 陈清侨等译. 北京：生活·读书·新知三联书店.
詹姆斯·乔伊斯. 1997. 尤利西斯. 金隄译. 北京：人民文学出版社.
詹姆斯·乔伊斯. 2013. 乔伊斯文集：乔伊斯诗歌、剧作、随笔集. 王逢振，刘象愚主编. 傅浩，柯彦玢译. 上海：上海译文出版社.
张闳. 2007. 黑暗中的声音——鲁迅《野草》的诗学与精神密码. 上海：上海文艺出版社.
张洁宇. 2013. 独醒者与他的灯——鲁迅《野草》细读与研究. 北京：北京大学出版社.
张京媛. 1992. 当代女性主义文学批评. 北京：北京大学出版社.
张寅德. 1989. 法国现当代文学研究资料丛刊. 叙述学研究. 北京：中国社会科学出版社.
张子清. 1995. 20 世纪美国诗歌史. 长春：吉林人民出版社.
张子清. 1998. 东西方神话的移植和变形——美国当代著名华裔小说家汤亭亭谈创作. 汤亭亭. 女勇士. 李剑波等译. 桂林：漓江出版社.
昭帕亚帕康（弘）. 2013. 昭帕亚帕康（弘）三国. 曼谷：尚导出版社.
赵稀方. 2002. 米兰·昆德拉在中国. 外国文学研究，(3)：130–136.
赵旭. 2006. 浅谈福斯特小说的思想体系. 科技资讯，(2)：58.
赵一凡，张中载，李德恩. 2006. 西方文论关键词. 北京：外语教学与研究出版社.
郑传寅. 1993. 中国戏曲文化概论（修订版）. 武汉：武汉大学出版社.
中国科学院文学研究所西方文学组. 1962. 现代美英资产阶级文艺理论选（下编）. 北京：作家出版社.
中国艺术研究院红楼梦研究所，人民文学出版社编辑部. 2001. 红楼梦研究稀见资料汇编. 北京：人民文学出版社.
周宪. 2005. 审美现代性批判. 北京：商务印书馆.
朱迪斯·巴特勒，欧内斯特·拉克劳，斯拉沃热·齐泽克. 2004. 偶然性、霸权和普遍性——关于左派的当代对话. 南京：江苏人民出版社.
朱迪斯·巴特勒. 2013. 脆弱不安的生命——哀悼与暴力的力量. 何磊，赵英男译. 郑州：河南大学出版社.
朱迪斯·巴特勒. 2016. 战争的框架. 何磊译. 郑州：河南大学出版社.
朱迪斯·巴特勒. 2017. 安提戈涅的诉求：生与死之间的亲缘关系. 王楠译. 郑州：河南大学出版社.
朱莉亚·克里斯蒂娃. 2006. 汉娜·阿伦特. 刘成富等译. 南京：江苏教育出版社.

朱乃常. 2002. 小说面面观（英汉对照版）. 北京：中国对外翻译出版公司.

庄孔韶. 2003. 人类学通论. 太原：山西教育出版社.

庄坤良. 2008. 乔伊斯的都柏林. 台北：书林出版有限公司.

Ackerman, D. 2014. *The Human Age: The World Shaped by Us*. New York: Norton.

Adorno, T. W. 1991. *Notes to Literature*, Vol. 1. New York: Columbia University Press.

Agamben, G. 1998. *Homo Sacer: Sovereign Power and Bare Life*. Daniel Heller-Roazen. (trans.) Redwood City, CA: Stanford University Press.

Anderson, P. 1968. Components of the National Culture. *New Left Review*, (50): 12.

Anderson, P. 1968/1992. Components of National Culture. *English Questions*, 48–102.

Appel, F. 1999. *Nietzsche Contra Democracy*. Ithaca: Cornell University Press.

Archer, W. 2009. *Play-Making: A Manual of Craftsmanship*. Ann Arbor: University of Michigan Library.

Arrington, L. 2010. *W. B. Yeats, the Abbey Theatre, Censorship, and the Irish State: Adding the Half-Pence to the Pence*. Oxford: Oxford University Press.

Ashcroft, B., Griffiths, G. & Tiffin, H. 2002. *The Empire Writes Back: Theory and Practice in Post-Colonial Literatures*. London & New York: Routledge.

Atlas, J. 2000. *Bellow: A Biography*. New York: Random House, Inc.

Attridge, D. 2004. *J. M. Coetzee and the Ethics of Reading: Literature in the Event*. Chicago & London: The University of Chicago Press.

Atwood, M. 1976. *Selected Poems, 1965–1975*. Boston, MA: Houghton Mifflin Company.

Atwood, M. 1982. An Introduction to *The Edible Woman*. In *Second Words: Selected Critical Prose*. Toronto: Anansi.

Atwood, M. 1998. A Note from the Author. In *The Edible Woman*. New York: Anchor.

Auster, P. 1990. *New York Trilogy*. New York: Penguin Books.

Auster, P., et al. 1996. The Manuscript in the Book: A Conversation. *Yale French Studies*, (89):177.

Auster, P. 2006. *Travels in the Scriptorium*. New York: Henry Holt and Company.

Bakhtin, M. M. 1981. *The Dialogic Imagination: Four Essays*. M. Holquist. (ed.) C. Emerson & M. Holquist. (trans.) Austin: University of Texas Press.

Bassnett, S. 1993. *Comparative Literature: A Critical Introduction*. Qxford: Blackwell.

Bathes, R. 1977. From Work to Text. In S. Heath. (trans.) *Image-Music-Text*. London: Flamingo.

Benjamin, W. 2004. On Language as Such and on the Language of Man. In W. Benjamin. *Selected Writings*, Vol. 1. Cambridge & London: Belknap Press of Harvard University Press.

Ben-zvi, L. 1981. *Exiles*, the Great God Brown, and the Specter of Nietzsche. *Modern Drama*, (24): 255.

Berger, A. 1993/1994. The Logic of the Heart: Biblical Identity and American Culture in Saul Bellow's *The Old System*. *Saul Bellow Journal*, 11:2/12:1: 133–145.

Bhabha, H. K. 2004. *The Location of Culture*. London & New York: Routledge.

Blanchot, M. 1999. The Absence of the Book. In G. Quasha. (ed.) *The Station Hill Blanchot Reader: Fiction and Literary Essays*. New York: Station Hill Press.

Bloch, E. 1988. *The Utopian Function of Art and Literature: Selected Essays*. Cambridge: The MIT Press.

Brain, T. 1995. Figuring Anorexia: Margaret Atwood's *The Edible Woman*. *Literary Interpretation Theory*, (3): 299–311.

Brée, G. 1965. *Marguerite Duras, Four Novels*. New York: Grove Press.

Boes, T. 2014. Beyond Whole Earth: Planetary Mediation and the Anthropocene. *Environmental Humanities*, 5: 155–170.

Booker, K. 1995. *Joyce, Bakhtin, and the Literary Tradition: Toward a Comparative Cultural Poetics*. Ann Arbor: University of Michigan Press.

Bordo, S. 1993. *Unbearable Weight: Feminism, Western Culture, and the Body*. Berkeley: University of California Press.

Bounds, P. 2009. *Orwell and Marxism: The Political and Cultural Thinking of George Orwell*. London & New York: I. B. Tauris.

Bouson, J. B. 1990. The Anxiety of Being Influenced: Reading and Responding to Character in Margaret Atwood's *The Edible Woman*. *Style*, (2) (Psychoanalysis, Gender, Genre): 228–241.

Bove, P. A. 1990. Discourse. In F. Lentricchia & T. McLaughlin. (eds.) *Critical Terms for Literary Study*. Chicago & London: University of Chicago Press.

Bradley, A. C. 2007. *Shakespearean Tragedy: Lectures on* Hamlet, Othello, King Lear, Macbeth. New York: Palgrave Macmillan.

Brivic, S. 1968. Structure and Meaning in Joyce's *Exiles*. *James Joyce Quarterly*, (6): 33.

Brown, P. 1993. This Thing of Darkness I Acknowledge Mine, The Tempest and the Discourse of Colonialism. In D. Keesey. (ed.) *Contexts for Criticism*. London & Toronto: Mayfield Publishing Company.

Budick, E. M. 1991. The Place of Israel in American Writing: Reflections on Saul Bellow's *To Jerusalem and Back*. *South Central Review*, *8*(1): 59–70.

Burling, W. J. (ed.) 2009. *Kim Stanley Robinson Maps the Unimaginable: Critical Essays*. North Carolina: Mcfarland & Company, Inc., Publishers.

Butler, J. 1999. *Subjects of Desire: Hegelian Reflections in 20th Century France*. New York: Columbia University Press.

Butler, J. 2005. *Giving an Account of Oneself*. New York: Fordham University Press.

Butler, J. 2011. *Parting Ways: Jewishness and the Critique of Zionism*. New York: Colombia

University Press.

Cameron, E. 1985. Femininity, or Parody of Autonomy: Anorexia Nervosa and *The Edible Woman*. *Journal of Canadian Studies*, (2): 45–69.

Cao, Xue Qin. 1973. *The Golden Days*. D. Hawkes. (trans.) New York: Penguin Books.

Chakrabarty, D. 2009. The Climate of History: Four Theses. *Critical Inquiry*, (35): 197–222.

Chang, Eileen, Wang, Hui Ling & Schamus, J. 2007. Lust, Caution: *The Story, the Screenplay, and the Making of the Film*. New York: Pantheon.

Cixous, H. & Foucault, M. 1970. A propos de Marguerite Duras. *Cahiers Renauld-Barrault*, (89):11.

Clancy, L. 1997. Joseph Heller: Overview. In D. Mote. (ed.) *Contemporary Popular Writers.* Tryon: St. James Press.

Coetzee, J. M. 1986. *Foe*. Harmondsworth: Penguin.

Colum, P. 1951. Introduction. In J. Joyce. *Exiles*. New York: The Viking Press.

Crutzen, P. J. & Stoermer, E. F. 2000. The Anthropocene. *Global Change*, (41): 17–18.

Crutzen, P. J. 2002. Geology of Mankind. *Nature,* (415): 23.

Culler, J. 2007. *The Literary in Theory*. Stanford: Stanford University Press.

Daunton, M. & Halper, R. 1999. *Empire and Others: British Encounters with Indigenous Peoples 1600—1850.* London: University College London Press Limited.

Davis, A. & Jenkins, Lee M. (eds.) 2007. *The Cambridge Companion to Modernist Poetry.* Cambridge: Cambridge University Press.

Deleuze, G. 1997. *Essays Critical and Clinical*. D. W. Smith & M. A. Greco. (trans.) Minneapolis: University of Minnesota Press.

Deleuze, G. & Guattari, F. 1987. *A Thousand Plateaus: Capitalism and Schizophrenia*. B. Massumi. (trans.) London and Minneapolis: University of Minnesota Press.

Deppman, Hsiu-Chuang. 2012. Seduction of a Filmic Romance: Eileen Chang and Ang Lee. In K. Louie. (ed.) *Eileen Chang: Romancing Languages, Cultures and Genre.* Hong Kong: Hong Kong University Press.

Derrida, J. 1984. Two Words for Joyce. In D. Attridge & D. Ferrer. (eds.) *Post Structuralist Joyce: Essays from the French.* Cambridge: Cambridge University Press.

Derrida, J. 1993. *Aporias*. Stanford: Stanford University Press.

Derrida, J. 2002. The Animal that Therefore I am. *Critical Inquiry*, *28*(2): 398.

Diedrich, M., et al. 1999. *Black Imagination and the Middle Passage*. New York & Oxford: Oxford University Press.

Doten, P, 1991. Gish Jen Writers from Two Worlds. *The Boston Globe*, March 27: 45–52.

Duras, M. 1999. *Dits à la télévision, Entretiens avec Pierre Dumayet.* Paris: atelier, E.P.E.L.

Eagleton, T. 1976. *Criticism and Ideology*. London: New Left Books.

Eagleton, T. 1977. The Contradictions of Postmodernism. *The New Literary History*, (1): 2.

Eagleton, T. 1981. *Walter Benjamin: Or Towards a Revolutionary Criticism*. London: Verso.

Eagleton, T. 1986. *Against the Grain*. London: Verso.

Eagleton, T. 2001. *The Gatekeeper*. New York: St. Martin's Press.

Eagleton, T. 2011. *Why Marx Was Right*. New Haven: Yale University Press.

Eagleton, T. 2012. *The Event of Literature*. New Haven & London: Yale University Press.

Easthope, A. 1991. *British Post-Structuralism Since 1968*. London: Routledge.

Edwards, P. 1994. *The Story of the Voyage: Sea-Narratives in Eighteenth-Century England*. New York: Cambridge University Press.

Eide, M. 2009. *Ethical Joyce*. Cambridge: Cambridge University Press.

Eliot, T. S. 1975. *Selected Prose of T. S. Eliot*. F. Kermode. (ed. & introd.) London: Faber & Faber.

Ellmann, R. 1982. *James Joyce*. Oxford: Oxford University Press.

Ellmann, R. 1983. *James Joyce*. London: Oxford University Press.

Etiemble, R. 1963. *Comparaison n'est pas raison, ou la crise de la littérature compare*. Paris: Gallimard.

Fargnoli, N. 2016. Directing and Acting in *Exiles*: An Interview with Richard Nash. In J. Joyce, N. Fargnoli & M. P. Gillespie. (eds.) *Exiles: A Critical Edition*. Gainesville: University Press of Florida.

Fargnoli, N. & Gillespie, M. P. 2016. Introduction. In J. Joyce, N. Fargnoli & M. P. Gillespie. (eds.) *Exiles: A Critical Edition*. Gainesville: University Press of Florida.

Forster, E. M. 2005. *The Howards End*. Beijing: Foreign Language Teaching and Research Press.

Foucault, M. 1988. What Is an Author? In D. Lodge. (ed.) *Modern Criticism and Theory: A Reader*. London & New York: Longman.

Foucault, M. 2000. What Is an Author? In D. Lodge & N. Wood. (eds.) *Modern Criticism and Theory: A Reader*. London: Longman.

Foucault, M. 2002. *The Archaeology of Knowledge*. A. M. Sheridan Smith. (trans.) London: Routledge.

Garfinkel, P. E. & Garner, D. M. 1982. *Anorexia Nervosa: A Multidimensional Perspectiv*e. New York: Brummer/Mazel.

Genette, G. 1987. *Paratexts: Thresholds of Interpretation*. J. E. Lewin. (trans.) Cambridge: Cambridge University Press.

Gerth, H. H. & Mills, C. W. (eds.) 1946. *From Max Weber: Essays in Sociology*. New York: Oxford University Press.

Gillespie, M. P. 2013. Re-Viewing Richard: A Look at the Impact of Nostalgia and Rancor on Characterization in *Exiles*. *James Joyce Quarterly*, (50):719.

Gillespie, M. P. 2015. *James Joyce and the Exilic Imagination*. Gainesville: University Press of Florida.

Glassman, D. 1998. Le Vice-Consul and India Song: Dolores Mundi. In B. L. Knapp. (ed.) *Critical Essays on Marguerite Duras.* New York: An imprint of Simon & Schuster Macmillan, 221.

Gorden, M. M. 1964. *Assimilation in American Life—The Role of Race, Religion and National Origins.* New York: Oxford University Press.

González, B. S. 2001. The (Re)Birth of Mona Changowitz: Rituals and Ceremonies of Cultural Conversion and Self-Making in Mona in the Promised Land. *MELUS, 26* (2): 225–242.

Gray, Francine du Plessix. 1999. Journey into the Maze: An Interview with Milan Kundera. In *Critical Essays on Milan Kundera.* New York: Twayne Publishers, Inc., 210.

Grant, R. 1991. Introduction. In R. Grant & K. Newland. (eds.) *Gender and International Relations.* Oxford: Open University Press.

Greg, J. 1987. *Understanding Joyce Carol Oates.* Columbia, S.C.: University of South Carolina Press.

Green, G. 1987. Margaret Atwood's *The Edible Woman*: "Rebelling Against the System". In J. M. Haule & B. Mender-Egle. (eds.) *Margaret Atwood, Reflection and Reality.* Edinburg, TX: Pan American University Press, 95–115.

Greenblatt, S. 1993. *New World Encounters.* Berkeley, Los Angeles & Oxford: University of California Press.

Greenblatt, S. 1996. Learning to Curse: Aspects of Linguistic Colonialism in the Sixteenth Century. In M. K. Booker. (eds.) *A Practical Introduction to Literary Theory and Criticism.* New York: Longman Publishers, 319–338.

Gronhovd, A.-M. & Vander Wolk, W. C. 1992. Memory as Ontological Disruption: *Hiroshima Mon Amour* as a Postmodern Work. In M. Cranston. (ed.) *In Language and in Love Marguerite Duras: The Unspeakable.Essays for Marguerite Duras.* Potomac, Maryland: *Scripta Humanistica* (101), 128.

Hall, S. 1996. Cultural Identity and Diaspora. In P. Mongia. (ed.) *Contemporary Postcolonial Theory: A Reader.* London: Arnold, 113.

Haring, H. 1996. The Profusion of Meanings and the Female Experience of Colonisation: Inscriptions of the Body as the Site of Difference in Tsitsi Dangarembga's *Nervous Conditions* and Margaret Atwood's *The Edible Woman.* In P. O. Stummer & C. Balme. (eds.) *Fusion of Cultures?* Amsterdam: Rodopi, 237–246.

Hasse, U. & Large, W. 2001. *Maurice Blanchot.* New York: Routledge.

Hawkes, D. 1989. *Classical, Modern and Humane: Essays in Chinese Literature.* Hong Kong: The Chinese University Press.

Hawthorn, J. 2000. *A Glossary of Contemporary Literary Theory.* London: Arnold.

Heise, U. K. 2008. *Sense of Place and Sense of Planet: The Environmental Imagination of the*

Global. Oxford: Oxford University Press.

Heise, U. K. 2013. Globality, Difference, and the International Turn in Ecocriticism. *PMLA*, *128* (3): 636–643.

Heise, U. K. 2017. *Imagining Extinction: The Cultural Meanings of Endangered Species*. Chicago: University of Chicago Press.

Heise, U. K., et al. 2017. *The Routledge Companion to the Environmental Humanities*. London & New York: Routledge.

Hepworth, J. 1999. *The Social Construction of Anorexia Nervosa*. London, Thousand Oaks & New Delhi: SAGE Publications.

Hill, L. 1993. *Marguerite Duras: Apocalyptic Desires*. London & New York: Routledge.

Hindess, B. & Hirst, P. 1975. *Pre-Capitalist Modes of Production*. London: Routledge.

Hobgood, J. 2002. Anti-Edibles: Capitalism and Schizophrenia in Margaret Atwood's *The Edible Woman*. *Style*, (1): 146–168.

Holquist, M. 2002. *Dialogism: Bakhtin and His World*. London & New York: Routledge.

Houston, C. 2007. Utopia, Dystopia or Anti-Utopia? *Gulliver's Travels* and the Utopian Mode of Discourse. *Utopian Studies, 18* (3): 425.

Hutcheon, L. 1985. *A Theory of Parody: The Teaching of Twentieth-Century Art Forms*. New York: Methuen.

Hutcheon, L. 1988. *A Poetics of Postmodernism: History, Theory, Fiction*. New York & London: Routledge.

Ingle, S. 2006. *The Social and Political Thought of George Orwell: A Reassessment*. London & New York: Routledge.

James, W. 2000. *Making the Black Atlantic: Britain and the African Diaspora*. London & New York: Cassell.

Jameson, F. 1988. *The Syntax of History*. Minneapolis: University of Minnesota Press.

Jameson, F. 2005. *Archaeologies of the Future: The Desire Called Utopia and Other Science Fictions*. New York: Verso.

Jaspers, K. 1965. *Nietzsche*. Tucson: University Press of Arizona.

Jen, G. 1996. An Ethnic Trump. *The New York Times Magazine*, July 7: 50.

Jen, G. 2000. Interview by Rachel Lee. In King-Kock Cheung. (ed.) *Words Matter: Conversations with Asian American Writers*. Honolulu: University of Hawaii Press, 222–223.

Jen, G. 2004. *The Love Wife*. New York: Alfred A. Knopf.

Jones, A. F. 1992. *Like a Knife: Ideology and Genre in Contemporary Chinese Popular Music*. Ithaca, New York: Cornell East Asia Institute.

Joyce, J. 1944. *Stephen Hero*. New York: New Directions Books.

Joyce, J. 1959. *The Critical Writings of James Joyce*. E. Mason & R. Ellmann. (eds.) New

York: Viking Press.

Joyce, J. 1960. *A Portrait of the Artist as a Young Man*. Harmondsworth: Penguin.

Joyce, J. 1961. *Ulysses*. New York: Vantage Books.

Joyce, J. 1992. *A Portrait of the Artist as a Young Man*. Wordsworth Classics.

Joyce, J. 1992. *Selected Letters of James Joyce*. R. Ellmann. (ed.) London: Faber & Faber.

Karl, F. R. 2005. *A Reader's Guide to the Contemporary English Novel*. Beijing: Foreign Language Teaching and Research Press.

Kerbourc'h, J.-C. 1963. Marguerite Duras cherche la liberté et la vérité dans le crime. *Combat*, February: 16–17.

Kiberd, D. 1995. *Inventing Ireland*. London: Jonathan Cape.

Kingston, M. H. 1980. *China Men*. New York: Alfred A. Knopf, Inc.

Kingston, M. H. 1998. Coming Home. In P. Skenazy & T. Martin. (eds.) *Conversations with Maxine Hong Kingston*. Jackson: University Press of Mississippi, 108.

Kingston, M. H. 1998. Writing the Other: A Conversation with Maxine Hong Kingston. In P. Skenazy & T. Martin. (eds.) *Conversations with Maxine Hong Kingston*. Jackson: University Press of Mississippi, 100.

Klages, M. 2006. *Literary Theory: A Guide for the Perplexed*. New York: Continuum International Publishing Group.

Kriebernegg, U. 2012. "Neatly Severing the Body from the Head": Female Abjection in Margaret Atwood's *The Edible Woman*. *Linguaculture*, (1): 53–64.

Kristeva, J. 1987. *Soleil Noir: Dépression et mélancolie*. Paris: Gallimard.

Kulshrestha, C. 1972. A Conversation with Saul Bellow. *Chicago Review*, 23.4-24.1: 7–15.

Lacan, J. 1965. Hommage fait à Marguerite Duras, du ravissement de Lol V.Stein. *Cahiers Renaud-Barrault*, (52): 7–15.

Lam, P. 2007. Great Expectations. *Muse Magazine*, (9): 103.

Lecker, R. 1981. Janus Through the Looking Glass: Atwood's First Three Novels. In A. E. Davidson & C. N. Davidson. (eds.) *The Art of Margaret Atwood: Essays in Criticism*. Toronto: Anansi, 177–203.

Lee, Leo Ou-fan. 2007. *Lust, Caution*: Vision and Revision. *Muse Magazine*, (10): 96.

Lee, Haiyan. 2010. Enemy Under My Skin: Eileen Chang's *Lust, Caution* and the Politics of Transcendence. *PMLA*, *125* (3): 640–656.

Lei, Bi-qi Beatrice. 2008. Macbeth *in Chinese Opera*. In N. Moschovakis. (ed.) Macbeth: *New Critical Essays*. New York: Routledge, 280–284.

Li, Ruru. 2003. *Shashibiya: Staging Shakespeare in China*. Hong Kong: Hong Kong University Press.

Lovelock, J. 2000. *Gaia: A New Look at Life on Earth*. Oxford: Oxford University Press.

Luo, Liang. 2014. *The Avant-Garde and the Popular in Modern China: Tian Han and the*

Intersection of Performance and Politics. Ann Arbor: University of Michigan Press.

Lübken, U. & Mauch, C. (eds.) 2011. Uncertain Environments: Natural Hazards, Risk and Insurance in Historical Perspective. *Special Issue of Environment and History*, (17): 1–12.

Lukács, G. 1972. *History and Class Consciousness*. R. Livingstone. (trans.) Cambridge: The MIT Press.

Lukács, G. 1982. *The Theory of the Novel*. Cambridge: The MIT Press.

MacNicholas, J. 1981. The Stage History of *Exiles*. *James Joyce Quarterly*, Fall: 9–26.

Mallia, J. 1997. Interview with Joseph Mallia. In P. Auster. (ed.) *The Art of Hunger*. New York: Penguin Books, 279.

Malpas, S. 2005. *The Postmodern*. London & New York: Routledge.

Malpas, S. & Wake, P. (eds.) 2006. *The Routledge Companion to Critical Theory*. London & New York: Routledge.

Mancini, A., Daini, S. & Caruana, L. (eds.) 2010. *Anorexia Nervosa: A Multi-Disciplinary Approaches: From Biology to Philosophy*. New York: Nova Science Publishers, Inc.

Mannheim, K. 1999. *Ideology and Utopia*. L. Wirth & E. Shils. (trans.) Beijing: China Social Sciences Publishing House.

Marchetti, G. 2012. Eileen Chang and Ang Lee at the Movies: The Cinematic Politics of *Lust, Caution*. In K. Louie. (ed.) *Eileen Chang: Romancing Languages, Cultures and Genres*. Hong Kong: Hong Kong University Press, 131–154.

Marcuse, H. 1955. *Eros and Civilization: A Philosophical Inquiry into Freud*. Boston: Beacon.

Marsh, G. P. 1864/1965. *Man and Nature*. David Lowenthal. (ed.) Cambridge: Belknap Press of Harvard University Press.

Martin, A. 1986. Interview with Terry Eagleton. *Social Text*, Winter/Spring: 85.

Marowski, D. G. (ed.) 1986. *Contemporary Literary Criticism*, Vol. 40. Detroit: Gale Company.

Matthew, S. 2004. *Modernism*. London: Arnold.

McHale, B. 1987. *Postmodernist Fiction*. London: Methuen, Inc.

Merrill, R. 1987. *Joseph Heller*. Boston: Twayne Publisher.

Miller, J. H. 2002. *On Literature*. London & New York: Routledge.

Mills, S. 2004. *Discourse*. London & New York: Routledge.

Minuchin, S., Rosman, B. L. & Baker, L. 1978. *Psychosomatic Families: Anorexia Nervosa in Context*. Cambridge & London: Harvard University Press.

Moddelmog, D. A. 1999. *Reading Desire: In Pursuit of Ernest Hemingway*. Ithaca: Cornell University Press.

Moylan, T. 1986. *Demand the Impossible: Science Fiction and the Utopian Imagination*. New York: Methuen.

Nair, T. 1964. The English Working Class. *New Left Review*, (24): 52.

Nicholson, M. 1987. Food and Power: Homer, Carroll, Atwood, and Others. *Mosaic*, (3): 37–55.

Nietzsche, F. 1966. *Beyond Good and Evil*. W. Kaufmann. (trans.) New York: Vintage Books.

Nixon, R. 2011. *Slow Violence and the Environmentalism of the Poor*. Massachusetts: Harvard University Press,

Nolan, E. 1995. *James Joyce and Nationalism*. London & New York: Routledge.

Onley, G. 1974. Power Politics in Bluebeard's Castle. In G. Woodcock. (ed.) *Poets and Critics: Essays from Canadian Literature 1966–1974*. Toronto: Oxford University Press, 191–214.

Partidge, J. F. L. 2005. Eat Everything Before You Die: A Chinaman in the Counterculture / *The Love Wife*. *MELUS, 30*(2): 242, 11.

Pawling, C. 1989. *Christopher Caudwell: Towards a Dialectical Theory of Literature*. London: Macmillan.

Peacock, S. 1999. *Contemporary Authors (New Revision Series Vol. 74)*. Detroit: The Gale Group.

Peacock, J. 2010. *Understanding Paul Auster*. Columbia: University of South Carolina Press.

Peng, H. Y. & Dilley, W. C. (eds.) 2014. *From Eileen Chang to Ang Lee: Lust/Caution*. London & New York: Routledge.

Perkins, D. 1976. *A History of Modern Poetry: From the 1890s to the High Modernism*. Cambridge & London: Belknap Press of Harvard University Press.

Perkins, G. & Perkins, B. 1999. *The American Tradition in Literature*. 9th. ed. Boston: The McGraw-Hill Companies.

Pierrot, J. 1986. *Margurite Duras*. Paris: Librarie José Corti.

Polizzotti, M. 2018. *Sympathy for the Traitor: A Translation Manifesto*. Cambridge: The MIT Press.

Potts, W. 2000. *Joyce and the Two Irelands*. Austin: University of Texas Press.

Pound, E. 1971. *The Selected Letters of Ezra Pound 1907–1941*. T. S. Eliot. (ed.) New York: New Directions.

Quinn, E. 2009. *Critical Companion to George Orwell: A Literary Reference to His Life and Work*. New York: Facts On File, Inc.

Rabate, J.-M. 2007. *1913: The Cradle of Modernism*. Oxford: Blackwell Publishing.

Reynolds, M. S. 1988. The Sun Also Rises: *A Novel of the Twenties*. Boston: Twayne Publishers.

Robinson, K. S. (ed.) 1994. *Future Primitive: The New Ecotopias*. New York: A Tom Doherty Associates Book.

Robinson, K. S. 1997. *Antarctica*. London: Harper Collins Publishers.

Robinson, K. S. 2002. *Nebula Awards Showcase 2000*. New York: Roc.

Rodden, J. (ed.) 2007. *The Cambridge Companion to George Orwell*. New York: Cambridge University Press.

Rose, D. B., et al. (eds.) 2017. *Extinction Studies: Stories of Time, Death, and Generations*. New York: Columbia University Press.

Rose, M. A. 1993. *Parody: Ancient, Modern, and Post-Modern*. Cambridge: Cambridge University Press.

Rosenquist, R. 2009. *Modernism, the Market and the Institution of the New*. Cambridge: Cambridge University Press.

Ruderman, J. 1991. *Joseph Heller*. New York: Continuum.

Said, E. W. 1979. *Orientalism*. New York: Vintage Books.

Said, E. W. 1984. The Mind of Winter. *Harper's Magazine,* September: 49–55.

Said, E. W. 1993. *Culture and Imperialism*. New York: Alfred A. Knopf, Inc.

Said, E. W. 1994. Reflections on Exile. In M. Robinson. (ed.) *Altogether Elsewhere*: *Writers on Exile.* New York: Faber & Faber.

Said, E. W. 1996. *Representations of the Intellectual*. New York: Vintage Books.

Sanner, K. N. 2001. Exchanging Letters and Silence: Moments of Empowerment in *Exiles*. *James Joyce Quarterly,* (29): 278.

Saussy, Haun. 1993. *The Problem of a Chinese Aesthetic*. Stanford: Stanford University Press.

Saussy, Haun. 2006. Exquisite Cadavers Stitched from Fresh Nightmares of Memes, Hives, and Selfish Genes. In Haun Saussy, (ed.) *Comparative Literature in an Age of Globalization*. Baltimore: John Hopkins University Press.

Sherlock, R. 1922. *Man as a Geological Agent: An Account of His Action on Inanimate Nature.* London: H.F. & G. Witherby.

Shih, Wen-shan. 2000. *Intercultural Theatre: Two Beijing Opera Adaptations of Shakespeare*. Dissertation of University of Toronto.

Simon, E. M. 1977. James Joyce's *Exiles* and the Tradition of the Edwardian Problem-Play. *Modern Drama,* (20): 22–24.

Skenazy, P. & Martin, T. (eds.) 1998. *Conversations with Maxine Hong Kingston*. Jackson: University Press of Mississippi.

Springer, C. 2001. *Crises: The Works of Paul Auster*. Frankfurt am Main: Peter Lang.

Steffen, W., et al. 1938. The Anthropocene: Conceptual and Historical Perspectives. *Philosophical Transactions: Mathematical, Physical and Engineering Sciences, 369*: 842–867.

Stepherd-Barr, K. 2003. Reconsidering Joyce's *Exiles* in its Theatrical Context. *Theatre Research International*, (28): 163–180.

Stow, G. 1988. Nonsense as Social Commentary in *The Edible Woman*. *Journal of Canadian*

Studies, (3): 90–101.

Szeman, I. 2003. *Zones of Instability: Literature, Postcolonialism, and the Nation*. Baltimore: Johns Hopkins University Press.

Szeman, I. & Whiteman, M. 2004. Future Politics: An Interview with Kim Stanley Robinson. *Science Fiction Studies, 31*(2):182.

Tandon, N. & Chandra, A. 2009. *Margaret Atwood: A Jewel in Canadian Writing*. New Delhi: Atlantic Publishers & Distributors (P) Ltd.

Thornber, K. 2012. *Ecoambiguity: Environmental Crises and East Asian Literature*. Ann Arbor: University of Michigan Press.

Treharne, E. & Regan, S. (eds.) 1991. *The Year's Work in Critical and Cultural Theory*, Vol. 1. Oxford: Wiley-Blackwell.

Uexküll, J. V. 2010. *A Foray into the Worlds of Animals and Humans: With a Theory of Meaning* (Posthumanities). J. D. O' Neil. (trans.) Minnesota: University of Minnesota Press.

Utel, J. 2012. *James Joyce and the Revolt of Love: Marriage, Adultery, Desire.* New York: Palgrave Macmillan.

Wagner-Martin, L. 2002. *Ernest Hemingway's* The Sun Also Rises. New York: Oxford University Press.

Weisman, A. 2007. *The World Without Us*. New York: Picador.

Wenders, W. 1992. *The Logic of Images: Essays and Conversations*. Michael Hofmann. (trans.) London: Faber & Faber.

Widdowson, P. 1999. *Literature*. London & New York: Routledge.

Williams, R. 1961. *The Long Revolution*. London: Chatto Wintus.

Williams, R. 1982. *Sociology of Culture*. Chicago: University of Chicago Press.

Williams, R. 1983. *Key Words*. London: Fontana.

Williams, R. 1983. Literature and Sociology: In Memory of Lucien Goldmann. In *Problems in Materialism and Culture*. London: Verso, 11.

Wilson, S. R. 1993. *Margaret Atwood's Fairy-Tale Sexual Politics*. Jackson, MS: University Press of Mississippi.

Worth, K. 1973. *Revolutions in Modern English Drama*. London: G. Bell & Sons.

Zalasiewicz, J., et al. 2016. Anthropocene. In A. Joni et al., (eds.) *Keywords for Environmental Studies*, New York: New York University Press, 14–16.

Zipes, J. 1988. Introduction: Toward a Realization of Anticipatory Illumination. In E. Bloch. (ed.) *The Utopian Function of Art and Literature: Selected Essays*. Cambridge: The MIT Press, xii.